「われわれはなにがあろうと
過去を繰り返すように運命づけられている。
それが生きるということだ」
――カート・ヴォネガット

破滅のループ

おもな登場人物

ウィル・トレント――――ジョージア州捜査局特別捜査官
サラ・リントン――――ジョージア州捜査局の検死官。ウィルの恋人
エディ、キャシー――――サラの両親
フェイス・ミッチェル――――ジョージア州捜査局特別捜査官。ウィルのパートナー
アマンダ・ワグナー――――ジョージア州捜査局の副長官。ウィルとフェイスの上司
エイデン・ヴァン・ザント――――FBI特別捜査官
ケイト・マーフィ――――FBIの情報部次官補
ミシェル・スピヴィー――――疾病予防管理センター（CDC）の疫学者
アシュリー――――ミシェルの娘
ダッシュ――――犯人グループのリーダー
ロバート・ジェイコブ・ハーリー――――ダッシュの仲間
アダム・ハンフリー・カーター――――ダッシュの仲間
セバスチャン・ジェイムズ・モンロー――――ダッシュの仲間
オリヴァー・レジナルド・ヴェイル――――ダッシュの仲間
ジェラルド――――ダッシュの右腕
グウェン――――ダッシュの妻
ボー・ラグナーセン――――売人
マーティン・ノヴァク――――銀行強盗犯

第一部

二〇一九年　七月七日　日曜日

プロローグ

ミシェル・スピヴィーは半狂乱でスーパーマーケットの奥を走りながら、通路の一本一本に目を走らせた。頭のなかはパニック状態で、とりとめのない考えがぐるぐると渦を巻いていた。**どうしてあの子を見失ってしまったのわたしはひどい母親だあの子は小児性犯罪者《ペドファイル》か人買いにさらわれてしまった警備員に知らせるべきか警察に通報するべきかそれとも——**。

アシュリー。

急に足を止めたので、靴底が床をこすってきゅっと鳴った。ミシェルは大きく息を吸いこみ、激しい胸の鼓動を普段どおりのリズムに戻そうとした。娘は人身売買組織に売り飛ばされようとしているのではなかった。化粧品のカウンターでサンプルを試していた。

恐怖が薄らぐとともに、安堵《あんど》もしぼみはじめた。

十一歳の娘が。

化粧品のカウンターにいる。

十二歳の誕生日まではいかなる事情があってもメイクは禁止だとアシュリーに言い渡し

たのに、しばらくするうちに、チークとリップグロスだけはオーケー、友達がどうしようがそれ以上はだめだということになっていた。

ミシェルは胸に手を当てた。理性的かつ論理的な人間に変わる時間を稼ぐため、あえてゆっくりと通路を歩いていった。

アシュリーはミシェルに背中を向け、さまざまな色の口紅を試していた。慣れた手つきで口紅をひねっているのは、もちろん友達の家であらゆる化粧品を試し、たがいにメイクをほどこしているからであり、女の子とはそうするものだからだ。

すべての女の子ではないけれど。ミシェル自身は、めかしこむことに興味はなかった。脚の無駄毛を剃《そ》ろうとしない自分に、母親が金切り声で言ったことをまだ覚えている。そんなんじゃストッキングをはけないわよ！

ミシェルはこう答えた。べつにはきたくないし！

もう何年も前の話だ。母親が亡くなってから久しい。ミシェルはいまや娘のいる一人前の女性であり、女性の例に漏れず母親の轍《てつ》は踏まないと心に誓っている。

それが間違いだったのだろうか？

自分がいわゆる女らしさに欠けるせいで、アシュリーをとがめてしまうのだろうか。ほんとうは、アシュリーはメイクをしてもいい年頃なのに、自分がアイライナーだのブロンザーだの、あの子がユーチューブでえんえんと見ているものに興味を持てないせいで、女の子が大人になるある種の道を娘から奪っているのでは？

児童期の節目については、調べたことがある。十一歳は基準年と呼ばれる大事な年齢であり、そのころには能力が大人のほぼ半分に達している。ただ命令するのではなく、話し合いをはじめなければならない。理屈としてはよくわかるが、実践するとなると大変だ。

「あっ！」アシュリーは母親に気づき、あわてて口紅のサンプルをディスプレイ台に戻した。「あたし——」

「いいのよ」ミシェルは娘の長い髪をなでた。シャワー室にはシャンプーだのコンディショナーだのボディソープだのローションだの何本ものボトルが並んでいるが、ミシェルが美容のために使っているのは汗に強い日焼け止めくらいだ。

「ごめんなさい」アシュリーは唇からつややかな色を拭い取った。

「きれいよ」ミシェルはあえてそう言った。

「ほんとに？」アシュリーの笑顔はミシェルの心の琴線に触れた。「これ、知ってる？」アシュリーはリップグロスのディスプレイを示した。「ティントタイプだから、ずっと色が落ちないの。でも、こっちはチェリーの香りがするの、ヘイリーが言ってたんだけど、こっちのほうが——」

男の子に好かれるんでしょ、とミシェルは心のなかでつづきを埋めた。

アシュリーの部屋の壁がクリス・ヘムズワースだらけになっていることには、もちろん気づいている。

ミシェルは尋ねた。「あなたはどっちがいいと思うの？」

「さあ……」アシュリーは肩をすくめたが、十一歳児が好き嫌いを決められないものなどほとんどない。「ティントタイプのほうが色落ちしないし、こっちかな？」

ミシェルは言った。「そうね」

アシュリーはまだふたつのうちどちらにするか迷っていた。「チェリーの香りって人工的なのかな？　しょっちゅう唇を嚙《か》んじゃって――つけたらいらいらして、唇を嚙んじゃって色が落ちちゃうかも」

ミシェルはうなずきながら、こみあげる理屈っぽい言葉を吞《の》みこんだ。あなたはきれいだし、賢いし、愉快だし、才能にあふれているのだから、自分を幸せにすることだけをすればいいのよ、まともな男の子はそこに惹《ひ》かれるのだし、そういう男の子は幸せで自信に満ちた女の子こそおもしろいと思うのだから。

結局、アシュリーにはこう言った。「好きなものを選びなさい。お小遣いを前借りさせてあげるから」

「ママ！」アシュリーの叫び声に、人々が振り返った。つづくダンスは、シャキーラよりティガーを彷彿《ほうふつ》とさせた。「ほんとに？　ママたちずっとだめだって言ってたのに――」

ママたち。ミシェルは心のなかでうめいた。十二歳になるまではアシュリーにメイクさせないと取り決めたのに、この急な変節をどう説明すればいいのだろう？

ただのリップグロスよ！

あと五カ月待てば十二歳なのに！

確かに誕生日まではメイクはさせないってことに同意したわ、でもそっちこそｉＰｈｏｎｅを買ってやったじゃないの！

　これで行こう。話をそらして、ｉＰｈｏｎｅの件を持ち出せばいい。あのときは、ほんとうにたまたまミシェルのほうが折れるはめになったのだから。

　ミシェルは言った。「ボスはわたしがなんとかするわ。でも、リップグロスだけよ。ほかはだめ。自分を幸せにするものを選びなさい」

　アシュリーはほんとうに幸せそうだった。娘があまりに幸せそうなので、ミシェル自身も会計の列に並んでいる女にほほえみかけたくなった。きらきら光るキャンディピンクのケース入りリップグロスは、ランニングショーツをはいて汗にまみれた髪をベースボールキャップにたくしこんだ三十九歳には似合わないと、その女もわかっているはずだ。

「ああ――」アシュリーは有頂天で、言葉がすらすら出てこないようだった。「ほんとに最高だよ、ママ。ママ大好き。あたし、ちゃんとやる。ほんとにちゃんとやるから」

　布袋に買ったものをしまいはじめたときには、ミシェルの笑顔はまるで死後硬直がはじまったばかりのように見えたに違いない。

　ｉＰｈｏｎｅ。ｉＰｈｏｎｅも十二歳になるまでは持たせない約束だったが、サマーキャンプにやってきたアシュリーの友人たちがひとり残らず持っていたせいで、ミシェルがカンファレンスのために出張しているあいだに、〝絶対にだめ〟は〝あの子ひとりだけ持っていないのに、買ってやらないわけにはいかないでしょう〟に変わった。

アシュリーは満足そうに袋を持って出口へ向かった。早くもiPhoneを取り出している。スクリーンを親指でスワイプし、リップグロスを買ってもらったことを友人たちに知らせている。一週間後には、ブルーのアイシャドウをつけ、ほかの女の子たち同様、猫のような吊《つ》り目に見せる線を目の際に描くようになりそうだ。

ミシェルは、ささいなことを大災害のように考えはじめているのを自覚していた。アイメイク用品を貸し借りすれば、結膜炎やものもらいや眼瞼《がんけん》炎をうつされるかもしれない。リップグロスやリップライナーは、ヘルペスウィルスやD型肝炎ウィルスを媒介するかもしれないし、言うまでもなくマスカラのブラシで角膜を傷つける可能性もある。口紅には重金属だの鉛だのが含まれているのではなかったか？　ブドウ球菌、連鎖球菌、大腸菌。自分はいったいなにを考えていたのだろう？　娘を有害なものにさらしかねないのに。脳腫瘍の発症と携帯電話の使用に間接的な相関関係があると断定する研究論文はほんのわずかしかないが、モノの表面が汚染物質にまみれていることを証明する論文は数えきれないほどある。

前方でアシュリーが笑い声をあげた。友人たちからメッセージが返ってきたのだ。アシュリーは袋をぶらぶらと振りながら駐車場を歩いていく。あの子は十一歳で、十二歳ではないし、十二歳だってまだぜんぜん幼い。そうでしょう？　メイクは信号を送ってしまう。興味を持たれることに興味を持っていると、暗に伝えてしまう。まったくフェミニストらしからぬ言いぐさだが、アシュリーはまだほんの子どもで、いらぬ注目をはねつけるすべを知らない。

ミシェルは静かにかぶりを振った。たかがリップグロスからメチシリン耐性ブドウ球菌、梅毒へ。すべりやすい斜面のようだ。家に帰ったら親としての厳粛な誓いを破ってアシュリーに化粧品を買ってやった理由をプレゼンできるよう、暴走しがちな想像力は閉じこめておかなければならない。

iPhoneも買わないと誓いを立てたのに。

ミシェルはバッグに手を突っこみ、車のキーを探した。外は暗かった。電灯の明るさが足りないのか、いや、年齢のせいで眼鏡が必要になったのかもしれない――なにしろ、男の子に信号を送りたがっている娘がいるくらいの年齢なのだ。あと数年で孫ができるかもしれない。そう思うと、不安でいっぱいになり、胃袋がひっくり返った。ああ、ワインを買えばよかった。

iPhoneをいじっている娘がよその車にぶつかったり、段差から転げ落ちたりしていないか確かめようと、ミシェルは目をあげた。

そして、自分の口が大きく開くのを感じた。

一台のワゴン車が、娘の脇にすべりこむように止まった。

スライドドアが開いた。

男が飛び降りた。

ミシェルは車のキーを握りしめた。とっさに飛び出し、娘目がけて全力で走った。

悲鳴をあげたが、遅きに失した。
アシュリーは、ミシェルたちが教えたとおりに走って逃げていた。
首尾よく逃げられたのは、男の狙いがアシュリーではなかったからだ。
狙いはミシェルだった。

一カ月後

二〇一九年　八月四日　日曜日

1

八月四日日曜日午後一時三十七分

　サラ・リントンは椅子の背もたれに寄りかかり、「そうね、母さん」と低く答えた。一人前の大人と認められて母親の膝でお尻を叩《たた》かれなくなる日は来るのだろうか。

「そのなだめすかすような言い方はやめなさい」キャシーが新聞紙の上にインゲン豆の束を乱暴に置き、キッチンのテーブルは怒気に包まれた。「あなたは妹とは違う。つきあう相手をころころ替えたりしない。ハイスクールではスティーヴだけだったし、いまでもわたしにはどこがよかったのかさっぱりわからないけれどメイソンでしょ、それからジェフリー」眼鏡越しにちらりとサラを見やる。「ウィルに決めたのなら、ウィルに決めなさい」

　サラは、ベラおばが数人を補足するのを待ったが、おばはアイスティーをちびちび飲みながら、真珠のネックレスをいじっている。

　キャシーがつづけた。「あなたのお父さんとわたしは、もうすぐ結婚四十周年を迎えるのよ」

サラは言い返そうとした。「わたしは——」

ベラが咳払《せきばら》いと猫のくしゃみの中間のような音をたてた。

サラはおばの警告を無視した。「母さん、ウィルは離婚したばかりなの。わたしもまだ新しい仕事に慣れてない。でも、ふたりともいまの生活を楽しんでる。母さんもよろこんでくれてもいいんじゃない?」

サラは深く息を吸い、肺にとどめた。

ガス台の時計に目をやった。

午後一時三十七分。

真夜中のような気がするが、まだ昼食もとっていない。

ゆっくりと息を吐き出し、キッチンに満ちた芳香に集中した。日曜日の午後をのんびり過ごすのをあきらめた理由はこれだ。カウンターの上で冷ましているフライドチキン。オーブンのなかのチェリーコブラー。コンロの上の天板には、溶けたバターが染みこんだコーンブレッド。ビスケット、赤エンドウ、ササゲ、スイートポテトのスフレ、チョコレートケーキ、ペカンパイ、スプーンが折れそうなほどこってりとしたアイスクリーム。

来週、一日に六時間をジムで過ごしたとしても、これから体に与えるダメージを帳消しにすることはできないだろうが、実のところ家に残りものを持ち帰るのを忘れるのがなにより怖い。

キャシーがまた豆をばさりと置き、サラはわれに返った。

ベラのグラスのなかで氷がカランと鳴った。

サラは、裏庭の芝刈り機の音に耳を澄ませた。なぜかわからないが、ウィルはおばの家の週末庭師をすると買って出た。ウィルがいまの話をたまたま耳にしていたらと思うと、サラの肌は音叉《おんさ》のようにびりびりと震えた。

「サラ」キャシーは聞こえよがしに大きく息を吸い、話を再開した。「あなたはもうウィルと同棲《どうせい》しているようなものでしょう。あなたの家のクローゼットにはウィルのものがしまってある。バスルームには、髭を剃る道具も洗面用品もある」

「まあ、サラったら」ベラがサラの手をぽんと叩いた。「男に自分のバスルームを使わせちゃだめよ」

キャシーは手を振った。「お父さんがショック死するわよ」

死にはしないだろうが、娘とデートをしたがる男たちが気に入らなかったように、ウィルのことも気に入らないだろう。

だから、ウィルとの関係を黙っていたのだ。

理由はそれだけではないが。

サラは上手を取ろうとした。「母さん、それってわたしの家をこそこそ覗《のぞ》きまわっているって認めたようなものよ。わたしにもプライバシーってものがあるわ」

ベラが舌を鳴らした。「あら、そんなふうに考えるなんて意地悪よ」

サラはもう一度、反論を試みた。「ウィルとわたしはちゃんとわかってる。廊下で手紙の交換をする浮かれたティーンエイジャーとは違う。一緒にいるのが楽しい。それで充分でしょう」

キャシーはうなったが、つづく沈黙を不本意ながらの同意と勘違いするほど、サラもばかではない。

ベラが言った。「ねえ、わたしはこの問題にかけては専門家なのよ。わたしは五回、結婚したけれど――」

「六回」キャシーが口を挟んだ。

「一回は無効よ、知ってるでしょう。わたしが言いたいのはね、娘のやりたいようにやらせてあげなさいってことよ」

「べつに、わたしの言うとおりにしろって言ってるわけじゃないわ。助言しているだけよ。ウィルと真剣につきあっていないのなら、真剣になれる相手を見つけるべき。この子は理屈っぽくて、適当なつきあいには向いてないの」

「〝理屈っぽくないというのは、感情がないよりはまし〟」

「シャーロット・ブロンテがうちの娘の心の健康に詳しいとは思えないわね」

サラはこめかみを揉《も》み、頭痛をやわらげようとした。胃袋が鳴っているが、午餐がはじまるのは二時だ。もっとも、この話をつづけていたら、三人のうち少なくともひとり、ひょっとしたら全員がこのキッチンで死ぬことになりそうだ。

ベラが尋ねた。「ねえ、この話は知ってた?」

サラは顔をあげた。

「妻は浮気をした妻を殺したのだと思わない？　つまり、どっちかが浮気をしていて、浮気したほうが殺されたんじゃないかしら」ベラはサラにウィンクした。「保守派が心配していたのはこれよ。女同士が結婚したら、〝妻〟がどっちを指すのかわからない」

ベラがある新聞記事の話をしていることに、サラはようやく気づいた。ミシェル・スピヴィーがショッピングセンターの駐車場で拉致されたのは、四週間前のことだ。彼女は疾病予防管理センター《CDC》に勤務する科学者なので、捜査はFBIが担当している。新聞に掲載された顔写真は、ミシェルの運転免許証のものだった。三十代後半の魅力的な女性で、陸運局のお粗末なカメラでもその瞳の輝きをとらえていた。

ベラが尋ねた。「この事件に注目していなかったの？」

サラはうなずいた。困ったことに目が潤んだ。夫は五年前に殺された。愛する者を失うよりつらいことがあるとすれば、その人がほんとうに亡くなったのか、それとも生きているのかわからないことではないだろうか。

ベラが言った。「きっと、お金を払って殺させたのよ。たいていの事件がそうでしょう。妻は新しい相手に乗り換えて、古い相手を始末したってわけ」

キャシーが目に見えて苛立《いらだ》っているので、サラは黙っているべきだったのかもしれない。だが、キャシーが目に見えて苛立っているからこそ、サラはベラに言った。「そうかしら。事件が起きたとき、娘が現場にいたんでしょう。母親がワゴン車に引きずりこまれるのを目撃している。わたしは考えが甘いのかもしれないけど、もうひとりの母親が娘に対してそんなことをするとは思えないな」

「フレッド・トカーズは子どもたちの前で妻を撃ち殺したわ」

「たしか、保険金目当てだったのよね？　それに、怪しいビジネスをやっていて、マフィアとも関係があったんじゃなかった？」

「そして、男だった。女はみずから手をくだしたりしないものじゃない？」

「いい加減にして」キャシーがついに声をあげた。「お願いだから、主の日に人殺しの話なんかしないでくれる？　それにベラ、よりによってあなたが浮気な配偶者の話をするの？」

ベラは氷だけが残ったグラスをカラカラと振った。「この暑さだと、きっとモヒートがおいしいわね」

キャシーは両手を打ち鳴らし、インゲン豆の筋を取り終えた。ベラに言う。「まったくあなたは役に立たないわね」

「あら、このベラに手伝ってもらおうなんて思うだけ無駄よ」

サラはキャシーがむこうを向くのを待ってから、目を拭った。ベラには不意に泣きそうになったのを気づかれている。ということは、わたしがキッチンを出ていけば、姉妹はすぐさま涙のわけをあれこれ詮索しはじめるだろう――でも、なぜ泣きたくなったの？　サラ自身も涙もろくなった理由がわからなかった。このところ、悲しいコマーシャルを見たり、ラジオでラブソングが流れたりしただけで泣きたくなる。

サラは新聞を取り、記事を読むふりをした。ミシェルの失踪に関して、続報はなかった。一カ月は長すぎる。ミシェルの妻ですら、無事に帰ってきてほしいと願うのをやめ、遺体のある場所だけでも教えてもらえないかと拉致犯に懇願するようになっている。

鼻をすすった。鼻水が垂れてきた。紙ナプキンを取らずに手の甲を使った。

ミシェル・スピヴィーとは知り合いではないが、妻のテレサ・リーとは、去年のエモリー大学医学部の校友交流会で短い時間だが話をした。リーは整形外科医で、医学部の教授だ。ミシェルは疫学者で、CDCに勤めていた。記事によれば、ふたりは二〇一五年に結婚した。つまり、同性婚が法的に認められるようになってすぐだ。その十五年前から一緒に暮らしていたらしい。サラが思うに、二十年もたてば、離婚の原因の上位ふたつがなにかわかるようになっていたかもしれない。ちょうどいいと感じるエアコンの設定温度の違いと、食器洗浄機が皿を洗い終えたことに気づかないふりをするという罪を犯す頻度の差だ。

とはいえ、サラはこのキッチンにいるほかのふたりより結婚について詳しいわけではない。

「サラ?」キャシーはカウンターの前で振り返り、腕組みをした。「はっきり言うわ」

ベラがくすくす笑った。「言ってごらんなさいよ」

「前に進んでも大丈夫よ」キャシーは言った。「ウィルと一緒に新しい生活をはじめなさい。ほんとうに幸せなら、ほんとうに幸せになればいいじゃないの。そうでないのなら、なにをぐずぐずしているの？」

サラは丁寧に新聞をたたんだ。また時計に目をやった。

午後一時四十三分。

ベラが言った。「ジェフリーはいい人だったと思うわ、あの人を安らかに眠らせたまえ。ほんとうに、堂々としていたわね。でも、ウィルはとっても優しい。それに、あなたを愛しているし」サラの手をそっと叩いた。「心からあなたを愛している」

サラは唇を嚙んだ。貴重な日曜日の午後を即興のセラピーの場にされたくなかった。気持ちの整理をする必要はない。サラは、あらゆるロマンティックコメディの第一幕とは正反対の問題にとらわれていた。ウィルに恋をしているが、愛し方がわからないのだ。

ウィルのコミュニケーションの拙なさはサラにも我慢できるが、伝えるべきことを伝えてくれないせいで、ふたりの関係は終わりそうになったことがある。それも一度や二度ではない。最初のうちは、彼が格好をつけようとしているのだと、サラは自分に言い聞かせていた。それが普通だ、と。サラが普段用のパジャマを着てベッドに入るようになるまで、半年かかった。

それから一年が過ぎても、ウィルはあいかわらずいろいろなことを話そうとしなかった。残業しなければならないとか、バスケットボールの試合が長引きそうだとか、バイクが走っている途中で故障したとか、週末は友人の引っ越しを手伝う約束をしたとか、そうした些末《さまつ》な、本来なら問題にもならないようなことも連絡してくれなかった。サラがなぜ連絡をよこさないのかと怒ると、ウィルはいつもはっとした。サラは彼の行動を逐一知りたいわけではない。ただ、夕食になにを注文するか決めたいだけだ。

そうしたやり取りにも困惑させられたが、ほんとうの問題はそこではなかった。ウィルは嘘《うそ》つきではないが、巧妙に真実を隠した――担当している任務の危険性や、子どものころに体験した虐待の詳細はもちろん、病的なまでに自己愛の強すぎる厄介な元妻が先ごろ犯した醜悪な行為についても、彼は黙っていた。

理屈のうえでは、サラもウィルの行動の原因がどこにあるのか理解している。彼は子どものころ施設や里親の家を転々として過ごしたのだが、ネグレクトはなかったにせよ、虐待されていた。元妻は、ウィル本人の感情を武器にして彼を追いつめた。ウィルは人と健全な関係を結んだことがなかった。彼の過去には、ほんとうに邪悪な骸骨がひそんでいる。ウィルはサラを守りたいのかもしれない。彼自身を守りたいのかもしれない。要するに、サラにはウィルがどちらを守りたいのかわからないのだ。問題が存在することを、ウィルが認めないからだ。

「サラ、ハニー」ベラが言った。「わたしはね、こう言いたかったの――わたしはこの前、学生のあなたがここに住んでいたころのことを考えていたの。覚えているでしょう?」

サラは大学時代の思い出に顔をほころばせたが、おばと母親が交わした視線に気づいたとたん、口角がさがりはじめた。

鉄槌《てっつい》が振りおろされようとしている。

フライドチキンにまんまと誘《おび》き寄《よ》せられてしまった。

ベラが切り出した。「正直に言うわね。この古い家は広すぎて、あなたの優しいベラおばさんの手には負えなくなったの。あなた、またここに住む気はない？」

サラは笑ったが、おばが本気で言っているのがわかった。

ベラが言った。「好きなように手を入れて、あなたのものにしていいのよ」

自分の口が動いているのはわかったが、言葉が出なかった。

「ハニー」ベラはサラの手を取った。「わたしは以前から、この家をあなたに遺《のこ》すつもりでいたんだけど、会計士が言うには、信託財産にしたほうが税制上は有利らしいの。もうダウンタウンのコンドミニアムに手付金を払ってしまったし。クリスマスまでに、ウィルと一緒にここに引っ越してきたらどうかしら。玄関ホールには高さ六メートルのツリーを置けるし、お客さまを泊める部屋だって――」

サラは一瞬、耳が聞こえなくなった。

大恐慌前に建てられたこの古いジョージアン様式の邸宅は、以前からとても気に入っていた。州でもっとも高級な地区にある三千七百坪の敷地、寝室六室にバスルーム五室の母屋、もともと馬車置き場だった二部屋の離れ、美しく装飾された庭の物置小屋。車を十分も運転すれば街の中心部に出ることができる。エモリー大学の主要キャンパスまでは、のんびり歩いて十分の距離だ。造園家のフレデリック・ロウ・オルムステッドが晩年に設計を手がけた地区のひとつでもあり、公園や森林が、自然保護区のファーンバンク・フォレストと絶妙に調和している。

最初は魅力的な申し出に思えたが、サラの頭のなかで数字がぐるぐるまわりはじめたとたん、その魅力は色あせた。

ベラは一九八〇年代から邸宅のどこにも変更をくわえていない。セントラルヒーティングとエアコン。配管設備。電気の配線。壁の塗り替え。窓。屋根。雨樋《あまどい》。どんなにささいな部分でも、変えようとすれば歴史協会と揉めるはめになる。ふたりの時間が奪われるのは言うまでもない。ウィルは自分で修理したがるし、サラの貴重な夜の自由時間と、のんびりできるはずの週末は、ペンキの色とお金に関する口論に費やされることになる。

お金。

ほんとうの障害はそれだ。サラはウィルよりずっとお金を持っている。夫にくらべてもそうだった。はじめて銀行口座の残高を見せたときのジェフリーの表情は、いつまでたっても忘れられない。彼の睾丸《こうがん》が体のなかへきゅっと引っこむ音が聞こえるようだった。また外に吸い出してやるのにさんざん苦労したものだ。

ベラが話をつづけていた。「もちろん、税金のことはわたしもなんとかしてあげるけど――」

「ありがとう」サラは口を挟もうとした。「とてもありがたい話だけど――」

「結婚のプレゼントになるわね」キャシーが満面の笑みでテーブルの前に座った。「素敵じゃない？」

　サラはかぶりを振ったが、母親に対してそうしたのではない。自分はいったいどうしたのだろう？　なぜウィルがどう反応するか心配になるのだろう？　彼の資産がどのくらいあるのか、聞いたことはない。彼はいつも現金で買い物をする。クレジットカードを信用していないのか、それとも審査に通らなかったのか、それもふたりのあいだで話題にならないことのひとつだ。

「いまのはなにかしら？」ベラが首をかしげた。「聞こえなかった？　花火みたいな音。違うかしら？」

　キャシーは聞き流した。「ウィルとここに住めばいいわ。ガレージの二階には、テッサが住めばいいし」

　ついに鉄槌が振りおろされたと、サラは思った。母親はサラの人生をコントロールしようとしているだけではない。テッサの人生にも介入しようとしている。

　サラは言った。「テッサは二度とガレージの二階に住みたがらないと思うけど」

　ベラが尋ねた。「いまは泥を固めた小屋に住んでるんじゃないの？」

「ちょっと待って、ベラ」キャシーはサラに尋ねた。「あなた、テッサと引っ越しの話はしたの？」

「たいしたことは話してない」サラは嘘をついた。妹の結婚生活は破綻しかけていた。テッサは南アフリカに住んでいるが、一日に二度はスカイプで話している。「母さん、このことには口出ししないで。いまは一九五〇年代じゃないのよ。わたしは自分で生活費を払ってる。退職後の年金も用意してある。男の人と法律婚をする必要はないの。自分の世話は自分で焼くわ」

キャシーの表情に、室内の気温がさがった。「そういうもののために結婚すると思っているのなら、ほかに言うべきことはないわね」キャシーはテーブルに手をついて立ちあがり、コンロの前に戻った。「ウィルに、食事の前に手を洗うように伝えて」

サラは、目をぐるりと上に向けてしまう前にまぶたを閉じた。

席を立って、キッチンから出た。

居間の古い東洋の絨毯《じゅうたん》の外側を歩くと、高い天井に足音が反響した。最初のガラス扉の前で立ち止まった。ガラスにひたいを押しつける。ウィルが上機嫌で芝刈り機を物置小屋へ押していた。庭は壮観だった。ウィルはツゲの木まできっちりと矩形《くけい》に刈りそろえていた。まっすぐな輪郭に、外科医並みの器用さがあらわれている。

二百五十万ドルのあちこちガタが来ている中古家屋について、ウィルはなんて言うだろう？

サラ自身、自分にそれほど大きな責任を負うつもりがあるのかどうかわからなかった。結婚生活の最初の数年間は、クラフツマン様式の小さな家をジェフリーと修理することに費やされた。壁紙をはがし、階段の手すりを支える小柱を一本一本塗装したあとの体の疲労や、小切手一枚でほかのだれかに頼めるのを知っていながら自力で作業する耐えがたい苦痛を、いまでもまざまざと思い出せるが、夫はほんとうに、ほんとうに頑固だった。夫。

キッチンでキャシーが何度も蒸し返そうとしていた微妙な問題がこれだ。サラはジェフリーと同じようにウィルを愛しているのか、愛しているのなら、なぜウィルと結婚しないのか、しないのであれば、時間を無駄にせず、次に進むべきではないのか？

どれもいい質問だが、サラは気がついたら、スカーレット・オハラのように明日考えようと繰り返し誓うループから抜け出せなくなっている。

ガラス扉を肩で押すと、熱の壁にぶつかった。空気が汗をかいているかのように湿度が高い。それでも、髪を束ねていたゴムをはずした。うなじを覆う髪が、まるで熱したオーブンミトンのようだ。草の香りはすがすがしいが、それを除けば蒸し風呂に入ったも同然だった。サラはのろのろと斜面をのぼった。スニーカーがぐらつく石の上ですべった。顔のまわりを羽虫が飛び交っている。それを叩きつぶしながら、ベラは物置小屋と呼んでいるが、実際には馬車と馬二頭が入るほど広く、床に青色砂岩を敷きつめた納屋へ向かった。

ドアはあいていた。中央にウィルが立っている。作業台に両手をついて窓の外を眺めていた。その姿は妙にしんとしていて、声をかけるのをためらわれた。この二カ月ほど、彼は悩んでいる様子だった。サラは、そのことがふたりの毎日のすみずみにじわじわと浸食しているのを感じていた。どうしたのかと尋ねてはみた。ひとりで考える猶予も与えた。無理やり聞き出そうともしてみた。ウィルはなんでもないと言い張ったが、それなのに、いまのような彼の姿をたびたび見かける。思いつめたような顔つきで、窓の外を見つめている姿を。

サラは咳払いした。

ウィルが振り向いた。シャツを着替えていたが、この蒸し暑さでとっくに生地が胸板に張りついている。たくましい脚には草の葉がまとわりついていた。すらりとした長身の彼にほほえみかけられると、サラは目下の問題をひとつ残らず忘れてしまう。

ウィルが尋ねた。「もうランチの時間？」

サラは腕時計を見た。「一時四十六分。嵐の前の静かな時間が、あときっかり十四分ある」

彼の微笑が満面の笑みになった。「この納屋を見たことある？ じっくり見たことがあるかっていう意味だけど」

サラはただの納屋ではないかと思ったが、ウィルは明らかに興奮している。

彼は、仕切りで囲まれた一角を指さした。「あそこにトイレがあるんだ。本物の、ほんとうに使えるトイレだ。すごくないか？」

「素敵」サラは、まったく素敵とは思っていない口調で答えた。

「あの梁《はり》もじつに頑丈そうだ」身長百九十センチを超えるウィルは梁をつかみ、何度か懸垂をした。「こっちも見てくれ。このテレビは古いけど、ちゃんと映る。それに、あそこには冷蔵庫と電子レンジがある。以前はたぶん馬の部屋だったんだろうけど」

サラは思わず口角があがるのを感じた。ウィルは都会育ちだから、馬房という言葉を知らないのだ。

「ソファはちょっとかび臭いけど、座り心地はとてもいいよ」ウィルは革の破れたソファにぽんと腰をおろし、サラを引っ張って隣に座らせた。「ここは最高だろう?」

サラは舞いあがる埃《ほこり》に咳《せ》きこんだ。積みあげられたおじの古い『プレイボーイ』誌ときしむソファを頭のなかで結びつけたくなるのをこらえた。

ウィルが尋ねた。「ここに引っ越してこないか? 半分本気なんだけど」

サラは唇を嚙んだ。冗談めかしてほしくなかった。望んでいることを率直に話してほしい。

「ほら、ギターがある」ウィルはギターを取り、弦を調節しはじめた。何度かコードをかき鳴らすと、どこかで聞いたような響きがした。やがて、それは曲になった。

サラは、ウィルについて新しいことを知るたびに驚きで一瞬ときめくのだが、このときもそうだった。

ウィルはブルース・スプリングスティーンの《アイム・オン・ファイア》の冒頭をささやくように歌った。

それから、手を止めた。「なんだか気持ちが悪くないか? "*Hey little girl is your daddy home?*" なんて」

「《悲しきプロフィール》の "*Girl, you'll be a woman soon*" も、かなりのものじゃない？《高校教師》の“*Don't stand so close to me*”とか。《微笑《ほほえ》んでよサラ》の最初の部分も」

「ああ」ウィルはギターをつま弾いた。「ホール&オーツのあれだろ？」

「パニック！アット・ザ・ディスコの《サラ・スマイルズ》のほうがましね」サラは、弦をはじくウィルの長い指を眺めた。彼の手が好きだ。「いつ弾けるようになったの？」

「ハイスクールのとき。独学だ」ウィルは恥ずかしそうな顔をした。「十六歳男子が十六歳女子にすごいと思われたくてやるばかげたことを思い出してくれ。ぼくは全部やれる」

サラは笑った。想像に難くない。「髪をツーブロックにしてた？」

「もちろん」ウィルはギターをかき鳴らした。「ピーウィー・ハーマンの声まねもできた。スケートボードのフリップも。《スリラー》の歌詞は全部覚えてた。ケミカルウォッシュのジーンズと〈ネンバーズ・オンリー〉のジャケットを着たぼくを見せたいね」

「ネンバー？」

「一ドルショップのブランドだ。億万長者だったとは言わなかっただろ」サラがおもしろがっているのがうれしいらしく、ウィルはギターから目をあげた。それから、サラの頭のほうへ顎をしゃくって尋ねた。「そこ、どうした？」

サラはまた泣きたい気持ちが戻ってくるのを感じた。愛情に呑みこまれていた。ウィルはサラの気持ちに敏感だ。サラは、自分も彼の気持ちに敏感になるのは自然なことなのだと、わかってほしくてたまらなかった。

ウィルはギターを置いた。サラの顔に手をのばし、ひそめた眉を親指の腹でそっとなでた。「これでいい」

サラはウィルにキスをした。本気のキスをした。こうするのはいつもたやすい。汗ばんだ彼の髪に指を通す。ウィルはサラの首に口づけし、その唇を下へおろしていった。サラは目を閉じ、彼の唇と手がさまざまな迷いを拭い去ってくれるのを待った。

そのとき、突然ソファがガタガタと揺れ、ふたりは動きを止めた。

「いまのはなに？」サラは尋ねた。

ウィルは、自分には地震を起こす能力があるとかなんとか、いつものつまらない冗談を言わなかった。ソファの下を覗いた。立ちあがり、天井の梁を拳でとんとんと叩いて、異状がないか確かめた。「何年か前にアラバマで地震が起きただろう？　あのときと似ているけど、いまのほうが激しかった」

サラは衣服を元どおりになおした。「カントリークラブが打ち上げ花火をするの。新作のテストをしてるのかもよ？」

「こんな真っ昼間から？」ウィルは納得していないようだった。作業台から携帯電話を取った。「警報は出ていない」メッセージをスクロールし、だれかに電話をかけた。別の番号を試した。さらに別の番号も。サラに電話を掲げ、ただいま電話が混み合っているというアナウンスを聞かせた。

サラはスクリーンの隅の時刻に目をとめた。

午後一時五十一分。

「エモリー大学には緊急時のサイレンがあるの。自然災害が起きたときに鳴る――」

ドンッ！

また地面が激しく揺れた。サラはソファにつかまってやり過ごし、それから裏庭に出ていったウィルを追いかけた。

ウィルは空を見あげていた。木立のむこうで、黒い煙がもくもくと渦巻きながら立ちのぼっていく。サラは、エモリー大学のキャンパスをよく知っている。

学生が一万五千人。

教員を含めた職員が六千人。

地を揺るがす爆発が二度。

「行こう」ウィルが車へ走っていった。彼はジョージア州捜査局《GBI》の特別捜査官だ。サラは医師。話し合わなくても、ふたりともいまなにをすべきか心得ている。

「サラ！」裏口からキャシーが呼んだ。「いまの聞いた？」

「エモリー大のほうから聞こえてきた」サラは車のキーを取りに家へ駆けこんだ。頭のなかでいろいろな考えがぐるぐるとまわって恐怖が固まっていくような気がした。都心部キャンパスの広さは二・四平方キロを超える。エモリー大学付属病院。エグルストン小児病院。ＣＤＣ。国立公衆衛生研究所。ウィンシップ癌《がん》研究所。政府の研究機関。病原体。ウィルス。テロリストの攻撃だろうか？　それとも、大学で銃乱射事件が？　単独の武装犯？

「銀行じゃない？」キャシーが言った。「銀行強盗団が郡立刑務所を爆破しようとしたでしょう」

マーティン・ノヴァク。街の中心部で彼に関する重要な会議がおこなわれているのは、サラも知っているが、有罪判決を受けたノヴァク本人は、アトランタから離れた秘密のセーフハウスに閉じこめられている。

ベラが言った。「なんにしても、まだニュースにはなっていないわ」キッチンのテレビがついている。「バディの古いショットガンがどこかにあるはずよ」

サラは、バッグにキーホルダーが入っていることに気づいた。「外に出ないで」母親の手をつかみ、ぎゅっと握りしめた。「父さんとテッサに電話をかけて、無事を知らせておいて」

髪をまとめながら玄関へ向かった。ドアノブに手をのばそうとして、凍りついた。

全員がその場で凍りついた。

深い悲しみに泣き叫ぶような緊急サイレンが一帯を満たしていた。

2

八月四日日曜日午後一時三十三分

ウィル・トレントは、汗のしみる目を拭うために、芝刈り機から手を離した。いささか厄介な作業だった。まず、手の汗をふるい落とさなければならなかった。次に、シャツの内側に指をなすりつけて土を取り除く。それからようやく、眉にたまった汗を握り拳で拭った。つかのま視界が晴れたので、腕時計を見た。

午後一時三十三分。

八月の真っ昼間に起伏の多い三千七百坪の土地に芝刈り機をかけるのは、いったいどんな間抜けだろう？　午前中を恋人のベッドで過ごすタイプの間抜けだ。確かに甘美な時間だったが、本気で時間を遡り、過去のウィルに未来のウィルがとんでもなくひどい目にあうのだと教えてやりたかった。

角を曲がると、でこぼこした地面のへこみに芝刈り機がはまった。ホリネズミの穴につまずいた。顔の前で蚊柱が立っていた。日差しが鞭《むち》のようにうなじを打った。土と刈り取った草と汗が糊《のり》になっているおかげで、かろうじて睾丸が体にくっついている。

ウィルはベラの屋敷をちらりと見あげながら、また角を曲がった。屋敷の大きさに驚かずにはいられなかった。まるで破風から金がしたたり落ちているかのようだ。この屋敷の設計に関する本も出版されていて、ベラが貸してくれた。階段のステンドグラスはルイ・コンフォート・ティファニーの作品だった。漆喰《しっくい》の繰形はイタリアから招いた職人の手によるものだ。象眼細工をほどこしたオークの床。格天井《ごうてんじょう》。室内用の噴水。マホガニーの羽目板を張った図書室は古書でいっぱいだ。クローゼットの内側はシーダー材。豪華なシャンデリアには本物の金箔《きんぱく》が使われている。人種隔離政策の時代には使用人用だったトイレ。キッチンの食料庫の壁は隠し扉になっていて、そのむこうの人間がひとり入れるくらいの金庫には銀器がしまってある。

ここの私道に足を踏み入れるたびに、『じゃじゃ馬億万長者』のジェスロ・ボディーンになった気がする。

本物の猫の爪より大きな鉤爪《かぎつめ》だらけのキャッツクロウの蔓《つる》を肩で押し分けながら、ウィルはうめいた。

サラにはじめて会ったとき、彼女が裕福な暮らしをしていることはすぐにわかった。態度や話し方が異なるからではなく、ウィルが刑事だからだ。つまり、熟練した観察者なのだ。観察その一、サラの自宅は洒落《しゃれ》たビルのペントハウスである。観察その二、サラはBMWに乗っている。観察その三、サラは医師である。つまり、彼女の口座残高がかなりの金額だと気づくには、刑事の観察眼など実は必要ないということだ。

しかし、この話は一筋縄ではいかない。サラは当初、父親は配管工だと話していた。確かにそのとおりだ。だが、エディ・リントンが不動産投資業もやっているとは言わなかった。そして、父親の影響で家業を手伝っていたことも。家賃収入と住宅の販売で大金を稼ぎ、医学部の学費ローンを完済したことも、アトランタへ引っ越してくる前にグラント郡で経営していた小児科クリニックを売却したことも、亡夫の保険金と年金を受け取ったことも、警察官の寡婦なので州税の支払いを免除されていることも。要するに、サラは経済的には『ベルエアのフレッシュ・プリンス』のフィルおじさんであり、一方ウィルはクールではないフレッシュ・プリンスのようなものだ。

べつに、それでかまわないけれど。

ウィルがはじめてだれかに金をもらったのは十八歳のときだ。児童養護施設を出ていかなければならない年齢に達したので、ホームレスのシェルターへ行くためのバス代だった。その後、州から奨学金をもらい、大学には行けた。そして結局、育ててもらった州に雇われて働いている。警察官のウィルは、自分より金を持っている人間のほうが多いことにも、それほどの薄給なのに職務中に顔面を撃たれる可能性が高いことにも慣れきっている。

だが、ほんとうの問題はこれだ。サラはそれでいいと思っているのか？

ウィルは咳きこみ、芝刈り機の後輪からトライデントミサイルよろしく顔めがけて飛んできた土塊《つちくれ》を吐き出した。地面に唾を吐く。昼食を思い浮かべ、胃袋が鳴った。

ベラの豪邸には、落ち着かない気持ちにさせられる。屋敷が体現しているものに。屋敷が物語っている自分とサラの本質的な違いに。ウィルが学生時代に住んでいたのは、国家歴史登録財に指定されている屋敷ではなく、アスベスト飛散の恐れがあり危険と判定された建物だった。

サラのおばは並外れている――いろいろな意味で。アイスティーから漂ってくるにおいから察するに、ベラは日が高いうちから酒を飲むのが好きらしい。また、ウィルの知るかぎり、彼女は裕福な男性との結婚で財産を手に入れた。さらに裕福な男性と再婚。さらにまた再婚。そのこと自体はウィルに関係のないことだったが、ベラがとんでもなく気前がいいせいで、そうも言っていられなくなってきた。

先週、ベラはウィルに二百ドルはする剪定鋏《せんていばさみ》をくれた。先々週は、ウィルが彼女の亡くなった夫のひとりが遺したレコードコレクションを夢中で見ていることに気づき、帰り際に一箱分のレコードを押しつけてきた。

クイーンの《オペラ座の夜》のオリジナル盤。ブロンディの《恋の平行線》。ジョン・レノンの《イマジン》の十二インチシングル、それも貴重な青リンゴのラベルのもの。二千年先までこのいまいましい芝生を刈っても、ベラに借りを返すことなど到底できない。

ウィルは腕でひたいを拭った。汗ばんだ肌に汗をなすりつけただけだった。深呼吸すると、ユスリカまで吸いこんでしまった。

午後一時三十七分。

こんなところにいるはずではなかったのに。

いまこのときにも、市庁舎では重要な会議がおこなわれている。先月も何度か、先々月までは月に二回の頻度で開かれた。GBIは現在、連邦保安局、アルコール・タバコ・火器及び爆発物取締局《ATF》、連邦捜査局《FBI》と連携し、有罪と認められた銀行強盗犯、マーティン・ノヴァクを移送する準備をしている。ノヴァクは場所を公開されていないセーフハウスでラッセル・フェデラル・ビルディング内の連邦裁判所の判決を待っているところだ。郡立刑務所で待っていないのは、仲間の強盗犯グループが、刑務所の壁を爆破してノヴァクが通れるほどの穴をあけようとしたからだ。爆破は未遂に終わったものの、二度目がないとは言えない。

ノヴァクは普通の犯罪者ではなかった。筋金入りの犯罪首謀者であり、熟練した悪党集団を統率していた。彼らは見境なく人を殺した。一般市民、警備員、警官。銃口の先にいる相手がだれだろうが、かまわず引き金を引いた。時計の針が進むように、狙った銀行を着々と襲っていった。どう考えても、ノヴァクのグループがリーダーをみすみす連邦刑務所の奥深くで死なせるわけがない。

警官としてのウィルは、この手の犯罪者と関わるのはまっぴらだと思っているが――真に抜け目のない悪党はなにより厄介だが、稀少《きしょう》だ――ひとりの人間としては捜査に呼ばれるのを待っている。ウィルはずいぶん前に、この仕事でもっとも自分を惹きつけるのは狩りの要素だと認めた。動物を撃つことなど絶対にできないが、じっと伏せてライフルの照準を悪党の体の中心に合わせ、その卑劣な魂をこの世から排除したくてむずむずする指で引き金を引こうとしているところを想像すると、信じられないほど興奮する。

そのことは、サラに言うつもりはない。彼女の夫、ジェフリー・トリヴァーもそんな警官だったこと、おそらく彼を死に導いたのが狩りへの希求だったことは、確かな筋から聞いている。犯罪者との勝負に闘志と興奮をかき立てられるのは、ウィルも同じだ。だが、仕事に出かけるたびにサラを怯えさせたくない。

ウィルはもう一度屋敷を見あげ、次の列を刈った。

裕福な酔っ払いのおばはさておき、サラとはうまくいっていると感じている。ふたりでいることはもはや日常だ。たがいの欠点を受け入れられるようになった。いや、とにかく最悪の部分を大目に見ることができるようにはなった。たとえば、責任ある人間として毎朝ベッドメイクをしようと思わないところや、サンドウィッチのパンの半分に塗るには充分なマヨネーズが瓶の底に残っていても平気で捨てるところ。

ウィルのほうも、サラに自分の気持ちをもっと伝えようと努力している。思っていたよりも簡単だ。気になることがあれば、毎週月曜日にサラに伝えるべくカレンダーにメモしている。

そのなかでも大きな不安は、月曜日の告白タイムが巡ってくる前に消えた。サラがGBIの同僚になった当初は、ほんとうに気を揉んだ。さまざまな問題は解決したが、ほとんどはサラのおかげだ。ふたりはそれぞれのコースからはみ出ないようにしている。サラは医師であり検死官だが、グラント郡でも同じ仕事をしていた。夫が警察署長だったから、警官とつきあうことには慣れている。ジェフリー・トリヴァーもウィル同様、昇進の列からははずれていたのだろう。もっとも、すでに食物連鎖のトップにいる男はそれ以上昇進しようがないけれど。

ウィルは頭のなかからトリヴァーのことを押し出した。考えがもやもやとしてまとまらないが、深入りするのはかなり危険だ。

それはともかく、サラの母親は考えを変えてくれたようだ。ゆうべ、キャシーは三十分ほどかけてエディと結婚したころのことを語った。ウィルは、これは前進だと思わずにいられなかった。はじめてキャシーと会ったときは、棘《とげ》のある言葉を吐かれてばかりだった。もしかしたら、酔っ払いの姉の屋敷の芝生とえんえん格闘しつづける姿に、そんなに悪い男ではなさそうだと思ってくれたのかもしれない。いや、娘をどんなに愛しているかわかってくれたのかもしれない。それはきっと大事なことだ。

またホリネズミがあけた穴に芝刈り機がはまり、ウィルはよろけた。顔をあげると、ほとんど作業が終わっていることに気づいて驚いた。腕時計を見る。

午後一時四十四分。

急げば納屋のホースで体を洗って一息つき、食事会のはじまりを告げるベルを待つことができるかもしれない。

最後の長い一列を刈り、ほとんど駆け足で納屋に戻った。まだ熱を持っている芝刈り機を石の床に置きっぱなしにした。この旧式の機械を蹴りつけてやりたかったが、両脚はぐにゃぐにゃの紐《ひも》同然だった。

体に張りついたシャツを脱いだ。シンクへ行き、冷たい水流に頭を突っこんだ。紙やすりのようにざらついている石鹸《せっけん》で、要所要所を洗った。清潔なシャツをはおると、生地が濡《ぬ》れた肌をなでた。作業台に両手をついて脚を広げ、自然に乾くのを待った。

携帯電話に通知が表示されていた。ウィルが呼ばれなかった重要な会議に出ているフェイスから、メッセージが届いている。ピエロの絵文字、それに銃口を向けている水鉄砲。それからナイフ。ハンマー。またピエロ、その隣に、なぜかサツマイモ。

フェイスが元気づけようとしてくれているのだとすれば、サツマイモではそのゴールテープを切ることはできそうにない。

ウィルは窓の外に目をやった。考えても詮ないことをくよくよ考えるつもりはないが、完璧に刈り終えた芝生を眺めていると、どうしても頭に浮かんでくる。

なぜ自分はあの重要な会議に呼ばれなかったんだろう？

出席しているフェイスを妬んでいるわけではない。身贔屓《みびいき》だと責める気もない。上司のアマンダは、新米警官のころにフェイスの母親とパートナーを組んでいた。ふたりは親友だ。だが、フェイスはコネのおかげで楽をしているのではない。努力を重ねて、アトランタ市警の交通課巡査から殺人捜査課の刑事に、そしてＧＢＩの特別捜査官になった。フェイスは有能な警官だ。昇進が待っているのも当然だ。

ウィルを待っているのは、本物の屈辱だろう。自分は現状維持がやっとなのに、フェイスは昇進したとサラに話すかどうかは置いておくとして、新しいパートナーに慣れなければならない。いや、むしろパートナーのほうがウィルに慣れなければならないだろう。ウィルは人づきあいが苦手だ。とくに、仲間の警官とはうまくつきあえない。犯罪者と話すのは大得意だ。青年時代のほとんどは法の網をくぐり抜けることに費やされた。だから、犯罪者の思考がわかる――犯罪者を一部屋に閉じこめれば、彼らは十六通りの脱出法を思いつくが、そのなかには鍵をあけてくれと頼むという方法はない。

つまり、ウィルは数々の事件を解決している。結果を出している。射撃の名手でもある。いつでもどこでも威圧的に振る舞ったりしない。仕事で表彰されたいとも思わない。ただ、なぜあの会議に呼ばれなかったのか知りたいだけだ。

ウィルはもう一度、携帯電話を見おろした。

やはりサツマイモだ。

窓の外を見やる。だれかに見られているような気がした。

サラが咳払いした。

ウィルは、落ちこんでいた気分が高揚するのを感じた。サラの姿を目にするたびに浮かぶばかみたいな笑みをこらえることができなかった。サラは長い赤毛をおろしていた。ウィルは、髪をおろしているサラが好きだ。「もうランチの時間?」

サラは腕時計を見た。「一時四十六分。嵐の前の静かな時間が、あときっかり十四分ある」

ウィルはサラの顔を見つめた。美しい顔だが、眉のすぐ上に、死んだ羽虫のはらわたをなすりつけたような汚れが線を引いていた。

サラは問いかけるようにウィルを見た。

「この納屋を見たことある？」納屋一周の旅にサラを連れ出したのは、ソファへ誘うための策略だ。芝刈りですっかりくたびれている。飢え死にしそうに空腹だ。サラが貧乏警官に耐えてくれるのは、その貧乏警官に野心がある場合だけではないだろうか。

ウィルは尋ねた。「ここは最高だろう？」

サラがソファから舞いあがる埃に咳きこんだ。それでも、片方の脚をウィルの脚にかけた。それから、ウィルの肩を抱いた。濡れた髪の先端を彼女の指がなでる。ウィルはいつも、サラと触れ合うとてきめんに気持ちが落ち着く。この世で大事なものはふたりのつながりだけのような気がする。

「ここに引っ越してこないか？　半分本気なんだけど」

おもしろそうな顔をしていたサラが、警戒をあらわにした。

ウィルは息を詰めた。冗談が通じなかったか。いや、冗談にはならない。しばらく前から、ふたりとも同棲の話を避けていたのだから。ウィルはいま、ほとんどサラの部屋に住んでいるようなものだが、正式に引っ越してほしいとは言われていないし、ウィルにはそれがサラの気持ちをあらわすサインなのかどうかも、もしサインだとすれば、〝止まれ〟のサインなのか〝進め〟のサインなのかもわからない。さんざん頭を叩かれているも同然のサインなのに、自分は気づいていないだけでは？

ウィルは懸命に別の話題を探した。「ほら、ギターがある」

ギターを取り、適当につま弾いた。十代の自分は、粘り強くもある曲を完全にコピーした。その曲のコードを思い出そうと、おもむろにハミングしはじめた。ふと手を止める。いったいなぜ、あのころの自分は《アイム・オン・ファイア》こそ、女の子が胸をさわらせてもいいという気分になる曲だなどと考えたのだろう？「なんだか気持ちが悪くないか？ 〝*Hey little girl is your daddy home?*〟なんて」

「《悲しきプロフィール》の〝*Girl, you'll be a woman soon*〟も、かなりのものじゃない？ 《高校教師》の〝*Don't stand so close to me*〟とか。《微笑んでよサラ》の最初の部分も」

ウィルは、頭のなかでダリル・ホールの歌声を聞きながらギターを弾いた。

Baby hair with a woman's eyes...

「ああ」ウィルはつぶやいた。十代のころに覚えたロックのポピュラーな曲は、どれもこれもA級犯罪者の歌じゃないか。「ホール&オーツのあれだろ？」

「パニック！アット・ザ・ディスコの《サラ・スマイルズ》のほうがましね」

サラがその曲を知っているのがうれしかった。サラが車にドリー・パートンのCDを大量に積んでいるのを知ったときはぎょっとした。だが、その後、彼女のｉＴｕｎｅｓにアダム・アントやクラフトワークやレッド・ツェッペリンまで入っているのを知り、大丈夫だと思った。

コードを弾くウィルの指を眺めながら、サラがほほえんだ。「いつ弾けるようになったの？」

「ハイスクールのとき。独学だ」ウィルはサラの顔が見えるよう、彼女の髪を後ろへ払った。「十六歳男子が十六歳女子にすごいと思われたくてやるばかげたことを思い出してくれ。ぼくは全部やれる」

ようやくサラが笑った。「髪をツーブロックにしてた？」

「もちろん」ウィルはみじめな業績を列挙した。「ケミカルウォッシュのジーンズと〈ネンバーズ・オンリー〉のジャケットを着たぼくを見せたいね」

「ネンバー？」

「一ドルショップのブランドだ。億万長者だったとは言わなかっただろ」これ以上、羽虫の死骸に見て見ぬ振りはできない。ウィルは、虫のはらわたで汚れたサラのひたいのほうへ顎をしゃくった。「そこ、どうした？」

サラはかぶりを振った。

ウィルはギターを置いた。親指の腹で虫の死骸を拭い取った。「これでいい」

どういうわけか、サラにキスをされた。本気のキスを。ウィルはサラの腰を両手でなでおろした。彼女がもっと近づいてきた。キスが深くなる。サラが指先でウィルの肩を押した。それから、手のひら全体で。ひざまずいたウィルが、サラは何度味わっても飽きないと思っていたとき、地面が揺れはじめた。

サラが体を起こした。「いまのはなに？」

ウィルは口元を拭った。きみのために地を揺るがしたという冗談を言わなかったのは、ほんとうに地面が揺れたからだ。古いソファが壊れかけているのかと思い、座面の下を覗きこんだ。立ちあがり、天井の梁を叩いたが、愚かな行為だったかもしれない。天井全体が崩落するかもしれないのに。

サラに尋ねた。「何年か前にアラバマで地震が起きただろう？」当時、ウィルはジョージア州北部で張り込みの車内にいた。車はガタガタと振動しながら縁石から離れた。「あのときと似ているけど、いまのほうが激しかった」

サラはショートパンツのボタンをはめていた。「音がしたわ。カントリークラブが打ち上げ花火をするの。新作のテストをしてるのかもよ？」

「こんな真っ昼間から？」ウィルは作業台から携帯電話を取った。スクリーンに時刻が表示されている。

午後一時四十九分。

サラに言った。「警報は出ていない」彼女もGBIの一員だ。テロリストの攻撃が起きた際には、州の緊急連絡システムがあらゆる法執行機関に所属する全員の携帯電話に警報を送ることは、彼女も知っている。

いまこの場所で地面の揺れを感じるような大異変とはなんだろうかと、ウィルは考えた。グラウンド・ゼロのそばにいたFBI捜査官による講演で聞いた話を思い出した。その捜査官は、高層ビルが崩壊したときに地表に広がったすさまじい運動エネルギーをあらわす言葉が、十年たっても見つからないと語っていた。

たとえば、震度計を振り切る地震のような。

アトランタ空港は市街からおよそ十一キロの地点にある。毎日、二十五万人以上の乗客が利用している。

ウィルはふたたび携帯電話に目をやった。メッセージやメールをチェックしようとしたが、スクリーン上では処理中を示す円環が回転するばかりだった。フェイスに電話をかけるも、つながらない。アマンダも同様だった。GBIの代表番号にかけた。

だめだ。

サラに電話を掲げ、三度のコール音と、回線が混み合っているというアナウンスを聞かせた。電話をソファに置いた。

サラの表情は不安に満ちていた。煉瓦《れんが》のように重く感じた。「エモリー大学には緊急時のサイレンがあるの。自然災害が起きたときに鳴る――」

ドンッ！

ウィルは危うく転びそうになった。庭に駆け出して空を見あげた。木立のむこうで、黒い煙がもくもくと渦巻きながら立ちのぼっていく。

花火ではない。

二度の爆発。

「行こう」ウィルは私道へ走った。

「サラ！」キャシーが裏口から叫んだ。「いまの聞いた？」

ウィルは、サラが屋敷へ駆けこむのを見た。車のキーを取りに行ったに違いない。そのまま屋敷内にいてほしいが、そうしないのはわかっている。

傾斜した前庭を走った。警察が道路を封鎖するはずだ。車を駐《と》める場所がないかもしれないし、おそらく走ったほうが早い。サラのＢＭＷのグローブボックスに銃をしまってあるが、所轄の警察になにか頼まれるとすれば、群衆の整理だろう。

道路に出たと同時に、緊急サイレンが一帯に鳴り響いた。ベラの屋敷は、まっすぐなラルウォーター・ロード沿いにある。五十メートルほど先の角を曲がると、ドルイド・ヒルズのゴルフ場がある。ウィルは両脇を引き締めて全力で走り、曲がり角までの距離を詰めていった。

曲がり角の手前で、また音が聞こえた。爆発音ではなく、二台の自動車が衝突したときの不穏なガシャンという音だ。ふたたび、ガシャンと音がした。つづく静寂のなか、ウィルは歯噛みしていた。鳴りやまない緊急サイレンに車のクラクションの音が重なった。

ようやく角を曲がったとたん、ウィルはなにが起きたのかを知った。二台の車のあいだに青いピックアップトラックが挟まっている。

いちばん前の車は、赤いポルシェ・ボクスターSだった。水平対向六気筒自然吸気エンジンの古いモデルで、フロントバンパーのなかにラジエーターが入っている。トランクがあいていた。ドライバーがハンドルに突っ伏しているため、クラクションが鳴りっぱなしになっている。

ポルシェの後ろは、フォードF150のピックアップトラックだ。事故の衝撃でドアがつぶれてしまっている。開いた窓から男が這《は》い出ようとしていた。もうひとり、顔から血を流してボンネットに寄りかかっている男がいる。

三台目はシルバーで4ドアのシボレー・マリブだった。運転席にひとり、後部座席にふたりが座っているが、全員が身動きひとつしない。

ウィルの内なる警官は、とっさにだれの責任か判定しようとした。ポルシェが急停止し、後続のトラックとマリブが車間距離を充分にあけていなかったようだ。おそらくスピード違反。ポルシェのドライバーがブレーキを踏んだせいでトラックのドライバーが怒ったのかどうかは、事故捜査員が解くべき謎だ。

ウィルは三台の先にあるノース・ディケイター・ロードの環状交差路を見やった。交差路は、止まった車で埋まっていた。ミニバン。箱型トラック。メルセデス。ＢＭＷ。アウディ。すべて、ドアをあけ放したままになっている。乗っていた人々は通りに出て、青い空に立ちのぼっていく煙を見あげていた。

全力疾走からスピードを落としていたウィルも、やがて立ちつくした。

木立で小鳥がさえずっていた。かすかなそよ風に葉擦れの音がする。煙はエモリー大学のキャンパスからあがっていた。学生、職員、二箇所の病院、FBIの支局、CDC。

「ウィル」

ウィルはびくりとした。サラが隣に車を止めていた。彼女のBMW・X5はハイブリッドカーだ。低速では電気モーターで駆動する。

サラが言った。「トリアージするから手伝って」

ウィルは咳払いをして、現実に自分を引き戻した。「ポルシェのドライバーが重傷らしい」

サラが車から降りてきた。「エンジンの下にガソリンが漏れてる」

ポルシェのほうへ走っていく。ドライバーは、あいかわらずハンドルに突っ伏したまま動かない。窓は閉まっている。幌《ほろ》も閉じている。

サラはドアをあけようとしたが、あかなかった。窓ガラスを拳で叩いた。「大丈夫ですか?」クラクションが鳴りやまない。サラは声を張りあげた。「車から出してあげますから」

目にしみるほどガソリンくさかった。いつなんどき、クラクションに流れる電気がスパークして、車体の下のガソリンに引火してもおかしくない。

ウィルはサラに言った。「車から離れて」

ベラの庭の木に絡みついた蔦《つた》を刈り取るため、ばね式のナイフをポケットに入れてあった。両手で柄を握り、長さ十センチの刃をやわらかい幌に突き立てた。ナイフは一部が鋸《きょ》歯《し》状になっている。幌を切り裂こうとしたが、キャンバス地と断熱材が分厚くてうまくいかなかった。ナイフをポケットにしまい、幌の切れ目を手でこじあけてから、車内に腕を突っこみ、留め金をはずして幌をおろした。

イグニッションのキーをまわした。

クラクションがやんだ。

ウィルはドアのロックを解除した。数秒おいて、サラが首を振りはじめた。「首が折れてる。シートベルトを装着していないけれど、妙ね」

「どこが妙なんだ?」

「こういう怪我《けが》をするほどスピードは出ていなかったはずよ。潜在的な内科疾患があれば別だけど。それでも――」サラはかぶりを振った。「やっぱりおかしい」

ウィルは路上のタイヤのすべった跡を見おろした。その短さから、ポルシェがさほどスピードを出していなかったことが推測された。親指をシャツにこすりつけた。イグニッションキーが血でべとついていた。車内のドアハンドルにも血がついているが、それを除けば、血痕は少量だ。前部座席に紙が散らばっている。

「奥さん」ポルシェのむこう側に、ピックアップトラックのドライバーが立っていた。ぺったりとした長髪にZZトップのような髭《ひげ》をたくわえた典型的なヒルビリーで、毎日トラックで山からおりてきて、デッキの組み立てや乾式壁の施工といったたぐいの仕事をやっているのだろう。頭部の裂傷を指で押さえている。「あんた、看護師さんか?」

「医師です」サラは男の指を頭からそっとどけ、裂傷を見た。「めまいや吐き気はありませんか、ミスター――」

「マールだ。めまいも吐き気もない」

ウィルはアスファルトの路面を見おろした。ポルシェとトラックとのあいだに血痕が点々と落ちている。ということは、マールはポルシェのドライバーの様子を見に来て、トラックへ戻ったのだ。その行動はとくに怪しくはない。だが、サラの直感はたいてい当たる。サラがなにか妙だと思うなら、なにかが妙なのだ。

では、自分はなにを見落としているのか?

トラックの助手席の男に尋ねた。「どうしてこうなったんだ?」

「ガス管が爆発した。おれたちは大あわてで逃げてきたんだ」レナード・スキナードの一員のようなレッドネックだ。三メートル離れていてもタバコのにおいがする。男はマリブを手振りで示した。「あっちを見てやってくれ。後ろに乗ってるやつがやばそうだ」

サラはとうにセダンへ向かっていた。ウィルはあとを追ったが、サラが手伝いを必要としているからではない。彼女がなにかを気にしているので、ウィルの頭のなかで警報が鳴っていた。通り全体に目を走らせた。住人たちが玄関先に立っているが、ひとりも事故現場へ近づこうとしない。爆発の煙のせいで、一帯に煤《すす》けたにおいが立ちこめていた。

「友達を助けてくれ」マリブのドライバーが車からよろよろと降りてきた。大学の警備員の青い制服を着ている。後部座席のドアをあけた。ひとりの男が、座席にぐったりともたれかかっている。同じく青い制服姿だ。

「この人は医者だ」マールが言った。

マリブのドライバーがウィルに言った。「工事現場でガス管が爆発したんだ」

「二度も？」ウィルは尋ねた。「二度、爆発音が聞こえたが」

「詳しいことは知らん。ガス管じゃなかったのかもしれない。現場全体が吹っ飛んじまった」

「犠牲者は？」

男はかぶりを振った。「週末は工事が休みになるが、念のためにキャンパス全体が封鎖されてる。サイレンが鳴って、大騒ぎだ」

ウィルは、警備員なのになぜキャンパスで封鎖の手伝いをしていないのかと尋ねなかった。空を見あげる。煙の一本柱は奇妙な紺色を帯びていた。

「もしもし」サラが開いたドアの前にひざまずき、後部座席の男に声をかけていた。「もしもし、大丈夫ですか？」

「そいつはドワイトだ」マリブのドライバーが言った。「おれはクリントン」

「ヴィンスだ」トラックの助手席の男が名乗った。

ウィルは、返事代わりに顎をあげた。ラルウォーター・ロードと並行に走っているオークデイル・ロードから、ようやくパトカーのサイレンが聞こえてきた。白い救急ヘリが頭上を飛んでいった。遠くで消防車がサイレンを鳴らしている。ベラの屋敷がある通りには一台も緊急車両が入ってこない。ラルウォーター・ロードの先のポンセ・デ・レオンで、別の事故が起きたに違いない。爆発が起きた瞬間、いったい何台の車が急ブレーキをかけたかわかったものではない。

それなのに、なぜこの交通事故はどこかおかしいと感じるのだろう？

「ドワイト？」サラが男の上体を起こした。窓ガラスは色の濃いスモークガラスだ。ドワイトの頭がぐらりとかしいだのが、ドアの上からウィルにも見えた。腫れたまぶたの下の白目が骨に見える。鼻腔《びこう》から血が流れていた。やはりシートベルトを装着していなかった。前部座席に頭をぶつけて気を失ったのかもしれない。

「そいつを連れていかないと」クリントンの口調が変わった。怯えているようだ。「病院へ連れていかないと。エモリー大学病院は閉鎖してる。救急も閉まってるんだぞ。いったいどうすりゃいいんだ？」

ウィルはクリントンを落ち着かせるため、肩に手をかけた。「なにが起きたのか正確に話してくれないか？」

「もう話しただろ！」クリントンが両腕を振りあげ、ウィルの手から逃れた。「あんた、あの煙が見えないのか？　くそとんでもねえことが起きた、そういうことだ。おまけに、この事故が起きて、おれたちは足止めを食らってる。おれの仲間のために救急車が来てくれると思うか？　警察があのくそトラックに追突したおれを逮捕しに来ると思うか？」

「クリントン、八つ当たりしても仕方ない」別の声が言った。マリブの後部座席にいたもうひとりの男だ。三十代半ば、髭はきれいに剃っている。Tシャツにジーンズ。車のルーフの上で両手を握りしめている。

太陽熱のように放たれているその男の危うい雰囲気が、ウィルには感じ取れた。自分はなにを見落としているのだろう？

男がウィルに言った。「おれはハンクだ」

ウィルは警戒しながらうなずいたものの、名乗らずにおいた。なぜこの男たちは訊《き》かれてもいないのに名乗るのか。なぜポルシェのドライバーの首が折れたのか。なにより奇妙なのは、仲間が意識を失うような大事故を起こしておきながら、ハンクが顔色ひとつ変えず、落ち着き払っていることだ。

この場を完全に掌握しているという自信があるからこそ、あんなふうに落ち着いているのではないか。

ハンクが言った。「二度目の爆発音がしたとき、あの赤い車が止まったんだ」パチンと指をはじく。「それから、トラックが赤い車に追突した。で、おれたちがトラックに追突して──」

「ウィル？」サラの口調も変わっていた。ＢＭＷのリモコンキーをウィルに差し出している。その手がかすかに震えていることに、ウィルは気づいた。彼女は数年間、救命医として勤務していた。なにがあっても動揺することはない。

自分はなにを見落としているのだろう？

サラが言った。「グローブボックスから救急バッグを取ってきてほしいの」

マールが口を挟んだ。「おれが取ってきてやるよ」

ウィルはキーを受け取った。指がサラの指に触れた。彼女がこんなことを頼む理由を理解した瞬間、ウィルは突きあげるような恐怖を感じた。

サラは救急バッグをラゲッジスペースにしまっている。グローブボックスには収まらないからだ。そして、ウィルが銃を携帯しないときはグローブボックスにしまうからだ。

つまり、サラは救急バッグを取ってきてほしいのではない。

銃を取ってこいと告げているのだ。

突然、口のなかに唾液があふれてきた。さまざまなことが思い浮かび、ボードに刺さったダーツのように核心を囲んでいる。最初の衝突音を聞いたのは、道路の角を曲がる直前だった。そのときは、爆発音はしていない。そのあと、マリブがトラックに追突する音がした。それからポルシェのクラクションが鳴りはじめるまで、少なくとも五秒間の沈黙があった。

五秒間は長い。

五秒あれば、トラックを降りてポルシェのドアをあけ、ドライバーの首をへし折ることができる。トラックからポルシェまで血痕がつづいている理由も、それで説明がつく。

エモリー大学の警備員二名が、職務を放棄して逃げだしてきた。もうひとりはこれといって特徴のない服装。あとのふたりは、アトランタのそこらじゅうで見かける修理業者のような格好。五人は面識がないように振る舞っているが、そうではない。

それが、見落としていたことだ。

この五人はグループなのだ。

それも、目配せひとつしない動きから判断するに、非常に統率されている。ウィルに気づかれることなく、ウィルとサラを戦術的三角形で囲んでのけた。

背後にクリントン。

前方にハンク。

ウィルと銃を結ぶ線上に、もうひとつの頂点。ヴィンスとマールだ。

ドワイトは気絶しているが、ハンクが足を引きずりながらマリブの後ろをまわってきて、サラのそばに立った。

ウィルは顎をこすりながら、ひそかに隙を探した。

ひとつも見つからない。

四人は武装している。ハンクの武器は、外からは見えないが、この手の男はかならず銃を携帯しているはずだ。ヴィンスの足首のふくらみにはリボルバーが隠れているのだろう。マールもリボルバーを腰の後ろ側に突っこんでいる。彼が広い胸板の前で腕を組んだとき、グリップの輪郭が見えた。警官は重さ十キロを優に超える装備ベルトで腰を痛めるので、脚を開いて踏ん張り、尻を突き出すように立つが、マールもそうしていた。

　四人全員がそうしている。

「そこののっぽ、手伝ってくれ」無力なふりをしていたクリントンの態度が変わった。車からドワイトを降ろすのを手伝えと、ウィルを手招きした。「早く」

「待って」サラが抵抗を試みた。「背骨が折れているかもしれないし――」

「どいてくれ」マールが手を出さずにじっと立っているので、サラも仕方なく車の前からどいた。マールとクリントンがドワイトを車から抱えて降ろした。ドワイトはいかにも重そうだった。アスファルトに両足がどさりと落ち、やがてアヒルの足のように地面に足の裏がついた。

　ウィルはサラへ視線を転じた。サラはウィルを見ていない。周囲を見まわし、逃げるべきかどうか考えている。ハンクがそばに立っている。近すぎる。どの家の庭もフットボール場よりも広く感じる。サラが走りだせば、ハンクは彼女の背中を撃つだろう。そんなことになる前に、ハンクを撃たなければならない。

　ウィルはサラに言った。「救急バッグを取ってくる」

　あえてサラとは目を合わせなかった。代わりにハンクをにらみつけ、彼女の髪一本にでも触れたら顔が変形するほど殴りつけてやると視線で伝えた。

　ＢＭＷまでの距離は十メートルほどだ。サラは、通りに入ってきた車両にスピードを落とさせるため、道路をふさぐようにＢＭＷを停めていた。ウィルは、ドワイトを引きずっているマールとクリントンに追いつかれないよう、足早に歩いていった。

体温が急激にさがるのを感じた。心臓はゆっくりと着実なリズムを刻んでいる。周囲の状況を把握していれば落ち着くタイプの人間がいる。何度となく手に負えない状況に置かれた経験のあるウィルは、混乱のなかでも落ち着くことができる。耳は小さな音も聞き逃さない。靴底がアスファルトをこする音、うめき声、サイレン、クラクションが聞こえる。サラのほうからは音がしない。とにかく、声はしない。だが、サラの視線を感じる。SF小説に出てくる牽引《けんいん》ビームのように、視線でウィルを引き戻そうとしているのがわかる。

ぼくがいながら、どうしてこんなことになったんだ？

ウィルは手を見おろした。リモコンキーのなかには、ヴァレットキーが収まっている。それをこっそりと引き出した。ヒントになったのはフェイスだ。彼女はいつもキーリングのなかでもっとも長いキーを握り、指のあいだから先端をナイフのように突き出させている。ウィルは、キーでハンクの喉を切り裂くところを思い浮かべた。顎の下から喉頭がぶらさがっていたら、あんなに落ち着いてはいられないはずだ。

ちくしょう。

彼らの狙いはBMWを奪うことではない。それなら簡単だ――銃を抜いてBMWに飛び乗って逃げればすむ。話をする必要はない。それなのに、彼らはしゃべりつづけた。それぞれが名乗った。それは、尋問技術の基礎だ。対象と関係を築くこと。ガス管の爆発事故というのは大嘘だ。負傷者と、意識を失った者がいる。病院へ行くことはできないが、急いで治療を受けなければならない。

つまり、狙いはサラだ。

特有の興奮がウィルの全身の筋肉を収縮させていた。神経細胞が盛んに電気信号をやり取りしている。視界は澄み渡っている。思考は剃刀《かみそり》の刃のように研ぎ澄まされている。

ポケットには飛び出しナイフ。

指のあいだにはBMWのヴァレットキー。

グローブボックスには銃。

ポケットに手を入れて飛び出しナイフのボタンを押せば、その瞬間に撃たれてナイフを取り落とすのがせいぜいだ。

ヴァレットキーは接近戦なら役に立つが、ふたりの男を相手に勝ち目はない。

ならば、銃を取るしかない。

四名の警官、もしくは元警官。ドワイトが意識を取り戻せば五名だ。はっきりと確認したわけではないが、警備員の装備として、ベルトにグロックを差してあるはずだ。変装の道具として。

それでも、本物の銃だ。

ドワイトをBMWに乗せるのを手伝うふりをして、グロックを奪うことができるかもしれない。至近距離でも敏捷《びんしょう》に動く必要がある。まず、腰に銃を差しているクリントンを撃ち、そのあとマールだ。ウエストの後ろ側に差している銃を取り出すほうが手間取るはずだから。
射撃場の指導員からは、敵の動きを阻止するために発砲するのだといつも言われている
が、サラの安全のためならルール変更だ。連中をひとり残らず射殺する覚悟はできている。
ウィルはようやくＢＭＷにたどり着いた。ドアをあけ、助手席に体を伸ばす。グローブ
ボックスの鍵穴にキーを差しこむ。ちらりと目をあげ、サラの位置を確認した。
そして、凍りついた。
文字どおり体が凍ったような気がした――血管にドライアイスを注入されたかのようだ。
筋肉が硬直する。腱《けん》が裂ける。骨が不気味に、不自然に振動する。考えていた目論みがす
べて、あるものが原因で消えていく。
恐怖だ。
サラはもはや立っていなかった。ウィルのほうを向いてひざまずいている。警官が容疑
者の身体検査をして手錠をかける際に、ひざまずかせて頭の後ろで両手を組ませるが、い
ままさにサラはその姿勢を取っている。
サラの背後にハンクが立っていた。その隣にもうひとり女がいる。ハンクの仲間ではな
く、距離をあけている。髪は短く、ほぼ真っ白だ。頬が落ちくぼんでいる。ファスナーの
閉まっていないチノパンを両手で引っぱりあげていた。内股の縫い目が血で染まり、両脚
の内側に真っ赤な逆さＶの字を作っている。彼女は、なんとかしてと懇願するような目で
ウィルを見た。

ミシェル・スピヴィーだ。

一カ月前に、何者かに連れ去られた科学者。ＣＤＣに勤務していた。

やはり、ガス漏れによる爆発事故ではない。

攻撃だ。

「よーし」ハンクがウィルにどなった。「頭をゆっくりと車の外に出して、両手をあげろ」

すでにポケットから銃を取り出している。ＰＫＯ45。警官が銃を構えるときのようにトリガーガードにかけた指のほとんど真上に銃口がある。延長したマガジンが、握った手の下から覗いている。小型だが殺傷力は高い。ポケットカノンと呼ばれているのは、女性の頭を粉々に砕き散らすほどの威力があるからだ。

サラの頭を。

いま、銃口が向けられているサラの頭を。

ウィルは、身体が病に冒されているような気分だった。指示されたとおりに、ゆっくりと両手をあげた。それから、サラを見た。下唇が震えている。両目に涙がたまっている。彼女の恐怖は拳のような実体を伴い、ウィルはその拳で心臓から血を搾り取られているような気がした。

マールがウィルの脇腹にリボルバーの銃口を押し当てた。「あんたに恨みはない。医者先生を借りたいだけだ。いずれ返してやる」

ウィルの目はミシェルの脚のあいだを流れ落ちる血を見ていた。口をあけたが、息を吸うことができなかった。顔の両脇を汗がだらだらと伝う。脇腹をぐいぐいと押すスミス&ウェッソンのリボルバーを見おろした。はらわたを撃たれても、銃を奪うことは可能だろうか？　サラをかばって、逃がすことができるだろうか？

武装した男たちから。さえぎるもののないこの場所で。

喉や胸や肺にガラスの破片が詰まっているかのようだ。

サラが連れ去られる。

自分は殺される。

手をこまねいて見ているか、さっさと終わらせるか、ふたつにひとつだ。

クリントンがドワイトをBMWの後部座席に乗せた。ドワイトはあいかわらず意識がなく、横にどさりと倒れた。ホルスターは空だ。ヴィンスの銃を奪おうにも、距離が離れすぎている。彼はすでにBMWの運転席に乗りこんでいた。キーは車内にあるので、ボタンを押すだけで車を発進させることができる。エンジンではなく、バッテリーで動くのだ。

ヴィンスが笑い声をあげた。「ハイブリッドカーをいただけるとはな。これでリベラルを取りこめるぞ」

ウィルは必死に手の震えを止めた。恐怖に怒りを注ぎこんだ。こんなことがあってはならない。サラに手出しするのは許さない。連中を阻止することができるのなら、銃弾をひとつ残らず呑みこんでもいい。

「よけいなことはするなよ」クリントンがグロックの台尻に手をかけた。

「こっちは警官だ」ウィルは言った。「そっちも警官だろう。暴力は必要ない」

「医者が必要なんだ」ウィルとサラを隔てる空間に、ハンクの声が響いた。「悪く思うな。あんたたちがちょうどいいときに、ちょうどよくない場所にいたんだ。ほら、行くぞ。車に乗れ」

ハンクはサラを立ちあがらせようとしたが、サラは抵抗した。「行かない」その声は低かったが、どなったも同然だった。「あなたたちとはどこにも行かない」

「奥さん、キャンパスで爆発したのはガス管じゃないんだ」ハンクはさっとウィルを見あげた。「たったいま、おれたちは何十人、いや何百人もの人間を吹っ飛ばしてきた。いまさらあんたらの血で手を汚すのをためらうと思うか？」

ウィルはサラの表情に苦悶《くもん》を見て取った。大学病院と小児病院のこと、命を奪われた患者や職員たちのことを想像しているのだろう。

だが、ウィルにその余裕はなかった。サラのことしか頭になかった。このグループは冷酷な殺人集団だ。ついていけば数時間の命。ついていくのを拒んでも、いまひざまずいているその場で殺される。

「行かない」サラは繰り返した。どちらにしても殺されると、サラはとうに考えていたのだ。涙が顔を伝っている。明らかに、この先起きることからは逃れられないと覚悟している。「あなたたちとはどこにも行かない。あなたたちに手は貸さない。わたしを撃ち殺しなさい」

ウィルの目はひりひりと痛んだが、目をそむけるわけにはいかなかった。

ウィルはうなずいた。

サラが本気だということはわかる。

その理由もわかる。

「この女を殺すと言ったら？」ハンクはミシェル・スピヴィーの頭に銃口を突きつけた。

ミシェルはひるまなかった。悲鳴もあげなかった。ただ、こう言った。「殺しなさい。ほら、やってみなさいよ、腰抜け野郎」

クリントンが笑い声をあげた。ミシェルはサラと同じように、覚悟して運命を待ち受けている様子だった。

「あなたはいまだに自分が善い人間のつもりなんでしょう」ミシェルはハンクを振り向いた。チノパンを引っぱりあげている手が固く拳に丸まった。「お父さんがあなたの正体を知ったら、なんて言うかしらねえ？」

ハンクの落ち着き払った表情が崩れはじめた。ミシェルの言葉が的に当たったようだ。

彼女はこの男たちと一カ月ともに過ごしている。彼らの弱点を知っているのだろう。

「お父さんの話をしているのが聞こえたわ。お父さんはあなたのヒーローだったとか、自慢の息子だと思ってほしかったとか」ミシェルが言った。「お父さんは病気なのよね。もうすぐ亡くなる」

ハンクが歯を食いしばった。

「死に際に思い知るんでしょうねえ、自分はなんという怪物をこの世に生み出してしまったんだろうって」

クリントンがまた声をあげて笑った。「はっ、あんたの話を聞いてると、あんたの娘のあそこはどんなにきついんだろうと想像しちまうな」

まずい状況がますます悪化する前には、かならず一瞬の間がある。

ほんの一瞬の。

まばたきするくらいの。

経験上、最悪の状況がやってくるタイミングがウィルにはわかる。空気が変わる。息を吸えば、空気の変化を感じることができる。肺が吸いこむ酸素の量が増えるような、それまで使ったことのない脳の一部が不意に目覚め、処理を開始し、次の瞬間に対して体を備えさせる。

次の瞬間。

ハンクの指がトリガーガードからトリガーにすべり落ちた。

だが、指が引き金を引いたとき、銃口を向けられていたのは、ミシェル・スピヴィーではなかった。サラでもなかった。ハンクの腕は、十一歳の娘をレイプするとふざけた男のほうへ弧を描いた。

そして――。

なにも起きなかった。

金属的な音がしただけだ。カチッカチッカチッ。ポケットカノンの大きな欠点がこれだ。ポケットの糸屑《いとくず》に弱い。銃が弾詰まりを起こしていた。

クリントンが叫んだ。「この野郎――」

すべての動きがのろくなった。

クリントンがホルスターから銃を抜いた。

マールがクリントンを止めようと腕をのばしたのと同時に、ウィルはスミス&ウェッソンのリボルバーの銃口が脇腹から離れるのを感じた。

リボルバーをつかんだ。簡単に奪えた。なぜなら、マールはリボルバーのことなどほとんど忘れていたからだ。

スミス&ウェッソンは弾詰まりを起こさない。市場に出まわっている武器のなかでも、この6ショットは頼りになる。ただし、精度は射手の腕前と射程による。ウィルの腕はいい。そして、この距離なら三歳児でも相手を殺せる。

ウィルもそうした。

マールが倒れたので、ウィルからヴィンスのあいだに障害物がなくなり、ウィルは足首のホルスターに手をのばしたヴィンスを撃った。ヴィンスは負傷した。車から転がり落ちた。

死者一名。負傷者一名。残りはドワイト、ハンク、クリントン――。

ウィルの視界の隅になにかが飛びこんできた。

クリントンに体当たりされ、ウィルは道路に倒れた。リボルバーが手から離れた。頭を歩道にぶつけた。クリントンはウィルの顔を狙わなかった。人を殺すときに頭をかち割ろうとする者はいない。はらわたを引き裂こうとする。

腹に強烈なパンチを食らい、ウィルの筋肉は硬直した。息もできないほどの痛みに、体が動かなくなりそうだった。とはいえ、殴られたのはこれがはじめてというわけではない。

ウィルは両手で攻撃をかわそうとはしなかった。代わりに、ポケットに手を入れた。指がばね式ナイフを探り当てた。ボタンを押す。刃が開いた。

やみくもにナイフを振りまわし、クリントンのひたいを切り裂いた。

「ちくしょう!」クリントンが体を起こした。両目に血が流れこんでいる。彼は拳を構えた。

かまうものか。フェアな戦いなどというものはありえない。

ウィルは十センチの刃身をクリントンの脚の付け根に突き刺した。

クリントンが息を吸いこんだ。急に動きを止めた。次の瞬間、道路に転がった。咳きこむ。唾を吐く。ぜいぜいとあえぐ。

ウィルはしきりにまばたきして視界に散る星を追い払った。喉に血が流れていた。

車のドアが閉まる音がした。その音はティンパニのように響いた。

サラに名前を呼ばれた?

ウィルは寝返りを打った。立ちあがろうとした。口から胃液が噴き出た。腹のなか全体が燃えていた。やっとのことで膝立ちになった。とたんに、ぶっ倒れた。痛みが体中に広がり、必死に息を継いだ。ふたたび膝をつこうとした。

そのとき、目の前にひと揃《そろ》いのワークブーツが現れた。つま先のスチールキャップに血痕が散っている。見ていると、そのブーツが後ろに勢いよくさがった。ウィルは待ち構え、戻ってきた脚を両腕でがっちりとつかまえた。

倒れこみながら体をひねる。

ふたりは大槌《おおつち》のように地面を直撃した。

相手はクリントンではなかった。

ハンクだ。

ウィルはなんとかハンクを組み伏せた。ハンクの顔に、めちゃくちゃに拳を叩きこんだ。目が頭のなかにめりこむほど殴りたかった。サラの頭に銃口を突きつけたこの男を殺してやりたい。こいつら全員殺してやる。

「ウィル！」だれかが叫んだ。

サラの声、いや違う。

「やめなさい！」

ウィルは顔をあげた。

サラではなかった。

彼女の母親だ。

キャシー・リントンが、両手で二連式のショットガンを構えていた。ウィルは銃口の熱を感じた。片方の引き金はすでに引かれていた。もう片方の撃鉄も起こしてあり、弾も装《そう》塡《てん》されている。

キャシーは道路の先を見つめていた。

ＢＭＷが甲高い音をたてて角を曲がっていった。ウィルはしゃがみこんだ。まだ頭がくらくらしていた。胃液が喉を焼いた。ＢＭＷに乗っている人数を数えようとした。

四人？

五人？

サラが倒れているものと思いながら、首を巡らせた。「サラはどこに――」

「行ってしまった」キャシーの口から嗚咽《おえつ》が漏れた。「ウィル、あの子は連れていかれたわ」

3

八月四日日曜日午後一時三十三分

フェイス・ミッチェルはラッセル・フェデラル・ビルディングの会議室で、巨大なモニターに表示されている図表を熱心に眺めているふりをしながら、手首のアップルウォッチにこっそり目をやった。連邦保安局から来た間抜けが、連邦保安局の別の間抜けが一時間前に説明した強盗犯護送計画について、まただらだらと説明している。

会議室を見まわす。うんざりしているのは、フェイスだけではなかった。さまざまな法執行機関から集まった三十名は、この会議にいやいや参加しているわけではない。市が無謀にも、週末はすべての庁舎のエアコンを切るのだ。八月なのに。窓ははめ殺しだから、顔に風を浴びる心地よさを求めて外に飛び出し、転落死することもできない。

フェイスは会議の資料を見おろした。鼻の先から汗の滴がぽたりと落ち、文字をにじませた。資料はすみずみまで目を通した。それも二度。間抜けな連邦保安官は、この三時間で五人目の話者だった。フェイスとしても、ちゃんと話を聞きたい。ほんとうに聞きたいのだ。しかし、マーティン・エリアス・ノヴァクが重要度の高い犯罪者と呼ばれるのをあと一度でも耳にしたら、叫びだしてしまいそうだった。

モニターの上の時計をじろりと見あげた。

午後一時三十四分。

絶対に秒針が後戻りしていると、フェイスは思った。

「そして、追跡車両はここへ来ます」連邦保安官が、点線の端の〝追跡車両〟と説明書きのついた四角形を指した。「もう一度申しあげますが、マーティン・ノヴァクは重要度の高い犯罪者です」

フェイスは鼻で笑いたいのをこらえた。アマンダすらそわそわしはじめていた。あいかわらず背筋をまっすぐにのばし、一見集中している様子で椅子に座っているが、フェイスはアマンダが目をあけたまま眠れることを知っている。母親もそうだ。アマンダとフェイスの母親は、アトランタ市警でともに頭角を現した。ふたりともきわめて適応力が高く、道具を使いこなし、二カ月前にインターネットで流行った画像を転送するまでに進化した恐竜のようだった。

フェイスはノートパソコンをあけた。ブラウザの八つのタブには、どれも生活をもっと効率化するコツを説くページが表示されていた。残らず閉じた。フェイスはシングルマザーで、もうすぐ二歳になる子と二十歳の大学生を養っている。効率のいい生活など見果てぬゴールだ。睡眠も見果てぬゴールだ。中断されずに食事をとることも。ドアを閉めてトイレに入ることも。部屋にあるすべてのぬいぐるみにちゃんと絵を見せろと強いられずに絵本を読むことも。深呼吸することも。まっすぐに歩くことも。

頭を使うことも。

以前の頭を、きちんと務めを果たす大人としての振る舞い方をわかっていた妊娠前の頭を、フェイスはどうにかして取り戻したかった。ジェレミーのときもこんなふうだっただろうか？　フェイスが長男を産んだのは、まだ十五歳のときだった。ジェレミーの父親と二度と会えなくなったことを嘆くあまり、自分の頭の変化を気にするどころではなかった。彼の両親が赤ん坊に息子の輝かしい将来を潰されるのを心配し、北部の親類にあずけたのだ。

ところが、娘のエマを生んだあと、フェイスは自分の精神的な能力がはっきりと変わったことに気づいた。複数の作業を同時にできても、ひとつひとつ順番に片付けていくことが難しくなった。警官という職業につきものの不安と極度の警戒心が無限に増幅された。聴覚が敏感になり、ぐっすり眠れなくなった。エマの泣き声を聞くと、両手と唇が震えるようになり、常夜灯の明かりに照らされたエマの繊細なまつげを見ると、胸のなかいっぱいに愛情がふくらみ、ひとり廊下ですすり泣くようになった。

そのような気分の変化について、サラが科学的に説明してくれた。妊娠中から子どもの乳幼児期にかけて、女性の脳は灰白質のうち社会的な情報処理を司《つかさど》る領域を変質させるホルモンを分泌し、共感性を高め、子に対して強くつながりを感じるようになるらしい。

じつによくできた仕組みだ。なぜなら、幼い子どもがするようなことを他人にされようものなら——顔に食べ物を投げつけられたり、なにかをするたびになにをしているのかと尋ねられたり、パンを包んだアルミホイルを全部はがされたり、カトラリーにいちゃもんをつけられたり、尻を拭かせられたり、ベッドでお漏らしをされたり、車でお漏らしをされたり、お漏らしの後始末をしている最中にまたそこにお漏らしをされたり、少なくとも十六回はいまなんと言ったのかと訊き返され、あげくのはてにうるさいとわめかれたりしたら——きっと相手を殺してしまう。

「次に、西行きの通りにわれわれが作った戦術上の四角形についてですが」連邦保安官が言った。

フェイスはしばし目を閉じ、またあけた。仕事とエマ以外のなにかが必要だ。母親のイヴリンは、ワーク・ライフ・バランスが大事だと遠回しな言い方をするが、要するに男が必要だというイヴリン流の婉曲《えんきょく》表現だ。

それについて、フェイスも反論する気はない。

問題は、どうすれば男が見つかるのかということだ。フェイスは警官とはつきあわない。だれかひとりとつきあっただけで、ほかの全員から、あいつはやれると勘違いされるからだ。ティンダーは役に立たなかった。妻帯者に見えない男はもれなく裁判所の外のベンチに鎖でつないでおくべき人間に見えた。マッチ・ドット・コムも試してみたが、少しでも魅力を感じる男はひとり残らず身元調査をパスできないろくでなしだった。出会い系サイトが悪いのではなく、フェイスの男を見る目がだめなのだとよくわかる話だ。

この調子では、セックスしたけりゃ鶏のケツの穴を舐《な》めて待て、ということになる。

「では」連邦保安官が、パンと大きな音をたてて手を打ち合わせた。うるさい。「マーティン・エリアス・ノヴァクの経歴をもう一度さらいましょう。六十一歳、配偶者なし、娘がひとり、名前はグウェンドリン。妻は出産時に死亡。ノヴァクは爆弾の専門家として陸軍に勤務。しかし、ほんとうに専門家と言えるかどうか——一九九六年に左手の指二本を吹っ飛ばしています。除隊となり、警備関係の仕事をしていました。二〇〇二年、傭兵《ようへい》としてイラクへ。二〇〇四年には退役軍人仲間とともにアリゾナ州の民間国境警備隊に入っていたことが確認されています」

連邦保安官は両手を合わせ、ゆっくりとこうべを垂れた。「最後に姿を目撃されたのがアリゾナです。二〇〇四年でした。それ以降、どこでなにをしていたのかは不明です。クレジットカードは使用していない。口座は閉じた。電気ガス水道は解約。借家から出ていった。年金や障害者手当の小切手は宛先不明で返送された。長らく幽霊状態でしたが、二〇一六年、われわれのレーダーが新しい仕事をはじめた彼をとらえました。銀行強盗です」

フェイスは、彼が大きなパズルピースをひとつ抜かしたことに気づいた。見過ごしてはならないのに、これまでの会議でもだれひとり触れなかったことだ。

ノヴァクは過激な反政府主義者だ。税金を払いたくないとか、政府にあれこれ指図されたくないとか、その程度の手合いではない。そんなことは普通のアメリカ人だっていやがる。彼はいわゆる民間国境警備隊で過ごすうちに、まったく違うレベルの不満分子になった。だれよりも合衆国憲法を理解していると勘違いしている集団と半年間をともにした。勘違いするどころか、武器を取り、実力行使に出てもいいと考えている集団と。

つまり、ノヴァクたちの銀行強盗のおかげで、どこかでだれかが五十万ドルの活動資金を手に入れたことになる。

それなのに、この会議室にいる者はひとり残らずそのことをきれいさっぱり忘れているらしい。

「それでは」連邦保安官がまた両手を打ち鳴らした。「FBIのエイデン・ヴァン・ザント特別捜査官に、ノヴァクが重要度の高い犯罪者である理由を説明してもらいましょう」

フェイスはふたたび自分の目がぐるりと上を向くのを感じた。

「ありがとう、保安官」ヴァン・ザントは『プリンセス・ブライド・ストーリー』のウェスリーというよりはフンパーディンクを思わせた。フェイスは眼鏡をかけた男を信用しない。それでも、ヴァン・ザントは両手を打ち鳴らしもしなかったし、長ったらしい前口上もなかった。「いまから監視カメラの映像を再生する。最初にドアから入ってくる男がノヴァクだ。左手の指が二本ないのがわかる」

映像の再生がはじまった。フェイスは席から身を乗り出した。ようやく新しい情報にありつける。警察の報告書は全部読んだが、監視カメラの映像を見るのはこれがはじめてだった。

画面には、銀行内部がフルカラーで映っていた。

二〇一七年三月二十四日金曜日、午後四時三分。

窓口には四名の出納係がいた。少なくとも十二人の客が並んでいる。一日中、人の出入りが絶えなかったようだ。週末に備えて小切手を現金化する客が多い。カウンターに防犯のためのガラスや格子の仕切りはない。郊外の支店だからだ。ノヴァクのグループが最後に襲ったメイコン郊外のウェルズ・ファーゴ支店だ。

映像では、あっというまのできごとだった。フェイスは危うくドアから入ってくるノヴァクを見逃すところだった。彼は黒ずくめの戦闘服姿で、スキーマスクで顔を隠していた。体の右側にAR15を抱えている。左肩にリュックをかけている。左手の薬指と小指がない。ノヴァクの右から警備員が入ってきた。ピート・ガスリーは、離婚してふたりの子どもを育てている父親だった。ホルスターに手をのばしたが、ARを向けられ、次の瞬間には死んでいた。

会議室のだれかが、人が命を奪われた瞬間ではなく映画を見ているかのようにうめき声をあげた。

ノヴァクの仲間たちが一斉に店内へ流れこんできて、すばやく位置に着いた。全部で六名、そろって黒ずくめの戦闘服を着ている。ジョージア州では桃と同じくらいあちこちで見かけるAR15を振りまわしている。映像に音はないが、客たちが大きく口をあけているので、悲鳴をあげていることがわかる。次に撃たれたのは、六人の孫がいる七十二歳のエダサ・クィントレルで、目撃者の証言によれば、急いで床に伏せることができなかった。

「軍隊だな」だれかが言うまでもないことを言った。

言うまでもないのは、ノヴァクのグループが戦術的に動いているのは見ればわかるからだ。店内に入ってきて十秒後には現金を差し出させ、銀行に常備されている染料入りのパックを脇に投げ、白いキャンバス地のバッグに金を詰めこんでいた。

ヴァン・ザントが言った。「下見している人物がいないか、数カ月前まで遡って映像を確認したが、これという動きはなかった」ノヴァクを指す。「見てのとおり、ストップウォッチを持っている。管轄署からこの銀行まで車で十二分。もっとも近くにいたパトカーで八分。ノヴァクは自分たちの持ち時間を秒単位で知っている。なにもかも計画されていたんだ」

だが、客のなかに非番の警官がいたことは計画外だった。ラシード・ドゥーガルは二十二歳の巡査で、ジムへ行く道すがら銀行に寄った。黒のTシャツに赤いバスケットボールパンツ。フェイスの目は、画面右下にいる彼を自然に見つけていた。ラシードは床に腹這いになっている。頭の後ろに両手を重ねてはいるが、すぐ脇にジムバッグを置いてある。次になにが起きるか、フェイスにはわかっていた。ラシードはバッグからスプリングフィールドの小型拳銃を取り出し、そばにいた犯人グループのひとりの腹を撃った。訓練どおりに二発。

ラシードは横に転がり、ふたり目の頭を撃った。三人目に狙いをつけたとき、ノヴァクの発射した弾がラシードの顔の下半分を粉砕した。

ノヴァクは突然仲間を失ってもまったく動じていない様子だった。冷静にストップウォッチを眺めている。口が動いた。報告書によれば、このときノヴァクは仲間にこう言っている――。

〝行くぞ、片をつけろ〟

四名がふたつに分かれ、それぞれ倒れた仲間の両脇を抱えて引きずりながらドアへ向かった。

ノヴァクは現金の入った白いキャンバス地のバッグを集めた。それから、いつもの行動をした。リュックのなかに手を入れる。パイプ爆弾を頭上に掲げてその場の全員に見せつける。金庫を爆破するためのものではない。逃走車両が安全な場所まで離れてから、爆発させるのだ。ただし、立ち去る前にドアを鎖で封鎖して、だれも脱出できないようにするのを忘れない。

凶悪犯罪としては手堅い計画と言ってもいい。有事の際の初動要員が少ない小さな町では、同時多発的に事件が起きると手がまわらなくなる。銀行が爆破され、吹き飛んだ窓やドアのガラスで死傷者が出た事件は、この町で最大級の災禍だった。

画面では、ノヴァクが爆弾を壁にぴしゃりと貼りつけた。どこのホームセンターでも手に入る接着剤が使われたことはわかっている。亜鉛メッキの管。釘《くぎ》。画鋲《がびょう》。針金。すべての部品は足がつかないか、ありふれているので、やはり出所がわからないものばかりだった。

ノヴァクがドアのほうを向いた。リュックから鎖と錠前を取り出しはじめた。そして、不意にうつ伏せに倒れた。

体の下から、スノーエンジェルのように血が広がっていく。

会議室にいる数人が歓声をあげた。

フレーム内にひとりの女が駆けこんできた。ドナ・ロバーツだ。コルト1911でノヴァクの頭を狙っている。片方の足でノヴァクの尻を踏みつけ、動けないようにした。彼女は元海軍の輸送機パイロットで、この日はたまたま娘の口座を開設するために銀行へ来ていた。

なんと、肩紐のないサンドレスとサンダルという格好だった。

映像が停止した。

ヴァン・ザントが言った。「ノヴァクは背中に二発食らった。片方の腎臓と脾臓《ひぞう》を失ったが、われわれの税金で手術を受けた。起爆する携帯電話がリュックに入っていた。調べによると、最初に腹を撃たれた男は、早いうちに治療を受けていれば生きているかもしれないということだ。頭を撃たれた男は即死したと見て間違いない。現場から半径三十キロ以内で遺体は見つかっていない。近隣の病院からも、腹を撃たれた男の特徴に当てはまる銃創を負った患者を診たという報告はない。グループの構成員たちの氏名もわかっていない。ノヴァクが口を割らないのでね」

ノヴァクが並みの銀行強盗ではないからだ。たいていの銀行強盗は、奪った金を数え終わるより先に逮捕される。そもそもＦＢＩとは銀行強盗を阻止するために設立されたのだ。検挙率は七十五パーセントを超える。銀行強盗とは、失敗する確率が高いうえに、出納係に近づいて〝強盗させていただけませんか〟というメモを渡しただけでも二十五年の懲役刑を免れないのだから、割の合わない犯罪なのだ。銃を振りまわし、脅迫し、人を撃ち殺したりすれば――残りの一生を大物専用の刑務所で過ごすはめになる。あるいは、腕に注射針を刺されて終わりだ。

「では……」連邦保安官が戻ってきた。両手を打ち鳴らす。ほんとうに、パンパンうるさい男だ。「いまの映像の内容について話しましょう」

フェイスはアップルウォッチがメッセージを受信していないか確かめた。家族に緊急事態が起きて、この終わらない悪夢から抜け出させてくれないだろうか。

メッセージなし。

フェイスは時刻を見てうめいた。

午後一時三十七分。

テキストメッセージを開いた。ウィルは、このくらだない会議に参加できなくてどんなに幸運かわかっていない。頭に水鉄砲を突きつけられたピエロを送信した。それからナイフ。ハンマーも。ウィルも自分も大嫌いなアボカドを送ろうとしたが、小さなスクリーンの上で指がすべり、誤ってサツマイモを送ってしまった。

「次の図を見てください」連邦保安官が別の画像を呼び出した。護送に関わる機関それぞれの詳しいフローチャートだ。アトランタ市警。フルトン郡警察。フルトン郡保安官事務所。連邦保安局。ＦＢＩ。ＡＴＦ。なんだろうが知ったことか。帰宅したら、二時間かけて洗濯物をたたまなければならないのだから。かわいい娘が手伝うと言いだせば六時間だ。

ウィルから返信があったか確かめた。ない。きっと車の手入れか腕立て伏せか、とにかくこの長ったらしい会議を免れた休日にやることをやっているのだろう。

まだサラとベッドのなかにいるのかも。

フェイスは窓の外を眺めた。長々とため息をつく。

ウィルは、いわゆる見逃された好機だ。フェイスもいまならそれがわかる。はじめて会ったときは、とりたてていい男だと思わなかったが、サラは彼を磨きあげた。彼はサラに本物の美容院へ引っ張っていかれるようになり、遺体安置所の変人にサンドウィッチと引き換えに散髪してもらうのをやめた。サラに説得されてスーツを仕立てるようになり、いまでは大きいサイズの紳士服量販店のセール品ハンガーではなく、ヒューゴ・ボスのショーウィンドウに飾られたマネキンのようだ。以前より背筋をのばし、堂々として見える。ぎこちなさが目立たなくなった。

それに、ウィルにはかわいいところがある。

ウィルはサラが髪を切る日にほめるのを忘れないよう、あらかじめカレンダーに星印をつけている。しょっちゅうサラの名前を呼ぶ。サラの話に耳を傾け、尊重し、自分より彼女のほうが賢いと考えている。確かにサラは医師だからウィルより頭がいいのかもしれないが、そんなふうに認める男は珍しくないか？　フェイスはたびたび、ウィルがサラに教わった昔ながらの知恵を聞かされる。

男の乾燥肌にもローションを使うといいって知ってたか？

ハンバーガーにはレタスとトマトも挟んだほうがいいって知ってたか？

冷凍のオレンジジュースには大量の砂糖が入ってるって知ってたか？

フェイスは糖尿病だ。もちろん、食品に含まれている糖分のことは知っている。わからないのは、どうしてウィルがいままで知らなかったのかということだ。レタスとトマトを食べてからでなければフライドポテトを注文してはいけないことは、常識ではないのか？

ウィルが野生児のように育ったことは知っているが、フェイスはふたりの十代の少年と一緒に暮らしたことがある。ひとり目は兄で、ふたり目は息子だ。ジャーゲンズのローションを勝手に使われる心配なくバスルームのカウンターに置きっぱなしにできるようになったのは、三十代になってからだ。

ウィルはローションの使い方も知らなかったなんて、いったいどういうことだろう？

「ありがとう、保安官」マギー・グラント副本部長が登場した。

フェイスは、真面目な生徒のように見られたくて背筋をのばした。マギーはフェイスにとって励みとなる存在だった。タマが生えた女に変わることなく、アトランタ市警の食物連鎖の最下層である交通指導員から特殊作戦の指揮官までのぼりつめたのだから。

マギーが言った。「手短に、アトランタ市警の立場から護送に関するSWATの教科書を読みあげます。全員、アクティヴ・シューターに対する行動方針に従うこと。交渉の余地は与えない。とにかく射殺。戦術的な見地から、つねに犯罪——重要度の高い犯罪者の周囲に四角形の空間を維持すること」

フェイスとアマンダだけが笑い声をあげた。会議室内の女性は三人だけだった。残りは全員男性で、これだけ長く女性の話をさえぎらずに聞いたのは、おそらく小学校のとき以来はじめてなのではないか。

「副本部長」さっと手があがった。やはりさえぎらずにはいられないようだ。「緊急事態が起きた場合ですが——」

フェイスは時計を見た。

午後一時四十四分。

ノートパソコンでノートをあけ、今朝Ｓｉｒｉにメモさせた買い物リストの整理に取りかかった。〝卵、パン、ジュース、ピーナツバター、おむつ、だめ、エマ、だめだったら、エマやめて、ああもうお願いだからやめて、ちびちゃん〟

テクノロジーがとうとう育児の下手な親に追いついてしまった。

以前からこうだったのだろうか？　ジェレミーが一年生のとき、フェイスは二十二歳でパトロール警官だった。育児のスキルは『シャーロットのおくりもの』と『蠅《はえ》の王』の中間あたりだ。ジェレミーはいまでもランチボックスに入っていたメモのことでフェイスをからかう。〝このパン固くなってるでしょ。袋の口を縛らないとこうなるんだよ〟

エマに対してはもっとましな母親になると誓ったのだが、いい母親とは、厳密にはどういうものだろう？

リビングルームのソファに洗濯物のヴェスヴィアス山をそびえさせない母親？　掃除機に絨毯の糸屑をためこんで、スイッチを入れるたびに焼けたゴムのようなにおいをさせない母親？　今朝三時十二分きっかりに、おもちゃ箱から腐ったフルーツロールアップのにおいがするのは、エマが大量のフルーツロールアップを底に隠していたからだと気づいたりしない母親？

幼い子どもとは、ほんとうにいまいましい連中だ。

「GBIのアマンダ・ワグナー副長官です」

フェイスははっとわれに返った。集中と退屈を繰り返すフーガ状態になっている。心のなかでイエスに感謝の祈りを捧《ささ》げた。なぜなら、アマンダが最後の話者だったからだ。

アマンダはいちばん前のデスクに寄りかかり、全員が自分に注目するのを待った。「われわれは半年間準備してきました。護送中になにかあれば人的ミスと見なされます。ミスをするのは、ここにいるあなたがたです。手をおろしなさい」

前列の男が手をおろした。

アマンダは腕時計を見た。「いま午後二時五分です。この部屋は三時まで使えるわ。十分間の休憩を取ったら、ここへ戻ってきて資料を読みこみなさい。資料の持ち出しは厳禁です。ノートパソコンに取りこむのも禁止。疑問があれば、直属の上司に書面で尋ねて」この場で唯一、自分の部下であるフェイスににっこりとほほえみかけた。「ありがとう、みなさん」

ドアがあいた。廊下が見えた。フェイスは、トイレへ行くふりをして裏口からこっそり抜け出したらどうなるだろうかと考えた。

「フェイス」アマンダが近づいてきた。逃げられない。「話があるの」

フェイスはノートパソコンを閉じた。「重要度の高い犯罪者が『ハンガーゲーム』のカットニスみたいに国家を転覆させようとしている事実に、なぜだれも触れないのかという話でしょうか？」

アマンダは眉をひそめた。「カットニスは勇士じゃなかった？」

「あたしは権力のある女が好きになれないんです」

アマンダはかぶりを振った。「ねえ、ウィルの自尊心をマッサージしてあげてほしいの」

フェイスはつかのま返答に詰まった。ふたつの面で意外な要求だ。ひとつ、ウィルはかわいそうがられると不機嫌になる。ふたつ、アマンダは他人の自尊心を打ち砕くために生きている。

アマンダが言った。「ウィルはこのタスクフォースに選ばれなかったことに腹を立ててるのよ」

「選ばれる？」フェイスは、この退屈な会議のために六回は日曜出勤を強いられた。「あたしに言わせれば、これは罰――」なんの罰か、ここで数えあげるほどばかではない。「とにかく、罰ですよ」

　アマンダはまたかぶりを振った。「フェイス、ここに集まっている連中は――いつか組織のトップに立つわ。こういう場にあなたが参加するのは普通のことなのだと、連中にわからせなければならない。つまり――ネットワーク作りよ」

「ネットワーク作り？」フェイスはその言葉が解釈的な表現に聞こえないようにした。自分のモットーは〝真剣にやれ、さもなくば帰れ〟ではなく、〝帰れるなら適当にやっておけ〟なのだ。

　アマンダが言った。「これから数年は稼ぎどきでしょう。エマが大学に入るころ、あなたは老人医療保険制度《メディケア》の対象者になってるって、考えたことはある？」

　フェイスは胸をぐさりと刺されたような気がした。

「いつまでも現場にいられるわけじゃないのよ」

「ウィルはどうなんですか？」フェイスはとまどった。アマンダはウィルにとって母親のような存在だ。子どもを車で轢《ひ》き殺《ころ》しそうな母親ではあるが。「どうしてこうなったんですか？　ウィルはあなたのお気に入りじゃないですか。なぜウィルを呼ばないんですか？」

　アマンダは返事をする代わりに、シングルスペースのテキストが何ページも印刷されている資料をぱらぱらとめくった。

フェイスには、答えがわかっていた。「ウィルは読み書き障害《ディスレクシア》だから。読み書きは苦手。でも、わたしより数字に強い。資料も読めます。ただ、人より時間がかかるだけで」

「どうしてウィルがディスレクシアだと知っているの？」

「それは——」フェイスにもよくわからなかった。「一緒に仕事をしているからです。気をつけて見ていればわかります。捜査官ですから」

「でも、本人から聞いたわけではないでしょう。ウィルは絶対に、自分からはだれにも言わない。だから、わたしたちも必要な配慮をしてあげられない。だから、ウィルは食物連鎖の上位にのぼれない」

「そんな」フェイスはぼそりとつぶやいた。そんなふうにウィルの将来を閉ざしてしまうなんて。

「マンディ」マギー・グラントが会議室に入ってきた。ふたりにそれぞれ冷たいミネラルウォーターを渡した。「あなたたち、廊下に出たらいいのに。廊下のほうが涼しいわ」

フェイスは怒りにまかせてボトルの蓋をひねった。ウィルにこんな仕打ちをするなんて信じられない。ウィルになにができてなにができないか決めるのは、アマンダの仕事ではないのに。

「お母さまはどうしてる？」マギーがフェイスに尋ねた。

「元気です」フェイスは荷物をまとめた。軽率なことを口走る前に出ていったほうがいい。

「エマは？」

「いい子です。申し分ありません」フェイスは椅子から立ちあがった。汗ばんだ肌から、レモンの皮のようにシャツがはがれた。「失礼します――」

「ふたりによろしくね」マギーはアマンダに向きなおった。「あなたの男の子はどうしてるの?」

ウィルのことだ。アマンダの友人はみな、ウィルのことを〝あなたの男の子〟と言う。フェイスはそれを聞くたびに、『ウォーキング・デッド』のミショーンの初登場シーンを思い出す。

アマンダが言った。「なんとかやってるわ」

「そう」マギーはフェイスに言った。「サラが入ってくる前に、彼をしまいこんで鍵をかけておくべきだったわね」

アマンダが大笑いした。「この子はウィルに厳しいのよ」

「なにをくそつまんないこと言ってるんですか?」フェイスは両手をあげてみずからの首を救った。「すみません。今朝は三時からおもちゃ箱を庭に引きずり出さなければならなかったので。お空が起きてるから、あたしも起きてたんですよ」

そのとき携帯電話が鳴り、フェイスはそれ以上『アナと雪の女王』の台詞《せりふ》を貶《おとし》めずにすんだ。

マギーが言った。「わたしの電話よ」窓辺へ歩いていき、応答した。

アマンダの電話が鳴りはじめた。

廊下でもあちこちで呼び出し音が鳴っている。建物内の電話が一斉に鳴りだしたかのようだった。

フェイスはアップルウォッチを見た。会議の前に切った通知をオンにした。午後二時八分に、第一対応者通知システムからアラートを受信していた。

エモリー大学で爆発事件。犠牲者多数。三名の白人男性容疑者がシルバーのシボレー・マリブLP#XPR932で逃走。人質がいる。犯人グループは武装していて危険と見られる。引きつづき警戒を。

つかのま、フェイスの情報処理能力は追いつかなくなった。学校の銃乱射事件やテロリストの攻撃のアラートを目にしたときと同じく、胸がむかつくほどの緊張感で全身に震えが走った。それから、ノヴァクのグループが爆発物を好むことを思い出した。だが、大学が彼らのターゲットになったことはないし、ノヴァクのいるセーフハウスはアトランタからかなり離れている。

「手のあいている捜査官を全員送って」アマンダが携帯電話に向かって大声で指示していた。「詳しい情報をちょうだい。犯人グループの特徴。死傷者の人数。特殊作戦部隊とATFと協力してキャンパスを封鎖して。州知事が州兵の出動を命じたら、すぐに知らせて」

「アマンダ」マギーの声は張りつめていた。ここは彼女の街であり、彼女が責任者だ。

「うちのヘリを屋上に呼ぶわ」

「行きましょう」アマンダがフェイスを手招きした。

　フェイスはバッグをつかんだ。なにが起きたのかを頭が理解しはじめると、むかつくような緊張感はコンクリートの塊となって腹のなかに居座った。大学で爆発事件。人質を取られた。死傷者多数。犯人グループは武装していて危険。

　階段にたどり着いたときには、三人とも走っていた。マギーが先頭に立っていたが、会議に参加していたほかの警官たちも大急ぎで出口へ向かっていた。事件が起きたら、警官はそうするものだからだ。彼らは修羅場を目指して走る。

「出動を許可する」マギーが次の踊り場を駆け抜けながら携帯電話に向かってどなった。

「……97224アルファ・デルタ。10・39で、ありったけ全部。ヘリを全部飛ばして。わたしは五分後に着くと部隊長に伝えて」

「爆破犯のひとりは怪我をしている」アマンダがようやく情報を得た。階段をのぼりながら、フェイスのほうをさっと振り向いた。一瞬、驚きをあらわにした。「人質はミシェル・スピヴィーよ」

　マギーが悪態をつき、手すりにつかまりながらなんとか階段をのぼりつづけた。しばらく携帯電話に耳を傾けたあと、アマンダとフェイスに伝えた。「負傷者は二名、スピヴィーについての情報はない」息を切らしているが、足は止めなかった。「犯人のひとりは脚を負傷している。もうひとりは肩。運転手はエモリー大学の警備員の制服を着ていた」

階段にその言葉が響くのを聞きながら、フェイスは全身の汗が冷たくなるのを感じた。

「看護師がスピヴィーだと確認したそうよ」アマンダは電話を切った。コンクリートを踏む足音に負けないよう、声を張りあげた。「情報が錯綜《さくそう》しているけれど――」

マギーが次の踊り場で立ち止まった。片手をあげてアマンダを黙らせた。「ディカーブ郡警察から。大学病院のむかいの立体駐車場で二度、爆発が起きたと目撃者が証言している。二度目の爆発は、第一対応者が到着するタイミングで起きた。少なくとも十五名の市民が閉じこめられている。犠牲者は十名」

フェイスの口のなかが酸っぱくなった。床を見おろす。だれかがタバコの吸い殻を捨てていた。クローゼットにかけた正装用の制服が頭に浮かんだ。この先数週間のうちに、何度葬儀に出席することになるのだろうか、泣き崩れている家族に冷静な顔で付き添うことになるのだろうか。

「まだある」マギーがふたたび階段をのぼりはじめた。だが、その足取りは重い。「地下で警備員二名の遺体が見つかった。犯人グループが逃走する際、ディカーブ郡警察の警官二名が殺された。さらに、一名が手術を受けている。フルトン郡の保安官補。助かる見込みはなさそう」

フェイスは下腹を拳で殴られたような気がして、ペースを落としてまた階段をのぼりはじめた。自分の子どもたちのことを思わずにいられなかった。同じ仕事をしていた母親のことも。親が生きているのか死んでいるのか、あるいは怪我をしているのかもわからないまま、まだ帰宅する時刻ではないと自分に繰り返し言い聞かせるよりほかになにもできず、テレビの前でひたすらニュースを待っているのがどういうことか、フェイスはよく知っている。

アマンダがつかのま足を止めた。フェイスの肩に手をかけた。「イヴはあなたがわたしと一緒にいると知っているわ」

フェイスは足を動かし、階段をのぼりつづけた。それ以外にいまできることはない。ここにいるだれもがそうだ。

エマは母親が見てくれている。ジェレミーは友人とビデオゲームのトーナメントをやっている。ふたりとも、フェイスが会議でダウンタウンにいることを知っている。フェイスが相手かまわず愚痴をこぼしていたからだ。

殺された警備員が二名。

殺された警官が二名。

おそらく手術室で冷たくなる保安官補が一名。

病院には大勢の患者がいたはずだ。病気の人々が――病気の子どもも。エモリー大学病院だけでなく、一ブロック離れた場所にはエグルストン小児病院もあるから。何度、夜中にエマを車で連れていったことか。看護師たちはとても親切だった。医師は辛抱強い人ばかりだった。建物の周囲には、立体駐車場が数箇所ある。駐車場で爆発が起きれば、病院も巻きこまれるだろう。

そうしたらどうなる？　９・11では、爆発の余波でどれくらいの建物が破壊されたのだったか？

ついにマギーが階段をのぼりきってドアをあけた。フェイスの網膜に日光が差しこんできたが、すでに目は怒りの涙で潤んでいた。

〝二度目の爆発は、第一対応者が到着するタイミングで起きた〟

遠くからヘリコプターのブレードが回転する音が聞こえてきた。黒いＵＨ１ヒューイはフェイスが生まれる前からずっと現役だ。ＳＷＡＴはファストロープ降下と消防救急にこのヘリを使う。隊員たちが乗りこんでいた。全員がフル装備だ。ＡＲ15を携帯している。彼らも第一対応者だ。どの建物も一部屋一部屋確認し、起爆信号を待っている爆発物の有無を確認しなければならない。

ヘリが近づいてくるにつれて、ブレードの回転音が緊迫して聞こえるようになった。フェイスの頭のなかでは、ヘリのローターの音とともに、言葉が無音のリズムを刻みつづけていた——

二名の警備員、ふた組の家族。

二名の警官、ふた組の家族。

一名の保安官補、ひと組の家族。

「マンディ」マギーがエンジン音にかき消されないように声を張りあげた。その口調は、ほどけそうな結び目をぎゅっときつく結ぶように、あたりの空気をぴんと張りつめさせた。

「ウィルよ、マンディ。あなたの男の子が襲われて負傷した」

4

八月四日日曜日午後一時五十四分

　サラはポルシェの運転手の推定死亡時刻を頭のなかにメモしながら、ピックアップトラックの運転手の頭の傷を調べた。

「ガス管が爆発した。おれたちは大あわてで逃げてきたんだ」トラックの助手席に乗っていた男が、シルバーのシボレー・マリブを指さした。「あっちを見てやってくれ。後ろに乗ってるやつがやばそうだ」

　サラはシボレーへ小走りで向かいながら、ウィルがついてくる足音を聞いて心強く思った。この交通事故はどこか妙だ。トラックが後ろから追突したとはいえ、運転手が首を折るほどの衝撃があったとは思えなかった。その謎はアトランタ市警の検死官が解決するべきだが。しばらくは無理だ。ガス爆発の後始末がいつ終わるのか、見当もつかない。工事現場に人がいなかったのは、幸運以外のなにものでもない。

　それにしても――。

首を骨折。目立った外傷はない。裂傷なし。挫傷なし。

妙だ。

マリブのドライバーがウィルに言った。「友達を助けてくれ」

「この人は医者だ」マールが言った。

「もしもし」サラはひざまずき、マリブの後部座席で気を失っている男の様子を確かめた。その隣に座っている男が、サラの動きに目を光らせている。気道に異状はなし。呼吸は正常。「もしもし、大丈夫ですか?」

背後で交わされる名前が聞こえた。

ドワイト、クリントン、ヴィンス、マール。

「ドワイト?」サラは気を失っている男の名前を呼んでみた。窓ガラスは黒に近いスモークガラスで、後部座席は薄暗かった。ドワイトを日差しの下へ引っ張った。瞳孔が反応した。脊椎がまっすぐになった。脈は力強く安定している。肌はべとついているが、なにしろ八月だ。べとついていないほうがおかしい。

「おれはハンクだ」ドワイトの隣にいた男がサラに言った。「あんた、医者か?」

サラはうなずくだけにとどめた。ドワイトは愚かにもシートベルトを着用していなかったのだから、気絶したのは自業自得だ。ガス爆発は重大事故だったかもしれない。火傷《やけど》、脳の損傷、圧挫損傷、飛んできた物体による刺傷。

サラはちらりと目をあげた。

その目を見ひらいた。

ハンクの脚の裏側が血で濡れている。

彼が向きを変え、両腕を車の屋根についた。シャツがずりあがった。パンツのウエストに拳銃が差しこまれている。ハンクがこう言うのが聞こえた。「クリントン、八つ当たりしても仕方ない」

サラは自分の両手を見た。べとつくのは汗のせいではなかった。血だ。ドワイトの背中をそっとなでた。左肩にあるすぼまった穴は、サラがよく知っているもので、ハンクの脚の裏側の傷と同種のものだ。

銃創。

ポルシェの運転手の折れた首。路上に残る短いタイヤ痕。トラックまでつづく血痕。男たちの名前――ウィルは、すべて偽名だと気づくだろうか？　ハンク・ウィリアムズ。マール・ハガード。ヴィンス・ギル。クリント・ブラック。全員、カントリーのミュージシャンだ。

深呼吸して、パニックに陥りそうになるのをこらえた。

マリブのなかに武器がないか、慎重に目を走らせた。

ドワイトのホルスターは空だった。床にはなにも落ちていない。前部座席の隙間に目をやった瞬間、息を呑みそうになった。

座席の前の狭い空間で、ひとりの女が体を丸めていた。小柄で、プラチナブロンドの髪は短い。両脚をきつく抱えこんでいる。そのとき、それまでずっと身じろぎもせず、かすかな音もたてなかった彼女が、顔をあげた。

サラの心臓がどきんと震えて止まった。

ミシェル・スピヴィーだ。

拉致された女性の目は泣きすぎて充血していた。頬は落ちくぼんでいる。唇はひびわれ、血がにじんでいた。声を出さずに、すがりつくような目で口を動かした――。

助けて。

サラは自分の口が開くのを感じた。やっとのことで息を吸った。頭のなかで、別の言葉が響いた。興奮して攻撃的になっている男たちに囲まれた女ならだれでも思い浮かべる言葉――

レイプ。

「ウィル？」サラは震える手をポケットに入れ、ＢＭＷのリモコンキーを取り出した。「グローブボックスから救急バッグを取ってきてほしいの」

お願い。声に出さずに懇願した。銃を取って、こんなことはおしまいにして。

ウィルがキーを受け取った。サラは彼と指が触れ合うのを感じた。ウィルはサラと目を合わせなかった。なぜ目を見てくれないのだろう？

クリントンが言った。「そこののっぽ、手伝ってくれ」

「待って」サラは時間を稼ごうとした。「背骨が折れているかもしれないし――」

「どいてくれ」マールは髭を生やしているが、髪は短く刈りこんである。警官か軍人だ。彼ら全員がそうだ。全員が同じ姿勢で立ち、同じような身ごなしで、同じように指示に従う。

だが、もはやそんなことはどうでもいい。すでに彼らのほうが優位に立っているのだから。

ウィルも同じことを考えたようだ。いまようやくサラを見ている。サラは彼の視線を感じた。ただ、彼のほうを振り向くことができなかった。目が合ったら、取り乱してしまうのはわかっている。

ウィルが言った。「救急バッグを取ってくる」

ハンクが脚を引きずりながら車のむこうからまわってきた。サラの隣に立つ——すぐそばではないが、それでも充分近い。化学薬品に肌を焼かれるように、彼から危険なものを感じた。

ウィルがリモコンキーを握りしめてBMWへ歩いていった。彼は憤っているが、それはいいことだ。たいていの男と違い、ウィルは怒ると頭が冴《さ》える。全身に緊張感がみなぎっている。サラはありったけの気力を、ありったけの希望を、彼の広い肩に託した。

「ヴェイル」ハンクがヴィンスに呼びかけていた。もはや暗号名を使っていない。偽装は終わったのだ。サラかウィルのどちらかが、警察関係者であることに気づかれたか、いまは遠くに聞こえているパトカーのサイレンがまもなくこの通りへ入ってくると判断したのだろう。

ハンクは顎をあげ、ヴェイルに残りの全員と一緒にBMWのほうへ行くよう合図した。

「出ろ」ハンクが低い声でミシェルに命じた。銃を構えている。小型だが、銃であることに変わりはない。

ミシェルは顔をしかめながら中央のコンソールを乗り越えた。片方の手でズボンを引っぱりあげていた。ファスナーがあいている。血が拳を濡らし、両脚を伝い落ちていた。

サラの心臓がガラスに変わった。

ミシェルが裸足《はだし》でアスファルトに降り立った。一瞬めまいがしたのか、車につかまった。足指のあいだの皮膚が破れている。注射針の跡。薬を盛られたのだ。そして、刃物で傷つけられている。脚のあいだも出血している。

レイプ。

「でかい声を出すなよ」ハンクが言った。

サラが反応するより先に、手首から肩まで目もくらむほどの痛みが走った。無理やりひざまずかされた。でこぼこした路面が膝小僧に食いこんだ。ハンクにまた腕をねじられた。頭の後ろで手を組まされたとき、ウィルがBMWにたどり着いた。

助手席のなかへ上体を入れる。

目をあげる。

ウィルは、サラにも顎関節の輪郭が見えるほど、強く歯を食いしばった。

サラはウィルの視線が動くのを見ていた――サラの頭に銃を突きつけているハンク。血に染まったパンツを引っぱりあげているミシェル。彼を囲んでいる、三人の武装した男たち。ウィルがたとえ自分を犠牲にしても、サラを救うことなど不可能だ。最後にそう気づいたウィルは、サラが見たことのない表情に変わった。

恐怖だ。

「あんたは――」ミッシェルの声はしわがれていた。ハンクに話しかけている。「あ、あんたはあいつにわたしをレイプさせた」

その言葉は、ハンマーのようにサラの心臓を殴った。

「な、なんでも――」ミシェルがあえいだ。「なんでもないふりをしたって無駄。わたしにはわかってる。あいつがしたことは――」

「よーし！」ハンクがミシェルの声にかぶせるようにどなった。そして、ウィルに言った。「頭をゆっくりと車の外に出して、両手をあげろ」

サラはウィルが応じるのを見ていることしかできなかった。彼の目は周囲を見まわしつづけている。事態を突破する方法を探して、頭をめまぐるしく働かせている。

でも、突破する方法はない。

彼らはウィルを殺すつもりだ。そして、わたしに治療をさせたあと、八つ裂きにするのだ。

「あんたがあいつにやらせた」ミシェルがかすれた声で言った。「あんたがあいつにわたしを傷つけさせた。あんたが——」

「医者が必要なんだ」ハンクがウィルに大声で言った。「悪く思うな。あんたたちがちょうどいいときに、ちょうどよくない場所にいたんだ。ほら、行くぞ。車に乗れ」

サラはいずれこうなるのを予期していたが、自分がどうするかは、いまこの瞬間までわかっていなかった。

行きたくない。

サラは動かなかった。

両膝がアスファルトの一部と化していた。

山のように無感覚になっていた。

サラは大学生のときにレイプされた。凶暴に、残酷に、野蛮にレイプされた。子どもを産む機能を奪われた。自分はひとりの人間であるという感覚と安心感は二度と取り戻せない。二十年たったいまでも、あの事件のせいで自分が変わったところに気づくことがある。二度とあんなことが自分に起きるのを許すものかと、自分に誓っていた。

ハンクがサラの腕をつかんでいる手に力をこめた。

「行かない」サラは身をよじってハンクから逃れた。恐怖は失《う》せていた。この男たちに連れ去られるくらいなら死んだほうがましだ。生まれてはじめてと言っていいほど、その決意は固かった。「あなたたちとはどこにも行かない」

「奥さん、キャンパスで爆発したのはガス管じゃないんだ」ハンクがウィルを見た。「たったいま、おれたちは何十人、いや何百人もの人間を吹っ飛ばしてきた。いまさらあんたらの血で手を汚すのをためらうと思うか？」

その言葉はサラをまっぷたつに切り裂きそうだった。病気の人々、怪我をした人々。学生に子どもたちに、人助けに人生を捧げている職員たち。

「行かない」サラは繰り返した。もはや涙をこらえることもしなかった。どのみち殺されるのだ。自分には、その瞬間まで起きることを制御するのが精一杯だ。

「車に乗れ」

「あなたたちとはどこにも行かない。あなたたちに手は貸さない。わたしを撃ち殺しなさい」サラは諦念をこめてウィルをじっと見つめた。なぜ自分が彼らについていくのを拒むのか、どうしてもウィルにわかってほしかった。

ウィルの喉が動いた。目に涙を浮かべている。

とうとう、ゆっくりとウィルがうなずいた。

「この女を殺すと言ったら？」ハンクがミシェルに銃口を突きつけた。

「殺しなさい」ミシェルの声は力強く、先ほどのようにつっかえなかった。「ほら、やりなさいよ、腰抜け野郎」チノパンを引っぱりあげている手が握り拳になった。彼女のビキニラインに貼られた血まみれの絆創膏《ばんそうこう》から手術糸がはみ出ていた。

この連中に手術されたの？

「あなたはいまだに自分が善い人間のつもりみたいだけど」ミシェルがハンクに言った。

「お父さんがあなたの正体を知ったら、なんて言うかしらねえ？　お父さんの話をしているのが聞こえたわ。お父さんはあなたのヒーローだったとか、自慢の息子だと思ってほしかったとか。お父さんは病気なんでしょ。もうすぐ亡くなる。死に際に思い知るのよ、自分はなんという怪物をこの世に生み出してしまったんだろうって」

クリントンが声をあげて笑った。「はっ、あんたの話を聞いてると、あんたの娘のあそこはどんなにきついんだろうと想像しちまうな」

サラの頭上でなにかがさっと動いた。ハンクが腕を振りあげ、クリントンに銃口を向けていた。

カチッカチッカチッ。

銃が弾詰まりを起こしていた。

「この野郎──」クリントンがホルスターからグロックを抜いた。

ハンクがミシェルを地面に引き倒しながら発砲した。サラはぎゅっと目をつぶった。ひざまずいて両手を頭の後ろで組んだまま、銃弾が飛んでくるのをじっと待った。

だが、銃弾は飛んでこなかった。

立てつづけにもう二発、銃声が聞こえた。

サラは目をあけた。マールが地面に倒れていた。ヴィンスまたはヴェイルも負傷していた。車の開いたドアから転がり落ちた。脇腹から血が流れ出ている。ウィルがふたりを撃ったのだ。彼はクリントンを撃とうと振り返ったが、体当たりされて倒れた。

サラは立ちあがり、走りだした。ハンクに引っ張り戻された。首にハンクの腕が巻きついた。背後から首を締めつけてくる。視界がぼやけた。ハンクの腕に爪を立てる。「放せ!」わめき、嚙みつき、引っかき、蹴りつけた。

視界の隅で黒いものがすばやく動いた。あの特徴的な長い銃身はグロック22だ。マンストッパーと呼ばれているのは、四〇口径の銃口から放たれる弾丸が一発で人間を即死させるからだ。

ハンクは銃を地面に向けていた。指はいつでも発砲できるようにトリガーガードにかかっている。

だが、発砲する必要はなかった。

クリントンがウィルの腹を拳で何度も殴りつけていた。肝臓。脾臓。膵臓《すいぞう》。腎臓。パイルドライバーのように拳で内臓を潰そうとしている。

「あの人を止めて」サラは懇願した。「殺してしまう――」

ウィルの手がクリントンの顔を切り裂いた。飛び出しナイフだ。十センチの刃は剃刀のように鋭い。空中で血が一直線に飛んだ。

クリントンが体を起こした。

ウィルがクリントンの脚の付け根を刺した。

サラは立ちあがったが、ハンクにつかまえられ、逃げられなかった。彼の腕が首にきつく巻きついている。グロックは下に向けていたが、指はトリガーの脇で固まっている。前腕の筋肉が縄のようだった。

「ウィル――」彼の名前が喉につかえた。

ウィルが咳きこみ、血を吐いた。ごろりと転がり、脇腹を下にした。腹をつかみ、立ちあがろうとしながらリボルバーを探している。

ハンクがサラに言った。「一緒に来ないのなら、あいつの胸を撃つ」

喉から嗚咽が漏れた。ウィルを助けられるわけがないのに、手がのびた。

彼はふたたび立ちあがろうとして脚に力をこめていた。口から吐瀉物《としゃぶつ》があふれている。

後頭部から血がしたたっていた。ウィルは膝立ちになったが、またうつ伏せに倒れた。

サラは自分の体が地面に叩きつけられたかのように悲鳴をあげた。

「先生?」ハンクがついに銃を持ちあげ、ウィルに狙いを定めた。

サラはBMWのほうへ歩いた。いまにも倒れそうだった。膝が固まってしまっていた。

ウィルはまだ転がったままもだえている。サラは通りの先に目をやった。母親が歩道に立っていた。ベラの暖炉の上で五十年前から埃をかぶっていた、古いダブルバレルのショットガンを両手で構えている。

サラは手出しをしないでと願いながら、キャシーに向かってかぶりを振った。

ハンクがミシェルをBMWへ引っ張っていった。それから、突き飛ばすようにしてヴェイルに引き渡した。次にグロックをさげてウィルのほうへ向かった。

っていた。

「約束したのに」サラはそう言ったものの、大量殺人者の言葉を信じるのは愚かだとわかっていた。

「運転しろ」ヴェイルに運転席へ押しこまれた。助手席のドアがあいていて、そのむこうが見えた。ウィルが四つん這いになっていた。口から吐瀉物と血が垂れている。目はあいていない。汗が顔を伝う。

「ちくしょう」クリントンがぶつぶつ言いながら、サラの後ろに乗りこんできた。「なんてこった。さっさと逃げようぜ」

サラは、ハンクが片方の足を振りあげるのをなすすべもなく見ていた。ウィルの頭を蹴ろうとしている。

「ウィル！」サラは叫んだ。

ウィルはハンクの脚をつかまえ、歩道に引きずり倒した。格闘はなかった。ウィルはハンクに馬乗りになった。すばやく手際よく、だが猛烈な勢いでハンクの顔を殴りはじめた。

「ほっとけ！」クリントンが叫んだ。

ヴェイルが背後に手をまわしてリボルバーをやみくもに探していたが、それはウエストベルトの前側に突っこまれていた。脇腹を撃たれてパニックに陥っているのだ。シャツが血で濡れている。

「ほっとけと言ってるだろうが！」クリントンがグロックをヴェイルの頭に向けた。「急げ！」

「ちくしょう、カーター！」ヴェイルがＢＭＷの助手席に乗りこみながら言った。「ハーリーを置いていくのか」

クリントン。ハンク。ヴィンス。カーター。ハーリー。ヴェイル。

「車を出せ！」サラは側頭部をグロックで小突かれた。「早くしろ！」

サラはエンジンをかけた。車をぐるりと方向転換させた。サイドミラーにウィルが映った。マールの死体がそばに転がっていた。ウィルはまだハンクだかハーリーだかにまたがっている。

そいつも殺して。サラは思った。そいつを殴り殺して。

ショットガンの銃声がした。キャシーはタイヤを狙ったのだろうが、弾はリアパネルに当たった。

「くそっ！」ヴェイルが叫んだ。「なにやってんだ、カーター！」

「うるさい！」カーターがサラの座席に拳を叩きつけた。ひたいの切り傷から血が垂れていた。ウィルのナイフの柄が脚の付け根から突き出ている。「右だ！　右！」

サラは右にハンドルを切った。心臓の鼓動が激しすぎてめまいがした。胃が痛い。膀胱《ぼうこう》がはち切れそうだ。ヴェイルが助手席に座っていた。カーターは運転席の真後ろで、隣のミシェルに寄りかかっている。ドワイトはヴェイルの後ろで気絶しているが、いつまでその状態でいてくれるかはわからない。自分は怪物たちに捕らわれてしまった。唯一の慰めは、ウィルが生きていることだ。

「くそっ！」ヴェイルが両手で顔をこすった。アドレナリンが足りなくなってきたようだ。銃で撃たれたことによるショック症状が現れはじめた。ハッハッと短くあえぐような呼吸をしている。「あいつ、おれの胸を撃ちやがった！　息が――息ができない！」

「黙れ、カマ野郎！」

前方から、アトランタ市警のパトカーが警光灯を光らせてサイレンを鳴らしながら近づいてきた。サラは止まってと祈った。だが、パトカーはすれ違いざまにＢＭＷをガタガタと揺らすほどの猛スピードで走り去った。

「左へ曲がれ！」カーターの声はサイレンのように甲高かった。「そこだ！　左へ曲がれ！」

サラはオークデイル・ロードに入った。バックミラーに映るパトカーを目で追いつづけた。パトカーは赤いブレーキランプを点灯させ、左に曲がってラルウォーター・ロードに入った。

ウィルのほうへ。

「空気が漏れていく！」ヴェイルは怯えきっていた。病院の敷地内で爆弾を爆発させる手伝いはできるくせに、自分の脇腹に穴があけばめそめそ泣くのだ。「助けてくれ！　どうすればいいんだ？」

サラは黙っていた。ウィルのことを考えていたからだ。砕かれた肋骨《ろっこつ》。折れた胸骨。脾臓が破裂していたら、腹腔《ふっこう》内が出血しているはずだ。自分を犠牲にして連中についてきたのは、ウィルをむざむざ路上で死なせるためだったのか？　おまけに、こんな幼稚な腰抜けが助けてくれと泣きついてくる。

「あんたは医者だろう！」ヴェイルが情けない声で言った。「助けてくれよ！」

これほど他人に同情できないことは、人生ではじめてだった。歯を食いしばって答えた。

「傷口をふさぎなさい」

ヴェイルはシャツをめくり、震える手を射入口へ近づけた。

「指を穴に突っこんで」サラはそう言ったものの、もはやそんなことをしてもしかたがない。ヴェイルの胸腔《きょうくう》には血がどんどんたまっている。息をするたびに胸膜腔《こう》に空気が取りこまれ、穴のあいた肺は押しつぶされる一方だ。ついには反対側の肺も心臓も血管も圧迫されてつぶれてしまう。

サラにとっては、この男が死ぬまでどのくらい待たされるのかということ以外、どうでもよかった。

「いてえ！」ヴェイルが悲鳴をあげた。愚かにも、ほんとうに指を射入口に突っこんだのだ。彼は痛みのあまり息を止めた。白目が見えるほど目を見ひらいていた。ありがたいことに、痛みがひどくて文句も言えないらしい。

それはともかく、サラが注意していなければならないのはヴェイルだけではなかった。カーターは頭に血がのぼっていて、逃げるためならどんなことも厭《いと》わない覚悟でぴりぴりしている。いつ彼が後ろから首を絞めてきてもおかしくないことは、サラも承知していた。

時刻を確かめた。

午後二時四分。

ウィルの生死を分ける一時間は刻々と過ぎていく。内部出血は手術で治療できるが、病院へ搬送するのにどれくらい時間がかかるのだろうか？　外傷センターまでヘリで搬送する必要があるかもしれない。だれが彼についていてくれるのか？　市内の警官はひとり残らず爆発事件にかかりきりだ。

キャンパスで二発の爆弾が爆発した。それなのに、サラは事件のことを考えることができなかった。考えたくなかった。心配なのはウィルだけだ。

「追い抜かせ！」カーターがどなった。「車線を変更しろ！」

ＢＭＷは前方の車の流れに突っこんだ。タイヤが甲高い音をたててきしんだ。二台の車が正面衝突した。ヴェイルがまた悲鳴をあげた。サラはアクセルを踏みこんだ。もうすぐポンセ・デ・レオンだ。

「信号は無視しろ！」

サラはシートベルトを着用した。横断歩道を突っ切った。クラクションがあちこちで鳴った。タイヤが浮き、サラは必死にハンドルを操作しようとした。

でも――なぜ？

このまま街路樹に衝突すれば。電柱に。住宅に。ハンドルからエアバッグが飛び出てくるはず。自分はシートベルトも着用している。肺に穴もあいていないし、脚の付け根にナイフも刺さっていないし、肩を撃たれてもいない。

だけど、ミシェルは。

彼女は後部座席の中央に座っている。衝撃でフロントガラスを突き破るかもしれない。首の骨を折るかもしれない。金属片やガラス片で動脈を切るかもしれない。逃げる前に、ほかの車に轢《ひ》かれるかもしれない。

〝殺しなさい〟あのときミシェルは黒い銃口を見据えながらハンクを挑発した。〝ほら、やりなさいよ、腰抜け野郎〟

前方で道路が斜めに曲がっている。

このまま直進すればいい。車は赤信号の先にある煉瓦の家に衝突するだろう。

ウィルは大丈夫だ。この連中に殺されるほうを選んだ理由を理解してくれている。彼に落ち度はまったくないとわかってくれている。

肩の力が抜けた。頭のなかがすっきりした。体のなかが落ち着くと、こうするのが正しいのだと思えるようになった。

曲がり角が近づいてくる。あと三十メートル。二十メートル。サラはアクセルを踏みこんだ。ハンドルをしっかりと握る。もう一度、バックミラーでミシェルの様子を確かめた。

ミシェルは目を見ひらいていた。泣いている。怯えている。

サラは土壇場でハンドルを右に切り、それから左に切り、車体を傾けてカーブを抜けた。

車は跳ね、走りつづけた。二度、赤信号を無視して走り抜けた。ふたたびアクセルを踏む。またバックミラーでミシェルを見ると、膝を抱えてうなだれていた。

「な、なんだ」つぶれかけた肺に空気を吸いこもうとするヴェイルの鼻腔《びこう》がヒュッと鳴った。彼はサラがわざと車を衝突させようとしていることに気づきながらも、止める気力がなかったようだ。

「スピードを落とせ」カーターはまったく気づいていない様子で、ぶつぶつ言った。「ちくしょう、タマが燃えてるみたいだ」運転席の背もたれを殴った。「あんたは医者だろ。おれはどうすりゃいいんだ」

サラは声も出なかった。喉に綿が詰まっているようだった。さっきまでの落ち着きはどこへ行ったのだろう? ミシェルを心配している場合ではない。自分のことを考えなければならないのに――どうやってこの状況から抜け出すか。逃げるのか、それとも自分で死に方を決めるのか。

「早く言えよ!」カーターがまた運転席の背もたれを突いた。「どうすりゃいいんだよ」

サラはバックミラーに手をのばした。両手がひどく震えていて、ミラーの角度を調節するのも骨が折れた。ミラーにカーターの患部を映した。ナイフの柄が右内股から突き出ている。ウィルは斜め上に向けて刃を刺していた。刃は筋肉に支えられている。

大腿動脈。大腿深静脈。陰部大腿神経。

サラは咳払いしようとした。口のなかで舌がふくらんでいる。胃液の酸っぱい味がした。

「ナイフが神経を圧迫してる。抜いて」

カーターはだまされなかった。ナイフの刃が動脈の小さな傷をふさぎ、大出血を免れている可能性もある。「こいつであんたの顔を切り裂いてやろうか？　右に曲がってから、次の信号を左に曲がれ」

サラは赤信号で右に曲がった。次の青信号で、左に曲がってモアランド・アヴェニューに入った。商業地区のリトル・ファイヴ・ポインツだ。数えるほどしか車が走っていない。店舗やレストランの前の駐車スペースもほとんどあいている。おそらく屋内退避の指示が出て、人々は建物のなかにいるのだろう。もしくは、自宅でテレビを見ているか。警察は病院の周囲一帯を厳重に封鎖しているはずだ――ＢＭＷは警察が封鎖を実行する前に、なんとか脱出することができたようだ。

「そのうるさい音を消せ」カーターが言った。

シートベルトの着用を促すチャイムだ。それまでサラは、助手席のシートベルトがはずれていることを知らせるチャイムに気づいていなかったが、カーターのせいでその音しか聞こえなくなった。

ヴェイルはチャイムを止めようとしなかった。目を閉じている。口元がこわばっている。あいかわらず銃創に指を突っこんだままだ。車が段差を乗り越えたり角を曲がったりするたびに、拷問のように感じているに違いない。

サラは路上のくぼみを探した。

「音を止めろ！」カーターがどなった。「なんとかしてやれよ、ちくしょう！」

ミシェルが運転席と助手席のあいだに手をのばした。痛みをこらえるように、ゆっくりと動いた。両手の血は乾いて暗紅色の膜になっていた。ヴェイルの膝の上にシートベルトを引っ張りはじめた。バックルの少し上で、その手が止まった。

ヴェイルの銃はジーンズのウエストバンドに挟みこまれている。

サラは体を硬くした。ミシェルが銃を抜いて発砲してくれるのを願った。

バックルがカチリと鳴った。チャイムが鳴りやんだ。ミシェルが座席に座りなおした。

サラはヴェイルの膝へ視線を落とした。

心臓が粉々に砕けた。

なぜ？

ミシェルはリボルバーをシートベルトでヴェイルの腹にしっかり固定していた。

「ヴェイル」カーターが不安そうに張りつめた声を出した。「電話をかけてもいいと思うか？」

ヴェイルは答えなかった。歯がカチカチと鳴っている。

「ヴェイル？」カーターは助手席の背もたれを蹴った。

ヴェイルが叫んだ。「やめろ！」彼の手がドアのそばのグリップをつかんだ。歯を食いしばりながら息を吐く。「命令が」彼は言った。「勝手なことは――」激痛に言葉をさえぎられた。

「くそっ」カーターが目に流れこんだ血を拭い、サラに言った。「まっすぐ行け。州間高《インターステート》速道に入るんだ」

二八五号線に入れと言っているのだ。アトランタの外縁を巡る道路だ。カーターが思いつきでそう言ったとは思えなかった。彼らがほんとうに警官か軍人の集まりなら、逃走の第二案を用意してあるはずだ――別の車、集合場所、ほとぼりが冷めるまで引きこもるための隠れ家。

サラは、インターステートに入る前に車を止める方法だけを考えようとした。唯一の希望の源は、アトランタ市警のパトカーがラルウォーター・ロードに入っていくのを見たことだ。ウィルには無理でも、キャシーがパトカーの警官に一部始終を説明してくれるはずだ。そうすれば、話は上部に伝わる。そして、隣接三州のすべての電話とパソコンに速報が発信される。

自国内テロリストと見られる容疑者三名。重武装。人質二名。

このBMWはフル装備だ。衛星通信。GPSナビゲーション。バックミラーの上にはSOSボタンもある。サラはいままでそれを押したことはなかった。このボタンでロードサイドサービスの会社に助けを求めることができるのはわかっているが、無音の信号を送るのだろうか。それとも、スピーカー越しに生身の人間からどうしたのかと尋ねられるのだろうか？

「ダッシュ？」カーターが後部座席で気絶している男を起こそうとしていた。

ドワイトではないのだ。

ダッシュ。

「起きてくれ、兄弟」カーターはミシェルの上から手をのばしてダッシュの頬を叩いた。「頼むよ、兄弟。目を覚ましてくれ」

ダッシュの唇が動いた。なにかぶつぶつとつぶやきはじめた。サラはまたバックミラーの角度を変えた。ダッシュのまぶたの下で眼球がきょろきょろ動いているのがわかった。

ふたたび前方の道路に目を走らせたが、今度はくぼみを探すためではなかった。エモリー大学から離れるほどに、走っている車が増えてきた。ヘッドライトを点灯させてみようか？　それとも、車を蛇行させる？　そんなことをすれば、助けようとしてくれた人を危険にさらしてしまうだろうか？

「なんで目を覚まさないんだ？」カーターはダッシュの首を左右に動かした。「ヴェイル、グローブボックスから救急バッグを取ってくれ」

ヴェイルは動かなかったが、グローブボックスの鍵穴にキーが刺さったままになっていることにサラは気づいた。

銃。

「ダッシュ！」カーターがどなり、ダッシュの頬をぴしゃりと叩いた。「ちくしょう」

「病院へ連れていかなければ」サラは無理やりキーから目をそらした。「救急バッグに入っているのは絆創膏と消毒薬くらいよ」

「くそっ！」カーターが運転席の背もたれに拳を叩きつけた。「ダッシュ、起きてくれよ」

サラはまた咳払いした。手のひらを胸に当てる。心臓がストップウォッチのように速く脈打っていた。

考えろ考えろ考えろ。

サラはカーターに言った。「その人は十五分近く気を失っている。おそらく昏睡《こんすい》状態にあるわ」これも嘘だった。ダッシュの脳は明らかに再起動しようとしている。「消防署の近くで降ろせば、きっと助けてくれる」

「だめだ。ほかでもない、ダッシュだぞ。絶対に置いていくわけにはいかない」カーターはまたミシェルの上から手をのばした。

「やめて！」ミシェルが叫んだ。身をよじってカーターから離れ、座席の背を乗り越えてラゲッジスペースに入った。ガラスに背中を押しつけ、両腕を広げた。激しい恐怖があらわになった目でサラを見た。

サラはバックミラー越しにミシェルを見つめ返した。そして、ミシェルの右側をちらりと見た。

救急バッグが収納箱に入っている。

外科用メス。針。鎮痛薬。

ミシェルが目をそらした。体を丸めた。膝を抱えこんだ。こうべを垂れた。

「どこが悪いんだ？」カーターがダッシュの顔の前でパチンと指を鳴らした。

ダッシュのまぶたがうっすらあいたが、それ以上の反応はない。

「ダッシュ？　しっかりしてくれ、兄弟。目を覚ましてくれよ」

サラは時計を見た。

午後二時八分。

キャシーがウィルをなんとかしてくれるはずだ。病院へ搬送する手配をしてくれるはず。医師に質問してくれるはず。ウィルが手術後に意識を取り戻すときに、そばにいてくれるはず。ジェフリーと同じように、ウィルのことも助けてくれるはず。

そうよね？

「先生？」

サラはバックミラーに目をやった。ミシェルに話しかけられていた。

「その人を助けて」ミシェルが言った。「ダッシュは――悪党だけど――」

「よけいなことを言うな」カーターがぴしゃりとさえぎった。ナイフが脚の付け根に刺さっていなければ、座席の背を乗り越えていただろう。

右を見て。サラは心のなかでミシェルに懇願した。その黒いバッグをあけて。

ミシェルがバックミラー越しにサラをじっと見た。一度だけかぶりを振った。救急バッグに気づいている。でも、なにもしない。

サラは落胆した。味方はひとりもいないのだ。

「おい」カーターがまたダッシュの頬を叩いた。バシッという音が車内に響いた。「くそ女、どうすりゃいいんだ」

サラは悲しみを呑みくだした。「刺激して」

カーターがまたダッシュを叩いた。「刺激ならさっきからやってる」

「肩の銃創に指を突っこんで」

「なるほど、そりゃてきめんに効きそうだ」

サラはヴェイルをちらりと見やった。ぜいぜいという呼吸音が途切れ途切れになってい
る。唇も青い。しぼんでいく肺になんとか空気を取りこもうとして、鼻腔がつぶれては広
がった。

「おい」カーターが言った。「ダッシュが目を覚ましそうだ」

ダッシュのまぶたがぴくぴくと動きはじめていた。喉の奥でごろごろと音がした。両手
があがったが、その動きは操り人形のようで、右手のほうが左手より高い。

「どうしたんだ？」カーターがぎょっとした。

サラは黙っていた。もう一度ミシェルの姿を探すと、また体を縮こまらせていた。

カーターが問いただした。「ダッシュはどうしちまったんだよ？」

ダッシュの目があいていた。喉のごろごろという音ははっきりとしないつぶやき声にな
った。一度まばたきした。もう一度。のろのろと視線を巡らせ、周囲の人間の顔を見た。

ミシェル。カーター。ヴェイル。サラを見つめ、とまどうような顔つきになった。

「だえだ？」呂律《ろれつ》がまわっていなかった。「その女。だえだ――」

「い、医者を拾ったんだ」カーターがあわてて答えた。明らかに怯えているのは、ダッシュのほうが上位だからだろう。「ハーリーとモンローがやられた」

「なにが――」ダッシュが言いかけた。「なにが――」

「医者をさらった」カーターは、ダッシュの訊きたいことには答えなかった。「おれは股をナイフで刺された。ヴェイルもやばい」

ダッシュがふたたびまばたきをした。まだぼんやりしているようだが、少しずつ回復している。

サラは嘘をついた。「その人、瞳孔が開いてる。脳内出血しているかもしれない。動脈《どうみゃく》瘤《りゅう》か――」

「くそっ」カーターが顔の汗を拭った。道路の脇に目を走らせている。

ダッシュが咳払いした。「なにがあったんだ?」サラを見た。「あの女はだれだ?」

「だから、言っただろう――」カーターは途中で言葉を切り、サラに尋ねた。「どうなってるんだ?」

「外傷後健忘症」サラは、カーターを怖がらせてダッシュを路肩に捨てさせることができないだろうかと考えた。「脳の深部が損傷を受けているしるしよ。病院に置いていったほうがいい」

「くそくそくそっ」

ダッシュが顔に手をやった。指が頬に触れた。きつく目をつぶる。めまいがして、吐き気を催しているのだろう。それでも、回復しつつある。体の動きをコントロールできているので、間違いない。両目の焦点も合っている。

「やばい」カーターはフロントガラスのむこうを見つめていた。「あいつに手を振ろうとか考えるんじゃないぞ」

　前方から一台のパトカーが近づいてきた。サラは息を止め、警官が手配中のこのＢＭＷに気づいてくれるよう祈った。

　ダッシュが運転席と助手席の隙間にぎくしゃくと手をのばし、サラの腕を押さえた。

「よけいなことはするな」

　その声は静かだったが、明らかに威圧を感じた。ヴェイルは泣き言が多い。カーターは気が短い。そして、グループ全員を服従させているのがダッシュだ。

　サラはサイドミラーのなかで小さくなっていくパトカーを見ていた。ブレーキライトも点灯しない。スピードも落とさない。パトカーの前部と後部には、ナンバープレートスキャナーが搭載されている。このＢＭＷが手配されていれば、反応があったはずなのだが。

　つまり、まだ手配されていないということだ。

「カーター」ダッシュが顔をしかめながら背もたれに寄りかかった。気絶していたときよりも老けているように見えた。目元に細かい皺《しわ》が寄っている。「まだわたしの肩から銃弾は抜いていないのか？」

「抜いてない」カーターが言った。「だから、たいして出血していないんだ」

「なるほど、不幸中の幸いというやつか」ダッシュは丁寧に言葉を発音した。完全に回復したわけではないが、部下には弱みを見せまいとしている。「そうだろう、先生？」

サラは答えなかった。肩の大部分を組成するのは骨と軟骨だ。銃弾は高温で命中し、周囲の組織を焼灼《しょうしゃく》したはずだ。

サラにとっては不運なことに。ダッシュにとっては幸運なことに。

ダッシュがうめきながら脚を組んだ。「カーター、われわれには医療が必要だ。われわれ全員」

「わたしは小児科医よ」サラは言った。理屈のうえでは嘘ではない。認可を受けた検死官であり、犯罪捜査官でもあるけれど。「外科医じゃない。あなたたちの怪我はきちんとした治療を受ける必要があるわ」

「もひろんだ」ダッシュの呂律がまたまわらなくなった。目が潤んでいる。日差しがまぶしすぎるのだ。脳震盪《のうしんとう》を起こしていることはひと目でわかる。だが、どの程度なのかはわからない。外傷によって脳がどうなるかはそのときどきでまったく異なる。

ダッシュが咳払いした。目をぐりぐりとこすった。「カーター、われわれがGPSを搭載した追跡可能な盗難車に乗っているんじゃないかと思わなかったのか？」

カーターはナイフを紐で脚に縛りつけようとしていた。「選《え》り好《ごの》みしてられなかったんだ。急いで逃げないといけなかった。そうだよな、ヴェイル？」

ヴェイルのつぶやき声は返事になっていなかった。あいかわらず脇腹に人差し指を突っこんでいた。反対側の手でグリップを握りしめている。サラは、シートベルトの下のリボルバーを見た。カーターは紐を結ぶのに気を取られている。ダッシュの反応も鈍くなってきた。ひょっとしたら――。

「お嬢さん」ダッシュがサラの肩に手を置いた。「あのバンをつけてくれないか」

白いバンがモアランド・アヴェニュー沿いにあるストリップクラブの駐車場に入っていく。〈クラブ・シェイディ・レディ〉の看板には半裸の女性の絵が描いてあった。駐車場はトラックで埋まっていた。白いバンはブレーキをかけ、右に曲がって建物の裏へ進んだ。車体の側面に〈レイズ・ポテト・チップ〉というロゴがある。

ダッシュが言った。「おお、これは好都合だ。そのままつけてくれ」

ＢＭＷは狭い通路をのろのろと進んだ。また角を曲がった。右側にストリップクラブの建物、左側が木立になっていた。手をのばしてグローブボックスをあけ、ウィルの銃を取ろうとすれば、間違いなく途中で撃ち殺される。ドアをあけて飛び出すか。カーターとて、ナイフが刺さったまま追いかけてくることはできまい。ヴェイルは怯えて身動きひとつできずにいる。ダッシュも走れる状態ではない。

ミシェルは協力してくれるだろうか？　それとも、最悪の事態をじっと待っているだけなのだろうか？

白いバンが通用口の前で止まった。配達員が降りてきた。ＢＭＷをちらりと一瞥《いちべつ》しただけで、バンのドアをあけて積み荷をおろしはじめた。

「止まれ」ダッシュが命じた。

サラはギアをパークに入れた。ストリップクラブから聞こえてくる音楽がうるさく、ズンズンという振動を胸に感じた。

もう一度、グローブボックスを見やった。

「ヴェイル」ダッシュが言った。「われらが友人は、グローブボックスの中身に並々ならぬ興味をお持ちのようだ。わたしにそれを取ってくれないか」

サラは窓の外の木立を眺めた。グローブボックスの鍵があく音がした。ヴェイルはウィルの官給品の銃を見つけ、驚いたように息を呑んだ。

ダッシュが銃を受け取りながら言った。「ありがとう」

サラは目を閉じた。BMWの安全性能について考えた。スピードメーターが時速二十四キロを超えると、自動的にドアロックがかかる。ハンドルを二度引かなければドアがあかない。すばやくやれば逃げられるだろうか？

ダッシュがなにかに気づいたようだ。「ハーリーとモンローはどうした？」

「死んだ」カーターが答えた。「やむを得ず置いてきた。やばいやつが湧いて出たんだ。なんだか石の詰まった袋を殴ってるみたいだった」

サラはバックミラーに映るカーターを見やった。うつむいている。まだ紐を結ぶのに苦労しているようだ。

ダッシュがサラに尋ねた。「助手席のわれらが友人はどうしたのかな？」

「正しく診断するための道具がないから」サラは、それがなければなにもできないかのように言った。「ただ、肺がつぶれかけているんじゃないかとは思う」

「たびたび失礼を言うが、なにか管のようなものを刺して、肺に空気を送ることはできないのか？」

彼はサラを試しているのだろうか。ラップフィルムがあれば、とりあえず傷口をふさぐことはできるだろうし、救急バッグには静脈点滴用の針が入っているから、それで胸腔内にたまった血を抜くことはできる。

サラは、質問に質問で答えることにした。「空気の抜けたタイヤに管を刺して空気を入れられる？」

ヴェイルが浅く息を吸った。ダッシュとサラのやり取りについていこうとしている。脇腹にあいた穴に、あいかわらず無駄に指を突っこんでいる。サラは、もっと奥まで突っこめと言いたかった。ショック死しないまでも、細菌感染で死ぬだろう。

「われわれはおたがいを知るべきだ」ダッシュが言った。「きみをなんて呼べばいいのかな？」

「サラ」サラは白いバンの運転手を見ていた。彼はタブレットで注文を確認しながら、台車に段ボール箱を積みあげていた。

「ラストネームは？」

サラは迷った。ダッシュは打ち解けるために名前を訊いているのではない。インターネットで検索するためだ。サラの名前はＧＢＩのウェブサイトに検死局所属の特別捜査官として掲載されている。小児科医を拉致するのと、公的機関の職員を拉致するのとでは、大きな違いがある。

「アーンショウ」母親の旧姓を言った。

ダッシュはうなずいた。嘘だと見抜かれていることが、サラにはわかった。「子どもはいるのか？」

「ふたり」

「よし、サラ・アーンショウ先生。きみが帰りたいのはわかるが、もうしばらく運転手役をお願いしたい。そのあとは、きみをご主人と子どもたちのもとへ帰してあげよう」

サラは唇を嚙んだ。首を縦に振った。ダッシュが嘘をついていることもわかった。

ダッシュがＢＭＷのドアをあけた。クラブミュージックの低音がサラの鼓膜を震わせた。手をかざして日差しをさえぎった。肩越しに声をかけた。「ミシェル、一緒に来てもらえるかな」

ミシェルはロボットのような動きで後部座席に戻った。怯えた様子でカーターをよけた。サラが問いかけるように見つめる視線も無視した。パンツのファスナーをあげもせず、車から飛び降りた。裸足で砂利を踏めば痛いはずだが、うめき声ひとつあげなかった。

ここまで壊れてしまうなんて、ミシェルはいったいなにをされたのだろう？

「行こう」ダッシュはミシェルにバンのほうへ歩くよう合図した。シャツのボタンをあけて隙間に腕を引っかけ、吊り包帯の代わりにした。銃弾は上腕骨をそれたらしい。腕を動かすと痛むのは筋肉が損傷しているからだろうが、それでも動かすことはできるようだ。

カーターがぶつぶつ言った。「なにをするつもりだ？」

サラにはダッシュの意図がわかっていたが、心のなかでどうか現実になりませんようにと祈った。

配達員が建物から出てきた。台車が空になっていた。サラたちに背中を向けて、通用口のドアを閉めた。ダッシュがホルスターに手をのばしてウィルの銃を抜いた。配達員は振り向いたが、それが最後の自発的な動きとなった。

ダッシュは配達員の顔を二度撃った。

サラは、建物の裏側の閉じたドアを見ていた。だれも出てこない。音楽に銃声がかき消されたのだろう。いや、聞こえたのかもしれないが、この一帯では銃声など珍しくない。

カーターが言った。「あそこでなにがあったかダッシュに言ったりしたら、後悔させてやるからな」

サラはバックミラーを見た。「あなたがハーリーを見捨てたことを？　それとも、兄弟のハーリーに殺されそうになったこと？」

カーターの視線が前方へ動いた。ダッシュとミシェルが死体をバンに積みこむのを黙って見ている。

カーターが言った。「おれがその気になれば、十分もかからずにその生意気な口をつぐませることができるぞ」

サラは喉を締めつけられたような気がした。自分の指がハンドルをきつく握るのを見た。手についていたダッシュの肩の血がレザーのハンドルに移っていた。マールの血も混じっているはずだ。追突事故の現場で彼の頭の傷に触れたのだから。おそらく、カーターの脚の付け根の血が後部座席を汚している。ヴェイルのDNAは助手席に付着している。

「タマが燃えている感覚をせいぜい楽しめばいいわ」サラはミラーのなかのカーターと目を合わせた。「ナイフが抜けたら、それを最後にタマの感覚もなくなるだろうから」

ヴェイルが耳障りな音をたてて息を吸った。「だ……黙れ……」リボルバーをサラへ向けた。その手つきはしっかりとしていた。「ま、前へ……歩いていけ。車の……ま、前に」

サラはドアハンドルに手をのばした。手首のアップルウォッチが目に入った。

午後二時十七分。

ドアハンドルを引かなかった。

アップルウォッチ。

後ろのドアがあいた。カーターがナイフをぶつけないよう、そろそろと車から降りた。ドアを閉めた。車の外で待っている。

サラは頭のなかではめまぐるしくこれからどうするか選択肢を考えながら、ドアハンドルをゆっくりと二度引いた。アップルウォッチは携帯電話通信機能とGPSの両方を内蔵している。電話をかけることもできるが、スピーカーから相手の声が漏れる。メッセージを送信するのは手間がかかる。トランシーバーのアプリも入っているが、アイコンをタップして適切な相手を選択し、メッセージを送信するあいだ黄色いボタンを押していなければならない。

車を降りた。時間を稼ぐために、わざとのろのろと歩いた。

「車の前をまわって、ヴェイルに手を貸せ」カーターが、これを持っているのを忘れるなと言わんばかりにグロックを見せつけた。「妙なまねをしたら、頭に弾をぶちこむぞ」

サラはできるだけ粘った。「彼は置いていったほうがいい。どっちにしろ死ぬわ」

「おれたちは仲間を置いていったりしない」

「ハーリーはそれを知ってたのかしら？」

カーターに腹を殴られた。痛みが腹のなかで爆発した。体をふたつに折る。がっくりと膝をつく。頭のなかがくらくらしてきた。息ができない。

「立て、くそ女」

サラは地面にひたいを押し当てた。口から唾液が垂れた。両手が勝手に腹部を押さえていた。筋肉が痙攣《けいれん》する。まばたきして目をあけた。アップルウォッチのスクリーンが光っている。トランシーバーアプリのボタンをタップした。リストの一番目はフェイスだった。黄色い丸を押さえながら言った。「カーター、あなたは――警察には、二八五号線で白いポテトチップ屋のバンを発見できないと、本気で思ってるの？」

「おまえには関係ないことだ」

タイヤの下で砂利が鳴った。バンがふたりのそばに止まっていた。

サラは顔をあげた。世界が傾《かし》いだ。やっとのことで立ちあがった。腹部の痛みが激しく、腰を曲げなければ歩けなかった。ウィルはこれよりはるかにひどい痛みを味わったことを考えないようにした。車につかまりながら、なんとか反対側へまわった。

ヴェイルがすでにドアをあけていた。唇が紫色になっている。まぶたも閉じかけている。サラが願っていたより早く心臓の働きが低下しているようだ。

「よこせ」カーターがヴェイルからリボルバーを奪い取った。

こうなったら、ヴェイルを車から降ろすのを手伝うほかなかった。ヴェイルはサラの肩に腕をまわした。反対側の腕はまだ胸の前をまわって銃創に指を突っこんでいる。

「急げ」カーターが銃を振ってサラを急《せ》かした。

ヴェイルは自分の脚で立とうとした。筋肉質で、見た目よりはるかに体重があるようだった。サラが一歩さがったとき、ヴェイルは前に進もうとしていた。とっさに彼を支えようとしたが、間に合わなかった。

ヴェイルが尻餅をついた。肺に残っていたわずかな空気が一気に出ていった。ヴェイルは必死にあえいだ。目に絶望が浮かんだ。

サラはひざまずいた。ヴェイルが死のうがかまわない。ただ、また殴られたくなかった。だから、ヴェイルを診るふりをした——瞳孔を見て、心臓に耳を当てた。シャツがまくれあがっていた。銃創からとめどなく血が漏れ出ている。静脈ではなく、鮮紅色の動脈血が。

銃弾は神経や動脈が束になっている腋下《えきか》に進入したのだ。

ダッシュがバンから出てきた。ヴェイルを助け起こした。サラに言う。「わが友人に手を貸してもらえるだろうか？」

ダッシュのしゃべり方は礼儀正しく穏やかだが、なぜか不気味な威厳がある。ヴェイルのように恐怖に呑まれることはなく、カーターのように逆上して周囲が見えなくなることもない。ダッシュは自分の機嫌を剣のように振りまわすタイプのように見える。はからずもその鋭い切っ先で切られるはめになるのはいやだ。

サラはダッシュとともに、ヴェイルに肩を貸した。バンへ連れていく。ヴェイルは自力で後部座席に倒れこむようにして乗った。

サラは肩にダッシュの手を感じた。

「それをはずしていただけないか」

アップルウォッチに気づかれた。

うつむきながら、アップルウォッチをはずした。だが、ダッシュには渡さず、木立の奥へ投げ捨てた。

「ありがとう」ダッシュは、まさにそうしてほしかったのだと思っているかのように言った。ミシェルを手招きした。口頭で指示する必要はなかった。ミシェルは、配達員の死体をバンからＢＭＷに移すのを黙って手伝った。

なぜ言いなりになるの？

「あんたをむちゃくちゃに痛めつけてやる」カーターがサラに耳打ちした。尻からバンに乗りこみ、動かない脚を床に引きずって奥へ移動した。

運転席のドアが閉まった。ミシェルがシートベルトを締めた。エンジンをかける。両手でハンドルを握る。まっすぐ前を向き、次の命令を待っている。

なぜ？

「あと五秒だけ待ってくれ」ダッシュはBMWの給油口の蓋をあけていた。ポケットから緊急用の発炎筒を取り出した。キャップを取り、巨大なマッチを擦るように点火すると、花火のように白熱の火花が飛び出した。

ダッシュはサラに言った。「急いだほうがいい」

サラはバンの後部座席に乗った。最後に見えたのは、ダッシュが発炎筒の炎を給油口に突っこむところだった。

ダッシュが助手席に飛び乗った。「行け」

ミシェルがアクセルを踏んだ。バンが走りだした。建物の角をすばやく曲がった。

ガソリンは燃えるが、爆発するのは気化したガスだ。ダッシュは正しくタイミングを見計らっていた。爆風がバンに到達したのは、五十メートルほど走ったあとだった。

警察がBMWを発見するころには、法医学的な証拠はすべて焼けてしまっているだろう。BMWのハンドルに付着した血液も。座席の血液も。配達員の遺体も。なにもかもなくなってしまった。

「くそっ」カーターがつぶやいた。「くそくそくそ」あれだけ苦労して紐で縛りつけたのに、ナイフがずれていた。カーターは鼠径《そけい》部に手を当てていた。途方に暮れたような目でサラをちらりと見やった。

　サラは目をそらした。

　ダッシュが呼びかけた。「大丈夫か、兄弟たち？」

「ああ」ヴェイルが力なく答えた。

「ちくしょう、大丈夫だ」カーターが言ったが、声がしわがれていた。

　サラは、タイヤが絶え間なく回転する低音に耳を澄ましていた。空のポケットに手を入れた。親指の爪でほかの指の爪の下を丁寧に掃除していった。

　ヴェイルが倒れたときに彼の首を引っかき、少量の皮膚を削り取った。

　追突事故の現場では、マールの頭の傷に触れて、そのあとショートパンツで指を拭った。ダッシュが銃で撃たれた肩にも、手のひらで触れた。ハーリーの血液はマリブの後部座席から持ってきている。あとは、バンから降りるときに、カーターの脚から染み出ている血だまりに触れればいい。

　統計上の数字は知っている。彼らは次の目的地へ向かっている。統計上、サラが生き延びる確率はおよそ十二パーセントだ。

　わたしはミシェル・スピヴィーのようにはならない――生きているのに、生きていないミシェルのようには。

どんなことをしても、彼らに自分を殺させるつもりだった。いまからその瞬間までやるべき仕事はたったひとつ、彼らの断片を集めることだ。

家族には、自分が死んだことを了解してほしい。ウィルには、犯人たちに復讐《ふくしゅう》してほしい。

ショートパンツに染みこんだ汗は、自分がこれを穿《は》いていたことの証拠になる。ヴェイルの細胞はポケットのなか。マールの血液は手についている。ダッシュの血液も。いずれかならずカーターの血液も採取する。

自分の他殺死体が発見されたら、ＤＮＡが四人の犯人につながる決定的な証拠となる。

5

八月四日日曜日午後二時一分

「彼女はどこへ連れていかれたんだ？」ウィルはハンクのシャツをつかんで手荒に揺さぶった。「教えろ、この野郎！」

ハンクは血まみれの顔でウィルをにらみあげた。歯が折れていた。鼻も曲がっている。顎もゆがんでいる。

ウィルは歩道からリボルバーを拾った。撃鉄を起こす。狙いを定める。

「撃っちゃだめ！」キャシーが叫んだ。

ウィルはまた同じことを思った。サラの声なのに、サラの声とは違う。

「あの子は行ってしまった！」キャシーは両手でショットガンを抱えこみ、悲嘆に震えていた。「あなたはあの子をみすみすあいつらにさらわせた！」

ウィルの目に涙がにじみはじめた。日差しがまぶしくて、目を細くしなければならなかった。

「あなたのせいよ！」キャシーはまっすぐウィルをにらんだ。まっすぐに。「わたしの義理の息子なら、絶対にこんなことは許さなかった」

その言葉は、それまでに受けたどんな打撃よりも威力があった。ウィルは撃鉄をおろした。手の甲で口元を拭った。頭の一部はキャシーの言うとおりだと理解していたが、ウィルはその部分をシャットダウンした。

サイレンが鳴っていた。アトランタ市警のパトカーが十メートル先で急停止した。

ウィルはリボルバーを歩道に放り捨てた。両手をあげた。キャシーに声をかけた。「ショットガンを置いて――」

「ショットガンを置け！」警官が叫んだ。パトカーの開いたドアの上から銃口を覗かせていた。

キャシーはのろのろとショットガンを足元に置いた。

そして、両手をあげた。

「ぼくはGBIだ」ウィルは落ち着いた声を出そうとした。「こいつは爆破犯のひとりだ。共犯がいる。犯人グループは――」

「IDは？」

「いま財布を持っていない。バッジナンバーは三九八だ。女性が――」ウィルは思わず言葉を切った。喉に胃液がこみあげた。それを吐き出した。「女性が連れ去られた。シルバーのBMW。ナンバープレートは――」思い出せなかった。頭が風船のようにふわふわと漂っていきそうな気がする。「BMW・X5のハイブリッド。犯人グループはあと四人。三人」

　くそっ。

　ぐるぐると回転する世界を止めるため、ウィルは目を閉じた。三人？　四人？　マールの死体が自分と警官とのあいだにある。ハンクはめちゃくちゃに殴られて気絶している。

　ウィルは言った。「三人だ。手配を頼む。BMW・X5。女性一名――いや、女性二名が拉致された」

「無線が混み合ってる」警官はためらった。ウィルの話を信じたがっている。「携帯電話も通じない。連絡が――」

　こんなことをしている場合ではない。

　ウィルはハンクを引っぱりあげ、パトカーのボンネットに向かって突き飛ばした。ハンクの両手首をひねり、片手で押さえつけた。両脚を蹴って開かせた。すべてのポケットを叩く。アンドロイド携帯。たたんだ紙幣。数枚の硬貨。運転免許証と保険証。

　ウィルは運転免許証の顔写真をハンクの顔と見くらべた。白い背景に小さな黒い文字で氏名が印刷されているが、ウィルの目には蚤《のみ》が飛び跳ねているように見えた。運転免許証と保険証を警官に渡した。「いま眼鏡がない」

「ハーリー」警官が読みあげた。「ロバート・ジェイコブ・ハーリー」

「ハーリーか」脚の裏側の銃創が見えた。ウィルはそこに鉛筆を突き刺してやりたくなった。「失血死しそうだ。病院へ搬送しないと」

ウィルはハーリーの襟首をつかんだ。遊園地のびっくりハウスのように道路が傾き、ウィルはよろけた。

警官が口を開いた。「大丈夫――」

「行くぞ」ウィルはハーリーをパトカーの後ろに押しこみ、車体が揺れるほど荒々しくドアを閉めた。

屋根に両手をついた。目を閉じ、冷静になろうとした。突然、体のあちこちに痛みを感じた。手の甲の関節部分はすりむけている。首には血が何本もの筋となって伝っている。腹部の痛みは、表現する言葉すら見つからない。内臓のひとつひとつに、千本もの輪ゴムがきつく巻きついているかのようだ。肋骨はまっすぐな剃刀の刃に変わってしまった。

ウィルはパトカーのむこうへまわった。助手席のドアが、望遠鏡の反対側から覗いたように見えた。まばたきする。ドアハンドルがなかなかつかめなかった。

助手席に乗りこんだとたん、パトカーが発進した。

ウィルはキャシーのほうを見なかった。

キャシーがウィルの名前を呼んだ。

ウ、ウ、ウィル。

サラの声なのに、サラの声とは違う。

警官が言った。「連絡が入った」携帯電話を耳に当てた。「電話が鳴ってる」

「女性が一名——」ウィルはみぞおちのあたりにむかつきを覚えた。体を折り、パトカーの床に吐いた。吐瀉物が飛び散った。顔を拭った。「すまない」

警官が両脇の窓をあけた。

ウィルのまぶたが閉じはじめた。体が屈服したがっているのがわかった。警官に言った。

「シルバーのBMW。ミシェル・スピヴィーが一緒にいる」

「ミ——」警官があんぐりと口をあけた。

「犯人は複数だった。警官か。軍人かも」

「くそっ。電話が鳴りやんだ」警官は電話をかけなおした。パトカーは空いた車線に入った。エモリー・ヴィレッジをゆっくりと走った。人々が病院へ向かって歩道を走っていた。ドルイド・ヒルズは、医師やそのほかの医療関係者やCDCの職員たちであふれていた。みな、ウィルとサラと同じことをしようとしている——一刻も早く爆発現場に駆けつけようとしている。

ウィルは腕時計を見ようとしたが、目が抵抗した。ぼやけた数字を読み取るのに、ありったけの集中力を要した。

午後二時六分。

「ありがたい」警官がつぶやいた。「こちら、三三一九九四」

ウィルは、胸にかかっていた重みがすっと軽くなったような気がした。電話がようやくつながったのだ。

「署長を頼む。爆破事件の容疑者一名を拘束した。詳しい情報は――」

「シ、シルバーのBMW・X5」ウィルは、不明瞭な発音になっていることを自覚した。

「容疑者三名。女性二名をら、ら――」言葉が出てこなかった。頭がまっすぐ立つのを拒んでいる。「アマンダ・ワグナーに。伝えてくれ……その人に……サラが拉致されたと。伝えてくれ……」日差しがまぶしくて、我慢できずに目を閉じた。「ぼくがしくじったと伝えてくれ」


濡れた木綿をはがすように、ウィルのまぶたがあいた。瞳に画鋲がぐりぐりと刺さっている。涙を流しながら、意識を失うまいと必死に耐えた。見当識を失っているわけではなく、記憶もあった。一部始終を正確に覚えているし、ここがどこかも正しくわかっている。病院のストレッチャーから両脚をおろした。そして、床に転がり落ちそうになった。

「しっかりしてくれ」パトカーの警官、ネイトがまだそばにいた。「あんたは意識を失ったんだ。ここはERだ」

あたりは騒々しく、ウィルはネイトの声に耳を澄ませた。「サラは見つかったのか？」

「いや、まだだ」

「BMWは？」ウィルは急き立《せ》てるように尋ねた。「車は見つかっていないのか？」

「いま全力で探している。かならず見つけるよ」

ただサラを見つけるだけではだめだ。生きているサラを見つけてほしい――見つけてもらわねばならない。

ネイトが言った。「横になったほうがいいぞ」

ウィルはかすむ目をこすった。蛍光灯の光が縫い針のように目に刺さる。廊下の両側に何台もストレッチャーが並んでいて、自分がそのうちの一台に乗っていることに気づいた。患者たちが血を流し、うめき、泣いている。顔は灰色の塵《ちり》にまみれていた。廊下は不気味なほど静かだった。どなり声をあげる者はひとりもいない。タブレットを抱えた看護師や医師が、てきぱきした足取りで廊下を行き来していた。病院の職員はこのような事態に備えている。ほんとうにパニック状態になっているとすれば、病院の外だろう。

ウィルはネイトに尋ねた。「犠牲者は何人だ？」

「公式の発表はまだだ。二十人程度かもしれないし、ひょっとすると五十人にふくらむかもな」

ウィルの頭はその数字を理解できなかった。先ほど爆発音が聞こえた。生存者を救出するために現場へ向かった。できるだけ多くの人を救うために、心の準備もしていた。

それなのに、いま頭にあるのはサラだけだ。

ネイトが言った。「現在、チームに分かれて、すべての建物内を捜査している。ほかに爆発物がないか――」

ウィルはストレッチャーから降りた。また吐き気とめまいを催すものと待ち構えた。今回はどちらも催さなかったが、心臓の鼓動に合わせて頭がずきずきと痛んだ。

目を閉じて、意識して息を吸っては吐いた。「BMWは見つかったのか?」

「手配したが――」

「いま何時だ?」

「二時三十八分」

ということは、サラが拉致されて三十分以上が経過している。ウィルはうなだれた。あいかわらず腹のなかがむかつく。サラが連れ去られるのも気づかず、ハーリーをひたすら殴りつづけていたせいで、手の甲は血だらけだった。

〝わたしの義理の息子なら、絶対にこんなことは許さなかった〟

キャシーの義理の息子なら。

サラの夫なら。

警察署長なら。

絶対にサラを拉致させたりしなかった。

「おい」ネイトが言った。「水を持ってこようか?」

ウィルは顎をこすった。まだサラのにおいが手に残っていた。

「ウィル!」フェイスが廊下を駆けてきた。アマンダが後ろからついてきた。衛星電話でだれかと話している。

ウィルの喉はひりつき、ひとこと尋ねるのがやっとだった。「サラは見つかったか?」

「州が総力をあげて探してる」フェイスは、エマが熱を出したときのようにウィルと自分のひたいをくっつけた。「大丈夫？　なにがあったの？」

「ぼくのせいでサラが連れ去られた」

フェイスはウィルのひたいに手を当てた。

「ぼくたちは、犯人グループを助けようとした」詳細をひとつひとつ箇条書きのようにあげていった。「犯人グループは車でザ・バイ・ウェイを走り去った」最後にサラの姿を見たのはそのときだ。「なぜ――」急に咳きこんだ。また腹にパンチを食らったようだった。

「なぜサラが連中についていったのかはわからない」

アマンダが尋ねた。「で、あなたはなぜそんなふうにしょぼくれて座りこんでるの？」

返事をするより先に、アマンダにシャツをめくりあげられた。皮膚が赤と紫のまだらになっていて、血管が破れていることがひと目でわかった。

「ひどい」フェイスが小さく声をあげた。

アマンダがネイトに言った。「ここはもういいわ。自分のチームに戻りなさい。フェイス、医者を探して。ウィルが内出血しているかもしれないと伝えて」

ウィルは抵抗を試みた。「ぼくは大丈夫――」

「お黙り、ウィルバー」アマンダはウィルをストレッチャーに寝かせた。「自宅待機を命じても、どうせあなたは解体工事の鉄球みたいにあちこちどたばた走りまわる。そういうゲームにつきあうつもりはないから。つねにわたしのそばにいなさい。わたしが聞くことはあなたにも聞かせる。ただし、わたしの指示に従いなさい」

ウィルはうなずいたが、アマンダをしゃべらせるためであって、納得したからではなかった。

「まず、これを飲んで。アスピリンよ。頭痛がやわらぐわ」

ウィルはアマンダの手のひらにのった丸い錠剤を見つめた。薬は大嫌いだ。

アマンダは錠剤を半分に割った。「これ以上は譲らないわよ。わたしのルールに従わないのなら、捜査からはずれてもらう」

ウィルは錠剤を口に入れ、ごくりと呑みこんだ。

それから待った。

アマンダが言った。「今朝、ミシェル・スピヴィーがエモリー大学病院のERを受診した。虫垂炎。ただちに手術を受けた。ロバート・ジェイコブ・ハーリーが、妻のヴェロニカ・ハーリーだと称した。病院に団体保険証を見せた。妻とは離婚していたけれど、まだ彼の州職員医療給付プログラム《SHBP》に入ってる」

「州の保険」ウィルはつぶやいた。「つまり、ハーリーは警官なんですね」

「一年半前にGHPを辞めてる。職務質問中に無防備な人に発砲したの」

「ハーリー」ジョージア州ハイウェイパトロール《GHP》にいたと聞いたとたん、ウィルは思い出した。警官ならだれでもその手の話には興味を持つが、ウィルも例外ではなく、発砲が正当なものと認められるよう願っていた。そうでなければ第一級殺人だからだ。

「ハーリーに非がなかったことは認められたはずですが」

「ええ。でも、本人が立ち直れなかった。半年後に辞職したの。薬物とアルコールに溺れてね。妻にも捨てられた」

「彼の仲間は？　爆発物を設置したのは何者ですか？」

「アンサブズ」不詳の容疑者《アンノウン・サブジェクツ》。「FBIが監視カメラの映像を顔認識システムで照合してる。ひとり分の指紋が残っていたけれど、NGIには引っかからなかった」

　FBIの次世代個人識別システムだ。身元不詳の人物に前科がなくても、過去に法執行機関や軍に在籍していたり、就職や資格取得のために身元調査を受けていたりすれば、検索可能なデータベースに情報が保管されている。

「なぜスピヴィーを拉致したんだろう？」ウィルは疑問を口にした。「意図的に病院を爆破している。サラはたまたまあそこにいたから連れていかれた」

　ハーリーの言葉を思い出した――〝あんたたちがちょうどいいときに、ちょうどよくない場所にいたんだ〟。

　アマンダに尋ねた。「犯人グループの目標は？　なにが目的なんでしょうか？　なぜ病院を爆破――」

「先生ですか？」アマンダがスクラブ姿の男を手招きした。「こっちです」

「いまつかまるのは看護師くらいですよ」男はウィルのシャツをめくり、腹部を指であちこち押しはじめた。「いつもより痛いと感じますか？」

　最初のひと押しでウィルは歯を食いしばった。だが、かぶりを振った。

看護師が聴診器をウィルの腹に当てて音を聴き、別の場所に当て、また音を聴いた。ひととおり聴き終えると、ウィルではなくアマンダに言った。「いまＭＲＩが全部使用中なんです。ＣＴで内出血を診ることはできますが」

ウィルは尋ねた。「時間はどのくらいかかりますか？」

「階段を自力でおりることができるなら、五分で終わります」

「歩けます」アマンダの手を借り、ウィルはストレッチャーからおりた。彼女の頭はウィルの脇の下にやっと届くくらいだ。ウィルは体重をかけすぎてしまった。腹筋にコルダイト爆薬が詰まっているかのようだ。それでも、アマンダに尋ねた。「なぜ病院を爆破したんでしょうか？」

「逃げるためよ」アマンダが答えた。「連中はミシェル・スピヴィーを必要としている。なんのために必要としているのか、それはまだわからない。爆破は目くらましのためだったという仮定にもとづいて捜査するしかない。破壊の規模も死傷者の数も、もっと甚大だったかもしれないし、ほかの場所が標的になっていたかもしれない。焦点はなにがあったかではない。なぜかを探り当てなければならないの」

ウィルはきつく目をつぶった。アマンダの話を分析できなかった。頭のなかにガラスの破片が詰まっていた。「サラ。ぼくは——ぼくは——」

「わたしたちはかならずサラを見つける」

階段でフェイスと合流した。フェイスは先に立ち、後ろ向きに歩きながらアマンダに報告した。「脇道で壊れた折りたたみ式携帯電話が発見されました。ATFは、爆弾の起爆装置として使われたものと見ています。うちのラボで指紋を調べることになっています。おそらく不詳の容疑者のものと一致すると思われます」

ウィルは階段で足をすべらせ、顔をしかめた。肋骨がナイフに変わってしまったかのようだ。「GPSは？　サラのBMWには――」

「ちゃんと手配してるわ」アマンダが言った。「情報は迅速に伝えてる」

「こちらへどうぞ」階段の下で看護師が待っていた。ドアを押さえている。

ウィルは動かなかった。

アマンダたちはなにかを隠している。アマンダとフェイスのあいだに緊張感が漂っているのが、ウィルにはわかった。ふたりのうちひとりは熟練した嘘つきだ。もうひとりもそうだ――ただし、ウィルが関係すると、とたんに嘘が下手になる。

ウィルはフェイスに尋ねた。「サラは死んだのか？」

「いいえ」アマンダが答えた。「絶対に生きてるわ。なにかわかったら、かならずあなたに伝える」

ウィルはフェイスから目をそらさなかった。

フェイスが言った。「サラの居場所がわかったら教えるって約束する」

ウィルはその言葉を信じるほうを選んだが、それは信じる以外にどうしようもなかったからだ。

「右です」看護師が言った。

ウィルはアマンダに促されるがままに廊下を歩き、部屋に入った。巨大な金属の円環の前に台がある。ウィルは後頭部に手をやった。皮膚をつなぎとめている医療用ホチキスの固い針に触れた。

いつ手当てされたんだ？

アマンダが言った。「わたしたちはここで待ってる」

ドアが閉まった。

ウィルは技師の手を借りて台に乗った。技師は狭いブースに入り、そこからウィルに指示を出した。横になったまま、動かないでください。息を止めて。吐いて。その後、台が円環の穴のなかを前後に動くあいだ、金属の円環がくるくる回転する二十五セント硬貨のように見えてきて、ウィルは目を閉じた。

そのときウィルは、サラのことを考えていなかった。妻のことを考えていた。

元妻のことを。

アンジーはウィルの前からいなくなることがあった。それも頻々と。再三再四。アンジーも州の養護施設で育った。ウィルが彼女と出会ったのもそこにいるときだ。ウィルは八歳だった。生きるためにしがみつけるものがたったひとつでもあれば、それを愛するようになってもおかしくないが、ウィルもそんなふうにアンジーを愛した。

アンジーは一箇所に長くとどまっていることができなかった。ウィルは、アンジーが行方をくらますことを一度も責めなかった。いつも胃が締めつけられるような思いを抱え、アンジーが帰ってくるのを待っていた。会いたかったからではない。姿を消しているあいだ、彼女はたいてい悪事に手を染めていたからだ。アンジーは他人を傷つけた。悪意をもって。理由もなく。ウィルは、目を覚まして家からアンジーの持ち物が消えたことに気づくたびに、裏庭に鎖でつないであった凶暴な犬をうっかり逃がしてしまったかのように、自責の念に苛《さいな》まれた。

サラは違う。

サラがいなくなると――みすみすだれかにさ、ら、わ、せ、たのだが――自分が死にかけているように感じる。自分のなかにはサラが息を吹きこんでくれた部分があるようで、彼女がいなくなると、その部分がしなびてしまいそうだ。

どうすればひとりで生きていけるのか、もはやわからなくなっている。

「はい、終わり」ようやくスキャンが終了した。技師が台からおりるのを手伝ってくれた。ウィルは目をこすった。また、ものが二重に見えていた。

技師が尋ねた。「しばらく座ってますか？」

「いえ」

「吐き気やめまいはありますか？」

「大丈夫です。ありがとう」ウィルが外に出ると、次の患者がストレッチャーで運ばれてきた。スクラブ姿の女性看護師だった。顔に血が流れていた。コンクリートの細かい破片に覆われ、だれか夫に連絡してとつぶやいている。

廊下の反対側の部屋にアマンダがいた。ありがたいことに、照明は消してあった。焼けつくような目の痛みが、じんわりとした熱さに溶けていった。

先ほどの看護師が、ウィルのほうへ顎をしゃくった。「腹筋を鍛えておいてよかったですよ」

「これがあなたの下腹部です」放射線技師が、モニターに映った内臓とおぼしき塊を指した。「内臓からの出血は見られません。ほとんどは表面的なものです。看護師がいま言ったとおりなんです。腹筋がコルセットのように内臓を囲んでいます。ただ、ここの骨膜にごく小さな裂傷がありますね」一見、ひびが入っているようには見えない肋骨をなぞった。「骨を包んでいる薄い組織があるんです。一日三回、氷で冷やしてください。アドビルか、それが効かなければもう少し強い鎮痛剤を服用しましょう。肺機能を維持する薬も出しますね。軽い運動はかまいませんが、激しいものはだめです」ウィルの顔を見た。「あなたは幸運でしたが、無理は禁物ですよ」

フェイスが携帯電話を掲げた。「アマンダ、映像が届きました」

ウィルはなんの映像か尋ねなかった。ふたりともウィルにはおかまいなしで話を進めている。

「場所を移しましょう」アマンダは、先ほどおりてきたのとは反対側にある階段へふたりを連れていった。

足元の段を指さした。「座りなさい」

ウィルは立っているのがつらかったので座った。

アマンダがバッグから個包装のガムを取り出した。パキッとなにかが折れる音がした直後、アマンダがウィルの鼻の下でガムを振った。

ウィルは馬のようにのけぞった。背中を心臓がドンドンと叩いた。脳が割れた。五感が鋭くなった。コンクリートブロックの継ぎ目のセメントがはっきりと見えた。

アマンダは、ウィルがガムと勘違いしたものを見せた。「アンモニアのアンプルよ」

「ええっ！」ウィルは狼狽《ろうばい》した。「薬物を嗅がせたんですか？」

「幼稚な言いぐさはやめなさい。気付け薬よ。ちゃんと話を聞いてほしいから、しゃんとさせたの」

鼻水が出てきた。アマンダがティッシュを差し出し、隣に座った。

フェイスは手すりの反対側に立っていた。携帯電話をふたりのほうへ向けて動画を再生した。

駐車場が映っていた。映像は白黒だが、鮮明だった。女性が娘と一台のスバルのほうへ歩いていく。

黒っぽい髪、ほっそりした体つき。ウィルは、一カ月前のニュースで見た女性と同じ人物だと気づいたが、今日会った女性と同一人物とは思えなかった。

ミシェル・スピヴィーだ。

娘のほうが先に立って歩いていた。携帯電話を見ている。買い物袋を振っている。ミシエルがバッグのなかから車のキーを出そうとしたとき、特徴のない黒っぽいバンが娘のそばに止まった。フロントガラスのむこうにいる運転手の顔は見えない。サイドドアがあいた。男が飛び降りた。娘が走りだした。

男はミシエルを捕まえた。

フェイスは動画を一時停止させ、男の顔を拡大した。

「こいつだ」ウィルは言った。シボレー・マリブを運転していた男だ。「クリントン。仲間にそう呼ばれていたけれど、本名じゃないと思う」

フェイスが小声で悪態をついた。

「本名はなんですか？」

「システムには情報がないの」アマンダは、フェイスに携帯電話をもっと近くに差し出すよう合図した。「いま調べてる。これもパズルピースのひとつよ」

ウィルは首を横に振った。アマンダが気付け薬を使ったのは、彼女にとって間違いだった。おかげではっきりと目が覚めた。「ぼくに嘘をついていますね」

アマンダの衛星電話が鳴った。彼女は指を一本立ててウィルを黙らせ、応答した。「もしもし」

ウィルは息を詰めて待った。

アマンダがかぶりを振った。

なんでもない、なんでもない。

アマンダは廊下へ戻り、ドアを閉めた。

ウィルはフェイスのほうを向かずに尋ねた。「ほんとうはクリントンの本名を知っているんだろう？」

フェイスは鋭く息を吸った。「アダム・ハンフリー・カーター。重窃盗罪、家庭内暴力、テロ予告などの罪を犯して、刑務所を出たり入ったりしていた」

「そして、レイプだろ」

フェイスはまた息を吸いこんだ。「そして、レイプ」

ふたりのあいだで、その言葉は断崖の端に危ういバランスでのっていた。

ドアがあいた。

「フェイス」アマンダが手招きし、なにかを耳打ちした。

フェイスは階段をのぼっていった。ウィルの脇を通り抜けるときに、元気づけるように肩をつかんだが、ウィルは少しも励まされた気がしなかった。

「エレベーターは時間がかかりすぎるのよ」アマンダが言った。「六階までのぼれる？」

ウィルは手すりをつかんで立ちあがった。「ぼくになにもかも話すと言ったじゃないですか」

「わたしが聞くことはあなたにも聞かせると言ったのよ。いまからハーリーと会うけど、話を聞きたくないの？」アマンダは待たなかった。階段をのぼりはじめた。ピンヒールが一段一段を突き刺す。ウィルがついてきているか確かめもせずに、踊り場を曲がった。

ウィルはのろのろとあとを追った。頭のなかには、映像が次々と浮かんでいた――納屋の入口に立っていたサラ。ピックアップトラックへ走っていくサラの後ろ姿。怯えた表情でBMWのキーを差し出すサラ。彼女はウィルより先になにかがおかしいと気づいていた。ポルシェのなかを見たときからそう言っていた。あのとき、彼女を引きずってでもBMWまで連れ戻し、家へ送り届けるべきだったのだ。

ウィルは腕時計を見た。

午後三時六分。

サラが拉致されて一時間以上が経過した。いまごろアラバマ州境を越えているかもしれない。森のなかで縛られ、アダム・ハンフリー・カーターにまっぷたつに引き裂かれているかもしれない。

ウィルの胃が縮こまった。また吐き気がしてきた。

〝あなたはあの子をみすみすあいつらにさらわせた〟

「止まって」アマンダが四階で足を止めた。「一分待って」

「ぼくは休憩などいりません」

「だったら、あなたもハイヒールで階段をのぼってみなさい」アマンダは靴を脱いでかかとをさすった。「ちょっと休ませて」

ウィルは階段を見おろした。よくない考えをすべて追い払おうとした。もう一度、腕時計を見た。「三時七分です。サラが連れていかれてから――」

「ありがとう、キャプテン・カンガルー。わたしも時計は読めるわ」アマンダはふたたび靴を履いた。だが、階段をのぼろうとはせず、バッグのファスナーをあけてなかを手で探りはじめた。

ウィルは言った。「そのカーターという男。レイプ犯です」

「ほかにもいろいろやってる」

「サラはそいつにさらわれたんです」

「知ってるわ」

「危害をくわえられているかもしれません」

「大あわてで逃走している最中かもしれない」

「あなたは百パーセント正直に話していませんよね」

「ウィルバー、わたしはいつだって百パーセントじゃないわ」

自分の尻尾を追いかけつづける気力はない。ウィルは壁に寄りかかった。両手で手すりをつかむ。スニーカーを見おろした。刈った草の汁が緑色の染みになっている。ふくらはぎには、土埃と血の赤い筋がこびりついている。納屋の石の床に膝をついたときの冷たさをいまだに感じた。目を閉じる。なにもかもおかしくなってしまう前のあの幸福な瞬間を思い出そうとしたが、罪悪感に胸のなかをがりがりとかじられ、穴は広がるばかりだった。

ウィルはアマンダに言った。「サラがBMWを運転していました」

アマンダはバッグから目をあげた。

「犯人グループが逃走した際、サラが車を運転していたんです。殴って気絶させて連れていく必要はなかった――」ウィルはかぶりを振った。「サラは犯人グループに自分を殺せと言いました。絶対に、一緒に行くつもりはないと。でも、一緒に行った。サラ自身が運転して、彼らと行ってしまった」

ウィルは目を落とした。アマンダに手を握られていた。彼女の肌はひんやりとしていた。指はとても小さい。ウィルはいつも、アマンダが小柄だということを忘れてしまう。

「あんなに――」アマンダに打ち明けるのは愚かだが、どうしても赦《ゆる》しがほしかった。「あんなに怖い思いをしたのは、子どものとき以来です」

アマンダは親指でウィルの手首をこすった。

「ずっと、あのときどうすればよかったのか考えつづけています。でも――」やめようとしたが、やめられなかった。「たぶん、しくじったのは恐怖のせいです」

アマンダはウィルの手をぎゅっと握った。「愛する人がいることの欠点はそれよ、ウィル。だれかを愛すると弱くなる」

ウィルはなにも言えなかった。

告白タイムが終わった合図に、アマンダはウィルの腕を軽く叩いた。「パンティをしっかりあげなさい。仕事が待ってるわ」

アマンダは軽い足取りで階段をのぼっていった。

ウィルはのろのろと追いかけた。アマンダの言葉を理解しようとした。彼女の真意が非難だったのか、それとも事実として言っただけなのか判断しかねた。百パーセントどちらかというわけではないのだろう。

次の踊り場で、ウィルは深呼吸した。脇腹の刺すような痛みは鈍痛に変わっていた。体を動かしているうちに、やや回復しているのがわかるようになった。ずきずきする頭痛はおさまり、うねる溶岩流のようだったはらわたはいつのまにか落ち着いた。視界が揺れないのもいいことだと、自分に言い聞かせた。風船のようにふわふわ飛んでいきそうだった頭は、ふたたびつなぎとめられた。

痛みから解放されたので、ハーリーの尋問のあとにどうするか考えた。ハーリーがなにか話すとは思えなかった。自分の車を取りに帰る必要がある。ネイトに送ってもらえないか頼んでみよう。家の廊下の物入れにポリススキャナーをしまってある。それを持ってきて、捜査されていない場所を片っ端から調べる。ダウンタウン育ちだから、治安の悪い地区、所有者がいなくなって荒れた住宅、犯罪者たちが隠れている場所を知っている。

六階のドアがあいた。ウィルはアマンダの後ろから長い廊下を歩いていった。廊下の両端に警官がひとりずつ立っていた。エレベーターの前にひとり。閉まったガラスドアの前にふたり。

アマンダが彼らにＩＤ証を見せた。

ガラスドアがあいた。

ウィルは敷居を見おろした。タイルのあいだに金属のレールが設置されている。できるだけ深く息を吸った。サラがレイプの前科のある男に捕まっているという事実が頭から離れなかったが、うわべだけでも整えて、ハーリーから情報を引き出すために求められる役目を果たせるくらいには落ち着いているように見せかけなければならない。

病室に足を踏み入れた。

ハーリーが手錠でベッドにつながれていた。脇に洗面台と便器があり、人目をさえぎるための薄いカーテンがかかっている。開いたブラインドから日が差しこみ、蛍光灯は消えている。ぼんやりと光っているモニターには、ハーリーの安定した心拍が映っていた。

彼は眠っていた。眠っているふりをしているのかもしれない。顔は縫合され、フランケンシュタインを思わせた。折れた鼻はまっすぐになっているが、顎はゆがんだままだった。

心拍は、ゆっくりと揺れている振り子のように安定している。

アマンダがまたアンモニアのアンプルをあけ、ハーリーの鼻の下に差し出した。

ハーリーがいきなり目を大きくあけ、鼻腔を広げた。

心拍モニターが火災警報器のように鳴った。

ウィルは看護師が駆けこんでくるものと思い、ドアに目をやった。

だれも入ってこない。

見張りの警官すら現れなかった。

アマンダがＩＤ証を取り出した。「ＧＢＩ副長官のアマンダ・ワグナーです。トレント捜査官はもう知ってるわね」

ハーリーはIDを見やり、アマンダに目を戻した。

アマンダは言った。「あなたの権利を読みあげるのはやめておくわ。これは正式な尋問ではないので。それに、モルヒネを投与されているから、いまからあなたが話すことは法廷で証拠として扱うことはできない」アマンダはいったん言葉を切ったが、ハーリーは反応しなかった。「医師のおかげで、あなたの状態は安定している。あなたは顎を脱臼している。もっと重篤な状態の患者の治療が終わり次第、あなたは手術を受けることになっている。さしあたって、拉致された二名の女性について質問させてもらうわ」

ハーリーはまばたきした。じっと待っている。ことさらウィルを無視していた。ウィルにとってもそのほうがよかった。いまハーリーの視線に刺激されたら、なにをしでかすか自分でもわからない。

「喉は渇いていない？」アマンダは、洗面台と便器を隠しているカーテンを引いた。プラスチックのカップをビニール袋から出し、水栓をひねった。

ウィルは壁に寄りかかった。ポケットに両手を突っこんだ。

「あなたは警官だった」アマンダはカップに水を入れた。「どんな容疑がかかっているかわかるわね。何十人もの市民を殺した、あるいは殺人に加担した。二名の女性の拉致を幇《ほう》助《じょ》した。共謀して、大量殺人が可能な武器を使用した。それからもちろん、健康保険詐欺」アマンダは洗面台に背を向け、水の入ったカップを持ってベッドのそばへ行った。

「これらは連邦犯罪よ、ハーリー。奇跡的に陪審の評決が割れて死刑を免れたとしても、あなたは死ぬまで自由な空気を吸うことはない」

ハーリーはカップに手をのばした。手錠と手すりがぶつかってガチャガチャと音をたてた。

アマンダはわざと動きを止め、自分が上位だと知らせた。それからカップをハーリーの口元へ持っていった。彼の顎を指先で支えて、口を閉じさせた。

ハーリーはごくごくと音をたてて水を飲み、カップを空にした。

アマンダが尋ねた。「おかわりは？」

ハーリーは返事をしなかった。枕に頭をあずけ、目を閉じた。

「二名の女性には無事でいてもらわなければならないのよ、ハーリー」アマンダはバッグからティッシュを取り出した。カップをティッシュで拭いてからゴミ箱に捨てた。「いまを逃したら、あなたに司法取引のチャンスは二度とないわ」

ウィルはカップを見つめた。

アマンダはあいつになにを飲ませたんだ？

「平均すると、連邦政府によって死刑が執行されるまでは十五年」アマンダはベッドのそばへ椅子を引いていき、腰をおろした。脚を組む。スカートの糸屑を払う。腕時計に目をやった。「皮肉な話だけど、ティモシー・マクヴェイは交通違反で逮捕されたのを知ってる？」

オクラホマシティ連邦政府ビル爆破事件の犯人だ。マクヴェイがマラー連邦ビルのそばで爆発させたトラック爆弾により、二百名近くが死亡、およそ千名が負傷した。

アマンダが言った。「マクヴェイは死刑を宣告された。ADXフローレンス刑務所で四年過ごしたあと、死刑執行を早めてほしいと申し立てた」

ハーリーが唇を舐めた。なにかが変わった。アマンダの言葉が——いや、もしかしたらアマンダに飲まされたものが——彼の冷静な仮面をはがしかけている。

「テッド・カジンスキー、テリー・ニコルズ、ジョハル・ツァルナエフ、ザカリアス・ムサウイ、エリック・ランドルフ」アマンダは、〝爆破犯独房棟《ボマーズ・ロウ》〟と呼ばれる刑務所で複数回の終身刑に服している自国内テロリストを並べ、一息置いた。「ロバート・ハーリーもこのなかにくわわるかもしれないわね。ADXがどういうところか知ってる？」

アマンダはハーリーではなく、ウィルに尋ねていた。

ウィルは知っていたが、こう答えた。「どんなところですか？」

「囚人は一日二十三時間、独房に閉じこめられているの。許可されれば一日一時間だけ外に出られるけれど、看守の思惑次第。看守が他人を爆弾で殺すような人間に優しいと思う？」

「思いません」ウィルは答えた。

「そうよね」アマンダがうなずいた。「でも、独房には生存に必要なものはそろってる。便器は洗面台と水飲み場になる。白黒テレビで教育番組や宗教番組を観《み》ることもできる。

食べ物は運んできてくれる。窓は幅十センチ。十センチの窓から空が見えると思う、ウィル?」

「思いません」ウィルは繰り返した。

「シャワーはひとりで浴びる。食事もひとり。運よく庭へ出してもらえても、庭とは名ばかりでね。むしろ、水の入っていないプールみたいな穴よ。端から端まで十歩、一周すれば三十歩。深さは四・五メートル。空は見えるけれど、見えた空について手紙を書いて家族に送ることはできない。鉛筆が支給されなくなったのよ。鉛筆で自分の喉を切り裂く囚人があとを絶たないから」

ハーリーの目はあいていた。じっと天井を見あげている。

アマンダはまた腕時計に目をやった。

ウィルも自分の腕時計を見た。

午後三時十八分。

「ハーリー」アマンダが言った。「わたしはあなたがほかにどんな罪を犯していようがどうでもいいの。とにかく二名の女性に、無事に帰ってきてほしいだけ。だから、こういう取引はどうかしら」

アマンダは待った。

ハーリーも待った。

ウィルはみぞおちのあたりに締めつけられるような痛みを感じた。

「あなたは刑務所で死ぬ。それはわたしにもどうしようもない。でも、あなたの名前やなにかを報道されないようにすることはできる。新しい名前、新しい前科を与えることができる。連邦裁判所は、何人もの受刑者を証人保護プログラムのもとで監督しているわ。あなたは一般囚として、セキュリティが最高レベルの刑務所に入るけれど、動物のように檻《おり》に閉じこめられて、じわじわと正気を失っていくことはない」アマンダはいったん黙った。「あなたはいまここで、一名の女性がどこにいるのか話すだけでいい」

ハーリーが鼻をすすった。首を巡らせ、窓の外を見た。青空。顔に当たる日差し。心拍はのんびりとしたリズムに戻っていた。彼が落ち着いているのは、追突事故現場にいたときのように、自分がこの場を支配しているつもりだからだ。

あのときは、ミシェル・スピヴィーが彼の父親の話をはじめたとたんに、様子が変わったが。

〝お父さんはあなたのヒーローだったとか……自慢の息子だと思ってほしかったとか〟ウィルは言った。「たしか、あんたの父親は病気だったな？　スピヴィーがそう言っていた——死が近いと」

ハーリーの首がくるりとウィルのほうを向いた。目が憤りに燃えている。

これがハーリーを落とす突破口だ。彼は殺した人々のことなど歯牙にもかけない。テロ行為へと彼を駆り立てた信念がなんであれ、短時間でそれを曲げさせることは不可能だ。だが、どんな人間にも弱点がある。法を守らない連中の弱点は、往々にして父親の周辺にある。

「親父《おやじ》さんも警官だったのか？」ウィルは尋ねた。「だから、ハイウェイパトロールに入ったんだろう？」

ハーリーがウィルをにらみつけた。心拍モニターの電子音がにわかに速いリズムを刻みはじめた。

「あんたが警官になって、親父さんは自慢に思っただろう。自分と同じように、宣誓して警官になったんだ。自分の。息子が」ウィルは単語を区切った。そんなふうに自分の子どもの話をした古株警官を何人も知っている。子どもを個人として見ずに、自分の分身のように思っているのだ。「あんたがレイプ犯と協力して女性を拉致したと知ったら、親父さんはそこまで自慢に思わないだろうな」

電子音の合間の無音状態が短くなった。

「ぼくの父が亡くなったときのことを思い出す。病院で父が息を引き取るとき、ぼくはそばにいた」

アマンダは黙っていた。ウィルがはじめて父親の顔を見たのは父親の遺体の身元確認をしたときだったことを、アマンダは知っている。

ウィルはつづけた。「ぼくはそれまで父の手を握ったことはなかった。子どものころ、道を渡るときに手をつないだことはあるかもしれない。でも、大人になってからは一度もない。父はとても――とても頼りない感じがした。ぼくも頼りない気持ちだった。だれかを愛するとはそういうものだ。気持ちが弱くなる。愛する人から痛みを取り除いてやりたくなる。その人を守るためならどんなことでもしようと思う」

ハーリーの目尻から一粒の涙がこぼれた。

「死が近づくと、父の手足は冷たくなった。靴下をはかせてあげた。手足をさすってあげた。でも、なにをしても温かくならない。体がそうなっているからだ。ありったけの熱を脳と内臓に集める。手を握られているのはわかっても、握り返すことはできない」

アマンダが椅子をあけた。ウィルは入れ替わりに腰をおろした。ハーリーのそばへ椅子を引いた。嫌悪感に抗《あらが》いながら、彼の手を握った。

サラのためだ。

サラを見つけるにはこうするしかない。

「ハーリー、あんたがしたことは取り消せない。でも、償うことはできる」ウィルはハーリーの指が自分の指に巻きつくのを感じた。「ふたりの女性を助けてやれ。ふたりに危害がくわえられるのを許すな。親父さんに、また自慢の息子だと思ってもらえることをしろ」

ハーリーがごくりと唾を呑みこんだ。

「ふたりの女性がどこにいるのか言うんだ」懇願にならないよう、口調に注意した。「このままではふたりがどうなるかわかっているだろうが、いまからでも遅くはない。親父さんが死ぬ前に、息子は悪いこともしたが、ほんとうは善人なんだと思わせてやれ。いいことをひとつもできない悪人じゃないんだと」

またハーリーのまぶたが閉じた。涙が枕を濡《ぬ》らしていた。

「大丈夫だ」ウィルはつないだ手を見おろした。ハーリーが手をきつく握りしめているせいで、ウィルの手の擦り傷はふたたび出血していた。「ふたりをどうすれば救えるのか、教えてくれるだけでいい。親父さんが思っているような男になれ」

ハーリーが震えながら大きく息を吸った。涙がとめどなく流れていた。彼はウィルではなくアマンダを見ていた。口元が動いた。顎がカクンと鳴った。

「ガー――」ハーリーの顔が苦しそうにゆがんだ。発音しようにも、唇を自由に動かせない。「ガー――」

「ギルマー？　グウィネット？　ゴードン？」アマンダは郡の名前をあげるのをやめ、バッグのなかを探った。「書くものをあげるわ」

「やー――」ハーリーは苛立たしげにウィルの手を振り払った。「うー――」ふたたびしゃべろうとした。

ウィルは身を乗り出して耳を澄ませた。

「うー――」ハーリーはベッドの手すりをつかみ、乱暴に揺さぶった。「失せやがれ」

6

八月四日日曜日午後二時十三分

ヘリコプターの後部のプラスチックの座席がガタガタと尻を叩く。フェイスの無力感は一秒ごとにどんどんふくらんでいった。ウィルは眼下のどこかにいる――きっと彼も絶望しているのに、自分はこんなぎゅうぎゅう詰めの洗濯機のなかに閉じこめられている。太陽光線がヒューイの金属の表面を焼く。左側には、ＳＷＡＴのユニフォームを着てＡＲ15を持っている大男が六人もいる。彼らは大きく膝を広げて座っていた。腕は木の幹のように太い。表情はいかめしい。六人とも怒り、闘いに備えている。

だが、ヒューイはしばらく前から空中待機を強いられていた。病院のヘリパッドは救急ヘリを優先しなければならない。ヒューイの機内には、えんえんとつづく苦痛のにおいが立ちこめていた。乗員は、ヘリが着陸したと同時に狭苦しい空間から飛び出そうと待ち構えている。大きなヘッドセットから伝わってくるパイロットの沈黙が重苦しい。雑音しか聞こえなかったが、フェイスは耳を澄ませていた。アマンダとマギーだけがヘッドセットをはずし、たがいの耳元に口を寄せて大声で話し合っていた。アマンダは見るからに逆上している。彼女を知らない人間なら、無理もないと思うだろう。だが、アマンダはどんなときも取り乱さない。大嵐の最中だろうがいつも落ち着いている。

ただ、今回はいろいろなことがありすぎる。

ウィルはERにいる。サラから連絡はない。彼女をさらったのは何者なのか、なぜ爆弾を仕掛けたのか、次になにをしようとしているのか、なにひとつわかっていない。

十五名の死亡が確認された。負傷者は三十八名。警官が殺された。警備員も殺された。さらに、保安官補が手術台の上で死にかけている。

「キャンパスの建物のうち半分の捜査が終了した」マギーがヘッドセットをつけていた。ブリキの缶を通して話しているかのように、声がキンキンと響いた。「一発目の爆弾は、ロウアーゲイト東の立体駐車場の五階に仕掛けられていた。それが屋根を吹き飛ばした。二発目はもっと威力のあるものだった。地下一階の太い支柱にくりつけられていた。駐車場全体を破壊するためにそこを選んだと見られる」

「段階的な攻撃ではない」アマンダが大声で言った。「偶然よ」

マギーがヘッドセットを指さした。無線は安全ではない。

パイロットが言った。「着陸許可が出ました」

ヘリコプターは急降下してからキャンパス上空へ向かった。フェイスの胃袋がぐっと落ちこんだ――ヘリが急激に高度を落としたからではなく、クレーターと化した駐車場跡が見えたからだ。

　煙が一帯を覆っていた。フェイスが数えたところ、六台の消防車があちこちであがっている炎と格闘していた。地面にはガラスの破片やコンクリートの塊が散らばっている。立体駐車場から吹き飛ばされた車が通りに落下したり、隣接している建物にミサイルのように突っこんだりしていた。クリフトン・ロードの両脇の建物をつなぐ渡り廊下の上で逆さまになっているバンが、死にかけたゴキブリを思わせた。靴、書類、クリップのようにゆがんだ金属。息子が幼いころ、フェイスのデスクからさまざまなものをこっそり持ち出し、おもちゃと一緒に遊び道具にしていたのを思い出す。

「ポルシェの運転手について」マギーが携帯電話で新たに得た情報を伝えた。「子ども病院の医師だった。追突事故のあとに、首の骨を折られたと見られる。犯罪者は目撃者を残そうとはしない。たまたま居合わせた場所が悪かった」

　フェイスは、偶然の追突事故が起きたときの様子を想像した。気の毒な医師は早く帰宅してベッドにもぐりこもうと思っていたときに、トラックに追突されたのだろう。

「子どもたちがバスで帰宅するわ」アマンダが、リュックを背負ったりスーツケースを引いたりしている子どもたちの列を指さした。白いテントの下では、負傷者のトリアージがおこなわれている。法執行機関の制服を着た者たちが壊れた建物の周囲に集まり、消防士と一般の人々が瓦礫《がれき》を運び、バケツリレーをしている。

　マギーがアマンダに言った。「十五分後に記者会見がはじまるわ。あなたも参加する?」

「いいえ、でもなんらかの声明は発表する」アマンダはノートを取り出してメモを取りはじめた。

ヘリコプターがヘリパッドに近づきはじめ、フェイスは自分の位置を把握しようとした。ヘリはいま、クリフトン・コリドーと呼ばれる場所の上空を飛んでいる。爆破された立体駐車場は、大学病院から道路を挟んだ反対側に位置していた。三棟の病院建物とウィンシップ癌研究所に囲まれ、一ブロック離れたところにエグルストン小児病院のERがある。クリフトン・ロードの大学病院側には、学生寮や図書館が集まっている。

テロリストが爆破しそうな場所はほかにいくらでもあるなかで、立体駐車場はもっとも被害が少ない。確かに死者が出たとはいえ、別の場所ならはるかに多くの人々が殺されていたはずだ。

〝段階的な攻撃ではない〟

骨がばらばらになりそうな振動とともに、ヘリコプターが着陸した。

「行くぞ！」SWATのリーダーが叫んだ。

ヒューイが次の救急ヘリに場所を譲るため、チームはすばやく動いた。フェイスは病院職員の手を借りて飛び降りた。建物まで小走りで移動した。屋上のドアはすでにあいていた。ストレッチャーに固定された患者が、次のヘリの到着を待っている。SWATのメンバーはライフルを手に階段を駆けおりていった。

目に涙がにじみ、視界がひどくぼやけた。咳も出た。空気は食べることができそうなほど濃厚だった。自分がなにを吸いこんでいるのか知りたくもない。目を細くして、アマンダの紺のスーツジャケットの背中を見つめながら階段をおりた。

一階下におりると、空気がきれいになった。さらに階段をおりた。フェイスはシャツの裾で煤の入った目を拭った。マギーが早くも衛星電話でだれかと話している。いままでと同じだ。マギーは肩越しに早口で情報を伝えながら、階段を駆けおりていく。「ウィルが衝突事故現場で射殺した男だけど。指紋を照合したの。なにもあがってこなかった」ふたたび電話に耳を傾けてから、つづきを言った。「ロバート・ハーリーのアンドロイド携帯はたいして役に立たない。ひとつの電話番号にしかかけていなくて、しかもプリペイド携帯の番号だった。現在、追跡してるところ」

病院職員ふたりが駆けのぼってきたので、三人は脇へどいた。

アマンダが言った。「うちのほうが早く令状を取れる。書類関係はまかせて」

「ありがたいわ」マギーはさらに階段をおりた。「マーフィに連絡してみる。うまくいくかわからないけど」

「わたしもわからない」アマンダはまた腹立たしそうな口調になった。苦しそうな呼吸の音が聞こえた。ハイヒールが階段に突き刺さる。

フェイスはアップルウォッチを見た。

午後二時十七分。

爆破事件が起きたことはもう報道されているはずだ。イヴリンは、フェイスがアマンダと現場に駆けつけたのだと思うだろう。そして、ジェレミーに電話をかけ、お母さんと話をしたから心配はいらないと安心させるのだろう。それから、いつものルールを破り、気をそらすためではなく、いい子にしているご褒美のふりをしてエマにiPadを見せるのだろう。イヴリンは三十年ものあいだ警官だった。家族をだますすべは心得ている。

フェイスは踊り場をまわった。最後の数段を二段飛ばしでおりた。二階に到着した。アトランタ市警の巡査部長がドアを押さえていた。彼はマギーに言った。「医師は待っていられませんでした。署長が到着したら呼んでくれと言われています」

「呼んで」マギーは手を振った。「歩きながら話しましょう」

巡査部長は小走りについてきた。「ハーリーの脚の銃弾は摘出していません。そのほうが安全なんだそうです。顎はワイヤーで固定する必要がありますが、もっと重傷の患者が大勢います。六階は安全を確認しました。ハーリーは監視しています。小便にも行かずに見張ってます。では失礼します」

「だれだってトイレくらい行くわ、巡査部長。ハーリーは意識があるの?」マギーが尋ねた。

「眠ったり起きたりです。ERから六階に移されたあと、鎮痛剤の投与を拒否しているんですよ」

「薬の影響でうっかりなにかしゃべってしまうのを心配しているのね」アマンダが巡査に言った。「顎の固定はあとにしてもらって。彼がしゃべれないと困るわ。病室にはだれも入れないで。窓から空が見えるようにしてね」それから、もうひとつ付け足した。「水は一切与えないで」

巡査部長はマギーを見た。マギーはうなずいてみせ、アマンダに向きなおった。

「これを持っていって」アマンダがノートのページを破り取った。「GBIの公式コメントとしてメディアに伝えてほしいの。一言一句、書いてあるとおりに読みあげて」

「了解」マギーは紙を受け取り、衛星電話を渡した。「わたしに用があったら、うちのだれかを捕まえて。では幸運を」

アマンダは廊下を歩きながらフェイスに言った。「三階に行かなくちゃ。看護師に訊きたいことがあるの」

リディア・オーティス。ヘリコプター内で受けた報告で、フェイスはその名前を聞いていた。手術後の回復エリアでミシェル・スピヴィーに気づいた看護師だ。オーティスは警備室に連絡したが、警備員が到着するより先に逃げられてしまった。

「こっちよ」アマンダはエレベーターの前を通り過ぎた。階段があったが、そこは鑑識が証拠を探していた。

ロバート・ジェイコブ・ハーリーは、三階の術後回復エリアからミシェル・スピヴィーを連れ出した。共犯者二名と二階の階段前で合流した。一階へおりている途中で、警官二名が階段をのぼってきた。彼らはリディア・オーティスの通報によって駆けつけた。二名とも頭部を撃たれて死亡。さらに、病院の外で待機していた保安官補がハーリーたちと鉢合わせした。保安官補は、シルバーのシボレー・マリブへ逃げる犯人グループに胸を撃たれた。倒れながらも発砲し、銃弾はハーリーの脚と共犯者の肩に命中した。ハーリーは振り返り、保安官補の顔を撃った。

フェイスはドアをあけ、アマンダに言った。「犯人グループは、車で逃走するあいだに、立体駐車場に仕掛けた爆弾を爆発させたんですよね」

「そうよ」

「ノヴァクみたいですね。いつも目くらましのために爆弾を使う。本来の目的を果たす手段ではなく」

「よくできました。まあ、今日一日その釘のまわりをトンカチで叩いていたんだものね」

アマンダは階段を駆けのぼった。ふたりは三階の術後回復エリアに入った。並んだストレッチャーがカーテンで仕切られていた。ナースステーション、製氷機、性別で分けられていないトイレがある。警官一名と鑑識三名を除いて、ひとけはなかった。ふたつ目の仕切りに、立入禁止の黄色いテープが張られていた。そこからもう一箇所の階段のほうへ、床の上に血痕がつづいていた。

アマンダがドアのそばにいた警官にＩＤ証を見せ、フェイスは現場記録に自分とアマンダの名前を書きこんだ。

警官が言った。「ローレンス医師が来ます。イラクに二度従軍している人です。手強《てごわ》いですよ」

「警察の方ですか?」ナースステーションの奥から女性が現れた。見るからに動揺して涙を流していた。「止められなかったんです。わたし――」

「リディア・オーティスさんですね?」アマンダが尋ねた。

看護師は両手で顔を覆った。うなずくのがやっとのようだった。おそらく立体駐車場に友人がいたのだろう。それに、大量殺人犯と、十一歳の娘の目の前でさらわれた女性と、じかに顔を合わせたばかりなのだ。

フェイスは言った。「ゆっくりでいいですよ」バッグからノートを出した。白紙のページを何枚かまとめてめくった。ペンをひねって芯を出した。

アマンダが尋ねた。「虫垂炎の症状とはどういうものなの?」

「え――」オーティスはそんなことを訊かれるとは思っていなかったようだ。「吐き気、嘔吐《おうと》、急な発熱、便秘」

「痛みはあるの?」アマンダは、オーティスに身近な話から核心に迫ろうとしていた。

「ええ、とんでもなく痛いです。このへんが」オーティスは右の下腹に手を当てた。「呼吸したり、動いたり、咳をしたりすると――刺されたように痛みます」

「破裂するまで時間はどのくらい?」

オーティスはかぶりを振りつつも答えた。「症状が現れてから二十四時間から四十八時間。風船が破裂するのとは違います。破裂というより、裂ける感じ。細菌が血流に乗って入りこみ、敗血症を起こすんです」

これらの情報は医療サイトで確認することもできるが、フェイスは一応、ノートに書きとめた。

「では」アマンダが言った。「最初にミシェル・スピヴィーに会ったときのことを教えて。スピヴィーは回復エリアに移されたのよね。ストレッチャーに乗せられていたの？」

「ええ」オーティスはポケットからティッシュを取り出し、鼻をかんだ。「ふたつ目の仕切りに入れました。移動係が待合室から夫という男を連れてきて――その男はハーリーと名乗りました。わたしも名乗りました。いつものように、手術後の処置について説明したんです」

「ハーリーはなにか質問した？」

「いいえ。ほとんど聞いていませんでした。とにかくスクリプトをくれと言うばかりで」

「スクリプト？」

「処方箋です。抗生剤。ジェネリックの。ウォルマートで、無料でもらえるんです。早く帰りたくて処方箋をほしがってるんだと思いました」

「術後の経過はどんなふうに予想されていたの？」

「患者さんの権利に反するから、ほんとうはしゃべってはいけないんだけど、ルールなんてくそ食らえよ。入院の必要がありました。でも、夫が拒否したんです。AMA――医師《アゲンス》の助言《ト・メディカル・アドバイス》に従わないという書類に、本人がサインしました。医師は抗生剤をどっさり投与したわ。経過観察が必要よ。敗血症って大変なんです」

「手術をしなければ死んでいた？」

「ええ。どちらにしても、あの女性は死ぬかもしれない。ハーリーはきちんと治療を受けさせようとは思ってなかったみたいだから」

フェイスはノートを見つめた。オーティスは、追突事故のことを知らない。ハーリーに共犯がいて、彼らが医師を拉致したことも知らない。フェイスは疑問を書きとめた。ハーリーはミシェル・スピヴィーを生かしておかなければならなかった――なんのために？

アマンダが尋ねた。「患者がミシェル・スピヴィーだと気づいたのはいつ？」

「気づいたわけじゃないんです。最初はぜんぜん気づかなかった。なんだか変だと感じたのは、夫だと名乗る男のほうです。妙に落ち着きがなくて。ここには虐待する人も来ます。虐待する夫は妻をひとりにしないんです。妻が助けを求めるのを恐れているから」

「スピヴィーには虐待されている兆候があったの？」

「栄養不良に見えました。それと、暖かい毛布をかけてあげたときに、靴下をはいていないことに気づきました。だから、靴下もはかせてあげたんです。そのとき、注射針の跡を見つけました」

フェイスはノートから目をあげた。

オーティスが言った。「そのときなんです。靴下をはかせてあげたとき。患者さんの顔を見あげて、別の角度から見ると、ピンときました。髪はショートカットでブロンドに脱色してましたけど、あの人だってわかりました。そうしたら、あの人もわたしを見た――

まっすぐ目を見たんです。そして、〝助けて〟って口を動かしました」

フェイスは、間違いないか念を押したかった。「助けを求めたんですね？」

「声には出していません。でも、唇の動きを読むことはできるでしょう？」オーティスはベッドへ歩いていった。「わたしはここにいました。患者さんはここに座っていた」

「スピヴィーが助けを求めるところを夫は見ていましたか？」

「いいえ。ううん――よくわからない。それから、わたしはナースステーションに戻りました。ワセリンを取ってくるからと言って。患者さんの唇がひどくひび割れていたんです。わたしは、移動係のダニエルに暗号で非常事態を伝えました。ダニエルはほんとうに冷静で、目立たないようにドアから出ていったんですが、ハーリーが気づいたみたいです。振り返ると、患者さんにズボンをはかせていました。ファスナーはあげることができなかった。縫合したところが破れたんです。出血していました。それから泣きだした。あの男は患者さんにシャツも着せてあげなかった。自分の上着を渡して、患者さんを階段へ引っ張っていった。ふたりを見たのはそれが最後です。そのあと、下から銃声が聞こえました。わたしたちは屋内退避の警報を鳴らしました。それからしばらくして爆発が起きたんです」オーティスはかぶりを振った。「ハーリーには仲間がいて、何人もの人を撃ち殺したと聞きました」

アマンダは詳細を教えなかった。ストレッチャーのむこうへまわった。床を見おろす。

「これはスピヴィーのシャツ？」

オーティスはうなずいた。

アマンダは屈《かが》んだ。鉛筆にシャツを引っかけた。コットン、半袖、前をボタンでとめるタイプ、白地に赤の縦縞《たてじま》模様。「既製品じゃないわね」

フェイスはアマンダの隣にひざまずいた。縫い目も手縫いのようだった。小麦粉の袋をシャツにリフォームしたのかもしれない。

「ありがとう、ミズ・オーティス」アマンダは立ちあがり、フェイスに言った。「ロビーで会いましょう」

フェイスは携帯電話でシャツの写真を撮った。縫い目も接写した。ボタンはすべて同じ色だが、形はばらばらだった。ミシェル・スピヴィーはCDCに勤務していた。マラソンが趣味で、もうすぐティーンエイジャーになる子どもの母親だ。フェイスには、ミシェルが自分の服を手作りするタイプとは思えなかった。

「わたし、申し訳なくて」オーティスが言った。「もっとなにかすべきだった――なにをすべきだったのかわからないけれど。あの男を止めるべきだった」

「そうしたら、あなたが殺されていたかもしれない」フェイスは名刺を取り出した。「ほかに思い出したことがあったら連絡をください」

階段に戻ると、アマンダが携帯電話を切った。「サラの母親が、娘はウィルを守るために拉致犯に同行したと言ってる」

フェイスにはそのときの光景が目に浮かぶようだったが、そんなことを報告書に書けば、法執行機関の人間にとっては大打撃となる。とりわけ、マスコミに嗅ぎつけられたらまずい。

アマンダが言った。「少し落ち着いてから、供述書にサインするように言っておいたわ。聞いていたかどうかわからないけれど。まるでいかれた女だった」

フェイスはまた胃がずっしりと重くなるのを感じた。子どもを誘拐されたら、自分だっていかれた女になるだろう。

アマンダに尋ねた。「手作りの服を着るのはどんな人物でしょう?」

「年収十三万ドルの女ではないわね」

フェイスはその驚くべき金額についてはコメントせず、わかっていることを整理しようと試みた。「ハーリーはミシェル・スピヴィーを拉致している。手作りの服を着せている。虫垂炎になった彼女を路上に放り出さず、病院へ連れていって手術を受けさせた。逃亡するために、仲間に爆弾を持ってこさせた」これらの情報の断片をつなぎ合わせることができない。「なぜでしょう?」

アマンダが手すり越しに見あげた。「ローレンス先生ですか?」

「当たりです」背が低くずんぐりした男が姿を現した。ストライプのパジャマのズボンに革靴。スクラブシャツには血の染みが散っている。目のまわりに黒いアイライナーがにじんでいた。一晩中クラブで踊り明かして寝ていたところ、サイレンを聞いてすぐさま駆けつけたように見えた。

ローレンスはひどい外見を詫《わ》びようとはしなかった。「あなたがたの用がすむまで、彼の顎をワイヤーで固定するのはやめておきますよ。せいぜい苦しめばいいんです」

「下で診てもらってるうちの捜査官はどう？」

「頭部の傷をホチキスでとめておきました。脳震盪を起こして、やや混乱しています。下腹を徹底的に殴られていました。おそらく肋骨の一、二本はひびが入っている。ＣＴを撮って内出血がないことを確認しなければなりません」

アマンダが尋ねた。「薬でいますぐ立てるようにはできないの？」

ローレンスは少し考えた。「こんなことをすると医事委員会に呼び出されそうですが、パーコセット10でなんとかなるでしょう。目を覚ましていてほしいのなら、一錠の半分を飲むように言ってください」

「目を覚ましているだけでは困るんだけど」

ローレンスは針金のような無精髭が生えた顎をかいた。「アンモニアを吸わせれば――」

「ポッパーですか？」フェイスの口から言葉が勝手に飛び出た。「冗談でしょう」

「ポッパーじゃない。鼻から吸引する刺激薬です。深い呼吸ができるようになって、全身に酸素を行き渡らせます」ローレンスはアマンダに言った。「下にありますよ。気合いを入れなければならないときに、ひと嗅ぎさせてください」

フェイスはかぶりを振った。まったく信じられない話だ。

ローレンスはすでに立ち去ろうとしていた。「薬が必要なら、下でコンラッドという者に言ってください」

「ウィルは絶対に薬を飲みませんよ」フェイスはアマンダに言った。ウィルは頭痛をルートビアでやり過ごし、筋肉痛は筋トレで治そうとする。

アマンダは言った。「わたしの直感は、ミシェル・スピヴィーを拉致した主犯はロバート・ハーリーじゃないと言ってる。アダム・ハンフリー・カーターという男だと思う。性的暴行で、北部の刑務所で六年服役していた。そして、いまサラはその男といると思う」

フェイスは手で口を押さえた。ジョージア州法では、レイプと性的暴行を区別している。後者の場合、加害者は被害者に対して監督権のある者もしくは保護する立場にある者だ。教師や保育士、あるいは――。

「カーターはヌーナンの警官だった」案の定だ。「二十二歳の女性に車を止めさせて、森に引っぱりこんでレイプしてさんざん殴ったあげく、放置して死なせた」

「どこからそんな――」フェイスは絞り出すように言った。「カーターの名前を帽子から取り出したわけじゃないでしょう。その男が関与していると考えられる根拠はなんですか?」

「いまはまだ話せないことがいろいろあるの。直感だけど、情報にもとづく直感よ」アマンダは一瞬黙った。「スピヴィーが拉致されたときの動画をあなたのプライベート用のアドレスに送るよう、友人に頼んでおいたわ」

「待ってください、動画があるんですか?」フェイスはこの一カ月、スピヴィー拉致事件の続報に注目していた。これもまた残酷で通り魔的な、よくある拉致事件のひとつだろうと思っていたのだ。「ニュースでは、犯人の手がかりはないと言われてましたよね」

アマンダは、嘘の発表をしたことについて弁解はしなかった。「早急につなぎ合わせなければならないパズルのピースがこれなのよ。カーターは、スピヴィーを拉致した現場の監視カメラに映っていた人物なのか？　カーターがスピヴィーの拉致犯だとして、サラを拉致したグループのなかに彼がいたと、ウィルは証言できるのか？」

カーターという男がサラを連れていったと思うと、フェイスの胸はむかついた。「証言できたらどうなるんですか？」

「連中も、ミシェルが人身売買のために誘拐されたとは言えなくなる。さっき、注射針の跡があったことは聞いたでしょう。だから、カーターは用なしになったミシェルをハーリーに売ったのだと、連中は言っている。ハーリーはカーターの仲間ではなく、取引相手だと」

アマンダの話を聞けば聞くほど、わけがわからなくなった。「〝連中〟ってだれのことですか？　それに、動機がなぜ重要なんですか？」フェイスはアップルウォッチが手首を叩いていることに気づいた。触覚フィードバックが、通知があると知らせている。フェイスはちらりと見おろした。「携帯電話が――」

サラ・リントンさんはあなたと〝トランシーバー〟で会話をしようとしています。

「しまった」フェイスはトランシーバーのアプリをスクロールした。「サラが――」

サラに応答してください。

トランシーバーを開いてください。

「くそっ」

「フェイス」アマンダが言った。「落ち着いて。サラがどうしたの？」

「二時十七分に、トランシーバーであたしに連絡を取ろうとしていました。二十一分前です」サラはテネシーへ向かっているのか、それとも南北カロライナのどちらか、いやアラバマかフロリダか。「くそっ」

「なんて言ってたの？」

「そういう使い方じゃないんです」フェイスは、フェイスタイムのプラットフォームを介したアプリなのだと説明しようとして、相手がだれだか思い出した。「本物のトランシーバーみたいに使うんです。メッセージを記録したり保管したりはできない。呼ばれたらその場で応答しなければならないんです」

アマンダの唇が一直線になった。鋭く息を吸ってから言った。「十分前にＢＭＷが発見された」

フェイスはあんぐりと口をあけた。

「爆発したの。ガソリンタンクに引火した。後部座席に遺体があるらしいわ。男性か女性かもわからない。高熱のせいで車内を調べることができないの」

フェイスは背後の壁に手をのばした。頑丈なものに寄りかからずにいられなかった。サラはウィルの恋人というだけではない。フェイスの友人でもあるのだ。親友と言ってもいい。

「ウィルには伏せておくのよ」アマンダは階段をおりはじめた。「めそめそされたら足手まといになるわ」

フェイスはのろのろと動きだした。頭に強烈なパンチを食らったような気分だった。ウィルには現状を知る権利がある。彼はパートナーだ。パートナーには正直でいなければならないのではないのか。とにかく、できるかぎり正直でいなければならない。

アマンダがドアをあけた。そのむこうがERだった。アマンダは最初に通りかかった職員を呼び止めた。「コンラッドを呼んでちょうだい」

ウィルはいちばん端のストレッチャーに座ってうなだれていた。フェイスは彼の名前を呼びながら駆け寄った。「ウィル！」

彼はゆっくりとまばたきした。「サラは見つかったか？」

「州が総力をあげて探してる」フェイスは、焼け焦げたBMWのなかの遺体がだれのものなのか判明するまでは話してもしかたがないと、自分に言い聞かせた。ウィルの顔に手を添えてひたいをこすり合わせた。「大丈夫？　なにがあったの？」

ウィルはふたたびうなだれた。「ぼくのせいでサラが連れ去られた」

フェイスは彼に顔をあげさせようとしたが、手を振り払われた。

「あ、あっというまだった」ウィルは言った。「納屋。ど、道路。でも、爆発の前だ。それから、車が。サラが連れていかれた」

アマンダはウィルのとりとめのない話を聞いてやるほど忍耐強くはなかった。「で、あなたはなぜそんなふうにしょぼくれて座りこんでるの？」ウィルを無理やり寝かせた。アマンダの手が彼のシャツをめくった。

「ひどい」フェイスは言った。彼の皮膚はロールシャッハテストのインクの染みを寄せ集めたように、まだらになっていた。

アマンダがしっかりしなさいと言わんばかりにフェイスに鋭い視線を投げた。「フェイス、医者を探して。ウィルが内出血しているかもしれないと伝えて」

フェイスは廊下を歩いていった。手の甲で目を拭った。ざらざらした塵が肌を引っかいた。あんなウィルを見るのは耐えられなかった。振り返ると、アマンダがウィルに錠剤を差し出していた。ウィルがかぶりを振る。アマンダは錠剤を半分に割り、ウィルの口に入れた。

「まだなにか用があるんですか？」男性の看護師が聴診器を両手で握って立っていた。名札に〝コンラッド〟と書いてある。「おたくの上司はくそばばあだな」

「あたしのパートナーの手当てをしながら、本人にそう言って」フェイスはトイレのドアをあけた。手前の個室に入り、便器に腰かけて頭を抱えた。涙は出なかった。ボールのように体を丸めていたいという気持ちがおさまるまで、ひたすらじっと座っていた。

アダム・ハンフリー・カーター。

なぜアマンダはその名前を口にしたのだろう？　拉致の瞬間の映像は、正規のルートを避けてフェイスのプライベート用のアドレスに送られていた。アマンダは直感だと言っていたが、かならずその裏には筋道だった考えがある。ヘリコプターが着陸許可を待っているあいだ、アマンダがマギーの耳元に口を寄せて大声で話していたのはこのことだろうか？　もしそうだったら、どうりでアマンダが傍目《はため》にもわかるほど逆上していたわけだ。

〝段階的な攻撃ではない。偶然よ〟

フェイスは、アップルウォッチに通知が届いていないか確かめた。

午後二時四十二分。

トイレの水を流した。顔を洗った。鏡に映る顔は青ざめていた。

森を概観するのではなく、一本一本の木をつぶさに見ていく必要がある。アマンダは、カーターとハーリーが仲間であることを立証しなければならないと言った。ふたりとも衝突事故の現場にいたとウィルが証言できれば、仲間だという証明になる。さしあたって集中するべきことはそれだ。ふたりがつながっていると確定してから、次の木に注目する。それを繰り返していけば、やがて森のすみずみまで見えてくるはずだ。

フェイスはトイレのドアをあけた。ERのむこう側で、アマンダがウィルを階段へ連れていこうと四苦八苦していた。ウィルはアマンダより四十キロは重いはずだし、三十センチは背が高いのは確かだ。こんな痛ましいときでなければ、笑える光景だっただろう。

フェイスはふたりの先へまわり、ウィルが転んだときのために、後ろ向きで階段をおりた。ウィルは呂律のまわらない舌でサラの車のGPSについて尋ねた。

「ちゃんと手配してるわ」アマンダがなだめた。「情報は迅速に伝えてる」

「こちらへどうぞ」ドアを押さえてコンラッドが待っていた。

アマンダがウィルをドアのむこうの廊下へ連れていこうとしたが、彼が従順だったのもここまでだった。

ウィルはフェイスを見た。「サラは死んだのか？」

フェイスは口をあけたが、アマンダに機先を制された。

「いいえ。絶対に生きてるわ。なにかあったら、かならずあなたに伝える」

フェイスはやっとの思いでウィルの目を見つめた。いまの自分に言える精一杯の事実を伝えた。「サラの居場所がわかったら教えるって約束する」

ウィルはうなずいた。フェイスは自分の表情からよけいなことを悟られないよう、彼とアマンダを先に行かせた。

アップルウォッチを見た。それから携帯電話を取り出した。ここは地下だ。どちらも圏外と表示されている。上階へ行くか、それともWi－Fiを使えるかどうか試してみるか。

「フェイス」アマンダは廊下でひとり、バッグを探っていた。ほどなくピルケースを取り出した。「読書用の眼鏡を忘れてしまったわ。楕円形《だえんけい》の青い錠剤を出して。一錠ほしいの」

「大丈夫――」アマンダに気分が悪いのかと尋ねようとしたとき、青い錠剤の小さなロゴが見えた。

ザナックス一・〇。

「これに入れて」アマンダは小さなプラスチックのボトルの蓋を取った。フェイスは錠剤を入れた。アマンダは胡椒《こしょう》引きのように上部をひねりはじめた。そして、フェイスの表情に気づいた。「肛門《こうもん》をゆるめなさいよ。ウィルに飲ませるんじゃないわ。ハーリーにリラックスしてもらいたいの。わたしに説教する前に、お母さんがよく使ってた自白剤ってなにか、電話で訊いてごらんなさい」

フェイスは舌先を嚙んだ。母親について知りたくもないことを聞かされるのは、ほんとうにいやだ。

アマンダはスーツのジャケットのポケットにボトルを入れた。「人権とは女性の権利のこと。これがわたしたちの機会均等化のやり方よ」

「すみません」廊下に男が出てきていた。「放射線科のドクター・スクーナーです。患者さんが眠ってしまいまして、次の患者さんが来るまでこのままそっとしておいてあげようと思うんですが」

医師は、ぼんやりと光るモニターだらけの薄暗い部屋へふたりを通した。コンラッドが腕組みをして椅子に座っていた。壁には数枚の注意書きが貼ってある。患者がアレルギー反応を起こしたらどうするか。中毒事故管理センターの電話番号。そして、Ｗｉ－Ｆｉのパスワード。

フェイスはさっそく携帯電話にパスワードを入力しはじめたが、スクーナー医師はかまわずウィルの検査結果を説明した。

「脳に異常はありません」医師は中央のモニターを指した。「膨張は見られない。出血もない。頭蓋骨も折れてはいませんが、骨挫傷が認められます。暗くて刺激のない場所で、目を閉じて休む必要があります。一週間休めば多少回復するでしょうが、全治までは三カ月ほどかかります」

「しっかり休ませるようにするわ」アマンダが言った。

フェイスはアマンダの嘘に全面的に加担したくなかったので、部屋を出た。いまサラがここにいたら、自分になにをしてほしがるだろうかと考えた。サラはウィルのことを心配するだろう。ウィルを気絶させて自宅へ連れ帰り、快復するまで暗い部屋で休ませてくれと言うだろう。

ただ、ウィルもいずれ目を覚ます。そして、決してフェイスを許さないだろう。

フェイスはメールをチェックした。映像はまだ届いていなかった。

携帯電話のブラウザを開いた。GBIの非公開のサイトにログインした。アダム・ハンフリー・カーターの逮捕記録を引き出す。また胃袋が重くなった。彼はレイプ犯というだけでなく、自動車窃盗犯であり、不法侵入犯であり、暴行の常習犯でもあった。ロバート・ハーリーと同じく、彼も女性から接近禁止命令を申し立てられていた。家庭内暴力の記録が多いが、この手の男は決まって家庭内暴力の前科がある。女性への憎悪は、動物虐待や夜尿症と同様に、将来の犯罪行為を予見させる兆候なのだ。

暴力に痛めつけられるのはいつだって女性だ。

フェイスはカーターの記録の末尾までスクロールした。二件の出頭拒否で逮捕状が出ているが、一件は重窃盗、もう一件は酒場の喧嘩《けんか》で男性を暴行したとされている。どちらも二年前だ。解せない。出頭拒否で逮捕状が出るのは、容疑者が法廷に現れなかったときだ。カーターは二件の重罪で保釈を申請している。保釈保証人はカーターの首に十万ドルを超える賞金をかけたはずだ。

なぜカーターは逮捕されなかったのだろう？

そのとき、スクリーンに通知が表示された。

Anon4AnonA@gmail.com からファイルを受信している。

フェイスは診察室に戻ってアマンダに告げた。「アマンダ、映像が届きました」

「場所を移しましょう」

ウィルとフェイスは廊下の反対側へ行った。

そこにもドアがあった。

別の階段に出た。

アマンダはウィルを階段に座らせた。フェイスが察するより先に、アマンダはアンモニアのアンプルをあけ、ウィルの鼻の下に差し出した。

「ええっ！」ウィルは馬のように両腕をばたばたと振ってのけぞった。「薬物を嗅がせたんですか？」

「幼稚な言いぐさはやめなさい。気付け薬よ。ちゃんと話を聞いてほしいから、しゃんとさせたの」

フェイスはダウンロード中を示す円を見つめ、動画ファイルが開くのを待った。

手すり越しに身を乗り出し、ウィルとアマンダに携帯電話のスクリーンを見せた。

ミシェル・スピヴィーが拉致された瞬間の映像は、本来ならばショッキングなはずだ。だが、フェイスは仕事と犯罪ドキュメンタリー番組で、監視カメラのレンズの下で女性がさらわれる白黒の映像を何度となく見てきた。むしろミシェルの心を乱すのは、バンが数メートル離れて止まったときは楽しそうに携帯電話でメッセージを送っていたミシェルの娘、アシュリー・スピヴィーの姿だった。

アシュリーが走りだした。

ミシェルが悲鳴の形に大きく口をあけ、バッグに手を突っこんだ。

フェイスは、バンから男が飛び降りてきたところで映像を止めた。男の顔を拡大した。マグショットで見た顔と同じだった。ウィルには見分けられませんようにと、フェイスはひたすら祈った。

「こいつだ」ウィルが言った。「クリントン。仲間にそう呼ばれていたけれど、本名じゃないと思う」

「くそ」フェイスはつぶやいた。

「システムには情報がないの」アマンダはフェイスに先を見せろと合図した。

「ぼくに嘘をついていますね」ウィルが言った。彼にはわかっているのだ。フェイスは、正当な理由がないかぎり真実を隠すのがひどく下手だ。

アマンダの衛星電話が鳴った。

彼女は受話器を耳に当てて待った。

ウィルとフェイスも待った――ウィルはサラに関する新しい情報を。フェイスはサラの車の後部座席で焼け焦げていた遺体の身許《みもと》がわかったという知らせを。

アマンダはかぶりを振り、廊下へ出ていった。ドアの閉まる音が冷ややかに響いた。

あたりがしんと静まりかえり、フェイスには自分の鼓動の音が聞こえた。

ウィルが口を開いた。「ほんとうはクリントンの本名を知っているんだろう?」

フェイスはカーターの名前を教えた。それから、前科を並べあげた。全部ではないけれど。

ウィルは愚かではない。フェイスがなにかを隠していると見抜いている。

彼は言った。「そして、レイプだろ」

フェイスは答える前に思わず唾を呑みこんだ。「そして、レイプ」

ドアがあいた。アマンダがフェイスを呼んだ。そして、フェイスの耳元に顔を寄せた。

「焼死体は男性の配達業者だった。業務用のバンがインターステート十六号線の出口にほど近いバラード・ロードで乗り捨てられているのが発見されたわ」

フロリダ。アラバマ。サウスカロライナ。

アマンダは声をひそめた。「上で報告を聞いてきなさい。質問攻めにしてやって。連中の言葉を額面どおりに受け取らないことね。かならず腹に一物あるから」

ウィルの前では質問に答えてもらえないとわかっているので、フェイスはなにも訊かなかった。彼の肩をぎゅっとつかんでから、階段をのぼり、踊り場で曲がり、隣接する建物の一階に出た。

ウィンシップ癌研究所。玄関が見えた。顔のまわりで風がヒューヒューとうなった。東側の窓は粉々に割れていた。エアコンがフル稼働している。大型機器の電子音やディーゼルエンジンの回転音が聞こえた。まるで砂を吸っては吐いているような空気だ。フェイスはたちまち涙目になった。鼻水が止まらなくなり、バッグのなかのティッシュを探した。

「ミッチェル」

マーティン・ノヴァクの護送に関する会議に出席していたFBI捜査官が、ロビーのむこうから手招きした。汗くさい会議室にいたのが大昔のように感じた。ふたりともすっかり消耗していた。FBI捜査官は、もはや堅苦しいGメンには見えなかった。眼鏡のブリッジが白いサージカルテープで補修してある。顔には灰色の埃がこびりついている。もとは真っ白だったシャツが血で汚れていた。袖は破れている。腕からじわじわと出血していた。

「こっちで話そう」捜査官はエレベーターと階段の前を通り過ぎ、左に曲がった。天井の照明は消えていた。フェイスはこの建物のこの部分に入るのははじめてだった。「言わせてもらえば、アマンダがきみを派遣してきたのは意外だったな」

「もう一度、名前を訊いてもいい？」

「エイデン・ヴァン・ザント。ヴァンと呼んでくれ。そのほうが簡単だ」彼は袖で顔を拭った。「なあ、がみがみ怒らないでくれよ。うちの情報提供者《CI》が裏切ったのは、この三年間でこれがはじめてなんだからな」

フェイスはそのCIの身許を尋ねなかった。おしゃべりな人間はしゃべらせておくに限る。

ヴァンが言った。「うちはずっと、そいつが流してくれた情報をもとに、重要度の高いターゲットを寝返らせたり拘引したりしていた」

フェイスは無表情を保った。

「おたくのボスがそういうやり方をよく思っていないことは知ってる。だが、忘れてほしくないのは、あの人こそうちを利用していたってことだ」ヴァンはフェイスをちらりと見た。「こっちもそれは承知のうえだった。そのつもりで準備していた」また顔を拭った。汚れがますます広がった。

フェイスのバッグにはティッシュが入っていたが、この男に分けてやる筋合いはない。

ヴァンはつづけた。「ただ、別の人間を送りこむことはできる。そいつの姿は知られていない。過去になにかやらかしたということだけはわかっている」

フェイスは頭上で電球が点灯したような、完全ではないがほぼ正解が閃《ひらめ》いたような気がした。ウィルがノヴァクの会議に呼ばれなかった理由は、これではないか？　アマンダが彼を除外したのは、FBIとの合同捜査に覆面捜査官として送りこみたいからだ。

フェイスは、一段階あがるための足がかりになりそうな質問をしてみた。「ウィルはどの時点で呼ばれることになっていたの？」

「スケジュールを調整していたんだが、あと数日というところだった。このところ、ネット上であの組織に関する噂《うわさ》が広がっていた。いいか、こんなことはめったにない」

あの組織？

口のなかが乾いた。ミシェルの拉致と爆破攻撃に関与しているのは、追突事故の現場にいた五名だけではないのだ。もっと大規模な破壊行動を目論《もくろ》んでいる組織が背後に存在している。

フェイスはアマンダの言葉を引用した。「爆破事件の目的は段階的な攻撃ではなかった」

「そう、連中は急病にかかったスピヴィーに手術を受けさせてから、次の闘争へ向かってすたこら逃げるつもりだった。爆破は昔ながらの陽動作戦だ」とヴァンはつけくわえた。「爆破そのものが目的じゃなかった」

フェイスはヴァンの腹を探ってみた。「で、ノヴァクは？」

「気をつけろ」ヴァンがぴしゃりと言った。「入ってくれ」

彼はドアをあけて押さえ、フェイスを通した。そこは会議室で、大きなテーブルがあり、まわりを二十脚ほどの椅子が囲んでいた。そのなかから品のいいブロンドが立ちあがり、手を差し出しながら近づいてきた。年齢はアマンダと同じくらいだが、もっと背が高くほっそりとしていて、美しくない女に気まずい思いをさせる美しさの持ち主だった。

「情報部のケイト・マーフィ次官補です」女性はがっしりとフェイスの手を握った。「エイデンから概要は聞いた？」

フェイスは相手の肩書きに面食らった。〝補〟がつくからといって、彼女は助手ではない。はしご段をあと三段のぼればＦＢＩ長官だ。普段はＤＣから全国の支局の情報収集部門を監督しているはずだ。

なんだかトイレが近くなってきた。アマンダが自分を信頼してくれたのだと思いたいところだが、高官との会見にただの下働きを送りこむなど、普通に考えれば相手に対するあからさまな侮辱だ。

「ミッチェル捜査官？」マーフィが怪訝《けげん》そうに言った。

フェイスは気を引き締めた。自分はＦＢＩの下働きではない。アマンダの下働きであり、アマンダからは質問攻めにしてやれと指示されている。「うちのボスはおたくのたわごとにうんざりしてるんです。情報をほしがってます」

マーフィとヴァンは目配せした。

〝連中の言葉を額面どおりに受け取らないことね。かならず腹に一物あるから〟

「どうなんですか？」フェイスはたたみかけた。

マーフィはためらった。それから、ブリーフケースをあけた。一冊のファイルを取り出すと、あるページを開いてテーブルに叩きつけるように置いた。

アダム・ハンフリー・カーター。

二件の逮捕令状が出ているのに、いまだに彼が捕まっていない理由はこれだったのだ。FBIが彼をCIとして使っていたから。

フェイスは言った。「そちらのCIが二名の女性を拉致したんですね。そのうちひとりはGBIの捜査官です」

「そしてもうひとりはCDCの疾病管理の専門家」マーフィが二冊目のファイルを開いた。公式書類とおぼしき束に、カラー写真がクリップでとめてあった。

ミシェル・スピヴィーが、開発途上国のような場所に立っていた。ブーツのまわりは水浸しだ。遠くに一張りの緑色の軍用テントが見える。彼女も戦闘服を着ている。襟の階級章は大尉だ。フェイスはいつも、CDCの職員が海兵隊の軍属であることを忘れている。CDCは、もともと港で船舶の検疫をするために設立され、世界規模で感染症に対応する公衆衛生機関に成長した。

マーフィが言った。「ハリケーン・マリアが襲った直後、ドクター・スピヴィーがプエルトリコに入ったときの写真よ」

つまり、開発途上国ではなく、見捨てられたアメリカ合衆国領だ。

フェイスは尋ねた。「プエルトリコでなにをしていたんですか？」

「現地の視察と、こういう自然災害には、コレラなどの感染爆発がつきものだから、その対策」マーフィは二脚の椅子を引いて、片方に腰をおろした。「スピヴィーは感染症情報調査官で、緊急対策センターに所属する初期対応者なの」

フェイスは椅子に深く座った。ノートを取り出す。感染症情報調査官は、汚染された地域に配置される。レタス畑の大腸菌汚染からサルモネラ菌による食中毒、あるいはエボラ拡散の阻止まで、なんでも担当する。

「報道では、スピヴィーは朝から晩まで顕微鏡を覗いているタイプの科学者のように紹介されてましたけど」

「確かに科学者だもの。医師免許、公衆衛生で修士号、感染症とワクチン学で博士号を持ってる」

「ワクチン？」

「最近は、アメリカ国内における百日咳の再流行について研究していた。それから、機密扱いのプロジェクトにも参加していたの。彼女の機密情報取扱資格《クリアランス》は０－６。最高機密ね」

フェイスは白紙のページを見おろした。「それで、カーターはどう関係しているんですか？」

マーフィはヴァンにうなずいた。

ヴァンが言った。「管轄署は、スピヴィーは誘拐され、レイプされたと考えた。監視カメラの映像には、カーターの姿が鮮明にとらえられていた。その映像をマスコミには流さず、RISCで照合した」

レポジトリー《R》・フォー・インディヴィジュアル《I》・オブ・スペシャル《S》・コンサーン《C》――特別重要人物情報保管庫。

「うちがカーターと契約したときに、またどこかでやらかすかもしれないから、やつのバイオメトリクスをRISCに保存しておいたんだ」

フェイスは言った。「つまり、彼が警官時代と変わらず、また女性を誘拐してレイプするかもしれないからってこと?」

ヴァンはフェイスの皮肉を聞き流した。「カーターはIPAから信頼できる内部情報を流してくれていた」

フェイスはうなずいたものの、IPAとはなんのことかさっぱりわからなかった。インディア・ペールエールの略だろうか。ドラッグの売人はみずからの組織に名前をつけたりしない。彼らはマフィアの一員だからだ――ロシアン・マフィア、日本のヤクザ、シナロアの麻薬カルテル。ハーリーとカーターは白人だから、ラテン・キングズやブラック・ディサイプルズなどのストリート・ギャングは除外できる。残るはヘルズ・エンジェルズだのハンマースキンズだの、〝今月イチ押しのネオナチ・グループ〟よろしく次から次へと湧いてくるギャングたちだ――カーターは拘置所に何度も出入りしていたから、連中とつながっていてもおかしくない。

フェイスは尋ねた。「拘置所でカーターをスカウトしたの?」

ふたたびマーフィが口ごもった。演技なのか、ほんとうに躊躇《ちゅうちょ》しているのか、フェイスには判じかねた。

マーフィが口を開いた。「うちとは別の、関係のない捜査を通して紹介されたの」

関係ないわけがない、とフェイスは思った。この女からは嘘のにおいがぷんぷんする。

ヴァンが言った。「はっきり言えるのは、カーターが最初から信念を持っていたわけではないということだ。ＩＰＡに入ったのは、根っから暴力的なくそ野郎だからだ。バーで喧嘩する。政治集会で参加者を殴る。数カ月前のことだが、おれはやつの首縄をぐいと引いてやった。なんだか真面目な兵隊になろうとしているかのように見えたんだ。髪を短く刈った。髭もきれいに剃っていた。酒をやめた。それこそ、〝要注意〟の巨大なネオンサインみたいなものだ。それを最後に、音信不通になった。ちょうどそのころから、なにか大きな案件が動いているという噂を聞きはじめた。そして、スピヴィーが拉致された瞬間の監視カメラの映像で、おれは久しぶりにカーターの姿を見た」

フェイスは言った。「ＩＰＡに拉致を指示されたのね」

「そうとは限らないわ」マーフィが割りこんだ。「ＩＰＡが拉致に関与しているかどうかは、まだ判断を保留している。カーターは一生刑務所から出られないほど犯罪を繰り返している悪党だし」

フェイスの頭上でぼんやり光っていた電球が、一気に明るさを増した。

アマンダがミシェル・スピヴィー拉致の動機から人身売買の視点を消す話をしていたと

き、〝連中〟と言っていたのはケイト・マーフィのことだったのだ。ＦＢＩがＧＢＩと合同捜査をするなら、指針を設定するのはＦＢＩだ。アマンダが彼らのルールに従わなければ、もはや合同捜査ではなくなる。

ということは、ＦＢＩに過ちを認めさせることができるかどうかは、フェイスにかかっている。ミシェル・スピヴィー拉致の目的は、彼女個人を性的搾取するためではない。はるかに大きな計画があるのだと。

フェイスはマーフィに言った。「あたしのパートナーが、アダム・ハンフリー・カーターはミシェル・スピヴィーの拉致犯と同一人物だと証言しています。カーターの顔を知っているのは、サラ・リントンを拉致した男だからです」

マーフィが眉をあげたが、それ以外に大きな反応はなかった。

フェイスはつづけた。「カーターは、ミシェル・スピヴィーを病院へ連れていった男たちの仲間だった。ミシェルは手術を受けなければ死亡するところだった。彼らはミシェルを生かしておくために、大きな危険を冒した。女性を売り飛ばそうとしているなら、わざわざそんな目立つようなことはしません。女性が病気になったら、切り刻んでスーツケースに詰めるとか、野原に死体を捨てて逃げるとかするでしょう。また路上でさらえばいいんだから――ただし、四十歳の子持ちレズビアンがお好みなら、ですけど」

フェイスはいつのまにか、容疑者を尋問をするときのようにマーフィのほうへ身を乗り出し、どっちが優位なのか教えてやると言わんばかりにパーソナルスペースに侵入していた。

そのまま体の勘に従った。「ミシェル・スピヴィーがよほどの名器の持ち主なのか、そうでなければIPAがやろうとしていることに不可欠な存在だってことですよね。IPAがなにかやろうとしているという噂がある。彼らは大規模な攻撃を計画していて、その計画を実行するために、ミシェルが、つまりCDCの専門家が必要なんですよ」

マーフィは椅子に深く座りなおした。たったいまはじめてフェイスに会ったかのように、まともに顔を見た。「いまあなたが言ったことは推測にすぎないわ。すべてをつなげる具体的な証拠を見せてちょうだい。判事に提出できるような証拠をくれれば、逮捕状を取るわ」

フェイスは危うく目だけで天を仰ぎそうになった。「FBIのお偉いさんがなにをおっしゃるんだか。何枚かドアを叩き壊せばいいじゃないですか。カーター本人がIPAを逮捕するための相当な理由を山ほどくれますよ」

ヴァンが交替した。「叩き壊せるようなドアはない。IPAは各地を転々としている。人里離れた場所にテントを張って生活するんだ。キャンプを発見しても、次の場所へ逃げられたあとだったりする。シンパもいる。うちにも、おたくにも、想像しうるあらゆる機関にシンパがいる。それに、悪く思わないでほしいんだが、おたくのボスも協力的ではなくてね」

マーフィが言った。「国内ではジョージア州とニューヨーク州だけなのよ、州法で政治が軍事に優先すると明確に定めていないのは。でも、実のところ、どの州も私設民兵や準軍事組織からは目をそらすのよね」

準軍事組織。

フェイスは全身から冷たい汗が噴き出すのを感じた。

自分が一日中、金槌《かなづち》で叩き損ねていた釘はこれだったのか。

マーティン・エリアス・ノヴァク、つまり例の重要度の高い犯罪者は、アリゾナのいわゆる自警団の一員だった。彼らは連邦政府が南の国境をしっかり警備していないと感じ、みずからライフルとショットガンを取った。フェイスに言わせれば、そのほとんどは妻から逃れて野営ごっこをする理由を探しているだけで、会計士や中古車セールスマンといった職業から連想する現実的な生活より大事なことをしているつもりなのだ。だが、オレゴン州の自警団ポシー・カミテイトゥスにはもっと過激な思想が浸透している。武力で政府を打倒し、白人男性クリスチャンに国を取り戻そうというのが彼らの信念だ。

明らかに、彼らは合衆国議会議員の大多数や大統領、大統領顧問団、あるいは州立裁判所や連邦裁判所の判事たちの大半の写真を見ることができないらしい。

マーフィが言った。「現在、国内で活動している準軍事組織はおよそ三百を数える。局地的な問題ではない。どの州にも存在する。ただ、彼らがおとなしくしているうちは、わざわざ刺激する理由がないわ。ウェイコやルビーリッジの失敗は繰り返したくないし」

心配するのももっともだ。どちらの包囲作戦もＦＢＩのイメージに大打撃を与えただけでなく、オクラホマシティ連邦政府ビル爆破事件からボストン・マラソンのテロ、おそらくコロンバイン高校銃乱射事件に至るまで、数えきれないほど多くの暴力事件の間接的なきっかけになったと報じられている。

とはいえ、ＦＢＩは、パークランド銃乱射事件の犯人や性的暴行犯ラリー・ナサール、ナイトクラブ〈パルス〉の銃乱射事件の犯人、テキサスのテロ犯に関する情報の取り扱いを誤り、ロシア人が関与したさまざまな犯罪を示唆する無数の情報も持て余していた。そして今回は、ＦＢＩの使っている情報屋が仲間と協力し、都会の大病院で二発の爆弾を爆発させたわけだ。

ヴァンはフェイスの頭のなかを読んだらしい。「こういう多方面にわたる捜査は金と時間がかかる。われわれは、今回のことでＤＣからもっとリソースを引き出すことができるんじゃないかと期待しているんだ。ノヴァクが銀行強盗を繰り返したのには理由がある。いま、彼らは莫大《ばくだい》な現金を所有している。そして、噂によれば、大きな計画が進行中らしい」

「ノヴァクが関与しているとは限らないわ」マーフィはあいかわらずヴァンの話を調整しようとしている。ＦＢＩ幹部にのぼりつめたのも、このあざとさあってこそだ。「現時点では、カーター以外のだれかとＩＰＡのつながりを断言することはできないわ。もちろん、なにかが起きるという噂はあるけれど、噂は噂にすぎない。たいしたことではないかもしれない。うちでは結論に飛びつかないの。法廷で耐えうる証拠にもとづいて、確実に立件する。あなたのパートナーが潜入して証拠を集めるはずだったけれど、顔を知られてしまったからもう無理ね」

フェイスは頭の隅である疑問をずっと考えていた。「ＦＢＩの捜査なのに、なぜＧＢＩの捜査官が潜入するんですか？」

マーフィの眉があがった。驚いたのか、それとも感心したのか。

ヴァンが答えた。「人材が足りないんだ。白人男性クリスチャンがテロリストであるわけがないというのが、局内の主流なのでね」

「エイデン」マーフィが釘を刺すような口調で言った。

ヴァンは肩をすくめて両手をあげた。「おれの祖母も曾祖母《そうそぼ》もナチスの死のキャンプから逃げてきた。だから、みんなよりこういう話を真剣に考えるみたいですよ」

マーフィが立ちあがった。「廊下に出ましょう」

フェイスはふたりが出ていき、ドアが閉まるのを待たなかった。マーフィの小言を盗み聞きしに行くこともしなかった。さっそくファイルをめくりはじめた。

見えざる愛国軍《インヴィジブル・ペイトリオット・アーミー》。

戦闘服姿の若い白人男性たちを撮影したモノクロ写真があった。隊列を組んで行進している男たち。塀やレーザーワイヤーのフェンスを乗り越える訓練中の男たち。ひとり残らず、なんらかの武器を持っていた。ほとんどは、二種類から三種類を携帯している。ホルスターやナイフの鞘《さや》を装着したベルトを締め、ＡＲ15を肩にかけている。

プエルトリコで撮影されたミシェル・スピヴィーの写真もあった。彼女は世界中の荒廃した土地で、子どもたちにワクチンを打ち、感染爆発を止め、人々を救うことに人生を捧げてきた。

書類にはもう一枚、写真がとめてあった。ミシェルと配偶者と娘の自撮り写真だ。十一歳の娘はうれしそうに笑っている。背後にクリスマスツリーがある。あけたばかりのプレゼントがソファに散らばっている。この写真を撮影しておよそ七カ月後に、ミシェルの知っている人生が終わることになる。

ここで疑問が湧く――。

豊富な資金があり、よく訓練された準軍事組織が、感染症の伝播《でんぱ》に詳しい女性を必要とするのはなぜだろう?

7

八月四日日曜日午後二時二十六分

サラは闇のなかで目を閉じた。体に道路の起伏が振動となって伝わってきた。いま乗っているのは、アパートメントから引っ越すときに借りるような箱型トラックの貨物室だ。ミシェルとサラは、それぞれ左右の壁沿いのバーに手錠でつながれていた。口には猿ぐつわを嚙まされているので、話すことも助けを求めることもできない。声をあげたところで、ディーゼルエンジンの音や、果てしなくつづく道路を走っていく車体のガタガタいう音にかき消されるに決まっているのに。

とりあえず、白いバンに乗ったとトランシーバーアプリでフェイスに伝えたのは無駄だったということははっきりしている。二八五号線を出たところにあったガソリンスタンドの跡地で、男がふたり待っていた。ふたりとも新兵募集のポスターでよく見かけるような、角張った顎の筋骨隆々とした若者だった。ひとりは白いバンに乗って去った。もうひとりは、目立った特徴のない車であとを追った。

ふたりが最終的な目的地からできるだけ遠く離れた場所へ白いバンを捨てに行ったのだということとは、教わらなくてもわかった。そして、ふたりとも顔を隠そうともしなかったのはよくない兆候だということも。

サラは知りすぎている。知らなかったことも、どんどんわかってきた。

ダッシュは決して声を荒らげないが、戦地の指揮官のように、言葉には影響力があった。このトラックに乗り換えたとき、彼がプリペイド携帯で穏やかに指示を出しているのが聞こえた。何人かの名前が聞き取れたが――ウィルキンズ、ピーターソン、オリアリー――ダッシュは携帯電話をまっぷたつに壊し、木立のなかに放り捨てた。サラが目にした男たちの身ごなしは、例外なく兵士のそれだった。胸を張っている。目はまっすぐ前を見据えている。両手は拳に握られている。命令系統に従って行動している。病院に対する攻撃は国内テロだった。

ミリシア。フリーマン。ウェザーマン。ゲリラ。エコテロリスト。アンティファ。さまざまな呼び名があるが、彼らの目指すところは同じだ。自分たち以外のアメリカ人を暴力で意のままにすること。

それがどうしたと言うの？

世界は四面の壁に囲まれた狭い場所に縮み、自分はそのなかに閉じこめられている。あのガソリンスタンドを出てからどれくらい時間がたったのかわからないが、狭苦しい輪のなかをぐるぐるまわるように同じ考えばかり浮かぶということとは、かなり長いあいだ閉じこめられているのだろう。

ウィルのことが心配だ。母親が彼のケアをしてくれないかもしれないのが心配だ。手錠をかけられた手首の痛みが心配だ。体内の水分をどんどん奪っていく蒸し暑さが怖い。方角も時間もわからなくする暗闇が怖い。ウィルのことが心配だ。

時折、自分の心をきっちりと隠している覆いを取り去り、自分のことを心配した。次にどうなるのかはわかっている。

ミシェル・スピヴィーはレイプされ、薬でおとなしくさせられた。カーターが怪我に邪魔されても、ほかに同類の仲間がいるに違いない。

この組織には多くのメンバーがいる。

蒸し暑いトラックのなかで両手を頭上の手すりにつながれ、サラは逃れられない運命を甘受しようとした。

一度は克服して生き延びたのだから。

そうよね？

大学時代にレイプされたときは運がよかった。

そんな言い方はおかしいような気がするが、肉体的な暴行を受けたことが幸運だと思っているのではない。夫が死ぬまで、あのときほど打ちのめされたことはなかった。

幸運はあとからやってきた。

自分は若く、教育を受けた白人女性だった。堅実な中産階級の家庭で育った。当時、性的関係を持ったパートナーはハイスクールのころからつきあっていたボーイフレンドだけだった。ミニスカートよりスウェットパンツをはくことのほうが多かった。化粧はめったにしなかった。酒もそれほど飲まなかった。ハイスクールのときに一度だけ大麻を試したが、それは自分にも大麻くらい吸えると妹に証明したかったからにすぎない。勉強机の椅子に尻をのせて教科書に鼻を突っこんでいるうちに、毎日が過ぎていった。

つまり、被告の弁護人がサラに責任をかぶせるために利用できるような材料がほとんどなかった。

サラはグレイディ病院の女性用トイレの個室で襲われた。手錠をかけられた。膣《ちつ》に挿入された。鋸歯状のハンティングナイフで脇腹を刺された。一度だけ「やめて」と叫び、すぐさま口をダクトテープでふさがれた。同意の有無など争点になりようもなかった。その前後の記憶はほとんどないが――精神的なトラウマとはそういうものだ――いまに至るまで、自分をレイプした男の顔をまざまざと思い出すことができる。

きらきら光る薄いブルーの瞳。

もつれた長い髪。

タバコと揚げ物のにおいがしたごわつく髭。

挿入してきたとき、青白い肌がぬめっていたこと。

それでも、あの男が有罪になったのは幸運だった。男が司法取引を願い出なかったことは幸運だった。被害者として法廷でみずから証言する機会を与えられたのも幸運だった。

判事が厳しい判決を言い渡したことも。男はサラのほかにも数人の女性をレイプしていたので、彼を告訴したのがたったひとりではなく、複数だったことも。

被害者の人数で量刑が左右されるのは、本来おかしいのだけれど。

裁判が終わったあと、両親が無理やり実家に連れ戻してくれたのも、ほんとうに幸運だった。サラは苦労して新生児医療の特別奨学金給費生に選ばれていたのに、そのころにはドロップアウトしていた。請求書の支払いも遅れていた。出かけるのもやめていた。食事もしなくなった。以前のように呼吸し、睡眠を取るのも難しくなり、以前のように世界を見ることができなくなった。

なぜなら、すべてが変わってしまったからだ。

グラント郡には二度と帰ってこないと誓って大学に進学したのに、思いがけないことに家族の存在はありがたかった。町の住民のほとんどは顔見知りだ。サラが発作的に嗚咽しはじめると、母親と妹が抱きしめてくれた。父親は、サラがひとりで眠れるようになるまで、寝室の床で寝てくれた。

けれど、以前のように安心できることはなくなった。

確かに、時間がたてば気持ちは落ち着いた。自分自身の残りのピースをかき集め、元どおりにつなげた。また異性と出かけるようになった。結婚もした。子どもを授かれない理由について、夫に嘘をついた。ジェフリーに真実を告げてからは、ふたりのあいだでそれが話題になったことはない。彼は警官だったが、レイプという言葉を口にすることができなかった。　稀にあのときの話をするときは、ふたりとも"グレイディで起きたこと"と言った。

　トラックのタイヤが道路の轍《わだち》を踏んだらしい。

　サラは、自分の体が宙に浮き、床に叩きつけられるのを感じた。尾骨に激痛が走った。手首が手錠にぐいと引っ張られた。両肩がずきずきした。

　歯を食いしばり、道路が平らになるのを待った。

　深く息を吸った。じっとりとよどんだ空気で肺がいっぱいになった。きつく目を閉じ、頭のなかでまた同じことばかり考えようとした。ウィルにはきちんとした治療を受けさせなければならない。母親は彼のケアをしてくれないかもしれない。手錠をかけられた手首が痛い。この暑さでは脱水症状を起こす。どのくらい時間がたったのかも、ここがどこなのかもわからない。

　ウィル。

　母親はウィルの味方になってくれる。彼がいやがっても入院させてくれる。彼のひたいに冷たい布を当ててくれる。なぜなら、娘が彼を愛していることを知っているのだから。

　そうよね？

　ウィルのことでは、母親とは口論になるばかりだった。ウィルを心から愛しているし、その気持ちは変えようがないのだと、母親に言ったことはない。キッチンでそう言うべきだった。いまでもドアからウィルが入ってくると胸が高鳴るのだと。ウィルに見てほしくて、バスルームの鏡に口紅でハートを描くのだと。出会った瞬間から、理屈ではなく彼を信用したのだと――つきあいはじめてもいないのにグレイディで起きたことを打ち明けるくらい、信用したのだと。

ウィルは子ども時代にひどい虐待を受けていた。グレイディで起きたことについて、サラを慰めようとしたり、サラのせいにしようとしたりしなかったし、事実を受け止めきれずに遠回しな言葉を使ったりもしなかった。サラが突然の物音を怖がる理由を、ウィルは本能で理解している。サラが犬を飼っていても、日暮れ以降は絶対にジョギングに出かけない理由も。もちろん、自宅玄関までもっとも近い駐車スペースがあくまで、たとえ近隣を二十周しようが待つことも知っている。夜、侵入者が忍びこんだ音に気づかないかもしれないと怖くなり、トイレの水を流さないことがあることも。

今度こそ母親に話そう。もし逃げることができたなら――。

やっぱりわたしは幸運だと思っている理由を、ウィルはわかってくれる。

トラックのスピードが落ちはじめた。サラは耳をそばだて、ほかの車の音や人の話し声や、ここがどこなのか教えてくれそうな物音が聞こえてくるのを待った。

ギアが鳴った。エンジンがうなった。トラックが後退した勢いで、サラはよろめき、壁にぶつかった。ブレーキがきしみ、またトラックが止まった。

外で男の声がした。ぼそぼそした低い話し声はおそらくダッシュだ。やがて、だれかがどなった。砂利を蹴りあげる音。砂利道ということは、辺鄙《へんぴ》な場所なのだろう。しばらく前から、信号や停止の標識で止まっていない。空気もひんやりとしている。どうやら標高の高い場所へ来たようだ。ほかの車の音が聞こえなくなって久しい。

ドアがあがった。サラはまぶしさに目を閉じた。

日光。まだ昼間なのだ。

サラはミシェルを探した。彼女は反対側の壁際に座っていた。両手を手錠で頭上のバーにつながれている。猿ぐつわはすべり落ちていたが、ここへ来るまで声ひとつあげなかった。

「アーンショウ先生」ダッシュは腕をまともなスリングで吊っていた。新しいTシャツの襟ぐりから白い包帯の端が覗いている。だれかが銃弾を摘出したのだ。彼のかたわらに、ライフルを持った男がいた。

ダッシュはサラに言った。「きみは〝地元の医師〟なのかな?」サラがどういう意味かと訊き返すのを待っているようだ。サラには答える気などないが。「ラジオでそう言っていたよ。大学病院へ駆けつけようとした地元の医師が人質に取られた、と」

唾を呑みこもうとしたが、口のなかはからからだった。ダッシュにどんな反応を期待されているのかわからない——みんなが自分を探してくれていることに安堵する?　それとも、そのことを知ってありがたがる?　みんなが探してくれていることなど、とうに知っている。この男に感謝を示すくらいなら、自分の両目をえぐり出すほうがましだ。

サラは言った。「わたしの名前を報道しないのは、あなたたちがわたしの家族を巻きこむのを防ぐためよ。カーターがミシェルの十一歳の娘を襲うと脅したように」

ダッシュはかぶりを振った。「彼は冗談を言っただけだろう」

「あの人の言ったことを一言一句違《たが》わずに言うわ——」声がかすれ、咳払いをしなければならなかった。「〝あんたの話を聞いてると、あんたの娘のあそこはどんなにきついんだろうと想像しちまうな〟」

ダッシュは目をそらした。「女性からそんな言葉を聞くと、気持ちのいいものではないな」

「頭に銃を突きつけられて、そんなふうに言われてみたらいいわ」

ダッシュは駐車場にいるだれかにうなずいた。「彼女をトラックから出して、涼しい場所へ連れていけ。暑さで頭がどうかしているようだ」

毛むくじゃらの大男がトラックに乗りこんできた。ベルトの片側には刃渡り二十センチのハンティングナイフ、反対側には銃のホルスターを装着している。ポケットから複数の鍵を取り出し、サラの手首から手錠をはずした。

サラはひりつく手首をさすった。頭のなかですばやく選択肢を並べた。男の下腹をパンチする。ナイフか銃を奪い取る。

そして、そのあとは？

「アーンショウ先生？」ダッシュの口調はサラに選択権があると言わんばかりだが、武装した男たちのせいで、そんなものなどないとはっきりわかる。

サラはがくがくと震える脚で立ちあがった。手でひさしを作り、まぶしい陽光から目を守った。内なるガールスカウトが、いまは午後、だいたい三時から四時くらいだと告げている。ストリップクラブの裏手で最後にアップルウォッチを見たときは、午後二時十七分だった。一時間か二時間のドライブ。かなり遠くへ移動できる。

ダッシュがサラに手を差し出した。

サラはその手を無視した。周囲の様子を観察しながら、トラックを降りた。トラックが駐まっているのは平屋のモーテルの前で、各部屋の前は長いポーチでつながっていた。魚釣りのロッジのように素朴な雰囲気だ。休業中なのか、たまたま宿泊客がいないだけなのか、どちらかわからない。田舎であることには間違いない。山がある。周囲は木が多い。車の音はしない。道路の反対側にはいかがわしいバーがある。外看板には、ビールジョッキを掲げたウサギの絵が描いてあった。

〈ピーター・カトンテールズ〉。

「どうぞこっちへ」ダッシュが部屋の入口を指し示した。

ドアはあいていた。涼しい空気が熱気を押し出している。サラが先に部屋に入り、あとからミシェル・スピヴィーがついてきた。プラスチックのテーブルと椅子。壁際にはテレビ。着替えを入れる抽斗《ひきだし》。小型の冷蔵庫。ナイトテーブルを挟んで、二台のクイーンサイズのベッド。壁際のベッドにヴェイルが横たわり、窓側のベッドにカーターが座っている。窓から差しこむ陽光のなか、埃が浮遊していた。住居用洗剤のにおいが鼻をつく。

ヴェイルが首を巡らせた。すがりつくような目でサラを見る。胸が震えている。短く強い空咳をした。

背後でトラックのエンジンがかかった。トラックは砂利を跳ね飛ばしながら発進した。

サラは走り去っていくトラックを見送った。一般道やハイウェイでよく見かけるような、なんの特徴もない白いトラック。

「先生?」ダッシュはサラが奥へ入るのを待ち、ドアを閉めた。

新たに三人の男が残っていた。ふたりは武装して、ほかの男たちと雰囲気がよく似ていた。もうひとりは普段着らしい格好で、長袖のシャツの裾をパンツから出し、袖をまくりあげている。やせた腰にぶかぶかのカーゴパンツをはいている。髪はほかの男たちより長い。髭ものびている。肩から大きなリュックをさげている。リュックの前面には、赤十字のエンブレムと星条旗が上下に並んでいる。

陸軍の戦線用救急セットだ。

サラはミシェルの姿を探した。彼女は部屋の隅で床に座りこんでいた。両腕で膝を抱えている。またうなだれていた。

カーターにそうするようにしつけられたのだろうか、それとも自衛だろうか?

「アーンショウ先生」ダッシュがミネラルウォーターを差し出した。ふたりの男に、顎をしゃくって外へ出るよう指示した。三人目のカジュアルな服装の男が、プラスチックのテーブルにリュックを置いた。「こちらは友人のボーだ。治療の手伝いをしてくれる」

サラは声を出すことができなかった。トラックのなかで変化のない時間を過ごすあいだに恐怖が薄れていたが、また怖くなってきた。みすぼらしいモーテルの部屋。男性ホルモンがぷんぷんにおう男たち。ミシェルが隅で縮こまるのも当たり前だ。

ボーが救急セットのリュックのファスナーをあけた。必要な物品を探し出し、点滴の用意をはじめた。背面のコンパートメントに生理食塩水のバッグが入っていた。ちょっとした手術ならできるくらいの装備がそろっているようだ。

サラはボーの手の動きを見ていた。速い。手際がいい。カジュアルな服装だが、どう見ても自分の仕事をわかっている。なによりも、サラの仕事をわかっている。もはや、ヴェイルとカーターを放置して死なせることができなくなった。

「ちくしょう」カーターが言った。「早くなんとかしてくれ。タマが燃えそうだ」

ボーは要求を無視した。カテーテルはすでにヴェイルの腕に挿入されていた。それをテープで固定する。点滴のクランプをあける。いままで何千回もやってきたのがわかる手つきだった。ダッシュの肩から弾丸を摘出したのも彼かもしれない。

「なあ」カーターが急かした。「頼むよ」

ボーが言った。「重傷者が先だ」

「おれだって重傷だぞ。タマのすぐそばにナイフが突き刺さってるんだからな」

ボーはカーターの怪我を一瞥した。「きつく縛りすぎだ。膣の治療をするときに穴を広げたりしない」

ダッシュは喉を鳴らして笑ったが、「レディの前ではロッカールームのおしゃべりは控えよう」と言った。

そして、リモコンを取ってテレビをつけた。

サラは映像を見つめた。報道のヘリコプターが爆破された現場上空を飛んでいた。涙で目が熱くなった。キャンパスと病院の敷地は、ほとんど原形をとどめていなかった。あの場所で七年間の研修期間を過ごし、患者を助け、よい医者を目指して学んだ。

「すばらしい」ダッシュが音量をあげた。アトランタ市警の制服を着た女性が演壇に立っていた。字幕によれば、記者会見は録画されたものらしい。

「……すべての捜査機関が連れ去られた女性ふたりを探して……」

「きみのことだ」ダッシュが言った。「地元の医師」

サラはダッシュの声を耳から締め出し、市警の女性の話を聞いた。「現在わかっていることは、二発の爆弾が――」

ダッシュが音を消した。

サラの目は、画面下部に流れる文字を追った。**死亡者十八名。ディカーブ郡の警察官二名、フルトン郡の保安官補一名、警備員二名が殺害された。**

「じつに素敵だ」ダッシュが言った。

警察は病院の監視カメラの映像を公開していた。いくつかの異なるアングルからとらえたダッシュが立てつづけに映ったが、この数時間を彼のそばで過ごしたサラでさえ、映像と実物を結びつけることができなかった。彼は油断なく帽子を目深にかぶり、つねにうつむいていた。カーターはそれほど注意深くないが、運がよかったようだ。顔のアップはぼやけていた。次の映像は、ハーリーがミシェルを引きずって階段をおりていくところだった。

ダッシュがつぶやいた。「兄弟よ、安らかに」

サラはじっとしていた。ダッシュはハーリーが死んだと思いこんでいる。カーターとヴェイルは、追突事故のあとに起きたことについて、ふたりして嘘を塗り重ねた。真実を隠すのは、ボスが知ったら激怒すると予測しているからだ。ふたりは兄弟を見捨てたことを後ろめたく思っている。そして、目撃者を置き去りにしたためにダッシュに処罰されるのを恐れている。

ここで疑問が湧く。この情報をどのように利用すればいいのか？

「アーンショウ先生？」ボーが聴診器を持って待っていた。

サラはテレビから視線をそらした。画面下部を流れる文字に気を取られていた。

アトランタ消防局の消防士二名、アトランタ市警の警察官二名が負傷。ディカーブ郡の警察官二名、フルトン郡の保安官補一名、警備員二名が殺害された。

被害者の職業が明示されている。ウィルは特別捜査官だ。被害者リストに彼が含まれていないことは、よいしるしと受け取ってもいいのだろうか？

ボーが言った。「胸腔ドレーンはないんだ」

サラはミネラルウォーターを飲んだ。いまはここに集中しなければならない。医学部時代に、医師として誓いを立てるとは、助けを必要とする者がだれであっても治療するということなのだと叩きこまれた。政治的な立場や個人的な信条は関係ない。患者ではなく、肉体を治すのだ。

そんなことが可能だと本気で信じていた、青くさく熱意に満ちた医学生を呼び覚まさなければならない。

サラはダッシュにミネラルウォーターのボトルを渡した。「これを三本用意して。それから、ダクトテープ。チューブ。ウォーターシールの装置を作るから、コルク栓がほしい。あとの二本は、圧力を調節して、胸腔から血液を集めるために使う。ドリルがあれば、チューブの円周より少し小さい刃をつけて」

ダッシュはドアをあけ、部下にサラの要求したものを伝えた。

サラはミシェルが見ていることに気づいた。彼女はCDCの職員だ。医学の学位を持っていなくても、獣医学の学位は持っているはずだ。

「じっとしてろ」ボーがヴェイルに声をかけ、鋏《はさみ》でシャツを切った。ヴェイルの胸は激しく上下していた。サラがベッドに近づいていくと、彼はすっかりパニックに陥った。体を震わせ、何度も乾いた咳をした。

ニトリルの手袋を両手にはめる。聴診器を首にかける。安全ゴーグルとサージカルマスクを手に取った。

ボーに言った。「もしあれば、ベルセド二ミリ。その後、必要なら五分ごとに一ミリ追加」

「呼吸がしづらくならないか？」

「なるかもしれないけれど、じたばたされたら困るの」

「アドレナリンならある」ボーはふたたびリュックのなかを探った。ベルセドにくわえ、薬剤があらかじめ充塡《じゅうてん》された注射器があった。ワインレッドの四角で囲んだ10という特徴的なマークが見える。十ミリグラムのモルヒネが五本。

それだけあれば、この部屋にいる男全員を気絶させることができる。

もしくは、全部自分に注射してもいい。

「ベルセド入ります」ボーが薬品を輸液バッグのゴム栓から注入した。

サラはモルヒネでなにができるか考えるのをやめた。ヴェイルのかたわらにひざまずく。肉体のかたわらに。

ボーの仕事ぶりがさらに明らかになった。銃創はハローのチェストシールでふさいであった。要するに糊のついたサランラップのような閉塞シールだ。これでも用は足りるが、救急セットに入っているラッセルのチェストシールのほうがいい。

つまり、ボーは素人ではないが、医者ではないということだ。

患者の脇腹を触診すると、折れた骨の尖《とが》った先端に触れた。乳首から数えると、銃弾は第七肋骨と第八肋骨のあいだにもぐりこんでいた。皮膚が張りつめている。胸膜腔には空気がたまっていた。聴診器を当てる。右肺からは呼吸音がしない。胸郭から過共鳴音がする。頸静脈《けいじょうみゃく》に膨張が見られる。

ヴェイルが咳きこみ、痛そうに顔をしかめた。

サラはボーを見た。彼はヴェイルの血圧を測っている。万が一に備えて、アドレナリンのシリンジがそばに置いてある。

聴診器を動かし、ふたたび胸の音を聴いた。腸の音も確かめた。下腹に聴診器を当てる。まったく必要のないことだ。そうやって時間を稼ぎ、ボーのシャツの裾を観察した。いちばん下のボタンのさらに下側に、三日月形の破れ目がある。

ただの破れ目ではない。遺体安置所で死者の身許を特定する手がかりとなる、反復的な使用痕と同じだ。たとえば、大工は釘をくわえるので、前歯がすり減り、小さくV字にくぼんでいる。倉庫作業者は、ウエストが細くても、ふくらはぎの筋肉が非常に発達している。UPSの配達員は、トラックをおりるたびにキーリングを薬指に引っかけるので、そこにたこができる。

そして、バーテンダーは酒瓶の栓をあけるとき、シャツの裾を使う。

ここは適当に選んだモーテルや魚釣り用のロッジではない。ボーがいるからここを選んだのだ。おそらく彼はむかいのバーの従業員だ。

サラは、診察しているふりをやめ、ボーに言った。「緊張性気胸ね」

ボーは一度うなずいただけだが、緊張性気胸だけではないと理解しているのが見て取れた。肺虚脱の症状がもっとも目立つとはいえ、胸には銃弾が埋まっている。肋骨が数箇所折れているので、銃弾は胸のなかで跳ね返ってから止まったのだろう。胸部の負傷ではまず心臓が重視されるのがつねだが、実のところ、胸部に重要でない部分などない。神経、動脈、静脈、肺、胸腔、すべて重要だ。

サラは心胸の専門医ではない。ヴェイルを少しだけ楽にしてやることはできるが、体内の傷を治療するには、はるかにスキルの高い医師と精密な器具が必要だ。

ボーにもそのことはわかっているはずだ。それでも、彼はサラに輸血キットのカテーテルを差し出した。

サラは鎖骨の中心を探した。ボーがそのあたりを消毒した。サラはカテーテルを鎖骨の下の皮膚に垂直に刺した。

風船がしぼむときのように、シューッという音をたてて中空針から空気が抜けた。

ヴェイルが深く息を吸いこみ、胸がふくらんだ。苦しそうにあえぐ。目を見ひらいた。まばたきした。

室内の男たちも息がしやすくなったようだった。

カーターが言った。「よし、次はおれだ」

サラは、ボーの報告をつい期待してしまった。彼が看護師ではないことを思い出さなければならなかった。ボーは悪党だ。みずからの自由意志で、持てる技術を使って悪党の手当てをしたのだ。

サラはダッシュに事実を告げた。「わたしはヴェイルを楽にすることはできるけれど、必要な処置をする技量はないの」

ダッシュは指先で顎をこすった。

サラは思わず顔をそむけた。ウィルも困ったときに同じしぐさをする。

ボーが言った。「正直な言い分だ。病院へ連れていかなければ、胸のチューブは最期の瞬間を先延ばしにするだけだ」

ダッシュが尋ねた。「つまり、死ぬのか？」

「いい加減にしてくれ！」カーターの口調は懇願するようでもあり、喧嘩腰でもあった。「おれのタマが死にかけてるってのに、なんだってそいつにぐずぐず手間をかけるんだ？」

ダッシュは顎をこすりながら考えこんだ。「よし。脚からナイフを抜いてやってくれ」

ボーがリュックのほうを向いた。

サラは嫌悪感と闘った。ヴェイルを治療するのはまだいい。彼は怯え、朦朧《もうろう》としている。だが、カーターが口を開くたびに——ミシェルの娘をレイプすると脅したり、サラが二度と生意気な口をきけないよう犯してやると言ったりするたびに——この男には死んでほしいと本気で願っているのを思い知らされる。

ボーがすでにカーターのジーンズに鋏を入れていた。裾からウエストへ切り進め、カーターの下半身をあらわにした。

カーターはサラのほうを向いてにやにやと笑った。黙っていても、サラには彼がなにを考えているのかわかった。

　相手にするものか。

　ウィルにくらべれば、この男はケン人形だ。

　ボーが尋ねた。「どうするんだ？」

　サラは答えた。「ナイフを抜いてほしければ、この人を気絶させて」

「感覚を鈍らせてやろう」ボーは新しい注射器にベルセドを吸いあげた。今度は生理食塩水のラインを使わなかった。プラスチックの筒がカーターの腕の皮膚に当たるほど、手荒に針を突き刺した。

　どうやらボーもカーターを嫌っているらしい。

　ボーは小型冷蔵庫の上に道具を並べはじめた。クランプ、メス、ガーゼ、ピンセット。

「このくしょ……あま……」じわじわと薬が効いてきたようだ。カーターの顎ががくんと落ちた。口が大きくあいた。ほとんど閉じた目で、サラとボーの動きを追っている。

　サラは手袋を交換した。心のなかで、唾棄すべき人間であるカーターと、脚にナイフの刺さった患者を切り分けた。ナイフの刺さったところを観察した。大腿三角の構造を思い出そうとした。NAVEL。外側から順に、神経《ナーヴ》、動脈《アーテリー》、静脈《ヴェイン》、間隙《エンプティ・スペース》——大腿管のことだ——そしてリンパ管《リンファティク》。

　ボーがナイフを縛っている靴紐を切った。ナイフを指で支えた。

　ナイフの柄がびくびくと動いているのが視認できた。

刃の位置が少しずれたのか、もしくは、カーターはこの数時間ずっと運に恵まれていたようだ。大腿動脈には、目立つ穴があいていた。ナイフの柄の振動は、酸素を含んだ血液をどんどん送ってくる心臓の鼓動と同期している。大腿動脈はさながら高圧ホースだ。大量出血を免れたのは、刃の側面が穴をふさいでいたからだ。

サラはボーに言った。「わたしは血管外科医じゃないんだけど」

「了解」

「ナイフを押さえておいてくれたら、切開する。止血を試みるわ。ここには吸引の装置がない。手探りでやるから」

「了解」ボーがメスを差し出した。

ほんとうにやるのか。

カーターにメスを入れることに対して、サラはいつになく怖じ気《け》づいていた。手術中にあれこれ躊躇するひまなどない。どこまでも傲慢でなければならない。ぐずぐずしていたら、大量の血があふれて出血部位をふさぐことができなければ、カーターは一分ともたないだろう。ヴェイルはもう死にかけている。ふたりが死亡すれば、サラは用済みとなる――いや、悪くするとほかのことで利用されるかもしれない。

ボーが言った。「先生?」

サラは息を止め、ゆっくりと吐き出した。「手早くやる必要があるわ。わたしが切開するあいだ、あなたは傷口にガーゼを詰めて。鉗子《かんし》を開いて持っていてくれる?」

ボーはうなずいた。「あと二本の腕が必要だ」

サラはミシェルの熱い視線を背中に感じた。ミシェルに人間の手術の経験があったとしても、それから何年もたっているだろう。それでも、ナイフを支えておくことくらいはできるはずだ。

ダッシュが自分のスリングを示した。「わたしは一本しか使えない」

「くしょ――」カーターの口から言葉が漏れ出た。「その女はだめだ――」

ミシェルのことだ。

ダッシュが言った。「しかし、ほかにどうしようもないようだ」

彼が話しかけているのはカーターとミシェルのどちらだろうとサラは思ったが、結局はどちらでも同じことだった。ミシェルがのろのろと立ちあがった。うなだれたまま、じっと床を見つめている。

彼女の両手が拳に握られていることに、サラはすぐには気づかなかった。

次に起きたことは、明らかに周到な計画のもとにおこなわれた――ミシェルは衝突事故のときから、あるいはこの薄汚れたモーテルの部屋に入ったときから、ずっと考えていたのかもしれない。いや、この四週間、頭のなかで何度もシミュレーションしていたのかもしれない。どちらにしても、〝いつから〟考えていたのかは問題ではない。恐ろしいのは、〝なにを〟の部分だ。

ミシェルはベッドに充分近づいてから、勢いよく床を蹴った。宙に跳びあがる。カーターにまたがる。彼の太腿からナイフを抜き、胴体を刺しはじめた。

グシャッ、グシャッ、グシャッ。

刃は繰り返し皮膚を貫くたびに同じ音をたてた。

無駄のない動きだった。人体の構造を知り尽くしていることが見て取れる攻撃だった。頸静脈。気管。腋下動脈。心臓。肺。ミシェルは獣のような叫び声をあげながら、カーターの肝臓にとどめのひと突きをくれた。

そして、くずおれた。

ボーがベルセドの残りをミシェルに注射したのだ。

室内には、ミシェルの叫び声の残響がこもっていた。だれひとり動こうとしなかった。ヴェイルの苦しげな呼吸音が、カーターの頸動脈《けいどうみやく》から拍を刻んでほとばしる血の音のように聞こえた。

サラは、血しぶきを浴びた安全ゴーグルをそろそろとはずした。顔にも髪にも血の筋が何本も走っていた。

いつのまにかドアがあいていた。見張りの男がふたり、銃を抜いたまま身じろぎもせずに立っていた。

ダッシュが片方の腕をのばした。「諸君、落ち着け。彼女には生きていてもらわなければならない」

男たちはその場にじっとしていた。どうすればいいのかわからないようだ。

サラは頰を拭った。ひたいの血も拭き取った。ベッドもテレビも天井も、室内にあるものにはすべて、めった刺しの跡が残っていた。

カーターは死ぬ間際までうっとうしかった。彼は刺されたあとも二十秒ほど生きていた。喉の奥でごろごろと音をたてた。真っ青な唇から赤い泡を吹いた。腹から突き出ているナイフをぼんやりと見つめた。切り開かれたジーンズを尿が濡らした。両手が痙攣した。あいた口から一筋の血が流れ出た。頸動脈から噴き出していた血の勢いが弱まり、急に水圧のさがったスプリンクラーのように、じわじわと漏れていた。カーターは傍目にもわかるほど怯えて最期の息を吸った。

死が訪れる前の数秒間、彼は自分がどうなるかわかっていたのだ。

サラは胸に手を当てた。心臓が鳥かごに閉じこめられた小鳥のようだった。

苦しむカーターを見て、高揚していた。

「さて」ダッシュがバスルームへ入っていった。ハンドタオルで顔を拭きながら出てきた。別のタオルをサラに放った。サラはそれを受け止めた。ダッシュはミシェルを見おろした。彼女はまだカーターの脚のあいだに倒れていた。

サラはダッシュの異様に穏やかな顔がついに崩れるのではないかと期待したが、彼はただこう言った。「なぜあんなことをしたのか、まったく解せないな」

サラはきれいなタオルに顔をうずめ、かぶりを振った。

「諸君。後始末をしよう」

男たちがベッドからミシェルを抱えあげる音がした。

ダッシュが言った。「彼女は隣の部屋に入れろ。手錠をかけるのを忘れるな。また急に騒がれたら困るからな」

騒がれる？

サラは顔を拭った。運ばれていくミシェルは、両腕をだらりと垂らしていた。目は閉じている。どことなく安らかな表情だ。

「アーンショウ先生？」ダッシュが言った。「なぜこういうことになったのか、教えてもらえるかな？」

サラは彼の顔をじっと見つめた。カーターがミシェルをレイプしたことをほんとうに知らないのだろうか？

「この人は――」

肩にヴェイルの手を感じた。突然の凶行に、筋肉弛緩剤《しかんざい》による頭のなかの霧が晴れたらしい。彼は恐怖に満ちた目を見ひらいていた。

ダッシュはつかのま待っていたが、サラを急かした。「アーンショウ先生？」

サラはヴェイルの手を振り払った。「この男はミシェルをレイプしたのよ。何度も何度も。そして、わたしをレイプすると脅した」

ダッシュの顎がこわばった。顔つきが変わりはじめた。サラは、穏やかな顔が憤怒《ふんぬ》の表情へ少しずつ変わっていくのを見ていた。

彼は、サラではなくヴェイルに向きなおった。「いまのは事実か？」

ヴェイルはしきりにかぶりを振った。

「兵士よ、いまのは事実か？」

ヴェイルは首を横に振りつづけた。

ダッシュは彼に背を向けた。顎を手でこすった。

それから、振り返ってヴェイルの胸に二発の銃弾を撃ちこんだ。

サラは跳びあがった。顔の脇を飛んでいく銃弾の熱を感じるほど、距離が近かった。

ダッシュは銃をホルスターにしまい、サラに言った。「先生、われわれがレイプを闘争の武器に使うようなけだものだとは思わないでくれ」

サラは黙っていた。病院を爆破して女性ふたりを拉致したくせに、レイプのような下劣なまねはしないと高潔なふりをされても滑稽なだけだ。

ボーがウィルの折りたたみナイフの柄をつかみ、カーターの腹から抜いた。刃をコットンのガーゼで拭いた。ナイフをたたみ、自分のポケットにしまった。それから救急セットを片付けはじめた。使用済みの道具をテーブルにまとめて置き、カードを取り出し、すべてそろっているか確認した。

いや、サラになにか盗まれていないか確かめているのかもしれない。

ダッシュがヴェイルのポケットを探った。見つかったのは現金だけだった。カーターのポケットも順に叩いていった。今度は携帯電話が見つかった。折りたたみ式ではなく、i

Ｐｈｏｎｅだ。

　スクリーンにはひびが入っていた。

「残念だ」ダッシュはドアへ向かい、見張りに尋ねた。「携帯電話を持っていないか？」

「いえ。おれたち全員持っていません。身許を確認できるものは全部キャンプへ置いていけとの命令でしたから」

　キャンプ？

「ありがとう」ダッシュはドアを閉めた。ベッドのカーターの脇に腰かけた。片方の手でカーターの指をｉＰｈｏｎｅのホームボタンに押し当てた。

　ボーが言った。「死んだら使えなくなる。皮膚から伝わる電気で起動するんだから。心臓が動いてなきゃ」

「そうなのか」ダッシュはｉＰｈｏｎｅを持ちあげた。中身を見抜くことができるかのように、じっと見つめた。「きみの電話は使わないほうがいいんだろう？」

「ああ、使わないでくれ」ボーの口調からは、彼が距離を置いていることが聞き取れた。

　ということは、彼はほかの男たちと違ってグループのメンバーではないのかもしれない。元メンバーだろうか？　金で雇われた殺し屋？　それとも、怪我の手当てのために雇われた医療従事者か？

　ダッシュがカーターのｉＰｈｏｎｅをナイトテーブルに放った。また顎をこする。しばらくしてサラに向きなおった。

「先生、ちょっと失礼するよ」部屋の表側と奥を指さした。「出口はふさいである。きみに手錠をかけてベッドにつないでもいいんだが、それがいやならわたしを信じることだ」

サラはごくりと音をたてて唾を呑みこんだ。「信じるわ」

ダッシュは部屋を出ていったが、張りつめた空気は残った。

ボーは傍目にもわかるほど苛立っていた。リュックのファスナーを乱暴に引いた。ゴミを――血まみれのガーゼ、鋏、ミネラルウォーターのボトルを――ひとまとめにした。アルコール綿でリュックの表面を拭いた。サラは唇を嚙んで笑いをこらえた。カーターの血はリュックの縫い目やジッパーの歯にこびりついて残るだろう。ボーは自分の道具に愛着を抱いているから、見るたびに二件の殺人を思い出すはめになる。

サラはテレビに目をやった。画面下部を流れる字幕を読んだ。

……ディカーブ郡の警察官二名、フルトン郡の保安官補一名、警備員二名が殺害された
……ＧＢＩの公式声明「活動中のＡＴＬ《アトランタ》所属の捜査官が市警と州の捜査機関に協力する……」

胸のなかで心臓が飛び跳ねた。画面から消えていく文字を目で追った。

活動中のＡＴＬ所属の捜査官が市警と州の捜査機関に協力する……

コマーシャルに切り替わっても、サラはテレビの画面から目を離さなかった。これは現実なのだろうかと考えた。公式声明を書いたのがアマンダだとしたら。自分は堅苦しい文章に多くを読みすぎているのだろうか？　ウィルの様子を知りたいあまり、勝手な思いこみにとらわれているのだろうか？

ウィルは活動中。ＡＴＬ。捜査官が市警と州の捜査機関に協力する。

涙が湧きあがった。アマンダが自分に読ませるためにこの声明を書いたのだと信じたかった。声明にそんなメッセージが隠されているかもしれないと思うと、安堵で胸がいっぱいになった。

ＡＴＬはよく使われるアトランタの略だが、警察用語では捜索中《アテンプト・トゥ・ロケイト》を意味する。

ウィルは大丈夫だ。自分を探している。市警と州の捜査機関が自分を探している。

ボーが言った。「ダッシュは怪しんでいる」

サラは涙を拭った。

「ニュースにはミシェルの名前が出てこない。地元の医師が失踪したとしか言わない」

サラは冷静さを取り戻そうとした。関係者の人名を公表しないのがＧＢＩのやり方だとわかっている。「失踪って言葉は、自宅をふらっと出ていって帰ってこない場合に使うのよ。わたしは拉致された。ミシェルも拉致された。ふたりとも拉致されたの。意志に反してとらえられ、やりたくないことをさせられている」

ボーが歯嚙みした。「とにかく、ダッシュが怪しんでいるとだけ言っておく」

「あなたの友達は大学のキャンパスで二発の爆弾を爆発させた。十八名が死亡して、五十名近くが負傷した。三名の警官が殺された。二名の警備員も。その救急セットと手際のよさから、あなたが元軍人だということはわかる。でも、あなたは無差別殺人を犯したグループに協力している。それだけ言っておくわ」

ボーは腹立たしげにゴミをビニール袋に突っこんだ。

サラは目でニュースの字幕を追った。もう一度あの声明を読み、ウィルは大丈夫だと確信したかった。彼は生き延びた。そしていま、探してくれている。

画面の右隅に時刻が表示されていた。

午後四時五十二分。

フェイスに無駄なメッセージを送ってから二時間半と少し。

納屋でウィルの唇に唇を押し当ててから三時間。

ボーが言った。「ばかなまねはするなよ？　ダッシュは優しいが、腹を立てたら別人だ。あいつを怒らせないほうがいい」

サラはテレビを見つめつづけた。字幕が繰り返し流れている。

ＧＢＩの公式声明「活動中のＡＴＬ《アトランタ》所属の捜査官が市警と州の捜査機関に協力する……」

ボーがやっと部屋を出ていき、乱暴にドアを閉めた。

サラは立ちあがった。部屋の表側の窓辺へ行った。カーテンは閉まっていた。外に立っている見張りの大きな影が見えた。

どんな音も聞き逃すまいと耳を澄まし、息を詰めた。ダッシュがボーにぼそぼそと話しかけている声が聞こえた。ふたりは近くにいるが、声がはっきりと聞き取れるほどではない。

サラはひざまずいて身を屈めた。

ナイトテーブルからカーターのiPhoneを取った。

ボーの言ったとおり、指紋認証には電気が必要だ。人体はもともと蓄電器のようなものだ。そして、プラス電荷の陽子とマイナス電荷の電子のバランスが崩れると帯電し、プラスに帯電したものがマイナス電子を引き寄せる。ウールのソックスでカーペットをこすったあと、他人に触れるとはじかれたような痛みを感じることがあるのは、そのせいだ。iPhoneの指紋認証センサーを作動させるのも、人体の微弱な電流だ。

死亡すれば電気の流れが止まるが、ボーが思っているほどすぐに止まるわけではない。皮膚が乾燥するにはおよそ二時間かかる。カーターの指でiPhoneのロックを解除できないほんとうの理由は、皮膚の乾燥だ。

彼は脱水症状を起こしていた。

ヴェイルと違って、カーターは生理食塩水を点滴されなかった。高熱と傷のせいで、数時間は汗をかきつづけたにもかかわらず。脱水症状によって指紋の凸部分が平らになる。静電容量式のセンサーは、指紋を読み取ることができない。

サラはカーターの右手を持ちあげた。

にわかに激しい嫌悪がこみあげ、体がぞくりと震えた。

人差し指を口に入れる。

吐き気がしたが、唇をきつく閉じ合わせ、唾液で人差し指に水分を含ませようとした。B型肝炎。C型肝炎。HIV。この男がどんな病気を持っているかはわからない。

サラは指をくわえたまま、唾液を行き渡らせるために吸った。視線をドアからテレビへ移し、またドアへ戻した。一分間ほどそうしていた。

震える手で、カーターの指をホームボタンに押し当てた。

スクリーンはひび割れている。彼は親指や別の指の指紋を登録していたのかもしれない。いまドアがあき、なにをしているのかダッシュに知られたら、ヴェイルと同様、胸に二発打ちこまれて終わりだ。

だが、そんなことは起きなかった。

iPhoneのロックが解除された。

よろこんでいるひまはない。サラは電話のアイコンをタップした。だめだ。スクリーンのひび割れは下部から広がっている。ガラスはサラの指を感知しなかった。隣のアイコンをタップした。キーボードが現れた。ガラスのひび割れがほとんどの文字を覆っている。やっとのことでウィルの番号を入力した。

それまでウィルに文字でメッセージを送ったことはなかった。彼に負担をかけないよう、音声ファイルか絵文字を使った。

サラはマイクのアイコンをタップした。口をあけたが、出てきたのは嗚咽だった。

ウィル――。

それでも、音声ファイルを送信した。心臓がメトロノームのように胸を叩いたが、ようやく青いステイタスバーが送信完了を表示した。

もう一度、マイクのアイコンをタップした。口をあける。でも、なにを話せばいい？

通りのむかいのバーの名前。ボー。ダッシュ。カーター。ヴェイル。箱型トラック。連中が大きなグループだということ。組織化されていること。ウィルを愛していること。会いたくてたまらないこと。彼が探してくれているのを知っていること。

話そうとしたとき、ドアノブがまわった。

ダッシュがドアをあけた。こちらに背中を向けていた。

まだボーと話をしている。「いいか、われわれは成功すると信じているぞ」

サラはiPhoneのスリープボタンを押した。急いでナイトテーブルに置くのと、ダッシュが振り返るのと、ほぼ同時だった。

立ちあがり、ショートパンツをなでおろした。あんなに必死にカーターのDNAをショートパンツに移したのに、いまや彼の血にまみれている。「治療が終わったら、帰してくれるんじゃなかったの？」

「実はその話をしに来たんだ」ダッシュはテレビを見た。破壊された立体駐車場を上空から撮影した映像が映っている。「きみのご主人の職業は？」

サラは、事実が有利に働くかもしれないと気づいた。「夫は亡くなった。警官だったの。

殉職したわ」

「それはお気の毒に。このごろの街は危険だからな」ダッシュはあいかわらず猜疑《さいぎ》に満ちた目でサラを見ている。「では小児科医先生、お尋ねするが、きみははしかには詳しいのか？」

サラはかぶりを振りそうになったが、それは彼の質問の意味を考える時間を稼ぐためにすぎなかった。「ええ」

「よかった。われわれのキャンプでは、はしかの患者が出て困っているんだ。いわゆるアウトブレイクだ。重症の子どもたちがいるので、助けてもらえればありがたい」

はしか？

だからミシェル・スピヴィーを拉致したのだろうか？　感染症の専門家をさらってくれば、はしかの流行を抑えられると考えたのか？

「アーンショウ先生？」

サラは答えた。「わたしがみずから選んで行くように仕向けているのね」

「われわれはだれもが行動を選べるのだよ、先生。よい選択をすることもあれば、選択を間違うこともある。だが、選択権がない、などということはありえない」

「お手洗いに行かせて」

「膀胱を空っぽにすれば意思決定がしやすくなるのか？」

サラは答えず、そうかといって、彼の許可をもらわずにバスルームへ行く勇気もなかった。

ダッシュはなかなか許可をくれなかった。カーターのｉＰｈｏｎｅを取った。それを床に投げ捨て、かかとで踏みつけて壊した。屈みこむ。破片を指でつついた。ＳＩＭカードとバッテリーを見つけた。ＳＩＭカードにはｉＰｈｏｎｅの情報が保存されている。バッテリーは、位置情報の信号を発信しつづけている。

サラは唇をきつく結んだ。さっき、ウィルに宛てたメッセージが送信されるところは見届けた。スクリーン下部に小さな青いバーが表示されたのだから大丈夫だ。メタデータには送信時の時刻と位置情報が含まれているはず。

そうよね？

ダッシュはＳＩＭカードとバッテリーをポケットに入れた。そして、サラに言った。

「明日の朝までに、この部屋はすっかりきれいになる。遺体は運び出す。われわれがここにいた痕跡は一切残らない」

彼が大げさに言っているのではないことはわかった。ボーの仕事は徹底していた。在庫カードを見ながらガーゼの枚数まで数えていたくらいだ。

「さて、小児科医先生。返事をもらおうか」ダッシュは肩にかけたスリングの位置をずらした。「われわれの子どもたちの病気を治してくれるのかな？」

「あなたたちと一緒に行けば、わたしは二度と家族に会えないんでしょう」

「すべては交渉次第だ」

「カーターがミシェルにしたことは――」

「きみがそんな目にあうことはない」

このモンスターの言葉を鵜呑《うの》みにするのは、愚挙以外のなにものでもない。

それでも、サラは答えた。「わかった」

ダッシュは、行ってもいいと言う代わりに、バスルームのほうへ顎をしゃくった。

サラは拳を握りながら彼の前を通り過ぎた。バスルームのドアを閉めた。水道の水で口のなかからカーターを洗い流した。別のタオルで顔を拭いた。

それから、自分に言い聞かせた。メッセージは送信されたのだ。だから、位置情報が追跡される。そうすれば、このモーテルの位置がわかる。そして、カーターとヴェイルの遺体が発見される。ボーは尋問される。

ダッシュが言った。「先生、わたしはしばらく外にいる」

サラは外の部屋のドアがあく音に耳を澄ませた。ドアが閉まるときのカチャッという音はしなかった。ダッシュはサラがなにをするか確認しようとしているようだ。バスルームのなかを見まわす。細長い窓がシャワーの上部にあり、空のほうを向いているライフルの銃口が覗いている。

ショートパンツをおろし、便座に座った。体から無理やり力を抜いた。膀胱は破裂しそうになっている。タイルの壁に音が反響した。

ようやくカチャッという音が聞こえた。

重犯罪を犯す人間は例外なく一見穏やかだと、ずいぶん前にウィルから聞いたことがある。彼らが落ち着いて見えるのは、すべてが自分の意のままになるという自信があるからだ。だれもが自分にだまされる、絶対に捕まるわけがない、そんなふうに思いこんでいる。ダッシュはその傲慢で穏やかな犯罪者の典型だ。サラに対する話し方も――敬意をもって接したり、命令を依頼の形で伝えたり、ものわかりよく論理的であるふりをしたり――すべてはサラを意のままにするための道具だ。

ミシェルにも同じ手を使って失敗したのかもしれない。だから、罰として彼女をカーターに渡したのではないだろうか。そうだとすれば、ダッシュはカーターがミシェルになにをするか、よくわかっていたということになる。ヴェイルも加担していたのは明らかだが、加担していなかったとしても、どのみち死ぬことはやはり明らかだった。レイプに加担した罰としてヴェイルの胸を撃てば、自分を高潔な司令官に見せかけることができる。

サラは、彼のうわべだけの高潔さを自分の身の安全に利用できるうちは調子を合わせることにした。

あいつはウィルがわたしを探していることを知らない。

わたしが幸運だということを知らない。

8

八月四日日曜日午後四時二十六分

アマンダのレクサスでサラのアパートメントへ向かうあいだ、ウィルは助手席でうなだれていた。頭痛が戻ってきたが、さっきまでの猛烈な痛みではなかった。日光もウィルの目を刺すことはなくなった。もっとも、午後も遅いので、だれの目も刺していないのだが。

サラは生きていると、ウィルは自分に言い聞かせた。サラは無事だ、と。カーターは脚の付け根を刺されている。もうひとりの男は脇腹を撃たれた。三人目はそのあいだずっと気絶していた。彼らが元気に歩きまわれるようになるまで、しばらく時間がかかるはずだ。ハーリーを置き去りにしたので、いまごろ散り散りになって逃げているかもしれない。

いや、グループを再編成して、さらに強力になっているかもしれない。

アマンダが交差点で車を一時停止させた。方向指示器をつける。ウィルに尋ねた。「なにか訊きたいことは？」

ウィルは赤信号を見あげた。いままでアマンダから聞いたことをひとつひとつ考えた。

訊きたいことはひとつしかない。「あなたの勘では、カーターはその見えざる愛国軍《IPA》というグループの命令でスピヴィーを拉致した。彼らが複数の警官を殺したことを示す証拠はある。彼らは立体駐車場を爆破した。GBI捜査官を拉致した。マーティン・ノヴァクは関与していないとあなたは考えているかもしれませんが、彼らがテロリストであることに変わりはない。それなのに、なぜFBIは全力で彼らを追わないんですか？」

アマンダは重苦しい息を吐いた。両手でハンドルをきつく握りしめている。ウィルの質問には答えず、こう言った。「ルビーリッジ事件。連邦保安官が殺された。ランディ・ウィーヴァーの妻と息子も亡くなった。立てこもりは十一日間つづいた。ウィーヴァーは無罪になった。政府が情報の取り扱いを誤ったとされ、遺族に三百万ドルの賠償金が支払われた。FBIは世論に骨抜きにされたわ」

信号が青に変わった。車は交差点を曲がった。

「一年後にはウェーコで強制捜査がおこなわれた」ふたたび車は角を曲がり、サラのアパートメントのある通りに入った。「四名の捜査官が殉職し、六名が負傷した。八十六名のブランチ・ダヴィディアンの信者が殺された。そのほとんどは女性と子どもだった。国中の目が、炎上する教団本部に注がれた。子どもを性的虐待していた男がカルトのリーダーだったことを問題にする者はいなかった。FBIは分裂した。司法長官のジャネット・レノが完全に立ち直ることはなかった」

「アマンダ――」

「バンディの立てこもり事件。マラー野生動物保護公園の占拠。武装した民兵が国の所有地を占拠した。事態が落ち着くと、メンバーのほとんどはシンパの陪審員たちによって無罪とされた。二名の反政府主義者の放火犯は大統領恩赦を受けた」サラのアパートメントが近づいてくると、アマンダは車のスピードを落とした。「FBI捜査官の多くは、この国を信じている仕事熱心な愛国者よ。でも、なかには政治に目がくらむ者、イデオロギーに惑わされる者もいる。彼らが意思決定をくだすのに及び腰になっているのは、失脚を恐れているから。あるいは、悪くすれば逮捕すべき集団に賛同しているからよ」

ウィルは言った。「ぼくをグループに潜入させてください。FBIは必要ない。これはジョージア州内で起きたジョージア州管轄の事件だ。証拠をつかんで――」

「ウィル」

「IPAが重大な計画を立てていると言ったのはあなたです。どう見ても、彼らがなにかを目論んでいることは明らかです。あの捜査官――ヴァンもフェイスにそう話した。噂が――」

「マスコミの連中はいないわね。よかった」アマンダは駐車スペースを探した。「サラの家族には口をつぐんでと頼んでおいた。母親のほうはちょっと危ういけれど、父親が説得してくれるかもしれない。わたしたちはちゃんと仕事をしてるって」

サラの母親が納得するとは、ウィルには思えなかった。「アマンダ――」

「この状況が長引けば、サラの名前を伏せておくことがどんなに重要か、ご両親にも肝に銘じてもらわなくちゃ。それでなくてもIPAはミシェル・スピヴィーを人質に取ってる。もうひとりの人質が検死官でGBIの特別捜査官だと知ったら――」

「ぼくを潜入させてください。危険は承知しています」

アマンダは玄関のそばの駐車スペースに車を入れた。ウィルに向きなおる。「いいえ、あなたはわかっていない。二度と言わせないで。この話は終わり」

グループのメンバーはウィルの顔を知っている。カーターと、ヴィンスと名乗った男は逃亡した。ウィルの顔を見た瞬間に殺すだろう。

ウィルは腕時計を見た。

午後四時二十八分。

「ハーリーを拘束したことをいつまで伏せておくつもりですか？　彼が尋問に応じているように見せかけて、連中を誘《おび》き出《だ》せばいいじゃないですか」

「それはアトランタ市警の管轄よ」

マギー・グラントは爆破事件の捜査を指揮している。彼女もアマンダの旧友だ。連携していないわけがない。

「ハーリーが仲間を売ると本気で思っているんですか？」

「もうちょっと考えさせてあげれば、選択肢は限られているって気づくと思う。彼に寝返らせるチャンスは一度しかない。『ニューヨーク・タイムズ』の一面に彼の顔写真が載ったら、チャンスは失われる。彼は受難者になるのよ。この手の連中は悪名を糧に生き延びるんだから」アマンダはウィルに向かって言った。「カーターのマグショットがリークされるように手をまわしておいた。病院の監視カメラのぼやけた映像ではなくて、実際のマグショット。犯罪者のデータベースに引っかかるはず。残りの仕事はマスコミがやってくれるわ」

ウィルは顎をこすった。指がこわばっていた。ハーリーの顔を繰り返し殴りつけたせいで、切り傷や痣《あざ》があった。

アマンダが言った。「わたしたちはいまできるだけのことをやってるの。保証するわ、サラもあなたのもとに帰ってくるためにできるだけのことをしてる」

サラにできることがあるとは、ウィルには思えなかった。いまどこにいるのかわからず、どちらの方角へ向かっているのかもわからない。彼女のアップルウォッチは、全焼したBMWのそばの木立から見つかった。フェイスに送ったトランシーバーのメッセージは、記録された直後に消えていた。

なぜサラはぼくに連絡しなかったのだろう？　携帯電話を納屋に置いてきたのを覚えていたからだろうか？　それとも、ぼくを責めているのか？

〝わたしの義理の息子なら、絶対にこんなことは許さなかった〟

キャシーの声はサラの声にそっくりだった。あの言葉を頭のなかで再生すると、ふたりから告発されているような気がする。

「着替えてきなさい、ウィルバー」アマンダがウィルの膝を叩いた。「シャワーを浴びて。

犬の世話をして。わたしは〈メアリー・マック〉でなにか食べるものを買ってくる。二十分で終わらせなさいよ。それからパンサーズヴィルへ行きましょう」

GBI本部だ。マールと自称した男の遺体が遺体安置所に収容されている。サラのBMWは放火捜査の専門チームが調べている。ポテトチップの業者の白いバンは鑑識の調査中だ。爆発物処理班は、今回使われた爆発に関する報告会議に備えている。人質救出チームも待機している。ハーリーがおしゃべりをしたくなったときのために、二十四時間態勢で子守がついている。それから、複数の捜査官がアダム・ハンフリー・カーターの身辺を洗っている——過去の同僚、留置所の同房者、親族、それから地下組織やギャングとのつながり。

確認された情報はすべてアマンダのもとへ集まってくる。それらは役に立つかもしれないが、おそらく行動を起こす根拠になるものではない。

一刻も早く行動したいのに。

ウィルは車のドアをあけた。降り立つと、脚が痛んだ。草の汁のしみがついたショートパンツと汗くさいTシャツのままだ。足を引きずりながら建物のなかに入った。自宅へ帰ってもよかったが、あの寝室二室の小さな家は、サラがいなければなぜかもっと狭く感じる。着替えはほとんどサラのアパートメントに置いてある。髭剃《ひげそ》りのセットも、歯ブラシも。ペットの犬も。

生活のすべてが。

ウィルは階段の前を通り過ぎ、エレベーターのボタンを押した。腹部の痛みがふつふつと沸騰している。人工的な照明の下では、頭痛がひどくなった。壁にもたれ、エレベーターの扉が開くのを待った。力は少しも残っていない。胸のなかで心臓がずきずきする。シャワーだの犬の散歩だの、ありきたりなことをしている場合ではないのだが、ではほかになにをすればいい？

腕時計を見た。

午後四時三十一分。

エレベーターの扉が開いた。なかに乗りこみ、サラの部屋の階のボタンを押した。壁に寄りかかる。目を閉じる。

今朝、エレベーターのなかでサラがキスをしてきた。貪欲なキスだった。いまだに彼女の両手の感触が肩に残っている。サラはウィルのうなじをさすりながら耳元でささやいた――髪がのびて、すごくセクシーになったわ、と。遺体安置所の親切な男がサンドウィッチ代で髪を切ってくれるのに、ウィルが美容院に六十ドルも払う間抜けになってしまったわけは、そういうことだ。

エレベーターの到着音が鳴った。ウィルは目をあけた。腕時計を見た。

午後四時三十二分。

通路のカーペットに靴を引きずって歩いた。ウィルの合鍵はサラのバッグに入っている。サラはスペアの鍵をドアの上の桟に置いている。ウィルが手をのばして鍵を取ったとき、ドアがあいた。

エディ・リントンがウィルの顔を見あげた。サラの父親だ。目が充血している。顔は土気色だった。「あの子は見つかったのか？」

ウィルはかぶりを振りながら手をおろした。泥棒行為の最中に見つかったような気分だった。「申し訳ありません」

エディはドアを開け放したまま、アパートメントの奥へ戻った。

サラの犬たちがウィルに駆け寄った。二頭のグレーハウンドは不安そうだった。日常が崩れたからだ。サラがこの家にいないのはおかしい。ウィルがふとしたことから引き取ったチワワのベティが足元を跳ねまわるので、抱きあげてやった。ベティは頭をウィルの胸に押しつけた。舌と尾が互い違いに揺れている。

ウィルは犬たちをなだめながら、サラの母親がキッチンを動きまわるのを見ていた。アパートメントは現代的な造りで、リビングルームとダイニングルームとキッチンのあいだに仕切りがない。キャシーはキッチンの戸棚をあけたり閉めたりしていた。グラスを取り出す。ピッチャーからアイスティーを注いだ。アイランドカウンターの前に座る。カウンターの上には、手を着けていない料理が並んでいた。

キャシーはウィルを見て、顔をそむけた。

エディが言った。「どの局も三十分ごとに同じことばかり繰り返している。なにもわかっていないと」音を消したテレビにじっと目を据えている。画面下部に字幕が流れていた。

「ヴァーバロット卿が漫画の馬に乗って、トラブルを起こしたがってるな」

　ウィルは首をかしげてテレビを見つめた。キャスターはジェイク・タッパーだ。

「納屋を閉めに行ったとき、きみの携帯電話を見つけた」エディはカウンターの隅の充電器に差してあるウィルの携帯電話を指さした。「それから、テスが来る。火曜日の朝には到着するはずだ。飛行機に乗ってしまえば十五時間だが、空港へ行って、それから……」声が途切れた。「サラが誘拐——連れ去られたことは、テスを除けばだれにも話していない。わたしたちは警察の指示に従っている。犯人グループがインターネットで検索して、職業を調べあげることができないように、サラの名前がおもてに出ないようにしているんだ。捜査の邪魔はしたくない。ただ、あの子に帰ってきてほしいだけなんだ」腹をさすった。「身代金目当てだろうか？」

　キャシーがぎくりとした。

　エディは話題を変えてウィルに尋ねた。「腹は減っていないか？」

　ウィルは歯を食いしばっていたので、かぶりを振ることしかできなかった。ベティが首を舐めた。ウィルはベティを床におろした。ベティは爪をカチカチ鳴らしながら木の床を歩いていき、犬用ベッドに寝そべっているグレーハウンドたちのなかにくわわった。

「ほら、食べなさい」エディがキャシーの隣のスツールのほうへ腕を振った。

　キャシーは椅子に火がついたかのように跳びあがった。キッチンへ行き、また戸棚をあけたり閉めたりしはじめた。なにかを探しているのか、戸棚の扉をばたばた閉めて憂さ晴らしをしているのか、ウィルにはわからなかった。

ウィルはいつもサラが座るスツールに腰かけた。携帯電話を傾けたが、壁紙が映っただけだった。サラと犬たちの写真だ。グレーハウンドに挟まれ、膝にベティを抱き、笑顔でウィルを見つめている。

午後四時三十八分。

キャシーが戸棚の扉を叩きつけるように閉め、なかのグラスがガチャンと鳴った。

ウィルは咳払いをした。「あの──」

キャシーはウィルをにらみつけて黙らせた。屈んで戸棚の下側をひっかきまわしはじめた。空の保存容器をカウンターに置いた。それからもう一個。蓋を探している。合う蓋は決して見つからないと、ウィルは知っている。サラが言うには、蓋は保存容器の世界のユニコーンらしい。

「ぼくは──」ウィルはスツールから立ちあがろうとした。脇腹に痛みが走り、体をふたつに折りそうになった。「シャワーを浴びに来たんです。それから着替えと。仕事に行くので。着替えはここに置いてあるんです。ぼくのもの──」

「着替えだけじゃないでしょ」キャシーがさえぎった。「あなたのものは全部ここにある。飼い犬もここにいる。この人はここに住んでるのよ、エディ。知ってた?」

キャシーの言葉は糾弾するように一気に出てきた。

エディがウィルの隣に腰をおろした。カウンターの上で両手を握り合わせた。「いや、知らなかったな」

ウィルは舌の脇を嚙んだ。なぜサラは父親に話していなかったのだろう？

「あなたにはわからない――」キャシーは拳で口を押さえた。怒りはますます強まる一方のようだった。「サラはわたしの長女なの。はじめての子なの。あなたにはわからない――絶対にわからない――あの子がどんなにつらい目にあったか」

ウィルは黙っていたが、サラがどんなにつらい目にあったか知っている。ほとんど同棲しているのだ。ベッドを共有し、いままで出会っただれよりもサラを愛している。自由な時間はいつもサラと過ごしている。

サラは、そういうことをなにも両親に話していなかったようだ。

「あの子は戦う子じゃない！」キャシーはいま、エディに向かって叫んでいた。「あなたはそう思ってるけど、違うのよ！　わたしのかわいい娘なの。あの子を家から出すんじゃなかった。家から出して、いいことなんかひとつもなかった。ただのひとつも！」

「キャス」エディはキャシーの非難に悲しみをあらわにし、かぶりを振った。「いまはやめてくれ」

「もう手遅れよ！」キャシーはわめいた。「あの子はまたこの恐ろしい場所に吞みこまれた。この恐ろしい街に。この――」

自分はサラにとって〝この〟なになのか、ウィルはつづきを言われるのを待った。

サラの夫ではない。キャシーの義理の息子ではない。サラが父親に話すような存在でもない。

「ぼくは……あの……」咳払いをした。この部屋から出ていかなければ。

痛みに邪魔されないよう、そろそろとスツールから降りた。犬たちが一斉にベッドから出てきた。散歩に連れていってもらえると思っているのだ。ウィルは犬たちをかきわけて廊下へ向かった。曲がり角まで五メートルしかないが、両足はコンクリートで固められているかのようだった。

このアパートメントにはサラを思い出させるものばかりだ。ソファの上で、テレビを見ながらウィルの上に猫のように寝そべるサラ。彼女の病院の同僚たちと囲んだダイニングテーブル。ディナーパーティは、あれが生まれてはじめてだった。人づきあいが苦手という自覚はあるから緊張したが、問題なくやれたのは、サラが問題なくしてくれたからだ。サラはいつもそうしてくれる。なにひとつ問題なくしてくれる。

ウィルは振り返った。

サラの両親のほうを向いた。キャシーは腕組みをしていた。怒りに満ちた目で床を見つめている。エディだけがウィルと目を合わせた。ウィルがなにか言うのを待っている。大事な長女のものであるこの空間にウィルがいる正当な理由を聞きたがっている。

ウィルはなにかを言いたいわけではなかったが、口から言葉が勝手に出てきた。

「サラは悲しいときにドリー・パートンを聴くんです」

キャシーは床から目をあげなかった。

エディはとまどうように眉をあげた。

ウィルは言った。「ぼくのせいでドリーを聴くことはありません。とにかく、あなたの――」

あなたの義理の息子がサラを裏切ったときや、妻よりエゴを優先したせいで殺されたときのようには。

「一緒にシルヴァー・コメット・トレイルをツーリングしました。サラから聞いていますか？」

エディは少しためらってから答えた。「あれを見せてくれたよ、衛星を使う機械を」

「GPSよ」キャシーがぼそりと言った。拳で涙を拭ったが、あいかわらずウィルのほうを向こうとはしなかった。

ウィルはつづけた。「サラに言われて、ぼくは髪型を変えました。それからスーツも買い換えた。大量のスーツを処分しました」言い方がまずいような気がして、かぶりを振った。「いや、サラに無理強いされたわけじゃないんです。でも、サラはうまいんです。〝もっと短いジャケットのほうが似合うと思う〟とか言われると、ぼくはいつのまにかショッピングモールで散財している」

エディは、その戦略はよく知っていると言わんばかりに苦笑した。

「テニスではサラにこてんぱんにやられました。ほんとうです。ぼくを絶対に勝たせてくれない。だけど、バスケットボールはぼくのほうが上手だ。それから風邪も引かない。ほんとうによかった。具合が悪くなるとサラに怒られますから。患者さんには怒りませんよ、知り合いには怒るんです。大事な知り合いには。本人はそんなことないと言うけれど、そんなことあるんです」

　エディはもう笑っていなかったが、もっと聞きたそうにしている。

「一緒に『バフィー～恋する十字架～』の再放送を観ているんです。同じ映画が好きだし。それからピザも。サラのおかげで野菜を食べるようになりました。寝る前にアイスクリームを食べるのはやめました。糖分を取ると寝付きが悪くなると言われたんですが、はじめて知りましたよ。それから――」

　口のなかに唾液がたまっていた。話を中断して、呑みこまなければならなかった。

「ぼくもサラにふさわしい。ぼくはそう言いたいんです。おふたりは知らないかもしれないけど。わかってないかもしれない。ぼくはほんとうに、お嬢さんにふさわしい」

　エディはまだ待っている。

「ぼくはサラを笑わせます。いつもではないけれど、サラはぼくの冗談に笑う。それから、サラは家を掃除するけれど、バスルームを掃除するのはぼくだ。サラが洗濯をして、ぼくがたたむ。ぼくはアイロン掛けもします。サラはアイロン掛けが苦手だからと言うけれど、ぼくにはわかってます、ほんとうは嫌いなんだ」

　ウィルは笑った。たったいま、そのことに気づいたからだ。「サラはぼくにキスをするとき笑うんです。そして――」

両親にそれ以上詳しいことは話せなかった。サラがときどきウィルの手帳のカレンダーに小さなハートを描くこと。一度など、じっくり時間をかけて、ウィルの腹にキスマークをハート形に並べたこと。

「毎週火曜日は、職場で一緒にランチをとるようにしています。サラはほんとうに仕事ができる。ぼくたちはいろいろな話をします。事件のこととか。それから、ぼくは知っています――サラがレイプされたことを」

キャシーの唇がはっと分かれた。

いまではウィルの顔を見ていた。

ウィルはもう一度、唾を呑みこんだ。「しばらく前に話してくれました。つきあうようになる前です。レイプされたことがあると。そのあと、詳しい話をしてくれた――犯人に刺されたこと、法廷で証言したこと。どんな気持ちで故郷に戻ったか。なにもかもあきらめなければならなかったことも。ご家族がサラを支えたことは知っています。ご家族みんなが。サラは感謝していましたし、自分は幸運だったと言っていました」

ウィルは、わかってくれと乞うように両手を握り合わせた。

「サラがレイプされたことを話してくれたのは、ぼくを信用しているからです。ぼくは――レイプされた子どもたちと育ちました。レイプされただけじゃなくて」

ばか、レイプばかり言うな。

「サラは大学生だったから同じじゃないかもしれませんが、でもまったく違うというわけじゃない。何歳だろうとありうることだ。そうでしょう？　虐待はずっとつきまとう。人の影のＤＮＡに刻まれている。振り返れば、かならずそこにいる。一緒に生きていく以外に、どうしようもない」

ウィルはキャシーのほうへ歩いていった。聞いているのか確かめずにいられなかった。

「サラは、またレイプされるくらいならその前に死ぬと言いました。だから、今日サラは路上で頭に銃を突きつけられてひざまずかされたとき、自分を撃ち殺せと言いました。選択肢はふたつあったけれど、連れていかれるくらいなら死ぬつもりだった。またレイプされる恐れがあるのなら。ぼくにはサラが本気だとわかりました。銃を突きつけた男も、サラが本気だとわかっていた」

ウィルは立っていられなくなった。カウンターに寄りかかった。いまだに両手を握り合わせているのは、答えがほしかったからだ。

「なぜサラは行ってしまったんでしょうか？」キャシーに尋ねた。「ぼくがわからないのはそこなんです。なぜ彼らと一緒に行ったのか？」

キャシーの頰を涙が伝った。彼女は目を閉じ、かぶりを振った。

「教えてください」ウィルは懇願した。「自分を撃てと言ったとき、サラはまっすぐぼくを見ていた。サラは、なぜそう言ったのかぼくに伝えようとしていた」少し待ち、ふたたび口を開いた。「サラはぼくに自責の念を抱えて生きろとは思っていなかった。でも、あなたは――そうするべきだと言う」キャシーが答えをくれなければ、いまにも膝をついてしまいそうだ。「教えてください、なぜぼくを責めるんですか。ぼくがどんな間違いを犯したのか教えてください」

キャシーの唇がわなないた。彼女はウィルに背中を向けた。ペーパータオルを破り取り、涙を拭い、鼻をかんだ。

ウィルは答えが返ってくるものと思ったが、彼女はこう言った。「あなたを責めているわけじゃない」

〝あなたはあの子をみすみすあいつらにさらわせた〟

「あなたのせいじゃない」

〝わたしの義理の息子なら、絶対にこんなことは許さなかった〟

キャシーは振り返った。ペーパータオルをたたみ、目元を押さえた。「あの男たちがあの子を捕まえたの。ふたりの男が。あの子を抱えあげて車へ連れていった。あの子は抵抗しようとしたわ。でもできなかった」

ウィルは信じられず、かぶりを振った。「ふたりとも怪我をしていたんですよ。サラの力は強い。サラは戦う人間ではないと言っていましたが、抵抗できたんじゃないでしょうか」

「抵抗しようとしたの。でも、むこうのほうが力で勝っていた」

「でも、サラは自分で運転していました」

「そうするしかなかったからよ」キャシーはまた目を拭った。「あの子は気力を失っていたの。わたしはあなたよりずっと前から娘を知ってるのよ、ウィル・トレント。いまこの瞬間に死ぬ覚悟だと言うのはたやすいわ、でも〝この瞬間〟は過ぎるの。わたしは一部始終を見ていた。あの男たちはサラを車に連れていった。手錠でハンドルにつないだ。それから、頭に銃を突きつけて、車を発進させた。疑いたければ疑えばいいわ、でもほんとうのことよ。わたしは宣誓してそう供述するわ」

「でも――」

キャシーの鋭いまなざしは、ウィルに反論できるものならしてみろと挑んでいた。

エディが言った。「なあ、今日は長い一日だったな」カウンターをまわってきた。妻に両腕をまわし、ウィルに言った。「シャワーを浴びてきなさい」

ウィルはその場を離れられてほっとした。まさにいま、エディが立っているところで何度もサラを抱きしめた。

ベティが長い廊下をずっとついてきた。抱きあげてやろうにも、体のあちこちが痛かった。ベティはウィルを追い抜き、ベッドに飛び乗った。ウィルは部屋の入口で立ち止まった。シーツはふたりの体がぐしゃぐしゃに乱したままになっていた。なにもかもサラのにおいがした。香水はつけないが、使っている石鹸が魔法のような働きをするらしかった。同じ石鹸を使っても、彼女の体でなければあのにおいはしない。

バスルームで、汚れた服をどうすべきか迷った。サラの服が入った洗濯かごに自分の服を放りこむことには、変わらないなにかがある。サラがここで洗濯しつづけ、自分はここで洗濯物をたたみつづけるだろうと期待させる。

熱い湯のおかげで、数時間ぶりに体がほぐれていった。

ウィルは床に服を置き、シャワーの下に立った。医療用ホチキスでとめた頭部の傷を濡らさないよう気をつけながら、筋肉に水流を当てた。髪のなかに草の葉が紛れこんでいた。シャンプーの泡は汗で灰色になった。排水口を見おろす。ベラの庭からついてきた小枝が、排水口の上でくるくる舞いながら流されるのを待っている。

ウィルはサラを抱えあげて車へ運んでいったというふたりの男について考えた。ひとりは足の付け根にナイフが刺さっている。もうひとりは脇腹に穴があいている。

シャワーから出た。鏡の曇りを拭き取った。髪に丁寧に櫛《くし》を入れた。歯を磨いた。無精髭をこすった。いつもは朝、髭を剃り、帰宅してからもう一度剃る。サラがすべすべした顔を好むからだ。

カウンターに剃刀を置き、クローゼットへ行った。サラが選んでくれたグレーのスーツとブルーのシャツを選んだ。シグ・ザウエルP３６５を銃保管庫から取り出した。この拳銃はサラからのクリスマスプレゼントだった。官給のグロックは、サラのＢＭＷを調べている放火の専門チームが発見するか、どこかの悪党から警官が押収して官給のものと気づくことになるだろう。

いや、自分が取り戻して、サラを人質に取っている連中を探し出し、頭を撃つことになるかもしれない。

ウィルは覚悟を決めて廊下を歩いていった。サラの両親はソファに移動していた。サラとウィルがテレビを観るときに座るソファだ。

エディが言った。「きみの犬の世話はまかせてくれ」

「ありがとうございます」ウィルはカウンターから携帯電話を取った。

午後四時五十六分。

アマンダが下で待っているだろう。ウィルは、着替えを持っていこうかと考えた。今夜はここに泊まることができない。だが、寝室へ引き返し、また廊下を戻ってきたら、もう一度サラの両親に挨拶しなければならなくなる。そうしたら、なぜ嘘をつくのかと、またキャシーを問いつめたくなる。

ウィルはサラの両親に言った。「なにかわかったら連絡します」

返事は待たなかった。そっとドアを閉めた。通路に出て、エレベーターのボタンを押した。

携帯電話が振動し、メッセージの受信を知らせた。

アマンダだと思い、ウィルは悪態をついたが、発信者番号は見たことのないものだった。メッセージをあけた。午後四時五十四分に発信された音声ファイルだ。音声の長さは〇・〇一秒で、一秒もない。

ウィルは息を止めた。

音声ファイルを送ってくるのはサラだけだ。

ごくりと唾を呑みこむと、喉が痛んだ。手が震えた。矢印を二度タップして、ようやくファイルを再生した。咳払いのような、ごく小さな音が聞こえた。

音量を最大にした。

スピーカーを耳に押し当てる。

「ウィ――」

サラだ。

複数車線の州道を出るころには、アマンダのレクサスのなかはうだるような暑さだった。サラの音声ファイルがビーコンの役割を果たしていた。アトランタを出る前に、サラのメッセージを拾った基地局はジョージア州北部にあることが確認された。携帯電話会社が電波の発信源を追跡しているあいだに、アマンダはダウンタウンコネクターへ向かって車を走らせはじめた。十分後、北東へ行くようにと返事が来たので、アマンダはインターステート八十五号線に車を乗り入れた。耐えがたいような沈黙がえんえんとつづいたあげく、突然、携帯電話が最後に発信した位置情報が半径六メートルの範囲まで特定できたという知らせが入った。分岐点でラニアー・パークウェイに入ったときには、ラブン郡保安局がキング・フィッシャー・キャンピング・ロッジに強制捜査に入っていた。

二体の男性の遺体。目撃者なし。容疑者なし。

「着いたわ」アマンダが言い、ハンドルを急に切り、モーテルの駐車場に車を入れた。

タイヤが砂利を蹴散らす。アマンダは普通なら二時間近い道のりを三十分短縮した。ウィルは一分たつごとに一年寿命が縮まるような気がしていた。サラはいない。ミシェル・スピヴィーもいない。手がかりとなるナンバープレートなし。目撃者なし。容疑者なし。話を聞ける相手がひとりもいない。

アマンダは、モーテルの事務所とGBIの科学捜査班のバスのあいだにレクサスを駐めた。

ウィルはドアハンドルに手をのばした。

その腕をアマンダに押さえられた。「余計なことを言わないようにね」

アマンダは、モーテルの前面の長いポーチにたむろしている警官たちのほうへ顎をしゃくった。ラブン郡保安局の保安官補。ジョージア州ハイウェイパトロール。クレイトン市警。

ウィルは尋ねた。「信用していないんですか?」

「ここは小さな町だから。わたしは、彼らが教会で話す人たちや、ダイナーでフライドチキンを食べながら話す人たちを信用していないの」ウィルの腕を放した。「ジヴォン・ローウェルがいるわ」

GBIのアパラチア地域麻薬取締部の捜査官、ジヴォン・ローウェルが、コーヒーカップを両手に持ってレクサスへ近づいてきた。

アマンダは車を降りてカップを一個受け取った。「報告して」

「新しい情報はありません。チャーリーが大急ぎで室内を検証しています。アトランタから捜査班を呼びました」

ウィルは中央の部屋を眺めた。ドアはあいていた。エアコンで冷えた空気が逃げないよう、ビニールシートがかかっている。強力な作業用ライトの光が窓のカーテンの隙間からポーチの上に漏れていた。室内ではチャーリー・リードが四つん這いになり、カーペットから証拠を集めているのだろう。彼はジョージア州でいちばんの科学捜査官だ。サラと一緒に働くことも多い。彼女を見つけるために全力を注ぐはずだ。

「モーテルは一年以上前から営業していません」ジヴォンがポケットからノートを取り出して開いた。「所有者はヒューゴ・ハント・ホプキンズ。アトランタで不動産専門の弁護士をしていました。遺言書を遺さずに死亡しています。ふたりの子どもが係争中で、検認されていなかったんです」

「子どもふたりはこのあたりに住んでいるの？」

「ひとりはミシガン州、もうひとりはカリフォルニア州にいます。屋根が雨漏りしたり、水道管が凍結したりしないよう、管理人が手入れしているようです」ジヴォンはアマンダの目に直射日光が当たらないよう、体の位置をずらした。「ぼくの肩越しに見てください」

ウィルが通りのむかいに目をやると、トタン板に木の羽目板を張ってハンティングロッジ風にした建物があった。駐車場に車はない。看板にはビールジョッキを掲げたウサギの絵が描いてある。

「〈ピーター・カトンテールズ〉」アマンダが言った。「この郡では飲酒は合法でしょう。なぜ営業していないの？」

「社交クラブのような店なんです。営業時間は決まっていない。建物の所有者はダミー会社です。八年前から変わっていません。経営者はボー・ラグナーセンという男のようです。モーテルの管理人もその男です。普段はメイコンで稼いでいる」

「ああ」アマンダが唇を結んだ。なにかが閃いたようだが、それがなにかは説明しなかった。「わたしの代わりに、聖歌隊の練習をやってきて」〝聖歌隊の練習〟とは、無駄話をしている警官の集団を示すスラングだ。アマンダはウィルに声をかけた。「行きましょう」

ウィルはアマンダのあとからモーテルの部屋へ向かった。駐車場の一部に立ち入り禁止のテープが張り巡らされていた。箱型トラックがバックで駐車した跡が砂利のなかに残っている。タイヤはポーチから二メートル足らずの位置で止まっていた。砂利がタイヤに蹴散らされていたが、チャーリーはすでに鮮明な痕跡に石膏《せっこう》を流していた。

ウィルはトラックが駐まっていた場所をじっと見つめた。人間の足が着地した部分の砂利が乱れているように見えたが、それは希望的観測が混じっていたかもしれない。ウィルは、サラが自力でトラックから飛び降りたと信じたかった。無理やり抱きかかえられて、悲鳴をあげて暴れながら降りたのではないと信じたかった。殴られたり、縛られたり、薬で前後不覚にされたりしていないと。

「ほら」アマンダが、ドアの外に置いてあるチャーリーのダッフルバッグから靴カバーを取り出した。ビニールシートを脇へ引く。一瞬、身構えてからなかに入った。

ウィルはとっさにうつむき、アマンダにつづいた。天井が低い。窮屈で息が詰まりそうな部屋だ。ベージュの壁。毛羽だった茶色のカーペット。ウィルは周囲を見まわし、アマンダが身構えた理由を知った。数えきれないほどの犯罪現場を見ている。もっとひどい現場も経験しているが、これほどひどい気分ははじめてだ。

血が部屋中に赤黒く残酷な筋を描いていた——二台のベッド、小型冷蔵庫、ナイトテーブル、テレビ、簞笥《たんす》、天井、薄汚れたカーペットに。血の源は、窓辺のベッドに座っている男の死体らしい。こうべを垂れているが、とても安らかには見えない。上体を切り裂かれ、まるで胸のなかから生き物が皮膚を破って出てきたかのようだ。

ウィルはこみあげてきた胃液を呑みこんだ。男はウエストから下になにも着けていなかった。ペニスが血で黒ずんでいる。

「この携帯電話でサラはウィルにメッセージを送ったんです」

ウィルはベッドの死体から目を引きはがした。

白い防護服に身を包んだチャーリー・リードがいた。彼が掲げた証拠品袋に、ばらばらになった携帯電話の残骸が入っていた。チャーリーはアマンダに言った。「シリアル番号が、携帯電話会社に登録されていたものと一致しました。ユーザーに対する令状を取ります」

「そう」アマンダが言った。「自分は検死の専門家じゃないなんて余計な前置きはいらないわ。このふたりの死因は？」

チャーリーは壁際のベッドを指さした。「こっちは、死ぬ前に治療を受けています。脇腹の銃創はチェストシールでふさいでありました。右腕に点滴の管が挿入されている。それから、おそらく気胸を起こしていて、圧を抜くために針状のものを刺されたようです」

「サラね」

「そう思います。いや、サラでありますようにと祈ってます」

ウィルは神頼みなどしたくなかった。「これはヴィンスと自称していた男です。青いピックアップトラックの助手席に乗っていた。サラのＢＭＷに乗りこんだところを、ぼくが撃ちました」

アマンダは返事をしなかった。

チャーリーが言った。「この室内で、何者かがさらに二発、彼を撃っている。一発はマットレスを貫通しています。もう一発は彼の胸のなかにとどまっている。早急に分析にまわします」

アマンダが尋ねた。「ふたり目の男は？」

「検死官がいないので――」チャーリーはアマンダの目つきに気づいた。「刺し殺されたと見ていいでしょう。ヘッドボードに手形があります」

指し示されて、ウィルにも四本の細い指の跡と、ボードの端にかかった親指の跡を見分けることができた。

チャーリーがつづけた。「見たところ、攻撃者は女性か、非常に小柄な男性ですね」

ウィルは自分の手を見た。何度もサラの手を握ったことがあるからといって、血の手形が彼女のものかどうか、見分けられるはずもない。サラはこんなふうに男を殺すことができるだろうか？　男にまたがり、首や胸がぐちゃぐちゃになるほどめった刺しにできるだろうか？

できればいいのに。

アマンダが指をパチンと鳴らし、ウィルをわれに返らせた。彼女は待っていた。

ウィルはベッドのむこうへまわった。床にしゃがみ、視線をあげる。男の名前を言うと、胸がむかつくような味が口に広がった。「アダム・ハンフリー・カーターです」

チャーリーが言った。「大腿上部の傷とも一致します。大腿動脈に小さな切れ目がある。ジーンズは切り開かれている。大腿上部からナイフを抜くためでしょう。そのあと――」

「〝そのあと〟はどうでもいいでしょう」ウィルはアマンダにその言葉をぶつけた。「追突現場には男が五人いました。マールと呼ばれていた男は遺体安置所にいる。ヴィンスは死亡した。カーターも死亡した。四人目の男、ドワイトは、ずっと意識を失っていた。ぼくの顔を知っている男はハーリーだけになったけれど、彼は武装した監視に囲まれて病院のベッドに手錠でつながれている」

アマンダは唇を引き結んだ。「ほかには、チャーリー？」

チャーリーはふたりの板挟みになって、気まずそうだった。「隣の部屋にだれかが連れていかれたようです。ベッドシーツに血がついていましたが、活動性の出血ではない。また、ここに入ってきたときに、においに気づいたかもしれませんが、おれがドアをあけた瞬間にもアルコール消毒のにおいがしました。指紋を拭き取ろうとしたようです。テーブルもきれいに拭いてあったので、ここにいた人物は窓辺のこのあたりからほとんど動けなかったんでしょう。建物全体のルミノール検査をして、すみずみまで確認します。もし血の指紋が見つかれば、ふたりが殺されたときにその人物がここにいたという証拠になる」

アマンダが尋ねた。「血液型は？　ふたり以外に出血した人物はいなかったと言えるの？」

「絶対にいなかったとは言いきれませんが、おそらくここの血痕の大半はカーターのものでしょう。潜在指紋があれば、いちばん手っ取り早い。サラの指紋はデータがあります。ミシェル・スピヴィーの指紋もある。ノートパソコンを借りないと、照合ができません。おれの機器は修理中なんです。うちの連中が来る前に検証に取りかかったのは、サラだからですよ。なにか真っ先に目に飛びこんでくるものがあるんじゃないかと思ったんです」

「なにか飛びこんできた？」

チャーリーはかぶりを振りつつも答えた。「バスルームの床に、血のついた靴底の跡がありました。男ものでサイズは七、ひょっとすると女性ものでサイズ九かもしれませんが、サラのサイズと同じです」ついてくるように合図した。狭苦しいバスルームの外に立った。「トイレの水を流していないが、便座はおりている。変でしょう。ああいう男たちは、便座に座って小便をするタイプには見えない」

　変だ。

　ウィルは頭をさげてドア枠をくぐり、バスルームのなかを見まわした。真っ先に鼻をついたのは尿のにおいだった。真っ先に目についたのは、プラスチックタイルの床のほとんどを覆う血の足跡だった。おそらく雨漏りの染みを隠すための吊り天井は、主室の天井より十五センチほど低い。下部に戸棚のついたプラスチックのシンク。だれかが手を洗ったらしく、シンクは血で汚れている。シャワーとバスタブのすぐ脇に便器。合板の壁に手すりがボルトで固定してある。

　外の駐車場と同じように、ここにもサラの気配を感じた。

　アマンダが尋ねた。「天井の裏は調べたの？」

　チャーリーが答えた。「蜘蛛《く も》の巣とネズミの落とし物しかありませんでした。隣の部屋には通じていません。たぶん、ただのボロ隠しでしょう」

　アマンダが言った。「ウィル、ここはいいから外に来て。全体を見なおしましょう」

　ウィルはアマンダについていかず、ぐずぐずしていた。なにかを見落としているような気がしてしかたがなかった。最後にもう一度、狭いバスルームのなかを見まわした。ドア枠の下に頭をくぐらせ、そのとき――。

　手すりのせいか、それともサラの両親の前で八十回もレイプという言葉を使ったせいかわからないが、とにかくウィルは天井を見あげた。

以前、サラは公衆トイレで襲われた。レイプ犯は隣の男性用トイレから吊り天井の裏を這って女性用トイレに侵入し、サラのいた個室に飛び降りた。サラがやっとのことで〝やめて〟と声をあげたときには、便器の両側の手すりに手錠で両手をつながれていた。

ウィルはチャーリーに尋ねた。「ブラックライトはあるか?」

「あっちのバスにある。なにに使うんだ?」

「サラからあのトリックを聞いたことがないか?」

チャーリーは満面に笑みを浮かべた。ドアの外に置いてあるダッフルバッグになにかを取りに行った。二色の油性マーカーと透明の粘着テープを持って戻ってきた。それから、携帯電話を取り出した。

ウィルは「重ねるんだ」と言ったが、チャーリーはもちろん手順をわかっている。ウィルが知っているのは、サラに教わったからだ。彼女のオタク気質は根っからのものだ。サラが人助けより愛していることはひとつしかなく、それは科学の魔法で人を楽しませることだ。

チャーリーは粘着テープを携帯電話のライトの上に貼った。その部分を青いマーカーで丸く塗った。その上に、さらにテープを重ねた。それから、ブルーの丸の上を紫色のマーカーで塗り、その上にまたテープを貼った。

ウィルは室内の照明を消し、ドアも閉めた。カーテンは引いてあった。部屋は暗くなった。

チャーリーは携帯電話の懐中電灯アプリをタップした。室内の赤い血の筋が微光を放ちはじめた。それがブラックライトの効果だ。紫外線は体液を発光させる。たとえば尿のような体液を。

ウィルは言った。「バスルームの天井を照らしてくれ」

チャーリーはバスルームの入口の外に立った。ブラックライトを上に向けた。

ウィルは、サラが吊り天井に書いた蛍光黄緑の文字に目をみはった。縦三列、横四列に並んだタイルの一枚を除いて、すべてに単語か数字が書いてあった。

チャーリーが読みあげた。「ボーが　バーに　ダッシュは　ハーリーが　死んだと　思ってる　スピヴィーと　わたしは　いまの　ところ　OK」

ウィルはその言葉を聞いていたが、いまは頭に入ってこなかった。見えているのは、隅のタイルにサラがウィルに宛ててぞんざいに描いたハートだけだった。

第二部

二〇一九年　八月五日　月曜日

9

八月五日月曜日午前五時四十五分

サラはまぶたの隙間から染みこんでくる自分の汗で目を覚ました。腕時計を見ようと目を凝らしたが、手首にはなにもつけていなかった。ウィルがベッドにいるか確かめようと寝返りを打ったが、彼の姿はなく、そこはベッドの上でもなかった。サラは壁に背中を押しつけて眠ってしまったらしい。

キャンプ。

とりあえず、ここがキャンプと考えてもよさそうだ。ゆうべ、黒いバンがモーテルまで迎えに来た。サラは目隠しをされて猿ぐつわを嚙まされ、ミシェルと手錠でつながれ、バンの後部に乗せられた。ミシェルは移動中ほとんど眠ったままだった。ついに薬の効果が切れて目を覚ましたあとも、ひとことも言葉を発しなかった。彼女の口から出た声は、バンのドアがあいて、自分がどこにいるのか知ったときの悲嘆に暮れた泣き声だけだった。

それにしても、ここはどこだろう？

サラは起きあがって壁に寄りかかった。脚がこわばっていた。汗が体を伝い落ちた。汚れてごわついた服が肌を引っかく。ランプの明かりで、ここが粗末なワンルームのキャビンのなかだということはわかる。幅十二歩。奥行きも十二歩。天井には手が届かない。窓はない。トタン屋根。粗く削っただけの板壁と床。周囲は森だ。

ドアのそばのバケツがトイレだった。対角線上の隅にもバケツが置いてあり、水とレードルが入っていた。ゆがんだ木枠に藁《わら》のマットレスがのっている。ロープを結び合わせたネットがスプリングの代わりだった。サラは、ドアが開くほうの隅を寝場所に選んだ。だれかが入ってきたときに身構える時間を最大限に確保するためだ。

試しにドアノブをまわしてみた。南京錠《なんきんじょう》がドア枠にぶつかる音がした。部屋のなかを歩きまわった。壁板にはなにも塗られていない。間柱のあいだに断熱材は入っていないようだ。電気は通っていないが、壁板の隙間から日が差しこんでくる。隙間から外を覗いた。緑の葉、陰になった木の幹。水の流れる音。小川か、いや、もしかしたら比較的大きな川があって、隙を見て下流を目指すことができるかもしれない。

部屋の反対側へ歩いた。やはり鬱蒼《うっそう》とした森が見えた。壁板に手のひらを当てた。釘が錆《さ》びている。下のほうの板を思いきり押せば、壁を破って這い出ることができるのではないだろうか。

南京錠に鍵を差しこむ音がした。

サラは両手を拳に握ってあとずさった。

ダッシュがほほえみかけてきた。あいかわらず片方の腕はスリングで固定されているが、ジーンズとボタンダウンのシャツに着替えていた。「おはよう、アーンショウ先生。われわれと一緒に朝食を召しあがっていただきたいんだが、その前に患者を紹介しよう」

食べ物を思い浮かべただけで胃がむかついたが、逃げるチャンスはいつ巡ってくるかわからないのだから、体力を維持しておかなければならない。

ダッシュが言った。「また手錠をかけてもいいんだが、ここは人里離れた僻地《へきち》だと、きみもうわかっているだろうね」

わかっていなかったが、サラはうなずいた。

「いい子だ《グッド・ガール》」ダッシュは脇へどき、サラを先に行かせた。

まるで子どもか馬のように〝ガール〟と言われたが、サラは努めて気にしないようにした。モーテルで見張りをしていた若者がドアの外に立っていた。やはり黒い戦闘服姿でAR15を持っている。

サラは階段代わりの丸太の上におりた。自分の位置を確認しようとした。森は鬱蒼としているが、キャビンの裏手へ人工の道がのびていた。目を細くして、山の端から顔を覗かせている太陽を見た。午前五時半から六時くらいだろう。アパラチア山脈の麓であることに間違いはないが、範囲をそれ以上狭めることはできない。あのモーテルがジョージア州西部にあったとすれば、ここはテネシー州ともアラバマ州とも考えられる。いや、それは大違いで、南北カロライナとの州境に近いノース・ジョージア山地のなかかもしれない。

サラは道を歩きだした。倒れた木をまたいだ。ダッシュが背後から手を差しのべるのを感じた。彼から逃げ、偽りの騎士道精神から逃げた。

ダッシュが言った。「きみもここのことを知れば、よろこびに満ちた驚きを体験するだろうよ」

サラは唇を噛んだ。この道の果てに家へ帰るための車でもないかぎり、こんなところによろこびに満ちた驚きなどなにひとつない。「わたしは人質でしょう。意思に反して連れてこられたのよ」

「きみには選択肢があったぞ」ダッシュのからかうような口調には、なれなれしすぎるところがあった。くつろいだ関係を築こうとしているのだろうが、腰に差した銃や武装した部下たちの存在のせいで力関係に差があることにまるで気づいていないかのようだ。

サラは顔の前から小枝を払った。肌に血と汗が混じったものがこびりついていた。バケツのなまぬるい水でこっそり体を洗ったものの、汚れた服はどうしようもなかった。ショートパンツは血の染みでごわごわしていた。シャツはサラ自身の体臭でにおった。ブラジャーとショーツは紙やすりのようになってしまった。もはや科学的な証拠に不足はない。ブラジいますべきことはないだろうか――イバラで肌に傷をつけ、道に血痕を点々と残せば、チャーリー・リードかウィルに、自分がここにいたことを知らせることができるのではないか。

ウィル。

サラがあのモーテルの天井に真っ先に描いたのはハートマークだった。危険を承知のうえでメッセージを書いたが、なによりも伝えたかったのは、自分はウィルが探してくれているのを知っているということだ。

ウィルは活動中。ATL。

「パパ！」幼い女の子がうれしそうに叫んだ。「パパ！」

サラは女の子が広い草地を駆けてくるのを見ていた。もたついた走り方から判断すれば、五歳か六歳くらいだろう。運動能力に問題はないが、速く走るコツはまだつかんでいないようだった。つまずいて転んだが、すぐさま両腕をついて立ちあがり、くすくす笑った。裾が地面につくほど丈の長い、簡素な白いワンピースを着ていた。詰まった襟元はボタンできっちりととめてある。袖は肘より少し長い。金色の髪を腰までのばしている。サラは、時代を遡ったというより、『大草原の小さな家』のセットに入りこんだような気がした。

広場を見まわすと、おおよそバスケットボールのコートくらいの広さだった。一部屋だけのキャビンがさらに八軒、木立に押しこむように建てられていた。サラが夜を過ごす独房より広く、窓と上下二段式のドアと石の煙突があった。ずっとここに住んでいるような雰囲気だが、同時に仮住まいのようにも見える。椅子に座った女性たちがトウモロコシの皮をむき、豆の筋を取っていた。キャビンの前の土がむき出しになった部分を箒《ほうき》で掃いている者もいる。ほかの女性たちは、焚火《たきび》にかけた大鍋で料理をしたり、洗濯物を煮沸したりしていた。全員が長い髪を頭のてっぺんに結いあげている。一見したところ、髪を染めたりハイライトを入れたりしていない。化粧っ気もなかった。服装は、長袖で襟の詰まった簡素な白いワンピースだ。金の結婚指輪を除いて、アクセサリーもつけていなかった。

そして、全員が白人だった。

「スイートピー！」ダッシュが怪我をしていないほうの腕で女の子を抱きあげた。腰骨に女の子をのせ、サラを追い越していく。「パパにキスは？」

女の子は小鳥のようにダッシュの頰にキスをした。

「パパ！」別の女の子が叫んだ。それからまたひとり。五人ほどの女の子たちが駆け寄ってきて、ダッシュのウエストに抱きついた。彼に抱かれている五歳くらいの子がいちばん幼く、もっとも年長の子でせいぜい十五歳くらいだろう。やはり丈の長い白のワンピースを着ている。年下の子たちは髪をおろしていたが、十五歳くらいの娘は大人たちのように髪をまとめていた。警戒するような目でサラを一瞥してから、ダッシュの腰に両腕をまわした。

全部で六人の子どもたちがダッシュをパパと呼んでいた。なかに一組の双子がいる。そのほかの四人は、母親が違うのか、それとも全員がひとりの母親から生まれたのであれば、その女性は人生のうち十六年間を妊娠期間と授乳期間の繰り返しで過ごしてきたことになる。

「すみません」髪を短く刈りこんだ若者が広場の反対側からダッシュに声をかけた。ここの人々はみな気味が悪いほど似ている。監視係と同じく、この若者も黒ずくめでライフルを肩にかけている。監視係と違うのは、まだ二十歳にもなっていないところだ。ボーイスカウトのメンバーか、学校の銃乱射事件の犯人にしか見えない。若者はダッシュに言った。「チームが任務から戻りました」

任務？

「よし、お嬢さんたち」ダッシュは娘たちの腕を自分の体からはずした。娘たちはおとなしく一列に並び、ダッシュの頬にキスをした。長女だけは、そうすることに気が進まないようだった。ふたたび警戒するようにサラを見た。父親をかばおうとしているのか、ティーンエイジャーの女の子らしく照れているだけなのか、どちらとも判じかねた。

ダッシュがサラに言った。「アーンショウ先生、ちょっと失礼するよ。妻がしばらくお相手をするので」

サラは急斜面をのぼっていくダッシュを目で追った。明るい日差しのもとで見ると、彼はサラが思っていたより年長らしく、四十代半ばにはなっているようだった。もともと童顔なので、年齢がわかりにくい。いや、彼のなにもかもがわかりにくかった。妙に如才ないせいで、本性がつかめない。人間の感情のなかでも、なにより衝動的で直接に伝わるのが怒りだ。サラは、ダッシュが爆発したときに本物の感情を受け止める側になりたくなかった。

「おなかがすいた！」女の子のなかのひとりが声をあげた。子どもたちはつまずいたり転んだり、たがいに押し合ったりつつき合ったりしながら、子猫の集団のように駆けていくていった。

——ただ、長女だけはまたサラをちらりと見てから、調理をしているエリアへ大股で歩いていた。サラは長女と目を合わせようとしたが、完全に無視された。長女は年少の子たちを見ている。その様子に、子どもたちは輪になってぐるぐるまわり、頭がくらくらしてくるのを楽しんでいる。サラは姪《めい》を思い出し、妹を思い出し、おそらくベラのショットガンを構えて路上に立っていた母親の姿を最後に見た瞬間からはじまっているドミノ倒しに思いを馳《は》せた。テッサは南アフリカから飛んでくるだろう。父親は知らせを聞いてただちにグラント郡からアトランタへやってきただろう。ベラは不安のあまり、父親とテッサを自宅に泊めたがらないだろう。家族は全員サラのアパートメントに集まり、するとウィルの居場所はなくなる。

サラはまた泣きたくなった。

両親はウィルを萎縮させるだろう。ウィルは間違ったことを言ってしまうのではないかと心配し、ますます失言に拍車がかかり、母親はウィルに噛みつき、父親は場をなごませようと駄洒落《だじゃれ》を言うが、ウィルは駄洒落がわからなくて——なぜならディスレクシアは言語処理能力の偏りだから——緊張した空気をほぐすためにほほえんだり、声をあげて笑ったりするどころか、首をかしげて曖昧な顔をするばかりで、父親はこの男は変じゃないかと思うだろうし、一縷《いちる》の望みは、テッサが二十四時間以内にアトランタへ来てくれることだけだ、なぜなら両親からウィルを助けてくれるのはこの地球上でテッサただひとりだけだから。

サラはまばたきして涙をこらえた。現実的なことしか考えないようにしなければ。ウィルが来てくれる。それは間違いないとわかっている。ただ、どんな相手なのかわかっていなければ、手立てを講じることができないだろう。

サラは森に視線を巡らせた。それまで気づいていなかったが、鹿撃ち用の見張り台が木立のあちこちに設置してあり、少なくとも六人の男が座っていた。彼らはなにを守っているのだろう？ サラではないことは確かだ。よそ者を入れないようにするためか、それとも捕まえるためか？ 広場のなかには、成人女性が八人、三歳から十五歳までの子どもが十三人いる。キャビンは八軒、そして十二時の方角に細長い兵舎のような建物がある。ダッシュは峰のむこうへ消えた。ほかにもキャビンがあり、男も女も子どももいて、きっと見張りもまだいるだろう。

なんのために？

疑問が思い浮かんだそのとき、楽しそうな子どもの叫び声がして、サラはわれに返った。子どもたちはかくれんぼをしていた。ダッシュのいちばん下の娘が目隠しをして数を数えはじめた。残りの女の子たちはてんでんばらばらに木立のなかへ駆けこんだり、広場を走っていく。広場からは五本の曲がりくねった道がのびていた。鬱蒼と茂った梢《こずえ》がキャビンに影を落としている。上空を飛ぶヘリコプターや飛行機からは、キャンプは見えないだろう。キャビンや兵舎のような建物は、もとはホームステッド法による入植者たちの村の一部だったのではないだろうか。見たところ、一帯には人の手が入っていないようだ。多くの木は幹が太く、年輪を重ねているのが見て取れる。

サラは、バンに乗っていた時間をもとに、おそらくジョージア州の外には出ていないと考えた。よく父親に連れられて山へ家族キャンプに出かけたが、その経験もここがどこか特定するための役には立たなかった。むしろ、外の世界から隔絶された感覚が強まるだけだった。チャタフーチー国立森林公園は十八の郡にまたがり、面積は三二〇〇平方キロを超える。道路や自然歩道の全長はおよそ三二〇〇キロに及ぶ。自然保護区域は十箇所を数える、ブルーリッジ山脈のスプリンガー山は、メイン州の山までつづく三五〇〇キロのアパラチアン・トレイルの起点だ。

山にはコヨーテや狐《きつね》が棲息《せいそく》している。岩の下や水辺には毒のある蛇が隠れている。夏のあいだは、クロクマが木の実やベリーを求めて標高の高い場所までのぼってくる。

サラは、ふたりの子どもが木から林檎《りんご》をもぐのを見た。

「グウェンよ」近づいてきた女は三十代はじめくらいだが、その年齢にしてはくたびれて見えた。顔が引きつっている。肌に赤みはなかった。瞳も輝きがなく、どんよりとしている。「あんた、お医者さんなんだってね」

「サラです」サラは手を差し出した。

グウェンは、人に挨拶をする方法を忘れたかのようにとまどっていた。そして、ためらいがちに手を差し出した。彼女も汗をかいていた。手のひらには日々の作業でたこができていた。

サラは尋ねた。「はしかが流行《はや》っているの？」

「ええ」グウェンはエプロンで手を拭きながら歩きだした。サラは、グウェンに導かれて兵舎のような細長い建物へ歩いていった。近づくと、屋根の上のソーラーパネルが見えた。外にシャワーと洗面台があった。

グウェンが言った。「ひとり目の患者が出たのは六週間前よ。隔離しようとしたけれど、どんどん広がってしまったの」

サラは驚かなかった。はしかは人類の知っている病気のなかでもっとも感染力が高く、くしゃみや咳、呼気によって広がる。感染者が出ていってから二時間たつまでは、同じ部屋に入るだけでも感染する恐れがある。だから、健康な子どもがひとりでも多くワクチン接種を受けることがきわめて重要なのだ。

サラは尋ねた。「発症したのは何人？」

グウェンの目が涙で潤んだ。「大人がふたり。子どもが十九人。十一人をまだ隔離してる。ふたり――小さな天使をふたり失ったわ」

サラは怒りを押し殺そうとした。アメリカ合衆国内で二十年前に根絶した病気でふたりも子どもが亡くなるなんて。「ほんとうにはしかなの？　三日ばしかじゃなくて？」

「ええ、間違いないわ。わたしは看護師よ。麻疹《ましん》と風疹《ふうしん》の区別くらいつくわ」

サラは怒りを爆発させそうになり、唇をきつく結んだ。

　グウェンはサラの反応に気づいた。「わたしたちはよそ者を入れないのに」

「ふたりの大人の感染者のどちらかが、どこかから持ちこんだのよ」サラは口をつぐもうとしたが、我慢できなかった。「あなたの夫と部下たちは昨日アトランタにいた。何十人もの人々を殺したのよ。なかには警察官もいた。そして二発の爆弾を爆発させた」グウェンの顔を見つめた。彼女は驚きもせず、申し訳なさそうですらなかったので、サラは医学的に見て予期できることを教えてやった。「アトランタには毎日外国から数千人が入ってくる。あなたの仲間が百日咳やおたふく風邪やロタウィルスや肺炎双球菌やヒブを持って帰ったかもしれない」

　グウェンはうつむいた。またエプロンで手を拭いた。

　サラは尋ねた。「ミシェルはどこ?」

「虫垂が切除する前に破裂したと聞いてる。モキシフロキサシン四百ミリグラムを経口投与して、切開部を縫合しなおしたわ」

　サラは長々と息を吐いた。ミシェルの下腹に血まみれの絆創膏が貼ってあった理由がようやくわかった。「最低でも五日間は投与をつづけて。水分を補給して。清澄水を与えて、ベッドでよく休ませて」

「わかったわ」

「なぜミシェルをここへ連れてきたの?　ミシェルはなにをさせられることになっていたの?」

グウェンはあいかわらずうつむいていた。細長い建物のほうへ腕をのばした。「こっちよ」

サラは先に立って歩いた。まだグウェンにちくちく言い足りなかった。「明らかに、あなたたちは隔離のやり方をわかってる。患者を優しくケアすることもできる。抗生剤も手に入るようだし。それなのに、なぜミシェルを拉致したの？」

グウェンは足元に集中しなければ歩けないかのように、じっと下を見おろしていた。ミシェル同様に怯え、背中を丸めている。両手をまたエプロンにおろした。生地をくしゃくしゃに揉み絞っている。

遠くから子どもたちの笑い声が聞こえた――広場にいた子どもたちではなく、先ほどダッシユが向かった北東のほうだ。キャンプの別の部分に、まだ感染していない者たちを集めているのではないかと、サラは思った。頭のなかは疑問でいっぱいだった――この山には何人が住んでいるのだろう？　病院ならもっと近い場所にいくらでもあるのに、なぜミシェルをわざわざアトランタへ連れていったのだろう？　なぜ爆破事件を起こしたのだろう？　なぜミシェルを生かしておかなければならないのだろう？　そして、彼らがわたしを拉致したほんとうの理由は？

「どうぞ」グウェンは細長い建物の外に設置したシンクの前で立ち止まった。

サラは灰汁《あく》で手作りしたとおぼしき石鹸で手を洗った。蛇口からは熱い湯が出た。両腕と首のまわりと顔をごしごしと洗った。

グウェンが言った。「あとで清潔な服をあげるわ」

「結構よ」ヴィクトリア朝時代の子どものような格好などまっぴらだ。「ここにいる大人の何人がワクチンを受けているの？」

グウェンにもその質問の意味がわかったようだ。「ワクチンを受けていない男性が十二人、女性がふたり」

「ほかの人たちは？」

「メインキャンプにいるわ」

案の定、感染していない者たちを一箇所に集めているのだ。ダッシュは子どもたちに、自分の頬にキスをさせてから小道をのぼっていった。もしあの子たちのだれかが感染していたら、ダッシュが非感染エリアにウィルスを運んでいるかもしれない。

グウェンが言った。「娘のアドリエル。まだ隔離しているの」

「子どもが七人いるの？」サラは驚いた。グウェンは三十路《みそじ》を越えたばかりだろう。くたびれて見えるのも無理はない。

グウェンは「神さまのおかげよ」とだけ言った。

サラはシンクの上のタオルの山から一枚取り、手を拭いた。素材はパイル地ではなく、麻だ。タオルにタグはついていなかった。縫い目は手縫いに見えた。このキャンプは宗教的なカルトなのだろうか？　だが、そのような組織が爆破事件を起こすのは珍しい。カルトといえば、集団で毒を飲んだり葬儀でピケを張ったりするものではないだろうか。

サラは尋ねた。「あなたたちの宗教はワクチン接種を禁じているの？」

グウェンはかぶりを振った。「あなたは子どもがふたりいるんでしょう？」

サラはうっかり否定しそうになった。「ええ、女の子がふたり」

グウェンの口元に薄い笑みが浮かんだ。「ダッシュから聞いたわ。ご主人は殉職したそうね。最近、世の中は夫を亡くした女の人ばかりよね」

サラはグウェンと親密になるつもりはなかった。「ヴェイルとカーターの妻もここに住んでいるの？」

微笑をたたえていた唇が、怒りに満ちたまっすぐな線になった。「あのふたりはわたしたちの仲間ではないわ。傭兵よ」

「傭兵というのは戦争で戦う人でしょう」

「わたしたちは戦争中なの」グウェンはサラに医療用マスクを渡した。「手に入るものはなんでも利用しなくちゃ。キュロスは異教徒だったけれど、世界に秩序を取り戻したわ」

サラは生まれてこのかた、母親から聖書の話を聞かされてきた。「キュロス王は忍耐と哀れみの心も奨励した。あなたの夫もそうだと言える？」

「わたしたちは山から喇叭《らっぱ》を吹き鳴らすのよ」グウェンは言った。「〝わたしは光をつくり、また暗きを創造し、繁栄をつくり、また禍《わざわい》を創造する〟。主はこう言われる」

グウェンに表情を見られないよう、サラはマスクの紐を頭の後ろで結んだ。宗教そのものよりも、宗教を武器にしようとする人々のほうに反感を覚える。医学に惹かれた理由はいくつかあるが、ひとつは事実の不変性だ。ヘリウムの原子番号は二と決まっている。水の三重点がケルヴィンの法則の基準であることに議論の余地はない。これらのことを信じるのに信仰は必要ない。数学でこと足りる。

サラは階段をのぼった。ドアをあけると、吸いこむような音がした。消毒薬の粒子が目を刺した。細長い室内の隅で二台の小型冷却器が稼働し、低いハム音をたてている。大きな薬戸棚に、消毒用アルコールや綿棒、注射器、色とりどりの錠剤が詰まったジッパー付きビニール袋が入っていた。点滴の輸液は詰めこみすぎのクーラーボックスに保管されていた。

三人の女性が冷たい布で患者の体を拭いていた。グウェンが重い足音をたてながら木の床を踏み、薬戸棚へ向かうと、三人の態度が目に見えて変わった。手の動きが速くなった。急いで次の患者へ移った。こそこそと視線を交わした。サラは、こういう微妙な変化を見落とさないようにしなければと思った。彼女たちはグウェンを恐れている。それにはもっともな理由があるはず。

部屋のむこうでキャスター付きのワゴンに道具を並べるグウェンに視線を転じた。ベッドを数えると、二十台あった。そのうち十一台が使われていた。小さな体が白いシーツに覆われ、青白い顔が白い枕カバーに溶けこんで見える。サラの全身が子どもたちの苦しみに共鳴した。咳、くしゃみ、体の震え、泣き声。なかでも重態の子どもは、身動きひとつしなかった。サラは悲しみに呑みこまれた。

「いまあるのはこれだけ――」グウェンが示したワゴンには、手袋、聴診器、耳管と鼓膜を診るための耳鏡、目の網膜を診るための検眼鏡が並んでいた。

不意に、端に寝ている女の子が激しく咳きこんだ。ひとりの女性が駆け寄り、女の子の口の下にバケツを差し出した。別の女の子がしくしくと泣きだした。ほかの子どもたちも次々と泣きはじめた。どの子も絶望的に症状が重く、助けを必要としている。

サラは手の甲で涙を拭い、グウェンに尋ねた。「まずはどの子？」

「ベンジャミンを」グウェンは窓辺に寝ている男の子のもとへサラを連れていった。窓ガラスは断熱のため、白いシーツで覆ってあった。

かたわらに椅子があった。サラはベンジャミンの手を取り、椅子に腰をおろした。ベンジャミンはひどく震えているのに、手は熱かった。顔にあらわれている特徴的な発疹《ほっしん》は、いずれ全身に広がる。発疹はすでに融合しはじめている。咳をするたびに頬が真っ赤になった。

「わたしは医者のアーンショウよ」サラは彼に声をかけた。「これからあなたが楽になるようにお手伝いするからね、いい？」

男の子のまぶたがかろうじてあいた。胸のなかで咳の音がしていた。サラは普段、診察の手順と理由をすべて説明するが、この子は朦朧としていて理解できそうにない。せめて手早く診察をすませ、破られた眠りへ戻してやりたかった。

ベッドのそばにカルテがあった。八歳、血圧は上が八十五で下が六十、体温三十七度八分。前駆症状は発熱、倦怠感《けんたいかん》、食欲不振と、三つのC、つまり咳《コフ》、鼻カタル《コライザ》、結膜炎《コンジャンクティヴァイタス》。いまも咳がひどい。咳が止まらないようだ。鼻カタルもひどく、上唇に粘つく鼻汁がこびりついていた。目はまるで漂白剤を注ぎこまれたかのようだ。カルテによれば、今日の午前三時からずっと三十七度八分以上の高熱がつづいている。

はしかはウィルスによる病気だから、細菌感染のための抗生剤は効かない。解熱剤を与え、点滴で水分を補給し、ぬるま湯で絞ったスポンジで清拭《せいしき》するよりほかにできることはない。そして、視力や聴力を失ったり、脳炎を起こしたり、七年から十年後に昏睡状態から死に至る変性疾患の亜急性硬化性全脳炎《SSPE》を起こしたりしないように祈るだけだ。

グウェンが言った。「ベンジャミンがいちばん新しい患者なの。二日前にコプリック斑が現れはじめた」

現在の発疹の症状とも一致する。感染したのはおそらく十四日前だと考えれば、隔離によって急激な広がりは抑えられるかもしれない。すでに子どもを失った親や、子どもに後遺症が残るかもしれない親にとっては、慰めにもならないだろうが。

グウェンが言った。「一晩でみるみる咳がひどくなったの」

サラはまたグウェンをどなりつけそうになり、ぐっとこらえた。看護学校を出た者が、何度も誤りを立証された似非《えせ》科学と反ワクチン運動家の元プレイメイトの主張にだまされて自分の子どもの命を危険にさらすとは、いったいどういうことなのか。ワクチン接種の重要性を示す現実の記録があるのかと言うなら、ヘレン・ケラーの生涯を調べるべきだ。

両手に手袋をはめた。「ベンジャミン、いまから診察するからね。できるだけ急いで終わらせるわ。口をあけてくれる？」

ベンジャミンは咳きこみながら、なんとか口をあけた。

サラは耳鏡のライトをつけて口のなかを覗いた。コプリック斑が軟口蓋と中咽頭に認められた。ライトの光が中心の白い点に反射した。サラはグウェンに言った。「熱をさげてあげなくちゃ」

「氷を持ってこさせるわ」

「できるだけたくさん持ってきて。急性脳炎の致死率は十五パーセント。患者の二十五パーセントに神経系の後遺症が残るの」

グウェンはうなずいたが、そもそも看護師なのだから、すでに知っているはずだ。「発作でふたりの天使が連れていかれたわ」

怒るべきか泣くべきか、サラにはわからなかった。

「グウェン」ひとりの女性が呼びかけた。やはり重症の子どもが寝ているベッドのそばに立っている。

サラは、その女の子のベッドのそばへ椅子を持っていって座った。子どもは三歳か四歳で、金色の髪が薄い枕の上に広がっていた。肌は月のように青白い。シーツは汗で濡れていた。苦しげな呼吸に、ときどき空咳が混じる。発疹は赤褐色になっているので、発症後一週間はたっている。サラは手袋を新しいものに交換した。女の子のまぶたを押しあげる。

グウェンから検眼鏡を受け取った。サラの胸は恐怖でいっぱいになった。結膜は赤く腫れていた。角膜の端が炎症を起こしている。女の子の胸に聴診器を当てる。左右の肺から、いやというほど聞いたことのあるひび割れのような音がした。

両側肺炎から快復できても、おそらく一生、視力が戻ることはないだろう。

グウェンが言った。「娘のアドリエルよ」

サラはこみあげる無力感と闘った。「肺炎が細菌性かウィルス性か、検査をしないと」

「ジスロマックならあるわ」

サラは手袋をはずした。アドリエルのひたいに手を当てる。高熱でひどく熱い。抗生剤で大腸炎を起こすかもしれないが、一《いち》か八《ばち》かやるしかない。「投与して」

グウェンはなにかを言いかけてやめた。そしてまた口を開いた。「役に立ちそうなものの

のリストを作ってくれれば探してみる」

役に立つものは、子どもたちを文明社会へ連れていってくれる救急ヘリだ。

グウェンはほかのベッドのそばにあったノートと鉛筆を取ってきた。「薬局からまとめて仕入れることができるの。なんでも必要なものを言って。わたしたちにも使うから」

サラは、ノートの一行目に重なっている鉛筆の芯を見つめた。集中しなければならない。

「トブレックスの軟膏《なんこう》十本、点眼薬十本。ビガモックス十本。目と耳の感染症が広がるかどうかはわからない」サラは手袋を交換した。グウェンの鉛筆が、数量と斜線と薬品名を書きつけていくのを見守った。「ジゴキシン五本、セロクエル五本、発疹に塗るヒドロコ

ルチゾンの軟膏を少なくとも二十本。エリスロマイシン十本、真菌感染症の治療にラミシールクリーム五本……大丈夫？」

グウェンはうなずいた。「エリスロマイシン十本、ラミシール五本ね」

サラはページがぎっしり埋まるまでグウェンに書き取らせた。これらの薬剤は街の薬局では手に入らないから、外部のだれかに運びこませなければならない。「わたしの医師免許か、麻薬取締局《DEA》の処方者識別番号は必要？」

「いいえ」グウェンは鉛筆の先でリストの薬品名を順番にこつこつと叩き、確認した。

「ええと——どうかな。大量だから」

「病気の子どもが何人もいるのよ。薬局に行く人に伝えて、リストは優先順になってるって。なにもないよりはましよ」

グウェンはページを破り取り、女性に渡した。女性は黙って外へ出ていった。

サラは耳に聴診器をかけた。隣のベッドの女の子に向きなおった。マーサという子だ。口角の発疹が炎症を起こして破れていた。その隣に寝ているジェニーは肺炎を起こしていた。サラは患者のベッドを順番にまわった。肺炎が六人。年齢は四歳から十二歳にわたっていた。ベンジャミンを覗いて、全員が女の子だ。アドリエルの結膜炎は別の子に伝染していた。ふたりの子どもは、どこの小児科クリニックでも診断がつくような中耳炎を起こしていた。難聴の後遺症が残らないよう、わずかな望みをかけて温湿布を指示するよりほかに、どうしようもなかった。

どのくらいの時間がたったかわからないが、最後に診察したのは黒髪に青い瞳のサリーという四歳児だった。咳がひどすぎて、右目が充血していた。そのあと、とくに重症の子どもをもう一度診てまわった。とはいえ、子どもたちの手を握り、髪をなで、医者の自分が来たからには魔法のように病気がよくなると思わせるのが精一杯だった。もうすぐまた遊べるようになるよ、クレヨンでお絵描きしようね、野原で走ろうね、目がまわって倒れちゃうまで独楽《こま》みたいにくるくるまわろうね。

嘘の重みは胸に岩がのしかかっているようで、サラは息苦しくなった。

手袋をはずしながら、入口の階段をおりた。外は蒸し暑かった。シンクで手を洗った。湯が熱すぎて、肌がひりついた。だが、痛みの感覚は麻痺《まひ》していた。体が震えて、どうしようもなかった。あの子たちのうち、あとひとりかふたりは死ぬだろう。いますぐ入院させるべきなのに。あの子たちを生き返らせるには、看護師と医師と検査結果と医療機器と現代的な生活が必要なのに。

グウェンがまた両手でエプロンを揉み絞りながら階段をおりてきた。「ダッシュがリストをうちの業者に送ってくれるわ。今日の午後には——」

サラはその場を離れた。行くあてなどなく、たいして遠くまでは行けないということだけははっきりしている。サラが広場を歩いていると、武装した見張りたちが警戒を強めた。ふたりは見張り台から飛び降りた。さらにふたりが木立のなかから姿を現した。ベルトにはナイフ、ホルスターには拳銃を差し、がっちりした手にはライフルを持っている。全員が若者で、なかにはティーンエイジャーに見える者もいる。そして、ひとり残らず白人だ。

サラは彼らに目もくれなかった。彼らのことなど眼中にないふりをしたのは、いまこの瞬間、確かに彼らはどうでもいい存在だからだ。近くに川があることを示す水音に耳を澄ませた。曲がりくねった小道に入ると、水流の音がだんだん激しくなった。やはり小川というより、わりに大きな川だった。サラは川岸でひざまずいた。積み重なった岩が滝を作っていた。氷のように冷たい水の流れに両手を浸した。水面に頭を突っこんだ。自分にショックを与えれば、この悪夢から抜け出せるのではないか。

しかし、そんな強烈なショックなどあるわけがない。サラは濡れた髪から水をしたたらせ、両手を膝に置いてじっとひざまずいていた。自分が役立たずに思われた。あの子たちのためにできることがひとつもない。ミシェルも同じ気持ちだったのだろうか？　彼女は一カ月ここにいる。子どもたちが死に、感染がキャンプに広がるのを見ていた。どうなるかわかっていながら、止めることができなかったのだ。

それはサラも同じだ。

両手で顔を覆った。涙が流れた。泣くのをやめられなかった。悲しみで体が震えた。どうしても震えが止まらず、体をふたつに折った。押し寄せてくる感情に屈した――それは子どもたちが死ぬかもしれないという恐怖ではなく、自身が失ったものへの悲しみだった。授子どもを産めない体であることはもう何年も前に受け入れたはずなのに、グウェンを、授かった子どもたちを無防備なまま放置したこのキャンプの女性全員を、いつのまにか憎んでいた。

背後で小枝が折れる音がした。

サラはすばやく立ちあがり、拳を構えた。

ダッシュが言った。「ご協力ありがとう、先生。大変だっただろう」

彼の顔に唾を吐きかけてやりたかった。「あなたたちは何者なの？　なぜこんなところに住んでいるの？」

「われわれは、この土地で生きていこうと決めた家族だ」

「あの子たちの症状は重いわ。なかには――」

「だからきみに来てもらったんだよ、先生。神は親切にも小児科医をわれわれのもとに遣わしてくださった」

「遣わすべきだったのは、酸素テントと抗生剤の点滴と人工呼吸器と――」

「きみがリストに入れたものはすべて調達する。グウェンは、きみの腕を信じていると言っていたよ」

「わたしは信じてない！」気づいたらどなっていた。かまうものか。「奇跡を信じるのではなく、奇跡を祈ることとね。あなたの娘は重態よ。ほかの子どもたちもみんな危険な状態なの。信仰のためにワクチンに反対する人がいるのは知ってるけど、あなたたちは違う。現代の医学に反対しているわけじゃない。ミシェルを病院に連れていったんだから。子どもたちも助けることができたのに、苦しんでいるまま放置している――なんのために？」

ダッシュは両手を合わせたが、祈るためではなかった。サラが落ち着くのを待っているようだ。こんな悲劇に無理やり引きずりこまれ、冷静になれるわけがないのに。

しばらくして、彼は言った。「きみはわたしについて訊きたいことがあるようだな」

正直な答えが返ってくるとは思えなかったが、サラは尋ねた。「この場所の目的はなに?」

「ああ」サラが外国語をしゃべっていて、いまようやく意味がわかったと言わんばかりに、ダッシュは声をあげた。「われわれがどうしてここに来たのか知りたいんだね?」

サラは肩をすくめた。どうせダッシュは話したいことしか話さない。

「われわれは十年以上前からこの山で暮らしている。生活はシンプルだ。自給自足でやっている。家族はひとつにまとまっている。われわれは土地に敬意を払う。必要な分だけ受け取り、可能なかぎりお返しをする。ここの土壌にはわれわれの血が染みこんでいる」

白人国粋主義者にありがちな土壌と血の常套句《じょうとうく》にサラが共感すると思っているのか、ダッシュは言葉を切った。

サラがかたくなに黙っていると、ダッシュは言った。「われわれは、グウェンの父親の導きでここへやってきた。彼は合衆国憲法とアメリカの主権を信じる立派な人だ」

サラは待ちつづけた。

「指導者はわれわれから引き離されてしまったが、彼がいなくてもわれわれは使命を果たしつづける」ダッシュはつづけた。「それがわれわれのシステムの長所だ。リーダーよりも、われわれが回帰しようとしている世界を信じる者たちが必要だ。法と秩序のある世界、人々が立場をわきまえ、システムの一員であることを理解している世界。歯のない歯車は正しくまわらない。この聖戦に決まったリーダーはいなくても、信念がわれわれを導いてくれる。ひとりが倒れたら、別のひとりが立ちあがって代わりを務めるのだよ」

「リーダーはつねに男？」

ダッシュはほほえんだ。「それが自然の理《ことわり》だ。男が導く。女は従う」

サラは時代を逆行するたわごとを聞き流した。「あなたがたは宗教カルトなのか、それとも――」

「われわれのなかには本物の信仰を持つ者もいる。わたしは違う。妻は残念に思っているがね。ほとんどは現実主義者だ。ただ、全員がアメリカ人だ。そのことがわれわれをつなげている」

「ミシェルもアメリカ人だけど」

「ミシェルは雑種の子を産んだレズビアンだ」

サラは一瞬、あぜんとした。驚いたのは、ミシェルの娘に対して使った言葉ではなく、彼の仮面がするりとすべり落ちたことだ。そこには、怒りに満ちた醜悪な顔があった。これがダッシュの、爆弾で無差別殺人を犯す男の、ほんとうの顔だったのか。

だが、元の仮面に戻るのも早かった。

ダッシュは首にかけたスリングの位置をなおした。にこりと笑う。「アーンショウ先生、あなたは疑いの余地なくすばらしい女性だ。われわれの子どもたちを助けるためにここへ来ることを選んだあなたは尊敬に値する」おもしろい冗談だろうというように、サラにウインクした。「昨日も言ったように、子どもたちがよくなり次第、きみを解放する」

サラは、ダッシュがミシェルの娘に対して使った恥ずべき言葉が忘れられなかった。あれが彼の本性であり、普段見せている過剰に礼儀正しい紳士の顔は偽物だ。「あなたはテロリストよ。わたしはあなたが冷酷に人を撃ち殺すところをこの目で見た。あなたの言葉を信じるとでも思う？」

ダッシュは落ち着き払っていた。「ヴェイルは戦争犯罪を犯したから粛清されたんだ。われわれは獣ではなく、人間だ。ジュネーヴ条約に則《のっと》って活動している」

戦争。

グウェンもそう言っていたが、今度はダッシュだ。「だれを相手に戦っているの？」

「戦いの相手は重要ではないのだよ、アーンショウ先生。肝心なのは戦いの目的だ」ダッシュは気取った笑みを浮かべているが、そもそもだれもが勘違いしている世の中で自分だけは真実を知っていると思いこんでいるダッシュのような男は、みんな気取った笑い方をするものだ。「患者を診ていたから朝食を食べ損ねただろう。もうすぐ昼食の用意ができる。一緒にいかがかな」

ダッシュと同席して普通に食事をするのかと思うと胸がむかつき、無理やり食べ物を突っこむほうがましだと感じたが、体力を維持しなければならない。絶望に屈するわけにはいかない。自分はミシェルのように打ちのめされたりしない。

「こちらへどうぞ」ダッシュは道を示して待っていた。

サラは木立を抜けて広場に出た。両手はまだ震えていた。酸っぱい胃液がこみあげてくる。服は悪臭を放っている。自分のすべてが悪臭を放っているような気がした。濡れた髪を指で梳《す》いた。頭皮から水蒸気が立ちのぼった。太陽は山の稜線《りょうせん》のはるか上までのぼっていた。一瞬、まばゆい光に目がくらんだ。窓ガラスに日光が反射したのだ。サラは石につまずいてよろめいた。

ダッシュに助け起こされる前に、体勢を立てなおした。まっすぐ前を向いて歩きつづけながら、目だけ脇へ向けた。

木立のなかに温室があった。

川へ向かうときは、このガラス張りの温室に気づかなかった。屋根は中央が尖っていた。熱気を逃がす天窓があいている。トレーラーハウスのように細長く、大きさもだいたいそのくらいだ。屋根も壁もガラス張りだが、内側に幕が張ってある。アルミホイルのような、光を反射する素材だ。

温室から木造の小屋へ電気コードがのびていた。消音器つきの発電機が見えた。ここにもソーラーパネルが設置されている。ガラスの壁のむこうから、低い機械音が聞こえた。いや、テントのなかからだ。金属が金属をこする音。ものを動かす音。時折、ぼそぼそとした話し声が混じる。

温室が見えなくなっても、だれかが作業に励んでいる音はしばらく聞こえていた。

キャンプ。

女性たちと病気の子どもたち。GIジョーのまねごとをしている若者たち。木立のなかに隠れた居住区。反射素材の保温幕を張ったガラスの温室は、上空のヘリコプターや飛行機から赤外線カメラで捜索しても、なかを覗くことはできない。

グウェンに夫のことを訊いたとき、彼女はイザヤ書を引用した――。

〝わたしは光をつくり、また暗きを創造し、繁栄をつくり、また禍を創造する〟

エモリー大学のキャンパスで十五人が殺された。逃走中に、彼らの仲間もひとり命を落とした。ダッシュは配達員を殺し、サラの目の前で自分が雇った男を殺した。

彼はほかにどんな禍を計画しているのだろう?

10

八月五日月曜日午前六時十分

パンサーズヴィル・ロードのGBI本部で、ウィルはアマンダとデスクを挟んで座っていた。壁の時計は、午前六時十分を指している。ウィルは、夜のあいだに作成された報告書を読むアマンダを見ていた。ウィルが衝突事故現場で射殺した男と、モーテルで死体となって発見されたふたりの男の検死報告。乗り捨てられたポテトチップスの配達車と、サラのBMW、モーテルの部屋に関する科学捜査班の報告。

ボーが　バーに　ダッシュは　ハーリーが　死んだと　思ってる　スピヴィーと　わたしは　いまの　ところ　OK。

ウィルは両手を握り合わせた。指の関節が腫れているうえに、痣になっている。目の奥が丸頭ハンマーで叩かれているかのようにずきずきする。思考は面テープに変わり、脳のなかの不穏な場所に貼りついてはがれない。下腹の痛みは腎臓に広がっていた。座席に深く座ると腰が痛むので、浅く腰かけた。

アマンダに言った。「サラはいまのところ、、、大丈夫だと書いていました。音声のメールは昨日の午後四時五十四分に送信されています。それから十三時間がたちました——連れ去られてから十六時間です」

アマンダは読書用眼鏡越しに、ウィルをちらりと見た。

ウィルは言った。「あなたがなにを読んでいるか知りませんが、衝突事故現場にいた男のうち三人が死に、四人目の身柄は確保した。ぼくの顔どころか、ぼくがあの事故現場にいたことすら、だれも知らない。ぼくを潜入捜査に行かせてください。IPAは四人のメンバーを失った。次の計画を実行するために、使える人間を必要としているはずです。彼らを止める方法を考えるために、ぼくを行かせてください」

アマンダはしばらく黙りこみ、潜入捜査について考えているようなそぶりをした。「FBIのCIがIPAの入口になるはずだった。あいにく、そのCIはいま冷蔵庫の抽斗のなかにいるわ」

アダム・ハンフリー・カーターだけが入口ではないはずだ。「ぼくはあなたのことを知っていますよ、アマンダ。あなたはよそのCIと一緒にぼくを潜入させたりしない。ぼくを手引きする別の人間を用意しているはずだ」

アマンダは否定しなかった。「衝突事故の現場に五人いたことを忘れてるんじゃない？ ドワイトに顔を見られていないとは言いきれないでしょう」

「その男はずっと意識を失っていました」

「ミシェル・スピヴィーはどうなの？」

それには答えられなかった。ミシェルに気づかれたらどうなるか、予測はできない。彼女は事故現場でも最初は抵抗したが、すぐに怯えてしまった。

「ウィルバー――」

「サラのメッセージがあるじゃないですか」ウィルは言った。「サラが天井に書いたひとつ目の言葉は〝ボー〟だった。次に、〝バー〟と書いていた。サラはボーがドワイトと話しているのを聞いたから書けたんでしょう。バーに行ったのかもしれない。わかっているんですよ、あなたがなにか――」

「わたしが知っていることはここにあるわ」アマンダはホチキスでとめた書類をウィルに放った。「チャーリーがまとめたモーテルの捜査結果よ」

ウィルはページをじっと見つめた。頭痛がひどくて、文字を解読しようとすることすら難しかった。一年生のように、一行一行に定規を当てて読むのはいやだ。とりわけ、アマンダの前では。

そんなわけで、喧嘩腰に返すことにした。「これがなにか？」

アマンダはウィルの手から書類をひったくった。「ミシェル・スピヴィーがカーターを刺し殺した。ヘッドボードにあった手形はミシェルのものだった。証拠から、彼女がカーターに跳び乗り、両足にまたがってから、右手で彼の肩を押さえつけてから首、胸、腹部を合計十七回刺したことがわかった」

ウィルは努めてその凶行を肯定的にとらえようとした。「スピヴィーは抵抗しようとしている。こちらの味方かもしれない」

「スピヴィーはなにをするか予測がつかなくて危なっかしいわ。あなたに対してもキレるかもしれないのよ。悪くすれば、あなたを刺し殺すかもしれない。あなたの顔を知っている理由を誘拐犯に教えるくらいならまだいいほうね」

ウィルは肩をすくめた。今度サラか自分の命を危険にさらすことになるなら、どちらにするかは自分が決めると、とうに覚悟している。

アマンダは別の報告書のページをめくった。「衝突事故現場であなたが射殺した男だけど。マールと自称していた。本名はセバスチャン・ジェイムズ・モンロー。元陸軍の工兵。ドメスティックバイオレンスで不名誉除隊。そのあとはおとなしくしていたけれど、どうやらなにかやるつもりだった」

どこからそんな情報を手に入れたのか、ウィルは尋ねなかった。令状か巻物よろしく長ったらしい書類もないのに、ペンタゴンが快く情報を差し出すのは異例の事態だ。「ドメスティックバイオレンスですか。レイプも含まれていますか?」

「いいえ」

アマンダが正直に答えているかどうかはわからない。「ヴィンスは? ぼくが胸を撃った男です」

「オリヴァー・レジナルド・ヴェイル。やはり陸軍にいたけれど、モンローとの接点は見つかっていない。五年前に名誉除隊。前科なし。それから、彼らが自分の本名と頭文字が共通するカントリーミュージシャンの名前を偽名にしていることから推測すると、ドワイトという男は、サラがバスルームの天井に書いたダッシュだと考えられる。どう見てもニックネームだろうけれど」

「ダッシュ」ウィルは繰り返した。その名前に、煮えたぎる怒りをかきまわされた。ダッシュについて覚えているのは、平均的な身長と体重、さして目立つところのない髪や肌の色くらいだ。気絶していない男たちに注意を集中していたからだ。ハーリーがリーダーだと勘違いしていた。

ウィルはアマンダに言った。「サラのメッセージでは、ダッシュはハーリーが死んだと考えているようです」

「わたしたちとしても死んだことにしておく予定よ」

アマンダは、おそらくわざと的外れな返事をしている。サラが伝えてくれたのは、ダッシュの勘違いは重要だということだ。そうであれば、いますぐダッシュの身許《みもと》を調べるべきだ。彼の正体がわからなければ探しようがない。彼を見つけられなければ、たぶんサラも見つからない。

だから、いまやるべきことは以下だ。ハーリー、カーター、ヴェイル、モンローの社会保障番号を調べる。現住所、携帯電話番号、クレジットカード、車両登録が載っているクレジットレポートを照会する。近隣の住民に、彼らの普段の行動を尋ねる。彼らが電話をかけている番号、出入りしている店やレストランをリストアップする。共通点を洗いだす。系統的に知り合いをたどっていけば、ダッシュの本名か特徴がわかり、ひいては彼の正体が明らかになる。

いや、自分のばかな頭が考えることなどどうでもよくて、アマンダにわかりきったことを尋ねればいい。「ダッシュの指紋は軍のデータベースに保存されていたんですね?」

「検索可能なデータベースにはなかった。ダッシュの肩の傷の血がシボレー・マリブの後部座席に残っていたけれど、分析結果が出るのは二十四時間後よ。あなたももうわかっているだろうけれど、ダッシュの指紋がデータベースにないということは、DNAがわたしたちを彼のもとへ連れていってくれる可能性は低い。せいぜい事実確認になる程度ね」

ウィルは顎をこすった。無精髭でざらついていた。今朝は髭を剃らなかった。着ているグレーのスーツは昨日と同じものだ。一晩中、ソファに座ってサラのメッセージを繰り返し再生し、声のなかに彼女が無事だとわかるものがないか聞き取ろうとしていた。

だが、結局は同じ疑問に戻ってくる。

サラがメッセージを送信したのは四時五十四分だ。

四時五十四分になにがあったのだろう?

ウィルは言った。「ダッシュがIPAのリーダーですね」

「そうよ」アマンダは答えた。「カーターはCIという立場から、ダッシュがグループの指導者だとFBIに報告した。IPAは結成されて十年以上たっていて、ダッシュが創立者ではないけれど、彼のリーダーシップのもと、グループは組織化されて急進的になった。わたしがFBIさまからそういう情報を賜ったのはつい今朝のことよ。彼らが知っているダッシュの特徴は、あなたとたいして変わらない――つまり、なにも知らないってこと。エモリーの監視カメラも、あなたたち同様に役立たずだった。ダッシュはカメラの位置を把握していた。帽子を目深にかぶってうつむいていた。あきれるほど正体を隠すのがうまいわ。〝見えざる愛国軍〟って、透明人間の愛国軍ってことね」

ウィルは両手を握り合わせてアマンダのデスクにのせた。「アマンダ、お願いです。潜入捜査をやらせてください。かならずダッシュを見つけます。大皿にのせて供しますから」

アマンダは別のレポートを取って読みあげた。「対照した武器は登録を受けたグロック19のGEN5、左利き用にマガジンキャッチとスライドストップレバーが反対側にある。CMCメソッドを活用したNISTのアルゴリズムによれば――」

「ぼくの銃です」

「モーテルの部屋でヴェイルを射殺するのに使われたのよ」

ウィルはまた肩をすくめようとしたが、脇腹に刺すような痛みを感じた。

「あなたは衝突事故現場で二度、発砲した。容疑者を殺した。逃亡しようとしたふたり目の容疑者を撃った。三人目を殴って重傷を負わせた。本来なら、あなたは内部調査の結果が出るまで有給の停職処分を受けなければならない」

「停職にしてください」ウィルには考えがあった。セバスチャン・ジェイムズ・モンロー。オリヴァー・レジナルド・ヴェイル。アダム・ハンフリー・カーター。ロバート・ジェイコブ・ハーリー。獲物を探すコヨーテのように、四人の身辺を調べてまわりたい。

「座ってなさい、ウィルバー」アマンダはウィルの背後の廊下に目をやった。「収穫は？」

フェイスが入ってきて、封をした証拠品袋の数々をアマンダのデスクに置いた。ウィルをちらりと見て、驚いたように見なおした。

「フェイス？」アマンダが待っている。

フェイスはウィルの肩に手を置き、アマンダに言った。「ラグナーセンの所持品はそれで全部です。いまトラックを捜索中です。ジヴォンはすでに座席の下から銃身を切りつめたショットガンを発見しました」

ウィルは顎をこすった。ラグナーセンという名前は記憶にないが、ジヴォン・ローウェルはゆうべモーテルで会ったＧＢＩの捜査官だ。ウィルはアマンダに尋ねた。「なにをしているんですか？」

「捜査よ。なにをしていると思ったの？」アマンダは証拠品袋をデスクの上に広げた。「男ものの革の財布。ｉＰｈｏｎｅ。車のキー。折りたたみナイフ。

「待って」ウィルは袋のなかのナイフを動かしながらよく観察した。「これはぼくのです。カーターをこれで刺しました。最後にこれを見たときは、カーターの脚の付け根に突き刺さっていました」

アマンダが言った。「カーターの胴体を繰り返し刺した刃渡り十センチの刃物もこれみたいね」

ウィルはナイフをまじまじと見つめつづけた。頭のなかを研ぎ澄ませて、この証拠品について考えてみた。自分はこのナイフでカーターを刺した。ミシェルはこれでカーターを刺した。だれかがカーターの死体からこれを抜いた。つまり、そのだれかはゆうベモーテルにいた。

男ものの革の財布。GMC・ユーコン・デナリのロゴのついたキー。黒いラバーケースをつけたiPhone。

ウィルはごくりと唾を呑みこみ、ようやく声を出した。「これをどこで手に入れたんですか?」

アマンダはフェイスにドアを閉めるよう合図した。椅子に深く座りなおし、読書用眼鏡をはずした。腕組みをする。

「ナイフはボー・ラグナーセンが持っていた」

〝ボーがバーに〟

「元陸軍の衛生兵で、特殊部隊に配属されていた。グリーンベレーね。彼の記録は厳しく管理されていて、わたしでもこじあけられない。ペンタゴンには書類を送ってあるけれど、なんらかの回答が返ってくるまで、最短でも一カ月かかるわ。つてをたどって、ラグナーセンがイラクとアフガニスタンで激しい戦闘を経験していることはわかった。背中に弾の破片が埋まっていて、名誉負傷章をもらってる」

ゆうべのアマンダとジヴォンの暗号めいたやり取りが思い出された。ジヴォンは麻薬取締部の捜査官だ。彼は、アマンダがラブン郡まで車を飛ばした二時間でラグナーセンの経歴を調べたわけではないのだ。

ウィルはジヴォンの言葉を引用した。「〝普段はメイコンで稼いでいる〟」

フェイスがウィルの隣に座った。心配そうにウィルを見た。「ラグナーセンはブラックタール・ヘロインの売人なの」

「なんだって」ウィルはショックを隠しきれなかった。ブラックタール・ヘロインには靴墨、ときには泥が混じっている。ジョージア州特有の赤土が混じると茶色っぽくなる。あんなものを使うのは、よほど薬に餓《う》えている者か死にたい者だけだ。

アマンダが言った。「わたしが制服を着ていたころは、ベトナムからの復員兵がこぞってヘロインをやっていたわ。注射で血管が石灰化する。蒸溜《じょうりゅう》して鼻から吸うと、自分の血で窒息するはめになる。座薬で入れると内出血する。簡単に抜け出す道はないから、たいてい遺体安置所送りになる」

ウィルは顎をこすった。ドラッグを憎む理由はこれだ。子どものころ、大人たちが一回分の薬を求めて口にはできないようなことをするのを見すぎてしまった。

アマンダがつづけた。「メキシコ人はヘロインが郊外に流れこむルートを締めつけている。ブラックタールを使うのはたいていマイノリティよ。メイコンではアフリカ系アメリカ人になる。価格は一九八〇年代半ばのコカインと同じくらい。ラグナーセンは大物ではない。ニッチな市場を作りあげてきたのよ」

フェイスがノートを取り出した。「ラグナーセンの売上の大半は錠剤です。ただし、よくあるやつじゃない。抗生剤、インスリン、スタチン——必要とされるけれど高価な合法薬物です。メイコンには巨大な市場がある。無保険で持病のある人が多いんです。ラグナーセンは、車のグローブボックスに違法薬物を隠し持っていたとして、二度逮捕されています。薬はなにも書いていないジッパー付きビニール袋に入っていたので、麻薬だと思われたんです。でも、二〇一七年五月に、メトホルミンという分析結果が出て、容疑は晴れました。二度目は二〇一八年二月、ガバペンチンという薬でした。用途はさまざまですが、おもに神経痛の鎮痛薬として使われます。判事は未決勾留中の彼を釈放しました」

アマンダがつづきを引き継いだ。「メイコン市警は、ラグナーセンがもぐりの医者もやっていると見ているの——衛生兵だったおかげね、たぶん。顧客は地元のギャング。銃で撃たれて、病院で警察にあれこれつつかれたくなかったら、ラグナーセンを呼べばいい」

フェイスが言った。「ああ、なんだかわかった気がします」

アマンダは待った。

「マーティン・ノヴァクが逮捕されたウェルズ・ファーゴ銀行はメイコン郊外にあります。ノヴァクの手下が腹部を撃たれました。昨日の会議では、その男は手術を受けていなければ死んでいる可能性が高いという話でしたよね」フェイスはアマンダがその先を言うのを待ったが、なにも返ってこなかったので、率直に尋ねた。「ボー・ラグナーセンがその男から銃弾を摘出したんじゃないですか?」

アマンダは検死報告書をフェイスに渡した。「衝突事故現場でウィルが射殺したセバスチャン・ジェイムズ・モンロー、別名マールの腹部には、おそらくここ二年以内に銃で撃たれたとおぼしき大きな傷跡があった。報告によれば、傷を縫合したのは医学的知識のある人物——獣医師か外科のナースと考えられる」

「もしくは、元特殊部隊の衛生兵」フェイスはパチンと指を鳴らした。「大当たりですよ。モンローはウェルズ・ファーゴ銀行を襲撃したメンバーのなかにいた。これでモンローとノヴァクが結びついた。さらに、ノヴァクがＩＰＡとつながっていることも証明された。ＦＢＩに伝えてください。大騒ぎになりますよ」

「あなたがいま言ったことは憶測か、そうでなければ希望的観測よ」アマンダが言った。「とっくにＦＢＩもそういう仮説は立ててる。でも、確信がない」

フェイスは報告書をデスクの山の上に放った。「そりゃそうでしょうね」

「あなたたちふたりに言っておくわ。わたしたちが集中すべきは、サラとミシェル・スピヴィーを見つけることよ。それだけ。それより大きな陰謀論はわたしたちの管轄外。マーティン・ノヴァクの身柄は連邦保安局が拘束している。ノヴァクとＩＰＡを結びつけるのはＧＢＩの仕事ではないの。爆破事件の捜査はＦＢＩがやってる。ＩＰＡと爆破事件を結びつけるのもＧＢＩの仕事ではない。わたしたちは拉致事件の捜査をしているのよ」

フェイスが言った。「つまり、あたしたちは釘のまわりを叩いてろってことですか?」

「よく聞いて」アマンダはデスクをこつこつと叩いた。「わたしがたびたびウェーコやルビーリッジの話をするのはなぜか? FBIのほうがわたしたちよりもずっと長いあいだ、白人国粋主義者の準軍事組織を相手にしているわ」

「ええ、白すぎて潰せないからですよね」

「フェイス」アマンダが苛立ちを抑えようとしていることは、傍目にもよくわかった。「歴史の教科書をひもといてみる必要があるわね。GBIはダッシュとIPAを次世代の自国内テロリストが感化されるような殉教者集団にすべきだと思う? それとも、じっくりと入念に捜査を進めて、きっちり有罪に持ちこめるようにすべきだと思う?」

ウィルは捜査のやり方などどうでもよかった。とにかくダッシュを見つけられればいい。それがサラを見つけることになるのだから。「ラグナーセンはいまどこにいるんですか? ここにいますか?」

アマンダから許可の合図が出るのを待ち、フェイスが答えた。「下で頭を冷やしてる」

フェイスはアマンダに言った。「よかった点としては、捜査官に対する暴行で逮捕できたことです。ラグナーセンは真夜中にベッドから引きずり出されて腹を立てたんです。ジヴォンは殴られて鼻を折りました」

真夜中に。

その言葉がウィルの頭を目覚めさせた。ラグナーセンが逮捕されたのは偶然ではない。

ウィルがサラを探しに行ってもよしというゴーサインが出るのを待ってソファにぼんやり座っているあいだに、アマンダはラグナーセンを勾引していたのだ。

アマンダが尋ねた。「ウィルバー、なにか言いたいことがあるんでしょう?」

言いたいことなら山ほどあったが、ひとまずひとつだけ告げた。「ラグナーセンと話をしたい」

「でしょうね」

証拠品袋のなかにラグナーセンの携帯電話があり、通知が点滅していた。フェイスがそれに気づいて読みあげた。「メールを着信してる——ランダムな文字と数字を組み合わせたGmailのアカウントから。件名は〝なるはやで〟ですが、ロックされているからそれ以上読めません」

アマンダが立ちあがった。椅子の背からジャケットを取ってはおった。「フェイス、その携帯電話を持ってきて」

ウィルはドアをあけた。しばらくノブをきつく握り、めまいに抵抗した。アマンダがブラックベリーを取り出し、親指で操作しながら先に歩いていく。視界がぐらぐら揺れていたが、ウィルはキリンの舌のようにのたうつ通路を先に行くアマンダを追った。蛍光灯の光がストロボのようだった。脳卒中でも起こしかけているのだろうか。

「ぼろぼろじゃない」フェイスが小声で言った。「家に帰るか、アマンダにさっきの薬のもう半分をくれって言いなさいよ」

ウィルは歯を食いしばったが、ますます頭痛がひどくなっただけだった。光のせいだ。だれかが蛍光灯をやたらと明るくしたようだ。

「まっすぐ歩けてないよ」フェイスはもはや声をひそめていなかった。「サラを助けたいのなら、まともな人間らしく見えなくちゃ。あの薬を飲みなさいってば」

ウィルは壁に手を添えて歩きつづけた。フェイスは心配してくれている。心配すると声を荒らげるのだ。そのことには感謝すべきかもしれない。「ぼくは大丈夫だ」

「大丈夫なわけないでしょ、ばか」フェイスは歯で証拠品袋を破った。ボー・ラグナーセンのiPhoneXを手のなかに落とす。古い機種より大型で、ホームボタンがない。ウィルは、ブラックタール・ヘロインの商売はよほど儲《もう》かるのだろうと思った。

アマンダが階段に通じるドアをあけた。「フェイス、今日の午後、わたしの代わりに出席してほしい会議があるの」

フェイスはぶつぶつとなにか言い、アマンダのあとから階段をのろのろとおりていった。携帯電話をしげしげと見ている。スクリーンはまだロックされている。ケースは黒いラバーで、指を添える部分が波形になっている。フェイスは角をはがして、電話とケースの隙間になにか隠れていないか確かめた。

なにもない。

階段の下でドアがあいた。捜査官がふたり立っていた。アマンダがおりてくるのを待ってから、入れ違いに階段をのぼりはじめた。どちらもウィルに向かって顎をあげた。ウィルはそれを、自分に対するねぎらいと受け取った。サラの存在がなければ、彼らはウィルに目もくれなかっただろう。ウィルにとってこのビル内で仲間だと感じるのは、長らくフェイスとチャーリーだけだった。サラが働きはじめてから、ウィルは勤続十五年目にしてはじめてここが自分の居場所になったような気がしていた。

アマンダはすでに通路の途中まで進んでいた。ウィルは追いつくために大股で歩いた。アマンダが観察室のドアをあけたが、なかには入らず、フェイスに目顔で通路の先に行けと合図した。

そして、ウィルに言った。「FBIにハーリーが引き渡されたわ。州外へ移送される。わたしたちには手出しできなくなる。爆破事件は連邦の管轄よ。彼らが爆破事件はIPAと関係ないと言い張っているかぎり、ダッシュはわたしたちのものになる」

「社会保障番号と――」

「いまやってるわ、ウィル。ゆうべからやってる」アマンダの目が険しくなった。「覚悟はできてる？」

ウィルは観察室に入った。照明は消えていた。たちまち頭痛が少しだけ弱まった。マジックミラーの前に立ち、ポケットに両手を入れた。ボー・ラグナーセンとおぼしき男をじっと見つめる。元衛生兵は、両手に手錠をかけられ、テーブルの前に背中を丸めて座っていた。手錠のチェーンはテーブルに固定された金属のリングに通してあった。彼のむかいに、プラスチックの椅子が二脚並んでいる。ラグナーセンはうつむいていた。汗が顔を流れ落ちている。二度逮捕されたことがあるとはいえ、相手はメイコン市警だった。ドラッグを渇望している病人を顧客として囲いこむような男は、地元の警察とやり合うのと、州の精鋭に抗うのと、どちらが大変かよくわかっている。

フェイスがドアをあけた。「こんにちは、くそ野郎」

ラグナーセンが顔をあげた。

フェイスは彼のｉＰｈｏｎｅを掲げた。顔認証ソフトが彼の顔をスキャンし、ロックが解除された。

「くそっ！」ラグナーセンがつながれた両手をさっとあげた。テーブルは床にボルトで固定されている。彼は椅子を壁に蹴りつけることしかできなかった。

マジックミラーの反対側では、ドシンというくぐもった音しか聞こえなかった。鼻をすする音や咳、ぼそぼそ声の自供を残らずマイクで拾えるよう、取調室の壁には分厚い防音材を貼ってある。

フェイスが満面の笑みで観察室に入ってきて、アマンダに言った。「ラグナーセンに送られてきたなるはやでのメールには、〝今日の午後四時いつもの場所で〟と書いてありました。そのあと、薬品名と数量の膨大なリストがつづきます。〝トブレックス十本、ビガモックス十本、ジゴキシン五本、セロクエル五本、ヒドロコルチゾン軟膏《なんこう》二十本、エリスロマイシン十本、ラミシール五本、フェニトイン五箱、ジランチン五箱、ゾビラックス五箱――」

「ちょっと待って」アマンダがフェイスの肩越しに覗きこんでいた。「ヒドロコルチゾン《Hydrocortisone》。エリスロマイシン《Erythromycin》。ラミシール《Lamisil》。フェニトイン《Phenytoin》。頭文字を順番に綴《つづ》ってみて」

「嘘っ、信じられない」フェイスはほとんど叫んでいた。「リストの下まで読んでください――リドカイン《Lidocaine》。イブプロフェン《Ibuprofen》。ネオスポリン《Neosporin》。タキソール《Taxol》。オフロキサシン《Ofloxacin》。ネブペント《Nebupent》」

「おりこうさん！」アマンダが勝利の拳を突きあげた。

フェイスがハイファイヴをしようと手をあげた。ウィルはぽかんとしたままその手をパチンと叩いた。ふたりが薬のリストを見てなぜ大騒ぎするのか、まったくわからなかった。

「ウィル！」フェイスがスクリーンをウィルのほうへ向けた。「リストにメッセージが埋めこまれているのよ。ほかの文字は無視して。このふたつの部分を見るの。それぞれの薬の最初の文字が――暗号になってる。H・E・L・P、それから、L・I・N・T・O・N」

フェイスが言っていることは聞こえるが、わけがわからず、ウィルはかぶりを振った。

アマンダが言った。「サラがこのリストを作ったの。わたしたちにまたメッセージを送ってきたのよ。〝助けて。リントン〟と」

助けて。リントン。

その言葉は、ウィルの耳のなかで奇妙に反響した。ウィルは壁に手をついた。息が止まり、思考が止まり、サラがまた自分に連絡を取ろうとしていること以外、脳が処理をすることをやめてしまった。

助けて。

「ほら」フェイスがこれならわかるかというように、リストを拡大した。文字を指さす。

「Ｈ・Ｅ・Ｌ――」

ウィルはフェイスにやめてほしくてうなずいた。数字はわかるが、文字はもつれて見えた。重要なことは、今朝六時四十九分には、サラは生きていて、暗号のメッセージを送れるくらいには元気にしていたという事実だ。

「これで、サラがラグナーセンと会ったことがわかったわ」アマンダがフェイスに言った。「サラはきっと、彼がリストの薬を調達する役目だとわかっていたのね」

「絆創膏。ゲータレード」フェイスは読みつづけた。「ボドローのバットペースト。おむつかぶれの軟膏ですけど、あかぎれや火傷、擦り傷にも使えます。ほとんどすべて子どもの看護に使うものみたいです。アモキシシリン、セフロキシム、アセトアミノフェンの水薬。うちの薬戸棚にもどっさりあります」

「アスピリン」アマンダが読みあげた。「これはライ症候群の恐れがあるから、子どもには使わないわ」

「これを医師に見せて、あたしたちが気づいていないことを教えてもらいましょう」

「頼むわ」アマンダがそう言ったときには、フェイスはすでにドアから出ていこうとしていた。

「件名が〝なるはやで〟ですよね」ウィルはアマンダに言った。「ラグナーセンは薬品を手渡しすることになっている。ぼくをそこへ行かせてください。なにか口実を考えればいい」

「ラグナーセンと落ち合うのはダッシュじゃないでしょう。リーダーはお使いなんかしないわ。使いっ走りを送ってくる」

「使いっ走りが来るなら——」ウィルは壁に手をついて体を支えた。「そいつに連れていってもらえばいい。アジトへ手引きしてもらいます。方法は考えます。手引き役さえいれば——」

「勝手にしゃべってなさい、わたしはメールを送るから」アマンダはまたブラックベリーを見ていた。親指を猛烈な速さで動かして文字を入力している。

ウィルは顔をそむけた。明るいスクリーンのせいで、何本もの小さな剣で目を刺されているかのようだった。脳がまた風船に戻り、内側から頭蓋骨にぶつかっているような気がした。肋骨が許すかぎり大きく息を吸い、できるだけ吐ききった。夜のあいだずっとしつこくつきまとってきたのと同じ恐怖を無理やり追い払った。

サラは今朝六時四十九分に暗号のメッセージを送ってきた。

六時五十分にはなにがあったのだろう？

アマンダが尋ねた。「座りたい？」

ウィルはかぶりを振った。おかげでますますめまいがひどくなった。なにかを見逃している、ものごとをきちんとつなげられずにいる。頭のなかで、アマンダとフェイスの興奮したやり取りを再生しているうちに、考えが整理されて疑問がひとつ浮かんだ。

「フェイスに〝これでサラがラグナーセンと会ったことがわかった〟と言いましたね。なにを証拠にそう言いきれるんですか？　サラが天井に書いたのは〝ボーが〟と〝バーに〟だけです。それだけでは、ほんとうに会ったのかどうかわからない。彼の名前を盗み聞きしただけかもしれない。あるいは、ダッシュか彼の手下が――」

アマンダが人差し指をあげてウィルを制した。メールを送り終え、ブラックベリーをポケットにしまってから、ウィルの顔を見あげた。「チャーリーがゆうべモーテルで、ドアのそばにあったプラスチックのテーブルの下縁から部分指紋を発見したわ。ボー・ラグナーセンのものと一致したという結果が出てる」

ウィルはジヴォンがアマンダに伝えた情報をもうひとつ思い出した。「ボーはモーテルの管理人ですよね。だったら、モーテルのあちこちに彼の指紋があるはずです」

「ラグナーセンの指紋はカーターの血痕のなかにあったの。チャーリーによれば、指紋の状態から判断すると、血痕はラグナーセンが触れたときにはまだ乾いていなかった。つまり、ラグナーセンはカーターが刺し殺されたとき、現場に居合わせたことになる。だから、ラグナーセンの自宅の捜査令状を取れたのよ。指紋は彼が殺人事件の現場にいたという明らかな証拠だから。午前三時に、強制捜査の令状を取れたの」

午前三時といえば、ウィルはソファに座って、思いつめたティーンエイジャーよろしくサラの音声メッセージを繰り返し再生していたころだ。怒りで思わず奥歯を嚙みしめた――自分が腹を立てている相手はアマンダではなく、ずるずるとつかみどころのない蛇なのではないか。そもそも、家に帰るべきではなかった。

ウィルは尋ねた。「なぜゆうべ話してくれなかったんですか?」

「なぜなら、ゆうべもいまもあなたには休息が必要だからよ。暗くて静かな部屋で、ひとりで休まないと。ひどい脳震盪を起こしてるんだから。あなたはひとりを射殺して、もうひとりにも重傷を負わせた。さらわれた女性は、あなたにとって離婚が成立してすぐに結婚すべきだったのに、愚かにもそうしなかった相手だった。わたしはここにいてあなたのおむつを替えてあげてもいいんだけど、それとも取調室でボー・ラグナーセンと会って、薬の受け渡し場所へ連れていけ、ダッシュがよこした使いっ走りに引き合わせろと交渉する?」

ウィルはアマンダをにらみつけた。そのとき、アマンダの言葉の意味がつかめた。マジックミラーのむこうを見た。ラグナーセンはあいかわらず両手をテーブルの上で組み合わせている。髭はのびているが、髪は軍隊風に刈りこまれている。総合格闘技の選手のように筋骨隆々としている。ブラックタール・ヘロインを切羽詰まったジャンキーに売りつけ、犯罪者の傷を縫って現金を稼いでいる男だ。だがいま、サラを取り戻すにはこの男に賭けるしかない。

ウィルは尋ねた。「アスピリンの残りの半分はありますか?」

アマンダが上着のポケットに手を入れた。ピルケースは銀で、蓋にピンクのバラがエナメルで描かれていた。「バッグにはもっと入ってる。必要だったら言って。アスピリンは胃を痛めることがあるから」

ウィルは錠剤を呑みこんだ。アマンダを先に行かせるつもりはなかった。ドアをあけて押さえてやることもせず、通路に出た。取調室へ向かう。蛍光灯のまぶしい光が瞳孔を刺した。たちまち目が潤む。取調室のドアをあけた。

ラグナーセンは、今度は顔をあげなかった。両手を見おろしている。だが、見るからに強靱《きょうじん》な感じがした。ウィルの奪われた折りたたみナイフのように、体にばねが仕込まれているのではないかと思わせる。片方のかかとは、床をせわしなく叩いていた。彼自身も薬が必要なジャンキーなのか、それとも、自分の知っている人生はもう終わったのだと気づいたのか。いや、その両方だ。腕の注射跡を隠すためでもなければ、八月に長袖を着たりしない。

ウィルは脇腹の筋肉に力をこめ、ラグナーセンがひっくり返した椅子をつかんだ。それをテーブルの前にそっと置いた。両手で背もたれをつかんで待った。

「おはよう、ラグナーセン大尉」アマンダが颯爽《さっそう》と入ってきて、二脚目の椅子に座った。「GBI副長官のアマンダ・ワグナーです。こちらはウィル・トレント特別捜査官」

ラグナーセンがようやくウィルのほうを向き、品定めするように見た。ウィルは椅子の背もたれの上で指をのばし、傷や痣を見せつけた。自分は他人を殴りつけることをよしとしない高潔な人間ではないと警告したかった。

アマンダが言った。「ラグナーセン大尉、権利はすでに読みあげてもらったんでしょう。最初に言っておくけれど、あなたがこの部屋で話すことはすべて記録されます。ジョージア州捜査局の捜査官に虚偽の供述をした場合、最高で懲役五年の刑を科されます。わかった？」

ラグナーセンはまだウィルを見ていた。ほかの男に見おろされるのは嫌いらしい。アマンダに向かって、うなずく代わりに挑戦的に顎をあげた。

「記録のために。容疑者は了解のしるしにうなずいた」アマンダが言った。「ラグナーセン大尉、あなたは現在、ジヴォン・ローウェル特別捜査官に暴行した容疑で逮捕されてるの。ただ、最後の取り調べのあとに、容疑がふたつみっつ追加されたわ」

ラグナーセンはウィルから視線をはずした。髭に埋もれた口をゆがめ、アマンダをじろじろと眺めた。ボスの立場にいる女性も嫌いらしいが、ウィルにとってはこれこそが女性上司の下で働く利点だ。

アマンダが言った。「あなたの車を捜査した結果、肩撃ち式火器の銃身を違法に改造したとして、新たに令状を取りました。これはジョージア州法典第十六編に違反する。さらに、銃身は四十五センチまで切りつめられていて、一九三四年制定の消防法で許可されているより二センチ短いの。これは第四級の重罪で、懲役二年から二十年の刑が科されるわ。この火器を所有すると同時にほかの犯罪——誘拐や殺人やレイプ、強盗などに関与した、あるいは教唆したことが証明されたら、第二級の重罪に跳ねあがって、懲役二十年から終身刑を科されることになる。でもこれには、あなたがメイコンでやってるブラックタール・ヘロインと処方薬の副業は入っていないのよね」

ラグナーセンが口をもごもごと動かしたが、声は出ていなかった。

アマンダは椅子にゆったりと座り、腕組みをした。ラグナーセンが生まれる前から犯罪者と対峙《たいじ》してきたのだ。彼は黙っていれば切り抜けられると思っているのだろうが、実際にはそれまでの愚かな犯罪者たちの轍を踏んでいる。

アマンダが言った。「いまのところ黙ってることにしてくれてよかったわ、ラグナーセン大尉。わたしの話をよーく聞いてほしいから。話が終わったら、あなたは重大な選択をすることになる。はっきり言えば、役に立つことならなんでもやらせてくれと、わたしに懇願することになると思うわ」

病院でハーリーにもだいたい同じことを言ったが、ラグナーセンはロバート・ハーリーより手強《てごわ》かった。

「弁護士を呼べと言ったら？」

「あなたにその権利はあるわ」

「そのとおり」ラグナーセンがおもむろに体を起こしたので、手錠のチェーンがテーブルの端にぶつかって音をたてた。彼は鼻を鳴らしたが、それは犯罪者がわざわざ〝失せろ〟と言うまでもないと思ったときにやるしぐさだ。

それでも、彼は弁護士を呼べとは言わなかった。

彼はアマンダに言った。「あんたの飼ってるゴリラを座らせろ」

ウィルはアマンダの合図を待った。アドレナリンはまだ効いてこない。顔をしかめずに腰をおろすには、全身の筋肉をこわばらせなければならなかった。

ラグナーセンがウィルに尋ねた。「あんた、ベンチプレスで何キロあげられるんだ？」

ウィルはくだらない質問など聞こえなかったかのように、表情を変えなかった。

アマンダが言った。「ダッシュについて訊きたいんだけど」

ラグナーセンは反抗的に片方の肩をすくめた。「ときどきビジネスをしている」

「どっちのビジネス？　薬品調達？　緊急手術？　ブラックタール・ヘロイン？」

「ブラックタールはニグロのドラッグだ。おれは白人にそんなくそみたいな代物は売らない」

「だれにでも基準はあるものね」

「そのとおり」ラグナーセンは身を乗り出した。「おれは人助けをしてるんだ。政府はおれたちをないがしろにしてる。病人を路上で死なせてる。兵士を見殺しにしてる。工場を閉鎖した。食べるものを奪った。だれかが一段上にのぼらないとな」

アマンダは、人種差別発言を無視したのと同じく、この演説も聞き流した。「あなたが乗ってる二〇一九年型のＧＭＣ・ユーコン・デナリは最低でも七万一千ドルよね。よきサマリア人にしては大きな一段ね」

「ふん」ラグナーセンはまた肩をすくめた。「おれになにを話せって言うんだ？　おれに用がないなら、いまごろ留置所に入れてるはずだ。なにがほしい？」

「いずれわかるわ」アマンダはきっぱりと言った。「まずは、あなたにこの話をする価値があるかどうか確かめたいの。ラグナーセン大尉、昨日の午後四時から五時まで、キング・フィッシャー・キャンピング・ロッジでダッシュとなにをしたのか話してちょうだい」

ラグナーセンは黙りこんだ。この部屋からさっさと出ていける答えをでっちあげようとしているのは明らかだった。彼は愚かではないが、閉じこめられているせいで視野が狭まっている。そうでなければ、昨日サラがウィルにメッセージを送ってきた時間帯に自分とダッシュがモーテルにいたと仮定しているその質問について、もっとよく考えたはずだ。

「わかった」ラグナーセンが言った。「ほんとうのことを話すぞ。おれはあの騒ぎが起きたあとに、あそこに行ったんだ。ふたりが死んでいた。そこらじゅう血だらけだった。あのブロンドの名前は知らない。隣の部屋にいた。もうひとり、赤い髪の女が床に座ってた」

ウィルは頬の内側が切れるほど強く嚙んだ。

アマンダが尋ねた。「その場にだれがいたか、ひとりひとりあげていって」

「ダッシュと、あいつの手下が三人くらい。名前は知らない。ふたりは入口に、もうひとりは裏手にいた。女ふたりを監視してたんだろう。片方の女がナイフを持って大暴れした。

ベッドに転がっていた男は胸を撃たれた。おれが部屋に入ったときには、もう死んでいた。ダッシュに後始末をしろと言われて、まっぴらだと断ったんだ。自分でやれってね。あの部屋にいたのはせいぜい一分くらいで、すぐに自分のトラックに戻った。むかいの駐車場に駐めて、ビールを一杯飲んで、見ちまったものを忘れようとした」

「モーテルの部屋のテーブルを拭いたでしょう」

ラグナーセンは口ごもった。「おれじゃない。どっちかの女が拭いたんだろう」

アマンダは片方の眉をあげたが、とりあえずしゃべらせつづけることにしたようだ。

「なあ、おれはほんとうのことを言ってるんだ」ラグナーセンは手錠のかかった手首をそわそわとこすり合わせた。「ダッシュはもう行くと言った。おれはバーに行った。道を渡ったところにある。おれはぐずぐず待ったりしなかったんだ。おれは関係ない。気がついたら、夜になっていてサイレンが聞こえた。窓の外を見たら、モーテルに大勢の警官がうろついていた。おれはあわててトラックに乗って家に帰った。関わり合いになりたくないからな」まったく腹立たしいと言わんばかりに肩をすくめた。「おれが知ってるのはそれだけだ」

ウィルはテーブルの下で拳を握ったり開いたりした。頭が燃えるように痛かったが、ラグナーセンの話が穴だらけだということはわかった——そもそもなぜダッシュがあのモーテルの部屋にいたのか？　ドアの鍵は壊れていなかった。ラグナーセンは一分以内に部屋を出たと言っている。よく見てもいないのに、どうしてヴェイルが胸を撃たれたとわかったのか？　どうしてミシェルが隣の部屋にいると知ったのか？　ダッシュが監視をひとり敷地の裏手に配置したのをどうして知ったのか？

なによりも――どうしてこの男がウィルのナイフをポケットに入れていたのか？

アマンダが言った。「人質について訊くわ。何人いたの？」

「女がふたり。さっき話しただろう」ラグナーセンはまた肩をすくめた。ウィルがその肩を殴らなかったのは、ラグナーセンがサラとミシェル・スピヴィーが人質に取られているのを知っていることが、しっかり録音されたとわかっていたからだ。

アマンダが尋ねた。「ふたりの様子はどうだった？」

「別に普通だ。というか、赤毛のほうはなんとかしようとしていた。ダッシュは、その女が医者だと言っていた」ラグナーセンは勝機を見出《みいだ》したらしい。「だから、もともとあいつらはおれに用はなかった。医者がいたんだからな」

それならなぜあの部屋にいたんだ、この間抜け？

「ダッシュはその医師の名前をなんて言ってた？」

ラグナーセンは考えるふりをした。「アーネスト？　アーリーだったか？」

アーンショウだ。

「もうひとりの人質のほうは？」

「偽のブロンドだろ、おっぱいが小さくて、年増《としま》だった。静かだった。死人みたいに静かだった。ひとことも口をきかなかったが――」ラグナーセンはぴしゃりと口を閉じた。舌で頬の内側を押した。またミスを犯したことに気づいたようだ。「おれが部屋に入ったときには、その女は連れ出されるところだった。隣の部屋に連れていかれるのを見たんだ。隣の部屋にあの女がいたと言ったのは、そういうことだ」

「彼らは部屋の鍵を壊して入ったのね」

「ドアに鍵はかかっていなかった。どの部屋もだ」

「全部のドアに鍵をかけていなかったなんて、管理人としては無責任ねえ」アマンダはいったん黙った。「ミシガンとカリフォルニアにいるミスター・ホプキンズの娘さんふたりから、話を聞いたの。管理会社は、あなたにモーテルの管理費を払っているそうね。だからあなたはモーテルにいたんでしょう？　建物のチェックをするために」

ラグナーセンは、自分が深い穴にはまっていて、これ以上掘りさげるのはやめたほうがいいことに気づく程度の知恵は持っていた。

「あなたの供述をまとめましょうか」アマンダは腕時計を見ながら話した。「あなたはモーテルにいた、ただしとくに理由はない。どの部屋もドアに鍵がかかっていなかった。だから、ダッシュとその手下たちは鍵を壊す必要はなかった。あなたは部屋に一分もいなかったけれど、ベッドで男性ふたりが死んでいるのがわかった――ひとりは刺し殺されて、もうひとりは胸を撃たれていた。ふたりの女性が人質に取られていて、ひとりは医者だと聞いた、もうひとりが隣の部屋へ連れていかれるのを見た。ＩＰＡメンバーふたりは入口を見張っていたけれど、もうひとりが建物の裏を見張っているのが、あなたには魔法のように見えた。なぜかあなたはテーブルの縁をつかんで、天板の裏の乾いていない血痕のなかに指紋を残した。それから、くるりと背を向けて部屋を出て、車に乗りこんで道路を渡り、ブラインドを閉めてビールを飲んだ、と」アマンダは腕時計から目をあげた。「いまの話だけで三十八秒かかったわ。ほんとうに、部屋にいたのは一分くらいだった？」

ラグナーセンは唇を舐めた。テーブルの下縁に指紋が残っていた理由を必死に考えているようだ。「なににさわったか覚えてないんだ。びびってたからな。言ったじゃないか、ふたりも人が死んでたんだぞ。あんなところにいられるもんか。なににさわったかは覚えていない。指紋なんかほかにもあるだろう」

「なるほど」アマンダは言った。「うちの科学捜査班が、あなたの寝室の本棚の裏に隠してあった救急セットのファスナーから、アダム・ハンフリー・カーターの血液を検出するかもね」

ラグナーセンの舌がぴたりと動きを止めた。

「ハーローのチェストシールが一枚なくなってたんだけど、偶然にもヴェイルの胸に一枚貼ってあった。ちなみに、ヴェイルは三発撃たれてた。モーテルに来る前に一発、ベッドに横たわっているときに致命傷となる二発」アマンダはふたたび身を乗り出した。「ラグナーセン大尉、血液を金属から取り除くのは難しいのよ。たとえばファスナーの歯とかね。あるいは、折りたたみナイフの柄とか。折りたたみナイフのばねやねじ、開くためのボタン、溝なんかには、ごく少量の血液がこびりついてることがあるの」

ラグナーセンの汗はツンとしたにおいを放っていた。一メートルほどしか離れていないウィルにもにおいを嗅ぎ取れた。

「ラグナーセン大尉、わたしが最初に言ったことを覚えているかしら。GBIに虚偽の供述をするのは犯罪ですっていう話。それから、銃身を切りつめたショットガンを所持しながら拉致だの殺人だのに関与していたのが明らかになったら終身刑だって話もしたわね」

「そいつはトラックに入れてある」

「チャタフーチー国立森林公園の自然保護区に駐車してあった。あそこに銃弾を装塡した火器を裸で車にのせているのは違法なの」

追いつめられた焦りが敵意に変わった。「あんたはくそばばあだ。知ってるか?」

「あなたとカーターが知り合ったのは、彼が警官だったころだということは知ってるわ」

ラグナーセンの顎はほとんどテーブルにぶつかりそうだった。

ウィルは両手を見おろし、自身のショックを隠した。アマンダがいままで隠していた情報ではなく、ようやく合点がいったことが驚きだったのだ。

ゆうべモーテルで、ジヴォン・ローウェル特別捜査官はボー・ラグナーセンについて妙に詳しかった——モーテルの管理人をしていること、むかいの社交クラブのようなバーの経営者でもあること、両方の建物の所有権は彼ではないこと。ジヴォンはこれらの情報を二時間で調べあげたわけではない。同様に、アマンダもボー・ラグナーセンとアダム・ハンフリー・カーターのつながりを今朝知ったのではない。この種の書類を掘り返すには、気が遠くなるような時間がかかる。あちこちに電話をかけ、担当者に談判し、事実関係をひとつひとつ確認しなければならない。

つまり、ボー・ラグナーセンはしばらく前からアマンダのレーダーに引っかかっていたということだ。

それは、ウィルの読みが正しかったということでもある。アマンダがFBIのCIにウィルの手引き役をまかせるわけがない。彼女はすでに自身のCIをIPAに送りこんでいたのだ。いまこの瞬間、体中の水分を毛穴から噴き出させている男を。

アマンダが言った。「ラグナーセン大尉、あなたの華々しい逮捕記録によれば、二〇一二年、あなたはカーターに職務質問され、車のグローブボックスに入れておいたオキシコンチンを発見され、逮捕された。あいにく証拠が紛失して、あなたは起訴を免れた。カーターが適切に処理しなかったからだけど、年季の入った警官が犯すようなミスではない。でも、わたしが思うに、証拠隠滅から友情がはじまることってよくあるわ」

ウィルは顔をあげた。胸をバズーカ砲で撃たれた瞬間にラグナーセンがどんな顔をするか、自分の目で確かめたかった。

アマンダがつづけた。「カーターは基本的に雇われの用心棒だった。あなたは数年前から借金の取り立てや薬局の襲撃に彼を使っていた。カーターも、あなたのスキルを必要としているかもしれないお友達に、あなたを紹介した。そのうちのひとりがダッシュね。それ以来、あなたはダッシュとIPAに協力している」

ラグナーセンの顎が虎挟みのようにきつく締まった。

彼の焦燥がウィルには感じ取れた——この女はどこまで知っているんだ？

アマンダが尋ねた。「ダッシュのことはどれくらい知ってるの？」

ラグナーセンはかぶりを振りはじめた。「知らない。昨日会ったので三回目くらいだ。だいたい、まあ、五年間でそのくらいだ。ダッシュはいい客だ。必要なもののリストをメールで送ってきて、手下が金を持って引き取りに来る。変なものは注文しない。抗生剤とかスタチンとか、普通の薬ばかりだ。ときどきモーテルで手術をしてやることもあった。ばかなまねをした若いのを——喧嘩で刺されたとか、うっかり自分の足を撃っちまったとか。それだけだ」

「手術はいつもモーテルでやっていたの？」

「ああ、それか九八五沿いのフラワリー・ブランチの近くで会った」

「そこで落ち合うの？」

「言っただろう、あいつは手下に現金を持たせてよこすんだ。いつもひとり運転手がついているが、バンから出てくるのを見たことがない。受け取りに来るやつも毎回違う。だれの名前も知らない。自己紹介なんかしないからな。おれはベンチに座ってる。男が金を持ってくる。おれたちはバッグを交換して——薬と金だ——むこうは立ち去り、おれは少し待ってから帰る。映画でよくあるだろ」

「ダッシュは昨日あなたに電話をかけてきたでしょう」アマンダは言ったが、これはおそらく推測だ。

「困ってたからな」ラグナーセンがはっきりと言った。「連絡が来たのは数カ月ぶりだ。いいか、よく聞けよ。ダッシュはカーターの仲間だ、わかるか？　おれがカーターと取引していたのは、あいつがこすっからい泥棒だからだ。おれたちは友達じゃなかった。ぜんぜん違う。あいつが死んでうれしいくらいだ。ほんとうにいやな野郎だった。あいつがなんで呼ばれたのかだれだってわかる。あいつがあの女になにをやったのかも。おれには妹がいる。母親もいる。おれはあんなふうに女を痛めつけたりしない」

「あなたがそうするとは言ってないわ、ラグナーセン大尉。むしろ、あなたのことはしばらく前から監視してたから、どういう人間かはよく知ってる」

ラグナーセンは驚きのあまり言葉を失った。

アマンダがつづけた。「トラックに追跡装置をつけておいた。お仲間のハーリーの車にもね。あなたの釣り船にもつけておいたのよ。あなたのお母さんは、教会の地下室で薬物依存症の家族会で泣いてたわ。わたしは、妹さんが働いているセブン‐イレブンでガムを買ったし、別れた奥さんとはルート8沿いのデイケアセンターで会った。わたしはね、あなたがだれか、どこでなにをしているのか、ずっと前から知ってたの」

ラグナーセンは怯えた顔をしたが、抵抗を試みた。「おまえにおれのなにがわかる」

「カンダハルで榴散弾《りゅうさんだん》にやられた後遺症のせいで、オキシコンチンを経由してヘロインにはまったのを知ってる。その長袖の下に隠しているのは、ブラックタール・ヘロインの注射の跡でしょう。あなたが救急セットになにを入れているのかも知ってる。コンバットブーツの茶色い靴紐を止血帯に使うこともね。どこでヘロインを注射するのか、だれとするのか、だれに薬を売るのか、トリアージして手術をしてやったギャングはだれか、あなたの使っている運び屋はだれか、あなたに金を借りているのはだれか、あなたが借りているのはだれか。そして大尉、わたしはいまこの瞬間、あなたのケツの穴の奥まで足を突っこんでるから、その喉の奥でわたしのペディキュアの味がしていることも知ってるわ」

ラグナーセンの鼻腔がふくらんだ。恐慌に陥り、脱出口を探している。だが、出口はない。銃弾はひとつ残らず命中した。彼の母親。妹。別れた妻。彼の商売。薬物依存。彼は相当追いつめられたのか、ついに懇願した。「おれはどうすればいい?」

アマンダはほほえんだ。椅子の背にゆったりともたれる。上着の袖から糸屑を払った。

「ありがとう、ラグナーセン大尉。その言葉を待ってたのよ」

11

八月五日月曜日午後四時三十分

サラはキャビンの形をした独房のなかを歩きまわった。幅十二歩、奥行きも十二歩。歩幅を調節すると、完全な正方形ではないことがわかった。ひざまずき、両手を交互にずらして床の縦横の長さを測った。途中でどこまで数えたか忘れてしまい、最初からやりなおした。それから、頭を抱えて悲鳴をこらえた。この灰色の監獄のなかに閉じこめられていると、退屈でおかしくなりそうだ。

ダッシュに付き添われてキャビンへ帰ってきてから、四時間はたっているはずだった。壁板の隙間から差しこんで床を移動する日光が、日時計の代わりになった。思考が散漫にならないよう、目をきつく閉じた。温室の記憶を呼び戻す。新しいものではなさそうだった。周囲は木が生い茂っていた。鹿撃ちの見張り台に座っていた監視係や、武装して木立に紛れていた男たちは、あの温室を警備していたのだ。

なんのために?

こんな僻地にあのようなものを建てるにはなにが必要か考えた。資材を運びこむために、大型トラックの通れる道路がそばにあるはずだ。鉄のフレームは、分解したものをここへ運びこんでから組み立てたのだろう。分厚く大きなガラス板をフレームに組みこむには特殊な道具が必要だ。ガラス板を運搬する。フレームにはめこむ。発電機は大きなプレイハウスほどの大きさで重量があるから、トレーラーが必要だ。あれはランプだの手工具だののためのものではなかった。出力十五キロワットとすれば、小さな一軒家の電気をまかなえる。

また、温室の機能についてもかなり熟考されていた。ガラスの温室のなかに保温幕を張るとは過剰だが、サラにはその目的がわかる。たいていの警察のヘリコプターに搭載されている熱探知カメラは、人間の発する熱、つまり七〜十四ミクロンの赤外線を検知する。この波長の赤外線はガラスを透過しない。上空からは、温室は見えないはずだ。保温幕も似たようなもので、赤外線を遮断して検知されるのを防ぐ。では、保温幕は上空から温室のなかを覗かれないようにするためではなく、地上からの視線をさえぎるためのものではないか。

あの幕の内側になにがあるのか、入って確かめなければならない。

でも、このキャビンから出られないのに、どうやって温室のなかに入れるのだろう？

サラは落胆から抜け出すために天井を見あげた。髪の汚れがひどく、指が引っかかった。湿気のせいで、道化師のかつら並みに髪がうねっていた。体を洗うのに使ったライ石鹸が肌に合わず、ひりついた。ボディローションがほしい――ショッピングモールで売っているような、品質のよいものが。満タンのガソリン代より高価なドゥ・ラ・メールのリップバーム。ウィルにとって誘いの合図だから気に入ってくれている黒いセクシーなドレス。櫛。シャンプー。高品質の石鹼。新しい下着。清潔なブラジャー。ハンバーガー。フライドポテト。本。

ああ、本が読みたい。

サラは体を伏せ、なにも敷いていない床にひたいをつけた。大人になってからほとんど毎日、もっと時間がほしいと思っていたが、ほしかったのはこんな時間ではない。こんな、いつ終わるともわからない、退屈で無駄な時間はいらない。

かろうじて睡眠は取れたが、途切れ途切れだった。雑多な問題や雑多な本や歌を次々と思い出したり、くだらないリストを作って過ごした。『ハリー・ポッター』の寮の名前をすべて思い出してみたり、小児科医だったころによく読んだ『おやすみなさいおつきさま』からいくつかの文章を暗唱したり、化学の周期表の水素からローレンシウムまですべての元素を並べたり、また最初から繰り返したり、一秒ごとに壁に引っかき傷でしるしをつけながら何分間かカウントしたり。何度やってもどこまで数えたのか忘れ、ついにはあきらめたが、そもそもこんなことをしてなんの意味がある？　また連中に呼び出されるまでは、この墓穴のなかに閉じこめられたままなのだ。

「なんのために？」サラは灰色の光のなかで自問した。細長い建物の女性たちは、子どもたちを楽にするために全力を尽くしている。薬が到着するまで、サラの出番はない。

もし薬が到着したら。

ボーがあの買い物リストの薬を調達することになっていたと思ってもいいのだろうか？　そうだったら、きっといまごろ彼は逮捕されている。モーテルのバスルームの天井に、真っ先に書いたのが彼の名前だった。グウェンに書き取らせたリストがウィルの手に渡っているはずと期待している自分は愚かなのではないだろうか？　彼にもあの暗号を解読できるはずと期待するのは、もっと愚かなのでは？

フェイスが頭文字に気づいてくれるかもしれない。アマンダが。チャーリーが。ウィルの周囲には助けてくれる人たちがいる。

「助けて」サラはごく小さなささやき声で言った。

独房の外には監視係がいるのを忘れてはいけない。たいていは階段に座って膝にライフルを置いている。ドアの下に五センチほどの隙間があり、男の左肩が見えた。男はたびたび立ってストレッチをしたり、キャビンの前を端から端まで歩いたりした。時折キャビンの周囲をチェックしに行くこともあった。彼の足音や、鼻をすする音や咳が聞こえ、しょっちゅう腸にたまった空気を発散する音がしたが、ありがたいことにキャビンのほうが風上にあった。

サラは汚れた床から立ちあがった。軽いめまいがした。文句を言っている腹に手を当てた。昼食はあまり喉を通らなかった。野菜も鹿肉もおいしそうだったが、問題は料理ではなかった。

ダッシュがよい父親を演じ、娘たちを溺愛するのを見ていると、胸がむかついた。あれは明らかに虚飾だった。川のそばで、彼の堅苦しい紳士的な仮面がするりとはがれ、本性が見えてしまった。ミシェルの娘について、生まれつき引き継いだものが彼女を人間より劣るものにしているような言い方をした。アメリカ人より劣るものに。

ジェフリーはネオナチのスキンヘッド集団に殺された。ダッシュが人種差別主義者のイデオロギーをそのまま垂れ流すのを聞いてからというもの、サラは別のレンズ越しに彼の子どもたちを見るようになった。あの子たちの金色の髪も輝く青い瞳も、ウェディングケーキのてっぺんにいるのが似合いそうな白いワンピースも、もはや『大草原の小さな家』よりもステップフォード的だ。

薄闇のなかで、サラはまばたきした。

だれがあの本――『ステップフォードの妻たち』を書いたのだったか？　オリジナルの映画に出演していたのは――『卒業』でミセス・ロビンソンの娘を演じた俳優で、たしか『明日に向かって撃て！』にも出ているのではなかったか？

サラの記憶から人名が消えていた。脳が溶けかけている。なにか食べたほうがいい。温室に忍びこむ方法を考えなければならない。息が詰まりそうなこの箱から脱出しなければ。

踵《きびす》を返して反対側へ歩いた。スニーカーの底が、後ろからずるずるとついてくるシーツを踏んでしまった。小声で悪態をつく。生地が破れていた。縁に床の汚れが移っている。

先ほど、とうとう我慢できなくなって汚れた服を脱いだ。ベッドのシーツを間に合わせの服にした。トーガのようにまとえば間抜けに見えないのだろうが、サラには無理だった。いらいらしながらしばらくがんばってみたが、結局はシーツを体にぐるりと巻きつけ、右肩の上で巨大なウサギの耳を思わせる結び目を作った。まるでジャンヌ・ダルクだが、本物より年増で、汗くさくて、退屈のあまりおかしくなりかけている。

「くそっ」サラは壁にたどり着いた。これで何度目だろう。両手を壁板に当てた。外で監視係が鼻をすすった。傍目にもわかるほど具合が悪そうだ。胸を締めつけるような咳をしている。

肺炎で死ねばいいと、サラは思った。

くるりと向きを変え、部屋の対角線上を歩いた。それからジグザグに歩くと、いくらか新鮮な気分がした。そのあと、ウェイトトレーニングをした。ランジ、スクワット、ディープ・ニーベンド。自宅アパートメントに付属するジムを思い出した。トレッドミル。エリプティカルマシン。携帯電話やパソコンやテレビは恋しくなかった。エアコンは恋しい。やるべきことがある状態が恋しい。ウィルが恋しい。

正直なところ、恋しいどころではない。ウィルに会いたい。最初の数カ月は、つきあいはじめて一年目と同じくらい、つきあっているとは言えなかったかもしれない。そのころはまだウィルはアンジーと結婚していた。サラもジェフリーの死から完全に立ち直っていなかった。ウィルとはグレイディ病院のE

Rで出会った。彼は、男が女を見る目でサラを見た。あのときまで、自分がそんな視線を求めていることに気づいていなかった。最初はウィルの欲望に惹かれたのだが、ほんとうは彼の手に惚《ほ》れこんだ。

もっと正確に言えば、彼の左手だ。

あのとき、ふたりともグレイディ病院の地下通路に立っていた。わたしはいつものように黙りこくったウィルにいらいらしながら耐えていた。そして、立ち去ろうとしたとき、ウィルに手をつかまれた。

彼の左手に。自分の右手を。

ウィルはサラと指を組んだ。サラは全身の神経が不意に目覚めたような気がした。彼は親指でサラの手のひらの皺や溝をゆるゆるとなぞり、手首の脈打つ部分をそっと押した。サラは目を閉じ、猫のように喉を鳴らしたいのをこらえながら、唇を触れ合わせたらどんな感じだろうと、そればかり考えていた。彼の唇の上にはぎざぎざの傷跡がある。薄いピンクの線が人中を通って鼻までつづいている。

もしもウィルにキスをされたらあの傷跡はどんな感じがするのだろうと、何時間も想像した。いや、ウィルにキスをすると、だ。結局は、自分から動かなければならないだろうと思うようになっていた。たとえ誘惑のサインが下半身に届いても、ウィルは気づきそうになかった。

はじめてウィルを誘ったのは、自宅アパートメントに帰ってきたときだった。玄関のドアを閉める時間すら彼に与えなかった。彼が着ていた長袖シャツのカフスのボタンをはずし、腕に走っている長い傷跡に舌を這わせた。ウィルは息を止めた。息を吐いてと声をかけてやらなければならなかった。唇を合わせると、完璧にしっくりきた。体も、両手も、舌も。サラはずっとウィルがほしくてその瞬間を何度も思い浮かべていたので、彼が入ってきた瞬間から絶頂に達しはじめた。

サラはキャビンのなかで立ち止まった。天井を見あげる。トタン屋根は日に焼けて熱を持っていた。肌から汗が噴き出てくる。これではまるで自分をいじめているようだ。

つづきを思い出した。

はじめてのとき、サラとウィルはベッドにたどり着くこともできなかった。二度目はもっとゆっくりだったが、興奮は一度目を上まわった。ウィルはサインをことごとく見落とすわりに、ベッドでは優秀だった。いつなにをすればいいのか知り尽くしていた。荒っぽいセックス。官能的なセックス。みだらなセックス。倒錯したセックス。憎しみに満ちたセックス。愛情あふれるセックス。仲直りのセックス。正常位。相互オナニー。オーラルセックス。

「くそっ」サラは薄闇に向かってつぶやいた。ウィルのせいではなく、どういうわけか頭のなかで同じ曲の同じ部分が繰り返し流れていたからだ――。

My man gives good lovin' that's why I call him Killer, He's not a wham-bam-thank-you-ma'am, he's a thriller…

サラはうめいた。

この曲のタイトルはなんだったろう？

かぶりを振った。むき出しの肩に汗が飛び散った。ふたり組の女性ラッパーだった。一九九〇年代の。ひとりは頭の片側を剃りあげていた。

He's got the right potion...Baby, rub it down and make it smooth like lotion...

サラは耳をふさぎ、あけすけな曲を締め出そうとした。テッサが電話越しに歌ってくれたことがある。サラがウィルの話をしていたら、突然〝クズ男〟がどうのこうのとラップしはじめ――。

From seven to seven he's got me open like Seven-Eleven...

サラは笑いだした。止められなかった。体をふたつに折る。目に涙がにじんだ。トーガを着た白人の女が極右武装組織のアジトでファックのうまい男を歌ったラップのリリックを思い出そうとしているなんて、笑いが止まらない。

「ああ、ばかみたい」サラは背中をのばした。目を拭った。いまの曲を頭から追い出すために、ほかの曲を思い浮かべた。ウェイトレスがモーテルのバーで働く歌……いや、ホテルのバーだったか？

サラはまたかぶりを振り、頭のなかを空っぽにしようとした。サラが曲の一部しか思い出せないと、いつもウィルに迷惑がかかる。夜でも彼を起こし、歌詞のつづきやバンド名やアルバムのタイトルや発売された年を尋ねるからだ。いま、思い出せるのは曲の断片ばかりだ――。

With a lover I could really move, really move. 'Cause you can't, you won't, you don't stop. They're laughin' and drinkin' and having a party. Run away turn away run away turn away run away. Take my hand as the sun descends. Choke me in the shallow water before I get too deep. Give it away give it away give it away now.

「ソルト・ン・ペパーだ!」天井に反響するほど大声をあげた。テッサが電話越しにラップしてくれたのは《ホワッタ・マン》だった。

サラは両手を握り合わせ、天井を見あげて言った。「ありがとうございます」もっとも、母親の言う〝もっとお祈りしなさい〟は、こういう意味ではなかったことは確かだ。

ドアのむこうから二種類の声がした。ダッシュの特徴的なテナーはわかるが、なにを言っているのかは聞き取れなかった。監視係は、サラが塩胡椒をよこせと叫びはじめたと伝えているに違いない。

Ain't nobody perfect、とソルト・ン・ペパーも言っていたではないか。

南京錠をあける音がした。ダッシュがドアをあけた。サラは手をかざしてまぶしい日差しをさえぎった。時間を読み違えていたようだ。ということは、自分はひとりぼっちでいると、三時間もたたずに正気を失いかけるらしい。

シーツのドレスを見て、ダッシュは眉をあげたが、感想は言わなかった。「アーンショウ先生。午後のお祈りにきみも参加したいかもしれないと思ったのでね」ウィンクした。

「参加は任意だ」

　この狭苦しい部屋から出られるなら、『アヴェ・マリア』を声のかぎりにがなり立ててもいいくらいだ。サラは丸太の階段に足をおろした。監視係が物珍しそうにサラを見た。彼のまぶたは垂れさがっていた。詰まった鼻からヒューヒューと音がした。なんらかの病気にかかっているのは明らかだ。ワクチンを接種したかどうか、サラは尋ねなかった。このままびくびくしていればいいと思った。

「先生」ダッシュは、サラがそれまで気づいていなかった小道を示した。「われわれは川のほとりで学ぶのだよ」

　サラはその道を歩いていった。彼の言葉は奇妙に堅苦しく、フランクリン・ルーズヴェルト大統領の炉辺談話を聞いてしゃべり方を覚えたかのようだった。異なる状況で聞けば、彼の母語は英語ではないと勘違いしたかもしれない。

　シーツのドレスの裾をなにかが引っ張った。いつのまにかイバラの茂みに引っかけていた。

「失礼するよ」ダッシュが裾に手をのばした。

　サラは棘のある植物からシーツを破り取った。なにげなく左側へ首を巡らせ、温室の場所を確かめた。前回とは太陽の位置が違う。日光がガラスに反射して位置を教えてくれることはなさそうだ。

「さっきの人の名前は？　わたしの部屋の前にいた人」

「ランスだ」

「ランス?」サラは笑った。AR15を構えたテロリストではなく、公園で動物の形の風船を売っている男にふさわしい名前だ。

ダッシュが言った。「ほかにも訊きたいことがあるのではないかな?」

彼がしゃべってほしそうだったので、サラは尋ねた。「遺体は増えたの?」

ダッシュは答えなかった。

「エモリーで」サラは彼のほうを向いた。「最後にニュースを見たときは、死者十八名、負傷者五十名だった」

「しばらく前に、死者は現在二十一名だと聞いた。不幸にも生き残った人々のことはあとで教えよう」彼は何人亡くなろうが気にしていない様子だった。また、外の世界と接触していることをサラに知られてもかまわないようだった。

このキャンプ内に、インターネットに接続できる携帯電話かタブレットがあるのだ。

ダッシュが言った。「申し訳ない。忘れていたよ。きみに渡したいものがあった」

サラはまた振り返った。ダッシュはスリングから林檎《りんご》を取り出そうとしていた。サラは受け取らなかった。空腹だが、彼は信用できない。

「わたしは蛇ではないよ。きみはそんな衣装でイヴになったつもりかもしれないがね」ダッシュは毒林檎ではないと証明するためか、果梗のそばを小さくかじった。「見たところ、きみは二十時間ろくに食べていない」

それ以上だ。サラは林檎を受け取った。その場で足を止め、できるだけ大きく口をあけてかぶりついた。口のなかいっぱいに林檎の味が広がった。街の食料品店で売っている、放射線照射をほどこした林檎とはまったく違う。本物の林檎の味を思い出したのは久しぶりだ。

ダッシュが言った。「よかったらチーズも食べてもらおう。きみがわれわれの食事に手をつけないのは、ベジタリアンだからではないようだ」

なぜそう思うのかわからなかったが、サラは答えた。「チーズは食べるわ。インゲン豆、ヒヨコ豆、エンドウ豆。ここにあるものならなんでも」

「グウェンに厨房係《ちゅうぼうがかり》に伝えるよう言っておこう。きみに頼まれた薬品がそろそろ届く」ダッシュはサラを探るように見た。「仲間を取りに行かせた。あと数時間で戻ってくるはずだ」

サラはうなずきながら、ここはアトランタから数時間なのだろうか、それともモーテルから数時間なのだろうかと考えた。「ここに着いてから言ったことは、ほんとうのことよ。あの子たちを病院へ連れていかないと」

「それはもうすぐきみが心配することではなくなる」ダッシュは前方の道を示した。「どうぞ」

サラは歩きながら林檎を食べ終えた。彼の言葉について考えた。解放するという約束は嘘だという意味か、それとも次の計画を実行するまで秒読み段階ということか？　サラは周囲の木立に目を凝らして温室を探した。次の計画は、あの保温幕の内側に隠れているものとなんらかの関係があるはずだ。いまサラが歩いている道と並行にもう一本の道がある。キャビンをこっそり抜け出すことができれば、温室へ行ける。ランスはそのうち居眠りをするはずだ。暗闇のなかでも目につくしるしはないだろうか。作戦を練るのに夢中になっていたせいで、サラは五メートルほど先にいるミシェルに気づかなかった。

ミシェル・スピヴィーが前方から近づいてきた。まっすぐ歩いてくるのではなく、サラから見て左側へ曲がった。

温室のある方向だ。

サラは歩く速度を落とした。ミシェルを目で追った。彼女はサラに気づいているはずだが、地面から目をあげようとしなかった。足を引きずっている。顔色は真っ青で、亡霊のようだった。ほかの女性たちと同じ手縫いの服を着ている。片方の手で下腹を押さえていた。きっとひどく痛むのだろう。ライフルを持った若い監視係がミシェルのあとをつけていた。エルダーベリーの茂みの上に手をかざしながら歩いている。ミシェルのほうをろくに見もしなかった。その必要がないからだ。十メートル離れていても、サラにはミシェルがひどく衰弱しているのがわかった。

サラはダッシュに言った。「彼女を休ませてあげて。傷口が化膿《かのう》しているわ。血液に細菌が入って死んでしまう」

「やるべきことをやったら休める」

やるべきこととはなにかとは訊き返さなかった。感染症の専門家がはしかのアウトブレイクを止めるためにこの山まで無理やり連れてこられたのではないことは確かだ。ミシェルは、温室でやっていることのために拉致されたのだ。ミシェルがどうしても必要だから、ダッシュは彼女を生かしておくため、危険を冒して病院へ連れていったに違いない。

そうであれば、ミシェルが取り組んでいる仕事は近いうちに完了するということだ。そうでなければ、ダッシュも彼女をベッドで休ませ、快復するまで待っていたはずだ。

〝それはもうすぐきみが心配することではなくなる〟

「パパ？」用心深い目をした十五歳の娘が、両手を腰に当てて立っていた。「ママが急いでって言ってる」

ダッシュは喉を鳴らして笑った。「あの子も大きくなって、わたしに厳しくなってきたな」

サラは林檎の芯を木立の奥へ放り投げた。ドレスの結び目をなおした。川縁《かわべり》に木陰はなかった。日差しが容赦なく照りつけた。赤毛で困るのは、その髪の色と対になっている白い肌はみずからを犠牲にしがちだということだ。むき出しの肩がすでにじりじりと焼けはじめている。

恋しいもののリストに日焼け止めがくわわった。

岸辺にたどり着くと、やや涼しくなった。アドリエル以外のダッシュの娘たちが輪になって座っていた。グウェンが中央に置いた木の腰かけに座っていた。膝に広げた聖書を読みあげている。

「彼はそこからベテルへのぼったが、のぼっていく途中、小さい子どもらが町から出てきて彼をあざけり、彼に向かって――」

グウェンが顔をあげ、険しい目でサラを見た。

サラもにらみ返した。なぜグウェンはよりによってこんなときに悪い子どもたちが熊に殺される話を娘たちに読み聞かせるのか、理解できなかった。この子たちはすでに友達をふたり失っているのに。姉妹のひとりはあの細長い建物で病に苦しんでいるのに。

ダッシュが言った。「われわれはおたがいをきちんと紹介していなかったな。みんな、こちらはアーンショウ先生だ。アーンショウ先生、わが家の娘たち――」輪の周囲をまわりながら、ひとりひとりを指さした。「エスター、チャリティ、エドナ、グレイス、ハナ、ジョイだ」

ジョイが長女だった。疑り深い目つきは、よろこびという意味の名前とは対照的だ。

「よろしくね」サラはスカートの部分を適当にまとめて地面に座った。ひどい両親のもとに生まれたからといってこの子たちに罪はないのだと自分に言い聞かせ、笑みを浮かべた。

「みんなに会えてうれしいわ」

九歳か十歳くらいのグレイスが言った。「ママが言ってたけど、あなたは結婚してるんでしょう」

「ええ、以前はね」サラはグウェンに目をやったが、彼女は黙ってうつむき、聖書を見つめていた。

ほかの子どもが尋ねた。「素敵な結婚式をしたの？」

サラは実家の裏庭でジェフリーと結婚した。あのとき母親は、教会ではないことに腹を立ててむっつりと黙りこくっていた。「裁判所で結婚したの。判事が式を執りおこなってくれた」

ジョイですら、がっかりした顔になった。結婚しなければ一人前の女として認められないと教えられているせいなのか、幼い子どもたちにとって結婚式とはロマンティックで夢にあふれた儀式だからなのか、サラにはわからなかった。

「ほかの話をしてあげる」サラは布地の塊の上から尻をずらした。「医学部には白衣の儀式というのがあるの。そのときにはじめて白衣を着るのよ。いついかなるときも人を助けるって誓いを立てるの」その誓いについては、詳しく話すのをやめておいた。「とても盛大な式なのよ。わたしの家族もみんな来てくれた。そのあと、おばさんの家でパーティをしたの。わたしのお母さんが乾杯の挨拶をして、それからお父さんとおばさんもね。終わるころには酔っ払っちゃった。本物のシャンパンを飲んだのは、あのときがはじめてだった」

グレイスが尋ねた。「だんなさんもいたの？」

サラはほほえんだ。「まだ出会う前のことよ。だけど、あなたたちのお母さんも同じことをしてるわ。そうでしょう、グウェン？　看護師も病院の仕事をはじめる前に、誓いの儀式をするのよね？」

グウェンが深く息を吸った。聖書を閉じて立ちあがった。「用事があるから行くわ」

ダッシュは気にもとめていないようだった。グウェンと入れ替わりに、腰かけに座った。彼が腕を広げると、ジョイが膝に座った。ジョイは父親の肩に頭をあずけた。ダッシュは娘の腰に手をまわした。

サラは、岩の上にあふれる水を見ていた。十五歳の娘が、たとえ父親であろうと大人の男性の膝に座るのを目の当たりにすると、いい気持ちがしなかった。

ダッシュがサラに言った。「グウェンは昔の話をしたがらないんだ」

「誇りに思うべきなのに。看護学校を卒業するのは立派なことよ」

ダッシュが膝を軽く叩いた。グレイスが慎重に父親の膝にのぼった。手をスリングに突っこんだ。ダッシュはグレイスの髪をなでた。

サラはまた目をそらさずにいられなかった。深読みしすぎなのかもしれないが、ダッシュが娘に触れる手つきには、どことなく気味の悪いところがあった。

「わが家の娘たちは、家事をして家族の世話をするのも立派だと言うのではないかな」

「わたしの母もそう言うでしょうね。自分でそういう人生を選ぶことができてよかったって。わたしも母とは違う人生を選ぶことができてよかった」

ジョイと目が合った。警戒心が好奇心に変わっていた。父親の膝に座るのは、とくにいやではないようだ。世間から隔絶されているうえに、子どもっぽい格好をさせられているので、彼女は平均的な十五歳にくらべて幼いのかもしれない。

それでも、目の前の光景は不安をかき立てる。

ダッシュが言った。「アーンショウ先生、われわれはここでそれぞれが伝統的な役割を果たしながら、シンプルな生活を送っている。昔のアメリカ人もそうやって繁栄したんだよ、ただ生きるだけではなくてね。自分に期待されている役割をわきまえているほうが、みんな幸せになれる。男は男の仕事をして、女は女の仕事をする。われわれの価値観が現代社会に阻害されることは絶対にない」

サラは尋ねた。「細長い建物の屋根にのっているソーラーパネルは、ニーニャ号にのせてきたの、それともピンタ号、サンタマリア号？」

ダッシュは驚いたような笑い声をあげた。異議を唱えられること、とりわけ女に言い返されることに慣れていないのだろう。ダッシュは娘たちに言った。「みんな、いまのはピルグリムファーザーズを新世界へ連れてきた船の名前だ」

サラは舌の先を嚙んだ。その三隻はスペイン人のクリストファー・コロンブスの探検隊が乗っていた船だと、ダッシュも知っているはずだ。ピルグリムファーザーズがアメリカへやってきたのは、その百年以上あとだ。アメリカ人の子どもなら小学校を卒業するまでに教わる基本的な事実だ。ピルグリムファーザーズの歌を歌わせられたり、感謝祭に劇をやらされたりする。

ダッシュが言った。「メイフラワー契約は、新世界のキリスト教徒を前進させるために神と交わした聖なる契約だと信じられているのだよ」

サラはその先を聞くのが待ちきれなかった。

「実のところ、メイフラワー契約は、入植者を基本の法と規則に結びつける社会的な契約だった」ダッシュはグレイスの髪を無意識のうちになでつづけている。「われわれがここで作りあげたのはそれなのだよ、アーンショウ先生。われわれのなかには、ピューリタンもいれば入植者もいるし、冒険家や商人もいるが、同じ法と規則を信じてまとまっている。それこそが文明社会の証《あかし》だ」

とりあえず、彼なりにウィキペディアで勉強しているらしい。「ピルグリムファーザーズは国王の土地に来たのよ。いまわたしたちがいるのは連邦政府の土地だけど」

ダッシュはほほえんだ。「ここがどこにあるのか、わたしに言わせようとしているのかな、アーンショウ先生？」

サラはへまをした自分を蹴りつけてやりたかった。「アメリカ合衆国の法と規則は、このキャンプであなたたちが従っている法と規則より優先すべきものよ。国の法と規則は基本的人権を守るもので、市民権を得るためには法と規則を守らなければならない。祖父がよく言っていたわ。連邦政府にちょっかいを出すな。連中は二度の戦争に勝って、自分の金を刷ってるんだからなって」

ダッシュが笑った。「おじいさまはわたしと似た考えの持ち主のようだね。しかし、われわれが憲法の原文にこだわっているということはわかってほしいところだ。解釈はしない、修正もくわえない。われわれは、起草者たちが書いたとおりに、法に従っている」

「だったらご存じでしょうけど、憲法には三つの犯罪行為があげられている。ひとつ目は反逆罪。起草者は、合衆国に対して戦争を仕掛けた者は死刑に値すると書いているわ」

「トーマス・ジェファーソンはこうも言っている。〝自然界の嵐と同様に、政治の世界ではときとしてささやかな反乱が役立ち、必要である〟とね。この国の大多数は、われわれがここでやっていることに賛同している。われわれはみな愛国者なのだよ、アーンショウ先生。われわれはそう自称している。見えざる愛国軍《IPA》と」

軍。

サラは尋ねた。「IPA？　その略語は聞いたことがあるわ」

「わたしはビールが好きでね」ダッシュの笑みは揺らがなかった。「もうひとりの偉大なる愛国者、ベンジャミン・フランクリンは、ビールは神がわれわれを愛し、幸せにしようとしている証拠だと書いた」

フランクリンが書いたのはフランス産ワインについてだったが、サラは訂正しなかった。ドレスのひだをなでた。汗が止まらない。顔のまわりを羽虫が飛びまわっている。肌が日焼けしてひりひりする。それでも、キャビンに閉じこめられているよりはましだった。

「ジョージ・クルーニーは自分がハンサムだということを触れまわったりしないって知ってる？」

ダッシュはおもしろそうに眉をあげた。

「だから気になるのよね――あなたがほんとうに愛国者だったら、わざわざそういう名前をつけるかしら?」

ダッシュは低く笑いながらかぶりを振った。「アーンショウ先生、わたしが作家なら、本のなかできみをどんなふうに描写するだろうか?」

サラも彼のような男たちが書いた本なら読んだことがある。どうせ髪の色や胸のサイズや尻の形を描写するのだ。「本を書くつもりなの? 声明書とか?」

「それもいいな」ダッシュは真顔になった。「われわれが生き延びるのであれば、ここでしていること、わたしが作りあげたものを複製しなければならない。柱が倒れたあと、世界は手本となる青写真を必要とするようになるからな」

「なんの柱?」

「ダッシュ!」うろたえたランスの悲鳴が割りこんだ。

サラはとっさに立ちあがった。ランスはいまにも発作を起こしそうに見えた。ライフルを両手でつかみ、口を大きくあけて走ってくる。

ランスが叫んだ。「トミーが転落しました! 重傷です。脚が――」少し離れた場所で立ち止まり、腰を折って息を継いだ。「訓練の最中でした。脚が――」ランスは言葉に詰まり、かぶりを振った。「グウェンがいますぐその医者を呼んでこいって」

ダッシュはランスをじっと見つめた。身じろぎひとつしなかった。娘たちも動かなかった。ジョイは犬のように脚をぽんぽんと叩かれ、父親の膝からおりた。

「一緒に来てくれるかな？」ダッシュがサラに言った。

このサディストに出会って以来はじめて、サラは彼と一緒に行く気になった。トミーが訓練を受けているという場所を見たかった。

ダッシュはいつものペースで森を歩いていた。ランスは取り乱した様子で前をどんどん歩いていく。倒れた木につまずき、ライフルを取り落とした。立ちあがろうとしたが、また転んだ。

「しっかりしろ、兄弟」ダッシュがライフルを拾いあげた。土を拭い、ランスに返した。

「深呼吸するんだ」

ランスは息を吸いこんだが、苦しそうだった。吐いた息は饐《す》えたにおいがした。

「いいぞ」ダッシュはランスの肩を叩いてふたたび歩きだした。

ダッシュは知恵者だ。サラもそれは認めざるを得なかった。サラ自身もERで同じテクニックを使う。人は外傷を負うと興奮する。だれもがうろたえているとき、落ち着いている者はそれだけで優位に立てる。

「こちらへどうぞ」ダッシュは温室ではなく、キャンプのメインエリアがあるとおぼしき方角へ丘を登っていった。

遠くでサイレンの音がした。やがて、サラはそれがサイレンではないことに気づいた。血も凍るような悲鳴だ。あんな声を出すのは、命を脅かすような苦痛のなかに置かれている人間だけだ。

サラは悲鳴がするほうへ走りだした。しばらく行くと、草地の広場に出た。もうひとつの広場の二倍ほどの広さがあった。周囲にキャビンが立ち並び、女たちが焚火《たきび》で料理をしていたが、サラは人数を数えたり、あたりを見まわしたりしなかった。ドレスの裾を持ちあげ、悲鳴をあげている男のほうへ懸命に走った。

丘の峰に屋根のない建造物があった。巨大だが、未完成のようだ。骨組みだけが立っている。木の間柱、合板の床、壁のない階段、手すり。二階建ての高さがある。二階といっても、吹き抜けの一階の周縁を囲むバルコニーのようなものだ。屋根もシートロックも壁板もない。天井の代わりに、二枚重ねた防水シートをかけてあった。下側はありふれた銀色の断熱シートだ。上に重ねたものは森に溶けこむダークグリーンだった。

階段の下に、男たちが集まって輪になっていた。全員が黒い戦闘服に防弾ベストを着ている。サラは建物の上のほうを見あげながらなかに入った——そう、これは実在する建物を模したものだ。それぞれのシートは、一枚ではこの空間を覆うには足りない。全部で八枚の大きなシートを継ぎ合わせてある。表面積はだいたいアメリカン・フットボールのフィールドの半分、五十平方メートルくらいだろう。床や間柱には、おそらく塗料弾の跡か、色とりどりのペンキのしみがついていた。あちこちに立っている紙の標的は警備員をあらわしているようだ。男たちが建物を走って出入りしているあたりに、おびただしい数の土の足跡が残っている。

このような建造物を造る目的はひとつしか思い浮かばない。実際の建物を占拠して、内部の人々を殺すか拉致するかだ。

訓練。

男たちの輪が崩れ、サラをなかに入れた。グウェンがエプロンを揉み絞っていた。愕然《がくぜん》としている。その場の全員が愕然としていて、兵隊ごっこをしているときに仲間が怪我をするなど想像したこともなかったのが見て取れた。

怪我をした男は二階から転落したようだ。仰向けに倒れているが、背中が曲がっていた。建造物の内部にある唯一の家具は、金属のデスクとキャスター付きの椅子だが、彼はその上に落ちたらしい。デスクの上で胴体が弓なりになっていた。椅子のプラスチックのアームが割れ、その上に彼の頭がのっている。デスクの端に尻がかろうじて引っかかり、両脚は床までぶらさがっている。太腿から飛び出している白い骨が鮫《さめ》の背びれのようだった。左脚は足首がねじれている。ブーツに包まれた足の甲がデスクのほうを向いていた。

サラは彼の手を取った。氷のように冷たい。指は力なくのびていた。「こんにちは」だれも彼に話しかけたり慰めようとしたりしないので、サラは声をかけた。

彼はサラを見つめた。十八歳くらいの淡いブロンドの若者だった。目から涙のように血が流れていた。悲鳴はやんでいた。唇が紫色だった。恐怖に駆られてあえぐ音が、ヴェイルを思い出させた。

「サラよ」彼の頬に手を当てた。首から下は感覚がなくなっているはずだ。「トミー、わたしを見てくれる？」

彼の両目がぐるりと裏返りはじめた。まぶたがひくひくと震えた。

診察しなくても、背中の骨が折れていることはわかった。肋骨が胸の内側へ折れ曲がっている。骨盤も粉々になっているかもしれない。見た目には骨が覗いている脚の怪我がもっともひどそうだが、実はもっとも軽い。いますぐ外科手術を受けても、両脚は切断しなければならないだろう。それも、ひとまず容態を安定させ、病院へ搬送できた場合だ。

ダッシュがこの若者を救急ヘリで山からおろすわけがない。

グウェンが言った。「骨折した部分に当てる添え木を取りに行かせたわ」

サラは思わず歯を食いしばった。トミーの髪をなでた。「それからどうするの？」

ダッシュが言った。「もちろん、病院へ連れていく。われわれは仲間を置き去りにしない。われわれは獣ではなく、兵士なのだから」

彼がもっともらしく口にする空虚な台詞に、サラはうんざりした。ただ、トミーは彼を信じたようだ。目に見えて安堵した。子どものように、彼を信じきった目で見あげている。

「いいか、諸君」ダッシュは集まった若者たちのほうを向き、落ち着かせようとした。「われわれのなかでも屈指の兵士がこういうことになったのは大変残念だが、だからといって計画の変更はしない。訓練はのちほど再開する。期日が迫っているので、準備に関して妥協はできない。ただ、諸君、いまはしばしの休息のときだ。ジェラルド、バンをまわせ。みんなに肉をご馳走《ちそう》しよう」

「承知しました」ジェラルドはいちばん年嵩《としかさ》で四十代前半くらいに見え、いかにも軍人らしい雰囲気を漂わせていた。そのほかは、デスクの上に倒れている壊れた若者とそう変わらない年頃の者ばかりだった。首は細く頼りなく、四肢は棒きれのようだ。サラには兵士のコスプレをしている子どもたちにしか見えないが、これは遊びではない。

彼らはこの建造物を不法侵入と包囲占拠、テロ攻撃の訓練のために造ったのだ。サラは二階のバルコニーを見あげた。目立つ特徴はない。この建造物が模しているのは、ホテルかオフィスビルか映画館――なんでもありうる。はっきりしていることはひとつ、彼らが計画を実行するのはまもなくだということだ。

〝期日が迫っているので、準備に関して妥協はできない〟

「諸君、行くぞ」ジェラルドが若者の集団を連れて出ていった。合板を踏むブーツの音がどたどたと重たい音をたてた。彼らは斜面の下へ消えていった。

グウェンとダッシュとサラだけがトミーのそばに残った。サラは彼の首の脇に手を当てて脈を探した。蝶《ちょう》の羽ばたきに触れているようだった。

「さて」ダッシュがスリングの位置をなおした。まだトミーに声をかけていない。それだけでもこの男がどんな指導者かわかると、サラは思った。「このデスクはなぜこんなところにあるんだろう」

グウェンがまじまじとダッシュを見ていた。ふたりのあいだに言葉のやり取りはなかったが、なんらかのメッセージが交わされた。ダッシュはうなずき、立ち去った。

ダッシュが丘をおりていくのを見て、サラの口のなかに血の味が広がった。あの男は、ひたすら彼をよろこばせようとしたあげく、怯えながら死にかけている若者のそばについているのではなく、娘たちのもとへ帰って自尊心を高めてもらおうとしている。

自分は彼のような腰抜けになるわけにはいかない。トミーの顔の脇に手を当てつづけた。

「トミー、目をあけてくれる？」

彼のまぶたがゆっくりとあいた。目の焦点が合った。左の白目は赤黒く充血していた。口が動いたが、出てくるのはぼそぼそしたつぶやき声だった。恐怖のせいでほかのあらゆる感情が停止していた。四肢の感覚は失われているはずだ。痛みの信号は脳幹を伝わっていない。ただ、この山を生きておりることはできないと理解はしている。サラと同様に、ダッシュが最高の兵士のひとりを見捨てたことをわかっている。

「た……」見ているのがつらくなるほど、必死の懇願だった。「助けて……」

目頭が熱くなったが、この若者の前で泣くわけにはいかない。サラは落ち着いているふりをつづけた。彼の頰に添えた手を離さなかった。耳から一筋の血が流れ出た。

サラはグウェンに声をかけた。「ねえ、この子を――」

その先は言えなかった。

トミーは死ぬ。いつ死ぬか、どうして死ぬか、そのふたつの違いしかない。脳幹が腫れて呼吸が停止するのか。その前に肺がつぶれるのか。あと三分で意識を失うのか、それとも五分間、息ができず苦しんだあげく死ぬのか。臓器がひとつひとつ機能を停止していき、意識を保ったままじわじわと死んでいく厳しい時間がはじまるのか。トミーは若く、体力がある。肉体はそう簡単にはあきらめないだろう。外部に助けを求められない以上、彼の恐怖をやわらげてやろうとするなら、逃れようのない運命を早めてやるよりほかにどうしようもない。

まだ十八歳なのに。

サラはグウェンに尋ねようとした。「塩化カリウムかモルヒネはある――」

グウェンに突き飛ばされ、サラは床に尻餅をついた。

一瞬、サラは不意をつかれて呆然《ぼうぜん》とした。それからグウェンの意図に気づき、よろめきながら立ちあがった。

グウェンはトミーの口を手でふさいでいた。反対側の手で彼の鼻をつまみ、窒息させようとしていた。

「だめ！」サラはグウェンの手をつかみ、トミーから引きはがそうとしたが、グウェンの力は強かった。「やめて！」サラは叫んだが、自分でも理由がわからなかった。止めても無駄なのに。なにをしても無駄なのに。

「わたしたち――」グウェンの声が詰まったのは、感情が昂《たか》ぶっているからではなく、力を振り絞っているせいだ。「わたしたち、物品の無駄遣いはできないの」

サラはその冷酷な計算に驚き、言葉を失った。だから、ダッシュはほかの者たちを追い払ったのだ。彼が自分の目で見届けるのを拒んだのはこれだ。

人殺し。

トミーは目を見ひらいていた。アドレナリンのせいで、完全に意識を取り戻している。声帯が震え、なんとか空気を吸いこもうとする音がした。彼はまばたきもせず、怯えた目でグウェンを見あげた。喉がこわばった。グウェンからサラに目を転じた。

「わたしはここにいるわ」サラはトミーのかたわらにひざまずいた。手の甲を彼の頰に当てた。彼の涙が指を伝った。サラはあえて目をそむけなかった。黙ったまま、トミーの生と死の間《あわい》でのろのろと過ぎていく時間を数えていた。

12

八月五日月曜日午後二時三十分

だだっ広いCDC本部の敷地内にある無人の会議室で、フェイスはメールをスクロールしていた。ここはフォート・ノックスに似ている。フェイスは入口で銃器のチェックを受けた。車のトランクとボンネットをあけるように求められた。係員が鏡のついた棒で、車体の下に爆発物を仕掛けていないか確認した。よく訓練されたベルジャン・シェパードは、座席の下に落ちているチェリオには目もくれず、火薬の残留物のにおいを探しまわった。

この施設の研究室でさまざまな毒物がポコポコと泡立っているのを思えば、出入りを厳しく統制するのも当然だ。現時点でわからないのは、この謎のミーティングがなぜCDCでおこなわれるのかということだ。アマンダはいつもの下準備として――つまりまったく下準備なしで――午後二時三十分きっかりにこの会議室へ来いとメールを送ってきたが、詳しい説明は一切なかった。ここで会う人物の名前すら教えてもらえなかった。消去法で考えれば、いや、わざわざ考えるまでもないが、ミシェル・スピヴィーに関する機密事項のブリーフィングを受けることになるのだろう。サラをさらったのはミシェルをさらったグループだ。ひょっとしたら、叶《かな》うことなら、できましたらお願い神さま、いまからもらう情報が、いまだにふたりを人質に取っているくそ野郎に通じる道を案内してくれますように。ダッシュとやらに。

ダッシュ。

こんなばかみたいなあだ名を使っているというだけでも癪《しゃく》に障る。いったいなんの略だろう? いや、ほんとうに足が速いとか、配達員をしているとか、いつも急いでいるとか、しょっちゅう下痢腹を抱えているとか?

ぜんぜんわからない。

ゆうべはIPAのリーダーの情報を探して時間を無駄にした。〝見えざる愛国軍〟で検索すれば、なんとおよそ三百三十四万七千の記事がヒットする。干し草のなかで針を探す、それもその針がどんな針か知らずに探すようなものだ。ウィルは役に立たない。FBIも役に立たない。フェイスが必要としているのは、ダッシュの年齢だ。特徴的な傷跡かタトゥーだ。乗っている車だ。出入りしている場所だ。判明している直近の住所だ。せめてどこの訛《なま》りがあるか、それだけでもわかれば、糸口になるかもしれない。

たいていの犯罪者は、ほかの犯罪者とどこかでつながっている。だから、窮地にあって取引をしたがっているだれかの知り合いのだれかを見つければいい。犯罪者は仲間を裏切らないという、テレビでよく観る話は嘘っぱちだ。刑務所行きを免れることができるなら、だれでもぺらぺらしゃべる。だからフェイスは、カーターとヴェイルとハーリーの調査に集中し、クレジットカードの請求書やATMの出金記録や電話番号やパーキングチケットやGPSの位置情報を調べ、ダシールだかダッシャーだかダッシーだか、とにかくラストネームがDではじまる人物との接点を探した。

成果なし。

フェイスは立ちあがり、窓の外を眺めた。

いまわかるのは、ミシェル・スピヴィーがこの建物で働いていたということだ。もしくは、窓の外に見える建物のどこかで。敷地のなかには複数のビルがあり、石庭や橋、職員の子どもをあずかる保育園もそろっている。GBIの入っている白い巨大な箱とは大違いだが、CDCも二〇〇一年の炭疽菌《たんそきん》事件まではみすぼらしかったのだ。その後、議会は突然、炭疽菌事件に対応する機関に資金を注ぎこんだほうがいいと気づいた。二名の上院議員が炭疽菌を送りつけられたことも、予算拡充を後押しした。犯罪がもっとも問題視されるのは、政治家が被害者になったときだ。

携帯電話が振動し、新しいメールの着信を告げた。フェイスは、サラが送ってきた薬品のリストを小児科医二名と一般医一名に転送していた。三人とも、特殊な薬品は含まれていないと答えた。そして三人とも、これらの薬品でどんな疾病を治療しようとしているのか推定できなかった。新しく届いたメールはエマのかかりつけ医からのもので、たったいま答えを思いついたとのことだった。いわく、〝粟粒《ぞくりゅう》結核ではないか？〟

フェイスも肺結核は知っているが、この病名は聞いたことがなかった。ブラウザに病名をペーストした。X線で肺を撮影すると粟粒状の点が映るので、この名前がついたらしい。症状はきわめて重篤で、とくに子どもが罹患《りかん》すると重症化しやすい。咳、発熱、下痢、脾臓と肝臓とリンパ節の肥大……多臓器不全、副腎不全、気胸……世界中で百三十万人が死亡……。

フェイスは健康管理アプリを開き、エマが接種したワクチンのリストを開いた。水痘――水疱瘡《みずぼうそう》のことだ。MMR――はしかとおたふく風邪と風疹。DTaP――ジフテリアと破傷風と百日咳。BCG――結核。

安堵の息を吐いた。ふたたびグーグルを開く。昨日のケイト・マーフィの話によれば、ミシェル・スピヴィーはこのところ百日咳の研究に従事していた。

鼻カタル、発熱、嘔吐したり肋骨が折れたりするほど激しい咳……ヒューヒューと笛を吹くような音をたててあえぐ……十週間以上つづく……肺炎、各種の発作、脳症……二〇一五年には五万八千七百人が死亡……。

フェイスはブラウザを閉じた。はらわたを抜かれたドラッグディーラーの遺体のまわりをうろつくことは平気でも、子どもがこんな重い病気に苦しめられるのは想像するのもつらかった。

椅子にもたれ、重苦しい息を長々と吐いた。疲れるのは珍しくないが、いつもとは違うレベルの疲労を覚えた。マーティン・ノヴァクの移送に関するつまらない話を汗みずくで耐えていたのがつい昨日のことだとは、とても信じられなかった。会議の時点では、重要度の高い犯罪者は、ただの要約、つまりデータと車や道路の図表を満載した報告書でしかなかった。その後、爆破事件が起き、マーティン・ノヴァクはダッシュとIPAとつながっていると確信している唯一の人間は、いまCDCでいやな汗をかきながら、だれともわからない会見相手が現れるのを待っている。

フェイスは時刻を確認した。

午後二時四十四分。

相手は約束を忘れてしまったのだろうか。こっちはやることが山ほどあるのに。とくにサラを見つけるためにやることが。せっかく近所まで来たのだから、エモリー大学病院の回復室所属の看護師、リディア・オーティスにもう一度会い、ミシェル・スピヴィーかロバート・ハーリーについて、新たに思い出したことはないか尋ねたい。オーティスは、ミシェルが麻酔から覚めるまでふたりのそばにいた。言い忘れたことが、鍵をこじあけてくれるなにかがあるはずだ。

それができなければ、ウィルの後方支援にまわりたい。午後四時、ボー・ラグナーセンがウィルをダッシュの手下に会わせることになっている。いやな予感がするのは、待ち合わせ場所のフラワリー・ブランチのアルバート・バンクス公園が、人種差別的な法律の名をいまだに冠したジム・クロウ・ロードという市道沿いにあるからというだけではない。捜査チームが公園に出入りできる地点をどこか見落としているのではないか。ウィルの脳震盪が悪化しているのではないか。なによりも大きな不安要素がボー・ラグナーセンだ。フェイスはＣＩを信用していない。彼らはそもそも犯罪者だ。腹に一物ある連中ばかりだ。ラグナーセンは深刻な薬物依存症を抱えてもいる。ブラックタール・ヘロインは最悪のドラッグでもある。それなのに、今回の計画でラグナーセンは重要な仕事をまかされている。落ちぶれた元軍人仲間だと、もっともらしい嘘をついてウィルを紹介することになっている。

〝落ちぶれた〟という言葉は、いまのウィルにぴったりだった。今朝ウィルに会ったとき、フェイスはすぐには彼だとわからなかった。サラがいなくなってからというもの、ウィルは元の彼に戻りつつあった。薄汚い無精髭が顔の傷跡とあいまって、いかにも凶悪に見えた。フェイスがもし街中でこんな男と鉢合わせしたら、まずは銃をさりげなく見せたくなるだろう。

いまごろ公園でウィルの後方支援をすべきなのに。

ドアがあいた。フェイスは驚いたが、すぐに驚くのはおかしいと思いなおした。そこに立っていたのは、もちろんエイデン・ヴァン・ザントだったからだ。

彼は足でドアを押さえて廊下の先を見た。眼鏡は白いテープでとめたものではなくなっていた。スーツとネクタイに戻っている。あいかわらずウェスリーっぽくはない。ＦＢＩの身分証を首からさげている。

「遅れてすまない。マーフィは来られないんだが、よろしくと言っていた」

フェイスは本気で笑った。

「ほんとうの話、マーフィはきみを気に入ってるんだ。きみのお母さんを思い出すそうだ」ヴァンは廊下を覗いた。タクシーを止めるときのように手をあげた。「いまから行くと彼女に伝えてくれないか？」フェイスに向きなおった。「荷物を持ってきてくれ」

フェイスはバッグを取り、ヴァンのあとを追って長い廊下を歩いていった。最近は階段か廊下を歩いてばかりいる。「どうしてマーフィが母を知ってるの？」

「どうしてだれかがだれかを知っているのかねえ？」ヴァンは話を変えた。「行方不明の捜査官についてなにかニュースはないのか？」

フェイスも話を変えた。「FBIはいまだにノヴァクとエモリー爆破事件とIPAは無関係だと言ってるの？」

「それはなんとも。またあとで訊いてくれ」

このゲームは気に入らない。「マジック・エイト・ボールの占いじゃあるまいし。IPAについてググってみたの。インターネットに情報はなかった。どこにもない。だからといって実在しないわけではないことはわかってるし、ダークウェブだのなんだのも知ってるけど、なぜIPAの情報がネット上にないの？」

「それもあとで訊いてくれ」

フェイスはヴァンを殴りつけてやりたくなった。「スピヴィーの経歴を洗って、ボー・ラグナーセンという男と接点がないかどうか調べてほしいの」

ヴァンが閉じたドアに手を当て、動きを止めた。「どうしておれにそんなことができると思うんだ？」

「あなたはFBIとCDCの連絡役でしょう」訂正されなかったので、当たっていたようだ。「ラグナーセンは〝en〟で終わるし」

「それはデンマーク系の名前だ。〝セン〟というのは――」

フェイスはヴァンの後ろから手をのばしてドアをあけた。全身に緊張感が満ちた。ここは一般市民に見せるべきではない種類の場所なのではないか。広々とした空間はNASAのコントロールセンターを思わせた。パソコンと地名――南アメリカ、ラテンアメリカ、ヨーロッパ、ユーラシア――を記した札を置いたデスクの島が並んでいるが、だれもいない。三台のデジタル時計があり、それぞれALFAとOSCARとZULUの時刻を表示している。奥の壁一面は、巨大なモニターになっていた。世界地図のあちこちで赤や緑や黄色のドットが点滅している。モニターの隅に、いくつかのタブと〝赤い空《レッド・スカイ》〟という言葉が表示されていた。

アトランタで赤いドットが点滅しているのは、昨日の爆破事件をあらわしているのだろうと、フェイスは思った。「なぜジョージア州の海岸線で黄色が点滅しているの？」

「ハリケーン・シャーリーンだ」ヴァンが答えた。七月下旬にタイビー島を直撃し、サヴァンナ港を襲った嵐だ。甚大な被害が出たため、州知事は補償金の導入に関して特別議会を招集していた。

ヴァンが説明した。「黄色はまだ終結していない災害を示しているんだ。レッド・スカイは状況把握システムの一部だ。アクセスできるレベルは機関によって異なる。この部屋は危機管理システムのハブだ。巨大なハリケーンの接近が観測された、大規模な健康危機に襲われた、テロ攻撃が起きたといった場合には、どのデスクも埋まる。昨日なんかはぎゅうぎゅう詰めだった。百人を超す人々が集まるんだ。科学者、緊急時の専門家、医師、軍の担当者。ホワイトハウス、ペンタゴン、北米航空宇宙防衛司令部《NORAD》、オーストラリアのパイン・ギャップ、日本の三沢、コロラドのバックリーとダイレクトにつながっている——エシュロンの無線諜報活動《SIGINT》がこのポータルに入ってくる。全世界危機管理チームがこのモニターに直接送ってきたデータをリアルタイムでアセスメントして、人材や資源を必要とされている場所へ送るんだ」

フェイスは真面目くさった顔でうなずいた。こんな『ジェイソン・ボーン』じみたたわごとに興味はないふりをしているが、ほんとうは携帯電話を取り出して記念撮影をしたかった。

ヴァンが言った。「なかなかクールな話だろ?」

フェイスは肩をすくめた。「沿岸地域に住んでいて、いまも飲み水を煮沸消毒している人以外にとってはね」

ヴァンは別のドアをあけた。壁沿いに小さなロッカーが並んでいた。通路の突き当たりに閉まったドアがあり、その上で赤いランプが点灯していた。「ＳＣＩＦに入ったことはあるか?」

　センシティヴ《S》・コンパートメンテッド《C》・インフォメーション《I》・ファシリティ《F》――機密情報隔離施設。

「ええ」フェイスは嘘をついた。『ジ・アメリカンズ』で超機密情報管理室のようなものを見たことがあるし、まったく見たことがないよりましだろう。

　ヴァンはポケットから携帯電話を取り出し、ロッカーのなかに入れた。

　フェイスはメッセンジャーバッグをあけた。携帯電話だけではなく、ノートパソコンとｉＰａｄも預けなければならない。電子機器を含め、情報を記録できるものをＳＣＩＦに持ちこむのは厳禁だ。

「いつも時計を忘れるんだ」ヴァンが言い、ガーミンのスマートウォッチをはずした。

　フェイスもアップルウォッチをはずした。緊張しているのは、国内屈指のレベルで厳重に保護された施設にいるだけでなく、これからヴァンの案内でさらにセキュリティの厳しい場所へ入るのだと実感が湧いてきたからだ。

　ミシェル・スピヴィーは最高機密を扱える資格を持っていた。彼女が拉致される前に取り組んでいたプロジェクトについてフェイスが情報を得られるように、アマンダが手をまわしたのだとしか思えなかった。

　ＩＰＡがミシェル・スピヴィーを駐車場で捕まえたのは、彼女が百日咳の研究者だからではない。

「準備はいいか？」ヴァンが壁の緑色のボタンを押した。

大きなブザー音が鳴り、ドアが開いた。ふたりはなかに入った。金庫室の扉が閉まるときのように、ズシンという重たい音をたててドアが閉まった。またブザー音が鳴り響いた。ドアの上の赤いランプの光が、パトカーの警告灯のように回転しはじめた。

フェイスは深呼吸した。妙に音がくぐもって聞こえた。室内に余計なものはなく、会議用のテーブルと椅子が六脚、掛け時計があるだけだった。

若い女性がテーブルの上座に着いていた。海軍のカーキ色のサービスユニフォームを着ているが、フェイスにはよくわからない色とりどりの略綬《りゃくじゅ》も名札も着けていない。分厚い眼鏡をかけている。濃い褐色の髪をショートカットにしている。フェイスがもっとも苦手とするタイプの若さだ――めっきり老けこんだような気分になる。ここにいるのがうれしくてたまらないらしく、『インクレディブル・ファミリー』の末っ子ジャック・ジャックよろしく丸い目を輝かせている。彼女の前には、ファイルが重ねて置いてあった。彼女はヴァンに満面の笑みを向けた。歯に口紅が付着した。

ヴァンは彼女に自分の歯をこすってみせた。やけに親切だ。

そして、フェイスに言った。「こちらはミランダ。ミランダ、こちらが例の捜査官だ」

紹介は以上のようだ。フェイスは椅子に腰をおろした。

ヴァンが隣の椅子に座った。

ミランダが言った。「では、歴史的に見て、どんな要因が白人至上主義者のグループを台頭させたんでしょうか？」

フェイスは面食らった。ミシェル拉致と、なんの関係があるのか。ミシェルはアジア系アメリカ人の医師と結婚している。ふたりはおたがいの人種的特徴を有している子どもを育てている。「彼女は家族のせいで狙われたの？」

ミランダは、きょとんとしてヴァンを見やった。「すみません、だれが狙われたんですか？」

ヴァンはかぶりを振った。「別件だからまた後日。つづけてくれ」

「わかりました」ミランダは気を取りなおした。「それでは。一般には、白人至上主義者のグループのメンバーが増えた理由は、移民の急激な流入、あるいは経済の沈滞と言われている、ですよね？　ヴェルサイユ条約による厳しい賠償金。大東亜共栄圏。そして、失礼――ウェットバック作戦」

「ちょっと待って」フェイスもまごついていた。急な方向転換についていくことができずにいた。このミーティングの目的は、ミシェル・スピヴィーに関する情報を伝えることではなかったのだ。話題は見えざる愛国軍だ。

〝白人至上主義者のグループ〟

「確認させて」頭が理解できるように、声に出して整理する必要がある。「あなたが言いたいのは、レイシストのグループのメンバーが増えた理由は、お金がトイレに流れて、仕事がなくなって、みんな諸悪の根源を探して――」

「そう急がないでください」ミランダはファイルを開いた。フェイスの前に白黒の写真を置いた。ダークスーツ姿の男がシャーロック・ホームズのようにパイプをくわえ、デスクに寄りかかっている。髪は昔のクラーク・ケントのスタイルにふくらませている。明らかに一九五〇年代に撮影されたものだ。

ミランダがつづけた。「ジョージ・リンカーン・ロックウェル。アメリカ・ナチ党の創設者です」別の白人男性の写真を置いた。「リチャード・ガーント・バトラー。アーリアン・ネイションズの創設者です」次々と写真を並べていく。「トーマス・メッツガー、ホワイト・アーリアン・レジスタンスのリーダー。フレイジャー・グレン・ミラー、白人愛国党のリーダー。エリック・ルドルフ、アーミー・オブ・ゴッドとクリスチャン・アイデンティティ運動の関係者」

フェイスはまだとまどっていたが、とりあえず知っていることがあった。「ルドルフはセンテニアル・オリンピック公園の爆破事件の犯人ね」

「そうです。また、人工中絶をおこなっているクリニックとレズビアンが集まるナイトクラブも標的にしました」ミランダはティモシー・マクヴェイの写真を追加した。「オクラホマシティの爆破事件の犯人です」次の写真を出した。「テリー・ニコルズ、マクヴェイの共犯です。これらの男性に共通していることは？」

ソクラテス式問答法に答えるには頭が混乱しすぎていたので、フェイスはひとりに絞った。「あたしがエリック・ルドルフを知ってるのは、彼の犯行現場がおもにジョージア州内だったから。四件の爆破事件を自供したのよね。警官殺しも認めた。職業は大工。反政府主義、同性愛嫌悪、女性嫌悪、中絶反対。クリスチャン・アイデンティティ運動との関係は否定しているけれど、十代のころ母親と運動家たちのコミューンに住んでいたことがある。ルドルフがＦＢＩの十大最重要指名手配犯のリスト入りしたあと、彼の兄が自分の手を電動丸鋸《まるのこ》で切断するところを録画して、ＦＢＩに抗議のメッセージを送った」

「ほんとですか?」ミランダは最後の事実にぎょっとした。「手はどうなったんですか?」

ヴァンが言った。「ボイスメールに伝言した。ＦＢＩはメッセージを受け取らなかった」

フェイスは閃いた。「ルドルフは陸軍にいたんでしょう? フォート・ベニングに配属された。マリファナをやって除隊。そして――」マクヴェイを指さす。「彼も陸軍にいた。湾岸戦争で青銅星章をもらった。特殊部隊の訓練プログラムからははずされた」テリー・ニコルズの写真をこつこつと叩いた。「その数カ月後に、彼も除隊を申請して受理される。軍隊生活に耐えられなかった」

「そうですそうです」ミランダはうれしそうに写真を動かした。「ロックウェルは第二次世界大戦と朝鮮戦争で海軍の司令官でした。バトラーは陸軍航空隊。ミラーはベトナムに行きました」写真はまだあった――白い頭巾をかぶった男たち、鉤十字《かぎじゅうじ》のアームバンドをつけた男たち、ナチの敬礼をしている男たち。「ベトナム戦争のヘリコプターの射撃手。元陸軍中佐。空軍三等軍曹。沿岸警備隊予備役」

「ちょっと待って」フェイスは思わず口を挟んだ。「あたしの兄は二十年間、空軍に勤めてる。いやなやつだけど、ナチ野郎なんかじゃない」

「それはそうでしょう」ミランダは言った。「あの、わたしは軍隊バッシングをしてるんじゃないんです。うちは米西戦争以来、軍人の家系ですから。わたしは海軍ですけど、統計学者でもあるんです。数学的に見ても、この人たちは通常分布から大きくはずれたところにいると言ってもいい。数字を見るんです。大きな集団のなかには、一定数の有害因子が存在する。教師にも医師にも科学者にも警官にも野犬捕獲員にも。かならず悪い種子が混じっています。軍隊にも同じことが言える。現役と退役を合わせれば、二百万人近い軍人がいる。そのうち五パーセントでも――」

「一万人」フェイスはテーブルの端をつかんだ。立ちあがって、部屋を出ていきたかった。

「点を線できっちりつないでちょうだい。なんだかいやな予感しかしないの」

「議会もそう考えてるんだ」ヴァンが言った。「国土安全保障省の調査チームが軍隊内部で白人至上主義者が増えているという報告書を作成したんだが、予算を失って、報告を撤回しなければならなかった」

　フェイスは立ちあがったが、室内にとどまった。肺に酸素を取りこまなければ苦しかった。牢獄《ろうごく》のなかにいるようだった。壁にもたれ、腕組みをして話のつづきを待った。

　ミランダが言った。「最初の話に戻ります。歴史的に見て、白人至上主義者グループのメンバーが増えたのはなぜかと尋ねましたよね。移民の流入と経済の停滞が一般的な回答ですが、ほんとうは戦争です。彼らをつなぐ糸は戦争なんです。戦地へ行き、帰国すると、以前とはすべてが変わっているような気がする。彼らの頭のなかでは、自分は政府に捨てられたことになっている。女性たちは前進し、自立するようになった。子どもたちは見知らぬ他人になった。自分たちを抜きにして変わっていく世界をどうすれば理解できるのかわからない。そして、だれかのせいにせずにはいられない」

ヴァンが言った。「おれはおれ自身もそうだが、ユダヤ系のせいにするね」

フェイスは尋ねた。「これが見えざる愛国軍とどんな関係があるの？」

「ああ」ミランダが別のファイルを上に出した。「つまり、この男たちはいわゆるネオナチです。スキンヘッドではない。髪は剃らないし、タトゥーは入れないし、それらしい格好をしない。要するに、目立たないようにするんです。チノパンにポロシャツ。品のいい、こざっぱりした男たち」

フェイスはシャーロッツヴィルで松明《たいまつ》を掲げていた抗議集団を思い出した。一見ごく普通の若者たちが、血と土のスローガンを繰り返し、〝ユダヤ人に乗っ取られるな〟と叫びはじめたのは異様だった。

「ユナイト・ザ・ライト・ラリーでも――」

「だから、彼らはインターネット上では慎重なんだ」ヴァンが言った。「シャーロッツヴィルの集会のあと、インターネットでは彼らへの批判が高まった。動画に映っていた者は身許がばれた。〝おい、あれはうちに来る配達員だ。黒人の女性の顔を蹴るなんてひどくないか〟と噂になる、仕事をクビになる、家にいられなくなる、セキュリティ・クリアランスを剥奪《はくだつ》される、不名誉除隊になる。そんなわけで、彼らは用心深くなった。カメラがまわりはじめたら、連中は顔を隠したり、マスクをつけたりする」

　ミランダが引き継いだ。「シャーロッツヴィルは分岐点でした。三十五州からさまざまなグループが集まった。自然発生的な集会ではなかったんです。それまでは、カリフォルニアが顕著ですが、国内全体で小さな集会をやっていました。でも、せいぜい二十人くらいの集まりで、数人のアンティファが喧嘩目当てに乗りこんできたり、ヒッピーかぶれが花をまき散らしたりしたけれど、マスコミはまったく注目しなかった。ところが、シャーロッツヴィルを境に状況が変わりました。彼らはトップダウンで承認を得たんです。戦意を高め、組織化され、行動を起こそうと決意して故郷に帰った。彼らの仲間意識は高まりました」

　ミランダは別の写真をフェイスに見せた。若者のカラーのマグショットだ。「ブランドン・ラッセル、フロリダの州兵でした。アトムヴァッフェン・ディヴィジョンのメンバーです。アトムヴァッフェンはドイツ語で核兵器を意味します。彼らはシャーロッツヴィルで大きな存在感を示しました。ラリーの前月、二〇一七年五月に、ラッセルはガレージで爆弾を製作しているとして逮捕されました。アパートメントは鉤十字だらけで、寝室にはティモシー・マクヴェイの写真がありました」

　ヴァンが言った。「ガレージからはＨＭＴＤが発見された。高性能爆薬として使用される有機物だ。昨日エモリー大学病院の駐車場で使用された二発の爆弾にも使用されていた」

昨日の午後に上空から眺めた、噴火口のように煙をあげていた現場がフェイスの脳裏に浮かんだ。今朝も救助隊が瓦礫をひっくり返している。新しい遺体が見つかったばかりだ。

フェイスはミランダにうなずき、先を促した。

「大きなグループに限っても、アトムヴァッフェン、ライズ・アバヴ・ムーヴメント、通称RAM、ハマースキンズ、トーテンコップなど。まだまだあります。構成員は十人の場合もあれば、五十人のグループもある。われわれの目の前で、リーダーのいないレジスタンスが発生しているんです。9・11やロンドン同時多発テロと同じレベルの攻撃には、入念な調整と規律と資金が必要です。しかし、いま問題にしているグループは、そのような資源を持っていない。ひとりひとりが〝なあ、もう愚痴を言い合うのもうんざりだ。行動を起こすぞ〟とつぶやいている。ディラン・リーフ、ロバート・グレゴリー・バワーズ、ニコラス・ジャンパ、ブランドン・ラッセル――彼らは白人至上主義にかぶれているけれど、基本的な計画もなにもない。勝手に行動している」

フェイスは言った。「自爆テロ犯のようにね」

「そこまで洗練されてもいません。文字どおり、大量の銃を部屋に転がしている二十歳の若者が、ある朝目を覚まして、ありったけの銃を抱えてシナゴーグに突撃するわけです」

ヴァンが言った。「彼らには崇拝するヒーローがいる。マクヴェイだけではない。一匹《いっぴき》狼《おおかみ》の銃撃犯が神になる。今度また同じような攻撃事件があったら、ネットを見てくれ。

いくらもたたないうちにファンページが立ちあがり、ファンフィクションが発表され、連絡先の情報が出まわる。犯人が生きていれば、差し入れをしようと受刑者番号が投稿され、刑務所の住所がわかればファンレターも送る」

フェイスは、いったいどうしてそんな連中がいるのかとはあえて尋ねなかった。「犯人の動機は注目を浴びること？」

「ある意味ではそうです」ミランダが答えた。「彼らは信じられないほど不満をためている。軽視され、力を奪われ、誤解されていると感じている。最近は〝総入れ替え〟《グレイト・リプレイスメント》なる陰謀論が横行しています」

ヴァンが説明した。「きみも聞いたことがあるはずだ。白人女性の出産率はマイノリティの女性より低いとか、フェミニズムが西洋世界を滅ぼしつつあるとか、白人男性は妻を寝取られているとか」

ミランダが言った。「ここでまた軍隊の話に戻ります。この手のグループの男たちは規律を欲しています。軍隊のような組織における男性性の肯定がほしいんです。退役、現役、予備役をメンバーにするために、彼らは一致協力していることがわかっています。以前は、軍隊経験のある者は戦闘能力の高さと経験を買われていた。戦地から帰ってきた軍人にとっても、戦闘を追体験できるのは魅力的です。国内のあちこちに差別主義者のキャンプがあり、元軍人が若者を訓練しています。建物に突入する訓練、射撃訓練、兵站《へいたん》の訓練。もっとも大きなキャンプは、デス・ヴァレーのデヴィルズ・ホールにあります」

フェイスはケイト・マーフィに見せられたIPAの写真を思い出した。迷彩服で駆けまわっている若者の写真があった。「デヴィルズ・ホールは、チャールズ・マンソンが《ヘルター・スケルター》が呼びかけたと主張した人種間戦争のあとに隠れようとしていた場所ね」

「そのとおりです」ミランダは感心したようだった。「マンソンは獄中からジェイムズ・メイソンという男と連絡を取り合っていました。有名な白人至上主義者です。また『攻囲』という著書で、リーダーのいないレジスタンスを強く支持している。現代の白人至上主義者たちのバイブルと言ってもいいでしょう」

フェイスは尋ねた。「そのバイブルには、なにをしろと書いてあるの？」

「タリバーンやアルカイダと同じことです。彼らは非常に洗練された新兵募集の動画を作成しています。彼らが主催するオンラインの会議室では、ヘイトは受け入れられているどころか奨励されています。怒れる若者をターゲットにして、おまえたちは大いなるものの一部だ、白人の力を取り戻すべく闘うべきだ、そうすれば女たちが群がってくると伝えている」

ヴァンが言った。「ハーリーやヴェイルやモンローのように、イラクやアフガニスタンに行った者も多い。彼らは敵側のすることをよく見ていた。粗製濫造の爆弾の破壊力を目の当たりにしていた。警察や軍隊に潜入した者たちが大勢の人を殺すのを。現地の暴動から学び、アメリカへ持ち帰ってきた」

「暴動」フェイスは重ねたファイルを見てうなずいた。ダッシュがこの話にどんな関係があるのか、いまだにわからなかった。「ＩＰＡの話をして」

ミランダが深呼吸した。「ええ。彼らは抜け目がなくて、だからわたしたちもナーバスになっているんです。彼らはネット上で自分たちのことを語らない。ただ、ほかのグループの書きこみのなかで名前があがることもある――ＩＰＡがなにやらでかいことを企《たくら》んでいるとか、第二のアメリカ革命を目論んでいるとか。あの手の連中はいつもそうなので、ただいきがっているだけなのか、真実である可能性があるのか、区別するのは簡単ではありません」一呼吸置いた。「われわれは、ＩＰＡはサバイバリストと見ています。本題に入る前に、同種のグループの活動についてこんなに長々と語ったのは、われわれはＩＰＡも同じような活動をしていると考えているからです。小集団、リーダーのいないレジスタンスを推進、おそらく兵士もどきを訓練している。軍人や警官を取りこんで、聖戦をはじめるために」

フェイスの口のなかは乾いた。「そこまで目立たないようにしているのに、どうして彼らのことがわかったの？」

「それがおれの仕事だ」ヴァンが言った。「過激派グループの監視がおれの専門でね。そういうグループは何百もあるし、トレーラーハウスで黒人を殺すだのフェミナチをレイプするだのと息巻いている一匹狼も山ほどいる。おれは数年前からＩＰＡに関する投稿を拾いはじめた。なんとなく、ほかのグループと違うような気がしたからだ。おれは情報を募集した。すると、ヴァルドスタ州立刑務所からメモが返ってきた。ある服役囚が、外部との通話のなかでIPAという言葉を何度も使っていると」

「アダム・ハンフリー・カーターね」フェイスはようやく疑問の一部に回答をもらえたような気がした。「強姦罪《ごうかんざい》で服役していたけれど、早期に釈放してCIにしたわけね」

ヴァンはうなずいた。「過激派グループにはあるパターンがあると理解してくれ。たいていの場合、彼らは自滅する。勢力争いが珍しくないんだ。結局は差別に後ろめたさを抱く者。ゲイポルノを見ているのがばれた者。内部のつまらない争いが発端で、解散したり分裂したりする。もともと、しくじり屋と負け犬の集まりだ。執着するのが肌の色だけってのはなぜか、よくわかるだろう」テーブルの上に身を乗り出した。「ところが、IPAは組織化されている。よくまとまっている。カーターがダッシュについて語るときの様子は、過激派がマクヴェイを礼賛するのと似ている。しかし、われわれはダッシュについてなにも知らない。写真もない。データもない。ないないづくしだ」

フェイスもゆうべ同じように行きづまったが、ヴァンははるかに多くの時間をかけていたのだ。

ミランダが言った。「ダッシュとIPAのデータがないのはいいことだと思われそうだけど、ほんとうにほんとうにまずいんです。われわれの経験では、おしゃべりな連中ほど恐れるに足りない。なにより危険なのは、静かな連中です」

ヴァンがうなずいた。「IPAに関するなけなしの情報は、すべてカーターから得たものだ。ダッシュはグループの創設者ではないが、方向性を決めた。無線は使わない。ネットに名前や友人関係を書きこまない。謎めいた雰囲気のおかげで、ほかの白人至上主義者グループも注目している。爆破事件が起きて一日しかたっていないのに、すでにネットではIPAの仕業だと噂になっている。トーテンコップの半分はこの混乱に乗じようとアトランタへ向かっている。それから、われわれはポーランド系の過激派をカナダ国境で止めた。また、アリゾナのグループが自家用機を借りて武器を運ぼうとしていた」

「アリゾナ」数時間前に、みずから国境を守ろうとする民間組織の記事を読んだばかりだ。

「IPAの創立者はだれなの？　マーティン・ノヴァク？」

ヴァンは肩をすくめた。「だれが導火線を置いたのかは問題じゃない。火をつけたのはダッシュだ」

「そうです」ミランダが真剣な顔になった。「なぜ夜も眠れないのかと尋ねられたら、ダッシュがなにかを目論んでいるのに、それがなにかわからないからと答えるわ」

フェイスは尋ねるまでもないことを尋ねた。「そんなにいやな予感がするなら、タスクフォースを立ちあげて――」

「FBIは、ただの予感に予算は割けない」ヴァンが言った。「追わなければならない犯罪者はほかにもいくらでもいる。おれは、カーターをCIにするために、ひざまずいてボスに懇願したんだぞ。前にも言ったとおり、カーターはほかのグループについても重要な情報をくれた。おかげでうまくいった捜査も数えきれない。だが、IPAについては、カーターの口は固かった。聞き出すことができたのは、なんらかの重大な計画を立てていること、仕切り役がいることだけだ」

フェイスは尋ねた。「ミシェル・スピヴィーを拉致した理由は？」

「ミシェル・スピヴィーを拉致した実行犯はカーターだ。ダッシュの指示かどうかはわからない」

フェイスはそのたわごとを二度と聞き流すつもりはなかった。ミランダの前のファイルの束のほうへ顎をしゃくった。まだ一冊しか開いていない。「パンドラは箱にまだなにか入ってるんでしょう」

ヴァンはうなずいた。

ミランダが一冊のファイルを開いた。「これが唯一のダッシュの写真です」

フェイスは歩いていった。胸がむかついた。ダッシュの写真を見るだけで、なぜこんなに緊張するのかわからなかった。マグショットを期待していたが、Tシャツとショートパンツ姿で砂浜に立っている大学生くらいの若者を撮影したスナップ写真だった。

ミランダが言った。「一九九九年の夏にメキシコの西海岸で撮影されたものです」

いかにも嘘くさい。「未来の白人至上主義者のバカンスにふさわしい場所には思えないけど」

ヴァンがガンジーの言葉をもじって言った。「罪人を憎んで、罪を愛せ」

フェイスは若者の顔を見つめた――骨張っていて、まばらな口髭と山羊鬚《やぎひげ》が間抜けな感じだ。フェイスの息子の大学の学生クラブによくいるような若造とたいして変わらない。いや、シャーロッツヴィルに集まった、一見普通の若者と変わらない。

ミランダが別の写真を取り出した。モンタージュ写真のようなつぎはぎの写真だ。「現在のダッシュがどんな顔をしているか、加齢の要素を加味してＦＢＩに作成してもらった写真です」

フェイスはたいして驚かなかった。「いま何歳なの？」

ミランダが肩をすくめた。「四十代半ば？　さんざん調べたんですけど、成果はほとんどあがってないんです。海軍の分析によれば、この写真が撮られたのは、遠景に写っている建物の様子からムヘーレス島のようです。海岸線の浸食だの太陽の位置だの、わざわざここで技術的な説明はしませんけど、うちの分析官は優秀ですよ」

フェイスは砂浜の写真に目を戻した。「これは監視中に撮った写真ではないでしょう。バカンスのアルバムから抜き取ったみたい」

ヴァンが椅子を引き、フェイスに座るよう合図した。

「一九九九年六月、ノーゲ・ガルシアという男がムヘーレス島のラ・ファミーリア・リゾートに妻子と滞在していた。彼は、独身の若い白人男性アメリカ人の集団がビーチにたむろしていることに気づいた。名前のとおり、このリゾートはファミリー向けだ。子連れに優しい。普通、男子学生が集まるのは成人向けの場所だ。女の子が集まるのはそういう場所だからな。だから、ガルシアは不審に思って訊いてまわった——彼らはどこに滞在しているのか？　なにをしに来たのか？　なぜここにいるのか？」ヴァンはフェイスに尋ねた。

「話についてきてるか？」

「あんまり。そのガルシアという男は、なぜそんなことをしたの？　そして、なぜあなたはその男のことを知ってるの？」

ヴァンはいい質問だと言わんばかりにうなずいた。「知っているのは、メキシコまで会いに行ったからだ。ガルシアがリゾートであれこれ訊いてまわったのは、一九九九年当時、彼はメキシコ連邦警察の捜査官だったからだ。ＦＢＩのメキシコ版で、軍とも関係が深い」

フェイスはネットフリックスの麻薬取締ものにはまっているので、メキシコ連邦警察のことなら多少は知っている。「で、ダッシュがどう関係してくるの？」

ヴァンは答える代わりに、ミランダに向かってうなずいた。

ミランダは、もう一枚ビーチが写ったスナップ写真をフェイスのほうへすべらせた。砂の城を作っている子どもたちに焦点が合っている。その十メートルほど後方に男がぼんやりと写っていて、赤いマーカーで囲んである。黒っぽい髪。サングラス。がっしりした体格。カメラを構えている人物に手を振っている。両腕をあげている。まるで手旗信号を送っているかのように。顔は野球帽のつばで陰になっているが、左手の指二本がないことは、はっきりと見て取れた。

フェイスは椅子に寄りかかった。

マーティン・エリアス・ノヴァクは、左手の指が二本ない。合衆国陸軍に爆発物の専門家として勤務していたころ、爆発事故で失ったのだ。一九九九年には四十一歳だった。

フェイスは確証を得たくてヴァンの顔を見あげた。

彼は肩をすくめた。「どうかな?」

フェイスは先を促した。

「この、指のない謎の中年白人男性――ガルシア捜査官は怪しいと感じた。この男はなにをしているのだろう? いつも若い男をはべらせているが。リゾートの宿泊客ではないのに、毎日ビーチに現れる。借りた椅子に座って、遊んでいる子どもたちを眺めている。独身。妻も子どもも連れてきていない。ガルシアのスパイダーマン的な直感は、こいつは怪しいと言っている。彼は男について訊いてまわりはじめた。リゾートで働いている地元の人々は、口をそろえて言った。〝ああ、あいつは放っておけ。ありゃペドだよ〟」

「ペドロ?」フェイスは訊き返した。

「違う。ペドだ。小児性犯罪者《ペドファイル》の」

フェイスの胃はずっしりと重くなった。ビーチが目に浮かんだ。笑っている子どもたち。ファミリー・リゾートの波打ち際で跳ねている子どもたちを凝視している気味の悪い中年男。

気がついたらかぶりを振っていた。マーティン・ノヴァクに関する会議では、小児性犯罪などひとことも言及されなかった。彼には娘がいて、自分で育てていた。元軍人だ。銀行強盗をして殺人を犯した彼は、確かに犯罪者だ。だが、この新しい情報が事実だとすれば、彼は怪物だ。

ヴァンが言った。「彼がペドと呼ばれていたのは、子どもを見る目つきのせいだ。ときには子どもたちにお菓子をあげていた——冗談じゃない。子守をしてやるから散歩にでも行ってきたらいいと、親に勧めることもあった」

フェイスは息を止めそうになった。「親は子守をさせたの？」

「一九九〇年代の終わりだったからな。こざっぱりしたいかにもアメリカ人らしい男がペドファイルだとは、だれも思いもしない。聖職者がまだ聖人だったころだ。ふん、銃乱射はコロンバイン高校で終わりだと思われていた」

ミランダがまた一枚のスナップ写真を出した。「〝ペド〟の写真はこれだけです」

マーティン・ノヴァクに間違いない男はカメラのほうを向いていなかったが、もう一枚の写真と同じTシャツを着ていて、体格もそっくりだった。指が三本しかない左手が体の脇にある。骨張った間抜け面にまばらな口髭と山羊鬚を生やした若者と話している。ダッシュだ。

ヴァンが言った。「〝ペド〟は、リゾートから三百メートルほど離れた別荘を借りていた。支払は現金で、〝ウィリー・ネルソン〟という名前で賃貸契約書にサインしていた」

彼が言葉を切ったあいだに、フェイスの頭にその名前が染みこんできた。衝突事故現場で、カーターたちはウィルにカントリー歌手から取った偽名を言った。

有名カントリー歌手といえば、もちろんウィリー・ネルソンだ。

ヴァンはつづけた。「ガルシア捜査官が聞いたところでは、ミスター・ネルソンは同好の士と別荘を借りているらしかった。毎週、六人の若者がスーツケースを持って泊まりに来る。六人は、週の終わりには国境のむこうへ帰っていき、交替で新しい六人がやってくる。夏のあいだ、それがつづいた」

フェイスはある疑問を抱いたが、その答えはすぐにわかった。9・11のテロ攻撃以前は、アメリカ人は運転免許証を見せるだけでティファナの国境を越えることができたし、記録も取っていなかった。顔認証のソフトウェアもなかった。ナンバープレートの自動読み取り機もなかった。ＩＣ付きのパスポートもなかった。

「これが〝ペド〟の借りていた別荘です」ミランダがまた別の写真を見せた。広いポーチのある古い二階建ての家だ。赤い鉤十字の旗が、ビーチタオルを乾かすように手すりにかけてあった。

ヴァンが言った。「ガルシア捜査官は、もちろんみずから囮《おとり》捜査をするわけにはいかず、応援を呼んだ。そして、別荘から出てくる若者たちを尾行しはじめた。若者のほとんどは〝ペド〟とビーチをうろついていた。ひとりが公衆トイレの外のバーに座っていた。そのとき、九歳の女児がトイレに入っていった。バーに座っていた若者は、外の仲間たちに手を振って合図した。仲間たちが手を振り返した。すると、バーの若者は立ちあがってトイレに入っていった」

フェイスは喉に手を当てた。「その子を襲ったの？」

「身体的な危害がくわえられる前に、連邦警察が踏みこんだ。若者は女の子の口を手でふさいでいたが、そこまでだった。警察はそいつを連行した。取調室に入れると、そいつはしゃべりだした」

「待って――」確かめなければならない。「それがダッシュね？」

「当たり。ガルシアはダッシュを取調室に入れて、限界まで待たせた。取り調べがはじまると、ダッシュは待ってましたとばかりにしゃべった。名前を訊かれて、チャーリー・プライドと名乗った」

またカントリー歌手だ。アフリカ系アメリカ人の名前を使ったのは、人種差別主義者たちの内輪受けのジョークだろう。

「ダッシュは間違えて女性トイレに入ってしまったと、申し訳なさそうに詫びた。本人の供述では、テキーラを飲みすぎていたし、スペイン語も話せない、ほんとうに間違えただけで、女の子の口をふさいだのは、悲鳴をあげられそうになってあわてたからだ。非常に礼儀正しい若者だった――はいそうです、いいえ違います、申し訳ありません、とまあ、こんな調子だ。ガルシアには、サンディエゴ大学の四年生だと言った。陸軍にいたので遅れて入学した、メキシコへはリゾートに行ってみたいという友人と一緒に来た、ここへ来るまでその友人がナチだと知らなかったと訴えた」

「ガルシアは信用したの？」

「まさか。だが、連邦警察も証拠が必要だ。とりわけアメリカ人を締めあげるときはな。DEAのキキ・カマレナ捜査官が殺害された事件が長い影を落としているんだ。そういうわけで、ガルシアはしかたなくダッシュを釈放して、捜査は終了した。ところが——」

ヴァンは手をあげてフェイスを制した。

「二週間後、ガルシアはやはりいても立ってもいられなくなって、ひとりでリゾートに行った。旅行者のふりをして、バーに座って観察した。すると、こんなことが起きた。前回と同じ状況だ。〝ペド〟が若者たちとビーチにいる。ひとりがバーにいる。女の子がトイレに入る——八歳児だ。バーにいるやつは仲間に合図を送ったが、今回はもうひとり、十一歳か十二歳くらいの女の子がトイレに入った。そして、ひとり目と一緒に出てきた。それから、サーフボード置き場になっている小屋へ連れていき、八歳の子をなかに入れてその場を離れた。その直後、ビーチにいた若者たちが小屋へやってきた。ひとりが小屋のなかに入り、残りは外で自分の番を待った」

「ガルシアは応援を呼ぶひまもなかった。小屋へ近づいていくと、外にいた若者たちは逃げた。なかにいるやつが女の子に危害をくわえる前に捕まえた」ヴァンは黙った。「いや、その子は一生残る傷を心に負ったわけだが」

フェイスは尋ねた。「そいつはなんて名乗ったの？　ティム・マグローとか？」

「ガース・ブルックス。まったくばかだよな。あのころ世界中で売れていたんだから。ガルシアは五秒でそいつの本名がジェラルド・スミスだということを聞き出した。二十一歳、サンディエゴ在住。ダッシュとまったく同じ言い訳をした——〝すみません、酔っ払ってたので、あの子があそこにいるなんて知らなかったんです、男性用トイレだと勘違いしてました、だからぼくのハラペーニョがぶらぶらしていたんです〟」ヴァンはかぶりを振った。「ガルシアは上司に連絡し、ジェラルドの身柄を拘束した。しかし、いつのまにかジェラルドはいなくなっていた」

「留置所で殺されたの？」

「残念ながらそうじゃない。ガルシアは、秘密裏にアメリカへ送還されたと考えている。〝ペド〟も同時に姿を消した。若者たちもいなくなった。ガルシアは詳細を知らされていないが、連邦警察の幹部はジェラルドも〝ペド〟もアメリカの問題だからアメリカに処理させればいいと考えた。おおかたそんなところだろう」

ミランダが言った。「付け足しになりますが、白人至上主義者とペドフィリア、あるいは子どもの性的虐待者のあいだには、有意な重複は見られません。少なくとも、全人口に対する割合にくらべても有意差はありません」

「それはよかった」フェイスは家に帰って熱いシャワーを浴び、怪物たちの悪臭を洗い流したかった。いま現在、ダッシュのそばに子どもがひとりもいないことを祈るばかりだ。

そのとき閃いた。

フェイスはヴァンに尋ねた。「ＩＰＡのダッシュと一九九九年にメキシコにいたダッシュをどうやって結びつけたの？」

「カーターを酔っ払わせた。ダッシュに関してはなかなか口を割らなかったんだが、あのときは様子がおかしかった。そのころだ、カーターが首縄を引っ張りはじめたのは。ジョニ赤の二本目を半分ほどあけたところで、カーターはダッシュの軍務経験について、ひそひそ声で、ほとんど畏敬の念をこめてしゃべりだした――ダッシュはSEALs隊員で、秘密作戦に従事していたとか、知っちゃいけないことを知りすぎたせいで、政府の暗殺者に殺されそうになったとか――」ヴァンは握り拳を上下に振った。「とにかく、ダッシュのふくらはぎには変わったタトゥーが入っていることを聞き出した。黄色にブルーのアウトラインをつけた筆記体で、〝自由は無償ではない〟と書いてあるそうだ」

「それって軍隊のタトゥーでしょう」

ミランダが言った。「おもに陸軍ですね。SEALsはフロッグマン、つまりカエルの骨のマークとか、SEALトライデントとか、錨《いかり》とか、〝タフ中のタフ〟という言葉を好んで入れます。九九年ごろは、海軍では膝より下にタトゥーを入れることを軍紀で禁じていました。それに、海軍の者が臆病者の色を使うわけがないです」

またヴァンが引き取った。「FBIのバイオメトリックスのデータベースでそのタトゥーを検索してみたが、ヒットしなかった。インターポールのデータベースにもかけた。普通はヒットしたら、リンクをクリックするだけでそいつの逮捕状や、ときには前科のファイルも見ることができる。ところが、おれが見つけたのは名前と電話番号だ。ノーゲ・ガルシア、連邦警察警部」肩をすくめた。「で、おれは飛行機に飛び乗って、話を聞きに行ったわけだ」

「彼は細かいところまで覚えていたのね」

「写真やメモ、供述書といった記録を全部保管していた。ずっと気になっていたらしい。だから、ガルシアはインターポールのデータベースでタトゥーを調べたんだ。九九年にはまだコンピュータがなかった。その後、コンピュータでなにができるか知るや、部下に調査を指示した。ずっとなにかを見落としている気がしていたからだ。スパイダーマン的な直感ってやつだな。二十年たっても、まだ胸にしこりが残っているそうだ」

フェイスは椅子に深く座りなおした。頭のなかがいっぱいで、中身があふれそうだった。

「ノヴァクには娘がいるわ。あいつがビーチで〝ペド〟をやってたころ、娘は十歳か十一歳くらいだったはずよ」フェイスは待ったが、ヴァンは黙っていた。「女の子をサーフボード小屋に連れこんだ子がちょうどそのくらいの年齢だった。ノヴァクは自分の娘を使って、自分と仲間たちのために女の子を誘き寄せた、違う？　あなたの話はそういうことでしょう」

ミランダがさらにもう一枚の写真を取り出した。「これは、グウェンドリン・ノヴァクの最新の写真です。十九歳のときに撮影されました」

フェイスはジョージア・バプティスト病院の職員ＩＤカードのコピーに目をやった。グウェン・ノヴァクは、茶色い髪に悲しげな目をした地味な娘だった。いや、フェイスが悲しげだと思いたかったのだ。グウェンは父親のポン引きだった。ペドファイルの集まる家に住んでいた。彼女自身も虐待を受けたに違いない。そのうえ、ほかの子どもを虐待するための道具にされた。

　ミランダが言った。「グウェンは看護学校に進学するつもりで、看護助手として働いていました。でも、この時点では高卒資格すら持っていなかった。すでに五歳の女の子と十カ月の男の子を育てていたんです」

「十九歳で？」フェイスは自分の偏見に満ちた口調を恥じた。自分も十五歳でジェレミーを産んだ。しかも、レイシストの小児性犯罪者に育てられたわけではない。「子どもたちの父親はなにをしていたの？」

　ミランダはかぶりを振った。「どちらの出生証明書も、父親の名前は空欄でした。長女は州西部の小学校に入学しましたが、数カ月後にいなくなった。子ども家庭支援局は赤ん坊に会おうとしました。隣人が虐待を疑っていたからです。けれど、グウェンは父親に倣って姿を消しました。クレジットカードはなし、銀行の口座もなし――長女の学校の記録すらない。長女のジョイは、いまごろ十五歳になっているはずです」

「ジョイ」フェイスはその名前に希望を見出したかった。グウェンが娘を強姦魔の父親とその仲間から守っていると信じたかった。「男の子はどうなったの？」

「死亡証明書を発見しました。死因は乳児突然死症候群《SIDS》」ミランダはフェイスに書類を差し出した。「かわいそうに、眠っているあいだに窒息したんです」

　フェイスは書類を受け取らなかった。見るだけでも不幸が降りかかってきそうな気がした。子どものころに苦しめられたグウェンに同情したかったが、いまではもう一人前だ。犠牲者ではない。ペドファイルに自分の子どもを近づけているのなら、彼女自身も虐待者だ。ただの虐待者よりたちが悪い。なぜなら、いつレイプされるかわからない環境で無力な子どもとして生きるのがどんなことか、身をもって知っているはずだからだ。

ヴァンが言った。「ありがとう、ミランダ。ほかにもミーティングがあるんだろう」

フェイスも言った。「ありがとう。ううん、ひどい話だったけど、とにかくありがとう」

「お役に立てたのならいいんですけど」

「充分よ」フェイスはバッグを取りに行こうとしたが、ヴァンに止められた。

「もう少しいいかな？」

フェイスはまた椅子に座った。時計を見やる。

午後三時五十二分。

ボー・ラグナーセンとウィルは、いまごろ公園にいるだろう。ダッシュの手下とは四時に会うことになっている。一時停止ボタンを押して、ウィルにいま聞いたことをすべて伝えられたらいいのに。軍の話は重要だ。ダッシュがペドファイルであることも。そのふたつの情報は、ウィルがグループに入りこむのに役立つかもしれない。

いや、ウィルはついにキレて、ダッシュの手下をめちゃくちゃに殴りつけてサラのもとへ案内させるかもしれない。

ブザー音が鳴ってドアが開き、ミランダが出ていった。ドアが閉まり、赤いライトの光が回転して、この部屋が密室に戻ったことが確認できるまで、ヴァンは待っていた。

「よし、ミッチェル。言いたいことを言ってくれ」

フェイスはすでに臨戦態勢だった。「あなたは海軍情報部にガルシアが持っていたビーチの写真を分析させて、場所と日付に間違いがないことを確認した。そのくせ、〝ペド〟の左手の指の痕跡を見てマーティン・ノヴァクと同一人物だと断定できる専門家は見つからないってこと？」

「うちの痕跡の専門家はみんな出払っている」

フェイスは彼をにらんだ。「ここは駐車場だった墓穴から四百メートルほどしか離れてないんだけど」

ヴァンは悪びれるそぶりもしなかった。「カーターとヴェイルは死んだ。ハーリーは拘束されている」

「あたしのパートナーのおかげでね。リーダーのいないレジスタンスと一匹狼の話はわかってる。でも、マーティン・ノヴァクは銀行強盗で五十万ドルを手に入れた。ミランダは9・11のようなテロ攻撃には調整と規律と資金が必要だと言ってた。あたしの見たところ、ＩＰＡにはその三つ全部がそろってる。つまり、彼らは一匹狼の集まりじゃない。自国内テロリストの本格的な組織よ。それから、これも言っておく。あなたのボスが保身に忙しくてＦＢＩに本来の仕事をさせないのは、怠慢以外のなにものでもない」

「おっと、きみにはこれが見えなかったか？」ヴァンは首からさげた身分証を掲げた。

「おれはＦＢＩの人間なんだが。今日のこれはまったくスパイ大作戦じみているが、ＦＢＩが地元の警察に協力するときのやり方なんだ。おれはＦＢＩだからな。それに、ＦＢＩのＣＩを使ってダッシュの情報を集めたのもおれだ。メキシコへ行ってダッシュを探したのもおれだ。そしていま、おれがきみと話しているのは、ＦＢＩ捜査官のおれがダッシュを見つけたいからだ」

フェイスは、彼に謝るべきなのかもしれないと思った。

だが、やはりここで悪びれるわけにはいかない。

ヴァンが言った。「きみには二歳の子どもがいるそうだな。テロリストも二歳児みたいなものだ。注目されたい、そのためには破壊行動も厭わない」

いやらしい言いぐさだ。「どうしてうちの子を知ってるの？」

ヴァンは質問を無視した。「マクヴェイは何十人もの模倣犯を生み出した。『ユナボマーの声明』はアマゾンで星四・五がついてる。〝見えざる愛国軍〟がエモリーを爆破したとマスコミに発表すれば、また何十人もの模倣犯を相手にしなければならなくなる。そして、ダッシュはいまよりさらに地下へもぐる」

フェイスはすでにかぶりを振っていた。「ダッシュは当時まだ二十代前半で、連邦警察に絞られて、メキシコの刑務所に入れられる可能性があった。取り調べに答えながら嘘をでっちあげてたはず。ひょっとしたら、彼はほんとうにサンディエゴ大学の学生だったのかもしれない。彼がガルシアに言った名前——チャーリー・プライド。一般的な傾向から推測すれば、ダッシュのほんとうのラストネームはPではじまるかもしれない」

「見事だ。きみは二十枚のマットレスの上に寝ているな。おれはお姫さまを見つけられそうだ」ヴァンは眼鏡をはずしてテーブルに置いた。「なあ、まだ一日だ、ミッチェル。きみが仲間をさらわれてうろたえているのはわかる。サラ・リントンを連れ戻したいというのは、おれたちみんなの願いだ。ミシェル・スピヴィーも連れ戻したい。FBIは一カ月捜査してきたが、成果はなく、煉瓦の壁にぶち当たっただけだ。でも、FBIがIPAを軽視しているとは思わないでくれ。SCIFでわざわざミーティングを開いたのは、口が達者で偉そうな女が好みだからじゃないぞ」

突然そんなことを言われ、フェイスは眉をあげた。

ヴァンは言った。「すまん、ほめ言葉のつもりだった」

「それにしても変よ」

ヴァンはネクタイの端で眼鏡を拭いて時間を稼いだ。「証拠。おれたちに必要なものはそれだ。現時点の手持ちは、憶測と勘だけだ。ビーチの写真に写っていたのはノヴァクと思われる。彼と話しているのはダッシュと思われる。ノヴァクが逮捕されたのをきっかけにダッシュがIPAの手綱を引き継いだと思われる。昨日エモリーにいた第四の男はダッシュだったと思われる。スピヴィーを拉致したのはIPAと思われる。連中はさらに重大な計画を立てていると思われる」ヴァンはフェイスを見た。「証拠のない仮説ばかりトスしてもらったから、ついでにおれもひとつやろう。おれの勘は、グウェン・ノヴァクはダッシュと結婚していると言っている」

「ばかな」

「確かにばかな話だ、結婚証明書もないし、金銭的な関係や接点もわからない。だが、おれも計算はできるし、この手のグループが血縁に重きを置くことはよくわかっている。王の地位を引き継ぎたければ、王の娘と結婚することだ」

「グウェンにはもっと子どもがいそうじゃない？」胸のむかつきがひどすぎて、頭痛がしてきた。「それがグウェンの役目でしょう？　父親とその仲間のために、子どもを罠《わな》にかけるのが。グウェンはもっと簡単な方法を見つけたのかもしれない――みずから供給するの」

ヴァンの眼鏡を拭く手に力が入り、レンズがゆがんだ。

「マーティン・ノヴァクは拘束中だもの。彼に会いに行って――」

「ノヴァクは一年以上、口をきいていない。いまさらしゃべるとは思えない」ヴァンは眼鏡をかけた。「ノヴァクはなるようになることを望んでいる。昨日、爆破事件の知らせを聞いてよろこんでいたよ。みんな死ねばいいと思っている。社会を崩壊させて、政府を打倒したいんだ。自分が逮捕されたあとグループのリーダーの座があいていることは理解している。大きな計画があるとしても、ノヴァクは関係ない。でも、それで満足している。次になにが起きるか、わくわくしながら待っている」

そのとおりなのだろう。フェイスも特別移送チームのメンバーとして、ノヴァクについて何時間も学んだ。あの男は混乱を待ち望んでいる。「じゃあ、あたしたちはどうすればいいの？　なにか考えはないの？」

「おれは自分のCIを使う。おれが契約している白人至上主義者はカーターだけじゃないからな」

「カーターで味を占めたのね」

ヴァンはフェイスの嫌みをにっこりと受け流した。「そういうやつを見つけるまでが大変なんだ。見つけたら、あとは基本的なRASCLSを実践すればいい」

フェイスは新しい頭字語を知るよろこびを隠そうとした。「業界用語であたしを感心させようとしてる？」

「もちろん。どうすれば悪党に宗旨替えさせてCIにすることができるか？　返礼《レシプロケイション》。威信《オーソリティ》。欠乏《スケアシティ》。専心《コミットメント》。一貫性《コンシステンシー》。嗜好《ライキング》。社会的証明《ソーシャル・プルーフ》。RASCLSだ。幸い、おれは共感と同情と金を出すことにかけてはプロだ」

フェイスは思わず尋ねた。「CIにはユダヤ系だと教えないの？」

「ああ、だがおかしなものでね――少しばかり金を握らせて、刑務所から出してやって、あれこれ批判せずに困りごとを聞いてやったら、〝ヒトラー？　そんなやつ知らなかったなあ〟と、まあそういう感じになる」

フェイスがおかしくもないのに笑ったのは、先ほど急に妙なことを言った件は忘れてやると言外に伝えるためだ。

ヴァンが言った。「大きなグループにはほとんどおれのCIがいるが、足りないのはIPAのやつだ。いま、おれはそっちのほうに働きかけてる。知り合いの知り合いをたどっていくんだ。IPAは四人のメンバーを失った。ただのメンバーじゃない、兵隊だ。追突事故のあと、ダッシュの怪我がどうなったかわかっていない。ただ、次になにを企んでいるにしろ、専門的な技術を必要とするはずだ。カーターが言うには、ダッシュのグループは年配の男と若いやつの両極端に分かれるそうだ。カーター、ハーリー、モンロー、ヴェイルのような兵隊こそ、連中の真のリーダーなんだ。ダッシュは彼らの後任を大急ぎで補充しなければならない」

フェイスは壁の時計を見た。

午後三時五十八分。

そろそろボー・ラグナーセンとウィルがダッシュの手下と会うころだ。

フェイスはヴァンに尋ねた。「なぜわたしはここにいるの？」

「実存主義的な問いだな」彼はこれ以上フェイスを笑わせることはできないと察したようだ。「うちのボスは、きみたちに自分たちがだれを相手にしているのか正しく知っておいてほしいと願っている。サラ・リントンはIPAに捕まった。彼女はファミリーなんだろう。きみたちのファミリーはおれたちのファミリーでもある」核心をついた。「ミシェル・スピヴィー拉致事件について、われわれが知っているすべての情報が入ったファイルが、一階できみを待っている。最高機密の部分は編集しなければならなかったが、どのみち彼女の居場所に関しては、現状ではこれという情報がほとんどない。もしかしたら、二十名の分析官には見えなかったものが、新鮮な目には見えるかもしれない」

「わかった。あたしもモーテルの鑑識報告と検死報告を送るから。うちが持ってるものは全部そっちに渡す」

「全部？」

ヴァンの口調の裏にあるものが読めなかった。どうせ嘘だと思われているのか、またじゃれ合いを仕掛けてきているのか。

フェイスは占いのマジック・エイト・ボールのメッセージを投げ返した。「あたしの情報源は〝ノー〟と言ってる」

13

八月五日月曜日午後三時五十八分

ウィルは、ボー・ラグナーセンのトラックを降りながらうめいた。アスピリンの効果が薄れはじめている。筋肉が凝り固まって動かない。ちらりと周囲に目をやると、数台の車、犬の散歩をする人々が見えたが、午後のアルバート・バンクス公園は静かだった。ウィルはラグナーセンにうなずき、先に行かせた。ラグナーセンはまっすぐ前を見て、両手をポケットに入れていた。ウィルも同じ姿勢で、きれいに刈りこんだ芝生の上を歩いていった。

ふたりとも追跡装置はつけていなかった。アマンダはつけろと言わなかったし、そもそもウィルは彼女の言いなりになる気はなかった。それよりも、正体がばれるようなへまを踏むのが怖かった。ウィルは政治に不満を抱いている元軍人ということになっている。以前も同じ偽の身分を使ったことがあり、そのときに自分がいかに軍隊の隠語を知らないか思い知った。そのあとも、とくに勉強はしていない。とりあえず、静かに怒っている男のふりをするしかない。もともと静かなほうだ。それに、サラが連れ去られた瞬間から、ずっと怒っている。

髭はのばしっぱなしになっていた。両手は傷だらけだ。野球帽をかぶり、色の濃いサングラスをかけてきた。皺くちゃのグレーのスーツは職場のロッカーにしまった。ジムに行くときに着る黒い長袖のTシャツとジーンズに着替えてきた。上腕に生地が張りついている。ランニングシューズには、乾いた血に見えなくもない錆色《さびいろ》の筋がついている。

ペンキだ。

二カ月前、ウィルはサラを驚かせたくて、バスルームをリフォームした。ところが、チョコレート色の壁のせいでもともと狭い空間がますます狭く見えることに、サラに言われてはじめて気づいた。女性の使うあれこれをしまえるようにと思い、新しい戸棚も作ってしまった。空間を明るくするために壁を赤で塗ったものの、サラはほとんど毎日血まみれの犯罪現場で過ごしているので、ライトグレーを三度重ね塗りした。サラだって、血の色のなかでシャワーを浴びたくないだろう。

ラグナーセンがポケットから手を出した。聞こえよがしにため息をつき、舗装した小道を歩いていく。口を尖らせているのが、ウィルの気に障った。ラグナーセンは当初、公園へ行くのをいやがった。だが、刑務所で死ぬはめになりたくなければ、ウィルをＩＰＡに潜入させるために協力しろとアマンダにはっきりと言われ、渋々承諾した。

しかし、どうやって潜入するのか、詳細はなにも決まっていない。

ラグナーセンはふたたびため息をつき、野球場へ向かった。ウィルは、薬品の詰まったダッフルバッグを反対側の手に持ち替えた。拳を握る。またラグナーセンがため息をついたら後頭部を小突いてやりたいが、やめておいたほうがいいと自分に言い聞かせた。サラのためだ。そう思っただけで、拳がゆるんだ。ダッシュの手下を信用させて、グループに入りこまなければならない。ラグナーセンは、取引のあいだバンで運転手が待っていると言っていた。おそらく、運転手のほうが食物連鎖の上位にいる。ウィルが会わなければならないのはそっちだ。ダッシュは四名のメンバーを失った。重大な計画を企んでいる。警察や軍の人間を好んで使い、新しい人材を求めている。ウィルがまずクリアすべき目標は、ダッシュの手下にバンの運転手を呼ぶよう説得すること。次は、運転手に頭を撃たれないようにすることだ。

ウィルはあたりを見まわした。バンは見えない。

ラグナーセンが角を曲がり、またため息をついた。

ウィルの目に汗が流れこんできた。サングラスをかけてきたのは正解だった。日差しが頭のてっぺんを容赦なく殴りつける。フェイスがここにいれば、どんなに心強かっただろう。なにやら大事なミーティングがあるらしいが、万一の際にはフェイスはかならず援護してくれる。

子どもの遊び場のそばのベンチに、ひとり目のＧＢＩ捜査官が座っていた。彼女の前にはベビーカーがある。うつむいて携帯電話を見ている。別の捜査官が、テニスコートと野球場のあいだの舗装した小道をジョギングしている。遠くの駐車場に駐めてあるグリーンのステーションワゴンには、夫婦ではないが夫婦のふりをしている男女の捜査官がいる。もう一台、追跡用の車両が通りの先の酒場の前に、さらに一台が浄水場の前に駐まっている。ウィルは、どれも出動せずにすみそうだと思った。なぜならウィルの勘は、ラグナーセンは土壇場で裏切ると告げているからだ。

その勘は当たっているのだろうか？

いやな予感がするのは、ラグナーセンの哀れっぽいため息や、チャーリー・ブラウンのように芝生をとぼとぼ歩いていく足取りのせいではなかった。彼がジャンキーだからだ。どのジャンキーも薬を手に入れることしか考えない。アマンダはラグナーセンのポケットにいくつか錠剤を入れさせたが、彼はGBIを出る前からタブレットガムのように口に放りこみはじめた。ウィルだけでなく、この元特殊部隊隊員も計算はできる。この調子ではすぐに錠剤はなくなる。そうなったときに、ラグナーセンは犯罪者の側につくのではないか。

ウィルは、ラグナーセンの身になって考えてみた。この状況から抜け出すドアは三つある。第一のドアは、ダッシュの手下に、ウィルは警官だと合図を送る。手下はウィルを撃つ。以上。第二のドアは、とにかく逃げる。すぐに阻止されるが、ラグナーセンはウィルのほかに捜査官がいることを知らない。第三の選択肢がもっとも危険だ。ラグナーセンは兵士として高度な訓練を受けている。頭がしっかり働いていなくても、体は人の殺し方を覚えている。ウィルはポケットに折りたたみナイフを入れているものの、やはり使いこなせない。シグ・ザウエルは、ウエストバンドの内側に隠すタイプのホルスターを背中側に装着し、そのなかに収めてある。すばやく銃を抜くのは得意だが、それは首筋を痛めていない場合の話だ。

「こっちだ」ラグナーセンは、切り取ったパイの形に野球場を囲む金網に沿って歩いていった。彼が腕時計を見たので、ウィルも自分の時計を見た。

午後三時五十八分。

約束の時刻は四時だ。もう後戻りはできない。ラグナーセンがなにを目論んでいるにせよ、出たとこ勝負ではないだろう。彼がとうに決意していることは確かだ。金網に手をすべらせて歩いていく彼は、ほとんど瞑想《めいそう》状態に見えるほど、なにかをじっくり考えている。

ウィルの勘は、また警告の火炎信号を点火した。

危険に直面したとき、みずから興奮を煽《あお》り、胸板を叩きながら流血を求めて叫び、大量のアドレナリンで判断力を鈍らせて銃弾の雨に飛びこんでいく連中がいる。そのほかに、迫りくる地獄を生き延びるには、精神を無にしてトランス状態に入るしかないと知っている者たちもいる。

ラグナーセンは後者だ。ひと目でわかるほど様子が変わった。錠剤の効果ではない。訓練された体が動きはじめたのだ。呼吸はゆっくりとしている。そわそわするのもため息をつくのもやめた。禅僧のような雰囲気を漂わせている。

ウィルがその兆候に気づいたのは、自分も同じ状態だったからだ。

「ここだ」ラグナーセンは観客席にのぼり、三列目に座った。腕時計を見る。「あんたも座れ。あいつが約束の時刻に現れたためしはない」

「バンはどこだ？」

「知るか」ラグナーセンは脚をのばした。「あいつらもばかじゃない。近くまで来て、顔を見られたらまずいだろう。だから、使いっ走りをよこすんだ」

ウィルはダッフルバッグをラグナーセンの隣の席に置いた。その横に腰をおろす。ダイヤモンドを見渡した。金網は黒い樹脂でコーティングされた立派なものだった。都会育ちのウィルにとって、この公園は新鮮だった。注射針も落ちていないし、ジャンキーやホームレスもいない。グッチを着た女性が、手入れの行き届いた犬を散歩させているだけだ。

この九・三ヘクタールの緑地の航空写真は頭に叩きこんできた。潜入捜査チーム総出で戦略を練り、さまざまなルートを考え、シナリオを作り、追跡車両を駐める場所や女性捜査官の配置を決めた。照明付きのテニスコートが十二面。野球場が三箇所。ゴム引きの球技場。テニスセンター。広々とした休憩所。

ウィルは自分の位置を把握しようとした。子どものころから左と右の区別がつかないが、いまもっとも道路から遠い野球場のホームベースのそばに座っていることはわかる。背後にクレーコートがあるから、森のむこうは小学校のフットボール場だ。

小学校は、もちろん立入禁止区域だ。最後のチャイムが鳴ったのは一時間前だが、放課後活動があるので、少なくとも百人の子どもたちと数名の教師、用務員がいるはずだ。その方向からダッシュの手下がやってくる可能性がないわけではない。ラグナーセンは、いつもは近い駐車場を使うと言っていたが、彼は嘘つきのジャンキーだ。

問題はここだ。万が一、銃撃戦が起きた場合、ダッシュの手下が校庭に逃げこむとまずい。援護チームも、車両を学校の駐車場に無断で駐めるわけにはいかなかった。GBIが近所で囮捜査をすると知ったら、学校もいい顔はしない。それどころか、捜査は公園でおこなわれていると知ったら、黙ってはいないはずだ。

ウィルはなんとしてもサラを見つけるつもりだったが、子どもが誤って傷つけられるようなことがあったら、サラだけでなく自分も自分を許せないだろう。

ラグナーセンが言った。「おい、なんだか痛そうだな」

関節がコンクリートで固められているかのようだったが、ウィルは肩をすくめた。

「正直に言えよ。パーコセットがあるぜ、遠慮するな」ラグナーセンがポケットに手を入れた。白くて丸い錠剤をウィルに差し出す。

ウィルはつかのま受け取ろうかと考えた。いま飲まなくても、ラグナーセンを手なずけられるか試してみてもいい。相手のことを知らなければ倒せない。薬を断れば、ウィルが警官であることを思い出させ、警察が手綱をきっちり握っているぞと警告していると思われるかもしれない。

「おまえ、損したな」ラグナーセンは錠剤を口に入れた。ごくりと呑みこみ、にんまりと笑った。

ウィルはダイヤモンドを眺めた。背後のコートから、白熱したテニスの試合の音が聞こえてきた。ふたたび前を向いたとき、ライターのカチッという音がした。

ラグナーセンがタバコをくわえていた。

「消せ」ウィルは言った。

ラグナーセンは煙越しに目を細くした。「カリカリするなよ、兄弟」

ウィルは彼の耳を殴った。

ラグナーセンはとっさに両腕をのばしてバランスを取った。タバコが口から落ちた。彼は悪態をつき、耳に触れて出血していないか確かめた。「くそっ。落ち着いたほうがいいぞ、兄弟」

「おれはあんたの兄弟じゃない」ウィルの言葉は、おたがい同じ側にはいないことをいま一度はっきりと思い出させた。「ダッシュの手下に合図を送っているんじゃないかと思わせるようなことは二度とするな」

「落ち着けって。合図なんかじゃねえよ」ラグナーセンはブーツのつま先でタバコを踏み、火を消した。椅子の背に寄りかかる。彼の長いため息は霧笛のようだった。

ウィルは手を見おろした。ラグナーセンの耳を殴ったために、また傷口が開いていた。子どものころ芋虫で遊んだときのように、手首をまわして手のひらに血を伝わせた。

サラのアパートメントにはじめて入ったときも、両手が出血していた。怒りに駆られて、あるろくでなしをめちゃくちゃに殴ったせいだ。どうしようもなかったとはいえ、自分が毛嫌いしていたタイプの警官と同じことをしてしまった。あのときサラはウィルをソファへ連れていった。ぬるま湯を張ったボウルを持ってきた。ウィルの傷口を洗い、包帯を巻きながら、暴力とは癖のようなもので、屈するかやめようと努力するかは自分次第だと言った。

ウィルはジーンズで手を拭った。どんな警官になろうが、もはやかまうものか。とにかく、サラを家族のもとに連れて帰るのだ。

「あいつだ」ラグナーセンが言った。

ラグナーセンがあらかじめ言っていたように、ダッシュの手下が駐車場にいた。ブルーの4ドアのセダンから降りてきた。あいかわらずバンが来る気配もない。手下は体を揺りながら駐車場を突っ切った。野球場の端の金網をまわった。二十代前半、濃い褐色の短髪、白いポロシャツ、カーキ色のカーゴパンツ、白いスニーカー。二十代前半、野球場を興味深そうに眺めているので、ハイスクールでは野球選手だったのかもしれない。肩にブルーのキャンバス地のリュックをかけていた。ビールパーティの会場を探している若者にしか見えない。

ウィルは尋ねた。「会ったことのあるやつか？」

「いや、だがあいつらみんなあんな感じなんだ」ラグナーセンは立ちあがった。金網のほうへ歩いていく。両手をポケットに突っこんだ。そして、待った。

ウィルはダッフルバッグを椅子に置いたまま、金網の前にいるラグナーセンのそばへ行った。すり切れたホームベースを見た。少し数を数えた。それから、顔をあげて若者を見た。

ダッシュの手下は、なに食わぬ顔を装っていた。のんびりと歩いてくる。ウィルはラグナーセンから普段の手はずを聞いておいた。いつもは手下が後ろからついてきて、ダッフルバッグとリュックの中身を交換し、野球場の外をまわって駐車場へ戻っていく。ジェイムズ・ボンドを地で行くスパイ技術だ。

今回は、ラグナーセンが手下に雑談を仕掛けることになっている。そして、ウィルを陸軍にいたころの同僚だと紹介する。それから、ダッシュに相談があると言う。手下はバンの運転手を呼ぶ。ウィルはいまだにやり方のわからない手品を使って、ダッシュに会う許可を手に入れる。

ただ、肝心の若者が台本どおりに役を演じてくれそうになかった。

ウィルとラグナーセンから二十メートルほど離れた地点で立ち止まった。

若者の頭のなかで歯車がまわっている音が聞こえてきそうだった。観客席で待っている男はひとりだけと教えられているのだろう。ところが、ふたりいる。このまま取引をつづけるべきか？

若者はセダンのほうを振り向いた。駐車場の様子を確認する。森の様子をうかがう。テニスコートを見る。空を見あげ——ドローンを探しているのか？　ついに若者はラグナーセンとウィルに目を戻した。ポケットに片方の手を入れた。携帯電話のスクリーンをタップして耳に当てた。

ウィルはラグナーセンに尋ねた。「なにをしているんだ?」

「ピザを注文しているんだろう」ラグナーセンは両手をポケットから出し、体の脇にだらりと垂らしていた。戦う準備か? 逃げる準備か? それともなんらかの合図を送ろうとしているのか?

ウィルはもう一度バンを探した。視界のなかにいるのは、いつでも走りだせるように身構えている捜査官たちだけだ。タイムトラベラーでもないかぎり、彼らがウィルのもとへ駆けつけてきたときには手遅れで、検死官を呼ぶことになるだろう。

さりげないそぶりで背後に手をのばした。シグ・ザウエルP365を握る。隠し持つことができるように設計された小型の銃だが、マガジンに十発、薬室に一発、弾を装塡することができる。たいていの警官は支給品で射撃訓練をする。ウィルは射撃練習場で何時間もこのシグを撃った。支給品と同じくらい正確に撃てるようになった。小さいが、手にしっくりと収まる。この銃なら一秒もかからずにホルスターから抜いて発砲することができる。

若者が通話を終えた。まだ迷っているようだ。そのままつづけるか、待つか? 命令に従うか、自分の責任で動くか? 若者はやせていて、ひょろ長い四肢でダンベルを持ちあげたりバットを振ったりするくらいはできるのだろうが、大の男を叩きのめしたり、全力で走って逃げるほどの体力はなさそうだ。

彼はふたたび大股で観客席のほうへ歩いてきた。怪しまれないように気をつけているつもりだろうが、片方の手はポケットに突っこまれている。〝銃を持っています〟と股から札をさげているようなものだ。

「どうも」若者はウィルのほうを取引相手だと思ったのか、顎をぐいとあげた。

ラグナーセンが言った。「ダッシュに話があると伝えろ」

下っ端は下っ端同士で協力するつもりがないようだ。ウィルに尋ねた。「全部そろってるか、兄弟?」

「おまえが取引するのはこいつじゃねえよ、ばか野郎」ラグナーセンは若者の胸を親指で突いた。「ダッシュに金が足りないと言え」

「なぜ?」

「おまえの母ちゃんとやるためだ」

ウィルは二秒早かった。

若者がショートパンツから銃を抜きはじめた。ラグナーセンの両手がすでにあがっていたのは、彼もまた先を読む仕事に従事していたからだ。若者の銃を奪って反撃する準備をしている。

ところが、若者のショートパンツは過剰にだぶついていた。どうしてこういう連中はポケットに銃を突っこんでおくのだろう? 銃はホルスターに、そうでなければリュックにしまうべきだったのに。いや、周囲の状況にもっと注意を払うべきだった。ウィルの動きにまったく気づかず、膝小僧をしたたかに蹴りつけられたのだから。

バットがボールに当たったような音がした。

若者は地面にくずおれた。

「ちくしょう！」若者は叫んだ。脇腹を下にして膝を抱えていた。軟骨のつぶれ具合より出血のほうが気になっているようだった。無理もない。彼が軟骨の大切さを知るのは、二十年後、整形外科医にそのことを教わるときだ。

「いいものを持ってるな、兄弟」ラグナーセンが承認のしるしにうなずいた。グロック19を持っているが、ウィルのものではない。ウィルは、銃口を向けられているのが自分ではなかったので放っておいた。

ウィルは若者に言った。「ボスに電話しろ」

「おれは――」若者は痛みに息を止めた。「くそっ、膝小僧ってこんなぐらぐらしてていいのか？」

「ディンティムーアの缶詰をあけるみたいな音がしたな」ラグナーセンは笑っていた。

「いや、兄弟、そいつはやばいな」

「ちくしょう！」

ウィルは若者のポケットを探り、携帯電話を取り出した。通話履歴で最後にかけた番号を確かめた。横にイニシャルがあった――G。

通話ボタンを押す。

聞こえてきたのは、もしもし、という言葉ではなく――。

「ケヴィン、なにをぐずぐずしてるんだ？　とっとと終わらせろと言っただろうが。薬が必要なんだぞ。子どものお使いレベルのこともできないのか」

ウィルは、しゃべる前にごくりと唾を呑みこんだ。電話のむこうにいるのがダッシュなのか？　わが子に車を傷つけられた父親のように、いらいらしているようだ。

「おれはケヴィンじゃない。ボーから、あんたが人手をほしがってると聞いた。おれはボーと砂場《イラク》で戦っていた。CSRをやっていた」

戦闘地域における捜索救難《コンバット・サーチ・アンド・レスキュー》。

「興味はあるのかないのか？」

電話の相手は考えているかのように黙りこくった。やがて、長々と息を吐いた。ため息ではなく、ますます苛立っているしるしだ。〝今日いちばんの面倒くさい案件だな〟の吐息だ。

男が言った。「ボーに替われ」

妙なまねをするなと視線で釘を刺してから、ウィルは電話をラグナーセンに渡した。

ラグナーセンはウエストバンドにグロックを突っこんだ。まだへらへらと笑っている。薬でハイになっているからなのか、突然の暴力沙汰を楽しんでいるのか、ウィルにはわからなかった。「おれだ」ラグナーセンが電話口で言った。「ああ、おれはくそ野郎だ。ああ、よく知ってる」教師に叱られている子どものように、ウィルに向かって眉をあげてみせた。「ああ、わかってるが――」かぶりを振る。「まあ聞け、ジェラルド。おれは――」また黙った。「ばか野郎、一分でいいから黙っておれにしゃべらせろ」

ジェラルド。

ウィルの唇が分かれた。自身も苛立ちの息を吐いた。それから、自分に言い聞かせた。ケヴィンが使いっ走りでそのボスがジェラルドということは、ジェラルドの上にいる男がダッシュに違いない。

ラグナーセンは電話口で笑っていた。「ダッシュに言われてるんだ、使えそうなやつを二、三人紹介しろ、金は払うってな」この情報はアマンダに伝えていないらしく、ウィルを見てにんまりと笑った。「名前はジャック・ウルフ。元航空隊員で、くっそタフだ。おれが太鼓判を押しているんだから充分だろう。だめだって言うんなら、おれのぶっとい一物をしゃぶっていいぞ」

ラグナーセンはにやにや笑いながらウィルに電話を返した。

ウィルはその電話でラグナーセンの横っ面をはたいてやりたかった。だが、それはやめておいて、ふたたび電話を耳に当ててジェラルドに言った。「おれだ」

「ウルフか」ジェラルドは一瞬黙った。「どのくらいあっちにいたんだ、坊主?」

ウィルを坊主呼ばわりするほど年を取っているようには聞こえなかった。「なにもかも茶番だったとわかるくらいには」

ラグナーセンが笑った。

ジェラルドがまた黙りこんだ。考えている。また。

ウィルも考えた。ラグナーセンは怪しい。浮かれすぎて、地に足がついていない。だが、どうしようもない。ラグナーセンは放っておくしかないだろう。だが、ケヴィンはだめだ。ジェラルドが拒絶しても、まだケヴィンがいる。ウィルは、いざとなったらシグの銃口をケヴィンの口に突っこみ、引き金に指をかけて脅す覚悟だった。

ジェラルドが言った。「折り返す」

電話の切れる音がした。ウィルは時刻を見た。

午後四時三分。

ジェラルドが二分以内に電話をかけてこなかったら、指揮系統をたどっている。二分以内にかけてきたら、ダッシュに直接電話をかけたということだ。

そして後者の場合、ジェラルドはダッシュの右腕と考えていい。

ウィルは電話をポケットにしまった。屈んでケヴィンとリュックをつかみあげた。

「なにするんだよ？」ケヴィンがぶつぶつ言った。

ウィルは、ラグナーセンに観客席まで一緒に来るよう合図した。両手が汗ばんでいた。ほんとうは電話を見つめたまま、呼び出し音が鳴るのを待ちたかった。サラに一歩近づけるのか、それともケヴィンを叩きのめすほうに近づくのか、早く知りたくてたまらなかった。

「おい」ケヴィンが言った。「そいつを返せ」

「黙れ」ウィルはリュックのファスナーをあけた。札束を見ているふりをして、ラグナーセンに尋ねた。「ダッシュから二、三人連れてこいと頼まれていたのか？」

ラグナーセンの口角がさらにあがった。

「ダッシュみたいなやつはめったなことでは他人を信用しないだろう。だが、あんたのことは信用している。ということは、ダッシュのことをよく知らないというのは嘘だったんだな」

ラグナーセンは両手をポケットに突っこんだ。戦う気はなさそうだ。ただウィルをからかいたいだけなのだ。「つねに袖のなかに何枚か手札を隠しとくべきだからな、そうだろう、兄弟？」

「ケツを突き出して吐けと看守に命令される前に、隠し場所を考えておいたほうがいいぞ」

ラグナーセンが笑った。

「冗談を言っているように見えるか？」ウィルは札束を数えた。少なくとも三万ドルは入っている。「また舐めたことを言ったら――」

ウィルの脅し文句は、電話の呼び出し音にさえぎられた。

午後四時四分。

ウィルは吐きそうになったが、呼び出し音がさらに二度鳴るのを待ってから応答した。

「もしもし」

ジェラルドが言った。「よし、ウルフ、保証してくれた友達に感謝しろ。いま、ラグナーセン大尉の言ったことをボスへ伝えている」

ウィルは口をあけて空気を吸いこんだ。「いくらだ?」

「今夜、ちょっとした仕事を手伝えば、一万やる。おまえがほんとうに使えるのか、テストみたいなもんだ」

ウィルは黙って五まで数えた。「ちょっとした仕事?」

「危ないやつじゃない。前にもやったことがある。うちのスパイがいるんだ」

「危なくない仕事などない」ウィルは言った。黙ったまま、また五まで数えた。一万ドルは大金だ。いや、この連中は相場を知らないのだ。ウィルは押してみた。「二万五千」

「よかろう」ジェラルドはあっさり呑んだ。二万ドルと言うべきだった。「ケヴィンに替われ」

ウィルは興奮を隠してケヴィンに電話を渡した。やった。綱渡りだったが、とにかくやった。

「もしもし」ケヴィンがジェラルドに言った。その声からは、めそめそした響きがすっかり消えていた。「はい、場所は知ってます。十五分か二十分くらいで合流できます――ええ、でも――」

通話が終わった。

ケヴィンは携帯をポケットにしまった。ウィルを見あげる。「手を貸してくれ、スレンダーマン」

ウィルはケヴィンの腕をつかみ、ぬいぐるみのように引っぱりあげた。

「くそ、痛えな」ケヴィンは足を引きずりながら観客席へ歩いていった。靴に血がたまっていた。膝小僧から白いものが覗いている。彼はどさりと椅子に腰をおろした。ダッフルバッグのファスナーをあけた。薬品のなかにGPSを隠すわけがない。ラグナーセンは、このうえなく几帳面《きちようめん》な方法で薬を用意していた。錠剤はラベルを貼ったジッパー付きビニール袋に入れ替えてあった。軟膏やクリームは外箱から取り出し、輪ゴムでまとめて、やはりビニール袋に密封してある。

ケヴィンは札束をリュックから取り出し、ダッフルバッグの中身を移した。「あんたたちの携帯電話とIDを預からせてもらう」

「ばかを言うな」ラグナーセンが返した。

ケヴィンは肩をすくめた。「あんたがこいつの保証人だ。ふたりで来るか、どっちも来ないか、どっちかだとジェラルドに言われてる」

「ふたりで行く」ウィルは財布を椅子の上に放った。「携帯電話は持ってない。国に追跡されたくないからな」

「わかった。見せてもらうぜ、兄弟」

財布は椅子の上で開いてあった。運転免許証とクレジットカードは、ジャック・フィネアス・ウルフという偽の名義になっている。IPAがペンタゴンのサーバーに侵入しないかぎり、ウルフの軍隊経験と接近禁止命令と二件の飲酒運転が偽の情報と見破られることは絶対にない。

ウィルはラグナーセンに言った。「早くしろ、兄弟。さっさとすませるぞ」

「こんなばかな話があるか」ラグナーセンはかぶりを振りかけたが、財布と携帯電話を椅子に置いた。ウィルは彼の顔を観察した。どう見ても怪しい。降伏するのが早すぎる。ラリっていてもグロックを奪えるくらいだ。ジェラルドがラグナーセンになんと言っていたのかは聞こえなかった。それどころか、ジェラルドがケヴィンになにを言ったのかもわからない。

勘がバンシーのように悲鳴をあげはじめた。

ウィルはケヴィンに言った。「トラックでついていく」

「あんたたちはおれと一緒に行くんじゃないよ。ジェラルドが責任者だ。あんたたち、ノースカロライナでなんかやらかして逮捕されたことがあるか?」

ノースカロライナ?

ウィルは尋ねた。「だれがおれたちをジェラルドのところへ案内するんだ?」

「あわてるなって」ケヴィンは二個の財布とラグナーセンの携帯電話をリュックにしまった。「位置情報を送ってくるから」

ウィルは駐車場の外を見まわしたかったが、懸命にこらえた。ラグナーセンは、ダッシュは毎回違う者を使いっ走りによこすと言っていたが、バンの運転手の特徴は言わなかった。明らかに、ジェラルドを知っているのに。ダッシュとの関係についても嘘をついていた。ラグナーセンもジェラルドも、この公園から出ていく道をひとつ残らず知っているはずだ。そして、ふたりとも隣の小学校の子どもたちのことなど気にもかけていない。

ラグナーセンがケヴィンに尋ねた。「おれの金はどうするんだ？」

「トラックのキーをくれ。座席の下に隠しておく」

ラグナーセンはまたおとなしく従った。ケヴィンにキーを放る。両手を体の脇に垂らしている。ふたたび禅僧モードに入り、巻き返しの機会を狙っている。

ケヴィンの携帯電話が鳴った。地図上にピンが立っているのがウィルにも見えた。ジェラルドが位置情報を送信してきたのだ。

「あっちだ」ウィルが予測していたとおり、森のほうを指さした。「フィールドの中央まで来たら、また右へ曲がって森に入れ。老人ホームの前に出ろ。黒いバンが私道の端で待ってる」

ラグナーセンが尋ねた。「なんのフィールドだ？」

彼は航空写真を見たことがないのだろう。熟練した潜入捜査チームと協力し、公園を出入りするあらゆるルートを監視するのにうってつけの場所を何時間もかけて調べあげたりもしていない。

ただし、ひとつだけ監視していないルートがある。

「アメリカン・フットボール場だよ」ケヴィンが言った。「小学校の裏にある」

ウィルは混み合ったバンのなかで汗みずくになり、やかんのなかで沸騰している湯になったような気がしていた。窓ガラスは黒く塗ってある。前部座席と貨物スペースの境には仕切りがあった。車内灯はついているが、明かりが暗すぎて、同乗者の顔の輪郭しか見えない。天井の小さな開口部から、エアコンの風が吹き出ているものの、外気温は三十七度を超えているうえに、アルミの箱に閉じこめられているようなものだから、どんなにエアコンを強くしても車内は熱がこもったままだった。

クーラーボックスのなかのゲータレードは最初の二時間で飲み干してしまった。

ウィルは腕時計を見た。

午後七時四十二分。

三時間以上、移動しつづけている。ここはノースカロライナの奥だろう。いや、ひょっとしたらケヴィンはウィルが思っていたより嘘がうまく、ここはアラバマかテネシーなのかもしれない。

ラグナーセンが寝言をつぶやいた。彼の肩がウィルの肩を押していた。だらりとこうべを垂れ、いびきをかいている。貨物スペースの反対側には、四人の若者がぎゅうぎゅう詰めで座っていた。彼らの汗は、アックスのボディスプレーをつけたアライグマのようなにおいがした。

ウィルたちは紹介もされずに、ジェラルドに言われるがままにバンに乗りこんだ。若者たちがあまりに似通っているので、ウィルは一号、二号、三号、四号とあだ名をつけた。

四人とも腰に武器を携帯していた。全員が十八歳にもなっていないように見え、黒装束に身を包み、退屈と恐怖のあいだを行ったり来たりしているのが、彼らの顔つきから見て取れた。膝を折って顎をのせた体勢はきついはずだ。自分の足やふくらはぎでうっかり危険人物に触れてしまうのが怖いのだろう。

その危険人物とはラグナーセンだ。そしてウィルだ。ふたりだけで若者四人分の空間を占有している。

若者たちからは、電気のようなものを感じた。貨物スペースの反対側からちらちらとウィルたちを盗み見ては、四人でうなずき合う。畏怖の念としか言いようがない。若者たちの目に映っているのは、正真正銘の戦争の英雄なのだろう。本物の兵士と任務を果たすのだ。ベルトには銃を差している。服装もそれらしい。早く任務に取りかかりたくて、気持ちがはやっているのは明らかだ。

だから、ウィルは気が気ではなかった。ミリタリーマニアの若者たちのほうが、自分よりよほど軍隊に詳しいだろう。どの軍にも、それぞれの隠語がある。言葉遣いをうっかり間違えれば、ひざまずいて頭に銃口を突きつけられるはめになる。

ジェラルドはジャック・ウルフがほんとうに使える男なのかどうか、まだ疑っているようだが、メンバーを四人も失ったダッシュは、とにかく実戦経験のある人間をほしがっているはずだと、ウィルとしては信じるしかなかった。ジェラルドがウィルを精査する様子は、まるで牛肉を品定めしているようだった。彼はウィルの背中に差したシグ・ザウエルに気づいた。それから、ラグナーセンを離れた場所へ引っ張っていき、矢継ぎ早に質問した。ラグナーセンがウィルを裏切るつもりなら、まだそのときではないと判断したのだろう。ジェラルドは一度うなずき、ウィルが四号と名付けた若者に棒状の検査器でウィルの全身をスキャンさせた。GPS発信機の電波を探したのだ。ラグナーセンはそのチェックを受けなかった。要するに、ウィルはまだまったく信用されていないということだ。

ラグナーセンはやはり大嘘つきだった。ジェラルドたちは彼をチームのメンバーのように扱っている。

バンのなかではほかにやることもなく、ウィルはラグナーセンがなにを企んでいるのか、あれこれ想像してみた。だが、問題はラグナーセンだけではない。ジェラルドの信用を勝ち取らなければ、サラのもとにたどり着くことはできないが、目的地がどこなのかさっぱりわからないので、戦略もろくに立てられない。

ノースカロライナ。

銀行を襲撃するつもりなのだろうか？　いや、こんな遅い時刻にそれはありえない。コンビニエンスストアか小切手を現金化する店を襲うのか？　そんな店は近場にいくらでもあるから、わざわざ州外へ出る必要はない。ジェラルドは山のなかへ車を走らせ、ドアをあけて貨物スペースにいる者たち全員をAR15で始末するつもりなのか？

その可能性は大いにある。とりわけ、任務とやらが完了したら。

ウィルは、いまごろアマンダが自分を探しているだろうと思った。たぶん潜入捜査チームをどなりつけて尻を叩いているだろう。フェイスも負けないくらいうるさく急き立てているだろう。フェイスはルールに従順ではない。ウィルは一度ならず、彼女の車の後部座席にチャイルドシートがきちんと取り付けられていないのを見たことがある。フェイスだったら、いざというときのために小学校の駐車場で待機していたかもしれない。

だが、フェイスはそこにいなかったし、偽物のジョガーからも、ベビーカーに赤ん坊を寝かせているふりをしていた母親からも、駐車場の夫婦からも、追跡用の車両からも――ウィルが森へ消えたのが見えなかっただろう。見えていたとしても、ウィルがどこから出てくるのか予測できなかったに違いない。アメリカン・フットボール場の反対側にある老人ホームは、打ち合わせでは取りあげられなかった。

フェイスだったら二秒で気づいたはずだ。

ウィルはバンの側面に頭をあずけた。道路の凸凹が頭蓋骨と尾てい骨にじかに伝わってきた。また頭痛がしはじめた。目を閉じる。くさくて淀んだ空気を吸いこんだ。サラを連れ戻す方法を考えた。彼女になんと声をかければいいのか。これが終わったあと、ふたりはどうなるのか。

問題がひとつある。サラはなによりも家族を大切にしているということだ。

キャシーはウィルをあからさまに嫌っている。少しも取り繕おうとはしない。エディはまだ打ち解けようと努力してくれるが、それもいつまでつづくかわからない。正直なところ、ウィルは自分がサラの家族に受け入れられるとは思っていなかった。いつかはジグソーパズルの余ったピースのように、はまる場所はないが、わざわざ捨てるまでもないと思ってもらえれば充分だった。

だが、最後にキャシー・リントンと会ったとき、彼女はウィルの名前を口にすることすらできなかった。

バンが道路のくぼみを踏んだ。ラグナーセンが目を覚まして鼻をすすった。股間をかき、袖でよだれを拭った。クーラーボックスの蓋をあけ、荒っぽく閉めた。「最後のゲータレードを飲みやがったのはどのちびだ？」

「ドアのそばにもう一本ありますよ」三号が言った。「ちょっとぬるくなっちゃったけど」

ラグナーセンはだまされなかった。三号のふくらはぎを蹴った。「おれが小便を飲んだことがないと思ってるのか？」

だれも笑わなかった。自身の小便を飲まなければならないほど極限まで追いつめられるのがどういうことか、若者たちは考えこんでいた。

四号がウィルの恐れていたことを尋ねた。「あっちはどんな感じでしたか？」

ラグナーセンがウィルのほうへ顎をしゃくった。「本物の戦闘を知ってるのはこいつだ」

ウィルは体をこわばらせ、ラグナーセンの首を小突きたいのを我慢した。

三号が言った。「教えてくださいよ。どんな感じでした？」

ウィルは車内灯を見あげた。咳払いする。若者たちは武器を持っている。この先待っているのは、おそらく危険な状況だ。彼らがもっとも恐れているのは、へまをやらかして仲間の笑いものになることだ。小さな頭のなかに死は存在していないのだ。命の危険にさらされたことがないので、その貴重さもわからない。

若者たちに言った。「仲間たちが死ぬのを見物したりしなかったから、小便たれを楽しませるような話はできない」

ラグナーセンが笑った。「ちげえねえ」

若者たちは落胆を隠さなかった。四号がうめいた。三号が金属の壁に頭をこつこつと打ちつけた。二号は爪を噛みはじめた。一号がもぞもぞと動き、ほかの者の体に触れないように気をつけながら、しびれた足をのばそうとした。

バンの貨物スペースは窮屈だったが、一号から四号まで、隣とのあいだに数センチの隙間を作っていた。このくらいの年頃の若者たちが同性の体に触れるのは喧嘩のときくらいだ。会ったばかりで名前すら知らない女の子と寝た話はする。スケートボードでフリップを決めたとか、バイクで衝突事故を起こしたとか、ほんとうはちびるほど怖かったのを隠して自慢する。わけもなく森林火災のように燃え広がる怒りと苛立ちと性欲をいまだに持て余している。

ウィルもこの年齢のころはまったく同じだった――一人前の男になるにはどうすればいいのか教えてくれる存在を求めてやまなかった。街でクールな男を見かけたら、歩き方をまねてみた。女性を口説いている男の言葉を聞き、なにも知らない女の子に同じ台詞を試してみた。というか、試してみたと、友達に得意げに話した。うまくいった、その子はすごくよかったと豪語した。

「つまらないことだ」ウィルは言った。「人を殺すのは。つまらないし、自分がいやになる」

ラグナーセンはくだらない冗談を言わなかった。聞いている。全員が耳を傾けている。

ウィルは自分の言ったことについて考えた。いまの自分は元陸軍兵士のジャック・ウルフ、人生に幻滅した男ということになっている。書類に記されているウルフの経歴はウィルのものではないが、共通した部分はある。ウィルはセバスチャン・ジェイムズ・モンローを射殺したことを後悔してはいないし、殺《あや》めたのはモンローだけではない。

「他人の命を奪うのは立派なことでもなんでもない」

空気が張りつめた。アスファルトを転がるタイヤの音だけが聞こえた。

「あんたは強いとか、英雄だとか持ちあげられるが、そんなんじゃない」ウィルはTシャツの袖で口を拭いた。「殺されて当然の相手だったとしても、だ。やられる前にやるしかなかったのだとしても、最悪の気分だ」

隣でラグナーセンが両手を握ったり開いたりしはじめた。

「人を殺すのはどんな感じかとしょっちゅう訊かれるが、ほんとうの話なんかできるわけがない。英雄はそんなことをしない」

「そのとおりだ」ラグナーセンがぼそりと言った。

ウィルは身を乗り出した。愚かな若者に聞いてほしかった。「現実にはぜんぜんクールじゃない。血が飛び散る。血は目に入る。骨や軟骨が見える。『コール・オブ・デューティ』を百万回プレイしたから、覚悟はできているつもりだが、現実はまったく違う。血は銅みたいなにおいがする。そのにおいは歯に染みつく。喉に味が残る。肺に染みつく」

「まじか」三号がつぶやいた。

ラグナーセンは両手を見おろしていた。かぶりを振る。

ウィルはつづけた。「射殺した相手にも家族がいた。おまえたちに家族がいるのと同じだ。相手にも生活があった。おまえたちにもある。子どもがいたかもしれない。婚約者か彼女か病気の母親がいたかもしれない。そりゃ生きて帰りたかっただろう。おまえたちだって毎日毎日、帰りたいって思うだろう」一号から四号まで順番に顔を見た。彼らは目を丸くしていた。ウィルの言葉を一言一句、聞き漏らすまいとしている。「だから、つまらないことなんだ。なぜなら――」

ウィルはかぶりを振った。〝なぜなら〟はもう話した。彼らが身をもって知ることがないよう、祈るばかりだ。

ラグナーセンがまた鼻をすすり、袖で拭った。

二号が沈黙を破った。「なぜならのつづきはなんですか？」

ウィルは黒い窓を見つめた。ラグナーセンのざらざらした呼吸の音が聞こえた。

二号が繰り返した。「なぜならのつづきは？」

ラグナーセンが言った。「だれかを殺せば、自分の一部も死ぬからだ」

沈黙のなか、タイヤの音だけがしていた。それ以上の質問はなかった。ウィルは腕時計でどのくらい時間がたったか確かめた。十分。十五分。バンがゆるやかなカーブを曲がったのがわかった。ハイウェイを出るのだ。

じっと腕時計を見た。

午後七時四十九分。

またバンがスピードを落とし、カーブを曲がった。先ほどより急なカーブなので、脇道に入ったのだろう。曲がった勢いで、ウィルの肩がラグナーセンの肩とぶつかった。反対側では、若者たちが体を触れ合わせないように踏ん張っていた。

バンはしばらく時速五十キロ程度で走りつづけた。ウィルはほかの車の音に耳を澄ませた。時折、走っている車の音が聞こえた。まだハイウェイの近くにいるようだ。あるいは、インターステートだろうか。いや、ずいぶん長いあいだバンに閉じこめられているせいで、聴覚が変になっているのかもしれない。

床が沈みこむような感触があった。バンは傾斜路をのぼっている。アイドリングしているディーゼルエンジンが聞こえた。音は近く、たぶんバンの隣に駐まっている。ウィーンという音がした。モーター音、金属に鎖がぶつかる音。ギアが逆戻りしないようにブレーキをかけるカチッ、カチッという音。

ウィルの知っている音だった。大学の学費を払うために、運送会社で働いたことがある。トラックから貨物の受け渡しをする運搬口のシャッターがあがるときに、こんな音がする。

ジェラルドが運転席から降り、バンが揺れた。だれかと話している。言葉は聞き取れなかった。おそらく金のやり取りをしている。

〝危ないやつじゃない。前にもやったことがある。うちのスパイがいるんだ〟

バンの後部ドアがようやくあいた。ウィルは照明で目をくらまされるのを覚悟していたが、外もバンのなか同様に真っ暗だった。ジェラルドはバンをバックで貨物運搬口につけていた。運搬口の縁には黒いシーリングの幕が張られているので、外の様子をうかがうことはできなかった。ジム帰りのような格好をした男が出口へ向かって歩いていた。ウィルには男の背中しか見えなかった。男が持っている封筒には、封ができないほど分厚い札束が詰まっていた。赤い野球帽、ぶかぶかのショートパンツ、黒いナイキのTシャツ、太鼓腹。

「行くぞ」ジェラルドは小声で言い、ウィルたちを急かすように手招きした。

一号から四号はすばやくふた組に分かれて別方向を目指した。いまにもここがOK牧場に変わってもおかしくないかのように、銃に手をかけている。

ウィルは倉庫のなかを見まわしながらバンを降りた。照明はかろうじて周囲が見える程度に、ところどころついているだけだった。倉庫はアメリカン・フットボールのフィールドくらいの広さだった。何列も並んだ金属の棚に、封をした段ボール箱が積みこまれていた。すべて同じ大きさで、一辺が七十五センチほどの立方体だ。識別番号がスタンプされ、下の棚板に同じ番号の札がついている。それぞれビニールのスリーブがついていて、なかに送り状が挟んである。

ウィルは、その送り状のどれかを抜こうと考えた。送り状には、内容物、配送元と配送先の住所、会社名と電話番号が書いてあるはずだ。

「ボー」ジェラルドがラグナーセンに倉庫の奥へ行くよう合図した。

ラグナーセンはすでにグロックを抜いていた。身を屈め、グロックの銃口を下に向け、警備員など邪魔になりそうな人間を探している。

「ウルフ」ジェラルドの手がウィルの肩を押さえた。彼は声をひそめて言った。「あっちだ」

トイレ、無人の休憩室、事務室、そしておそらく倉庫の管理部門に通じているとおぼしきドアがあった。ウィルはシグを抜き、銃口を下に向け、身を屈めてトイレのほうへ向かった。

トイレに入る前に背後をうかがった。端からふたつ目の運搬口のシャッターがあいていて、箱型トラックの貨物室のなかが見えた。棚に並んでいたのとそっくりの段ボール箱が天井まで積みあがっている。二号と三号がトラックから箱を運び出しはじめた。ふたりがかりで運ばなければならないほど重いらしい。ジェラルドは棚の前にいた。一枚の紙を持っている。箱の識別番号と照らし合わせている。中央の一列を指さす。一号と四号が、その棚から箱をおろす作業に取りかかった。

倉庫に侵入して段ボール箱を取り替える理由はなんだろう?

ジェラルドと目が合った。

ウィルは女性用トイレに入った。個室をチェックする。なにかがほしい――名札、新聞、ここがどこかわかるものならなんでもいい。ロッカーがあったが、すべて鍵があいていて空だった。男性用トイレも同様だった。倉庫のなかに引き返す。トラックからどんどん箱が運び出されている。棚からも箱がおろされている。

事務室のドアは鍵がかかっていた。ウィルはガラス窓からなかを覗いた。あちこちに紙が貼ってあるが、室内は暗すぎてロゴも住所も見えなかった。

背後では、若者たちがてきぱきと動いていた。トラックに積まれていた箱はすべて運び出され、新しい箱の半分が積みこまれている。若者たちの動きは機械のようだった。これがはじめてではないのだ。びくついてはいるが、ひどく怖がってはいない。彼らの発する緊張感は、犯罪に加担しているという興奮によるものだ。

ウィルは休憩室に入った。自動販売機、簡易キッチン、シンク、二台の冷蔵庫。三十人ほどが座れる椅子とテーブル。

コーラの自動販売機のそばのテーブルの前に、人がひとり座っていた。

警備員だ。

ウィルは一瞬、死んでいるのかと思ったが、眠っているだけだった。警備員は椅子にもたれて仰向いていた。口が大きくあいている。目と鼻は帽子に隠れている。大きな腹の上に両手がのっている。制服は黒いコットンで、ロゴも名札もついていない。黒いワークブーツ。白いスポーツソックス。

部屋から静かに出ようとしたとき、警備員の首に身分証の紐がかかっていることに気づいた。

身分証は裏返っていた。裏面は真っ白だ。反対側に警備員の名前と会社名、住所が書いてあるはずだ。

ウィルは迷った。

倉庫の運搬口のシャッターが閉まる音がした。トラックに箱を積み終えたのだ。おそらくウィルを探している。

ウィルはシグをホルスターにしまった。折りたたみナイフの刃を出した。

眠っている警備員に一歩近づいた。警備員は派手にいびきをかいていて、一時間は眠っていると見てよさそうだ。

もう一歩足を踏み出した。舌を鳴らし、どのくらいの音なら警備員を起こさずにすむか確かめた。シャッターの閉まる音にも、警備員は目を覚まさなかった。近づくにつれて、酒のにおいが鼻をつくようになった。ウィルはふたたび舌を鳴らした。やはり警備員は眠りつづけている。

「シーッ」

その声は背後から聞こえた。

ジェラルドがドア口に立っていた。しきりにかぶりを振り、警備員を寝かせておけと合図している。恐怖に似たものが彼の目に見て取れた。

ウィルが警備員を刺し殺そうとしていると勘違いしたのだ。

「ウルフ」ジェラルドが手招きした。

ウィルは身分証を見おろした。くそ、あと少しだったのに。

だが、ジェラルドがやめろと言っている。ウィルの任務は倉庫の住所を探ることではない。ＩＰＡに侵入するためここへ来たのだ。

ナイフを持ったまま、ドアのほうへあとずさった。サラに会いたいと思うのと同じくらい強い未練をこめて身分証を見つめた。なにか特徴的なものはないかと、室内を見まわした。喉を詰まらせたときや化学火傷をしたときの応急処置を説明するポスター。洗眼器。救急箱。国中どこにでもある倉庫の休憩室とこの部屋を区別できるようなものはなにひとつない。

ウィルはジェラルドのあとを追い、駆け足でバンに戻った。金属の棚に並んでいる段ボール箱に目がとまった。すべて同じ識別番号がスタンプされている。四九三五－八七六。

「ウルフ」ジェラルドの手がウィルの肩を叩いた。低い声で言う。「次にあんなことをする前に、おれに報告しろ」

ウィルはうなずいた。バンに乗りこむ。一号から四号はすでに乗っていた。ラグナーセンも運転席の後ろにいた。黙って両手を見おろしている。だれも口をきかなかった。全員が最悪の事態をむしろ期待していたのかもしれないが、肩すかしを食らって困惑しているようだった。

老人ホームまで、静かなドライブだった。ウィルの腕時計では四時間が経過していた。一号から四号は居眠りしている。ラグナーセンはウィルの隣で体を硬くしていた。バンが止まったら、どうやってこの状況を脱するか考えているのだろう。逃げるか。戦うか。殺すか。

ウィルも別の考えごとをしていた。

四九三五－八七六。

段ボール箱にスタンプされていた番号。

頭のなかでマントラのように繰り返した。タイヤが動きつづけている。若者たちは眠っている。金属の床にじっと座っているせいで、腰が痛くなってきた。腕時計の表示が午前零時に変わったころ、バンがようやくスピードを落として止まった。

若者たちは目を覚まさなかった。ラグナーセンがしゃがんだまま移動をはじめ、うなり声をあげた。砲弾の破片が腰に埋まっているせいで、ひどく痛むのかもしれない。彼は一時間前から、ポケットに手を入れなくなっていた。錠剤が尽きたか、次の行動に備えて頭をはっきりさせておきたいのだろう。

ジェラルドが後部ドアをあけた。そこは老人ホームの私道の入口だった。ジェラルドはウィルの財布と、ラグナーセンの財布と携帯電話と車のキーを差し出した。

「協力に心から感謝する。金はトラックの座席の下だ。あんたたちと仕事ができてよかった」

ラグナーセンは持ち物を受け取り、ポケットに入れはじめた。

ジェラルドはバンの前へ向かった。運転席のドアはあいたまま、エンジンもアイドリングしている。

このまま行ってしまうのか。いいや、行かせるものか。

ウィルは尋ねた。「これで終わりか？」

ジェラルドがゆっくりと振り返った。ウィルをじっと見つめる。どうするか決めかねている。じれったい数秒間が流れたのち、彼が言った。「まだなにか用があるのか、ウルフ少佐？」

少佐。

ウィルの財布の中身を調べ、ジャック・フィネアス・ウルフが元航空隊員で名誉除隊したことを確認したのだ。

ラグナーセンが咳払いした。「やめろ。放っておけ」

だれに話しかけているのか、ウィルにはわからなかった。

ジェラルドがラグナーセンに尋ねた。「なにをびくついてるんだ、ラグナーセン？　推薦を取り消すのか？」

ウィルは息を詰め、ラグナーセンに正体をばらされるのを待った。

ラグナーセンはなかなか返事をしなかったが、ついにかぶりを振った。一度だけ。どうでもよさそうに。肩をすくめるのと変わらない。

ウィルは背中のシグ・ザウエルを思い浮かべた。しとどに汗をかいていたので、革のホルスターがシャツの裾に貼りついていた。

「どうした、ラグナーセン」ジェラルドは目に見えていらついていた。「こいつは使えるのか、使えないのか?」

ウィルは地面を見おろした。ジェラルドとの距離を測り、バンのなかで眠っている一号から四号、老人ホームにいる老人たち、道路を通りかかる車のことを考えた。

「使えるさ」ラグナーセンは、にっと笑った。「砂場《イラク》でウルフに助けてもらった回数ときたら、おまえがいままでタマをかいた回数より多いぞ」

ウィルは安堵を顔に出さないように、あえて怒りをかき立てた。いかにも仲間同士らしくラグナーセンの肩をつかんだが、この仕返しはかならずやるというメッセージをこめて、指を強く食いこませた。

ジェラルドは腕組みをしてウィルに尋ねた。「人生に行きづまってるのか?」

ウィルは肩をすくめた。

「なにもかも手放す覚悟はあるか?　住み慣れた街を離れてもいいのか?　後悔しないか?」

ウィルの心臓の鼓動が激しくなり、指先まで脈打っているのがわかった。いましかない。ダッシュを見つける最後のチャンスだ。サラを救出する唯一のチャンスだ。

ジェラルドに尋ねた。「いくらだ？」

「二十五万ドル」

「すげえ」ラグナーセンがつぶやいた。

ウィルは尋ねた。「なにをやらされるんだ？」

「いずれわかる」ジェラルドが答えた。「過去を置いてくるつもりで来い。荷物は持ってくるな。だれにも言うなよ。報酬がばか高いのは理由があるんだ。おれたちと仕事をして、終わったら消えろ。ただし、いままでの生活には戻れない。戻ろうとすれば、おまえもおまえの家族も女も――まずいことをうっかりしゃべりかねないやつ全員、いなくなってもらうことになる。いいか？」

ウィルは考えるふりをした。報酬はただばか高いのではなく、ばかみたいにばか高い。その四分の一の金額でも、実の母親すら絞め殺す悪党がいくらでも見つかる。こんな金額を提示するのは、最初から払う気がないからだ。

「いつだ？」ウィルは尋ねた。

ラグナーセンが地面を蹴った。

「明日」ジェラルドが答えた。「一五〇〇時きっかり。インターステート八十五号線百二十九番出口。シットゴーのガソリンスタンドがある。そこでおまえを拾って、ボスのいるところへ連れていく。ボスがおまえをテストする」

ダッシュだ。

ジェラルドが言った。「ボスのお眼鏡にかなえば、おまえを雇う」

ラグナーセンが尋ねた。「だめだったら？」

ジェラルドは肩をすくめ、ウィルに言った。「なにかをあきらめるに値する戦いもある。たぶんボスはおまえを雇う。おまえなら簡単に合格するはずだ。仕事が終わったとき、おまえもおれたちと一緒に逃げる気になるかもしれない。おまえが参加する任務は、おれたちの戦いは、とても重要なことなんだ」

ウィルは口元を引き締めた。頭のなかでサイレンが鳴っていたが、それは警告音ではなく――サラ・サラ・サラ・サラ、という音だった。

ラグナーセンが割りこんできた。「任務って、なにをするんだ？」

ジェラルドが意外そうな顔をした。「おまえもやるか？」

「まさか。その二倍もらってもごめんだ」

ジェラルドはウィルに言った。「よく考えるんだな。無理強いはしない。やるならちゃんとやってもらう。明日一五〇〇時、百二十九番出口。なにをやるのかは、わかるときが来たらわかる。それでいいか？」

ウィルは頭のなかで数を数えた。五、六、七、八、九、十。一度だけうなずいた。

ジェラルドがうなずき返した。

決まりだ。

ウィルは老人ホームのほうへ向かって私道を歩きはじめた。背後でバンのドアが閉まる音がした。建物をまわり、顔がはっきりと写るように監視カメラを見あげた。頭は数字でいっぱいだった。

四九三五－八七六。一五〇〇時にインターステート八十五号線百二十九番出口。

ラグナーセンの足音がチャーリー・ブラウンのようにとぼとぼとついてきた。

ウィルは言った。「あんたは最低だ」

「ああ、そうだよ」ラグナーセンは、ウィルがどんなに怒っていようが、これから自分たちがどこへ行くことになろうが、どうでもよさそうだった。

「逃げないのか」ウィルは言った。「連中がトラックで待ち伏せしているのはわかっているんだろう」

「あんたも逃げればいいじゃないか、ロボコップ」ラグナーセンは小走りでウィルに追いついた。「ばかなことはやめとけ。あんな大金をぶらさげてきたのは、最終的にはあんたの背中か頭に銃弾をぶちこむつもりだからだ。命を賭けてまであんなイタチどもを捕まえることはねえよ」

「連中はなにを企んでるんだ？」

「あいつらがおれに相談するとでも思ってるのか？」

ウィルは歩きつづけた。ラグナーセンは、ウィルが仕事熱心なだけだと勘違いしている。サラのためにやっているのを知らない。

「なあ、待てよ、兄弟」ラグナーセンは森に入ってもつきまとってきた。「おれの話を聞けよ、な？　ダッシュはほんとうに血も涙もない人殺しだ。嘘じゃない。おれはあいつの同類と一緒に戦地にいたからわかる。あんたはダッシュにとって捨て駒だ。付帯的損害ってやつだ。銃弾の雨が降ってきたら、あんたは傘にされるんだよ」

　ウィルはひたいにちくりと痛みを感じた。蚊を叩き払った。

　ラグナーセンが言った。「あんたがバンで話してたことだけどな。おれにはわかる。毎朝ベッドから出て、おんなじ回し車のなかをぐるぐるまわってるんだからな。他人を殺したいのか自分を殺したいのか、あんたもそのどっちかだな」

「でも、ブラックタール・ヘロインを打ったりはしない」ウィルはのろのろとフットボール場を歩いていった。芝生が濡れていた。スプリンクラーが水をまいたのだ。懲役二十年が待っているジャンキーの説教など聞きたくもない。「だれかを助けたいのか？　自分を助けることだな、兄弟」

「おれはただ――」ラグナーセンは最後まで言いきることができなかった。

　蛍のように懐中電灯の光が飛び交った。捜査官の群れがわらわらと集まってきた。銃を構え、防弾ベストを着こんでいる。ウィルの知らない顔ばかりなので、ＧＢＩではない。彼らはクワンティコで叫ぶように訓練された言葉を口々に叫んでいた。

「ＦＢＩだ！　ＦＢＩだ！　伏せろ！　伏せろ！」

　ウィルは両手を高くあげたが、ＦＢＩ捜査官たちはウィルを押しのけた。ラグナーセンが芝生に押し倒された。ウッとうめく暇もなかった。両手を背後でねじりあげられ、グロック19の弾は抜かれた。携帯電話と財布が地面に放り出された。

眼鏡をかけた捜査官がラグナーセンのそばに膝をついた。「ラグナーセン大尉、自然保護地域で火器を所有していた容疑で逮捕する」

「ちくちょう」ラグナーセンは吐き出すように言った。ウィルを目で探した。「取引はどうなったんだ」

ウィルは立ち去った。濡れた芝生のせいで、スニーカーのなかまで水が染みこんでいた。マントラを唱えつづけた――。

四九三五―八七六、一五〇〇時にI―八十五の百二十九。

雲のむこうで月が動いた。ウィルは暗い森のなかで迷わないように集中した。体中の関節に疲労がたまっていた。自分がなにを引き受けたのか、あえて考えた。彼らはテロリストだ。ダッシュがサイコパスであっても驚きではない。彼は病院を爆破した。周到に準備をしてCDCの科学者を拉致した。手下がウィルの目の前でサラを連れ去った。ウィルのグロックを奪った男を撃ち殺した。腹心の部下に、倉庫の段ボール箱を入れ替えさせた――あの箱の中身はなんだ?

素直に考えれば爆薬だろう。どこで使うのか。学校。オフィスビル。ホテル。送り状を抜き取ることはできなかった。警備員の身分証を首にかけた紐から切り取ることもできなかった。倉庫がどこにあったのかもわからない。グループに潜入しなければ、彼らが目論んでいる恐ろしい犯罪を阻止することはできない。

ただ、彼らを阻止できるかどうかは、正直なところ二の次だ。

〝人生に行きづまってるのか？〟

サラがいなければ人生もなにもない。

金網をなでながら野球場に沿って歩いていった。テニスコートを通過した。駐車場にまだ駐まっているラグナーセンのトラックが見えた。その隣でシルバーのアキュラがアイドリングしている。ロービームがついている。車体の後ろで排気ガスが渦を巻いている。車両格納部からエンジンの熱が漏れだしている。

四九三五－八七六、一五〇〇時にI－八十五の百二十九。

ウィルはドアをあけた。座席に斜めに乗りこみ、痛みに顔をしかめた。エアコンが利いている。顔の汗が冷えはじめた。

アマンダが尋ねた。「どう？」

ウィルはうなずいた。「成功しました」

二〇一九年 八月六日 火曜日

14

八月六日火曜日午前七時

フェイスはキッチンのテーブルの前に座って叫んだ。「うっわーすごーい信じられなーい、このブルーベリーおいしーい！」

叫んだ甲斐《かい》なく、二階の廊下を駆けてくるエマの足音は聞こえてこなかった。

裂けるチーズに不当な仕打ちをされたとエマがめそめそ泣きだしてから十分がたった。

フェイスがなだめるより先に、エマは二階へ駆けのぼって自室に鍵をかけて立てこもった。

こういうときのために、ドア枠の上にペーパークリップをのせてあるのだが、エマがぬいぐるみたちに歌を歌っているのが聞こえ、フェイスは思った――利害一致。

フェイスは立ちあがった。食器洗浄機に食器を入れはじめた。そろそろ母親がエマを迎えに来るころなので、時刻を確かめた。大事な娘がいま寝室で服を脱いでいたら、イヴリンは殺人事件後に犯人が自殺した現場に入ってくることになる。せめてもの救いは、エマが裸足でいることだ。右足は右の靴に、左足は左の靴に入れるよう、娘に言い聞かせる時間はない。

　フェイスは深呼吸し、ゆうべ帰宅したときに出迎えてくれたかわいい天使の記憶を呼び覚ました。エマはいつもフェイスのいやな気分を吸い取るスポンジだ。ゆうべ、ウィルの行方がわからなくなったという知らせに、フェイスはうろたえた。ダッシュは怪物だ。IPAは怪物の集まりだ。彼らは怪物らしくなにかを企んでいる。ウィルが彼らをだましきれなかったらどうなる？　ラグナーセンが保身のために裏切ったら？　いまごろパートナーは、友人は、浅い墓穴のなかで死んでいるのでは？

　エマはそんなフェイスの不安を吸い取ってくれた。おとなしく抱かれ、かわいらしいおしゃべりをしたので、フェイスは思わず放置していた育児日記のビニール包装をはがしそうになった。いつもはふたりとも、あるいはどちらかが泣いて終わることになる入浴も、まあまあ楽に終わった。絵本は二冊しか読まされなかった。《どういたしまして》を歌ってあげなければならないぬいぐるみはミスター・タートルだけだった。モアナ役のエマを相手に、フェイスは自分史上最高のマウイ役ができた。

　そのあと、フェイスは常夜灯をつけた。ランプを消した。寝室を出て、必要な十五センチの隙間を残してドアを閉めた。とたんに、エマの背中のファスナーがあき、なかから悪魔が飛び出してきた。

　フェイスは食器洗浄機の扉を閉めた。なにかを破壊する音か泣き声か、〝悪魔祓《ばら》いにうってつけの日だな〟という悪魔の声がしないか耳を澄ませた。

危急を告げるような音が聞こえないということは、つまり危急の事態がすでに起きているかもしれないということだが、掃除ができるのはいましかない。フェイスはブルーベリーを口に詰めこみ、ボウルも食器洗浄機に入れた。べとべとするテーブルとカウンターを拭いた。ひざまずいてべとべとする床を拭いた。生ゴミのにおいを嗅いで、まだ大丈夫だと判断した。シンクで手を洗った。

二階にあがる前に、もうひとつ片付けなければならないことがある。

デスクへ行き、ミシェル・スピヴィーに関する書類をまとめた。エマにはこれ以上ぬえは必要ない。写真や目撃者の証言や経歴など、書類は二百枚以上ある。このなかにサラを見つける手がかりがあったとしても、台無しにされている。ヴァンが編集した報告書は、大事な部分がほとんど黒く塗りつぶされていて、空欄埋めゲームのようになっていた。

〝スピヴィーは（　　）の（　　）で（　　）といたのを目撃された〟

報告書には大量の〝これという情報〟があるのに、ヴァンは教えてくれない。

そして、アマンダも。

ゆうべアマンダは、ＦＢＩにラグナーセンを拘束させた理由を教えてくれなかった。フェイスは電話を叩きつけるように置いたせいで、手を痛めてしまった。怒りは両刃だった。エイデン・ヴァン・ザントにボー・ラグナーセンの名前を教えたばかな自分にも腹が立った。昨日、ミシェルの資料にラグナーセンの名前が含まれていないか確認をヴァンに頼んだのは自分だ。どう考えても、ヴァンはなにかを見つけたのだ。そしてどう考えても、なにを見つけたのかフェイスに教える気はないのだ。憤慨したフェイスは、また育児日記に残すべき古典的な台詞を叫んだ――。

〝はじめてママが枕に向かって「ゲス野郎！」と叫ぶのを聞いたとき、あなたはまだ二歳だったわ〟

「え……勘弁してよ……」フェイスはデスクの上にマジックペンのキャップが転がっていることに気づいた。

キャップだけ。本体は見当たらない。

急いで階段をのぼった。エマの部屋のドアはあいていた。色鉛筆に囲まれて、床に座っている。色鉛筆を箱にしまおうとしていた。箱の底があいているので、鉛筆は入れる端からエマの膝に落ちる。それをまたエマが拾う。うれしそうな表情から察するに、新しい色鉛筆が箱からどんどん出てくると思っているようだ。

フェイスは尋ねた。「靴はどこにあるの？」

エマは色鉛筆の滝を見てにこにこしている。「お菓子穴？」

「あなたのポケットには入らないでしょ」フェイスはクローゼットのなかとベッドの下とチェストの下とナイトテーブルの下とおむつ交換台の下を覗いた。靴はなかったが、最終的には冬のあいだにエマがなくした一万一千個のミトンを見つけた。「おばあちゃんが来るまでに靴を履いておいてね」

「おばあちゃんよ！」イヴリンが階段をのぼってきた。

フェイスは激しい試合で疲れきったバスケットボール選手のような気分だった。

「外はもうすごい暑さよ」イヴリンは賢明にも麻のパンツと麻のノースリーブシャツを着ていた。フェイスの頬にキスをして、エマに言った。「靴を履きなさい、おちびちゃん」

フェイスはイヴリンに尋ねた。「ケイト・マーフィって人、知ってる?」

イヴリンは、考えこまなくてもすぐに思い出した。彼女の知らない人間などいない。

「ケイトは、わたしたちがまだ捜査報告書を石版に彫っていたころにマギーのパートナーだったの。たしか、FBIが女性を捜査官に採用するきっかけになった機会均等雇用委員会による訴訟の原告のひとりじゃなかったかしら。まあ、いい子ね。リュックはどこ?」

フェイスは思わず二度見した。エマが靴を履いている。右の靴を右足に、左の靴を左足に。

いったいどんな黒魔術を使ったの?

イヴリンが言った。「マンディのほうがわたしよりケイトをよく知ってるわ。急いで、エマ熊ちゃん」

フェイスはエマがリュックを背負おうとしてスピンするのを見ていた。「ケイトの手下のエイデン・ヴァン・ザントって知ってる?」

イヴリンは鼻に皺を寄せた。「眼鏡をかけてる男って信用できないのよね。そのままじゃ見えないのかしら?」

フェイスは長々と息を吐いた。

イヴリンはフェイスの苛立ちを別のものと勘違いしたようだ。「あら、あの子はあなたのタイプじゃないわ。それに、父親は女にだらしなかったしね」

「父親の電話番号って知ってる？」

「ふふふ」イヴリンはエマを抱きあげて腰にのせた。ふたりとも順番にフェイスの頬にキスをすると、階段をおりて出ていった。

フェイスはいつまでも娘の顔を思い浮かべていた。ほとんど黒に近い褐色の髪、明るいブラウンの瞳。美しい褐色の肌。ミッチェル家の特徴をまったく受け継いでいない。ミッチェル家の者はみんな、エルマーズの糊よりさらに青白い。

エマの父親はメキシコ移民三世だ。ヴィクターは、なにかの役に立つとき以外は自分の肌の色など忘れている。スペイン語能力に関しては、ハイスクール時代のフェイスのほうが彼より十倍はましだろう。マルガリータもめったに注文しないし、一発やっている《エチャンド・ウン・ポルヴォ》ときにみだらな言葉《パラーブラス・スーシアス》をささやきもしない。はじめてヴィクターが肌着の裾をボクサーショーツに入れて寝室を歩きまわっているのを見た瞬間に、これはだめだと気づくべきだった。

エマのベッドをととのえ、シーツをきっちり折りこんだ。ミスター・タートルはいつもの場所に戻してあった。ソックスはペアになっている。神の奇跡か、マジックペンの本体が見つかった。部屋を片付けていると、なんだか憂鬱になってきた。いつもエマがいなくなると、別の家のような感じがする。片付いていて静かだが、さびしい。たたんだ服をきれいに重ねた。色鉛筆を拾って、一階へ持っておりた。

玄関で足を止めた。ドア上部の覗き窓からウィルの頭が見えた。彼はただそこに突っ立っている。ノックもしていない。彼がここへ来るのは、フェイスがなにかを急いで修理してほしいときだけだ。見ていると、彼の頭はむこうを向いた。

「待って！」フェイスは色鉛筆をあわててひとまとめに握り、あいた手でドアをあけた。

ウィルは昨日と同じ格好だった。はき慣れたジーンズ、黒い長袖Tシャツ。ウィルはフェイスを見た。フェイスの背後を。その目は充血していた。ひどい顔をしている。いまほどだれかを抱きしめてやりたいと思ったことはなかった。だが、ウィルとはハグをしない。ウィルが座っていれば、肩を抱くことはある。兄の腕をパンチするように、ウィルの腕をパンチすることもある。だがいまのウィルは、軽く肩を叩かれただけで倒れてしまうのではないか。

ウィルが黙っているので、フェイスは声をかけた。「入って」

彼はキッチンまでついてきた。なぜここへ来たのか、フェイスには見当もつかなかった。彼が眠っていないのは確かだ。目が落ちくぼんでくまができている。無精髭が立派な髭になっている。いまごろ本部にいるはずなのに。潜入捜査チームは夜を徹して地図を広げ、百二十九番出口のそばにあるガソリンスタンドの周囲を調べている。

八時間後には、ウィルはジェラルドと落ち合う。

それなのに、なにをしに来たのだろう？

「座って」フェイスはエマの色鉛筆を食卓に置いた。「なにか食べる？」

「いいよ、ありがとう」ウィルは顔をしかめながら椅子に座った。フェイスの知っているウィルは決して朝食を断ったりしない。彼は色鉛筆を同系色の順に並べはじめた。

「野球場の子、ケヴィン・ジョーンズだけど。野球場からショッピングセンターへ向かったわ。捜査官が徒歩で追ったけど、すでに薬の入った鞄の受け渡しは終わってた。そのあと、救急医療センターで膝を縫合してもらって、両親のいる家に帰ったことが確認されてる。常時監視してるけど、逮捕するのは全部終わってからになる」

ウィルは、もう知っているというようにうなずいた。「黒いバンは老人ホームの前を発車した時点で逃げきったようなものだった」

フェイスも同じようにうなずき返した。アマンダから一部始終を聞いている。バンは老人ホームの周囲に広がる住宅地からあっというまに走り去った。バンの運転手はヘッドライトを点灯せず、上空にヘリコプターが現れればすぐに気づきそうな田舎道へ向かった。四台の追跡車両は、バンを追って細い直線の道路に入ったものの、少しずつ距離をあけているうちに、いつのまにか見失っていた。

「一時間前に、牧草地で全焼したバンの残骸が見つかった。ナンバープレートも車両登録番号もわからない。まだ熱くて、捜査班が近づけないんだ。ぼくもバンの特長はなにも覚えていない。乗り降りするときにナンバープレートを見ることもできなかった。それに、送り状も抜き出せなかったし――」

ウィルの手のなかで鉛筆が折れた。彼はぎざぎざになった先端を見た。フェイスが主義として嫌っている肌色という言葉で呼ばれる、薄いオレンジ色だ。

「なにがあったのか、きみはいつわかった？」

彼は公園から自分が消えたときのことを言っているのだ。グーグルアースを二秒見ただけで、フェイスはすべてを了解した。「あたしだったらあの小学校で待機した」

ウィルは椅子の上で体をこわばらせ、ばらばらになりそうな肋骨を押さえるかのように、脇腹に手のひらを当てた。

フェイスの知るかぎり、ウィルを助ける方法はひとつしかない。ウィルの肩をぎゅっと押さえてから、デスクへ行った。ミシェル・スピヴィーのファイルを取った。それをキッチンのテーブルに置き、椅子に座った。「病院でスピヴィーが手術を受けたとき、検査した血液から未知の物質が検出されてた。違法薬物ではない。おそらく毒物。そのせいで虫垂が破裂したのかもしれないって」

ウィルはミシェルが拉致されたときの連続写真をめくった。駐車場。ミシェルの車。カーターにバンへ行きずりこまれたときに落としたバッグ。ウィルは報告書を指さした。

「どうして全部黒く塗りつぶされてるんだ？」

「ＦＢＩの友達のせい」フェイスはさらに黒塗りの部分が多いページを見せた。「すぐわかったところが二箇所あるの。ここに、ＭＨ　ＪＡＣＫ　ＳＥＲＶと書いてある」フェイスはその部分を指で叩いた。「メイナード・Ｈ・ジャクソン・サービス・ロードだと思う」

「空港か」

「正解」フェイスは次のページをめくった。「この部分だけど、この行に〝ハーリー〟と書いてあって、〝痛みに体を折って嘔吐した〟とある。調べてみたら、この症状は――」

「虫垂炎だな」

「また正解」フェイスは椅子に背中をあずけた。「つまり、スピヴィーが痛みを訴えはじめたとき、彼女とハーリーは空港にいた。あたしはずっと、なぜスピヴィーはエモリー大学病院へ連れていかれたんだろうって考えてたの。きっと彼女はものすごく痛がってたはず。病院へ連れていかなければならなかったけど、空港のそばの病院はまずかった」

「つまりきみは、IPAが次に計画を実行するのは空港だと考えているんだ」ウィルは頰髭をかいた。「攻撃のための下調べなら、スピヴィーを連れていく必要はなかったはずだ。コンコースやターミナルの地図や動画はネットでいくらでも調べられる。ブレイン・トレインの動画を観ればいい。スピヴィーはニュースになったから顔が知られている。彼らにとって、スピヴィーを外に連れ出すのは大きなリスクだ。きっとスピヴィーにしかできない、なにか特殊な仕事があったんだ」

「あの空港は毎日二十五万人が利用してる。一年で十億人以上よ」

「貨物便も発着する。UPS、DHS、フェデックス。昼も夜も貨物を運搬している。倉庫から運び出された段ボール箱には、識別番号がスタンプされていた。四九三五‐八七六」

「アマンダがすでに六つの機関に問い合わせてる。いまのところその数字からわかったことはない。七十五センチ四方というサイズは一般的なものよ。一個をふたりがかりで運ばなければならないくらい重いということは、補強されていると考えられる。でも、それだけじゃ思ったほど中身が絞れない」

ウィルは頰髭をかきつづけた。黒板を爪で引っかくのと同じくらい耳障りな音がした。

きっとウィルはぼんやりしている。そうでなければ、あの空港が合衆国屈指の国際空港だと指摘しているはずだ。CDCは、SARSやエボラなどの感染症の症状を呈している渡航者を検疫するための施設を空港内に設置している。病原菌やウィルスを国内へ持ちこませないのが目的だ。

ダッシュはきわめて危険なものを国外へ運び出そうとしているのだろうか?

「まだあるの」フェイスはバッグを椅子にかけていた。そのなかからノートを取り出した。SCIFのなかではメモを取ることを禁じられていたが、CDCを出る前にトイレに駆けこみ、覚えているかぎりのことを書きとめておいた。

前置きなしに読みはじめ、昨日受けたナチに関する短期集中講義を再現した。なかでも活発なグループと、リーダーのいないレジスタンスの活動方針について詳しく説明した。ウィルはときどき、なるほどというようにうなずいた。ところが、ダッシュとマーティン・ノヴァクがメキシコに現れたときのことを話すと、うなずくのをやめた。

「ダッシュがペドファイル?」ウィルの口調は、フェイスが予想したような嫌悪のこもったものではなかった。彼の目は朝の光を反射して光っていた。泣きそうなウィルを見るのは、フェイスもはじめてだった。

フェイスは怒りにも似た無力感を覚えた。止めなければ。なんとかしなければ。

「ぼくは――」いつもと違って痰《たん》が絡んだような声だった。「ぼくは心配していたんだと思う。レイプを。レイプされるかもしれないと」

フェイスは口に手を当てた――驚いて？　ショックで？　安堵した？

そこまで考えていなかった。アダム・ハンフリー・カーターは死んだ。ヴェイルとモンローも死んだ。ハーリーは拘束中だ。サラを人質に取っているのがペドファイルだったという事実にはぞっとするけれど、ダッシュが子どもを好むなら、サラがレイプされる危険性は低いということになる。

ウィルは手の甲で鼻を拭った。顔をあげたが、フェイスを見てはいなかった。彼のどこかがひどく壊れかけている。崖から転落したのだと言われれば、フェイスは信じてしまっただろう。

フェイスはテーブルの前から立ちあがった。シンクへ行き、水栓をひねった。洗い物はない。食器洗浄機から皿を一枚出した。

ウィルが言った。「ジェラルド・スミス」

フェイスは相槌《あいづち》を打ち、ウィルに捜査の話をつづけさせた
「二十年前にメキシコの留置所から出てきたという二十一歳のこのジェラルドは、ゆうべぼくが会ったジェラルドと同一人物かもしれない。年齢が一致する。外見の特徴はわかる

「わからない」フェイスは腕で鼻を拭い、皿をごしごしとこすった。「いまでもつきあいがつづいてるかもね。こういう連中ってつるむから」

「頼みがある」

フェイスは水を止めた。ウィルに背中を向けたまま皿を拭いた。「言ってみて」

「たぶん──いや、間違いなく──」ウィルは黙り、深呼吸した。「サラのお母さんはほんとうにぼくが嫌いなんだ」

フェイスは皿を食器洗浄機に入れた。扉を閉めた。またカウンターを拭いた。

ウィルがつづけた。「たぶん、サラはぼくに──お母さんたちのケアをしてほしがっている。そう思わないか?」

フェイスはかぶりを振った。そう思わなかったからだ。

「ぼくたちファミリーの役目じゃないのか、家族に対応するのは。たぶんそうだろ?」フェイスは思わずウィルを振り向いた。彼の表情を見れば、なにを言っているのか理解できるかもしれない。

ウィルは言った。「その、お母さんたちに報告しないと。たいして報告することはないけど。というか、ぼくが言えることはほとんどない。わかってる──言わないのがいちばん楽だ。でも、経過くらいは? いや、ただ──考えてたんだ、ぼくたちふたりだったらまだましかも。でもやっぱり──」

「わかった」フェイスはまた泣きだしそうだったが、今度はほっとしたからだ。「一緒にサラのご両親に話しに行きましょう」

フェイスはウィルの隣に立ち、エレベーターの扉の上の番号を見つめた。サラのアパートメントには数えきれないほど来たことがある。娘を安心してまかせられる人間はこの世に五人しかいない。イヴリンが一位で、以下につづくのはエマの父親でもなく父方のおば《ア》あちゃん《フェラ》でもなく、フェイスの兄でもない。正式な資格を持つ小児科医に娘をあずけることができるのに、遠慮する手はない。

フェイスの目は涙で潤んでいた。捜査に没頭しているのは、サラを見つけるにはそれが最善の方法だからだ。おかげで、ほんとうはなにが起きているのか考えすぎずにすむ。サラに危害がくわえられているかもしれないとか。レイプされているかもしれないとか。殴られているかもしれないとか。怪我をしているかもしれないとか。殺されているかもしれないとか。

万一のことがあったら、エマになんて言えばいい？

エレベーターの扉があいた。フェイスは涙を拭いた。自宅キッチンのパントリー以外の場所では泣かないようにしている。この状況を抜け出す唯一の方法は、できるだけ早く終わらせることだ。フェイスはエレベーターを降りた。サラのアパートメントのドアをノックする。

ドアのむこうで話し声がした——女性がふたり、似たような声の高さでしゃべっている。フェイスの胃がひっくり返った。ひとりがサラとまったく同じ声だったからだ。「ウィル?」驚いた顔の女性がドアをあけた。白いTシャツにスウェットパンツ。靴は履いていない。ブラジャーもしていない。遠慮もしない。いきなりウィルに両腕をまわした。彼の首に顔をうずめる。「こんなふうに会うなんて、ほんとうに残念」

ウィルがその女性を知っているのか、フェイスにはわからなかった。自分の手をどうすればいいのか迷っていることは見て取れた。ウィルはひとまず女性の肩胛骨《けんこうこつ》のあたりに軽く置いた。そして言った。「とくに進展はないんだ」

「それっていいことでしょう?　なにかあるよりないほうがましよね?　あなたがフェイス?」女性はフェイスの手を取った。「テッサです。サラの妹の」

フェイスは、言われるまでわからなかったなんてばかみたいだと思った。テッサは姉が拉致されたと聞いて、すぐさま飛行機に飛び乗ったのだろう。南アフリカからの旅はきつかったはずだが、テッサは疲れをみじんもうかがわせなかった。サラも魅力的だが、テッサは並外れていた。磁器のような完璧な肌。つややかなストロベリーブロンドの髪。フェイスと同じくらいの年齢だが、まったく衰えが見えない。子どもを産んでもこんなに高い位置に胸のある女はいない。

「どうぞ、入って」テッサの声にはかすかにやわらかな南部訛りがあった。「ちゃんと自己紹介もしなくてごめんなさい。時差ぼけで——ウィル、ドアを閉めてね。母さん、だれが来たと思う？」

キャシー・リントンはキッチンのシンクで食器を洗っていた。フェイスに軽く会釈した。

「サラからあなたたちのことは聞いてるのよ。うわあ、あなた背が高いのね。だけどこれは――」テッサは手をのばしてウィルの頬に触れた。「サラはたぶん好きじゃないわ」

髭に覆われたウィルの顔が赤くなった。また同じ言葉を繰り返した。「とくに進展はないんだ」

フェイスは補足した。「現状を報告しに来たの」

テッサが言った。「テレビを消さなくちゃね、くだらないことしか言ってないんだから。父さんを待ちましょう。いい、母さん？」

キャシーが不本意そうに答えた。「わかったわ」

「父は犬を散歩に連れていってるの。あの小さい子、とてもかわいいのね。母さんもベティが好きでしょう？」

キャシーは答えなかった。ウィルのほうにスプレーをするのをやめられないスカンクのようだ。

ウィルは咳払いした。「着替えを取りに行かなくちゃ」

テッサは、廊下を歩いていくウィルを見ていた。彼が寝室に着く頃合いを見計らい、母親に向きなおった。「いったいどうしたの？」

キャシーはフェイスに尋ねた。「コーヒーはいかが？」

「あの――」フェイスは母と娘に挟まれていた。「結構です――」

キャシーはすでにカップにコーヒーを注いでいた。戸棚からもう一個カップを取り出した。「彼はクリームを入れるんでしょう?」

「彼は――」フェイスとテッサが同時に声をあげた。

テッサがひとりで答えた。「彼は朝、ココアを飲むのよ」

キャシーは顔をしかめた。「六歳児じゃあるまいし。朝食にココアなんて」

「職場へ向かいながらビスケットを食べるの。それから、職場の自動販売機でブリトーを買う」

「それでいいわけがないでしょう?」

フェイスはいますぐ透明になりたいと思った。

「ねえ、訊きますけど」キャシーはテッサのほうへ人差し指を突きつけた。「どうしてあなたが男性の食事法に詳しいわけ?」

「そんなこと、どうでもよくない?」

フェイスはサラの広々としたリビングルームを興味津々で見まわすふりをした。

キャシーが言った。「いまは家族としてまとまらなければならないの。あの人は家族ではないのよ」

「なんてこと、母さん、自分の知らない自分の声を聞いてみたほうがいいわ。ウィルの名前すら口にしないなんて」

持っていたかしら？」


「あなたが五年かけてリベラルアーツの学位を取ったのは知ってるけど、精神科の資格は持っていたかしら？」

フェイスはソファに座りこんだ。コーヒーテーブルから小児科の専門誌を取って開いた。

テッサが言った。「母さんがいまみたいな態度だから、サラはウィルのことを母さんに話さないのよ」

「そんなことは――」

「わたしの話はまだ終わってないわ。この一年半、母さんはウィルを躍起になって追い払おうとしてたでしょ、それは――」

「それはあの人が妻帯者だったからよ」キャシーはたたみかけた。「妻を裏切る男は、絶対に――」

「ウィルはいい人よ。すごくいい人」

「ほんとうにいい人だったら、本気でサラを愛しているのなら、結婚を申しこむはずよ。同棲なんて真剣じゃないわ。セックス付きの外泊所よ」

「うわっ、ひどい」

「ええひどい話よ」

フェイスはマイコプラズマ肺炎が引き起こす指の紅斑に関する記事を眺めた。

「母さん、いくら母さんでも人生のあらゆることからサラを守ってあげることはできないのよ。母さんがウィルを追い払おうとするのは、いつかサラを捨てるんじゃないか、サラの心を傷つけるんじゃないか、サラを裏切るんじゃないか、ある日郵便箱へおりたらそこに――」

「やめて」

テッサは一瞬黙った。「サラはウィルに決めたの。だからウィルはわたしたちの家族よ。母さんがわたしたちにそのルールを教えたんじゃないの。母さんもそろそろルールを守らなくちゃ」

つづく沈黙がこの悪夢の終わりとなるように、フェイスは祈った。

「わかったわ」キャシーがまったく納得していない口調で言った。「偉そうなものね。わたしにどうしろと？　どうすればサラを幸せにできるの？　あの人のためにパーティでもする？　息子にしろと？」

テッサのため息からは、あきらめが伝わってきた。「とにかくココアを作ってあげて」

片手鍋がコンロにぶつかる音がした。ガスがボッと音をたてた。戸棚の扉があき、閉まった。冷蔵庫の扉を乱暴に閉めたせいで、なかの瓶がガチャンと鳴った。

フェイスはふたりの様子を盗み見た。キャシーは片手鍋に牛乳を注いでいる。テッサは腕組みをして玄関のドアをにらんでいる。ふたりがまた口論をはじめでもしないかぎり、これ以上気まずい雰囲気はありえない。

ウィルはなぜなかなか戻ってこないのだろう？

フェイスはバッグから携帯電話を取り出し、ウィルにメッセージを送った――。

どこ?

送信済みのスタンプが戻ってきたが、ウィルから返信はない。さっきの口論を聞いていたに違いないと、フェイスは思った。ふたりとも小声ではなかった。ウィルはたぶん窓から這い出ていったのだ。自分の気持ちを語るのをいやがる彼がそれ以上に嫌うのはたったひとつ、ほかの人がその人の気持ちを語るのを聞かされることだ。

戸棚の扉が閉まった。冷蔵庫に牛乳がしまわれた。

フェイスは膝に肘をついた。メールを開いた。なにも変わったことはない。書類提出の催促、州検察局からの質問。アマンダがやることリストを送ってきていないのは、一種の奇跡だ。ウィルがシットゴーでジェラルドと合流する前に、フェイスがその準備を監督する。地図を丹念に見る。納税記録と土地の境界線を調べる。昨日公園で起きたようなことは二度とあってはならない。今日はアマンダも追跡車両に乗りこむ。フェイスはアマンダと同乗する予定だ。

玄関のドアがあいた。ベティが二度吠《ほ》えた。部屋の中央でくるりとスピンした。サラの二頭のグレーハウンドが軽やかな足取りでキッチンへ行き、ボウルの水を飲んだ。

フェイスははじめてサラの父親に会ったが、エディ・リントンは想像とはまったく違っていた。まず目に入ったのは、方々にのびている眉だ。短く切ったジーンズをはいている。

白いポケットの布が切りっぱなしの裾から覗いていた。すね毛が濃い。Tシャツはもともと白かったのだろうが、黄ばんでいる。襟元に穴があいていた。スニーカーも破れていた。

テッサが言った。「父さん、フェイスよ。サラのお友達」

フェイスは立ちあがってエディと握手をした。「こんな状況でお目にかかるのは残念です」

エディはうなずいた。「きみのことはよく聞いている。お嬢さんはエマというんだったかな?」

「サラはエマの大好きなベビーシッターなんです」訊かれる前に、フェイスは言った。「進展はないんですが、いまわたしたちがなにをしているか報告に来ました」

「わたしたち?」

ベティがまた吠えた。ウィルが廊下に立っていた。傷ついた表情は、母娘《おやこ》のやり取りを残らず聞いていた証拠だ。黒いシャツと黒いジーンズに着替えていた。コンバットブーツの紐はきつく締めてある。肩にはスポーツバッグをかけている。本物の強盗に見えた。宝石を奪うために他人の祖母も殺しかねない手合いだ。

「では」フェイスは早く報告を終わらせたかった。「みなさん、ここに座りましょうか」

ソファが二台ある。リントン一家がフェイスのむかいのソファに座った。テッサは端で膝を抱えた。キャシーはコーヒーテーブルに湯気の立つココアのマグを置き、テッサの反対側に座った。エディは中央でフェイスが腰をおろすのを待ってから、腰をおろした。

フェイスは話をはじめる準備として、大きく息を吸った。

サラが薬品のリストに忍びこませたメッセージを伝えることはできないが、これだけは言える。「昨日の朝の時点ではサラが生きていたという確証を得ました」

エディは心臓の上に手のひらを当てた。キャシーとテッサは両脇から彼に寄り添い、手を取った。

テッサが尋ねた。「確証って、どんな？」

「サラはなんとしてもみなさんのもとへ帰ってこようとしていると、わたしたちは信じているということしかお伝えできないの」

エディはその答えを予想していたようにうなずいた。「あの子は賢い。自分のことは自分でやれる」

キャシーが唇を引き結び、コーヒーテーブルを見おろした。

テッサは両親より一歩先にいた。「その確証を得たのが昨日の朝なんでしょう。それ以降、なにも進展はないの？」

「ええ、でもそれは予測していたとおりだった」フェイスは答えた。「サラを拉致したグループの名前は判明したと考えています」

「グループ？」テッサは、サラが担当する事件について考えるときと同じ目をしていた。「身代金は要求してこなかったの？　サラが生きている証拠を送ってきたりしてない？お金目当てなら、なんとかする。どうして――」

「テッシー」エディが言った。

「答えさせてあげなさい」

フェイスは答えた。「そういうグループじゃないの。サラは身代金目当てで拉致されたのではない」

「じゃあ、なにが目的なの？」テッサは尋ねた。「あなたの言っていることはわけがわからない。あるグループがサラを拉致した、でもなんのために？　爆破事件と関係があるの？　もうひとり、拉致された科学者はどうなったの？　CDCの職員だったんでしょう。エモリーのキャンパスはCDCと同じ通り沿いにあるじゃない」

「質問に答えてあげたいんだけど、それはできないの」フェイスは話をたたもうとした。テッサは姉に負けないほど賢い。「いまみなさんに伝えた情報は、一切公開されません。秘密にしておかなければならない。いまあなたが尋ねたようなことが報道されないようにしなければならないんです」

エディが言った。「マスコミの連中はくだらない憶測をするばかりで、墓穴を掘るだろうな」

「やめて」キャシーが低い声で言った。「墓穴だなんて言わないで」

テッサは窓の外を見た。目から涙がこぼれた。

フェイスはもう一度試みた。「わたしに言えるのは、いまサラを見つけるための計画を立てているということです」

「計画」テッサはその言葉を口内で転がすようにゆっくりと発音した。いまはウィルを見ている。ウィルの服装を見ている。頬髭を。おそらくサラは妹になんでも話している。ウィルがよく潜入捜査に従事することも。他人を救うためにみずからの命を危険にさらすことを。切り傷や打ち身だらけで帰ってきて、翌朝にはまた出ていき、やはり怪我をして帰ってくることを。

テッサは尋ねた。「その計画って危険なの？」

フェイスは言った。「わたしたちの仕事は――」

「いいえ」テッサはさえぎった。「ウィルに訊いてるの。危険なの？」

ウィルは答えた。「いや。危険ではないよ」

テッサはだまされなかった。「サラはだれにも危険を冒してほしくないはずよ――どんな危険も冒してほしくないはず。わたしの言ってることわかる？　サラはそういうのをありがたがらない」

ウィルはその言葉に反応しなかった。ベティの耳をかき、ここにいないかのように振舞っている。

エディが尋ねた。「その計画が成功したかどうか、いつわれわれに教えてもらえるのかな？」

「それにはお答えできません」すでにしゃべりすぎている。「誤解してほしくないんです。かならず成功するとは言えません。ただ、精一杯のことはしているということはわかってください。わたしたちにとって、サラはとても大切な存在です。同僚としても。友人としても」リストがもう尽きた。「みんな、サラを連れ戻したいと思っています」

「わたしたちもよ」テッサが言った。「でも、だれかに犠牲になってほしくはない」

フェイスはうなずいたが、同意したわけではなかった。拉致されたのがサラだから、どうしても私的な感情が割りこんでくるが、これは自分たちの志願した仕事だ。フェイスはバッジをつけるたびに、みずからが引き受けたリスクを強く意識する。

「わかったわ。ありがとう」キャシーはエディの手を握っていた。フェイスに言った。「話が終わったのなら、家族と祈りたいの」

「ええ」フェイスは立ちあがった。バッグを肩にかけた。

ウィルはもたもたしていた。ベティを胸に抱きしめた。ソファの端へ尻をずらす。自分の段取りの悪さに気づいて、気まずそうに笑った。

「ウィル」キャシーが彼の手を取ろうとした。「帰らないで」

15

八月六日火曜日午後十二時四十分

サラはキャビンのなかでシーツで作ったトーガの裾を持ちあげ、脳内で果てしなくズンズンと鳴り響いている《ベイビー・ゴット・バック》に合わせてランジをしていた。自分にお尻《バック》があったためしはないが、ウィルがよろこぶかもしれないので、水をワインに変えようとするような無駄な努力かもしれないが、さらに十分間の臀部《でんぶ》トレーニングをルーティンに追加したのだ。

ウィルの元妻は豊かな尻の持ち主だった。ヒップがあった。ほかの部分も見事だった。アンジーはジェニファー・ロペスの《エイント・ユア・ママ》が似合うグラマーな体つきをしていたが、生まれてから一度も筋トレなどしたことはないはずだ。ポテトチップスと安ワインできれいになる、恵まれた種類の遺伝子を受け継いでいるのだ。でも、いずれはコラーゲンが彼女の没落を招く。文字どおりに、だ。ああいう肌が美しいのはたるみはじめるまで。客観的に見ても、自分はアンジーよりいい胸をしていると思うが、まあ、二粒のハーシー・キスチョコはアイロン板にのせたほうがきれいだと言っているようなものだ。

「ばか」サラは自己流のトレーニングをやめた。

ハムストリングが蜜蜂の群れのようにびりびりした。時間の感覚がなかった。胃袋が鳴っているが、昼食の時間とは限らない。ベジタリアン式の朝食は、固いロールパンと、さらに固いチーズだけだった。とりあえず、近い将来に赤痢が流行《はや》ることはなさそうだ。外の気温がどんどんあがっているのはわかる。キャビンのなかは、太陽の尻の穴のようにすぼまりつつある。汗が止まらない。

それよりもなによりも、細長い建物にいる子どもたちはサラを必要としている。

抗生剤と軟膏は昨日の夕方に届いた。錠剤はボトルではなくジッパー付きビニール袋に入っていたが、グウェンは本物だと請け合った。

サラはまだ疑っている。

今朝サラは、子どもたちの多くとはいかないまでも、数人は容態が安定しているか、せめて峠を越えはじめているのではないかと期待していた。ところが、診察に行くと、その反対だった。ベンジャミンの病状はますます重くなっていた。もっとも年長の十二歳児は新たな症状を見せていた。ふたりの四歳児もそうだった。十歳児ふたりと十一歳児ひとりだけは安定していた。

グウェンがなにかしたのだろうか?

昨日、あの建造物のなかで、グウェンは患者に回復の見込みがないと感じたら医療用品を使わないようにしていることがわかった。サラは、グウェンが素手で若者を殺しているあいだ、なすすべもなく突っ立っているしかなかった。全体重をかけてトミーの鼻と口をふさぐグウェンの肩が震える様子が、はっきりと脳裏に刻みこまれている。サラの両手も、ついに命が乱暴に肉体から押し出されたとき、彼の指が冷たかったことを覚えている。

だが、グウェンの末娘アドリエルも病状がひどくなったひとりだ。左目の症状が右目に伝染していた。両側肺炎の音は枯葉がこすれるような擦過音に変わった。いくらグウェンでも、赤子とそう変わらない実の娘を窒息死させはしないだろう。

とはいえ、グウェンはダッシュとのあいだに七人も子どもを産んだ。キャンプ内の事情を知り尽くしていて、調理係の女性たちを監督し、子どもたちを支配しているようだったし、サラへの反感を隠そうとはしない。

だから、グウェンがそばにいるときはもっと用心すべきだ。ダッシュは残酷な人間だが、男性の場合はその残酷さに意外性がないことが多い。一方、激しい怒りを抱えた女性は、相手に心理的な深傷《ふかで》を負わせることができる。傷が癒えたあともいつまでも痛みが残るたぐいのダメージを。

ドアの外で、ガチャッという大きな音がした。

南京錠のなかで鍵がまわる音ではない。ふたたび温室の発電機が作動するようになっていた。サラは、エンジンのくぐもった排気音に耳を澄ませた。この音は夜通し聞こえていた。あれだけのものが発する熱は、上空を飛ぶヘリコプターから容易に検知されるだろう。

あの温室のなかでおこなわれていることは、そろそろ終了に近づいているのだと考えざるを得ない。

あの温室のなかに入らなければ。

あそこでなにがおこなわれているのかを考えると、また同じ結論にたどり着く。これだけ標高が高ければ、大麻畑があってもおかしくない。川から水耕栽培に必要な水を引いてくることもできる。だが、発電機を絶えず動かしていなければ、グローライトを点灯させ、換気扇をまわし、湿度を調整することはできない。それに、温室はさほど大きくない。リスクを考えれば、あの規模では満足な利益を得られないだろう。

もっとわかりやすい説明としては、爆弾製造工場のようなものがあげられる。トミーが転落した建造物は、明らかにどこかの建物を模したものだった。どんな種類の建物かはわからない。少なくとも二階はある。中央の階段が左右に分かれ、バルコニーに通じている。建造物のなかで男たちがしていたことは訓練であり、それは任務のための訓練であり、彼らが戦争だと考えていることはわかっている。ひょっとしたら、ダッシュはどこかの建物に侵入して数箇所に爆発物を仕掛け、こっそり脱出して爆破の瞬間を待つという秘密作戦を計画しているのかもしれない。

あのような建造物を造る理由はそれで説明がつくものの、温室とサーマルテントの用途はいぜん謎のままだ。爆弾を作るのに、人里離れた場所に遮蔽物で覆ったガラスの小屋を建てる必要はない。せいぜい十平方メートルの場所があればこと足りる。いまこの瞬間にも、世界中で五人くらいはガレージやアパートメントのなかで、自爆用ベストや爆破装置を組み立てているに違いない。

ミシェル・スピヴィーはグループ外の人間だ。感染症の専門家だ。ダッシュが彼女を拉致したのはわけがある。CDCは、人類にとって危険きわまりない微生物の研究所だ。その微生物のなかには、ほとんど知られていないものもあるのではないか。

いや、ミシェル・スピヴィーしか知らないものが。

素人化学者が合成した有害な生物剤は枚挙にいとまがないが、それを実際に使うかどうかは別の問題だ。保管、輸送、受け渡し——民間組織にとって生物兵器を使ったテロ攻撃は実行不可能とは言わないまでも、非常に困難ではある理由が、これらロジスティクスの問題だ。爆弾を作ったり、銃弾を貯《た》めこんだりするほうが、よほど安上がりだ。

ダッシュが爆弾を製造し、爆破させる方法を知っていることはすでにわかっている。また、どんどん増えていく死傷者数が報道されているのを知って満足した彼を、サラは自分の目で見ている。

満足してはいたけれど、有頂天ではなかった。

結局は大きく一周して、昨日と同じ疑問に戻ってきた。彼はなにを目論んでいるのか？サラは、ダッシュについて少しずつわかってきたことを思い返した。まず、彼はこのグループのなかでは有能なリーダーだ。キャンプは一朝一夕にできたものではない。この場所には、こつこつと作りあげてきたコミュニティのような雰囲気がある。二箇所に分かれた居住エリア。温室。骨組みだけの建造物。すぐに食べられる食料。女性と男性の服装の違い。メンバーたちの服従。ルールが守られている感じ。

ダッシュが作ったルールが。

彼には戦略を練り、長期的な計画を立てる能力があるのは確かだ。普通の人々は意外に思うかもしれないが、たいていの犯罪者はそういうことが苦手だ。また、彼は男性のメンバー構成からある要素を排除する大きな力になっている。つまり、三十歳以上の男性メンバーが少ない。サラの見たところ、彼は四十代半ばだ。高等教育を受けているようには見えないが、特殊な目的には役に立つタイプの知性を発揮する。感情に強く訴える能力がなければ、何人もの人たちに現代的な生活をあきらめるよう説得することはできない。あの揺るぎない自信もそのひとつだ。そもそも、みずから自分を信じていると思わせなければ、だれも信じてくれない。

サラはグウェンをここに当てはめてみた。ほかの女性をマクベス夫人のように言うのは気が進まないが、最初に会ったときからグウェンには邪悪なものを感じていた。はしかのアウトブレイクは、彼女にも責任がある。それから、聖書の一節を使って子どもを怖がらせる。人の命を平然と軽視する。ほんとうに看護師の資格を持っているのかどうか怪しいものだ。明らかに、ダッシュの汚れ仕事を進んで引き受けている。夫の首肯ひとつで、彼が背を向けるやいなやトミーを絞め殺した。

グウェンのような人間がダッシュを操り、さらに重大なテロ行為へ駆り立てていく様子はたやすく想像がつく。ダッシュがなにを目論んでいるにせよ、グウェンが細部まで確認しているのは間違いない。ひょっとしたら、嗜虐《しぎゃく》的なアイデアをつけくわえているかもしれない。

でも、どんな？

サラはまたキャビンのなかを歩きまわりはじめた。今度は筋トレではなく頭を働かせるために。

9・11以降、アメリカ国内で爆破事件や爆発物を用いたテロが日常になったわけではないが、もはや青天《せいてん》の霹靂《へきれき》と言えるようなものでもなくなった。テロ攻撃が起きるごとに、衝撃はすり減っていく。大量虐殺、銃撃事件、学校での銃乱射――いまでもアメリカ人はこのような事件を恐れているが、一週間たち、一カ月がたつうちに普段の生活に戻り、そしてふたたび次の事件がニュースになる。

こうした突発的な暴力行為への反応が弱まっていることに、ダッシュは気づいているのではないか。サラは何度もダッシュになったつもりで考えてみたが、やはり彼のほんとうの目的は自分の名をあげることではないかという結論にたどり着く。

そして、ふたたびミシェル・スピヴィーに戻ってくる。

生物兵器テロに。

人々を恐怖に陥れたいなら、致死率九十パーセントの炭疽菌がもっとも効果的だ。二〇〇一年の炭疽菌事件は、郵便のシステムと各行政機関を麻痺させた。炭疽菌の芽胞はエアゾール化できるが、人から人へは伝染しない。また、炭疽菌事件の際に炭疽菌アーカイヴが破棄されてしまったため、もとの菌株を見つけることは非常に難しくなっている。医療用ボトックスはもうひとつの選択肢だが、アメリカ中の形成外科クリニックをひとつ残らず捜索しなければならなくなる。また、ボトックスではせいぜい五人くらいしか殺せないだろう。じかに注射しなければならないし――。

サラはぐるぐると歩きまわった。頭のなかで、医学部時代に学んだ〝人を殺す自然〟の基礎知識をめくっていった。リケッチア、ブニヤウィルス、マールブルグウィルス、オウム病クラミジア――どれもきわめて危険だが、兵器にするのは不可能に近い。ワクチン、抗生剤、検疫などによって、これらのウィルスや細菌の感染が爆発的に広がることはない。

ダッシュは爆発的な感染を求めるだろう。

リシン、ブドウ球菌エンテロトキシンB、ボツリヌストキシン、サキシトシン、さまざまなカビ毒など、いわゆる指定生物剤というものがある。これらの有機物を保管、輸送、使用する際には、指定生物剤プログラムを厳重に適用して取り扱わなければならない。ただし、取締の対象ではない。これらの毒物は普通のキッチンでも抽出したり精製したりすることができる。ありふれているので、秘密の温室を建てる必要はない。そもそも、甚大な被害に必要なのは洗練された毒素ではない。

一九八四年、オレゴン州で新興宗教団体ラジニーシの過激派が簡単にサルモネラ菌を培養し、七百五十人以上が食中毒にかかった。シカゴでは一九八二年に何者かによってタイレノールのカプセルにシアン化カリウムが混入される事件が起き、薬品の包装方法が変わるきっかけとなった。

サラは、トミーが亡くなった建造物を思い浮かべた。少なくとも二階のある建物。広い一階、吹き抜けをぐるりと囲むバルコニー。中央に階段。

炭疽菌を空調機に仕込むことができるだろうか？

それが可能なら、いまごろだれかが試しているだろう。

レジオネラ菌は新鮮な水のなかで繁殖する。

ただ、よほどのことでなければ感染しないし、人から人へ伝染しない。致死率もわずか十パーセントだ。

「ばか」サラはまたつぶやいた。

また振り出しに戻った。

脚が痙攣を起こす前にうろうろするのをやめなければならない。ランジはもう無理だ。

頭のなかで流す曲も尽きてしまい、残りはタイトルを思い出せないバーで働いているウェイトレスの歌だけだ。曲名がわかるのはウィルだけだ。ハミングすれば、ウィルはハミングになっていないと言い、それでも最後には曲名を当てる。

サラは目を指で押さえた。

また泣くわけにはいかない。ウィルを恋しがる段階は越え、また彼を心配するようになっていた。モーテルに残したハートを見てくれただろうか？　薬品リストに忍ばせたメッセージを読めただろうか？

テッサがいまごろアトランタに来ているはずだ。サラはテッサにウィルを支えてほしかった。彼をほんとうに支えてくれる人はいない。テッサに、大丈夫だとウィルを力づけてほしい。母親に、ウィルを家族として受け入れ、守ってほしい――守ってもらわなければならない。時間がたつにつれて、いつのまにか、もう二度と帰れない、ウィルにも家族にも会えないのだとあきらめそうになっているから。

「はい」キャビンのドアの外にランスがいた。彼がのろのろと立ちあがる音が聞こえた。この二日間、少しは休憩を取ったのだろうか。

いつものようにダッシュの声は低すぎて、サラには聞き取れなかった。あのふにゃふにゃしたしゃべり方を聞いていると、ウィルの男性的な深い声をますます聞きたくなる。

ランスが言った。「了解しました」

サラは鍵を南京錠に差しこむ音を聞き逃すまいとした。いつも仕事を終えて帰宅すると、犬たちが散歩に連れていってもらおうと待ち構えているが、いまのサラも同じ気持ちだった。

ようやく南京錠の音がした。ドアがあいた。ダッシュが階段代わりの丸太の上に立っていた。スリングがゆがんでいる。手がやけに低い位置にあった。「アーンショウ先生、これからわれわれ家族の昼食なんだ。娘たちが、ぜひきみとご一緒したいと言っている」

サラは彼の娘たちのひとりひとりにキスをしてまわりたかった。

トーガの裾を持ちあげ、太陽の下へ出た。肌を覆っている汗が、暑さでたちまち蒸発していく。着替えを求めるのはやめてしまった。とりあえず、きれいな水に体のあちこちを浸すだけで我慢している。

ダッシュがスリングの位置をなおした。ストラップがすり切れて、首にかけるあたりに穴があいている。「子どもたちはきみの手当てに反応していないそうだね」

「薬品に反応していないのよ。薬はほんとうに本物なの？　闇でいつも本物が手に入るとは――」

「ご心配痛み入るよ、アーンショウ先生。われわれの供給元は偽物を売りつけたりしない」

われわれの供給元。

サラは、その供給元がボーだろうかと考えた。いまボーが拘束されていたら。サラがなんとかして連絡を取ろうとしていることが、ウィルに伝わっていたら。

「おっと」ダッシュが言った。

ランスがよろめいた。体を起こした彼を見て、サラは目をみはった。監視係は、いますぐ横になれと言いたくなるようなありさまだった。顔色が悪く、まぶたは閉じかけ、息も荒い。ほとんど一晩中、トイレ代わりの物陰へ走っていく音がしていた。

ダッシュが言った。「グウェンに聞いたが、アドリエルは夜通し発作がつづいたそうだ」

「子どもたちは合併症を起こしているのかもしれない。なんらかのウィルスや細菌に、二次感染したのかも」ダッシュが手をのばしてきたので、サラは身をすくめたが、彼は枝を押しのけただけだった。「もう一度、診察させて」

「わかった、宿泊棟に必要なだけいていい」

「ありがとう」自分の声が感謝でかすれたのがわかった。子どもたちのことは心配だが、あの狭苦しいキャビンから解放されると思うと、元気が出てきた。「ベンジャミンはとくによくないわ」

「グウェンなら、〝子どもたちが苦しんでいる〟と言うだろうな」

夫の目的にかなうならば、グウェンは平然と人を苦しめることを、サラは身をもって知っている。

ダッシュが言った。「もし神が存在するなら、そしてわれわれの大切な子羊たちの苦しみを知っていてなにもしないのなら、わたしはそんな神など知りたくないね」

キャシーがここにいたら、ダッシュに反論するサラに大笑いしただろう。「神はわたしたちにあの子たちを助けるための道具を与えてくださったのに、あの子たちはその道具を使わせてもらえないのよ」

ダッシュが声をあげて笑った。「その生意気なところが、きみと話すのが好きな理由のひとつなのだよ、アーンショウ先生」

サラはあきれて目をむいたのがダッシュに見えないようにうつむいた。そのうち生意気だと言われるようになるだろうと思ってはいたが。

広場に出た。むき出しの肩を太陽がじりじりと焼いた。いつも料理をしているか、そうでなければシーツや衣類やおびただしい数のナプキンを煮沸している女性たちが、やはり焚火にかけた鍋を見ている。グウェンは両手を腰に当て、びくびくした家来たちに大声で命令している。その姿を見て、サラは胃袋が縮むような痛みを覚えた。ほんとうに看護師なら、トミーの短い生涯から穏やかな最期を奪おうとしていたとき、自分がなにをしているのかよくわかっていたはずだ。

ダッシュが言った。「アーンショウ先生。わたしのかわいらしいレディたちを覚えているね」

娘たちはすでに共用の細長いピクニックテーブルを囲んでいた。サラは彼女たちの名前を思い出した――エスター、チャリティ、エドナ、グレイス、ハナ、そして用心深い目のジョイ。

彼女たちは声をそろえ、行儀よく挨拶した。「おはようございます、アーンショウ先生」

おしゃべりなグレイスが、隣に座ってほしそうにいそいそと場所をあけた。サラがそこに座ると、グレイスは歌いださんばかりによろこんだ。サラは彼女の少ない髪をなでた。ひたいに小さなへこみが二箇所あった。水疱瘡の痕だ。

ダッシュが言った。「ありがとう、姉妹たち」

焚火の前にいた女たちが食事を運んできた。ダッシュにはステーキ、子どもたちにはシチュー、そしてサラの前にクラッカーとチーズと果物をのせた一皿を置いた。サラの胃袋は鳴っていたが、またチーズかと思うと、口のなかで舌がふくらんだように感じた。

グレイスが言った。「アーンショウ先生、だんなさまにはどこで出会ったの？」

「働いていた病院よ」サラは驚いて、思わず口をあけた。よく考えずに答えたうえに、正しい答えでもなかった。ジェフリーとはハイスクールのフットボールの試合で出会った。

病院は、ウィルとはじめて会った場所だ。

「先生はなにを着ていたの？」

「ええと」また泣きたくなった。時間稼ぎにクラッカーを咀嚼《そしゃく》した。「病院では、お医者さんはスクラブを着るの。緑色のズボンと緑色のシャツ」

「それから白衣でしょう」エスターが言った。昨日聞かせた白衣の儀式の話を覚えているのだ。

「ええ。白衣ね。それから聴診器。黒いゴムの靴。お医者さんは一日中立ちっぱなしだから、足が痛くなるの」

グレイスは自分の好きな話題に戻ろうとした。「さんばんしょで結婚したとき、ウェディングドレスは着たの？」

「裁判所」ジョイが言った。サラもジョイのように、妹に対してこんなふうに〝ばかね〟をこめた口調を使ったものだ。「裁判官がいるところよ。裁判官は人を結婚させることができるの」

「パパ・マーティンも裁判所に行くのよね」エドナが言った。真剣な顔をしている。「裁判官は、パパ・マーティンが帰れないようにするんでしょう」

ダッシュが咳払いした。エドナに向かってかぶりを振る。

いまの新しい事実に興奮するのはあとでキャビンに閉じこめられてからにすることと、サラは頭のなかにメモした。〝パパ・マーティン〟とは、もちろんマーティン・ノヴァクのことだ。あの銀行強盗犯は数週間後に裁判所で判決を言い渡される。サラはフェイスの愚痴を聞いているうちに、ノヴァクが南部国境の反政府グループのメンバーだったのを知った。マーティン・ノヴァクがグウェンの父親なら、ダッシュは彼女と結婚したことで正当な後継者と認められたようなものだ。また、グウェンはほぼ生まれたときからＩＰＡの人種差別主義にどっぷりと浸《つ》かっていたことになる。

グレイスは気持ちを傷つけられたと言わんばかりに鼻をすすった。下唇が突き出た。「ドレスのことを訊いてたのに」

サラはグレイスの髪をなでつけた。ウィルの好きな黒いドレスを思い浮かべた。サラがウィルのために毛を剃ったり抜いたりハイヒールを履いたり、念には念を入れて身繕いすると、彼はいつもうれしそうにする。

いや、彼は自分のためになにかしてもらっただけでよろこぶ。

サラはグレイスに言った。「わたしは普通のドレスを着たけど、ここのところに小さなかわいいお花が刺繍《ししゅう》してあったのよ」襟ぐりを指さす。「夫は、髪をおろしているほうが好きだから――好きだったから、暑い日だったけど、肩くらいの長さの髪をおろしたわ。それからハイヒールを履いたの、つま先が痛かったな」

「何センチくらいのヒールですか?」その質問はジョイの口からこぼれ出た。彼女は顔を赤らめた。「だって、先生はとても背が高いから。男の人は背の高い女の人が好きじゃないんでしょう。そう聞きました」

「まともな男性はそんなこと気にしない」まわりの少年たちが自分の身長に追いつくのを待っていた十代のあいだに、苦労しながら学んだ教訓だ。「まともな男性はね、自分らしさを心地よく感じている女性に怖じ気づいたりしないのよ」

「アーメン」ダッシュはステーキにナイフを入れるためにスリングから手を出した。ナイフは鋸歯状の長い刃がついていた。

テーブルを片付けたあとカトラリーの数を数えたりするのだろうかと、サラは思った。グレイスが言った。「あたしは自分の結婚式にはウエディングドレスを着たい。お花で飾って、馬もいるの」

ジョイが目を天に向けた。

「それからアイスクリームも」グレイスはくすくす笑った。

ダッシュが言った。「今晩、アイスクリームを食べられるぞ」

歓声があがった。

ダッシュはサラに言った。「われわれは最高にすばらしいことを成し遂げたので、祝いの宴を開くのだよ」

気になるかねと言わんばかりに頬をゆるめた。

「明日はわれわれにとって、きわめて重要な日だ」

なんの日なのか訊いてほしがっているに決まっているが、サラは彼を得意がらせるつもりはなかった。

「お嬢さんたち、パパの話を聞きなさい」ダッシュはフォークをジャガイモに突き刺した。「今夜はみんなのことをよく考えるんだぞ。お祭りとアイスクリームを楽しむのはいいが、みんなが大事な任務に取りかかろうとしているのをわからなくちゃいけない。三年間も努力してきたのは、すべて明日のためなんだ」

三年間？

「パパと仲間は悪い世界に出ていって、憲法の起草者たちがなにを思いながらあの栄光の文書を書いたか、人々に思い出させてやるのだよ」

グレイスが言った。「神のもとの一国家でしょう」

「そのとおりだ」ダッシュはうなずいたが、それは憲法ではなく忠誠の誓いの一部だ。「アメリカに衝撃を与えて、正気に戻してやらなければならない。メッセージを送るときが来たのだ。われわれは大きく道をそれてしまい、白人男性はどこにいるべきなのかもわからなくなってしまった」

ジャガイモを口に入れた。演説はまだ終わっていないようだが、サラを巻きこまなければゲームを楽しめないらしい。

サラは咳払いした。「どんなメッセージを送るの？」

ダッシュはわざとらしくゆっくりと水を飲んだ。「白人男性は屈服しないということを明白に伝えるメッセージだ。どの人種にも支配されない。どのタイプの女性にも。だれにも、なにものにも」

サラはダッシュが本性をあらわすのを待った。最初の兆候が見えた。頬骨がさらに角張り、肌は興奮で青ざめている。

「あの連中は、雑種たちは、異種繁殖をしてわれわれの存在を消そうとしている。音楽やゆるい道徳で、われわれの文化を汚染している。われわれの女性を利用している。自分らしさとか、社会的な立場とか、いんちきを売りつける」

「ミシェルもそう」エドナが言った。

「そのとおり！」ダッシュはテーブルを拳で叩いた。仮面がはがれた。「ミシェルは、女たちの自分勝手な快楽主義が自然の秩序を壊していることを示す生きた見本だ。ああいう女たちには見せしめが必要だ。この国では、魔女は火炙《ひあぶ》りにされていたのだし」

また間違えている。セーラムの魔女裁判では、だれも火炙りになっていない。吊るされるか押しつぶされて殺されたのだ。

「家族にとってなにが最善か決めるのは男の仕事だ」またテーブルを拳で叩いた。「われわれがいまここにいるのはなぜか。白人男性がホワイトパワーで白人社会を二千年間守ってきたからだ」

サラは唇を噛み、反論したいのをこらえた。

ダッシュはサラが静かなことに気づいたようだ。仮面をするりと着け、サラにほほえんだ。「わたしは人種差別主義者ではないよ。ただ、わたしは性差別主義者でもない。ただ、自分の人種を支持している。自分のジェンダーを支持している」論理に穴はないと言わんばかりに肩をすくめた。布のナプキンで口を拭った。いつもの

ダッシュはサラが静かなことに気づいたようだ。

た。寛大で、慈悲の心を持っているからこそ、われわれは消滅の危機に追いつめられてしまった。多くの権利を女性に、黒人に、褐色の人間たちに譲り渡した。われわれがチャンスを差し出したら、彼らは必要以上に受け取って、私利私欲に走った」

娘たちは山上の垂訓を聞いているかのように父親を見あげている。サラにはネオナチの通俗心理学にしか聞こえなかった。ダッシュは、オールポートの提唱した接触仮説の多くの弱点のひとつにつまずいている。偏見のレベルは、理性的な人間同士が個人的な接触をすることで概して引き下げられる。自分の偏見が誤っていることを示す個人と対面していると、相手の属する集団全体をステレオタイプに見ることはできなくなる。だが、対するグループがみずからのグループと同じ地位であることを否定していると、偏見はなくならない。

「アーンショウ先生」ダッシュはフォークを置いた。テーブルに両肘を置いた。「あなたは女性科学者だ。歴史をひもとけば、産業革命からデジタル時代、インターネット時代、

そして次になにが来るのかわからないが、大きな跳躍は白人男性によって成されたものだとわかるだろう」

彼の間違いを指摘する事実はいくらでも思いついたが、基本的な真実を受け入れようとしない人間と議論しても無駄だ——これもまた接触仮説の欠点のひとつだ。

「テクノロジーに精通していることすら両刃の剣だ。男性のやっていた仕事はどんどん時代遅れになっている」ダッシュはサラを指さした。「学位のない男性がつく職業の第一位は運転手だ。自動運転の車やトラックが主流になったらどうなるか？　テクノロジー、イノベーション、教育。白人男性は稼ぎ手としての威信を奪われつつある。女性が財布の紐を握ると、男性は自信を失う。男性は酒と薬に逃げる。家庭から去り、子どもを捨てる。われわれはそれを止めなければならない」

妻に敬意を払い、感謝すればすむ話ではないかと、サラは思った。

ダッシュはまだ演説を終えていなかった。「アメリカの政治家はこの二百年間、黒人と褐色の人々に便宜を図り、譲歩してきた。共和党も民主党もリバタリアンも無所属も——みんなそうだ。われわれは雑種の子どもに学校を与えたのに、彼らは白人の学校をほしがった。彼らをバスに乗せてやったら、最前列に座りたがるようになった。彼らの興業に金を払ったら、自分たちのくそみたいな意見をわれわれの喉の奥に突っこもうとするようになった」

「パパ」グレイスが、汚い言葉遣いは最悪の犯罪であるかのようにささやいた。

「譲れ、譲れ、譲れ」ダッシュはふたたびテーブルを拳で叩きはじめた。「きれいな水も空気も食べ物も充分に行き渡らない。だれもが大きなテレビのあるいい家に住めるわけではない。雑種の者たちが白人の持ち物を奪う権利があると勘違いしているのを放っておいたせいで、われわれはいまこの変曲点にいる。われわれの力を彼らに奪われるわけにはいかない」

接触仮説のもうひとつの穴だ——競争への恐怖。

「憲法起草者たちは憲法修正第二条で武器を所有する権利を保証したのは、まさにこれが理由だ。われわれは武器を取り、政府が間違っていることを知らしめなければならない。そのような権利を授かっているのは白人男性だけだ。大事な命とは、われわれの命だけだ」

サラは唇を嚙んだ。憲法修正第二条を書いたのは起草者たちではない。憲法を修正できるように、その手続きを考案しただけだ。

「アメリカ政府は白人家族を育むことを軽視するという危険を冒している。基本的な経済学だ。われわれを優遇すれば、ほかのすべてもうまくいく。充分な残りものがほかの人々にも行き渡る。きみは医者だろう。科学的な事実を知っているはずだ。優れた遺伝子によって、白人男性が世界のあらゆる種族を先導するとあらかじめ定められている。われわれは、二級市民、ことによると三級市民に駆逐されてはならないのだ」

サラは、これだけは捨て置けなかった。医学の歴史はこの手のいかれたナンセンスに満ちている。四体液の研究、瀉血《しゃけつ》、骨相学、女性のヒステリー。ひとつとして無害なものはない。ナチスドイツはアメリカの優生思想という似非科学に感化されて残虐行為を繰り返した。ウィルには重いディスレクシアがあるから、あの時代に生まれていれば、強制的に断種手術を受けさせられたり、殺されたりしていたかもしれない。

「マイノリティのように扱われるのはほんとうに腹が立つでしょうね」

「きみはおもしろがっているようだが、わたしの言いたいことはまさにそこだよ。白人女性は妊娠中絶だのバースコントロールだのキャリアだの、種の繁栄より自分勝手な欲望を優先する。異種族混交、異種交配、言葉はなんでもいい。この国が直面している問題はすべて、煎じつめればグレイト・リプレイスメントがやはり起きているということになる」

その言葉を発したとき、ダッシュの目が光った。彼のように疎外されていると感じ、孤立して怒りを抱えた人間が、憎悪の哲学だけが問題を解決してくれると考える理由が、サラにはわかった。

おまえが悪いんじゃない、兄弟。ほかのみんなが悪いんだ。

「わたしのレディたち」ダッシュはここで、娘たちの注意を惹いた。「よく聞きなさい。いまからいちばん大事なことを教えるぞ。人種はピラミッドのように積みあがっている。いちばん上にいるのはいつだって白人男性だ。その次が白人女性で、彼女たちはひとりの主人に仕えるだけでいい。その下は、ほかのさまざまな人種だ。地球上に住む人々がみんな平等なわけはない」

「それって自明の事実？」サラは独立宣言の最初の部分を引き合いに出した。「すべての人間は生まれながらに平等じゃなかったかしら？」

ダッシュはサラに指を左右に振ってみせた。「憲法についてわたしに反論しないほうがいいぞ、アーンショウ先生」

サラは嘆息を漏らしそうになった。ダッシュは、愚か者が考える賢者のしゃべり方を体現している。だが、彼の哲学など放っておけばいい。有害な人種差別思想も性差別思想も外国人嫌悪も放っておけばいい。放っておいてはいけないのは、あの温室と建造物と、彼が送ろうとしているメッセージの内容だ。

〝三年間も努力してきたのは、すべて明日のためなんだ〟

サラは尋ねた。「あなたは問題に対してどうするつもり？」

「メッセージを送る、それがわれわれのすることだ。大きな犠牲が出る。わたしは命が失われるのは悲しいことだと思うが、真に意味のある変革を成し遂げるには、失うものもあると受け入れなければならない。黒人に甘い顔をする連中や雑種は雑草のようにはびこるから、定期的に刈りこまなければならない」ダッシュはかぶりを振った。「とても悲しいことだが、自然の摂理だ。美しいバラを咲かせるには剪定が必要だろう」

サラは華やかな言葉の裏にある威嚇を感じた。「何人の命が失われるの？」

「大勢だ。あまりにも大勢だから、後の歴史家も正確な数は算定できないのではないかと思っている」ダッシュはフォークとナイフを取り、ステーキを切った。「これだけは言っておこう、アーンショウ先生。わたしは約束を守る。きみを解放すると言ったのは嘘ではない。われわれにはメッセージの証人が必要なのだ。きみのように思慮深く理路整然と話す女性は、われわれのために雄弁に証言してくれると信じている」

サラは、証人とは生き延びた人間であるということにすがりついてはいけないと自分に言い聞かせた。

彼は偽の希望を抱かせようとしているのでは？

ジョイが尋ねた。「パパ、メッセージが送られたことはいつわかるの？」

「わかるときにわかるわ」そう答えたのはグウェンだった。エドナの後ろに立ち、娘の両肩に指を食いこませている。母親の不機嫌な態度に、エドナは怯えた表情をしている。

「さっさと食べてしまいなさい。残したら、今夜のアイスクリームはなしよ」

娘たちはおとなしくスプーンを取って食べはじめた。

グウェンは両手でエプロンを揉み絞りながら腰をおろした。娘たちと同じものを食べているが、シチューはボウルではなく皿に入っていた。サラは、彼女の両手に発疹が出ていることに気づいた。エプロンでごしごし手を拭きすぎて、赤くなっている。

グウェンに話しかけたくはなかったが、サラは尋ねた。「ベンジャミンは、少しはよくなったの？」

グウェンの唇がまっすぐに引き結ばれた。サラに抱いている敵意を、もはや隠そうともしなかった。「神があの子の運命をお決めになるわ」

「薬を変えなければならないかもしれない。子どもたちをもう一度診察させて。あの子たちに少しでも気持ちよく過ごしてもらえるように、清拭やシーツ交換も手伝うから。あなたも疲れたでしょう」

「疲れてないわ」グウェンはスプーンを取った。「あなたは自分の居場所のキャビンに戻って」

ダッシュが言った。「わたしがアーンショウ先生に必要なだけ宿泊棟で過ごしていいと言ったのだよ」

グウェンがスプーンをきつく握りしめた。ダッシュと目を合わせる。

嫉妬しているのだろうか？

「グウェンドリン、アーンショウ先生は客人だ。お言葉に甘えようじゃないか」

有無を言わせない口調に、グウェンはむっつりと押し黙った。よく嚙まずにシチューをどんどん口に押しこむので、ソースが顎に伝った。娘たちも母親の不機嫌を吸いこんでいる。なかには泣きだしそうな子もいた。グレイスの下唇がわななきはじめた。

サラは衝動に負け、気まずい雰囲気を作ったグウェンを罰してしまった。「ねえみんな、わたしが夫とどこで出会ったのかはわかったでしょう。お母さんがお父さんとどこで出会ったのか知ってる？　きっと素敵なお話があるんでしょうね」

グウェンのスプーンが皿と口のあいだで止まった。

サラの顔は後悔で熱くなった。意地悪な質問をしたが、計算すれば残酷な事実が明らかになる。ジョイは十五歳だ。グウェンは三十代前半くらい。ダッシュは四十路《よそじ》を越えて数年たっている。

「ふむ」ダッシュはスリングの位置をなおしたが、両腕を自由に動かしている様子から判断すれば、スリングはもう必要なさそうだ。「おもしろい質問だな、お嬢さんたち？」

娘たちは黙って待っている。いままで両親の出会いの話を聞いたことがないのは確かだ。

ダッシュが言った。「わたしたちはハイスクールで知り合ったのだよ。どうだ？」

グレイスは大げさに長いため息をついた。幼い女の子にとってはロマンティックな話だろうが、年齢差がわかっていない。ダッシュがハイスクールでグウェンと出会ったのなら、彼は職員として勤めていたことになる。同意年齢に達していない女性との性交がロマンティックなわけがない。

ダッシュが言った。「パパ・マーティンが引き合わせてくれたのだよ。そうだろう、ダーリン？」

マーティン・ノヴァク。

あの銀行強盗犯は六十代だ。彼にとってダッシュは息子のようなものだっただろう。その息子が、ノヴァクの未成年の娘と結婚したわけだ。

「わたしたちはビーチにいた」ハイスクールで出会ったはずが、まったく違う話になっている。「お母さんは波打ち際を歩いていた。波が足を濡らしていてね。後ろから太陽に照らされていたから、ハーローのようだと思った」彼はサラにウィンクした。「そのときからずっと、ハーローが消えない」

サラは、口いっぱいにガラスの破片を詰めこまれたような気がして、唾を呑みこんだ。

「そろそろ宿泊棟へ行ってもいいかしら」

グウェンのスプーンが皿に落ち、大きな音をたてた。

「どうぞ、アーンショウ先生」ダッシュはグウェンから目を離さずに話した。「ジョイ、アーンショウ先生をご案内してくれ。お母さんとわたしは、今夜のお祝いの相談をするから」

「はい、パパ」ジョイは立ちあがって歩きはじめたが、うつむいてじっと足元を見つめていた。サラは少し遅れて追いかけた。自分の振る舞いを恥じた。サラの怒りの対象はグウェンであって、娘たちにはなんの落ち度もない。普段の自分はわざと人を傷つけるような人間ではないのに。もっとも、患者の死を願うような医師でもない。

そんなことは、いまのような振る舞いをした言い訳にはならない。サラはジョイに謝る方法を考えた。子どもたちのなかでも、ジョイは両親の出会いの話の含むところに気づいたかもしれない。

サラが口火を切る前に、ジョイがつぶやいた。「あの人、心配してるんです」

グウェンのことだろう。「アドリエルのことを？」

ジョイはかぶりを振ったが、それ以上の説明はなかった。

「ねえ」サラは言った。「ベンジャミンってキャンプのこっち側でたったひとりの男の子よね。むこう側には男の子がほかにいるの？」

「小さい子は何人か」そばにはだれもいないのに、ジョイは声をひそめつづけた。「十二歳になったら、パパがよそに送っちゃうから」

サラはうなずいたが、胸の鼓動が激しくなっていた。大人の男が思春期前の少年たちを追い払う理由はひとつしか思い浮かばない。

競争相手になったら困るからだ。

「どこへ送られるのか知ってる？」

「アリゾナ。そこで戦争のために訓練を受けるんです」

アリゾナ。マーティン・ノヴァクをこのパズルのなかにはめるのに必要なピースがすべて、正しい場所にはまりはじめた。ノヴァクは逮捕され、無期懲役の判決を待っている。

騒ぎを起こすなら、いましかない。

ジョイは宿泊棟の外の手洗い場で立ち止まった。サラのために水を出した。「みんな死んじゃうんですか？」

宿泊棟のなかにいる十一人の子どもたちのことだろうと、サラは理解した。「どうしてなかなか治らないのかわからないんだけど、できるだけのことはやってみる」

ジョイは口を開きかけたが、痛そうに顔をゆがめた。下腹に手を当て、シャワー室の壁にもたれた。「おなかが痛い」

「生理？」

ジョイの顔がトマトのように赤くなった。

「大丈夫、恥ずかしいことじゃないのよ。自然なこと。面倒くさいけれど、自然なの」サラはなにか反応がほしくて、ジョイの腕をさすった。「痛み止めにアドビルを出してあげるわ」

「そうじゃなくて――」突然、ジョイの口から胃の中身がほとばしり出た。

サラは飛びすさったが、靴にかかってしまった。グウェンの姿を探してピクニックテーブルのほうを振り返ったが、彼女はなにやら調理係を叱りつけていた。小さな娘たちは消え入ろうとしているかのように、テーブルの前でうなだれている。

「入りましょう」サラはジョイを支えて階段をのぼった。宿泊棟のなかには病気の子どもたちしかいなかった。三人の女性たちはどこにいるのだろうかと、サラは考えた。昼食をとりに行ったのかもしれない。ちょうどいい。十五歳のジョイなら、キャンプでなにが起きているのか気づいているかもしれない。

「座って」ジョイを空のベッドに寝かせた。「どんなふうに痛いのか教えてくれる？」

ジョイは返事の代わりに腹部をつかんだ。

血圧を測ると低めで、体温は正常だった。ジョイの胸部と腹部に聴診器を当てた。瞳孔をチェックする。ジョイは目をあけているのもやっとだった。唾を呑みこもうとすると、喉が鳴った。

「はしかにかかったことはある？」

ジョイはうなずいた。

「すぐに戻るから待ってて」サラは水差しからコップに水を注いだ。室内を見まわす。ほとんどの子どもたちは眠っていた。目を覚ましている子たちは、じっとサラを見ていた。

ジョイは体を起こそうとしたが、めまいがしたようで、すぐにまた横たわった。サラはコップの水を飲ませた。喉が痛そうに縮こまったままだった。手はあいかわらず腹部をつかんでいる。

病院ならいくつか検査をオーダーすれば不調の原因がわかるだろうが、いまここでサラにできることはなにもない。

「ジョイ」サラはベッドに腰かけた。「教えてほしいことがあるの」

「あたし――」涙がぽろぽろとこぼれはじめた。ジョイはどう見ても怯えていた。「吐いちゃってごめんなさい」

「ホウレンソウでなくてよかった。あれは最悪よ」

ジョイは笑わなかった。

「いつから具合が悪かったの？」

「ええと……」ジョイは目をつぶり、下腹を襲う痛みの波をこらえた。「ゆうべから」

「生理痛じゃないのは確か？」

ジョイはうなずいた。

「セックスの経験はある？」

ジョイは恥じらう女の子の見本のようになった。「ない――ううん、そんなことしません。しない。だって、男の子たちはあたしたちのそばに近づくのを禁止されてるし、パパが――」しきりにかぶりを振った。

サラは吐瀉物を引っかけられるのに慣れているが、性体験のある子にないと嘘をつかれることにも慣れている。「言いたくなかったら言わなくてていいのよ。痛いところがあったら教えてね」

ジョイは、体の上を動きまわるサラの手を見ていた。ビキニラインより下を押さえられたとき、ひどく赤面した。内診するための検鏡はないが、サラとしても、いくらグウェンが嫌いでも、母親の許可なしに内診をするつもりはなかった。

とにかく、あと三十分はしない。

子宮外妊娠は、ジョイくらいの年齢の女の子の腹痛を診察するときに、サラがまず考えることだ。その合併症を患った経験があるので、早期発見がどんなに大事か身をもって知っている。次に考えられるのは虫垂炎だ。それから卵巣嚢腫《のうしゅ》。腸閉塞。腎結石。卵管捻転。腫瘍。どれも診断用の道具が必要だが、ここにはないし、手術もこの状況では不可能だ。

「お母さんに話をしなくちゃ」

「だめ！」ジョイは狼狽《ろうばい》して起きあがった。急激に血圧がさがったせいで、サラにしがみついた。「お願いです、もう少しここで休ませてください。お願いです」

ジョイは母親を恐れている。サラはグウェンの娘たち全員の恐怖を思い、ぞっとした。

の、ジョイ?」
「大丈夫、休んで」ジョイをそっと横たわらせた。「お母さんになにかされたことがある

少女の目は涙でいっぱいになった。「ただ怒るだけです。あたしたち——ときどきやるべきことをやらないことがあって、そのせいであの人はますます大変になっちゃうから。あの人は——たくさん仕事があるから」

サラはジョイの髪をなでた。「お父さんには——」

「あの——あたし、治りますよね?」ジョイはずっと下腹をつかんでいる。「教えてください。どうしてこんなに痛むんですか?」

小児科医の勘が警報を鳴らしていた。ほかの状況なら、児童福祉局に電話をかけ、両親を徹底的に調査するまでジョイを保護してもらうだろう。あいにくいまは普通の状況ではないので、この怯えた少女にどう答えるか考えるのが精一杯だ。

サラはジョイに言った。「体に合わないものを食べたのかもしれないわ」

ありえない。ジョイは毎食みんなと同じものしか食べていないようだが、腹痛の症状があるのは彼女だけだ。

「ほんとに——」ジョイはまだ怯えていた。「ほんとうですか?」

「少し休んだら楽になるかもしれない。いい?」

ジョイはほっとしたように目を閉じた。

サラは罪悪感に押しつぶされそうだった。いつもだったら、ジョイくらいの年頃の患者には、ほんとうのことを言うようにしている。ジョイにも、まだ原因はわからないけれど、原因を調べて治すために全力を尽くすと答えていただろう。だが、いまはいつもと同じ状況ではなく、原因を調べるすべはなく、細菌かウィルスが消えるのを待つか、別の症状が現れるのを待つしかない。

とにかく、ほかの子たちのためになにかすることはできる。サラはジョイに声をかけた。「ちょっとあっちに行くね、いい？」

「ミシェルは――」ジョイは、まるでその言葉をつかんで口のなかに押しこんでしまいたいような様子だった。

サラはベッドに腰かけた。努めて平静な声で話そうとした。「ミシェルに会った？」

「あたし――」ジョイは目を閉じた。サラから顔をそむけた。「ごめんなさい」

拉致されてからというもの、サラは越えてはいけないラインを何度も越えてしまったが、今回は違う。ジョイは怖がっている。重要なことを知っているが、それをサラに話せばひどい目にあうと思っている。

サラは言った。「大丈夫よ。眠れるなら眠ってね」

「あの人は――」ジョイは唾を呑みこむのをやめた。「ここの――裏にいる」

サラは慎重に答えを選んだ。「温室のなか？」

ジョイはかぶりを振った。「森のなか。ママが森のなかに置いてきた」

最初、サラには意味がわからなかった。だが、頭より先に体が反応した。心臓から四肢へ戦慄が走った。戦慄と同時に、〝森のなかに置いてきた〟という言葉がこだました。杭《くい》につながれているのだろうか？　金属の箱のなかで蒸し焼きにされている？　若者を窒息死させた女なら、なんでもやりかねないのではないか。

「眠りなさい」サラはジョイの頭に唇を押し当てた。「わたしは外の空気を吸ってくる」

ジョイは重苦しい息を吐いた。

サラは宿泊棟の奥へ歩いた。この建物にはドアが二箇所ある。表のドアのほかに、裏口がある。サラは裏口をあけた。階段はなく、地面まで一メートル二十センチほどの高さがあった。サラは飛び降りた。吐瀉物のかかったスニーカーが、茂った下草のなかにもぐった。サラはトーガの裾をからげて森の奥へ踏み入った。

小鳥がさえずっていた。サラはあたりを見まわした。監視係の座っている鹿撃ち用の見張り台はない。ライフルやナイフや銃を携帯した若者たちもいない。発電機のモーター音が聞こえ、温室が右にあることがわかった。サラは左へ向かった。

紛れもない、腐りかけた肉のにおいが鼻を刺した。

ミシェル・スピヴィーの遺体は、宿泊棟から三十メートルほど離れた場所にあった。左の脇腹を下にして、はびこったイバラのなかに転がっていた。背骨が曲がっている。左膝は折れている。右脚は後ろに引っ張られたような形でのびている。この森のなかへ放り投げられたような形に見えた。ゴミのように。右腕が頭の上にかかり、手は宙を引っかいている。ミシェルはその場で固まってしまっていた。筋肉が少しずつ酸素を使い尽くし、死後硬直がはじまるからだ。最初はまぶた、それから顎と首。年齢と筋肉量とこの蒸し暑さを考えると、おそらく死後二時間から四時間だろう。

サラは宿泊棟のほうを振り向いた。

ドアは閉まっていた。だれもこない。サラがいなくなったことをだれも知らない。

逃げることもできるが、いまはだめだ。ミシェル・スピヴィーは、追突事故が起きてサラが自分の世界に入ってきたときには、すでに壊れていた。口をきいても二言か三言がせいぜいだった。彼女は男をひとり刺し殺した。ダッシュの意のままに動く共犯者になった。けれどその前からずっと、母親であり、妻であり、博士であり、人間でもあったのだ。いまは黙想のようなことをして、彼女の生を優しい言葉にすべきなのだろう。

だが、サラには黙想をする気は毛頭ない。

その場に両膝をついた。ミシェルのワンピースの襟をつかみ、後ろ身頃を引き裂いた。肋骨が鯨のヒゲのように浮き出ている。脊椎を覆う薄い皮膚に、赤いみみず腫れが何本も走っていた。ナイフで切りつけられ、腎臓のあたりを繰り返し殴られていた。黄色い痣は、殴られてから一週間はたっていることを示している。傷はかさぶたになっていた。火傷はもっと最近のものだ。

タバコを押しつけられたあとがどうなるか、サラは知っている。

ワンピースを裾まで裂いた。ミシェルの下着は汚れていた。体液が漏れだしている。酷暑のせいで皮膚の下の脂肪が溶け、下の地面に染みついていた。

ミシェルの左半身は、平らな容器に入れたインクに浸したかのように、暗い赤紫色に染まっていた。心臓が鼓動を止めると、血液は下のほうへ沈下する。死斑《リボル・モルティス》とはラテン語で、血液が毛細血管に充満して皮膚の色が変わった状態をあらわす。熱によって変化は速まる。腰と脚、頭をのせた腕に出ている死斑から、彼女はこの場所で死亡したことがわかる。

ゴミのように放り出されて。

ミシェルは体内をうごめいている細菌によって膨張していた。遺体にもっともひどいダメージをもたらしたのは暑さではない。グウェンはミシェルに抗生剤を投与したと言っていたが、嘘だ。それとも、抗生剤が効かなかったのか。どちらにしても、グウェンに責任がある。ミシェルをここに置き去りにして殺したのがだれか、サラには確信があった。

苦しみながら死んだに違いない。意識を失ったり取り戻したりを繰り返し、ここがどこかもわからず、たぶん熱に浮かされて幻覚も見ただろう。化膿していた手術の傷跡が悪化し、皮膚が裂けていた。裂け目のそばにかすかな妊娠線が認められた。十二年前、子宮のなかにいた胎児が大きくなるにつれて皮膚がのびた跡だ。

アシュリー。

子どもの名前は新聞記事で読んだのを覚えている。

サラは目を閉じ、仰向いて日光を顔に浴びた。毛穴から熱が染みこんでくる。なにかを、なんでもいいから感じようとしたが、絶え間なくおこなわれた残虐行為に感覚が麻痺していた。ミシェルがここでどのくらい生きていたのか推定するなど、自分にはできそうにない。ミシェルの苦しみを最大限にするために、この場所が選ばれたような気もした。キャンプから離れて。イバラがはびこる棘だらけの茂みに放り出されて。めちゃくちゃに殴られて。痛みに文字どおり体を切り裂かれて。

サラの背後で、宿泊棟の裏口がいきなりあいた。

サラは身を屈めた。茂みが姿を隠してくれるだろうが、それもいつまでかはわからない。大急ぎでミシェルの遺体を検《あらた》めた。皮膚の化学的な変色など、温室のなかでなにをしていたのか解き明かすための手がかりになりそうなものがないか。髪のにおいを嗅いだ。爪を調べた。死後硬直で顎はがっちり閉まっていたが、歯茎をチェックし、鼻と耳のなかも見た。

「アーンショウ先生？」ダッシュが両手を耳に当てていた。まぶしい日差しで視野が狭まっているようだ。「帰ってきてくれないか？」

サラはミシェルのワンピースのポケットのなかを手探りで調べ、ブラジャーの周縁とショーツのゴムの内側を指先でなぞった。あきらめようとしたとき、ミシェルの左手の奇妙な形に気づいた。四本の指は丸まり、親指だけが、ヒッチハイクで車を止めるときのようにまっすぐ立っていた。

死者が拳を握りしめていることはめったにない。急激な恐怖によって体内で化学反応が起きたときに見られる。ミシェルには死を覚悟する時間はたっぷりあった。自身の意志で、左手を曲げた膝の下に置き、手のひらが開かないようにしたのだ。

手のひらになにか書いてある。

「アーンショウ先生？」ダッシュがゆっくりと首を巡らせ、森を分割しながらサラを探している。

サラはミシェルの手のひらをよく見ようと、体のむこうへ身を乗り出した。吐き気がした。腐りかけた肉のにおいがひどい。息を止めた。近くで見ると、ミシェルの手のひらに書いてある単語は二語、あるいは長い一語のように見えた。黒いマジックペンのインク。文字の下側だけが覗いている。残りはミシェルの指に覆われていた。

「どこにいるんだ、アーンショウ先生？」ダッシュの声は穏やかだったが、いつまでもそのままとは思えなかった。

サラはミシェルの手を取り、指をこじあけようとした。汗が邪魔をした。指もふくらみすぎている。手がすべって引っかからない。死後硬直した手首を折るしかない。筋肉はプラスチックのように固まっている。両手でミシェルの握り拳と前腕をつかみ、互い違いにひねった。

ボキッ、という大きな音がした。

「ランス？」ダッシュが音を聞きつけたようだ。「おおい、兄弟。ちょっとこっちへ来てくれないか？」

サラはミシェルの指をこじあけようとした。爪が折れたが、指はびくともしない。親指でぐいぐいと押しあげた。

ダッシュが裏口から飛び降りた。ふた組目の足が地面に着地する音がした。三十メートルの距離がある。背の高い草。鬱蒼とした木立。ダッシュはランスに話しかけている。サラはあわてていて、話を理解できなかった。心臓が暴れている。視界が揺れた。早くミシェルの手を開かなければ。言葉を読まなければ。サラは指をのばすのに使えそうな枝かなにかを探した。なにもない。

口を使うしかない。

皮膚を破らないように気をつけながら、ミシェルの丸まった指に歯を立てた。

「アーンショウ先生？」ダッシュが呼んだ。ランスが咳をした。ふたりが近づいてくる。

サラは前歯でミシェルの一本目の指の関節をとらえた。

引っ張る。

ポキッ。

中指。

ポキッ。

薬指。

ポキッ。

「アーンショウ先生？」

ダッシュが数メートル後ろまで迫ってきた。鼻にかかった声。悪臭がするので鼻をつまんでいるのだ。その後ろにランスがいる。一度げっぷをして、木の根元に吐いた。

鼻をかむような音がしたのは、ダッシュが息を吐いたのだろう。またサラを呼んだ。

「アーンショウ先生？」

「死んでるわ」サラはミシェルの体に覆いかぶさっていた。泣き声をあげ、悲しんでいるふりをした。「あなたのせいよ。ひとりぼっちで亡くなったなんて」

ダッシュが言った。「残念ながら、きみは取り乱しているようだ。ミシェルは疵物《きずもの》だったが、最後には名誉を回復したのだよ」

サラはミシェルの手を閉じようとした。指の形はもう元に戻らなかった。

ダッシュが言った。「そろそろいいかな？ ここはにおいがひどい――それに、わたしは宿泊棟のなかにいてもいいと言ったんだ。いますぐなかに連れ戻してあげよう。涼しいし――」

サラは立ちあがった。

「先生――」ダッシュに呼ばれたが、サラはすでに宿泊棟のほうへ下草のなかを走っていた。裏口に両手をついてよじのぼった。グウェンがなかに立っていた。不安そうな顔をしているが、彼女はいつもそうだ。

サラは薬戸棚へ直行した。消毒用アルコールを見つけた。たたんだベッドシーツを脇に抱え、表のドアへ歩いていく。

「アーンショウ先生」ダッシュは裏口をよじのぼるためにスリングをはずしていた。「よかったら――」

サラは外に出るや手荒にドアを閉めた。ジョイの吐瀉物をまたぎ、屋外シャワー室へ向かった。掛け金が動かない。悪態をつきながら、震える手でなんとか掛け金をおろした。清潔なシーツを仕切りの壁の上にかけた。消毒用アルコールの蓋を取り、直接口に含んだ。

宿泊棟のドアがあいた。階段の上にダッシュが出てきた。

「おお、失礼」彼はむこうを向き、手で目を覆った。「わたしはただ――」

それ以降は聞こえなかった。アルコールで口をゆすぎ、ミシェルの腐りかけた肉から拾ってしまった細菌だのなんだのを殺すことに集中していた。ひんやりとするアルコールを顔や首や両手にもかけた。

「アーンショウ先生？」ダッシュは百回目もあきらめなかった。「ちょっと話が――」

「わたしにかまわないで」サラはトーガと格闘しながら、肩の結び目に、かさばる布に、このいまいましい代物を脱ぐ手間に悪態をついた。

ダッシュがまた言った。「ほんとうに話をしないと――」

「かまうなっつってんだろうが！」

サラは水を出した。石鹸をつかんだ。

ダッシュが階段を駆けおりた。女に首を引きちぎられそうになり、白人男性としてのプライドをずたずたにされたのだろう。

グウェンが宿泊棟のドアをあけた。サラを一瞥し、小走りで夫を追いかけていった。サラは限界まで湯を熱くした。ライ石鹼を泡立てようとしたが、まるで百万粒の砂のようだった。

ランスが現れるのを待ったが、彼は子どもたちと室内に残るほうを選んだようだ。いや、エアコンを。宿泊棟へ走って戻るときに、彼の姿をちらりと見た。ランスはしょぼついた目でサラを見ていた。顔色は青白かった。ジョイと同じ病原菌に胃腸をやられたのかもしれない。それとも、キャンプにほかのなにかが蔓延《まんえん》しているのだろうか。

ミシェルが温室で作っていたなにかが。

サラはシャワー室の床に唾を吐いた。まだ歯茎がアルコールでひりひりした。口をあけ、喉の奥に水を当てた。肌が火傷したように熱い。シャワーの下で文字どおり汗をかいていた。

ミシェル・スピヴィーは言語を絶する恐怖を生き延びた。レイプされ、さんざん殴られた。温室のなかで作業することを強いられた。酷暑のなかに放置されて死んでいった。感染症の専門家なら敗血症に詳しく、たびたび入院患者の死因になることを知っているはずだ。サラは、亡くなる直前までqSOFAスコアを測っているミシェルを想像した。qSOFAスコアは、血圧、呼吸数、意識を点数化して重症度を測る方法だ。点数が高いほど重症と判断される。血圧計はないから、呼吸数と神経症状をチェックしていたかもしれない。死期が近いことだけでなく、自分がどんな死を迎えるかもわかっていただろう。

彼女が最期にしたのは、黒いマジックペンを見つけて、手のひらにメッセージを書くことだった。

二語。

意味はいくつか考えられる。

棺《ひつぎ》？　電話料金を無料にする装置？　テレビ番組か映画？　実験的な劇場の一類型？　食品医薬局の警告？　核兵器の発射コードを収めた黒いブリーフケース？

サラは振り返り、頭皮に鋭い水の針を浴びた。

コンピュータ業界では、あの言葉は内部の働きがわからないデバイスの変換特性をあらわすのに使われるかもしれない。あるいは、ソフトウェアのタイプを。あるいは、ソフトウェア・エンジニアのタイプを。

髪を指で梳き、もつれをほぐした。

航空業界では、あの言葉は飛行経路のデータや操縦士たちの音声を記録する装置のことを指す。鮮やかなオレンジ色に塗られているのに、よく知られている名称は、ミシェルが手のひらに書いていた二語とまったく同じだ。

ブラック・ボックス。

サラは両手で顔をごしごしとこすった。ミシェルはなにを言いたかったのだろう？　どうしてこの二語を選んだのだろう？　せっかくの逃げるチャンスを蹴って、命を、身の安全を賭けてつかみ取ったこの言葉は、いったいなにをあらわしているのか？　さっきからこの疑問が頭を離れず、いい加減に腹が立ってきた。ただしもはや、答えを探す時間は刻々と終わりに近づいている。ダッシュがそう言った。

メッセージは明日伝えられる、と。

16

八月六日火曜日午後二時五十分

インターステート八十五号線を走るタクシーのドアに、ウィルは頭をあずけた。百二十九番出口までの一時間で、疲労の波がぶり返した。車が進むにつれて、ウィルはどんどん座席に沈みこんでいった。折った膝が前部座席の背につっかえた。窓ガラスの振動に合わせて頭もぶるぶる震えた。サラとつきあうまで、ウィルはタクシーの後部座席に乗ったことがなかった。あるとき、サラがパーティから早く帰りたがった。だが、送迎車が待っていなかったので、サラはタクシーを呼んだ。ウィルはなかに乗りこみ、心臓発作を起こしそうになった。まだ走っていないのに、メーターにはすでに五ドルと表示されていたからだ。

だから、サラとつきあうまでタクシーに乗ったことがなかったのだが。

ウィルは背筋をのばした。顎をかいた。ブリロのスチールたわしのような髭がちくちくした。慣れないその手触りに、ほんとうの自分を切り離さなければならないことを思い出した。サラを愛している男では彼女を救うことはできない。その仕事を請け負うのは、この世にむかつき、幻滅している元軍人、ジャック・フィネアス・ウルフだ。

両手を見おろした。手の甲の関節を親指でぐっと押すと、鮮血がにじみ出た。

ウルフの最初の障壁はジェラルドだ。ダッシュの右腕を信用させることができなければ、ウルフは顔に銃口を突きつけられ、弾を撃ちこまれることになる。

ただ、ウィルはそうなるとは思っていなかった。倉庫の任務で、ある程度ジェラルドの信用は得られた。ウルフが一万五千ドルで警備員を刺し殺そうとしたことも、求められている人材だという証明になった。

ほんとうに突破しなければならないのはダッシュだ。計画の実行を間近に控え、IPAのリーダーはとくに新しい人材に切羽詰まっている。彼は差別主義者で、ペドファイルで、大量殺人犯だ。ロバート・ハーリーやアダム・ハンフリー・カーターなど、似て非なる男たちが彼に感化されてもいる。ダッシュは古典的な詐欺師で、つねに他人の弱みを探しているのだろう。

ウルフにはどんな弱点があることにしようかと、ウィルは考えた。

すぐに思いつくのはペドフィリアだが、ペドファイル用語は陸軍の隠語と同じくらい難解で複雑だ。子どもをレイプする人間たちも変化している。彼らはダークウェブでやり取りする。表の世界ではきわめて用心深い。子どもが年の割に大人びて見えるなどと言いたくもない。

この線はなしだ。

フェイスに教わったIPAに関する情報を思い出した。彼らは軍隊に憧れている。ウルフは熟練した兵士だが、もはや戦いの場がない。体制に打ち負かされたような気がしているかもしれない。金に困っている。仕事は見つからず、女にも逃げられた。人生はくそだと怒っている。はけ口としての戦いを求めている。こつこつ貯めた金を賭博ですってしまったかもしれない。悪いのは自分以外のみんなだと思っている。

ウィルはかぶりを振った。

金は、動機としては安易すぎる。ダッシュは金で雇った殺し屋を信用しない。大義のために戦う人間をほしがっているはずだ。

ボー・ラグナーセンは、大義を求めていた。だから彼は、アマンダにしろウィルにしろケヴィンにしろ、自分をなんらかの方向へ押しやってくれる者に従った。彼がほんとうに緊張を解いたのは、ジェラルドのバンに閉じこめられてからだ。肩はウィルと当たっていたし、落ち着きのない、武装した若者四人がすぐそばにいたのに、リラックスしていた。ほかの者は全員ぴりぴりしていたのに、ラグナーセンだけは熟睡していた。そわそわしたり、ため息をついたり、チャーリー・ブラウンのようにとぼとぼと歩いたりしなくなった。ウィルはそれを裏切りの予兆だと勘違いしていた。実際には、ボー・ラグナーセンはチームの一員になると気力が充実するタイプなのだ。多くの元軍人と同様に、彼も戦争が胸にあけた穴を埋めるなにかを探している。

それと似たような渇望が、ジャック・ウルフをＩＰＡに侵入させるための鍵かもしれない。ダッシュはウルフの胸にあいた穴を埋めたがるだろう。人種差別でも宗教でも、なんでも使ってウルフを誘き寄せるだろう。ウルフのような男にとって、肝心なのはなにを信じるかではない。だれを信じるかだ。

ウィルはまた両手を見おろした。親指でなにもはまっていない薬指をこすった。慎重に縫い合わせたジャック・ウルフの断片が、ばらばらになりかけている。

サラを取り戻すためならなんでもする。それがまただれかを撃ち、人を殺さなければならないことを意味するのなら、そうするつもりだ。自分のために戦うのではない。サラの家族に、彼女を連れて帰ってくることを期待されている。彼らは頼ってくれている。神に助けを求めてくれている。サラの無事を願ってくれている。

ウィルは神になにかを願ったことはなかった。子どものころは毎週日曜日の朝に、教会から施設に迎えのバスが来た。ウィルはいつも施設に残った。たとえ数時間でもひとりになれる時間は、小さなコップで紫色のクールエイドを飲み、薄いウェハースを食べることよりも貴重だった。

キャシーの祈りを思い出してみた。キャシーは手紙を書くように祈った――。

〝天にましますお父さま、わたしたちはこの窮地にあたり、あなたのお恵みを必要としています〟

ウィルはこうべを垂れていたが、助けを求めてテッサを見た。彼女は目を閉じていたので、ウィルも目を閉じた。彼女が黙っているので、ウィルも黙っていた。祈りの儀式は心を落ち着かせてくれた。キャシーの声のやわらかな抑揚。ウィルの大切に思っているものを大切に思っている人たちが、そばにいる安心。

キャシーの小さな手を握りながら、ウィルが心配していたのは次のことだ。

サラを見つけられないのではないか。自分のせいで、この家族は二度とサラに会えないのではないか。合流地点でジェラルドに殺されるのではないか。サラに会う前に、ダッシュに撃ち殺されるのではないか。ミシェル・スピヴィーは自分の顔を覚えていて、カーターを襲ったときのように逆上するのではないか。ダッシュにすぐには殺されず、サラの前に連れていかれて殺されるのではないか。

最悪なシナリオはこうだ。

すべてうまくいき、ジェラルドに認められ、ダッシュに受け入れられる。ようやくサラに会えるが、彼女を助けることができない。恐怖のせいで。

ウィルをいまも苛《さいな》むのは、追突事故現場で襲ってきた恐怖だった。サラのＢＭＷのなかに腕をのばし、キーをグローブボックスに挿したとき、ハーリーが銃をサラの頭に突きつけているのが見えた。ウィルは反応せず、キーをまわさず、グロックをつかんで全員を射殺せず、その場で凍りついた。

怖かったからだ。

ウィルは歯を食いしばった。自分はジャック・ウルフ少佐だ。元航空隊員。二度イラクへ行った。二度の飲酒運転。最後に働いていた場所で禁止命令。三万六千ドルを超える債務。

タクシーが出口を出た。ガソリンスタンドとファストフード店のロゴがウィルにもわかった。百二十九番出口からはブレイゼルトンの市街が近い。四つの郡にまたがる三十二平方キロの町は、アトランタ土地統計地域のなかにある。人口は一万人未満、その八十三パーセントが白人、四パーセントが貧困ライン以下で生活している。警察署が一箇所。警察官四名。病院が一箇所。高級ワイナリーが一箇所。肥沃な丘陵地だ。ほかのアパラチア山脈のなかにあるジョージア州の町と同様に、大部分がいまだに森林だ。州の北の端に、チャタフーチー国立森林公園が傘のようにかぶさっている。

シットゴーのガソリンスタンドの看板は、赤信号ふたつ分むこうにあった。ウィルは横断歩道の前でタクシーのエンジンのアイドリング音を聞いていた。もう後戻りはできないのに、いまさら最悪中の最悪のシナリオが頭に浮かんだ。

ダッシュは事故現場で気絶したふりをしていたのではないか。あのときダッシュに顔を見られたのではないか。すでに正しく先を見越して、邪魔者を消そうと画策しているのではないか。

ウィルの思考はどんどん下降していく。

サラはもう死んでいるのではないか。

タクシーがガソリンスタンドに入った。ポンプが十二台あり、四台の車が駐まっていた。

そのうち一台の運転手が、ウィルの知っている南部の支局の捜査官だった。フェイスの赤いミニが大型ゴミ容器の前にあった。彼女は肩にブランケットをかけている。授乳しているふりをしているのだ。アマンダは店のなかにいて、老女のように背中を丸めて杖《つえ》をつき、背景に溶けこもうとしているはずだ。ガソリンスタンドの両端に近い路上には、目立たない車が駐まっていた。建物の裏の森には二名の捜査官が身をひそめている。

アマンダはそれでも満足しなかった。

ウィルの背中のレザーホルスターの内側に、GPS発信機が取り付けられている。薄いプラスチックのチップは、裏地のなかに縫いこんであった。また電波の検査をされるかもしれないので、スイッチは切っている。ウィルは三十分ほどかけて手探りでボタンを押す練習をして、筋肉に動きを覚えさせた。

サラと会うまでは、その代物に触れるつもりはなかった。ダッシュがサラを近くに隠しているとは限らない。三百キロ離れた場所に閉じこめられていてもおかしくない。応援を呼ぶのを早まったら、サラを見つけることはできなくなる。

「ここでいいか？」運転手が尋ねた。

ウィルは百二十ドルを払った。自分の金ではなくても、ひどくもったいない気がした。タクシーを降りると、すっかり脚がこわばっていた。両腕を上にのばし、背中のストレッチをした。ホルスターの位置をなおした。ジェラルドを探して視線をさまよわせた。腕時計を見る。

午後三時二分。

一台の車が給油に入ってきた。だれかが店に入っていった。ウィルはポンプのほうへ歩いていった。両手をポケットに突っこみ、縁石を蹴る。倉庫へ一緒に行った若者たちが好みそうな格好をしてきた。黒いズボンに長袖のシャツ。黒いコンバットブーツ。いい選択だと思ったが、それも外に出るまでのことだった。ウィルの身長と体格と醸し出す雰囲気のせいで、ニンジャというよりもいかにも銃を乱射しはじめそうな人間に見えた。

「ウルフさん?」

昨日会った三号だった。今日はアッシャーのツアーTシャツとショートパンツという格好だった。車は真っ赤なキア・ソウル。背景に紛れこむのにもってこいの車ではないが、アッシャーのバイブスには合っている。警官に止められても、三号は町によくいる甘えた若造にしか見えないだろう。

三号は言った。「店のなかに入って。裏口で待っててください」

ウィルが応じる前に三号は離れた。

給油していたGBI捜査官が車に乗りこみ、赤いキアのあとを追ってインターステートに入った。

ウィルは店へ歩いた。フェイスの視線がついてくるのを感じた。建物は典型的なインターステート沿いのコンビニエンスストアで、横幅は広く奥行きは浅く、天井が低くて前面がガラス張りだ。ドアがあいたとたん、ホットドッグのソーセージがローラーの上で焼けているにおいがした。アマンダがセルフサービスのコーヒーマシンのそばにいた。いつもヘルメット並みに固めている髪は、今日はくしゃくしゃだ。読書用眼鏡が鼻からずり落ちそうになっている。杖にもたれ、どのボタンを押せばいいのかわからずにまごついているふりをしていた。

カウンターの若い店員が携帯電話から目をあげ、通り過ぎるウィルを見た。赤とオレンジ色のシットゴーのロゴが胸についた青いポロシャツを着た若者は二号だった。裏口のほうへ首を傾けた。

飲み物の冷蔵庫のそばに裏口があった。ウィルはドアのハンドルを押してみた。鍵がかかっている。ウィルは大学時代にいろいろなアルバイトをしたが、コンビニエンスストアの店員もそのひとつだ。この店にも長い通路と狭い事務室、商品の詰まったバックヤードがあるのはわかっている。非常口には警報器がセットされているはずだが、磁石とガムがあればなんとかなる。

ウィルは冷蔵庫に寄りかかった。ガラスの扉から冷気が伝わってくる。腕時計を見た。

午後三時五分。

「そこのお兄さん」アマンダがコーヒーマシンのほうへ二号を呼んだ。コンピュータがいかに世界をだめにしたか、二号に説教をはじめた。二号がＩＰＡだと知る由もない。ただ、店内に長居しているのを怪しまれないようにしているのだ。彼女のバッグのなかには、銃弾を装塡したスミス＆ウェッソンの５ショットがクラウン・ローヤルの袋に包まれて入っている。アマンダは、たいていの捜査官がホルスターから銃を抜くのと同じくらいの速さでスミス&ウェッソンを構える。

ドアを二度ノックする音が聞こえた。

ウィルはノックを二度返した。待つ。解錠する音がした。

ウィルはドアをあけた。長い通路。狭い事務室。商品が詰まったバックヤード。裏口の警報器のセンサーには磁石がついているが、ガムではなく接着テープでとめてあった。こちらのほうが賢明だ。ガムは思ったほど粘着力が強くない。

一号が外で待っていた。四人のなかでいちばん年少で、体も小さいが、その分認められるよう努力しなければならないので、おそらくいちばん危険だ。ふたりとも言葉は交わさなかった。一号は、GPS発信機の電波を検知する検査器を持っていた。ウィルは両腕をあげた。若者に好きなだけ楽しませてやった。

実際、一号が楽しんでいるのは明らかだった。彼のような若者は、こんな『ミッション・インポッシブル』を地で行く状況にたまらなく興奮するに違いない。大人のウィルが、これは人種差別主義者の犯罪行為だとわかっていなければ、子どものウィルは嫉妬していただろう。

一号は検査を終えた。検査器を裏口のそばに置き、ウィルについてこいとうなずき、森へ向かった。ウィルはポケットに両手を突っこんだ。木立に紛れている捜査官たちに、いまのところ順調だと伝えるしぐさだ。フェイスが半径三キロ以内にある合流地点になりそうな場所をすべて洗いだしてくれた。おかげでウィルは、森を抜ければL型の住宅地に出ることを知っている。住宅地の通りには、二台の追跡車両が待機している。ジェラルドがウィルを拾うのはその通りである可能性が高かった。

シャルドネ・トレイスにたどり着くころには、ウィルの顔から汗がしたたり落ちていた。両手にポケットを入れたまま、一号を追って通りを渡った。立ち並ぶ家は大きく、庭も広かった。インターステートを走る車の音もあまりうるさくない。一号が歩くスピードをあげ、フェンスに囲まれた裏庭の隙間を抜けて、住宅地の裏手にある別の森へ向かった。

まだ三キロ圏内だ。

ウィルは通りから聞こえるクラクションの音で自分の位置を確かめた。頭のなかの地図には、ショッピングセンターやアウトレットモールの建設予定地が何箇所もあった。このまま直進すれば農地に入る。

その先になにがあるのかは、もう見当もつかない。

一号が木のそばで立ち止まり、携帯電話を取り出した。地図で緯度と経度を確かめている。現在地のピンを見て、目的地のそばへ来ていることがわかったようだ。彼はまたウィルについてくるようにうなずいた。ウィルは梢を見あげた。樹冠が分厚く茂っている。ヘリコプター隊が出動していても、森のなかは見えないだろう。赤外線カメラを使えるほど低空を飛行すれば、一号は逃げ、ウィルは追いかけなければならなくなり、サラとは二度と会えなくなる。

一号がポケットに携帯電話をしまった。オフロードバイクが地面に横倒しになっていた。タオタオDB20・一一〇CC。空冷単気筒4ストローク。公道仕様だが、ナンバープレートはない。プラスチックのシートがひれ状に後輪の上までのびている。

バイクは落ち葉と折れた小枝で雑に覆い隠してあった。一号はバイクの上から落ち葉や小枝を払いはじめた。ウィルは手伝わなかった。両手からポケットを出そうかと考えた。コンビニエンスストアの裏で待機していた捜査官が、距離をあけてついてきているはずだ。ふたりとも徒歩だが、ウィルの考えでは、それより大きな問題があった。

ヘルメットは二個。バイクは一台。

ウィルはバイクを操縦できる。気がかりなのは、森を抜けるあいだずっと一号がウエストにしがみついてくることだ。肋骨の内側で断裂したなにかは、まだ少しもよくなっていない。ポケットのなかには、アマンダがビニール袋に入れてくれた緊急用のアスピリンが四錠入っている。経験上、服用して効果があらわれはじめるまで三十分はかかることがわかっている。

一号はウィルより三十センチほど背が低く、体重も七キロは軽そうだし、そのほとんどは乳児脂肪のようなものだ。ウィルが後ろに乗れば、プラスチックのひれが折れるか、前輪が地面に着かないだろう。

ろくろの前でデミ・ムーアを背後から手伝うパトリック・スウェイジのような体勢は、この場合理想的とは言えない。ウィルはバンのなかで、努めて四人の若者たちとのあいだに数センチの隙間をあけるようにしていた。四人がゲイとはどんなふうに見えるか確固たる思いこみを抱いているのは明らかで、四人とも自分がそう見えないようにしていた。とにかく仲間の前では気をつけていた。

一号の問題は、ウィルにとっては解決策だ。

ウィルはヘルメットを取り、一号に尋ねた。「こいつの上でおまえのタマをおれのケツにくっつけるつもりか、お姫さま？」

一号がぽかんと口をあけた。「そんなのいやですよ。くそっ、おれはシートにつかまります」もう一度「くそっ」とつけくわえて、本気だと強調した。

ウィルはヘルメットのストラップを顎の下でしっかりととめた。地面のくぼみに引っかかったり、隆起で横すべりしたりしないとは限らない。そうしたら、一号はとっさにウィルにつかまり、ウィルはバイクを木に激突させることになる。

一号は四十五キロのバイクを立てるのに四苦八苦していた。ウィルは手伝わなかった。ジャック・ウルフがいやな男だからではない。このお子さまナチの面子《メンツ》を守ってやるために肋骨を折るのはごめんだ。

ようやくバイクが二輪で直立した。ウィルはシートにまたがった。一号が後ろに乗るのを待った。マフラーがシートの真下にあるので、次にどうなるかは興味深い問題だった。一号はバイクから落ちるか、それとも指の骨から肉が溶けて落ちるか。

それもまた一号の問題だ。

ウィルはギアをニュートラルに入れた。キックスターターでなくてよかったと思いながら、電動スターターのスイッチを押した。エンジンを吹かし、猫のように鳴かせた。森のなかの捜査官が自分を見失っていたとしても、この音で見当がつくだろう。またウィルを見失いましたとアマンダに報告するのが自分でなくてよかったと、ウィルは思った。

一号が森の奥を指さした。後輪がスライドした。ウィルはスロットルを三ミリほどひねり、クラッチレバーをゆっくりと離した。一号の両手がウィルの肩をつかんだ。そのときはじめて、ふたりともこの手があったと気づいた。

ウィルは森のなかへ入り、木をよけてローラーコースターのようにターンを繰り返した。クラッチレバーのちょうどいい握り具合を探った。ギアをどんどんチェンジしてスピードをあげた。このバイクは一号のものなのだろうかと、ウィルは考えた。いずれ目的地に着く。フェイスは森をすみずみまで歩いても、このバイクを見つけるだろう。バイクが見つかったら、アマンダは一号の身許をくるみのように割り出すに違いない。

そして、ウィルはサラを見つける。

バイクは風を切って斜面をのぼった。森が途切れた。農地を走り抜け、また森に入り、やがて一号がふたたび指をさした。バイクは高電圧線を引くための細長い伐採地に入り、走りつづけた。ウィルは体の痛みを気にするのをあきらめた。この振動に耐えるには、できるだけ早く目的地に着くのがいちばんだと考え、クラッチレバーを離した。一号の指が肩に食いこむ。ひれ状のシートの上で、一号の尻が跳ねている。ウィルはひたすら前進することに集中していたので、一号から何度も肩を叩かれ、スピードを落としてくれと懇願されているのに気づかなかった。

　いきなり道路に出た。バイクの後輪が浮いた。一号の顔がウィルのヘルメットにぶつかった。ウィルはバイクを止め、かかとでキックスタンドをおろし、グリップから指をはがした。

　一号がよろよろとバイクを降りた。唇が切れている。顔から血の気が引いていた。吐くべきか小便をちびるべきか決めかねているような様子だった。

　ウィルはヘルメットを脱いだ。家が三軒見えた。二ヘクタールほどの広さの草地が広がっている。腕時計を見た。

　午後三時五十八分。

　フェイスはあわてているだろう。アマンダは激怒しているに違いない。とくに、ウィルが発信機のスイッチを入れていないことに気づいたら。

「来ました」一号が口元を拭った。顎が血で汚れた。

　ウィルは道路の先を見た。今日は四号だけ見かけていないが、白いバンを運転してきたのは四号ではなかった。

　ジェラルドが窓をおろした。「後ろに乗れ、ウルフ」

　ウィルは後部ドアをあけた。座席はなく、塗装業者の道具が入った棚が積んであった。

　とにかくエアコンはきいている。ウィルは乗りこんだ。一号がドアを閉めた。今度は一号みずからバイクを操縦するようだ。

昨日のバンのように、窓は黒く塗りつぶされていた。氷と水の入ったクーラーボックスがあった。ウィルは立てつづけに二本飲み干した。氷でうなじをこすった。ポケットに手を入れ、アスピリンを探した。ビニール袋が汗で濡れていた。錠剤は熱でふやけていた。ウィルは一瞬、ビニール袋がこんなに濡れているのなら、発信機のバッテリーは大丈夫だろうかと思った。歯で錠剤の半分をかじり取り、冷たい水で呑みくだした。

ウィルは目を閉じ、頭を後ろに傾けた。次にバンのドアがあいたときにどうなるか、いくつか予想を立ててみた。ジェラルドに撃たれる。ジェラルドにダッシュのもとへ連れていかれる。ダッシュに撃たれる。ダッシュに歓迎される。ジェラルドにダッシュのもとへ連れていかれる。ダッシュに撃たれる。ダッシュに歓迎される。サラは別のどこかに囚《とら》われている。サラはこれから行く場所にいる。

〝天にましますお父さま、わたしたちはこの窮地にあたり、あなたのお恵みを必要としています〟

車内の暑さが少しずつやわらぎ、耐えられる程度になっていた。周囲の人里離れた感じはずっと変わらない。ジェラルドは裏道を使った。舗装した道もあれば、砂利道もあった。重力に逆らっているような気がするので、高地へのぼっているらしい。ウィルの勘違いで、ジェラルドは同じところをぐるぐるまわっているのかもしれないが。

一時間ほどが経過したころ、バンがようやく止まった。ギアがリバースに入った。方向転換し、エンジンが止まった。しばらく前からサイドパネルに土塊がぱらぱらと当たる音がしていた。まともな道路をそれてから数キロは走ったようだ。

午後五時三分。

一号がバンのドアをあけた。ウィルは、いきなり頭のなかに日光が差しこんできたような気がした。きつく目を閉じた。しゃがんだままバンの後部へ移動し、足がバンパーの端に触れたところで止まった。地面を見おろし、目が明るさに慣れるのを待った。ここまでのぼってくる車両は、このバンだけではないようだ。ここ数日中に箱型トラックが草むらのなかへバックで入ってきたことを示す深い轍がある。

箱型トラックが駐まっていた痕跡は、サラがメッセージを残したモーテルにもあった。

一号が言った。「すごいだろ？」

ウィルは顎をかき、あたりを見まわした。

隣で一号も同じことをした。ウィルにはその姿がスポンジと影の中間のようにしか見えなかった。

ウィルが歩きはじめると、一号も歩きはじめた。ウィルの長い歩幅に合わせるため、二倍の速度で脚を動かさなければならなかった。

一号のことを気遣うのをやめなければならない。ここはどう見ても部隊集結地だ。黒いバンが五台並んでいる。ラックには二ダースほどのAR15がかかっている。三人の男がマガジンに銃弾を装塡していた。鉛の弾芯にグレーのポリマーコーティングした合金をかぶせた五十五グレインのフルメタルジャケットだ。フルメタルジャケットはホローポイント弾のように、着弾した際に弾頭がつぶれないので、標的を貫通して別の人物に当たってしまうことがある。

なぜか銃弾はタオルの上に並べられていた。男たちは黒いニトリルの手袋をはめている。装填済みのマガジンは、やはり手袋をはめた別の男たちに渡され、ファイルボックスほどの大きさのプラスチック容器に詰めこまれていく。いまのところ、およそ千発分の銃弾が入った容器が八箱完成していた。クリップボードを持った男がふたり監督している。別のふたり組がゲータレードの詰まったクーラーボックスを抱えて斜面をのぼっていく。ピクニックテーブルで休憩しているグループもいた。全員が黒い戦闘服で、黒い手袋をはめている。全部で十六人。ほとんどは二十代半ばの若者で、白髪交じりの年長者二名の指示に従って働いていた。

特殊な雰囲気だった。だれも冗談を言わない。もくもくと働いている。近々この場所を引き払う予定なのではないかと、ウィルはなんとなく感じた。

それにしても、ここはいったいどこだろう？

山中であることは間違いない。一帯は森林だ。小鳥がさえずっている。近くに川がある。ウィルの目を惹いたのは、バンのむこうにあるトタン板でできた倉庫だった。ドアがあいている。封をした段ボール箱が積んであった。すべて七十五センチ四方の同じ形だ。そして、ビニールのスリーブに送り状が挟んである。側面に、同じ番号がスタンプされている。

四九三五－八七六。

「ウルフ」ジェラルドがクリップボードの男と話を終えた。ウィルを手招きする。「すぐに仕事に取りかかってもらうぞ。いいか？」

ウィルはうなり、顎をあげた。

ジェラルドが言った。「ドビー、おまえもだ」

「やったぁ！」ウィルが一号と名付けた若者が走っていった。

ドビー。

ジェラルドはゆっくりとしたペースで斜面をのぼっていった。ウィルは両手を拳に握った。だれもが武装している。シグ・ザウエルには、マガジンに十発、薬室に一発、銃弾を装塡してあるが、ホルスターに手をのばす前に殺されるだろう。ウィルは衝突現場のときと同様に戦慄を覚えた。この斜面の頂上にサラがいたらどうすればいいのか？　彼女が縛られていたら？　彼女の遺体を見つけてしまったら？　そもそもサラがここにいなかったら？

ウィルの手が勝手にあがり、頰に触れた。もはや頰髭がお守りになっていた。髭をこすればジャック・ウルフに早変わりできる。「あいつはどんなやつだ？」

「ドビーか？」ジェラルドは斜面をのぼっていく後ろ姿を見あげた。ドビーは草に足をすべらせた。すぐさま立ちあがり、稜線のむこうへ消えた。「ほかのやつらと変わらない。若くて愚かで、血の気が多い」

ウィルはいつのまにか歯嚙みしていた。あの間抜けな若者と、自分の知っているＩＰＡ

のようなグループとを結びつけることができなかった。ドビーもユダヤ人全滅を願う人種差別主義者なのか、それともたまたま運悪く妙な連中に引っかかってしまった、ただの迷える若者なのか?

この期に及んでは、無用な区別だが。

ジェラルドが言った。「しばらくわれわれのしていることを見てから、参加してもらうぞ」

ウィルはなにに参加するのか尋ねなかった。丘の頂上にそれが見えたからだ。

壁のない、木の骨組みだけの二階建ての建造物があった。建材が灰色に変色しているので、このなにかを模した建物は、建てられてから半年は経過しているらしい。地面に敷いた合板が床だった。ドアを示す開口部が数箇所あるが、窓はない。二階部分は、手すりのあるバルコニーのようになっている。階段は踏み板だけで、狭すぎて実用的ではない。中央でTの形に分かれ、左右のバルコニーに通じている。ボール紙でできたターゲット付きの人形が立っている。継ぎ合わせた防水シートが屋根の代わりだ。カモフラージュ柄と、赤外線を通さない銀色のシートの二枚重ねになっている。この建物もどきを建てて隠すために、多くの手間がかかっていることが見て取れた。ウィルの見たところ、バスケットボールコート二面分よりやや広いくらいだ。

戦闘服を着て透明なプラスチックのゴーグルを着けた監視係が八人いた。さらに五人が建造物のなかにいる。ふたりは一階、三人はバルコニーに通じる階段を駆けのぼっていた。

AR15を構えている。膝は曲げている。踊り場で止まり、一秒のずれもなく同時に方向転換し、左右に分かれて次の階段をのぼっていく。数歩進んで、先頭の男が拳を突きあげて止まれの合図をした。腰を屈めて歩く。三歩進むと壁際だった。彼がドアをあけるまねをした直後、全員が発砲しはじめた。

ウィルは、ドビーがタッタッタッタッという音に合わせてその場で飛び跳ねるのを見ていた。

ドビーは言った。「超かっこよくないですか」

彼は恐れていない。興奮している。

なにかを模したこの建造物を急襲する訓練は、今日がはじめてではないとはっきりわかった。木の柱や床には、オレンジ色や赤や青の塗料が飛び散っていた。殺傷力のないシミュニションというペイント弾を使っているのだ。ウィルも訓練で使ったことがある。GBIでは、全捜査官が学校や廃屋や倉庫での銃撃戦の模擬訓練を受けなければならない。俳優が犯人役と市民役を務める。たいてい音楽が大音量で鳴っている。照明が点滅し、ときには消える。

実弾では訓練ができない。血中アドレナリンの濃度が上昇しすぎてしまう。また、モデルガンもだめだ。感触が同じでなければならないので、ライフルのボルトキャリアや九ミリ拳銃のスライドやチャンバーブロックをブルーのコンバージョン・キットのパーツに交換する。マガジンは透明なプラスチックだ。ダミーの銃弾には弾頭に塗料が仕込んであるので、標的に命中させたか、それともパートナーを殺してしまったのかがわかる。ペイント弾に殺傷力はないが、当たればめっぽう痛い。捜査官は目だけ出して頭部全体を覆うフードをかぶらなければならない。ヘルメット、プラスチックのゴーグル、詰め物をしたベスト、詰め物をしたパンツ。実際の環境で実際に撃ち合う訓練以上に役立つものはない。

この男たちがなにかの建物を模した建造物でやっていることもそれだ。ホテルのロビーだろうか？　オフィスビルだろうか？　それともシナゴーグ？　モスク？　男たちは地下や商品運搬口ではなく、一階の入口から侵入している。警備員がいるかもしれないが、低年金を補うために働いている退職警官二名と十三名のテロリストでは、最初から勝負は決まっている。そのうえ、建物内には大勢の一般市民がいるはずだ。

彼らは大量殺人を目論んでいる。

ジェラルドがウィルに尋ねた。「そろそろいいか？」

ウィルは、そろそろホルスターのなかの発信機のスイッチを入れようと思った。この男たちは大規模な襲撃を企んでいる。阻止しなければならない。

でも、サラはどうする？

ウィルは、地面に散らばっている戦闘用具を眺めた。草の上に何挺《ちょう》もの銃が放り出されていた。警察でよく使われているグロック19もあるが、ウィルのものはそのなかになかった。まったくなっていない。半分しか装塡されていないマガジン。泥のこびりついたAR15。ばらばらに置いてあるコンバージョン・キット。必要なものをオーダーする知識のある者はいるらしいが、正しい取り扱い方をちゃんと教えていないようだ。

ドビーが早くもヘルメットのストラップをとめていた。

「フードが先だ」ウィルは教えてやった。

ドビーが真っ赤になった。彼はヘルメットを脱ぎ、ウィルの装備のやり方を見ていた。キャシーが祈るあいだ、ウィルがテッサを見ていたように。

若い彼はひどく興奮し、じっとしていられないようだった。だからＩＰＡに入ったのだろうか？　兵隊ごっこで駆けまわっていれば、たまらなくスリリングだろう。だが、訓練の目的は、実戦に備えることだ。ドビーには実戦などまだ早いことはわかりきっている。模造の建物のなかにいる男たちを見ていると、ウィルには彼らが実戦でいま以上の働きができるとは思えなかった。もっとも、大量殺人にスキルはいらないし、幸運すら必要ない。肝心なのは不意を突くことと、引き金を引く意志だ。

ウィルはベルトを締めた。武器をひとつひとつチェックした。彼らを信用していないので、マガジンと薬室にペイント弾が装填されていることを確かめた。本来ならホルスターからシグ・ザウエルを抜いて、薬室を空にすべきだ。模擬訓練の場に実弾を持ちこむことは許されない。

しかし、これはウィルにとって模擬訓練ではない。

「ウルフ、おまえはＣチームだ」ジェラルドが階段を指さした。「左へ行くんだ」

ウィルは、三人の男が背後からの攻撃に備えず、同じ方向を向いていたのはなぜだろうと思った。これも間違いだ。チームごとに訓練はしない。一斉にしなければ意味がない。「ねえ、かっこよくないですか？」ドビーがまだメタンフェタミン常用者のようにぴょんぴょん跳ねていた。彼の顔のうち外から見えるのは、ゴーグルの奥の興奮した目だけだった。ベストは少なくとも六回はシミュニションが当たっていた。詰め物入りパンツは、まるでカラフルなロールシャッハテストだ。彼はずっと待っていたのだろう。これはペイントボールのぶつけ合いではない。いつか現実にこの建物を襲撃するのだ。フェイスがFBI捜査官から聞いた、最近の噂がデマではないのなら、そのいつかはまもなくだ。

ウィルはフードを鼻にかぶせた。ゴーグルの位置を調整する。ドビーに言った。「ボール紙の標的を撃つのと本物の人間を撃つのとでは、ぜんぜん違うぞ」

「はいはい」ドビーの息でフードの口のあたりがふくらんだ。「わかってますって」

ウィルはこの若造を殴りつけて分別を叩きこんでやりたかった。だが、そうはせずにライフルの構え方を教えた。「指をここ、トリガーガードに添えるんだ。だれかを殺す準備ができるまでは、絶対に、絶対に引き金に指をかけるな」

「そのとおりだぞ、兄弟」別の戦闘服姿の男がくわわり、全員で十六人になった。彼は矢継ぎ早に指示を出しはじめた。「アルファ、おまえたちが突破しろ。一階の安全を確保するんだ。ブラボー、チャーリーが第二波だ。二階へ行け。ブラボーは右、チャーリーは左だ」彼はウィルのために補足した。「おまえはチャーリーだ。おれたちは裏へまわる。合図を待つ。ドビーがドアをあける。行くぞ」

彼らはまだ階段を駆けのぼらなかった。模造の建物の外に立っていた。ウィルは地面を見おろした。突入を待つ男たちに何度となく踏みつけられた草が横倒しになっていた。骨組みの入口は、両開きのドアほどの幅がある。

本物のドアを使わなければ意味がない。現実には壁を透視することはできないのだ。ドアのむこうにいる敵は見えない。部屋の真ん中に立っているボール紙の標的は塗料で覆われていた。一度の訓練のあいだに標的を動かすことがないのだろう。公共の空間に突入する前に知っておかなければならない基本的な事実がある。調度の配置は？　障害物はなにか？　なかにいる人間のおおよその人数は？　銃弾が飛び交いはじめたら、どちらへ逃げるのか？　出口はどこか？　標的はだれか？　自分とチームの安全を確保する方法は？

「よし、兄弟」ジェラルドがストップウォッチを持っていた。大声で号令した。「行け！」

八人が突入した。ライフルを構え、腰を落とす。二体の標的がそれぞれ二発ずつ撃たれた。チームはふたりずつに分かれ、四面の壁の前に立った。たがいの脚を叩いて停止と前進を繰り返し、ハンドサインを使いながら、声を出さず静かに動いた。架空のドアがあく。引き金が引かれる。塗料が外の木々に当たった。マガジンを交換する。

「行け！」ジェラルドが繰り返した。

ウィルの前にいた三人が前進した。ドビーがつづいた。ウィルはライフルの銃口を下に向けた。アドレナリンが炎のように全身に広がる。視野が狭くなった。心臓の鼓動が速まった。意識して呼吸を繰り返した。

練習する理由はこれだ。装備をととのえ、壁の後ろに隠れ、本物のドアをあけなければならないのは、体には練習と本番を区別できないからだ。

ブラボーチームは階段を駆けのぼり、踊り場で右に曲がった。チャーリーチームはそのすぐ後ろにつづいた。ウィルは床にスプレー塗料で書かれた二文字に気づいた。

LG。

ウィルはドビーを追って左へ曲がった。バルコニーを走る。架空のドアの前で止まる。

合板の上に、また文字が書いてあった。

G。

ドビーはブラボーチームを見た。合図が出た。ドビーはドアをあけるまねをした。

ウィルはずっとライフルの銃口を下に向けていた。ドビーが森に向かって発砲した。マガジンが空になるまで引き金を引きつづけた。

ジェラルドが大声で言った。「よーし、終了。二十八秒だ」

たったそれだけが十分間にも感じた。ウィルの心臓は喉元までせりあがっていた。暑さがこたえた。ヘルメットを脱ぎ、フードとゴーグルを押しあげた。

「ちょっといいか、兄弟」ウィルは肩にだれかの手を感じた。「なぜ撃たなかったんだ？」

ウィルは相手を見た。その男もヘルメットとフードとゴーグルを脱いでいた。

平均的な身長と体重。茶色の髪と目。

親指をベルトのバックルに引っかけているが、腕が妙な角度に曲がっていた。手をベルトに引っかけているのは、腕を休ませるためではない。肩に腕の重みがかからないようにしているのだ。なぜなら、二日前に肩を撃たれたから。

そのあと、この男の手下がサラを拉致した。

ダッシュがウィルの肩をつかんだ手に力をこめた。「ウルフ少佐?」

なにか言わなければならない。うなり声とうなずきでは切り抜けられない。頰髭をかいてジャック・ウルフを召喚した。「殺す瞬間までは引き金に触れちゃだめだ」肩をすくめる。「ここには殺す相手はいない」

「ああ」ダッシュが言った。「自身の助言に従っていたのか」

「訓練だから」ウィルはなんとか答えた。正体に気づかれているかどうか、ダッシュの顔にかすかなしるしを探すことに、集中力のすべてを持っていかれていた。「撃つなら殺すために撃つ」

ダッシュが言った。「少し散歩でもしないか?　このあと、ささやかな祝いの宴を予定している。きみのような大男はレアステーキが好物だろう」

ウィルの胃袋がぎゅっと縮こまった。発信機のスイッチを入れなければならない。ダッシュがここにいる。ダッシュさえいなければ、計画全体が崩壊する。

でも、サラはどうする?

「行こう」ダッシュが階段をおりていった。男たちが分かれ、彼を囲んだ。ダッシュはジェラルドに言った。「一班をもう一度訓練してくれ。われわれが突入する前に、十秒以内に終わらせるようにしてもらいたい」

「了解」ジェラルドはさっと敬礼した。部隊集結地にいた男たちがフードとヘルメットをかぶった。十六名がくわわった。グロックとライフルを取る。

ウィルは言った。「おれはいつも先発だったんだが」

ダッシュは笑った。「いいことを教えよう、兄弟。先発隊は犠牲者の数がもっとも多いと決まっている。司令官たちのあいだでは、大砲の餌食と呼ばれている」

その言葉は部下たちの前で言い放たれた。だが、そんなふうに命を軽く扱われても、だれも怒っていないようだった。むしろ、高揚しているように見える。

ダッシュがウィルに言った。「祝いのあとに、もう一仕事あるぞ」

「祝い?」

「明日、決行するのだよ。われわれはメッセージを伝える。これ以上、一日たりとも待てない」

ウィルは、腹のなかで画鋲がじゃりじゃりと転がっているような気がした。

「心配するな、ウルフ。一度のランスルーで、きみが有能なことはよくわかった」ダッシュは装備を武器の山のなかに放り投げた。シミュニションを取り出そうともしなかった。

ブルーのプラスチックのフレームが、ホルスターのなかでビーコンのように目立った。

ウィルは、それが自分のグロック19だとグリップで気づいた。サラの車からグロックを持っていったのはダッシュだった。彼はそれを使ってふたりの人間を殺し、おそらくサラを脅した。なにがあっても自分の銃を取り戻し、ダッシュの喉に突きつけてやると、ウィルは誓った。

ダッシュが言った。「われわれはこの任務のために千時間を超える訓練を積んだのだ」

ウィルはばかみたいだと思ったが、涼しい顔でうなずいた。SEALのチーム6はほんの数日間の訓練でビン・ラーディンのアジトを急襲している。

「われわれがここに築いたものは重要だ」ダッシュが言った。「コミュニティはまだ若いが、われわれには熱意がある。おそらく犠牲者が、あるいは死者が出るだろうが、メッセージはだれの命よりも尊い。グループのほかの者たちに会えば、きみにもわかるだろう。きみにはわたしの家族のテーブルに着いてほしい。われわれを知ってくれ。われわれがなんのために戦っているか理解してほしいのでね」

ダッシュがみずからを犠牲にするとは思えなかった。自分を過大評価する者は大口を叩くが、結局はかすり傷ひとつ負わない。もっとも大きな犠牲を払うのは、黒い戦闘服を着て走りまわりさえすれば戦いの準備完了だと思っている兄弟たちだ。

ウィルは言った。「若いのが多いな」

「そう、若い。だから、実戦経験を積んだタフな兵士に彼らを訓練してもらう必要がある。きみもそんな兵士だろう、ウルフ少佐」

ウィルは曖昧に肩をすくめた。ふたりは森へ向かった。ライフルを持った男がふたりいた。一本の木の上に見張り台が設置してあった。白髪交じりの男が手すりにもたれている。

AR15を肩にかけていた。

シグ・ザウエルで三人のうちひとりを撃ったとしても、その時点で射殺されるのは間違いない。部隊集結地にあったフルメタルジャケットなら、水にもぐるようにウィルの胸を貫通し、ドビーの頭にまっすぐ飛びこむだろう。

「こっちだ、少佐」ダッシュは木を伐採した小道へ向かった。ドビーが子犬のようについてくる。少し遅れてBチームとCチームがだらだらとつづいた。

「きっときみはここが気に入る」小道は狭いので、ダッシュはウィルのすぐ隣を歩いていた。「ジェラルドから、きみはボーの友人だと聞いているよ」

「ああ、だがおれは――」ウィルは腕に注射をするまねをした。「これはおれの趣味じゃない」

「では、なにが趣味なんだ?」

ウィルは肩をすくめた。緊張を解くことができない。

ダッシュが言った。「二十五万ドルは大金だ」

ウィルは顔にダッシュの視線を感じた。「ああ」

「その大金をどうするつもりだ、ウルフ少佐?」

ダッシュはさらりとそう尋ねたが、答えるのは難しい。ウィルは時間をかけて答えを考えた。いまは、ジャック・ウルフが人種差別的な長広舌を振るったり、自分をないがしろにした政府をののしるときではない。「たぶん、ここみたいなどこかに行く。おれだけで、ほかのだれもいないところ」

「女性は連れていかないのか？」

ウィルはかぶりを振った。ドビーをちらりと見やると、聞き耳を立てている。「面倒はごめんだ」

ダッシュはうなずいたが、いまの答えで正解だったのかどうかは、ウィルにはわからなかった。どうでもいい。言ってしまったことは取り消せない。森が途切れて、草地の広場に出た。小さなキャビンが何軒か広場の縁に立っている。女性たちが焚火にかけた鍋をかき混ぜたり、ボウルや皿に料理を盛り付けたりしていた。全部で八人。森のなかの見張り台にいた年長の男が三人。地上に三人。ピクニックテーブルにカトラリーや皿を並べている若い女性が十二人。子どもたちが駆けまわったり、輪になってまわったり、甲高い声をあげたり笑ったりしている。たくさんいすぎて、ウィルには数えきれなかった。

「子どもは好きか？」ダッシュが尋ねた。

ウィルは、胸のなかに息が引っかかったような気がした。ここに子どもがいるのなら、サラもそばにいるかもしれない。それにしても、子どもが多すぎる。子どものいる場所で発砲するわけにはいかない。なかにはよちよち歩きの子もいる。

「ウルフ少佐？」

いつのまにか、ウィルは少女たちをじっと眺めていた。だがすぐに、ダッシュのような男に気味が悪いと思われるわけがないと気づいた。「かわいらしい子たちだな。金髪の小さい子たちは」

ダッシュは喉を鳴らして笑った。「わたしの娘たちはパパが大好きでね」

ウィルは嫌悪を呑みこんだ。「娘は何人いるんだ?」

ダッシュはウィルの目を見つめて答えた。「ひとり残らず、わたしのものだ」

それは警告だった。ウィルは拳を握りたいのを我慢した。おもむろに振り向き、ドビーを見た。彼は草の葉をくわえていた。蠅を叩き払った。

ウィルはダッシュに尋ねた。「あいつにものを教えてやるやつはいないのか?」

ダッシュはいまようやくウルフ少佐という人間がわかったと言わんばかりにほほえんだ。「ほしかったらきみにやろう」

ウィルはうなずいた。「ではもらおう」

ドビーは蠅を手で捕まえようとしていた。

ダッシュは彼に呼びかけた。「ドビー、兄弟、ウルフ少佐のそばを離れるな」ウィルの肩をぽんと叩いた。「また祝いのあとに。ほんとうの仕事がはじまるのはそこからだ」

ウィルはうなずいた。両手をポケットに突っこみ、ダッシュが子どもたちのほうへ歩いていくのを見ていた。子どもたちは歓声をあげながら駆け寄った。パパ！　パパ！　パパ！

ウィルは口のなかにたまっていた酸っぱいものを吐き出した。ダッシュはあのおもちゃの兵隊たちをきちんと訓練していない。大量殺人を成し遂げること以外に、なにも考えていないのだ。ウィルは、この先どうなると思うかと訊かれたら、あの建物から生きて出られる兄弟は、仲間たちを計画に引き入れた人種差別主義者のペドファイルだけではないかと答えるだろう。これは単純明白な特攻作戦だ。

GBIの発信機のスイッチを入れなければならない。サラを探す時間はもうない。ウィルは、自分にあと十五分の猶予をやることにした。それ以上先延ばしにしたら、自分はサラが戻ってきたいと思うような男ではなくなる。

「さっき、あそこで弾を見たでしょう?」ドビーがウィルのななめ後ろに来た。「ムスリムを撃つかもしれないから、豚の塩漬けの水をスプレーするんですよ」

よくもそこまで愚かなことを思いつくものだ。塩分は金属を腐食する。銃は金属製だ。この連中は銃を故障させたいに違いない。

「ダッシュはなにか言ってましたか? おれたちがなにをするのか聞きました? あの人、いつもメッセージがどうこうって話ばかりするし、おれたちも訓練してるけど――」

「黙れ」ウィルは広場に目を走らせていた。四十人、ドビーを入れれば四十一人まで数えた。八人の料理係の女性たちは年長だが、テーブルの準備をしている女性たちは二十代前半だ。変なウェディングドレスのような服を着ているが、きれいな娘たちであることはわかる。ドビーとスリー・アミーゴスがここにとどまっている理由がわかった。

「そんなこと言わないでくださいよ」ドビーが哀れっぽく言った。「おれたちもうチームじゃないですか。ダッシュがなんて言ってたのか教えてくださいよ」

ウィルは、広場のむこうの細長い平屋の建物に気づいた。入口の階段の脇に手洗い場と簡易シャワー室がある。窓は白い紙で覆われていた。

見ていると、ドアがあいた。「ゲータレードを取ってきてくれ」

「ダッシュにそばを離れるなって言われてるんですけど」

女性が外に出てきた。ほっそりとした長身。白いドレス。髪を巻く白いスカーフ。

ドビーがなにか言いかけたが、ウィルは彼の顔を手のひらで押して追い払った。

女性が階段をおりてきた。靴を履こうとしている。

ウィルは息を止めた。

ドビーが情けない声をあげた。「なんだよう。なんでこんなことするんだ?」

女性が空を見あげた。白い肌はすでに日焼けしていた。

ウィルは息を吐く方法を思い出せなかった。肺がしぼみはじめた。

「なあ、どうしちまったんだ?」

女性はドレスの裾で顔を拭いた。スカーフを取った。長い赤褐色の髪が肩のまわりに落ちた。

サラだ。

17

八月六日火曜日午後五時三十二分

サラは間に合わせのスカーフをきちんと四角にたたんだ。布ナプキンで髪を覆ったのは、そのまま自然乾燥させたらカールが手に負えなくなってしまうからだ。布ナプキンを顔に押し当てて泣きたかった——ミシェルとトミーと、ここで目撃したひどいあれこれを思って——が、絶望よりほかの感情を呼び起こす気力はなかった。

子どもたちはだれひとり快方に向かっていない。ジョイは目を覚ましてもすぐにまた眠ってしまった。それから、三人の大人が吐き気と倦怠感と息苦しさを訴えに来た。ベンジャミンは昏睡状態だった。ランスの下痢は止まったが、呂律がまわらなくなり、ものが二重に見えると言っている。さまざまな症状から考えられる診断名は、ダニが媒介する病気、ギランバレー症候群、緑内障、集団ヒステリーと、きりがなかった。

サラの試すことはなにひとつ効果がなかった。薬が合っていないに違いない。抗生剤や予防薬のラベルが間違っていたか、プラセボか、毒物なのだ。

毒物。

グウェンはダーク・エンジェルかなにかではないか。

医療職としてキャリアを積むうちに、サラは終末期の患者の死を早めることについて、さまざまな意見を聞いてきた。苦しんでいる人を楽にしてあげたいという気持ちは自然だ。けれど、どんなに悲惨な状況でも、サラは衝動にまかせて行動する人は見たことがなかった。宿泊棟の子どもたちは重態だが、対症療法をほどこし、薬を投与して、なんとか持ちこたえさせている。サラは二日前の時点では、アドリエルは母親に守られているかもしれないと考えた。だがいまは、グウェンが自分やダッシュのためなら殺人も辞さないことを知っている。彼女は大量殺人犯とベッドをともにしている。子どもたちを恐怖と脅しで押さえつけている。ほかにどんなことができるかわかったものではない。

サラは広場を見まわした。女性たちがあわただしく行き来し、宴の準備をしているが、グウェンの怒りを買わないよう遠巻きにしている。今夜の宴はメッセージを伝える準備がととのったことを祝うものらしい。ダッシュの思いどおりになれば、明日を境になにもかもが変わる。そしてサラは彼の証人になる。それが意味することを思い、サラは身震いした。ダッシュは数えきれないほどの死者が出ると予言した。いま、サラは温室のすぐ近くにいるが、なかに入れたとしても、この先起きることはもう止められない。彼らの恐ろしい計画の内容がわかって苦しめられるだけだ。

この人里離れた山に来てはじめて、サラは孤独を感じた。

サラはなんとか立ちあがった。階段をおり、広場を歩いた。新しい顔を数えきれなくなっていた。テーブルの用意をしている若い女性たち、ダッシュの娘たちと遊んでいる小さな男の子たち。武装した男たちがあいかわらず警戒している。数時間前から温室の発電機の音がやんでいた。丘の上からパンという大きな音がずっと聞こえていた。銃声が激しくなったということは、ダッシュが訓練のペースをあげたのだろう。

頭のなかでは、歌の歌詞ではなくマントラが繰り返されるようになっていた。**ブラック・ボックス**、**温室**、**メッセージ**、**明日**。

生物剤について、ふたたび考えた。いままで自分は、ミシェルの仕事のうち、感染症予防のほうに注目しすぎていたかもしれない。CDCの臨床化学部門は世界的な感染症の参考試験所だ。臨床化学部門がおこなっている全米バイオモニタリング・プログラムは、炭疽菌やボツリヌス菌、百日咳菌、アフラトキシンなどの毒物に対する暴露のレベルを測定する。そのデータを臨床で応用できるようにするためには、ミシェルは化学を深く理解していたはずだ。

サラは医進過程で化学を副専攻にしていた。テルミットがアルミニウムと酸化鉄の混合物であることを知っている。ナフテンとパルミチン酸からナパームが作られることも知っている。リン鉱石を炭素とシリカの存在下で加熱すると白リンが作られる。この蠟状《ろうじょう》の固体は非常に性質が不安定なので、自然発火しないよう水中に保管しなければならない。

これらの物質は民間試験所でも合成することができる。試験所のような温室でも。適正に取り扱えば、手榴弾《しゆりゆうだん》、ミサイル、ブラック・ボックス、なんにでも焼夷剤《しよういざい》を装塡できる。焼夷弾はとくに人口密集地で使用すると壊滅的だ。白リン弾は皮膚や内臓を焼いて穴をあける。テルミットに水を注ぐと蒸気爆発を起こし、高温の反応物が全方向に飛散する。ナパーム弾は皮下組織まで及ぶ火傷から窒息死まで、さまざまな被害をもたらす。

ダッシュがあの建造物のような建物のなかでブラック・ボックスを爆発させようとしているのなら、数千人とはいかないまでも、数百人が命を奪われるかもしれない。

「あの子はどう？」グウェンの赤くなった手はエプロンに包まれていた。数台のアイスクリームの攪拌《かくはん》機を置いたテーブルのそばに立っている。グウェンはそれを手で攪拌していた。「アドリエルは。少しはよくなったの？」

サラは肩をすくめてかぶりを振り、正直な気持ちを伝えた。「なぜいまさら？　あなたはあの子を助けるためになにかするつもりなどないでしょう？」

グウェンはまた攪拌機をまわしはじめた。岩塩の塊がテーブルにこぼれた。バニラの香りがあたりに漂っていた。サラは、シアノイドで毒殺された死体から似たようなにおいがするのを思い出した。

「ごきげんよう、レディたち」ダッシュが満面の笑みで、足を引きずりながら歩いてきた。両脚にひとりずつ子どもがしがみついていた。エスターとグレイスが猿のようにくすくす笑った。

「問題はないか、アーンショウ先生？」

サラはうなずいた。先ほどどなりつけてから、彼とは口をきいていなかった。サイコパスの例に漏れず、彼も面と向かって反抗されたらまごつくはずだ。

「患者たちの具合はどうだ？」

「経過はよくない。ほんとうにあの薬は――」

グレイスが甲高い声をあげた。グウェンが二個の小さな紙コップにアイスクリームを盛り付けていた。

グウェンが言った。「お姉ちゃんたちと分けるのよ」

グレイスとエスターはうれしそうに笑いながら走っていった。

ダッシュが言った。「わたしは医療の専門家ではないが、小さな子どもというのは理由もなく病気になるものじゃないのか？」

サラはその質問のすべてに苛立った。「医療の専門家として言うけれど、あの症状ははしかの続発症《シクウィーラ》ではないわ」

「ふむ」ダッシュは考えているふりをしているが、〝続発症〟の意味がわからないくせにいい気味だと、サラは思った。

グウェンがダッシュに言った。「お祝いをはじめる前に、話をしたほうがいいんじゃないかしら」

ダッシュは妻にほほえみかけ、サラに言った。「アーンショウ先生、よかったら少し歩かないか」

彼はピクニックエリアではなく、サラの牢獄であるキャビンのほうへ向かった。閉じこめるのが罰になると考えているのなら大間違いだ。

「いい夜だ。暑さがつかのまやわらぎそうだな」

サラは答えなかった。ダッシュのホルスターの銃が普通のものとは違うことに気づいた。ブルーのスライドはシミュニション用のパーツだ。

「こんなことを言うのは申し訳ないが、先生、あなたは妻を困らせているようだ」

サラは唇を噛んだ。ダッシュにとがめられたのははじめてだ。

「キャンプのなかで揉めごとが起きては困るのだよ。とくに今夜はね。明日はとても重要な日になるのだから」

サラは振り返り、ダッシュの顔を見た。

彼は一歩も引くつもりがないのだと、サラは気づいた。片方の口角が反対側より高くあがっている。仮面がはがれかけているのではない。残酷なことをするのを楽しみにしている顔だ。

「ミシェルに協力を拒まれてしまったので、きみが彼女の代わりにわれわれの証人になってくれると期待していたのだが」

サラのほうが先に顔をそむけた。ロシアンルーレットをはじめた自分を心のなかで叱りつけた。自分は人質で、ダッシュは殺人犯だ。彼がふたりの人間を撃ち殺すのを、サラは目の当たりにした。エモリーを爆破したのも彼だと知っている。そのうえもっと恐ろしい計画を立てている。彼に反抗したり、刺激したりするのは、死への近道だ。

ダッシュが言った。「グウェンは、わたしがきみに自由を与えすぎたと言っている」

サラは、彼がホルスターから銃を取り出すのを見ていた。上部のブルーのスライドが目立った。サラがペイント弾に殺傷力はないと知っているのを、彼は知らない。銃を見せつけて怖がらせてやろうと思っている。

「そうね」サラは彼をなだめることにした。ダッシュの銃は脅威ではないが、広場にいるほぼ三十人の男たちは本物を持っている。「子どもたちのことでいらいらしていたの。グウェンにあんな口のきき方をすべきじゃなかった。あなたにも」

「こんなことはしたくないんだが」ダッシュは拳銃をサラに向けず、手のなかで重みを確かめた。「わたしは知的に対等な相手と会うことがめったにないのでね。きみと議論するのを楽しみすぎたかもしれない」

「わたしは――」

ダッシュは銃口をサラの腹部に向けた。「川のそばで終わらせようか」

「待って」助けを求めるように、彼の肩のむこうに大急ぎで目を走らせる。少女たちがピクニックテーブルを囲んで座っている。そのまわりを黒ずくめの男たちが囲んでいる。若い顔、年配の顔。全員がきれいに髭を剃っているなかで、ひとりだけ違う。

涙があふれてきた。サラは息を呑んだ。

「アーンショウ先生？」

両手で口を覆った。

ウィル？

ピクニックテーブルのそばに立っている。少女たちと笑っている。

ほんとうにウィルなの？

ダッシュが言った。「先生――」

「ごめんなさい！」サラは口走った。「ほんとうにごめんさい」震える両手を握り合わせて懇願した。「許して。ごめんなさい。許してください」懇願するのがやめられなかった。ウィルは気づいてくれただろうか？　こちらを一瞥もしないけれど。「これからは気をつけるから。約束します。お願い。わたしを――わたしを証人にするんでしょう。わたしは――証言するわ、あなたたちは――あなたたちはコミュニティの仲間だと。家族だと」

ダッシュの目が細くなった。答えるのが遅すぎたのだろうか。

「お願いです」サラの両手はひどく震え、握り合わせているのも難しかった。ウィルがむこうを向いた。彼の背中が、広い肩が見えた。「ダッシュ、どうか許して。ほんとうに謝るから。お願いだから――傷つけないで。お願いだから。傷つけられるのはいや。どうか助けて」

「どういうことだ？」ダッシュが問いただした。「きみはわたしにレイプされると思っているのか？」

「いいえ――」サラは必死になるあまり、叫ぶように言った。「そんなこと思ってない。

わたしは――」

「きみが犯されることはないと、わたしは保証したが」

「ええ、だけどダッシュ」口から嗚咽が漏れた。ウィルの後ろ姿を見て、どうか振り向いてと願った。「ごめんなさい。銃を見て、てっきり――」

「われわれはジュネーヴ条約を遵守している」ダッシュは話しながら銃を振りまわした。「言ったはずだ。われわれは獣ではない。兵士だ」

「わかってる。わかってます。ただ――ごめんなさい。あんなことを言うなんて。子どもたちのことでいらいらしていたの。とてもつらそうで。それにミシェルの――」

振り向いて振り向いて振り向いて……。

「アーンショウ先生、わたしは妻帯者だ」

「ええ」サラは涙を拭うのをやめた。「ごめんなさい。まだあなたのことをわかってなかった。やっとわかったの、あなたは――正直な人よ。かならず約束を守る」

「そのとおりだ」

「ダッシュ、ごめんなさい。わたしは――銃を見てパニックになってしまったの、わたしの――夫はそういう銃で撃ち殺されたから」その嘘がどこから出てきたのかわからないが、ダッシュは満足したようだ。

「きっと汚い雑種に撃たれたんだろう」

「わたしは銃が怖いの。怖くてたまらない。それなのに、そこらじゅうにある。どこにでも。だから怖いの。いつも。ごめんなさい――」

ダッシュはこれ見よがしに大きなため息をついた。ゆっくりと銃をホルスターに戻した。大げさな手つきで面テープをとめた。「アーンショウ先生、わたしは心から願っているのだよ。明日のわれわれの行動がきっかけで、きみのように善良な白人女性がなにも恐れなくてよくなることを」サラの肩に手をかけた。「われわれの世界から雑種とその味方たちがきれいさっぱりいなくなれば、きみからご主人を奪ったような犯罪もなくなる。警官たちはふたたび安全に街へ出ることができるようになる。法と秩序がよみがえる。きみのような未亡人は、きみが最後になる」

サラはうなずいた。これ以上、彼に譲ることができなかった。全身がどうしようもなく震えた。地面に目を落とす。涙が鼻を伝い落ち、土に染みこんだ。

ダッシュに肩を叩かれた。「しっかりしてくれ、先生。こんなきみの姿を子どもたちに見せたくないぞ」

サラは歯をカチカチ鳴らしながら、ダッシュを追って広場に戻った。ろくに足があがらなかった。全神経がむき出しになったような気がした。長いあいだなにも感じないようにしていたので、一気に湧きあがってきた感情を抑えることができなかった。サラは地面を見つめつづけた。ウィルの姿を見てしまったら、くずおれてしまいそうだ。

ピクニックテーブルで、グウェンが女の子たちを行儀が悪いと叱りつけていた。サラは思いきってウィルの顔へ視線を飛ばした。髪が汗でほつれていた。目のまわりに黒いくまができている。髭はまばらで、みっともなかった。

突然、サラは気が遠くなりかけた。自分をレイプした男の感覚が体によみがえってきた。タバコと乾いた血のにおいがするごわごわした髭。挿入されたときに、青白い肌がぬめっていたこと。

胃液がこみあげた。それを呑みこんだ。目が焼けるように熱い。

「座りなさい、アーンショウ先生」ダッシュが布ナプキンを広げ、膝にかけた。「ウルフ少佐、こちらは住み込みの小児科医の先生だ。ここには病気の子どもたちがいるのでね。ありがたいことに、わたしの娘たちはほとんど無事だったが」

ウィルがうなった。ステーキを見おろしている。

サラはいつものようにグレイスの隣に座った。ウィルはテーブルの反対側の端にいた。十代の少年がウィルのまねをして、背筋をまっすぐにのばして腕組みをしている。

サラは手のひらに爪を食いこませた。自分を現実に引きずり戻した。あんなのはただのみっともない髭だ。ここはトイレではない、自分は手錠でつながれていない。ウィルは絶対にわたしを傷つけたりしない。わたしはこの人を愛している。彼もわたしを愛している。彼はわたしのために来てくれた。わたしを助けに。

サラは広場を見まわした。森のなかの監視係。ライフルとグロックとハンティングナイフと子どもたち。

どうすれば彼はわたしを助けることができるの?

ダッシュがサラに言った。「ウルフ少佐は、われらが友人ボーの航空隊時代の同僚だ」

サラの両手はまだ震えていた。食べることに集中した。またチーズとクラッカーだ。皿のそばに林檎が置いてあった。ほかの女性たちはシチューを食べている。男たちはステーキにジャガイモ、水と黄色いゲータレードだ。

ダッシュがサラに言った。「先日の襲撃のあと、われわれは数名の兵士を失った。メッセージを送るために、少佐は協力な助けになってくれると、わたしは確信しているのだ」

いつまでもウィルから目をそらしているわけにはいかない。サラはウィルのほうを見た——まともに見た。

ウィルはステーキを切っていた。中央から血がにじみ出た。ウィルが心底いやがっているのが、サラにはわかった。ウィルはアイスホッケーのパックになるまで火を通した肉を好む。彼の誕生日にアトランタ随一のステーキハウスに連れていったのだが、彼は九十ドルの和牛のニューヨーク・ストリップ・ステーキにケチャップをたっぷりかけた。

急に呼吸がしやすくなった。一気に酸素を取りこんだためにめまいがした。

サラはあのときの記憶にしがみつかずにいられなかった。あのディナーで、はじめてウィルの好きな黒いドレスを着たのだ。彼のためにセクシーな声でメニューを読んだ。料理の値段は見せなかった。同じ値段でワッフル・ハウスのTボーン・ステーキをどれだけ食べられるか計算するに決まっているからだ。

「アーンショウ先生？」ダッシュはサラの感情の変化に目ざとい。サラは感情のローラーコースターから早く降りなければならない。

「ごめんなさい」チーズの端をちぎった。口に押しこむ。頰をだらだらと流れる涙は止めようがなかった。あのレストランで、キープしているスコッチをウィルに味見させてあげた。彼はひどく咳きこんだ。一晩中、手を握り合い、ティーンエイジャーのように車のなかで抱き合った。

グレイスが尋ねた。「パパ、ウルフ少佐に結婚してるか訊いてもいい？」

ダッシュがほほえんだ。「いま訊いたじゃないか」

グレイスがぴょんぴょん跳ねた。「ウルフ少佐、結婚してるの？」

サラのグレーハウンドたちがフィラリアの苦い薬を飲まされるときのような顔で、ウィルはステーキを嚙んでいた。「いや」

グレイスは風船のようにしぼんだ。

「あ、その――」ウィルはごくりと喉を動かした。「結婚式には一度行ったことがある」

サラの知るかぎり、ウィルは自身の結婚式すらろくに挙げていない。結婚できるのかと挑戦されて受けて立っただけの茶番だった。

ウィルが言った。「パーティで焼きたてのマフィンが出た」

「うわああ」グレイスが前のめりになった。「どんなマフィン？」

「チョコレートチップ。オレオ。クランベリー。ブルーベリー。ストロベリー」ウィルは醜悪な頰髭をかいた。少女たちは、ウィルが真面目に話しているのか嘘をついているのかもわかっていない。「一個のマフィンをオーブンで焼くとどうなるか知ってるか？」

グレイスは興奮のあまりかぶりを振るのがやっとだった。

「一個目のマフィンはオーブンを見まわして言うんだ。〝なんだかここ、すごく暑いな〟」ウィルはもったいぶって口を拭った。「そうしたら、二個目のマフィンが叫びだす。〝助けてくれ！　マフィンがしゃべった！〟」

少女たちは冗談に慣れていない。一瞬の沈黙ののち、彼女たちは一斉に笑いだした。グウェンでさえ笑みを浮かべている。グレイスは大笑いしすぎて、サラが支えてやらなければベンチから転がり落ちそうだった。

ダッシュがテーブルを指で小刻みに叩きはじめた。不意に笑い声がやんだ。サラは、ダッシュが思春期前の少年たちをよそへ送り出すという話を思い出した。彼にとって競争相手は邪魔だ。

ダッシュが言った。「きみが冗談を言うとは知らなかったな、ウルフ少佐」

サラは緊張をほどこうとした。「グレイス、わたしも――」

「ドビー」ダッシュが言った。「アーンショウ先生をキャビンにお送りしてくれないか？　あいにくランスはまだ伏せっている。ウルフ少佐、きみも一緒に行ってくれ。チームの訓練はあとでいい。どのみち、暗くなってからやりたかったのでね。準備ができたら、だれかを呼びに行かせる」

サラの全身が熱くなった。ウィルとキャビンへ行ける。あの間抜けな子がついてくるけれど。ウィルならあの子を気絶させられる。一緒に逃げればいい、でもどこへ？　ウィルになにか考えがあるはず。いつも考えているから。サラはテーブルの下で両手を握りしめ、震えを止めた。

ドビーが立ちあがった。ウィルがついてこないことに気づくと、また腰をおろした。サラは歯ぎしりしたくなった。ウィルはどうしたのだろう？　チャンスなのに。森のなかへ逃げこんで、そして――。

鹿撃ち用の見張り台に座っている男たちに撃たれる。そうでなければ、森のなかの監視係に。ウィルが撃ち返して、流れ弾が子どもに命中する。

サラの涙がまたとめどなくこぼれはじめた。

ウィルはゲータレードのボトルをまわし、残りを一気に飲み干した。その隣でドビーが同じことをした。彼の喉の動きはコウノトリを思い出させた。ウィルがついに立ちあがった。テーブルをまわってくる彼のあとを、小さな影がついてきた。

ウィルがサラの腕をつかんだ。

痛くはなかったが、サラは泣き声をあげた。

ダッシュが言った。「優しくしてやってくれ、ウルフ少佐。メッセージを送るにあたって、アーンショウ先生は大事な役目を果たすのでね」ドビーにうなずく。「油断するな」

サラは立ちあがった。膝がいまにも折れそうだった。ふたりの先に立ち、広場を抜けて小道に入った。そのあいだずっと、二日前にＢＭＷへ歩いていったときのことを思い出していた。どこかへ連れ去られると理解した瞬間に、胸のなかにふくらんだ恐怖を。今度はどうする？ 今度はどうする？

背後から、しっかりしたウィルの足音がついてくる。ドビーは、もっとのろのろしたペースで足を引きずっている。サラは振り返りたかった。ほんの数秒間でいいから、世界を止めてウィルに抱きしめてほしかった。

キャビンにたどり着いた。サラは丸太の段をのぼった。ウィルの手が背中に触れた。ほんの一瞬だったが、彼がそこにいると思っただけでサラの体は震えた。

ドアが閉まった。

「ねえ、これって罰なんじゃないですか」ドアのすぐ外で、南京錠をかけているドビーの声がした。

サラは叫びだしたくなった。鍵を持っているのはダッシュだけなのだ。

ドビーが言った。「アイスクリーム食いたかったな」

ウィルが言った。「食ってきていいぞ」

「だめですよ。ダッシュにケツの皮をはがされちまう」ドビーが大あくびをした。「ああ、疲れた」

「アドレナリンだ」ウィルはドアの外の丸太に座っている。いつもより低く、ぶっきらぼうな話し方だ。「どこかで休んでこい。おれたちはしばらくここにいることになっている」

サラは腹這いになった。ドアの下の隙間から外を覗いた。ウィルが見えた。隙間は手のひらを差しこめるくらいの高さがあった。触れようとすれば触れられる。切望と不安と恐怖で心臓の鼓動が速まった。あの子に見つかるかもしれない。一《いち》か八《ばち》かやってみようか。自分をもう一度しっかりとつなぎとめるために、彼の背中に軽く触れるだけ。

いいでしょう？

ドビーがあくびをした。「おれ、思うんですけど――」またあくびをすると、なにを言おうとしていたのか忘れてしまったらしい。

ウィルが言った。「明日は大事な日だ」

「ああ、メッセージですよね。なんだか知らないけど」ドビーの頭がドアをとんとんと叩いた。南京錠がガチャガチャと鳴った。「おれたちがなにをするのか、ダッシュに聞いてます？」

ウィルはかぶりを振ったに違いない。「おまえは？」

ドビーもかぶりを振ったようだ。ガチャガチャという音がやんだ。

ウィルが言った。「正直に言うと、おれはちょっと怖い。こういうことはそう簡単にできるもんじゃない。人が死ぬんだ。部隊集結地には一万発の銃弾があった。それとAR15が三ダース。メンバー四十人。黒いバン五台。ホテルのロビーだかモスクだかショッピングセンターだかを二班で襲撃するという訓練――なにをするのか、おれにもわからない」

サラは頭のなかでスイッチが入ったような気がした。ウィルは自分が目撃したことを伝えようとしている。

「ブラボーが一方に行く。チャーリーが反対側に行く。おれたちはチャーリーだったな。おれたちは六人組で、二班。だが、一班の三十二人はなにをするんだ？　おれたちが突入する前に、一班はなにをするんだろう？　それに、ずっと気になっていたんだが、わざわざ銃弾に豚の塩漬け水をまぶすのはいったいなぜだ？　死ねば関係ないだろう？　それと、おれたちが倉庫で入れ替えたあの箱はいったいなんだ？」

ブラック・ボックス？

「あんなに大量の箱をなんでそっくりの箱と取り替える必要があるんだ？　少なくとも二ダースはあったぞ。茶色い段ボール箱で送り状が貼ってあって、七十五センチ四方。おれたちが盗んだ箱は、あの模造の建物の反対側にあるトタン板の倉庫に入ってたな。倉庫に置いてきたほうはどうなったんだろう？」

「さあ」ドビーの声は小さかった。うとうとしているようだ。

「おれたちは訓練をしている」ウィルはつづけた。「階段をのぼって、踊り場で二手に分かれる。一方の廊下にはLGとスプレー塗料で書いてあった。反対側にはG。なんの略だろう？　LGの文字は階段のそばにあったが、GはバルコニーＩの端にあった。LGはLじゃなかったかもな。大文字のIだったかも」

ドビーが唇を鳴らした。

ウィルが言った。「変な話だ。なあ兄弟？」

ドビーは返事をしなかった。寝息をたてている。サラはドアの下の隙間から外を覗いたが、彼の幅の狭い肩しか見えなかった。

ウィルがパチンと指を鳴らした。小枝が折れた音に似ていた。

「ドビー?」ウィルが声をかけた。それから、「おい、ちびすけ?」

サラが見ていると、ウィルはドビーを子どものように抱きあげた。むこうを向く。森のなかへ歩いていく。ウィルの後ろ姿がところどころ見えなくなっていく。両脚が、次に肩が、次に頭が消えた。サラは待った。膝立ちになり、両手をドアに当てた。

ウィルはなにをしているの? 行ってしまうの? 戻ってくるの?

「サラ」ウィルの手がドアの下の隙間から入ってきた。指を動かしてサラを探している。

サラは声も出なかった。身を屈めて彼のきれいな手のひらに唇を押し当てるのがやっとだった。

「サラ? いるのか?」

「サラ?」ウィルの声が張りつめた。「大丈夫か?」

サラは静かにすすり泣き、彼の手のひらに頬をあずけた。彼の指がぴったりと頬に沿った。この二日間、こらえていたものがサラのなかではじけた。

愛してる。わたしにはあなたが必要なの。会いたくてたまらなかった。お願いだから行かないで。

「ぼくはここにいるよ」ウィルが咳払いした。鼻をすする音がした。「ぼくはここにいる」

サラは激しく泣いた。ウィルが泣くのを我慢しているのがわかったから。

「ベイブ」ウィルの声がかすれた。彼はまた咳払いした。「それ――新しいドレスか?」

サラは泣き笑いした。

「そのドレスだと、肌が赤くなってるのが目立つね」

サラはまた笑った。両手でウィルの手をつかんだ。「自作よ」

「ほんとに?」ウィルの声はほっとしたような響きを帯びていた。「わからなかったよ。とても――似合ってる」

サラはひたいをドアにくっつけた。目を閉じ、ふたりを隔てている木の板を頭のなかで消した。ウィルの肩に頭がのった。両腕を彼の腰にまわした。「ドビーはどうしたの?わたしたちの声は聞こえない?」

「ええと、それについてはちょっとおもしろい話がある」ウィルは少し黙った。「アマンダにもらった錠剤をあげたんだ。たぶんパーコセット」

「ええっ?」驚きが心配に勝った。ウィルは絶対に薬を飲まない。いつまでも顔をしかめたりうめいたりしているので、サラもしまいには彼の首を絞めたくなる。

「アマンダはアスピリンと言っていたけど、ボーと公園に行ったときにアマンダがあいつに持たせたのと同じ錠剤だった」ウィルは詳細を省いた。「暑さのせいで錠剤が袋のなかで砕けていて、とりあえず二錠半くらいをドビーのゲータレードに入れたんだ」また黙った。「あの子、死んでしまわないかな?」

「そうね――わからない」サラはいらいらしてかぶりを振った。なぜウィルはどうでもいいドビーの話ばかりするのだろう？

サラの心は沈んだ。

ウィルがドビーの話をするのは、ほかに話すことがないからだ。

彼に策はない。とにかく、サラをこの生き地獄から連れ出すための策はない。彼はあの建造物を見た。段ボール箱の件は初耳だ。豚の塩漬け水をまぶした一万発の銃弾。武装したメンバー四十人。すべては明日、どこかを――どこなのか――攻撃するために用意されたものだ。

ウィルが言った。「ホルスターのなかに発信機が入っている。電源を入れようとしたんだけど、バッテリーがショートしているみたいだ。それか、山のなかだからかもしれない。衛星にデータを送信できていない。携帯電話の電波も届かないし」

サラはドアにもたれた。ウィルと指を絡めた。

彼はサラの手を握り返した。「あのメンバーたちに向かって発砲することはできるけれど――」

「子どもたちがいる」それだけではないことはわかっていた。ダッシュの計画を阻止するためには、ウィルはウルフ少佐になりきって、現場まで連れていかれなければならない。

サラは全身全霊でここから逃げたいと願っていたが、ウィルに言った。「ダッシュはわたしに証人になってほしがってる。意味はよくわからないけれど。明日、わたしを解放すると言ってるわ」

ウィルは黙ったが、ありえないと思っていることは、ドア越しに伝わってきた。

サラは深呼吸した。「わたしはここにいれば大丈夫。ダッシュはわたしには手を出さない。だれひとり手を出さない。それに、子どもたちがいるの――みんな重態なのよ、ウィル。最初ははしかだと思ったの。いいえ、ほんとうにはしかだったのだろうけれど、いまは別の症状が出ている。でも原因がわからない。みんなどんどん倒れていくから、わたしはここで患者を診る。ミシェルが温室でなにかをしていたの。温室というのは――」

「道の反対側にあるやつだろう」ウィルが引き継いだ。「ぼくも見た。温熱シートの幕がかかっていた。外に警備係がふたりいた。ひとりは木立のなか。もうひとりはわからない。ほかにもいたかもしれない。温室には入れなかった。もしかしたら、あとで入れるかもしれないけれど、なんとも言えないな」

サラは、自分が絶望に沈んでいくのを感じた。「ミシェルが手のひらにメッセージを書いていた。わたしが見つけたの――ミシェルの遺体を見つけたときに」サラは痛みで涙を押しとどめるために唇を嚙んだ。「〝ブラック・ボックス〟という言葉だった」

「ブラック・ボックス」ウィルは繰り返した。「〝飛行機にのせるやつ？〟」

「わからない。爆弾のことかもしれない。生物剤の可能性もあるわ。ウィル、あの人たちを止めて。わたしのことは心配しないで。ひとりの人間より大事なことよ。エモリーでなにがあったか、あなたも見たでしょう。わたしはダッシュを知ってる。あいつはあれよりもっと派手なことをするつもりなの。メッセージってそれよ。何百人もの人を殺すこと。

もしかしたら何千人かも」

ウィルの返事はなかった。彼はダッシュを止める方法をずっと考え、弱点を確かめ、別の視点を探していたのが、サラにはわかった。前進するよりほかに出口はない。彼は明日自分が危険に直面することなど意にも介していない。サラを置いていかなければならないと思い、苦しんでいる。

「大丈夫」自分のためではなく、ウィルのためなら強くなれる。「ベイビー、わたしは大丈夫だから」

ウィルは喉が詰まっているような音をたてて息を吸った。

「愛するウィル」サラの喉がぎゅっと詰まった。「わたしは大丈夫よ。わたしたちふたりとも大丈夫。ふたりとも切り抜けられる。わたしにはわかってる」

またウィルが咳払いした。サラは彼が自分と同じことをしているのを感じた。彼も泣くまいと、サラのために強くあろうとしている。

「ご家族がきみのために祈っていた。お母さんに、一緒に祈ってくれと言われたんだ。みんなでこうべを垂れて祈った。ぼくもちゃんとやれたと思う」

サラは目を閉じた。家族。家族がウィルを受け入れてくれた。

「妹さんは、なんていうか厄介《タッチー》な人だよね。たとえば、すぐ人にさわる《タッチ》。やたらと」

テッサの容赦ない待遇にたじたじとするウィルを思い浮かべると、顔がほころんだ。

「あなたも慣れなくちゃね」

「ああ」ウィルがふたたび鼻をすすった。「ええと、ほかにも話さないといけないことがあるんだ。というか、白状しないと」ウィルはおそらくわざと言葉を切った。「ジャイルズがバフィーの儀式で小細工をしたのがばれてクビになった回をひとりで観た」

サラは彼に調子を合わせつづけた。「あなたって最低」

ウィルの笑い声も無理をしている感じがした。「きみは二日間もいなかったんだぞ。ぼくはなにもすることがないじゃないか」

サラは彼の深い声に身を委ねた。ぶっきらぼうなところは少しもない。これがわたしのウィルだ。

「ねえ、ベイブ、この歌を知ってる？　ほら、男が言うの。*you were at a motel bar, but you got too big for your britches*、みたいな感じ。で、女が返すの。*yeah, I was at the bar and it was great, loser, but I'm outta here?*"、みたいな歌」

ウィルが小声で悪態をついた。

「そうしたら、男のほうが――」

「《愛の残り火》。ヒューマン・リーグ。あと、モーテルのバーじゃなくてカクテルバーだ」

「もう、あとちょっとだったのに」もうほっとしたふりはしなくてもよかった。「あとね――」

「サラ、これ以上変な歌を歌ったら、ぼくはもう行くよ」

サラは満面に笑みを浮かべた。すっかりいつもどおりだ。「歌じゃないわ。あなたの顔に生えてる真菌類のこと」

「ベイブ、これは変装だよ」

「すごく気持ち悪いから、ちゃんと剃ってね」サラは自分の笑みが消えていくのを感じた。ほんとうに大事なことを話さなければならないのに、それを避けるための話題はもうない。

「ウィル？」

「どうした？　今度はぼくの服装に文句を言うのか？」

サラはふたりの両手を見おろした。

彼の左手。自分の右手。

「ありがとう」

「なにが？」

「あなたを愛させてくれて」

ウィルが静かになった。彼の手がサラの手をきつく握りしめた。

サラは、だんまりを決めこむウィルを何度となく責めたことがある。だが、この貴重な一瞬に言葉はいらなかった。ウィルの親指がサラの手のひらをなぞる。皺やへこみをそっとなで、手首の脈を打つ部分を押した。

サラは目を閉じた。ドアに頭をあずける。ウィルが行かなければならないときが来るまで、穏やかで優しい沈黙のなか、自分の鼓動に耳を傾けていた。

第三部

二〇一九年 八月七日 水曜日

メッセージ作戦決行の一時間前

18

八月七日水曜日午前八時五十八分

ウィルは別のバンの後部に座り、AR15を両手で握りしめていた。ドビーが隣に、反対側にダッシュがいた。ブラボーチームの三人は、ウィルたちと向かい合って座っている。訓練用の装備を着けているが、詰め物をしたベストは、BB弾ははじいても、実弾は止められない。暑さのあまり、ひとり残らず黒いフードを巻きあげていた。ライフルの銃口は天井に向けている。ホルスターに収めた銃と、鞘に入った刃渡り二十センチのハンティングナイフが小刻みに床を叩き、タイヤがアスファルトの上でうなりをあげた。

おそらくバンが走っているのはインターステートで、混雑していた。ラッシュアワーで、車は止まっては少し進み、また止まった。アトランタ方面へ向かっているのかもしれない。違うのかもしれない。

ウィルは腕時計を見た。

午前八時五十八分。

アジトを出たのは二時間前だ。結局、広場に戻る時間はなかった。模造の建物に突入する訓練は真夜中までつづいた。そのあと、全員同じ場所で眠った。一緒に用を足した。一緒に朝食をとった。世界が迫ってくるような真っ暗闇だった。アジトは不気味に静まりかえっていた。まだ太陽が顔を出してもいないうちに、戦闘の準備をしろと指示された。出発する彼らの世話をしたのはグウェンひとりだけだった。冷たい朝食を出し、白いウエディングドレス姿でメンバーのために祈りを捧げた。聖書から、人々のさなかにある破壊、圧制、偽りを警告する短い一節を読んだ。ひとり残らずこうべを垂れ、手をつないだ。グウェンの祈りは、サラを家族のもとへ返してほしいと願うキャシーの控えめな要求とはまったく違った。憎しみと義憤に満ちた声で、世界から雑種とその味方を一掃するよう神に命じた。

「血と土を！」グウェンは拳を突きあげて叫んだ。

　ウィル以外のだれもが唱和した。「血と土を！」

　全部で四十人。完全武装。黒ずくめの服装。五台のバンに分乗し、まもなく言葉にできないような暴力が爆発する現場へ向かってインターステートを走っている。

「ちくしょう」ドビーがウィルの隣でもぞもぞと動いた。彼はずっと混乱してむっつりと黙りこんでいた。なぜ自分が森のなかで目覚めたのかわからないのだ。訓練に参加できなかったことに腹を立てていた。そのことでからかったウィルに嚙みついた。明らかにパーコセットの効果がまだ残っている。

ドビーはまだ子どもなのに、ほかの男たちと同様に人を殺すつもりでいる。

ウィルはドビーの情けない顔から目をそらした。

銃乱射事件が起きた直後の現場を見たことがある。言うまでもなく、記者たちはいつも死者の人数に注目するが、いまウィルが考えているのは生存者たちのその後だ。脳に損傷を負った人、四肢を失った人、深傷を負った人、癒えない傷を負った人。死ぬまで恐怖のなかで生きていく人もいるだろう。罪悪感に苛まれて感情が麻痺する人もいるかもしれない。生き延びたとしても、事件以前の人生は終わってしまう。

ウィルが止めなければ、終わってしまう。

「ちくしょう」ドビーがまたつぶやいた。かまってほしいのだ。

ウィルは声をひそめて彼に言った。「いやならやめてもいいんだぞ」

「くそっ」ドビーは腹立たしげに腕を組んだ。「どうしろって言うんですか。ターバン野郎とクィッキー・マートのレジの前に座ってりゃいいんですか?」

ウィルはもうドビーの顔を見ることに耐えられなかった。ドビーのことが気に障る理由の核心は、十八歳のウィル自身のなかで腐っている芯とまったく同じものだ。ドビーは自主性も倫理基準も持ち合わせていない。ただ、やみくもに発砲されるのを待っている装塡済みの銃があるだけだ。

ウィルが彼と違うのは、アマンダがいたことだ。アマンダがウィルの人生に不意に入りこんできたのは、児童養護施設を退所させられて半年後だった。ウィルは路上で寝ていた。

食べるものを盗んだ。悪党に使われて悪事を働いた。アマンダは犯罪者の人生からウィルを引き離した。大学に入れた。GBIに引っぱりこんだ。アマンダのおかげで、ウィルはサラのような女性と一緒にいられる男になった。

ウィルはドビーに、あのころアマンダに言われたことを言った。「正しいことをしろ、簡単なことじゃなく」

ダッシュが言った。「アーメン、兄弟」

ウィルは顎が痛くなるほど歯を食いしばった。

十二時間前からダッシュを殺す機会をうかがっていた。彼は決してひとりにならない。ジェラルドが影のように付き従う。少なくとも二名の兄弟が護衛している。彼のグロックの――ウィルのグロックだが――ブルーのシミュニション・キットは、ウィルがサラのキャビンを離れたときには、元のパーツと取り替えてあった。ダッシュはいまも癖のように薬室をチェックし、銃弾が装塡されているのを確認している。ウィルとしては、自爆攻撃に反対はしないが、成功する確率がせめて十パーセントはほしいところだ。

ダッシュが言った。「ウルフ少佐、われわれは今日こそ神の仕事をするのだな」

ウィルはうなった。もうジャック・ウルフをやめてもいい。詰め物をしたベストの下に指をすべりこませた。サラが頭に巻いていた布が腹に触れている。彼女が階段のいちばん上に残してあったのを見つけたのだ。一本の赤い髪がたたみこまれている。ウィルは布の端を指でなでた。手のひらに押し当てられた彼女の唇の感触をいまも感じた。

ダッシュがライフルの台尻で床を叩いた。彼は部下たちがぼんやりしはじめると、かならずスピーチをはじめる。「兄弟よ、ついに今日、われわれは威信を取り戻す。それがわれわれのメッセージだ。だれにも無視はさせない。われわれがこの世界のリーダーなのだ！」

〝愛するウィル〟

男たちの足が床をドンドンと踏み鳴らした。拳が突きあげられ、歓声があがった。

目的地に着いたらウィルはこう動くつもりだった。

バンのドアがあいたと同時に、グロックとシグ・ザウエルでできるだけ多くのメンバーを殺す。ライフルは危険すぎる。現場に市民がどれくらいいるのかわからない。メンバーは全員が黒ずくめだから、見分けるのはたやすい。訓練を何度も繰り返している彼らは、過剰な自信を抱いている。銃弾が自分たちのほうへ飛んできたとたんにパニックを起こすだろう。

グロックに十六発、シグ・ザウエルに十一発が装塡されている。ベルトに予備のマガジンが二個、全部で三十発がセットされている。

敵は四十人。銃弾は五十七発。

最初の二発が、ダッシュの心臓を止める。

19

八月七日水曜日午前八時五十八分

フェイスはアップルウォッチを見た。

午前八時五十八分。

アトランタ空港の国際ターミナルのベンチにフェイスは座っていた。片方の手で頭を押さえた。携帯電話に耳の先端を焼かれていた。昨日の午後、ウィルの行方がわからなくなってからというもの、アマンダは激怒していたが、今朝州議会議事堂の州知事室に出頭するよう命じられたとたん、その怒りは防衛基準態勢《DEFCON》レベルに達した。

アマンダはフェイスに言った。「現時点で得た情報はすべて空港を指してるわ。ミシェル・スピヴィーは爆破事件の直前まで空港にいた。ダッシュたちも一緒にいたはずよ。彼らはなにを計画していたのか？　なぜ顔をさらす危険を冒したのか？　そしてその計画は成功したのか？　計画に第二案はあったのか？」

いまさらそれらの質問を繰り返してもらう必要はなかった。フェイスは今朝、渋滞と闘いながら空港へ向かうあいだ、真珠を作る貝のようにそれらの質問を頭のなかで転がしつづけた。

アマンダが言った。「食い意地の張った政治家連中がビスケットを頰張るのを突っ立って眺めなきゃいけないなんて、わたしはいまそんなことをやってる場合じゃないのに」

電話のむこうから、州議会議事堂の大理石のアトリウムに反響する足音や話し声が聞こえた。州知事は、最近のハリケーン被害の補償金導入に関して特別議会を招集している。議事堂にカフェテリアはないが、政治家のいるところにはかならずロビイストが食事をご馳走しようと待ち構えている。

アマンダが言った。「ライル・ダヴェンポートは電話帳から弁護士を選んだわけじゃないのね」

フェイスは口のなかに苦いものを感じた。ダヴェンポートは、昨日赤いキアでシットゴーまでウィルを迎えに来た若者だ。アマンダはハイウェイパトロールに彼をスピード違反で引っ張らせた。その後の調べで、キアから未登録の銃が出てきた。ダヴェンポートは、頭の後ろで手を組めと言われたときには、すでに弁護士の名刺を持っていた。

「留置所に一晩泊まったくらいじゃ、ダヴェンポートはダッシュの話もＩＰＡの話もする気になりませんでした。三時間後に罪状認否です。初犯だし、郊外に住む白人男子だし、保釈が認められるでしょうね」

「だけど、検事にあの子が何者か密告したら、ウィルの正体がばれてしまう」アマンダはきわめて珍しくきわめて汚い言葉を発した。

フェイスは黙って方策を考えていた。いまいましいのは、法的権利を主張するこざかしい若者だけではない。フェイスは二時間もヘリコプターから双眼鏡でウィルを探したのだ。半径三キロ圏内からはずれた場所でオフロードバイクを発見したのは、ひとえに忍耐力の賜物《たまもの》だ。近隣住民の全員が、見覚えのないバイクだと答えた。ティーンエイジャーと成人男性のふたり乗りはもちろん、ふたりを拾った別の車両を目撃した者もいなかった。バイクの車両登録番号はヤスリで削られていた。

「科学捜査班が酸処理をしているので、車両登録番号が浮き出るかもしれません。それがだめなら、ほかにも考えはあります」

アマンダの背後で大きな音がした。男の集団の笑い声だ。アマンダが彼らから離れるのがわかった。州議会議事堂に静かな場所はほとんどない。ゴールド・ドームは残響室も同然だ。

「空港署の署長と話して」アマンダは言ったが、そもそもフェイスはそのために空港へ来たのだ。「どんな手を使ってもいいし、嘘をついてもかまわないから、ミシェル・スピヴィーが日曜日の朝になぜメイナード・H・ジャクソン・サービス・ロードにいたのか突き止めて、わかり次第すぐ電話しなさい。すぐよ」

突然、後ろの喧騒がやんだ。

フェイスは時刻を確かめた。

午前九時一分。

アトランタ市警の空港署の署長は、約束の時間に遅れていた。どのみちたいして助けにはなりそうにないと、フェイスは思っていた。空港はみんなの縄張りだ。連邦航空局、運輸保安局、国土安全保障省、そしてフルトン郡警察とクレイトン郡警察をはじめとした法執行機関、アトランタやカレッジ・パークやヘイプヴィルなどの自治体と調整しなければ、署長はゆっくり便座に座ることもできない。

それにFBIも来る。

フェイスは、ミシェル・スピヴィーが映っている監視カメラの映像はすべてヴァンが押収していると考えていた。早くも史上最悪のグラウンドホッグ・デイみたいな朝になりそうな気がする。ウィルがまた消えた。サラはまだ見つからない。ミシェル・スピヴィーも見つからない。手がかりもない。ダッシュがなにを考えているのかわからない。フェイスはゆうべも夜遅くまで部屋をうろうろしたり悪態をついたり息巻いたり、ネットで役に立たない情報を拾ったりしていた。

ウィルのホルスターに仕込んだばかげた発信機など、端《はな》から当てにしていなかった。あんな薄い板でなにができるのだ。それに防水仕様でもない。電波は古い3G回線にしか対応していない。それにいくらアマンダの命令でも、ウィルはサラを保護するまでは電源を入れないに決まっている。いま彼はなにをしているのだろうか。負傷しているかもしれないし、死体となってそのへんの溝に横たわっているかもしれない。ダッシュはサイコキラーだ。ミシェルは完全に逆上している。サラが自衛するのはまず無理だ。ＩＰＡがなにをするのかわからないので、彼らの監視役をまかされた女は寝不足だ。

フェイスは仰向いてベンチの背に頭をのせた。高い天井にのたくるブルーのネオンを見あげた。州内のあらゆる機関が厳戒態勢を敷いているが、なにを探さなければならないのかだれもわかっていない。みんなで〝合衆国領のどこかを攻撃するらしいビン・ラーディン〟を探している。９・11の一カ月前に、ビン・ラーディンのアメリカ攻撃に関する大統領日報が作成されたが、情報機関いわく〝想像力の欠如〟によって、あれほどの大惨事が起きるとはだれも考えていなかった。

エイデン・ヴァン・ザントが言ったように、これという情報はない。

耳をつんざくような幼児の泣き声に、フェイスは救われた。自分はあの泣き声を受け取る側の母親ではないと思うと、かなりほっとする。

広大な手荷物検査場を見渡した。署長は職員用通路から出てくるはずだ。乗客は少しずつ八列のレーンに分かれ、鞄をあけたり、靴を脱いだり、両手をあげてスキャンを受けたりしている。こんなに早朝から混雑しているのが、フェイスには意外だった。国際ターミナルはサッカー場ほどの広さで、吹き抜けをぐるりと囲むバルコニーがある。ファストフード店や魚料理店、書店、カフェが並び、飛行機が人々を日常からさっと連れ去るために待機している。

フェイスは国際線を利用したことがない。警官の給料と、結婚せずに子どもを産みがちな自身の傾向によって、予算のなかでも旅行の項目はいつも大きくへこんでいる。

「おれたちはこんなふうに会うことになっているんだな」

フェイスはあえて振り返らなかった。エイデン・ヴァン・ザントの声はハサミムシのように頭にすべりこんできた。

ヴァンはフェイスの隣に座った。ネクタイで眼鏡を拭いた。「おはよう、ミッチェル捜査官」

フェイスは単刀直入に尋ねた。「なにをしに来たの？」

「ここはおれたちの同類だらけだろ」

フェイスはターミナルのなかの乗客たちに目を凝らした。さまざまな人々がいる。階段の上に、キャスター付きのスーツケースを脇に置いて立っているビジネスマンがふたり。右側のバルコニーには、手すりに寄りかかって携帯電話を見ている女性がひとり。左側には、携帯電話で話しながら通路を歩いていくビジネスマン。地階の書店のカフェで朝食をとっている女性がふたり。手荷物検査場の入口のそばに立っている運輸保安局の制服姿の男性がひとり。

ここに来て十五分しかたっていないとはいえ、彼ら全員がＦＢＩ捜査官の好むスプリングコード付きのイヤホンを装着していることに気づかなかったのは迂闊《うかつ》だった。フェイスの頭は結論に飛びついた。人種差別主義者のグループのあいだで情報が流れているに違いない。ミシェル・スピヴィーがこの前の日曜日にこの空港にいた、だからＦＢＩが空港にいる。

フェイスがいるように。

州議会議事堂にいるアマンダに電話をかけようかと思ったが、彼女がすでに知っていることをわざわざ伝えて首を嚙みちぎられるのはごめんだ。ＦＢＩとどんな情報を交換しているにせよ、アマンダは教えてはくれない。

フェイスはヴァンに言った。「ずいぶんたくさんの捜査官がいるのね」

「おれの仲間だと思いたいね」

フェイスは賢明にも率直な質問はしなかった。ベンチの背にもたれた。「いつからヘイトをする権利に条件がつくようになったのかしらね」

「文脈が読めないな」

「あたし、ミリシアや反政府組織の資料を読んでたの」

「ああ」

「バンディの立てこもり事件では、ミリシアがＦＢＩに銃を向けたけど、無罪になった。スタンディング・ロックでは、ネイティヴ・アメリカンの抗議者たちが声をあげてプラカードを掲げただけで、犬をけしかけられて放水銃で水をかけられた」

「どっちもそのとおりだ」

「あたしの息子がまた小さかったころを思い出すわ。どの子もみんなそう。子どもって、ある時期が来ると、ものごとは不公平だって気づくの。そして、すごく腹を立てる。幼い頭では納得できないのね。で、しょっちゅう文句を言う——不公平だよ、不公平だよって」

ヴァンはうなずいた。「よく聞くな」

フェイスは、どうしてよく聞くのかと尋ねなかった。自分の褐色の肌の娘を思った。IPAのような武装グループが娘を傷つけ、それでも罰を受けずにすむなどということがあるのだろうか。「あたしはいままで生きてきていろんないやな目にあってきたけど、自分の肌のせいでいやな目にあったことはなかった。いろんなものごとが一部の人々を除いて不公平な状況にはうんざりする。そんなの正しくない。アメリカ的ではない」

ヴァンはフェイスの言ったことについて考えこんでいるように見えた。「法執行機関の人間にしては扇動的《プロヴォカティヴ》な意見だ」

フェイスは肩をすくめた。「囮捜査官《プロヴォカター》は扇動する《プロヴォコテイト》ものでしょ」

フェイスは母親にクッキーを買ってとねだる子どもを見ていた。書店の女性捜査官ふたりは揉めている親子を見て見ぬふりをしている。

フェイスは頭のなかで根本の疑問をふたたび考えた。ヴァンは決して答えないだろうけれど。

なぜヴァンは話しかけてくるのだろう?

FBIは二日前にボー・ラグナーセンを拘束した。フェイスは、ラグナーセンは一度寝返ったから、別の捜査機関にも寝返ってもおかしくないと思っている。そうだとすれば、ヴァンはウィルがＩＰＡに潜入する計画を知っているはずだ。ケイト・マーフィが情報集めにヴァンをここへよこしたのか、それともヴァン自身がなにかを確かめに来たのだろうか。

フェイスは仮説を試してみた。「ミシェルがどうしてボーと会ったのか、ボーをわたしたちからかっさらったあと、なにを聞き出したのか、ここはあなたが教えるところよ」

「おれは、きみにコーヒーをおごらせてくれないかと尋ねるところだと思っていた」

こういうことは、つぼみのうちに切っておかなくてはならない。「ねえ、あたしはこの二十年間、子どもを育ててるの。あたしのクローゼットや抽斗のなかには、なにかしらの染みがついてない服は一枚もない。あたしは〝蛇と梯子《はしご》〟ゲームでずるをする。〝フォートナイト〟で勝つためには息子の生活を犠牲にする。最高のドクター・フー役はジョディ・ウィテカーじゃないって言い張るばかは全滅させる。それに、あなたの目から血が出るまで『アナと雪の女王』の台詞を全部引用する」

「きみが服をハンガーにかけたりたたんだりするとは、最初から思ってないよ」

「もういい」

ヴァンは笑った。「よし、ミッチェル。ついてきてくれ」

フェイスはメッセンジャーバッグを取り、肩にかけた。バルコニーを見あげながら、ゲートのほうへ向かった。携帯電話で話している捜査官が、ふたりを目で追っている。ビジネスマンたちはスーツケースを押しはじめた。

ヴァンは右へ曲がり、これといった特徴のない長い通路を歩いていった。どうやら警備の厳しいどのビルのどのドアでも彼のバッジひとつで開くらしく、このドアも彼のバッジひとつで開いた。大きなブザー音がして、次の瞬間に入った暗い部屋には、何十台ものカラーモニターと段になったデスクが並び、職員がじっとモニターを眺めていた。

フェイスは唇を噛んだ。政府の秘密のコントロールセンターに自由に入れるこの男を、そのうちぶっ飛ばしてしまいそうだ。

ヴァンが言った。「ここはコンコースFの中枢センターだ。TとAからEのはここよりすごい。北と南ターミナルとプレイン・トレイン、駐車場もあるからな。うわ、ここに落ち着いたらまずい。あのモニター、『フロッガー』みたいじゃないか」

フェイスはそれよりも自分の目の前にあるものに気を取られていた。各ゲートと飲食店とトイレの入口を、少なくとも二台のカメラで監視している。外もサービス・ロードまでカバーされていた。

ヴァンが無人のデスクの前で止まり、キーボードを叩いた。モニターには、国際ターミナルの外を二階の高さから撮った映像が映っていた。ヴァンがスイッチを操作し、隣接するビルまでフレームに入れた。それから、道路を指さした。

フェイスは言った。「メイナード・H・ジャクソン・サービス・ロードね」見ていると、シルバーのシボレー・マリブが低速で道路を走りすぎた。窓はスモークガラスだが、前部にふたり、後部にふたり乗っているのがわかった。フェイスはタイムスタンプを見た。

「これは日曜日の午前中、爆破事件の五時間前ね」

マリブがゆっくりと止まった。高解像度カメラだが、虫眼鏡ではない。フェイスには、車から降りてきた華奢なプラチナブロンドの女性がミシェル・スピヴィーだと推測するのが精一杯だった。

ミシェルは四歩歩いたところでガラス扉に倒れこみそうになった。

ヴァンが映像を一時停止した。「もっと前から具合が悪かったようだ。運転手が車を止めたのはこれが二度目だから」

フェイスはうなずいたが、そうは思わなかった。フェイスが車を運転しているときに、同乗者が吐きそうになったことがある。そんなときに車をゆっくり止めたりしない。ブレーキを踏んで、その同乗者を急いで車から降ろすだろう。

ヴァンが言った。「スピヴィーはしばらく前から虫垂炎の痛みに耐えていたに違いない。痛みに気を失って、それから——」

ヴァンがまたキーを叩くと、モニターのなかで運転手がミシェルに駆け寄った。長身でがっちりしているので、おそらくロバート・ハーリーだろう。彼は意識のないミシェルを抱えあげ、助手席に乗せた。運転席に急いで乗りこみ、車は走り去った。

ヴァンが言った。「これで終わりだ」

「なるほど」フェイスは言った。正確には、これで終わりではない。映像は編集されていた。

フェイスが見せられたものはこうだ。車が停止する。ミシェルが降りる。四歩歩く。倒れかかる。そのとき、ハーリーはすでに車を降りていた。両手になにかを抱えて。

それから、映像は一・一三秒、スキップした。

ミシェルはすでに地面に倒れている。

ハーリーは踵を返して車に戻り、両手で抱えなければならないほど重たいなにかを座席に置いた。

その部分を、ヴァンはフェイスに見せたくないらしい――ハーリーが車を降りはじめてからミシェルのそばへ行くまでの部分を。彼はなにか重たいもの、もしくはかさばるものを持っていたはずだ。たとえば、フェンスに穴をあけるためのボルトカッターとか。

フェイスはヴァンに尋ねた。「フェンスは電気柵？」

ヴァンはかぶりを振った。

フェイスはミシェルが向かった建物を指さした。「これはなに？」

「エアー・シェフ。機内で提供する食事の調理を一手に引き受けている。食事とは名ばかりのあれだ」モニターに指を突きつけ、並んでいる白い四角形を順番に説明していった。「機内清掃管理サービス。コンコースの整備保全サービス。看板工場。機械工場。デルタ・オペレーションズ」

彼は歩くマップクエストだ。フェイスは、ひとつだけ彼が説明していない四角形を指さした。「これは？」

「政府のビルだ」

フェイスはヴァンの顔を見た。「ＣＤＣのビル？」

ヴァンは眉間に皺を寄せてモニターを見つめた。「そうだっけ？」

フェイスは手をのばしてキーを叩き、ドアを拡大した。看板やロゴなどはないが、警備がやけに厳重だった。フェイスはモニターを指さした。「監視カメラ。カードリーダー。指紋スキャナー」

「それが？」

「ミシェルは拉致された日に職場を早めに出て、学校に娘を迎えに行って、モールへ来た。現場から彼女のバッグは発見されていない。ＣＤＣのバッジがなかに入っていたはずよね」

「そうかな」

フェイスは身を乗り出してモニターを凝視した。ドアにはノブさえない。上部に赤いライトがあった。この建物に保管されているもののなかで、ＩＰＡがほしがりそうなものはなんだろう？　彼らは顔を見られるのを覚悟のうえで、ミシェルをここへ連れてきた。それから、さらにリスクを冒して彼女を病院へ連れていった。手術を受けさせて、空港へ連れ戻すつもりだったのだろうか？　指紋スキャナーはミシェル本人の体にくっついている手でなければ認識しない。

フェイスは立ちあがった。ヴァンと向き合う。暗い室内でモニターだけが明るく光っているので、フェイスの顔がヴァンの眼鏡に映っていた。「あなたはCDCであのブリーフィングを開いた。そして、ミシェルが空港へ行ったことにあたしが気づきそうな資料をくれた。それから、あたしをこの部屋に連れてくる前に、監視カメラの映像を編集した」

「編集？」

「ミシェルとハーリーは同時に車を出たはずよ。ハーリーはボルトカッターでフェンスに穴をあける予定だった。ミシェルはCDCの身分証と指紋を生体認証スキャナーにかざしてドアをあける予定だった。そして、ふたりで建物のなかに侵入するはずだった」

「それはきみの考え？」

「あたしの考えはこう。あなたのボスとうちのボスはお友達だけど、別のリーグでプレイするクオーターバックなの。で、あなたのボスはあなたに、あたしに〝全部〟ではなくて〝いくつかの〟ことを教えるように指示した。でもあなたは、あたしが結構役に立つと考えた。だから、あたしとあなたのやり取りは、すべて講義もどきになった」

「きみがフットボールを知っていてうれしいなあ」

フェイスは歯嚙みして息を吐いた。アマンダが州議会議事堂で待っている。自分は空港でミシェルになにがあったのか解明することになっている。それなのに、手元にあるものはいままでとなにも変わらない。仮定と直感だ。これまでこのくそいまいましいFBI捜査官に効果のあった唯一の戦略は、率直な物言いだ。ミシェルはいま一度それを試した。

「これはうちのボスがあなたには隠しておきたがってる話なんだけど。あたしのパートナーの行方がわからない。ＩＰＡに潜入したの。昨日の午後三時以降、彼は姿を消してしまった。ダッシュがなにを計画しているのかわからないけど、あたしは彼が今日、いまこのときにもその計画を実行しようとしていると思ってる。たぶんあなたもそう思ってるよね」

ヴァンは、その言葉を待っていたんだと言わんばかりに短くうなずいた。「コーヒーをおごらせてくれ」

20

八月七日水曜日午前八時五十六分

サラはキャビンのなかでドアにもたれて座っていた。両手のなかにはウィルのポケットナイフがある。彼はゆうべ立ち去る前に、それをドアの下の隙間からすべりこませた。サラは何度もボタンを押して刃を飛び出させた。リズミカルな音は心を落ち着かせてくれた。何日も何十時間もむなしさと無力感を味わわされたあと、ナイフを手にすると力を取り戻したような気がした。ダッシュはサラがもう無防備ではないことを知らない。グウェンもまったく気づいていない。外の監視係たちも、サラがナイフを手に入れたとは想像もしていない。このナイフがあれば、人を傷つけることができる。殺すことができる。

モーテルで、ミシェルはカーターの急所を手際よく刺していった。

頸静脈。気管。腋下動脈。心臓。肺。

サラはナイフをたたんだ。もう一度ボタンを押した。瞬時に刃が開いた。ゆがんだサラの顔がステンレススチールに映った。ナイフをたたんだ。

ナイフにウィルを感じることができた。ドアの反対側にもウィルを感じる。手を包まれている感じがする。ウィルの名残がキャビンのすみずみまで染みこんでいた。サラは、ジェフリーが亡くなってからはじめて自宅に入ったときのことを思い出した。彼を失ってもっともつらかったのは、ふたりで使っていたものが残っていたことだ。ふたりで選んだ寝室の家具。彼が暖炉の上にかけた巨大なテレビ。ガレージに置いてあった彼の道具。シーツやタオルやクローゼットのなかやサラの肌に残る彼のにおい。どれも、どのにおいも、彼を失った悲しみをまざまざと思い出させた。

サラはもう何十年も前に感じる三日前のこと、ベラのキッチンで母親が豆の筋を取るのを眺めていたときのことを思い浮かべた。キャシーの言うとおりだ。いや、ほぼ言うとおりだ。泣きたくなるのは、ジェフリーを手放すことができないからではない。ウィルにしがみついてしまうのではないかと恐れているからだ。

サラはまたナイフをたたんだ。床に走っている線を見つめ、非情な日時計で時刻を推定した。壁板の隙間から差しこんでくる光は、ずいぶん前に青から黄色に変わった。八時半ごろだろうか？　それとも九時？

荒削りな板に頭を押し当てた。なにもしていないせいで疲れた。キャンプの日常のリズムに感覚を合わせるべく耳を澄ませた。調理をしている女性たち。独楽のようにまわっている女の子たち。目につくささいな過失に顔をしかめるグウェン。

サラはオーラというものを信じていないが、周囲の空気がいつもと違う感じがした。建造物の突入訓練のパンという音が聞こえないからだろうか？　子どもたちの笑い声や歓声は？　薪《まき》の燃えるにおいや、煮沸している洗濯物や料理のにおいは？

彼らはいなくなったのだろうか？　自分の信奉者たちをよそへやり、サラに山の楽園のコミュニティについて証言させることもまた、ダッシュのメッセージなのだろうか？

サラは立ちあがった。ナイフをブラジャーのなかに入れた。ただでさえワイヤーが当たって痛いのに、またこれで不快なことがひとつ増えた。

いてもたってもいられずにキャビンのなかをうろついていたのが、ウィルがいなくなったと同時にその衝動も消えた。サラは両手を腰に当てた。ダッシュはいつも、この時刻にはドアの鍵を解錠していた。おそらくもうキャンプを出たのだろう。メッセージを伝えるために。いや、伝えようとするために。

サラとしては、ウィルが彼らを止めてくれると考えるしかない。彼はGPS発信機を信用していないが、ダッシュが倒れるまでウィルがあきらめないことは、サラにはわかっている。

サラはドアを押し、南京錠の頑丈さを確かめた。金属が金属をこする音がした。蝶番《ちょうつがい》がきしんだが、ドアはびくともしなかった。グウェンが鍵を持っているはずだ。いかにもあの魔女らしく、わたしをキャビンのなかで蒸し焼きにしようとしているのかもしれないと、サラは思った。

耳を澄ませて外の監視係の気配をうかがった。新しい監視係は、ウィルと交替したときに自己紹介もしなかった。ランスは依然として宿泊棟にいるのだろう。ランスではない男は夜通し丸太に座っていた。太っていて、睡眠時無呼吸症を患っているようだった。大きないびきの合間に、急に苦しそうな音をたて、はっと目を覚ましていた。

サラは膝立ちになった。ドアの下の隙間を覗く。ランスではない男の背中は幅が広く、隙間をすっかりふさいでいて、黒いシャツしか見えなかった。

「おはよう」サラは待ったが、返事はなかった。「ドアをあけてくれない？」

やはり返事がない。

サラはブラのなかのナイフを思い出した。ウィルの手はかろうじてドアの下の隙間に入っただけだが、サラの腕なら肘まで入る。ランスではない男の左肩の下を刺せるかもしれない。刃は彼の心臓に届くほどの長さがある。

「もしもし？」人を殺すのはやめておくことにした。隙間から手を出し、男をぐいと押した。「もしも――」

男がぐらりと前に傾き、うつ伏せに地面に倒れた。

サラは驚いて手を引いた。耳を澄ませる。待つ。ドアの下の隙間から外を覗いた。

ランスではない男は顔から先に地面に倒れこんだ。そのはずみでごろりと転がり、脇腹が下になっていた。座っている姿勢《えぐ》のままだった。したたかに地面に叩きつけられたらしい。ライフルの銃口が首の脇を抉っていた。

サラは、美術品を鑑定するような目で傷口をじっと眺めた。血があふれてくるのを待ったが、深い傷口から出血はなかった。なぜなら、数時間前にランスではない男の心臓は鼓動するのをやめてしまったからだ。すでに死後硬直がはじまっていた。足首には紫の死斑が出ている。ズボンは排泄物《はいせつぶつ》でぐっしょりと濡れていた。

死んでいる。

サラは膝立ちになった。両手の土埃を払い落とした。胸のなかで心臓が激しく鼓動していた。死因は睡眠時無呼吸症だろうか？　それともなにか別の要因があるのだろうか？

突然、なにかがおかしいという不穏な感覚にとらわれた。汗をかいているのに、寒気がした。両腕の産毛が逆立った。耳を澄ませてキャンプの日常の雑音を聞き取ろうとした。におい、音。ほかにだれもいないような気がする。

だれもいないのだろうか？

サラは立ちあがった。キャビンの奥へ歩いた。両手で壁を押してみた。釘が錆びていて、がたついている部分があった。強く押すと、板が少したわんだ。いったん体の重心を後ろに移し、両手で思いきり壁を突いた。必死に押しつづけているうちに、両肩が痛くなった。

「くそっ」サラはつぶやいた。板のささくれが手のひらに刺さっていた。壁板が動いたが、充分ではない。隙間が広がり、日差しが差しこんできた。

サラはべとついた手をトーガで拭った。再度、渾身《こんしん》の力で壁板を押すと、やがて壁板がしなりはじめた。小枝が折れるような小さな音がして、板に裂け目が入った。

だが、板はまだはずれない。

サラは両手を見おろした。手のひらから出血していた。数歩さがる。精一杯の力をこめて板を蹴った。

板が避けた。今度は、落雷が樹木を割くように、裂け目が広がった。

外の音に聞き耳を立てながら待った。鹿撃ちの見張り台の男たち。森のなかの武装した兵士。グウェン、グレイス、エスター、チャリティ、エドナ、ハナ、ジョイ。

静寂。

サラはもう一度壁を蹴った。またもう一度。ようやくくぐり抜けられる大きさの穴があいたときには、汗みずくになっていた。

両足が地面に触れた。キャビンの裏手のほうが、空気がすがすがしい感じがした。サラはつかのま、この気持ちはなんだろうと考え、解放されたよろこびだと気づいた。

駆けつけてくる者はひとりもいなかった。サラを止めようとしたり、脅したり銃を向けたりする者もいない。

キャビンの裏の一帯に目を走らせた。地面近くには蔓草《つるくさ》やウルシが生い茂っていた。温室。

キャビンのまわりを一周した。小道を見つけ、捕まえに来る者がいないかきょろきょろしながら、恐る恐る入っていった。武装した男が前に立ちはだかることはなかった。鹿撃ち台は無人だ。トーガの裾をからげて倒木をまたいだ。空気はじっとりと湿っている。今度は温室を探してあちこちに目を走らせた。いままで二度、温室を見かけたが、どちらも偶然だった。ふと足を止めた。川の音に耳をそばだてた。右側で水しぶきの音がするが、左側から子猫の鳴き声が聞こえた。

サラは振り返った。数歩、後戻りした。もう一度、耳を澄ませた。

子猫ではなかった。

子どもが泣いている。

サラはとっさに広場目指して走った。急に道が狭くなったように見えた。子どもの泣き声が耳に刺さった。まるでトレッドミルで走っているようだ。スピードをあげるほどに、広場が遠のいていく。

「助けて！」小さな声が呼んでいた。

心臓が万力で締めあげられていた。いままでずっと、子どもの訴えに応えることがライフワークだった。子どもが怖がっているとき、共感してほしがっているとき、自分が死ぬことに怯えているときにどんな声をあげるか、サラはよく知ってる。

サラは広場に駆けこんだ。きれいに刈りこまれた草地で、女の子たちがよくやっていたように、くるりとまわった。だが、サラが目にしたものは、女の子たちが見ていた風景と同じではなかった。不穏な雰囲気に肌が張りつめた。キャビンのドアはどれも開いたままになっている。調理をするエリアで焚火がくすぶっている。女性たちや子どもたちの姿はなく、白い紙吹雪が草地に散らばっているだけだった。紙吹雪が風に舞いあがった。羽毛のようにしばらく宙を漂い、ふわりと着地した。なにも履いていない足が片方見えた。白く輝くふくらはぎ、土をつかむ手、太陽を見あげている顔。

サラはよろめいた。膝が折れかけていた。胸のなかで心臓がずきりと痛んだ。

紙吹雪ではない。

白いドレス。ハイネックの襟元。長袖。朝日を浴びている子どもの顔、大人の顔は、どれもむくんでいる。

「ああ――」サラは膝をついた。ひたいを地面に着け、低くうめいた。心臓が鼓動の途中で凍りついていた。空回りしつづける頭が追い払おうとしている現実を、サラは無理やり直視した。

草地を這った。震える手で脈を測り、なにも見ていない目を覆っている金色の絹糸のような髪をそっとどけた。

エスター。エドナ。チャリティ。調理係の女性たち。ピクニックテーブルを準備していた娘たち。木立のなかの男たち。森を警備していた男たち。

みんな死んでいる。

「助けて」グレイスのかすれた声がした。彼女はピクニックテーブルの下に横たわっていた。弱々しく体を丸めている。

サラはグレイスのそばへ這っていった。小さな体を抱きしめた。まぶたが閉じかかっていた。瞳孔が広がっている。サラを見あげた。唇が動いたが、声はなかった。

「ちびちゃん」サラはグレイスの髪をなで、ひたいに唇を押し当てた。「どうしたの？

なにがあったのか教えて」

グレイスは話そうとした。口のなかでごろごろと音がした。両腕は力なく体の脇に垂れていた。両脚もぐったりとして重たい。

「ああ、子羊ちゃん、がんばって」サラはグレイスを抱きあげて宿泊棟へ連れていった。「がんばるのよ」

白いドレスがサラの視野の隅にぼんやりと映っていた。腫れあがった腹部。収縮したまま固まった筋肉。苦痛に満ちたむごい死のしるしだ。

宿泊棟のドアはあいていた。階段の下まで死体のにおいが漂っていた。サラはグレイスを地面におろした。「すぐに戻るからね。ここにいてね」

声をかけるまでもなかった。グレイスは動くことも口をきくこともできなかった。サラは宿泊棟に駆けこんだ。ベンジャミン。ジョイ。ランス。アドリエル。ひとりひとりを調べていった。ジョイだけが生きていた。

サラはジョイの肩をつかんで揺さぶり起こした。「ジョイ！　ジョイ！　あの人たちはなにをしたの？」

ジョイの目は動かなかった。腹部がボールのように丸い。表情に生気はないが、明らかに意識はある。口角からよだれが垂れていた。枕が濡れている。両腕はだらりと横たわっている。脚は麻痺している。頭を動かすこともできないようだった。

「いや――」サラはささやいた。「いやっ」

サラはドアを駆け抜け、階段をおりてグレイスの横を通り過ぎた。両足がばたばたと広場の地面を蹴った。小道を見つけ、川のほうへ向かった。水しぶきの音が近づいてくる。くるりと後ろを向き、温室を探しながら叫んだ。「どこにいるの！」

日光がガラスに反射した。

サラは下草に引っかかった。黒ずくめの男がふたり、地面に横たわっていた。もうひとりは鹿撃ちの見張り台から転落していた。転落の衝撃で首を骨折したようだ。頭が後ろに反っていた。両腕を大きく広げている。

温室へ向かって歩きつづけた。光を反射するガラスが灯台のように導いてくれた。ツンとする死臭が喉の奥に切りこんできた。思わず口をあけて息をした。死体からじくじくと漏れ出る液体の味がわかった。温室に近づくにつれて、目がしみて涙が止まらなくなった。死の震央はすぐそこだ。ミシェルが温室で合成していたものは、なかで作業をしていた男女を最初の餌食にした。

吐き気を催した。温室の外の死体は暑さで溶けはじめていた。骨から皮膚がずるりとすべり落ちている。眼球が飛び出ている。大きくあけた口のなかから血と吐瀉物があふれ、喉にこびりついている。

若者も年配の者も、男性も女性も、黒い服ではなく白衣を着ていた。苦しみと恐怖に満ちた最期だったことが表情にあらわれていた。意識があるまま。体を動かすこともできずに。じわじわと窒息していったのだ。

なにが人々を殺したのか、サラにはわかった。

温室のドアを強く押した。男の死体が邪魔になった。サラは足で死体を押しやった。断熱シートを張った温室のなかに入った。くらくらするような暑さだった。発電機は止まっていた。エアコンもとうに動かなくなっていた。断熱シートとガラスによって温室内部に熱がこもり、釜ゆでの状態だった。

サラの目の前には、想像していたとおりのものがあった。

ここは試験所だ。

ビーカー、フラスコ、リングスタンド、ピペット、トング、バーナー、真空チューブ、テストチューブ、スポイト、温度計。

透明な液体の入ったスプレーボトルがテーブルに散らばっていた。金属のラックには原料が並んでいる。サラは腐った林檎やジャガイモの袋を押しのけた。

ブ、ラ、ッ、ク、・、ボ、ッ、ク、ス。

ミシェルのメッセージがなにを示すのか、さまざまな可能性を考えたが、こんなものを発見するとは思いもしなかった。ＨＢＡＴが入っている小さな箱は、実際には白い。〝ブラック・ボックス〟とは、箱に印刷された食品医薬品局による警告を囲んだ、文字どおり黒い四角形の枠だった。

危険！　取り扱い注意！　ウマ血清を投与する際には、過敏症及びアナフィラキシーによるショック死を防ぐため、過敏症試験をおこなうこと。

サラは箱をあけた。なかに入っているバイアルは保健福祉省の戦略的国家備蓄のものだった。保健福祉省は生物攻撃に備えて、武装した部隊が運搬するための抗生剤やワクチンや抗毒素を備蓄統制している。

ダッシュは、生物攻撃という言葉がぬるく感じるほどの攻撃を企んでいた。だから、のちの歴史家も今日の犠牲者数を正確にはつかめないと予言したのだ。メッセージとは、苛《か》烈《れつ》でおぞましい死のことだった。それを止めることができる唯一のものが、いまサラの手のなかにある。

ＨＢＡＴは、地上でもっとも危険な毒素、ボツリヌス菌専用の解毒剤だ。

21

八月七日水曜日午前九時十七分

フェイスはブラックコーヒーに青い小袋の中身を入れた。ヴァンはまだカウンターでモカラテに大量の砂糖をくわえている。携帯電話には、アマンダから現状を報告しろと三連発でメッセージが届いていた。それはつまり、アマンダはまだ州知事と会っていないということで、それはつまり、いまごろ州議会議事堂のなかをいらいらと歩きまわり、みんなが自分の時間を無駄遣いすると息巻いているということだ。

フェイスは簡単に返信した――働いてます。

アマンダが即座に返信をよこした――もっと働いて。

フェイスはテーブルに携帯電話を伏せた。ヴァンを見やると、ラテにチョコレートスプレーを追加していた。フェイスがヴァンに伝えた情報は、すでに彼がボー・ラグナーセンから聞き出しているはずだ。ウィルがＩＰＡに潜入していること。ＩＰＡが今日、重大な計画を実行すること。フェイスが隠しているのは、ウィルがガソリンスタンドから所有者のわからないオフロードバイクに乗って姿を消したこと、ガソリンスタンドで彼をキアに乗せたライル・ダヴェンポートが黙秘していること、ウィルのホルスターに取り付けたＧＰＳ発信機がどうやら機能していないことだ。

　上手に嘘をつくなら、あとのことを考えていくばくかの真実を織り交ぜておいたほうがいいと、フェイスは経験上思っている。

　ヴァンがようやくテーブルへ来て座った。モカラテをちびりと飲む。フェイスはまた遠回しに切り出されるのを待ったが、ヴァンははじめていきなり本題に入った。「去年の九月、ボー・ラグナーセンは創傷ボツリヌス症でエモリー大学病院に入院した」

　ボツリヌスという言葉はフェイスも知っていたが、ほかの言葉がくっつくと、よくわからなかった。「なにそれ？」

「ボツリヌス菌は土壌や池などに広く存在する細菌だ。一定の環境でボツリヌス毒素を作り出し、中毒の原因となる」

　フェイスが持っているボツリヌス菌に関する知識は、裕福な女たちが顔を固まらせるために使っているということだけだ。「一定の環境とは？」

「ラグナーセンの場合、泥を混ぜたブラックタール・ヘロインを筋肉注射していた。創傷ボツリヌス中毒はめったに起きない。おそらく全国でも年に二十例ほどしか報告されていない。ボーには、まぶたがあかない、顔の麻痺、全身に力が入らない、呼吸困難などの症状が見られた。腕の注射跡から、当初はアヘン剤の過剰摂取が疑われた。そこでナロキソンを投与したが、症状は悪化した」

フェイスは、珍しくなにも訊き返すことができずにいる自分に気づいた。

「ボツリヌス中毒は診断が難しい。医師が最初からボツリヌス中毒を疑っていなければ、最後までわからない。症状が共通するものはいくらでもある。実際には報告数よりもっと多くの人がこの中毒で死亡しているかもしれない」

フェイスはまだ黙っていた。テーブルで携帯電話が振動していた。アマンダが知事室に呼び入れられたのかもしれない。現状を知りたいのだろうが、その前にヴァンからもっと情報をもらわなければならない。

「つづけて」

「ボツリヌス中毒を検査して、中毒の進行を止める解毒剤のＨＢＡＴを正しく投与することができる機関は、ＣＤＣだけなんだ」ヴァンは両手でカップを挟んで転がした。「ただ注射すればいいってものじゃない。ＨＢＡＴは馬の血清から作られる。ちなみに、最初はファースト・フライトという馬の血清から作られた。ウマ血清には、食品医薬品局による黒枠警告が添付されている。希釈して、患者がアナフィラキシーを起こさないよう、ゆっくりと時間をかけて静脈注射する。人工呼吸器が必要だったり、四肢が麻痺したり――患者の症状はさまざまだが、完全に回復しないこともある。神経毒が神経の末端に結合したら、もうおしまいだ。ラグナーセンは、幸運にもミシェル・スピヴィーが正しく診断したおかげで、後遺症が残らずにすんだ」

フェイスには、とても幸運とは思えなかった。「ラグナーセンは恩返しにスピヴィーをダッシュの標的にしたの？」

「そうじゃない。ＩＣＵのラグナーセンを見舞ったのは、アダム・ハンフリー・カーターだけだった。スピヴィーが作成したカルテから、そのとき彼女がＩＣＵにいたことはわかっている。カーターは見舞いに来たときも、普段どおりのクズ野郎だった。スピヴィーにひどいいやがらせをした。スピヴィーは警備員を呼んだ。警備員は彼に警告し、内部報告書を書いた。

ようやくフェイスは口を挟んだ。「そういうことは、二日前、スピヴィーの資料とボー・ラグナーセンの資料を照合してほしいと頼んだときに教えてくれるべきじゃない？」

「二日前はおれも知らなかったんだ。スピヴィーの作成したカルテは何千枚もあるし、山ほどのプロジェクトに参加していた。その多くが重要機密だ。だが、ラグナーセンという名前は珍しい。昨日の朝、おれはエモリー大学病院でいろいろ掘り返したり、ＩＣＵで職員や警備員と話をしたりしてみた。内部報告書は——内部にあった。書類棚を漁《あさ》って、ようやく紙の報告書を見つけたんだ」

ケイト・マーフィが、ミシェル・スピヴィー拉致にＩＰＡが関与していると断言せず、人身売買説にこだわっていたのはなぜか、フェイスはいま理解した。「つまり、カーターがスピヴィーを誘拐してレイプしたのは、警備員を呼ばれた仕返し？　それとも、もともとＩＰＡに引き渡すため？」

「そこがわれわれにもわからなかった。カーターは女性を憎悪していた。女性を処罰したがっていた——なんの罰だか知らないが。女性嫌悪は、なにも新奇なものじゃない。カーターがスピヴィーを誘拐したのは、警備員を呼んだことに対する罰だったと考えれば、生かしておいてもっと痛めつけようとしたとも考えられる。単純明快な誘拐とレイプ事件だ」

「それがどうして、考えが変わったの？」

「爆破事件がきっかけだ。きみのパートナーが追突事故に居合わせたおかげで、カーターがダッシュたちと結びついた。決め手は、日曜日夜のＲＩＳＣアラートだ。こいつは——」

「特別重要人物情報保管庫」

「正解。スピヴィーのデータはすでにＲＩＳＣに入っていた。ＲＩＳＣは全国のサーバーとネットワークでつながっている。更新はリアルタイムではないが、かなり早い。日曜の午後六時ごろに、おれの携帯がアラートを着信した。空港の監視カメラの映像を顔認証システムで照合して、スピヴィーがあの日、あのサービス・ロードのあの場所、あの建物の前にいたことがわかってから九時間後のことだ」

携帯電話がまたメッセージの着信を告げた。いまごろアマンダは州議会議事堂の大理石の壁をよじ登っているに違いない。

フェイスはヴァンを急かした。「なんの建物？」

ヴァンは周囲をちらりと見まわしてから答えた。「CDCの検疫所。戦略的国家備蓄庫のひとつだ。生物兵器による攻撃に備えた備蓄庫だと考えてくれ。CDCは、いざというときにすぐ薬を発送できるように、運搬資材と呼ばれる救急医療薬のパッケージを準備している。なかには解毒剤や抗生剤が入っている。来る大惨事のために、あらゆる抗ナントカ剤がそろってるんだ」

「で、HBATもそのなかにあるわけね」

「そういうことだ」

「スピヴィーは解毒剤を盗むために連れていかれたの？　それとも解毒剤を破棄するため？」ヴァンが答える前にわかった。「スピヴィーをエモリー大学病院から連れ出したときには、ダッシュはすでに爆弾二発を設置して、いつでも爆破させられるようにしておいたはず。爆弾を車に積みこんだまま走りまわるやつはいない。もともとは検疫所を爆破するための爆弾だったのに、スピヴィーの虫垂炎という番狂わせが起きた。それで、残った爆弾で駐車場を爆破することにした」

「そのテロリスト的な思考はいいね」

「爆弾を検疫所の外に設置すればよかったんじゃない？」また先に答えがわかった。「検疫所は補強されているからね？　警備は厳しいし、ドアはスチールだし。侵入するにはスピヴィーだけが頼りだった。ドアを解錠するために、彼女の指紋が必要だった」

ヴァンは肩をすくめた。「そうかな」

「ほかに検疫所はないの？」

「あるが――」ヴァンはその先を言わなかった。

アメリカの全人口の八十パーセントが、アトランタから飛行機で二時間以内の範囲に住んでいる。世界一、利用者の多い空港に備蓄品倉庫があるのももっともだ。

フェイスは尋ねた。「ボツリヌス中毒は死ぬまでにどれくらいの時間がかかるの？」

「摂取した毒素のレベルにもよる。純粋なボツリヌス毒素なら数秒ってところだろう。そこまで精製されたものではなく、たとえば食中毒なら二、三日から二、三週間というところか。治療を受けなければ助からないだろう。ボツリヌス菌の神経毒は全身をじわじわと麻痺させる。まぶた、顔の筋肉、眼球。多くの場合、意識はあるが、しゃべることができない。脳は必死に筋肉を動かす信号を送っているが、筋肉は反応しない。最終的には呼吸器も麻痺して窒息死する」

フェイスはぞっとして思わず口を開いた。

「動物もボツリヌス中毒を起こす。多くは魚か、魚を食べる動物だ。ボツリヌス毒素のうち、人間に中毒を引き起こすのは四型。毒素に汚染された食べ物を食べたり、芽胞を吸いこんだり、注射したりすると感染するが、幸い人から人にはうつらない。毒素の型によって、増殖に適した温度や酸素濃度が異なる。乳児が腸をやられるボツリヌス症もある」

フェイスの腹がぎゅっと縮こまった。

ヴァンはつづけた。「ミッチェル、こいつはほんとうに恐ろしい細菌なんだ。たった一キロで全人類を殺すことができる」

　フェイスは、ウィルが倉庫で段ボール箱を入れ替えた話を思い出した。屈強な若者がふたりがかりで運び出した、二ダースの七十五センチ四方の箱。中身は数十キロだろう。

「要するに」声に出して整理しなければ気がすまなかった。「カーターは病院でラグナーセンを見舞った。ボツリヌス中毒について知った。それがどんなに危険なものか知った。ラグナーセンが診断されるまでどんな症状に苦しんでいたのかも知ったのよね？」

「ああ」

「そして、おそらくカーターはダッシュにボツリヌス中毒の話をした。ダッシュは怖がるどころか、武器にしようと思いついた」

「推測ではね」

　答えは聞きたくなかったが、尋ねないわけにはいかなかった。「スピヴィーひとりで大規模な攻撃に使えるくらいのボツリヌス菌を培養することはできる？」

「短く答えれば、イエスだ」

「長く答えれば？」

「そのシナリオを考えるなら、スピヴィーは菌を培養するふりをしていると思いたい」

「思いたい？」

「ＩＰＡはミシェルを一カ月以上、監禁していた。レイプされ、虐待されていた。映像から、ミシェルはろくに食事も与えられていなかったと推測できる。虫垂炎の影響で敗血症を起こしているだろう。モーテルではカーターをめった刺しにした。カーターが彼女の娘を襲うと脅していたことはわかっている」ヴァンはテーブルに肘をついた。「きみには特別に話すぞ。ミシェル・スピヴィーは強くて聡明《そうめい》な女性だが、うちの心理分析官は、彼女ほど心理的にも肉体的にも痛めつけられていたら、持ちこたえることはできないだろうと考えている」

だれだってそう考えるだろう。「スピヴィーは絶望に屈して、本物の菌を培養しているんじゃないかということ?」

「ダッシュは、一滴残らず本物だと百パーセント確認できるまで、無理やりスピヴィーを働かせているんじゃないかということだ」

フェイスは穴を指摘した。「ボツリヌス毒素の検査ができるのはCDCだけなんでしょう。スピヴィーは嘘の検査結果をでっちあげればいいじゃない」

「もうひとつ、検査方法がある」フェイスがあえて黙っていると、ヴァンは肩をすくめた。

「大勢の人間に飲ませて、死ぬかどうか確かめればいい」

22

八月七日水曜日午前九時二十三分

サラはＨＢＡＴの箱をあけた。使用法の指示書を開いた。

二十ミリリットルを生理食塩水で十倍に希釈し、輸液用ポンプでゆっくりと注入する。最初の三十分間は毎分〇・五ミリリットル……。

天井を見あげた。ウィルが立ち去ったあと、もう涙は涸《か》れたと思ったが、いままた泣きそうになっていた。

グレイスもジョイも、ほかのだれも救ってあげられない。

サラは役立たずのバイアルをつかみ、温室を出た。広場の白い紙吹雪が見えてきたとたん、また涙が湧きあがった。グレイスのそばへ行った。すでに息をしていなかった。宿泊棟のジョイの様子を見に行った。生きていたが、苦しそうにあえぐ様子から、あと数分しか残っていないのがわかった。

　サラはかたわらに座り、声を出さずに泣きながらジョイを看取《みと》った。

　ブラック・ボックス。

　食品医薬品局の警告。死の宣告。棺。

　サラはまだ握りしめていた解毒剤のバイアルを見つめた。ゴム栓にかぶせたアルミのシーリングが割れていた。ゴム栓の中央に注射針の穴があった。

　わたしも感染しているのだろうか？　キャンプに到着した日、わたしは興奮していて食べ物が喉を通らなかった。すると、ダッシュがベジタリアン用の食事に取り替えさせた。

　ダッシュは最初からサラをメッセージの証人にするつもりだったのだろうか？

　わたしは死の証人だ。メッセージは死だ。

〝あまりにも大勢が死ぬから、後の歴史家も正確な数は算定できないのではないかと思っている〟

　全員がゆうべ薬を盛られたわけではない。腐敗していく遺体が事実を語っている。感染した住人は、五人から十人のグループに分けられる。凶器としてのボツリヌス毒素の恐ろしい利点はこれ、毒素に対する反応に個人差があることだ。病院でも診断することは難しい。症状は多岐にわたり、ほかの疾患と見分けがつかない。数時間で死亡する場合もあれば、数週間生き延びることもある。ダッシュは自分の仲間で毒性を試した。自分の信奉者をじわじわと殺しているのを承知のうえで、ともに食事をし、説教をし、雑種を殺せと演説し、自分が与えた文字どおりの毒でみんなが少しずつ死んでいくのを見ていた。

あえて推測するなら、ベンジャミンが最初の患者だろう。ランスの重たげなまぶたと呂律のまわっていない話し方からは、遅効性の毒を盛られたと考えられる。ジョイの初期症状は腹痛だったから、第三波か第四波のグループに入るだろう。ミシェルは毒性をコントロールする知識を持っていたはずだ。ほかの子どもたちは、ゆうべは元気だったから、寝る前に即効性の毒素を注射されたのかもしれない。

サラは頭を抱えた。どうしてダッシュが自身の子どもたちを手にかけることができたのか理解できなかった。よき父親の役目を演じるのは、ダッシュにとってよほどたやすかったに違いない。

気がついたらかぶりを振っていた。ダッシュは決して自分の手を汚さない。娘たちに注射したのはグウェンだ。いや、アイスクリームに毒を盛ったのかもしれない。グウェンはキャンプの責任者だった。あらゆる面でダッシュのパートナーだった。

ダッシュのダーク・エンジェル。

ダッシュのマクベス夫人。

サラは気力を振り絞って動いた。キャンプの住人を殺すのは計画の第一部だ。第二部は、ダッシュが〝雑種とその味方たち〟と呼ぶ無辜《むこ》の人々に毒素をまくことだ。サラは、ウィルなら彼を止められると信じたかったが、彼はいま、ＩＰＡのためなら命を捨てる覚悟で武装した男たちに囲まれている。

なんとかしてフェイスとアマンダに急を知らせなければならない。ダッシュはなんらかの方法で外の世界と交信していた。サラはキャンプに来た朝、エモリー大学病院の犠牲者数をダッシュに尋ねた。彼はすぐさま答えた。電話かタブレットかパソコンがどこかにあるはずだ。

サラは宿泊棟を出た。斜面をのぼる。走りたかったが、あまりにもむごく理不尽な暴力に、体がショックを受け、頭がくらくらしていた。かわいらしい女の子たち。白いウェディングドレスを着たケーキの上のお人形のような子どもたち。ウィルの冗談に笑い転げて、ひっくり返りそうだったグレイス。

サラは手の甲で涙を拭った。涙の塩分が肌にしみた。

模造の建物が見えてきた。男たちが何時間もここで訓練していたことを考えた。二班が二手に分かれて突入する。ウィルが話していた銃弾は、豚の塩漬け水でコーティングされているのではない。ボツリヌス毒素だ。ダッシュは射殺するだけでは満足しない。生存者もひとり残らず、キャンプの兄弟姉妹同様に苦悶《くもん》の果てに死ぬように段取りしている。

サラはまた、無邪気でかわいらしかった子どもたちを思って泣いた。エスターとグレイスにアイスクリームのカップを渡したとき、グウェンがほほえんでいたような気がするのは記憶違いだろうか？　グウェンからアイスクリームを勧められたときのことははっきりと覚えている。確かにあのとき、彼女は口元に笑みを浮かべていたが、それはサラに毒を食べさせようとしていたからなのか、それとも今朝サラがキャビンを出てなにを目の当たりにするか知っていたからなのか。

　そのとき、エンジンの音が聞こえた。

　心臓が喉元まで跳びあがった。

　サラは丘の頂上まで走った。眼下のトタン板の倉庫の脇に、グリーンのセダンが駐まっていた。テイルパイプから排気ガスが噴き出ている。エンジンのうなりとともに車体が揺れた。

「待って!」サラは叫び、両腕を前にのばして斜面を駆けおりた。「待って!」

　車は発進しなかった。運転席のドアがあいていた。グウェンが運転席に乗っていた。足はアクセルを踏んでいる。ギアはニュートラルのままになっている。ぐったりとした体はシートベルトに支えられていた。まぶたが閉じかかっている。手をのばしてドアを閉めようとするが、指先はドアハンドルをむなしくかすめるだけだった。

　サラはグウェンの手がドアハンドルに届かないように、ドアを蹴って大きくあけた。後部座席にはスーツケースが積んであった。グウェンは白いブラウスを着てジーンズをはいていた。髪をスタイリングし、アイシャドウとチークと口紅をつけていた。

　子どもたちが死にかけているのに、わざわざメイクをしていたのだ。

「あなたは知っていたのね」サラは絞り出すように言った。

　調理係の女性たち。宿泊棟。子どもたち——グウェンの子どもたち。グウェンはミシェルが温室でなにをしているか知っていた。男たちが模造の建物で予行演習をしていることも、任務のために訓練していることも、戦争をしていることも、グウェンは知っていた。

「知っていたんでしょう！」サラはグウェンの腕をつかみ、車から引きずり出した。ブラのなかからナイフを取り出した。「あなたがみんなを殺したんでしょう！」

「ダー……」グウェンは閉じかけたまぶた越しにサラを見た。口がだらりとあいていた。腹部のふくらみはジョイと同じ、グレイスと同じ、彼女が手にかけた住人たちと同じだ。

サラはしゃがみこんだ。ナイフが膝の上にある。グウェンが不安そうな顔をするのを期待していたのに、トミーを絞め殺したときに見せたのと同じ冷酷な表情のままだった。

「ダー……」グウェンの口角からよだれが垂れた。「あの人……あたしにも……毒を……飲ませた？」

あきれた笑い声が勝手にサラの口から漏れた。「もちろんあなたにも飲ませたに決まっているでしょう、ばかね」

「でー……」グウェンの喉が動いた。「でー……あの人……」

サラはグウェンの鼻先に顔を近づけた。「ダッシュはどこへ行ったの？　なにをするつもりなの？」

グウェンの目がゆっくりと左を向いた。

サラは、解毒剤のバイアルを放り捨てていた。

「これがほしい？」サラはバイアルを掲げてグウェンにラベルを見せた。「あいつらがどこへ行ったか言えば助けてあげる」

「こ、子どもたちは……」

「子どもたちを心配しているふりをしても無駄よ」サラはグウェンのまぶたを押しあげた。

「みんな死んだわ、グウェン。あなたが殺したのは知ってる」

「あの人……や、約束してくれた……」グウェンの顎が力なく垂れた。目が動かなくなった。

「なにを約束したの？」サラは問いつめた。「言いなさい！」

「わ、わたしたち……」グウェンの胸が空気を求めて動いた。「わたしたち……もっと……っ、作る」

最後の言葉はグウェンの喉のなかで消えた。声帯が固まっていた。自分の唾液で窒息死する直前のグレイスと同様に、ごろごろと音をたてるのが精一杯のようだった。

サラは、グウェンには最期まで意識を保っていてほしかった。

グウェンのポケットを探った。車のなかを調べた。運転席と助手席のあいだのコンソールに携帯電話が置いてあった。

サラは電話をあけた。時刻が表示されていた――。

午前九時四十九分。

わななく指でボタンを押した。グウェンのごろごろいう音はいつまでもやまなかった。

サラはウィルのナイフを握りしめた。グウェンの喉に刃を突き立てたかったが、彼女はそんな慈悲をかけるに値しない。

トタン板の倉庫のほうへ歩いていった。呼び出し音に耳を傾ける。

フェイスが応答した。「ミッチェルです」

友人の声を聞いて喉が詰まった。咳払いをしなければ声が出なかった。「フェイス、わたしよ」

「サラ？」

「わたし――」サラは両手を見た。震えが止まらないのがいまいましかった。「山のなかにいるの。コミューンがある。みんな死んだわ。ダッシュがミシェルにボツリヌス毒素を作らせた。彼がみんなを殺したの」

「わかった、待ってて」フェイスが手で通話口をふさいだ。いま聞いた情報をだれかに伝えている。

「ウィルがどこへ行ったのかわからないの」サラは言った。「ダッシュたちとどこかへ行ってしまった。たぶん今朝。ここには――」サラはウィルから聞いたことを思い出そうとした。「AR15で武装した男が四十人いた。銃弾が一万発以上。ダッシュはその銃弾にボツリヌス毒素をスプレーした」

「なんてこと」フェイスがつぶやいた。「スピーカーホンにするね。隣にFBIがいるの。この電話を追跡してる」

「倉庫から運び出した段ボール箱がここにある」サラは送り状を取り出した。「荷主はノースカロライナのホイッスリング・カンパニーになってる。受取人はACSインク。エアポート・パークウェイ一六四二番地。品番と二千という数量が書いてある」

「その住所、調べてみる」フェイスが言った。「箱をあけてくれる？」

サラはすでにウィルのナイフでテープを切っていた。中身はビニール袋に包まれていた。最初、サラは自分の見ているものがなにかわからなかった。「アルミの箱。冷凍食品が入ってるみたいな」

「ああ」フェイスは驚いたように声をあげた。「エアー・シェフだ。機内食を作ってる会社。ダッシュは機内食にボツリヌス毒素を混入させた。それで大勢の人を食中毒にしようってわけね」

「待って――」サラは斜面を駆けのぼりはじめた。「ほかにもあるの。ダッシュは二階建ての建物の実物大模型を造ってる。広さはアメフトのフィールドの半分くらい。武装した男たちに突入する予行演習をさせていた。二班で波状攻撃をかける演習」

「どんな建物？」

サラは建物に駆けこんだ。標的がどこかわかるような特徴を探しまわった。「二階がバルコニーになってる。中央に階段があって、踊り場で左右に分かれる」

「ほかには？」

サラは踊り場に立ち、右側を見た。

「右の階段をのぼりきると、床にLG、もしくはIGという文字が書いてある」反対側へ走った。「左側の階段をのぼってバルコニーの端まで行くと、ドアのようなものに大文字のGがスプレーで書いてある」

「ドア?」フェイスが尋ねた。「窓はないの?」

「ドアだけ。右側に五箇所、左側に三箇所。それから、階段がTの字に分かれる踊り場の奥のバルコニーには三箇所ドアがある」サラは手すりから下を眺めた。「これがなんの模型なのかわからないの。ホテルのロビー? ウィルはシナゴーグか――」

「待って」フェイスが言った。「あなたの説明でわかった。それ、州議会議事堂のアトリウムだ」

23

八月七日水曜日午前九時五十八分

「兄弟たち、あと二分だ」ダッシュがグロックのスライドを抜き、薬室に銃弾が装塡されているのを確かめた。「わが友よ、大義を思い出すんだ。われわれがこの日を迎えるために家族が払った犠牲を思い出せ」

ぼそぼそとした同意の声があがった。彼らが怯えているのは確かだが、攻撃開始を待ちわびていることも確かだった。

「われわれは今日、この国から雑種とその味方たちを一掃する第一歩を踏み出す。腐った社会を破壊し、憲法起草者たちが目指した国をわれわれの手で作りなおす。この国は生まれ変わる。われわれは生まれ変わる。それがメッセージだ。われわれは子羊の血を浴び、野に種をまく」

詠唱がまたはじまった。「血と土を！　血と土を！」

ウィルは腕時計を見た。

午前九時五十八分。

五台の黒いバン。四十人の武装した男。

ウィルは頭のなかで、目的地に到着したあとの行動をリハーサルした。

メンバーの大半が所属する一班が先に突入する。ダッシュいわく砲弾の餌食だ。ということは、突入する場所は厳重に警備されているのだろう。実際に突入できるのは半分くらいか。あとの半分は一階で殺されるかもしれない。

そして、二班が突入する。

ブラボーはLGへ。チャーリーはGへ。

彼らをそこまで行かせてはならない。入口を抜ける前に、できるだけ多くのメンバーを仕留める必要がある。

仕留める。

彼らを巻き添えの被害者だと思ってはいけない。胸を、背中を、頭を撃たなければならない。彼らは体に丸を描いた紙の標的ではないけれど。この十六時間をともに過ごしたので、名前も好き嫌いも知っているし、つまらない冗談も身の上話も聞いた。

彼らはウィルが自分たちを殺そうとしているのを知らない。

「くそっ」ドビーの両手はひどく汗ばみ、銃のスライドを引くことができなかった。「こいつ、壊れてないか?」

ウィルは閉まった後部ドアを眺めた。ドビーの前に座ったのはわざとだ。最後から二番目にバンを降りるためだ。まずダッシュを撃ち、それから逃げだしたブラボーとチャーリーを撃つつもりだった。

バンががくんと揺れて止まった。急にバックして、タイヤのゴムが焼けるにおいがした。

ウィルは腕時計を見た。

午前九時五十九分。

ダッシュが言った。「落ち着いて行けよ、兄弟たち」

全員が一斉に黒いフードをおろし、ヘルメットのストラップをとめた。ウィルはシャツのボタンをはずした。サラの白いスカーフを取り出す。味方に撃たれないよう、せめてもの目印として首に結ぶことにした。

バンがブレーキをきしらせながら止まった。

ダッシュが言った。「まだだ、兄弟！」

もう一台のバンが隣に止まった。それからもう一台。全部で四台が止まった。激励のスピーチや祈りの時間は終わった。ドアが次々に開いた。数十人分の足がばたばたとコンクリートを叩く。すぐさま発砲がはじまった──ライフルの銃声、グロックの銃声、逃げまどう男女の悲鳴にかぶさるパンパンパンパンという音。恐慌をきたした人々の声がウィルの耳のなかで反響した。

ジェラルドがバンの側面を叩いた。

ウィルはスカーフを首に巻いて結んだ。鼓動がストップウォッチのようだった。

チクタクチクタクチクタク。

ドアがあいた。

日差しに目がくらんだ。ウィルは目を細くした。歩道とコンクリートの階段が見えた。きれいに刈りこまれた芝生と背の高い木々。石灰岩を支えている白い巨大な柱。

ブラボーとチャーリーがすでに動きはじめていた。

ウィルはドビーの顔に肘を叩きこんだ。ドビーは後頭部をぶつけて床にくずおれた。

「行け行け行け！」ダッシュが低く構えたAR15を発砲しながら叫んだ。

ウィルはバンから飛び降りたとき、一瞬空中で静止したような気がした。これから突入する場所がはじめて見えた。輝く金色のドーム。四回分の高さがあるポルチコ。新古典主義の建築。立法府の本拠である東の翼と西の翼。

ここはジョージア州議会議事堂だ。

「行くぞ！」ジェラルドは熱狂してほとんど浮かれていた。議事堂の警官を撃った。警官の頭がはじけて赤い霧が散った。ジェラルドは別の警官の腹を狙った。銃弾が石灰岩にめりこんだ。外に出てきた人々が叫び声をあげながら身を屈めて芝生を走った。ジェラルドはその人々にも発砲した。数十人、いや数百人が、弾丸が飛び交うなかをやみくもに逃げまわった。

ウィルはジェラルドの顔を撃った。

背後にいた女性が悲鳴をあげた。

「ここから離れて！」ウィルは女性を押しやった。ダッシュを探し、顔を確かめ、黒いフードをかぶっている者が目につき次第射殺した。頭の脇を銃弾が飛んでいった。ウィルは警官の遺体から帽子を取ってかぶった。ライフルを捨て、ホルスターからシグ・ザウエルを抜いた。グロックでまたフードの男を撃った。スーツ姿の男がウィルにぶつかった。

「逃げろ！」ウィルは男を押しのけた。

議事堂の玄関から雪崩を打って出てくる人々に押し流され、ウィルは歩道まで後退した。身を翻し、標的を探した。フードの男をもうひとり倒し、さらにひとりを撃った。三人目に銃口を向けたとき、相手が目を見ひらいた。

ダリルだ。

魚の好きなダリル。妻は二年前に出ていった。子どもたちは、電話をかけても出てくれない。

ウィルはダリルの胸を撃った。標的から標的へ、次々と狙いを定めた。

チョコレートが大嫌いなオリヴァー。フレンチブルドッグを愛するリック。一晩中落ち着かない様子で、いま何時だと尋ねてばかりいたジェンナー。

胸。胸。頭。

「助けて！」女性の悲鳴があがった。

ウィルのグロックが危うく彼女の顔に触れるところだった。スライドがさがっている。弾をすべて撃ちきったのだ。

「逃げろ」ウィルは低い声で言い、マガジンを捨てて新しいものを入れた。

ダッシュはどこだ？

ウィルは議事堂の入口周辺に目を走らせた。青いドレス、ブラックスーツ、政治家が好む赤いネクタイ、血と骨と灰色のなにかが歩道を濡らし、芝生を汚していた。花壇に倒れている人々、木の幹に寄りかかった人々、南部同盟の将軍や人種差別主義者たちの記念碑にもたれかかっている人々。

ダッシュはいない。

ウィルは割れたガラス扉を飛び越え、議事堂のなかに入った。

遺体、瓦礫、混乱。四階まで吹き抜けになっているアトリウムには、天井の高窓から日差しが降り注いでいた。銃声があちこちであがっていた。ウィルは壁にへばりつくように立った。背中に当たる大理石が冷たかった。フロアに転がっている遺体はほとんど市民のものだった。六人の黒いフードの男が階段の入口で倒れていた。ということは、十二人、ひょっとすると二十人以上が二階にたどり着いてしまった。あるいは州議会議員の集まるオークの壁板を張った広い部屋のある三階か。展示ギャラリーのある四階かもしれない。

〝この国から雑種とその味方たちを一掃する〟

背後で靴がガラスの破片を踏む音がした。ウィルは振り返った。

黒人。ブルーのスーツ。両手をあげている。

ウィルは彼を出口のほうへ押しやり、さっと向きなおった。三人の男が閉まったドアの前に追いつめられていた。襟に星条旗のバッジをつけた政治家たちだ。彼らの指はドアを引っかき、入れてくれと無言で懇願していた。ひとりは片方の腕を抱えていた。指のあいだから血が染み出ていた。

彼らに出口のほうへ行けと合図した。あわてて出ていく彼らの足音に耳を澄ませた。

銃声がやんだ。

ウィルは広い空間を見まわした。キャンプにあった建物はこことまったく同じ構造だった。三層のバルコニーを見あげ、ダッシュの姿を探した。不意に、パンパンパンパンという発砲音がアトリウムにこだまし、ウィルはとっさにしゃがんだ。一班が下院にたどり着いたのだ。大広間を挟んだむかいに上院の議員室がある。また遠くでパンと音がしたので、上院も突破されたようだ。

ウィルは屈んだ姿勢で走りだし、ガラスの破片や倒れた遺体を飛び越え、広いフロアを突っ切った。彫刻をほどこした大理石、赤いカーペット、木の羽目板。書類、靴、壊れた眼鏡、血だまり、歯や骨の破片。切り裂かれた喉。一発の銃弾がひとりだけではなくふたり、三人、ときには四人を殺し、遺体が積み重なっていた。

負傷した女性がふたり、階段ですすり泣いていた。ふたりはウィルに気づいてぎくりとし、背中を丸めた。ベルトを脚に巻いて止血している保安官補がいた。彼はウィルに銃口を向けたが、薬室は空だった。それでも引き金を引くのをやめようとしなかった。カチカチカチというハンマーの音がウィルの鼓動と同期していた。

ウィルはキャンプで訓練したときのように階段をすばやく駆けのぼった。

LGの文字は副州知事《ルーテナント・ガヴァナー》の執務室をあらわしていた。

Gは州知事《ガヴァナー》の執務室だ。

ブラボーの三人はドアに到達する前に射殺されていた。胸はショットガンの銃弾に引き裂かれていた。詰め物をしたベストから白い綿がはみ出ていた。ひとりは顎がなかった。もうひとりは腕がちぎれていた。ウィルは、兄弟がベルトにつけていた刃渡り二十センチのナイフを握ったまま、体からもぎ取られた手をまたいだ。

チャーリーのふたりの姿はどこにも見えなかった。ウィルは屈んで階段の上へのぼり、太い大理石の手すりの陰に隠れた。曲がり角のむこうを覗こうとしたとき、発砲音に引き戻された。

音は真上から聞こえた。熾《おき》がはぜるように、銃弾がピシッ、ピシッと鳴った。一班の生き残りだ。逃げ遅れて下院に残っていた人々は抹殺されたか、そうでなければ、だれかが銃を奪って反撃しているのかもしれない。

ダッシュはいまごろ州知事室にいるはずだ。州知事の頭に銃を突きつけているかもしれない。なにかを要求しているかもしれない。

白人に力を。雑種の味方を殺せ。血と土を。

ウィルはもう一度、曲がり角のむこうを覗いた。

不意に、スミス&ウェッソン5ショット・リボルバーの銃口とにらみ合っていた。

アマンダだ。

彼女の指は引き金へ動く途中だった。そして、彼女はウィルを認めた。指をゆっくりとトリガーガードへ戻す。ウィルは、アマンダが口をあけて息を吸いこむのを見た。

ウィルはグロックをホルスターにしまった。シグ・ザウエルは手に持ったままにした。バルコニーは無人だった。黒いフードの男はいない。伏せたり隠れたりしている市民もいない。ウィルとアマンダのほかには警官もいなかった。

発砲音がやんでいた。アトリウムの静寂は墓場を思わせた。高窓の外を通る人影にさえぎられ、日差しがストロボのように点滅した。ＳＷＡＴが屋根の上にいる。遠くからサイレンが聞こえてきた。

アマンダが尋ねた。「ダッシュはどこ？」

ウィルの目は閉まった州知事室のドアのほうを向いた。二名のハイウェイパトロールがポンプアクションのショットガンを構えて立っていた。ひとりは負傷している。上腕から出血していた。

「ウィル？」

ウィルはかぶりを振りながら考えた。最後にダッシュを見たのはバンの外に出たときだ。人々が議事堂から逃げだしてきた。ジェラルドは手当たり次第に発砲していた。ダッシュのライフルも火を噴いていた。肩ではなく腰のあたりに構えていた。仲間たちに前進しろと叫んでいた。流れ出てきた人の波に呑まれ、ウィルは彼らを守るためにフードの男たちを撃つのに精一杯で、ダッシュを見失ってしまった。

ふたたびダッシュを探しはじめたときには、姿はどこにもなかった。

動かぬ事実がウィルの胸を殴りつけた。「あいつは兵士ではなく臆病者だ。最初から突入するつもりなどなかったんだ」

ウィルは二段飛ばしで階段を駆けおりた。遺体をよけながら大理石のフロアを駆け抜け、割れたガラス扉を飛び越えて外に出た。

コンクリートの階段を飛び降りた。螺旋《らせん》を描くようにまわりながら、必死にダッシュを探した。目の前の光景に吐き気がした。

議事堂正面の公園のような場所が地獄と化していた。人々がうめき、泣き声をあげ、叫んでいた。銃弾に肉を突き破られ、眼球を失い、胸から血を流している人々。

ウィルは東の芝生にダッシュを見つけた。

ハナミズキの木がダッシュに影を落としていた。彼はひざまずいているが、銃創を負ってはいない。遺体のポケットを大あわてで探っていた。

サイコパスはなにもかも念入りに計画し、兄弟を訓練で陶酔させ、虐殺の場に送りこんだが、車のキーなしでどうやって逃走するか、それは一度も考えたことがなかったようだ。

ウィルはシグ・ザウエルを構え、ダッシュの心臓に狙いをつけて叫んだ。「止まれ！」

ダッシュの頭がさっとあがった。

「警察だ！」ウィルは言った。「両手をあげろ」

ダッシュは地面に突っ伏した。ウィルは二度発砲してから、彼の意図を悟った。ダッシュは負傷者の真ん中に隠れようとしていた。女性の腕を引っぱりあげて膝立ちにさせ、盾にした。女性は脚を撃たれていた。首にナイフの刃を強く押し当てられ、白いブラウスの襟元に血の染みが広がった。

女性の顔には恐怖が刻みこまれていた。彼女自身は怯えを通り越し、暗闇に迫られて感情が麻痺しているようだった。

「その人を放せ」ウィルはグロックとシグ・ザウエルの両方を構えながらダッシュのほうへ歩いていった。「早く」

「二挺拳銃か」ダッシュは女性の肩に顔を隠していた。「ほんとうに撃てると思ってるのか、ウルフィー？」

あと四歩進めば、ダッシュをその場で殺すことができる。「あんたが次の息を吸う前に殺せると思っている」

「このくそ野郎！」ドビーが叫んだ。

ウィルの足元でコンクリートの破片がはじけた。

ドビーが銃を構えていた。二発目は大きくそれた。三発目は窓に当たった。ウィルが死なずにまだ立っているのは、ライフルの反動でドビーがよろけてバンにぶつかったからだ。

ドビーが立ちあがろうともがいているあいだに、ウィルは金属のゴミ箱の陰に隠れた。

「出てこいよ、腰抜け！」ドビーがわめいた。

ウィルはグロックでダッシュを狙ったまま、シグをドビーのほうへ向けた。両腕が三人を頂点とした三角形の二辺になった。

「ドビー、ライフルを置け！　いますぐだ！」

「おれに指図するんじゃねえ」ドビーはライフルを肩の前で構え、開けた場所へ出てきた。

SWATが屋根の上にいる。リボルバーを構えたアマンダが議事堂の入口にいる。サイレンの音がどんどん近づいてくる。そこらじゅうに倒れている人がいる。ドビーは殺される。

「撃つな！」ウィルは、レコードを引っかく針のようにうわずる自分の声を聞いた。「GBIだ！　撃つな！」

ダッシュが人々の恐怖を楽しんでいるかのように頬をゆるめた。通りを走ってくる警官隊も、屋根の上の狙撃手も見えているはずだ。木陰で膝立ちになり、人質を捕まえて盾にしている。

現時点で、彼を仕留められる可能性のある銃はウィルのものだけだ。

「ドビー」ウィルはグロックをダッシュに向けたまま、若者に懇願した。「頼む、ドビー、どうかライフルを置いてくれ」

「おまえなんか殺してやる、豚野郎！」ドビーは裏切られて逆上していた。「友達だったのに！」

「ドビー、ぼくはいまでもきみの友達だ」ウィルはゴミ箱の陰から立ちあがった。ドビーかSWATから銃弾が飛んでくるのを覚悟していた。なにも飛んでこなかったので、一歩ドビーに近づき、さらにもう一歩進んだ。ダッシュとの距離が開いていくが、目は離さなかった。「ドビー、ライフルを地面に置くんだ。お願いだ」

「死ねよ!」

満足げににやにや笑っているダッシュの歯のあいだに、ウィルは銃弾を撃ちこんでやりたくてたまらなかった。ナイフはあいかわらず女性の喉にぴったりと当たっている。彼女の顔は血と涙で濡れていた。必死に息を継ぎながらも、体が動かないようにこらえている。

ウィルは考えていた。ダッシュは女性の喉をかき切り、ダッシュのベルトにはグロックが挿してある。ウィルが目をそらせば、ダッシュはウィルをグロックで撃つだろう。

ダッシュも同じことを考えているらしい。笑顔は揺るがなかった。「厄介なことになったな、兄弟」

ウィルは一度だけ同意するかのようにうなずいたが、ダッシュはアマンダが割れたガラス扉のすぐ内側に立っていることを知らない。アマンダのほうがウィルよりいい位置にいて、狙いをつけやすいことを知らない。

「こっちを見ろよ!」ドビーが訴えた。

ウィルはダッシュから目をそらさずにドビーのほうへ近づいた。おそらくアマンダに見えているものが見えた。危険にさらされているのは人質の女性だけではない。ダッシュの背後には無辜の市民が大勢いるし、芝生のあちこちに死傷者が流木のように倒れている。

〝雑種とその味方たち〟

秘書。政治家。警官。用務員。助手。

「おれをだましやがって！」ドビーはウィルを責めた。「おれはあんたを信じてたのに、おれをだましやがった！」

「頼む」ウィルからドビーまであと二メートルほどしかない。ダッシュに胸を撃たれるかもしれないと覚悟のうえで、ドビーのほうを振り向き、目を合わせた。「ドビー、もう終わったんだ。頼むから――」

狙撃手の銃弾がドビーの頭を割った。

若者の両腕がさっとあがった。ライフルが落ちた。

ウィルは顔をそむけたが、空中に広がる金臭いにおいを嗅ぎ、血しぶきが繊細なレースのように肌を包むのを感じた。

ドビーが地面に倒れこんだ音に、ウィルは自分も強烈な一撃を食らった気がした。

ウィルは歩道を見おろした。ブーツのまわりに血だまりができていた。ドビーの血だ。血はウィルの腕にも、頬髭にもへばりついていた。

目をあげた。

ダッシュは動いていなかった。あいかわらず女性を盾にしている。女性の肩の後ろに顔を隠している。グロックはまだベルトに挿してある。にやにや笑いもそのままだ。

彼が人質を殺さず、ウィルを撃たなかったのは、なにか理由があるからに違いない。

ウィルはそれがなんだろうと考え、彼の目を見てその答えがわかった。人々が携帯電話を掲げて一部始終を撮影していた。両手が血にまみれ、周囲に遺体が散らばっていても、彼らは撮影をつづけた。

ウィルは腕で目にかかったドビーの血を拭った。ダッシュに言った。「その人を放せ」

「お断りするよ、兄弟」ダッシュは人質にまわした腕を締めつけた。女性はあえいだが、じっとしていた。「今朝、わたしの天使たちがいなくなったことがわかった。補充するために新しい姉妹が必要だ」

気がついたらウィルは歯を食いしばっていた。キャンプの女性たち。今朝はグウェンひとりで朝食を用意していた。食べ物は冷たかった。調理と洗濯を受け持っていた母親たちが殺されたからだったのか？

ダッシュが言った。「この運動には純血が求められるのだよ、兄弟。汚れのない血筋がね。われわれが前例となる。われわれ自身がはじまりとなり、世界は清浄になる。この革命で生き残った最後の未亡人たちのために、われわれは誇らかに前進する」

「女性たちは」ウィルは言った。「子どもたちは、みんな――」

「粛清された」ダッシュのにやにや笑いが満面の笑みになった。「自由の木はときどき愛国者と専制君主の血で生き返らせなければならない。それが自然の肥やしなのだよ」

ウィルは息ができなかった。暑さがじりじりと肌を刺す。頭のなかは炎上していた。

自分のせいでサラは犠牲になったのか？

ダッシュが言った。「いまのはトーマス・ジェファソンの言葉だよ。独立宣言の父であり、われわれの憲法の起草者のひとりだ」

ウィルはまばたきして目から血を追い出した。「殺したのか？　みんなを殺したのなら——」

「わたしはダグラス・シン。見えざる愛国軍の正当な指導者だ」ダッシュは首を巡らせ、人々のカメラに向かって話しかけていた。「マーティン・エリアス・ノヴァクの選ばれし預言者として、この国の白人男性に要求する。われわれの偉業を見よ、IPAによる虐殺を讃《たた》えよ。兄弟たちよ、わたしのもとに集え。わたしとともに、男性の正当な地位を取り戻そう。想像を超える富と、よき白人女性が与えられるだろう」

サラは？

「われわれの子どもたちをレイプして殺す、病気持ちで凶悪な黒と茶色の雑種を駆逐せよ」

ウィルは女性の喉を見た。サラと同じように細く、鎖骨の部分に繊細なへこみがある。

「兄弟たちよ、わたしとともに世界に自然な秩序を取り戻そう。武器を取れ。拳を突きあげろ。われわれは決して屈しないと世界に知らしめよ」

ウィルの指がグロックの側面をすべり、引き金へおりた。問題は女性の喉に突きつけられたナイフだけだ。磨きあげられた刃に青空が映っている。ウィルの目はステンレスチールの刃を見つめていた。ダッシュの手は震えていない。彼のなかに不安はない。目的を達成したからだ。世界の注目の的になるという目的を。

ダッシュはカメラに向かってつづけた。「兄弟たちよ、本日われわれはこの議事堂の土にわれわれの血で署名する。われわれは大義にみずからを捧げる。雑種とその味方たちにわれわれの武勇を見せつけよ。白い血を！　白い力を！　白いアメリカを！　永遠に！」

刃先が動きはじめた。

ウィルは引き金を引いた。

火薬が爆発し、甲高い金属音がウィルの耳を聾《ろう》した。一瞬、銃口で閃いた光に目がくらんだ。グロックから排出された空薬莢《からやっきょう》の熱を感じた。

金属音は耳をつんざく悲鳴に変わった。人質が四つん這いで必死に逃れた。彼女はダッシュのナイフを両手でつかんだ。

ダッシュは目を見ひらき、口を大きくあけ、横腹を下にして倒れていた。

まだ生きている。

狙いは五センチほどはずれていた。弾はダッシュの耳の上を切り裂いていた。血が水のように地面へどくどくとこぼれている。

血と土。

ウィルはグロックのサイト越しにダッシュを見おろした。金属のへこみのあいだに、ダッシュの白い頭蓋骨、破れた血管、黄色い脂肪、黒い髪が見えた。

ダッシュが傷口に触れた。深い裂傷を指が探る。なめらかな骨に触れた。どんよりしていた目に生気が戻った。ごろりと仰向けになり、頭をつかんだ。

「ちくしょう！」ダッシュが叫んだ。「ちくしょう！」

アマンダが彼のベルトからグロックを抜き、手錠をかけた。ジャケットは脱いでいた。両膝をつくと、ジャケットをダッシュの頭にかぶせた。

ウィルはアマンダを手伝わなければならない。周囲には負傷者が大勢いる。一帯は墓場に変わってしまった。だが、ウィルは動けなかった。体が岩になってしまった。

キャンプの女性たち。子どもたち。ドビー。

サラは？

ウィルの銃はまだダッシュの頭に向けられていた。指も引き金にかかっている。肘は銃の反動を吸収してやや曲がっていた。両足はまだ軽く開いた射撃姿勢のままだった。体は今度こそダッシュを仕留めたがっているからだ。

「ウィルバー」アマンダが制した。

ウィルは鼻をすすった。ドビーの血の味がして、歯のあいだにこびりつき、肺に染みついた。脳と指のあいだにあるすべての筋肉がたがいに反抗する一方で、ウィルはなぜダッシュを殺してはいけないのか、ひとつでも理由を見つけようとした。

「サラは大丈夫だから」アマンダが言った。「フェイスが電話で話したわ。サラは無事よ」

サラは？

「ウィル」アマンダが繰り返した。「息をしなさい」

ボートの舷を洗う波のように、ある映像が怒りでいっぱいの頭のなかに打ち寄せてきた。

ウィルはもうそこにいなかった。議事堂も芝生も木々も消えた。

サラのアパートメント。はじめてサラがウィルにキスをしようとしている。

だめだ。

もうずいぶん前、あのとき自分からキスをするべきだったけれど、サラがキスを求めているのかわからなかったし、自分の両手をどこに置けばいいのかわからなかったし、ひどく不安で自信がなくて、そのくせもう限界で、彼女の唇のやわらかさを想像しただけで全神経に電撃が走った。

サラは耳元に唇を近づけてささやいた——。

息をして。

「ウィルバー？」アマンダがパチンと指を鳴らした。

照明のスイッチを入れるような音。

州議会議事堂。芝生。木々。記念碑。

唇が分かれた。新鮮な空気が肺を満たした。引き金から指が離れた。

ウィルは銃をホルスターにしまった。

アマンダにうなずいた。

うなずきが返ってきた。

ウィルの感覚は周囲の様子を取りこもうとしていた。レスキュー隊員がそこらじゅうにいた。消防車が叫んでいる。サイレンだ。緊急時に駆けつける人々。アトランタ市警。保安官補。ハイウェイパトロール。付近のあらゆる法執行機関の警官が銃撃戦の音を聞きつけて集まっていた。

正義の人々が。

アマンダが言った。「フェイスとサラのおかげで三分前にわかったの。避難したり隠れたりすることができた人もいる。会議場は無人だったけど、死傷者が何人いるか……」声が途切れたが、最後まで言う必要はなかった。死者を数えることなどできない。芝生は遺体でいっぱいだった。建物のなかでも、大勢の人が犠牲になっただろう。生き延びた人ですら、生と死のあいだをさまよっているように見える。

「きみ」ダッシュの声は震えてうわずっていた。「きみ、助けてくれないか。わたしに当たった弾は……」

「かすり傷よ」アマンダはダッシュを見おろした。「あなたは死なないわ。とりあえず、裁判で判決を言い渡されるまではね」

「いや、きみにはわかっていない」ダッシュの歯はカチカチ鳴っていた。目尻に涙がにじんでいる。「お願いだ。CDCに連絡してくれ。あんなふうに死にたくない」

エピローグ

四日後
八月十一日日曜日午前十時十七分

サラは、犬がキッチンのボウルの水を飲む音で目を覚ました。かすむ目で時刻を確かめようとしたが、腕時計は手首にはまっていなかった。ウィルを探して寝返りを打ったが、そこにはいなかった。

いつものように、ウィルは夜明けとともにベッドを出ていた。サラは、彼がココアの粉末をマグカップに入れ、犬たちに話しかけ、ストレッチをし、メールをチェックするのを聞いていた。ウィルの家の寝室はキッチンの真向かいなので、ここに泊まると朝寝坊できたためしがない。

ウィルの枕を顔に当てた。シーツにまだ彼のにおいが残っていた。キャビンの牢獄で、今度ウィルに会ったらああしようこうしようと考えてむなしい時間を過ごしていたのに、この三晩は彼の腕のなかで泣くのが精一杯だった。

彼のほうは、もっぱらサラを抱きしめるだけで満足しているようだった。ドビーの死がまだ心に重くのしかかっているらしい。それについてサラに話そうとすること自体、彼が混乱している証拠だ。彼は〝もしも〟と考えつづけていた。もしもバンのドアがあく前に自分がダッシュを射殺していたら。もしも自分が人々を避難させようとせずにダッシュを殺していたら。もしも議事堂の芝生にいるダッシュを見つけたときに発砲した二発をはずしていなければ。

狙撃手の銃弾がドビーの憎悪に満ちた短い人生を終わらせる前に、ライフルを捨てさせることができていたら。

ウィルの選択肢は正しかったとサラは思うが、彼の行動を正当化したり自責の念をなだめたり、そういうことはあえてしなかった。ウィルは自力でそこまで到達しなければならない。教育と経験に裏付けられた最良の判断が最悪の結果に終わることもあると、サラはよく知っている。死なせてしまった患者のことはひとり残らず忘れられず、いつまでも引きずっている。ベンジャミン、グレイス、ジョイ、アドリエルと、あの白い紙吹雪のような小さな遺体の記憶が、心のなかで生きている忘れられない人々のなかにくわわった。

サラはサイドテーブルの時計を見た。

午前十時二十一分。

二時間後にはサラの家族との昼食会が待っている。サラはずっとウィルの家に引きこもっていた。父親がニュースばかり観ているせいで、流れこんでくる大量の情報から逃げたかったのだ。

エディは取《と》り憑《つ》かれたようにダッシュについて知ろうとした。グウェンとマーティン・ノヴァクについて。生き延びた兄弟たちは、その醜い口にマイクを向けられるたびに、あいかわらず人種差別と女性嫌悪に満ちたメッセージをまき散らしていた。

州議会議事堂では四十六名が死亡した。負傷者は九十三名だった。生存者は全員がボツリヌス毒素をコーティングした銃弾によって感染していた。全員にＨＢＡＴが投与された。ダッシュにも。

幸い、エアー・シェフの機内食は汚染されていなかった。ＦＢＩが施設に踏みこんだとき、アルミニウムの容器に入った機内食がベルトコンベアで運びこまれている最中だった。検査の結果、すべての容器の底からボツリヌス毒素が検出された。あのまま飛行機に積みこまれていたら、ハーツフィールド空港を出発する何千便もの飛行機で機内食を食べた乗客全員が中毒を起こすところだった。

ミシェル・スピヴィーがあの日空港へ連れていかれたのは、ダッシュが国家戦略備蓄のＨＢＡＴを爆破するためだったと見られている。解毒剤がなければ、数えきれないほどの死者が出る。ボツリヌス毒素はゆっくりと作用するうえに予測がつかない。ダッシュの言ったとおり、のちの歴史家にも最終的な死者数はわからなかっただろう。あと少しで目的を達成するというときにミシェルが虫垂炎で倒れ、ダッシュがどんなに逆上したか、サラには想像するしかない。

いや、ダッシュは逆上しなかったかもしれない。

ミシェルをエモリー大学病院に連れていったときには、ダッシュはＨＢＡＴにこだわってはいなかったかもしれない。いますぐ使える爆弾が二個ある。職員や患者が出入りする駐車場がある。

兄弟たち、プランＢに変更だ。

それよりもサラは、そもそも彼らがどうやってＨＢＡＴのバイアルを手に入れたのか考えていた。グウェンが解毒剤を知っていたのだから、ダッシュも知っていたことになり、おそらく自分たちが感染した場合に備えて緊急用のＨＢＡＴを保管していたはずだ。だが、ＨＢＡＴの流通は厳しく統制され、市民の治療に使うにも、国土安全保障省かＣＤＣを介さなければならない。

最終的に、その答えはボー・ラグナーセンによって判明した。ＨＢＡＴは彼が個人的に隠し持っていたものだった。

イラク軍はサダム・フセインの指示で一万九千リットルのボツリヌス毒素を製造していた。そのうち一万リットルが、航空爆弾や砲弾やミサイルの弾頭に仕込まれた。彼らは捕虜に毒素を投与して有効性を検査した。それ以来アメリカ軍では、ＨＢＡＴは全隊員に支給される標準装備だ。ラグナーセンはアフガニスタン土産にひと箱くすねてきた。それだけでなく、クロリンから炭疽菌まであらゆる中毒の解毒剤を持っていた。本人はＩＰＡとの関係を否定しているが、ＨＢＡＴを彼らに渡していたという事実は、複数の第一級殺人と自国内テロリズム行為二件に関与していたことを示す状況証拠にはなる。

アマンダは、彼が白状しはじめるのも時間の問題だと考えている。

ウィルは、ラグナーセンの虚無主義にスイッチが入り、死刑を受け入れるだろうと考えている。

サラは仰向けになった。じっと天井を見つめた。宿泊棟で苦しんでいた子どもたちの顔が浮かんだ。ベンジャミン、アドリエル、マーサ、ジェニー、サリー。充血した目、止まらない鼻水、乾いた咳。ほんとうなら、はしかからは生き延びることができたかもしれない。後遺症は残ったかもしれないが。

グウェンはいつ、あの子たちを助けてもしかたがないとあきらめたのだろうか。トミーを殺したときは、備品を無駄にしたくないと言っていた。緑色のセダンから、宿泊棟の薬品を詰めたスーツケースが見つかった。トランタには白いドレスとジョージア州北部とアリゾナ州のホテルの一覧が入っていた。グウェンはメッセージが伝えられたあと、そのあたりでダッシュと落ち合う予定だったらしい。新しいキャンプ。新しい兄弟姉妹。新しい子どもたち。

彼女もよく考えれば、ダッシュにとって自分は用済みなのだと気づいたはずだ。立てつづけに妊娠し、ろくな医療もなく充分な栄養も取れず、何年も授乳期間と妊娠期間を繰り返していた彼女は、もはやダッシュの子を身ごもることはできなくなっていただろう。

姉妹たち、プランBに変更だ。

グウェンの死をよろこんでいるわけではないが、悲しむことはできなかった。最初はマーティン・ノヴァク、そののちにはダッシュによって虐待され、みずからも自分の子どもだけでなくキャンプ全体の子どもたちを虐待したあげく、グウェンは父親と夫の要求を満たす手段をなくしてしまった。

エスター。チャリティ。エドナ。グレイス。ハナ。ジョイ。アドリエル。

キャンプの子どもたち全員の検死がおこなわれた。全員に、性的あるいは肉体的な虐待を受けていた痕跡があった。

サラは両手で目を覆った。自身も〝もしも〟に苛まれていた。もしもあの子たちが虐待されていることにもっと早く気づいていたら。もしも閉じかけたまぶたと麻痺と呂律のまわらないしゃべり方を中毒症状に結びつけていたら。もしもグウェンに立ち向かっていたら。もしもダッシュを止めていたら。もしもほかの感染者が出る前に、温室に侵入してボツリヌス毒素を破壊していたら。

もしも、もしも、もしも。

サラは子どものころからボツリヌス中毒を知っていたが、完全にはわかっていなかった。キャシーは毎年夏に野菜を瓶詰めにした。テッサもサラも温度計を読む役目を取り合って喧嘩ばかりしていて、なぜ温度が大事なのか疑問にも思わなかった。

医学部時代、〝ぐにゃぐにゃ赤ちゃん症候群〟と呼ばれていた筋緊張低下症が乳児ボツリヌス症の兆候であることを知ったが、その症状——脱力状態、哺乳力の低下、泣き声が小さくなる、全身の筋力低下など——は、大人の場合はどうなるか置き換えるのが難しい。

そのほかにこの神経毒についてサラが思い出すのは、『全米法医学会報』に掲載されていた例だ。ある服役囚が原因不明で死亡した。看守は服役囚の寝台の下から密造酒の入った袋を発見した。その服役囚は、ジャガイモと飴《あめ》と靴下に入れたパンで刑務所ワインを密造していた。密閉した袋と低温という好条件下で、ボツリヌス菌が育ってしまったというわけだ。

ウィルのチワワがキッチンで吠えた。その声は狭い廊下を伝って寝室へ響いてきた。ベティが勝手口の犬用のドアを頭突きする音が聞こえた。いつもの朝の行動だ。ベティは家に入るときは犬用ドアを使うのに、外に出るときは絶対に使わない。ウィルかサラが起きてきて勝手口のドアをあけるまで、かたくなに犬用ドアを頭突きする。

ベティがまた吠えた。

サラは目を閉じた。まぶたの裏に、白い紙吹雪が浮かびあがった。

ベッドを出た。ベティのために勝手口をあけてやった。キッチンのテレビはついていたが、音は消してあった。

グウェンとマーティン・ノヴァクの解説をまたやっている。音が消えていたのがありがたかった。ノヴァクが政府の隠れ家から電話インタビューに答えるのを聞かずにすむ。ノヴァクは憲法修正第一条によって保障された表現の自由の権利を存分に行使しているが、その権利は、彼が取り返しのつかないほど腐敗していると主張する法制度によって認められているものだ。

テレビ画面に、ノヴァクとダッシュのメキシコ旅行の地図や写真が映りはじめた。ニュース専門局MSNBCが探し出したジェフ・ノーゲ・ガルシア元捜査官は、アメリカ人のペドファイル人種差別主義者を自国内から追い出してやった話を嬉々《きき》として語っていた。

サラが目をそむける前に、映像が変わった。

思わず喉に手を当てた。

ダッシュだ。

その下に、本名の字幕がある――。

ダグラス・アレハンドロ・シン。

サラはテレビを消した。残りは知っている。

フェイスの推測はすべてはずれていた。ダッシュの通称はイニシャルに由来していた。ダグラスは父親の名前だ。アレハンドロは母親の名前から取られた。シンは中世の英語で〝毛皮商人〟をあらわす。

ダッシュの堅苦しいしゃべり方も、アメリカの歴史を中途半端にしか理解していなかったのも、ようやく説明がついた。彼の父親は三十歳のダッシュの母親と知り合ったころ、すでに六十代はじめで、アルゼンチンのネウケン盆地のアメリカ系石油会社で働いていた。ふたりは一九七二年に結婚した。ダッシュが生まれたのはその一年後だ。家族は十二年間ラテンアメリカで暮らしたのち、父親の出身地であるテキサスへ帰ってきた。ダッシュはそこで平凡なアッパーミドルの生活を送る。

そんな彼が移民やマイノリティを憎悪するのは不可解だった。彼がアメリカをだめにしたと主張するものを、本人が体現しているではないか。

おまえのせいじゃない、兄弟。悪いのはほかのやつらだ。

ダグラス・アレハンドロ・シンは十七歳のとき、ウルグアイで九歳の少女に猥褻《わいせつ》行為をしたとして逮捕された。二十三歳のときには、十二歳の少女をレイプしたとしてコロンビア警察に起訴された。ほかの国でも複数回逮捕されているが、ほとんどは不起訴処分になった。金とスペイン語と英語の会話力が役に立ったのだ。アルゼンチンとアメリカ合衆国のパスポートを使い分け、合衆国内で罪を犯しても指紋やＤＮＡで足がつかないようにしていた。

ダッシュの怒りの源はペドフィリアなのだろうか？　子どもをレイプする人間には嫌悪しか感じないが、サラは理解したかった。裕福なアメリカ人を父に持ち、なに不自由なく暮らしていた移民であるダッシュが、なぜヘイトに満ちた人間になってしまったのか。

ウィルはマーティン・ノヴァクの影響を指摘した。ダッシュはティーンエイジャーのころに父親を亡くした。ノヴァクが十一歳の娘を餌にダッシュを誘い、父親的な存在となったのかもしれない。

この悲惨な話のなかでなにより気が滅入《めい》るのは、ダッシュが求めてやまなかったものを結局は手に入れたことだと、サラは思う。それは注目だ。議事堂前の演説の動画は、ユーチューブで一千万回以上再生された。キャンプで発見された彼の声明書は、インターネット上に出まわっている。サラが監禁されているあいだに何度も聞かされた長広舌もまとめられている。資本主義がアメリカを荒廃させた。避妊と妊娠中絶が普及したために女が力を持ちすぎた。白人男性は軽んじられている。マイノリティがアメリカを乗っ取り、ユダヤ教とキリスト教に共通する価値観を変えようとしている。すべてを粛清しなければ世界が滅亡する。

悪いことにと言うべきか、案の定と言うべきか、これらのニュースはその裏側にあるものをあらわにした。つまり、人種差別は断固として非難し否定するものではなく、理解し許容しなければならないものだという、人々の隠れた意識を。マーティン・ノヴァクが人種の混交には反対だとまくしたてる雑音だらけの電話音声がテレビで流れた。ナチを自認するスーツ姿の男たちが、当然のような顔をしてホロコーストの研究者やヘイトクライムの専門家と並んで議論する。彼らの激しいやり取りは、視聴率をあげ、盛んにリツイートされた。ミームやインスタグラムのストーリーやユーチューブで、だれもが声高に主張するが、そのなかには、みんな同じアメリカ人だということを覚えている者はひとりもいない。

サラに言わせれば、これらのSNSや動画サイトは、それらが得意とすることをしている。ヘイトの商品化だ。

ベティが犬用ドアから駆けこんできた。爪で木の床を引っかきながらさっと曲がって寝室へ入り、すぐにUターンしてリビングルームへサラのグレーハウンドたちを探しに行った。壁が薄いので、首輪がカチャカチャ鳴る音が聞こえ、ベティが二頭のあいだに割りこんだのがわかった。

サラはキッチンのテーブルの前に座った。ダッシュのことを考えすぎてしまうたびに体が震えるので、深く息を吸って落ち着こうとした。

ノートパソコンをあけた。

仕事のメールが大量に届いていた。スクロールすると、フェイスのGメールのアカウントがあった。エマがモッツァレラとスイスチーズの違いを説明する三分間の動画を観ていると、顔がほころんだ。

眼鏡をかけ、メールの文章を読んだ。フェイスは、ミシェル・スピヴィーの検死報告書の一部を貼りつけていた。

〝筋肉組織はボツリヌス毒素に冒され……左右の足の指のあいだから発見された注射痕の周囲から、高濃度のHBATが検出された〟

サラは眼鏡をはずした。その情報を頭に沈みこませた。ミシェルは解毒剤を少量ずつ注射していた。だから、バイアルのアルミのシーリングがあいていたのだ。ダッシュに薬を盛られることは最初から覚悟していたに違いない。ひょっとしたら、早く片をつけるためにみずから毒素を注射したのかもしれない。彼女にはIPAの脅威にさらされている家族がいた。当初は言いなりになるつもりはなかったのだろう。だが、ダッシュはミシェルにカーターをけしかけた。タバコを押しつけられた火傷や体中の傷が、なにがあったのかを物語っていた。ミシェルは二十九日間耐え、ついにダッシュがほしがっているものを渡した。

サラがニュースを観ることができない理由はもうひとつあった。レポーターたちはミシェルの責任を追及することに躍起になっている。ボツリヌス毒素を生成したのはミシェルだ。ダッシュに生物兵器を渡したのはミシェルだ。専門家やコメンテーターや街の普通のアメリカ人が、自分がミシェルだったらもっと抵抗したと話すのを観ていると、反吐《へど》が出そうだった。

〝もっと抵抗する〟

自分は無敵だと信じている人間のなんと多いことか。

レイプされなければわからない。

「ベイブ？」玄関に置いてあるボウルに、ウィルが車のキーを入れる音がした。彼はほほえみながらキッチンへ入ってきて、サラの頭のてっぺんにキスをした。「ごめん、ランチの前に銀行に行って現金をおろしてこなくちゃいけなくて。きみを起こしたくなかった」

サラはウィルのすべすべした頰を軽くなでた。「ベティに起こされた。またしてもね」

ウィルは慎重にその話題を避け、ピーナツバターとジャムを取り出してサンドウィッチを作りはじめた。ランチまでの一時間半がもたないからだ。

サラは、ウィルの肩のしなやかな筋肉を眺めた。シャツが肌に張りついている。暑さ指数はすでに厳重警戒レベルに達しているのに、エアコンの温度設定を二十五度以下にすると罰が当たるのだ。

ウィルの指がパンの袋の口をあける。キャビンのドアの下に差しこまれた彼の手を握ったときのことを思い出した。

彼の左手。自分の右手。

ふたりの指が絡んでいた。彼の親指が肌をなでた。サラは目を閉じて、彼にキスをして抱きしめる空想に浸っていた。たぶん、結局はこの人と残りの人生をともにすることになるのではないかと思いながら。

ベラのキッチンでキャシーに言われたことがまたよみがえってきた。

〝なにをぐずぐずしているの？〟

「ウィル？」

彼は抽斗からナイフを取り出しながら、短く返事をした。

「どうしてなんでも現金で支払うの？」

「癖じゃないかな」ウィルは濡らしたペーパータオルでナイフを拭った。食器洗浄機はふたりよりも年代物だ。「大学のときにクレジットカードを作ろうとしたら、里親に社会保障番号を盗まれていて作れなかった。いま作ろうと思えば作れるだろうけど、最後に調べたときには、クレジットスコアすらなかった」

サラはぞっとしつつ混乱した。「どうしてもっと早く話してくれなかったの？」

ウィルは肩をすくめた。話が長くなるから勘弁してほしいというしぐさだ。

「住宅ローンはどうやって借りたの?」

「借りてない」ウィルはパンにピーナッツバターを塗った。「この家は税務署の競売に出ていたやつを現金で買ったんだ。余裕があったときにリフォームしたけど、土地のほうが家より高い。車もそうだ。空き地で焼け焦げていた。ホームレスにお金を払って、車体を運ぶのを手伝ってもらった。思ったより重くなかったよ」

「それって――」サラはどう返せばいいのかわからなかった。

サラは以前からウィルはケチというより倹約家だと思っていたが、自分を彼の状況に置いてみたことはなかった。サラは人生でつらいことがあるたびに、家族を頼り、守ってもらった。ウィルはいつもたったひとりだった。あの毒妻がそばにいるときですら、味方はいなかった。帰る家はなかった。〝ホーム〟に追い出されたのだから。

サラの座っている椅子、テーブル、このキッチン、この家――ウィルにはここしかなかった。

でも、サラがいる。

「たいしたことじゃないんだ」ウィルは身を屈め、パンの表面にきっちり均等にピーナッツバターを塗ってから、もう一枚にジャムを塗りはじめた。「あの車は気に入ってる」

「冷蔵庫に新しいジャムがあるのに」

「これで充分だ」ウィルはナイフで瓶の底に残った〇・〇〇一グラムのジャムを掻《か》き取《と》

った。カチャカチャという音が救世軍の店のベルのように聞こえた。

「ベイブ？」サラは言った。

ウィルはまた短く返事をした。パンの上でジャムの瓶を振っている。一滴落ちた。ウィルは二口でサンドウィッチを平らげた。パンとピーナツバターが戸棚にしまわれた。ジャムは冷蔵庫に戻った。パン十分の一枚には充分な量が残っていたからだ。

「GBIの仕事は好き？」

ウィルはうなずき、濡らしたペーパータオルでカウンターを拭いた。

サラは、詳しい答えは返ってこなくても、せめてなぜそんなことを訊くのかと訊き返されるのを待ったが、よく考えたらウィルはウィルだ。

「どうして仕事が好きなの？」

ウィルはペーパータオルを乾かすために、水道の蛇口にかけた。それから振り返った。彼がなにかを言おうとしているのはわかるが、言ってくれるとは限らない。

ついに彼は肩をすくめた。「狩りが好きだから」

「狩り？」

「悪党を追いかけるのが。連中の裏をかくのが。自分がばかげたことをしてるのも、危険を冒してるのもわかってる」サラの反応を探るように、じっと見ている。「ごめん」

「なぜ謝るの？」

また肩をすくめる。

「あなたがどんなに負けず嫌いか、わたしが気づいていないとでも思ってる？　あなたってジャムにも勝たせようとしない」ウィルが真面目な顔をしているので、サラも笑えなかった。「ウィル、それっていまさら知って驚くようなことじゃない。あなたが仕事から大きな達成感を得ていることは知ってる。仕事ができることは、わたしが大好きなあなたのたくさんの長所のひとつよね」

ウィルはカウンターに手を置いた。混乱している。怒られて当然だと思っていたことを怒られないとき、彼はいつもとまどう。

サラは尋ねた。「いま、お金をどれくらい持ってる？」

ウィルの手が財布を握った。「いくら必要？」

「そうじゃなくて、全財産でいくらかって訊いてるの」

ウィルは財布を閉じた。

サラはノートパソコンをスリープ状態から復帰させた。ファイルを開いた。スプレッドシートの下部の数字を叩いた。「これがわたしの純資産」

ウィルの顔が青ざめた。

「どうしたの？」

「ええと……」ウィルは床に吸いこまれてしまいたいと言わんばかりだった。「いまさら知って驚くようなことじゃないけど」

「でも、気分としては――」頭のなかにまたダッシュがよみがえってきたのが腹立たしかった。「自分が劣っている感じ？」

「劣っている？」ウィルは手をのばしてキーボードで数字を叩いた。「ぼくの資産はこれくらい。この家は入っていない。確かに――劣っている」

サラにはよくわかった。

「気になる？」ウィルは、不安なときの癖で顎をこすった。「ぼくは捜査官だから、もらえるのは捜査官の給料だし、それは変わらない。だって、ぼくはアマンダの仕事はしたくない。机の前から動けないのはいやだ」

「確かに、机に縛りつけられたらつらいでしょうね」サラは言った。「ベイビー、わたしは自分の好きな仕事で多くの報酬をもらえることはラッキーだと思う。でも、給料の額がすなわち成功じゃないわ。仕事によって充実し、自分のしていることに意義を見出せるのが、わたしにとっての成功なの」

「そう。よかった」ウィルはもうこの話はおしまいというようにうなずいた。「じゃあ、ぼくはシャワーを浴びて――」

「待って」サラは、胸が奇妙に高鳴るのを感じた。思いとどまる前に、口から言葉を押し出した。「この家にどれくらいの価値があるのか、不動産鑑定士に診てもらいたいの」

ウィルはびっくりしてサラを見つめた。

サラもびっくりしていた。この話をこんなふうに持ち出すつもりではなかったのに、どうやらもうはじまってしまったようだ。「いくらと査定されるかわからないけれど、とにかくわたしは同じ額でこの家をリフォームしたい」

まだ反応がない。

「だって、あなたがキッチンでガタガタやってたら、わたしは朝寝坊できないし」

「なんだって？」ウィルは、今度はカチンときたようだ。「その気になれば静かにできる。別にリフォームなんか――」

「二階がほしいの。大きなバスタブがほしい。たった五センチしかお湯をためられないようなやつじゃなくて。それから自分のクローゼットも。あと、あなたとバスルームを共有するつもりはないから。あなたは客用を使ってね」

「客用のバスルーム？」ウィルは笑い声をあげた。「どんな豪邸なんだ？」

「工務店に作業してもらうから」

ウィルは目をみはった。「冗談だろ？」

「細かいところはあなたがやってもいいわ。でもそれだけ。ほかはお金を払ってプロにやってもらう」

ウィルはあきれたように笑った。「ぼくをからかってるんだよね？」

「最後にもうひとつ。一緒に暮らすなら、エアコンの温度設定権はわたしがもらう」サラはウィルが真顔になるのを待った。これはちゃんと聞いてほしいの」

ウィルは不満そうな顔をしたが、そのときようやくサラの言いたいことがわかったようだ。

一緒に暮らすなら。

彼の口はすでにあいていた。口が閉まった。

ベティがキッチンに入ってきた。冷蔵庫の前に寝そべる。ウィルは、ベティがほら見て見てと言わんばかりに腹を上にするのを見ていた。

いつもの沈黙ではなかった。なにかが間違っている。サラは、自分が間違ったと思った。恥ずかしさのあまり顔がカッと熱くなった。やりすぎた。ウィルは強引に押されるのが好きではない。ふたりとも地獄を見たばかりなのに。自分は豪邸を買える金でウィルの大事な家をぶち壊すと宣言したも同然だった。ふたりとも現状に満足しているのに。どうすれば壊したものを修復できるのだろう？

「ウィル」サラは正しい謝罪の言葉を探した。「わたしたち――」

「いいよ」ウィルがついに同意した。「でも、ぼくたちは教会で結婚しよう。きみのお母さんによろこんでほしいからね」

謝辞

まずはいつものメンバー、ケイト・エルトンとヴィクトリア・サンダーズに感謝を。ＶＳＡチームのすばらしいみんなと、チームを率いる不屈のバーナデット・ベイカー＝ボウマン、それからＷＭＥのヒラリー・ザイツ・マイケルとシルヴィー・ラビノーに。ハーパーコリンズのリアーテ・シュテーリク、エミリー・クランプ、ケイトリン・ヘイリ、キャスリン・ゴードン、ヴァージニア・スタンリー、ハイディ・リヒター＝ジンジャー、キャスリン・チェシャー、エリザベス・ドーソン、ミランダ・メッテス、アネミカ・テットー、シャンタル・ハティンク、アリス・クローグ・スコット、そして最後に、十三年来の親友アダム・ハンフリーに。彼は寛大にも、恥ずべきみじめな人物に、そしてわたしの創作のために、名前を貸してくれました。

デイヴィッド・ハーパーのおかげで、今回もサラはまずまず本物の医者らしく見えるようになりました。デイヴィッド、ほぼ二十年近く無料で医学の講義をしてくれてありがとう。わたしは自分の患者をいつも殺していて、申し訳なく思ったり思わなかったりしています。登場人物たちの職場については、ステイシー・エイブラムズとデイヴィッド・ラルストンに教わりました。ＧＢＩの友人のアドバイスには感謝の念に堪えません。ジョージア州に住む市民としても、みなさんの不断の努力とプロフェッショナリズムに感謝します。元特別捜査官のドナ・ロバーツには、いつも警察官と世界全体について知見をいただいています。CDCのみなさまには、質問に答えていただきました。作家仲間のキャロライナ・デ・ロバーティス、別名ドクター・パラーブラス・スーシアスには、スペイン語で助けていただきました。ミシェル・スピヴィーとテレサ・リーは本書に自分の名前を使ってほしい（そして〝セイヴ・ザ・ライブラリー〟を支援したい）と申し出てくれました。おふたりの寄付金を子どもたちの支援に使うそうです。ディケーター図書館は、割り当てられた役に満足していただけることを願っています。

プロットに関するメモ書きです。言うまでもなく、わたしはさまざまなものごとのレイアウトやデザインやメソッドを勝手に改変しています。ネタバレだらけのリサーチ資料をお読みになりたければ、karinslaughter.com/tlwreferences にアクセスしてみてください。サラと一緒に歌いたい方は、ジョーン・アーマトレイディング、ビースティ・ボーイズ、ドリー・パートン、ブロンスキ・ビート、パティ・スミス、エディ・ブリケル、レッド・ホット・チリ・ペッパーズをどうぞ。

最後はいつものように、愛するＤＡ、そして父に。今年、父さんはわたしに五分間だけ世話をさせてくれたけれど、ふたりとも頭に血がのぼってしまった。二度とあんなことはやめておきましょうね。

解説

霜月　蒼

カリン・スローターは容赦を知らない。

ミステリとは犯罪をめぐる謎を解決することで読者をスッキリさせる物語である。事件の発生によって破壊された日常が事件の解決によって回復されるというエンタテインメント。最後に犯人や動機が明かされて、「ああよかった、僕たちはこの世界でまた安心して暮らしてゆける」という安心感とともに溜飲が下がる。そういう小説だ。

でも本当にそうなんだろうか？　事件が解決すれば「ああよかった」と思えるのだろうか。それで被害は回復されるのだろうか。日常は戻るのだろうか。

カリン・スローターという作家が容赦なく追及するのはそこだ。犯人が捕まっても「ああよかった」なんて言えやしないことを、簡単に日常なんて戻らないことを、犯人と似たような人間はあなたを含めてそこらじゅうにいることを、誠実に、容赦なく、真正面から描きつづけている。犯罪被害の苦痛をスローターは見つめつづける。そしてそれを、物語を通じて僕たちに伝えようとしている。

スローターの小説を読むということは、苦痛を経験するということなのだ。

正直に告白すれば、僕はスローターの真価に長いあいだ気づかずにいた。デビュー作『開かれた瞳孔』（早川書房）が二〇〇二年に日本で刊行されたとき、僕はこれを『羊たちの沈黙』（新潮社）のコピー商品のひとつだと思い込んで読まずにすませてしまったのだ。その頃、英米では、異常快楽殺人スリラーが濫造されていたからである。

――腹部を十字に切り裂かれて性的暴行を受けた女性の死体が発見され、自身も性被害の過去がある美貌の検死官が真相を追う。事件はやがて連続殺人に発展し……という話で、セックスとヴァイオレンスのインフレという当時の流行に迎合するものに見えた。

しかし、それは間違いだった。『開かれた瞳孔』の十数年後に邦訳された『ハンティング』を読んで、僕はようやくそれに気づく。同作は、本書『破滅のループ』と同じくウィル・トレントを主人公とするシリーズの第三作。読みはじめた当初こそ、作中で描かれる事件のあまりの凄惨さに、なぜこの作家はこんな過剰に残虐な犯罪を書くのだろうととまどった。しかし読み進めるうちにわかってきたのである――この残虐性はスローターが書きたいテーマを表現するための必然であり、彼女が凄惨なサイコ・スリラーを書くのは、自分が訴えたいことを伝える最適のフォーマットがこれだからなのだと。ならばスローターは残虐な犯罪描写を通じて何を書こうとしているのか。

「女性にふりかかる暴力」であり、「暴力犯罪の被害者となること」である。

犯罪小説における女性は長らく「物語を盛り上げるための被害者」として扱われてきた。

一九二〇年代のパルプ雑誌の表紙をご覧になるとわかるだろう、彼女たちは下着姿で恐怖の悲鳴をあげる嗜虐的なセックスのアイコンとして描かれてきた。あるときは暴力の犠牲となった美しい死体、またあるときは暴行の寸前でヒーローに救われる「お姫様」。彼女たちは暴力のエンタテインメントを成立させる「被害者」という名の道具だった。

だが暴力の被害というのはそんな軽いものではない。簡単に消費できるようなものではない――スローターはそう訴えつづけている。だから彼女は女性に振るわれる暴力を容赦なく凄惨に描く。そうすることで暴力の苦痛を読者に体験させようとしている。

活字で表現されたフィクションの暴力に、現実の暴力の苦痛を組み込み、犯罪被害と犯罪被害者をミステリの中心に据える――ウィル・トレント・シリーズ第二作『砕かれた少女』(オークラ出版)は、それを見事に描いた傑作だった。注目すべきはすべてが解決したあとのエピローグ。そこでスローターは、被害者が苦痛の体験と記憶から立ち上がろうとする姿を描いている。その前の章までで事件は解決しているから、このエピソードは不要なはずだ。しかしスローターはこれを書いた。スローターにとって重要だからだ。犯罪被害の苦痛は筆舌に尽くしがたいものだが、しかし、それは「魂の殺人」というような回復不能のものではない――スローターはそれを伝えたくてエピローグを書いたのではなかったか。

残虐ポルノとしてのミステリを否定し、安易な秩序回復の物語としてのミステリも否定し、その上で暴力犯罪の生々しい真実を――被害の痛みと回復への苦闘を――描こうとしているのがスローターという作家なのである。苦痛の経験を直視する容赦なき誠実さ。それがスローターの最大の美質だと僕は思っている。

さて本書『破滅のループ』は、名作『砕かれた少女』と同様にジョージア州捜査局（GBI）の捜査官ウィル・トレントを主人公としたシリーズの第九作にあたる。中心となる登場人物はウィルの他、ウィルの恋人で検死官のサラ、ウィルの相棒であるシングルマザーのフェイス、そして上司であるGBIの副長官アマンダ。彼らが対峙するのは大規模なテロ攻撃を計画しているとおぼしき白人至上主義グループである。

開巻早々、彼らの街で爆弾テロ事件が勃発、物語はフルスロットルで走りはじめる。サラと出かけていたウィルはサラとともに爆破現場に急行するが、その途上で交通事故に遭遇。医師であるサラの先導で負傷者の治療に当たろうとしたとき、事故車に乗っていた男たちが二人に銃を向けた。彼らは逃走中の爆破テロ犯だったのだ。彼らの襲撃にウィルは倒れ、サラは拉致されてしまう。しかも一味と行動をともにしていたのは、一ヶ月前に拉致されたアメリカ疾病予防管理センター（CDC）の研究者だった……。

恋人サラを眼前で連れ去られ、自責の念に駆られるウィル。白人至上主義者のコミューンに監禁され、脱出の機会を狙うサラ。FBIなどと連携をとりながらサラの行方を追うフェイスとアマンダ。白人至上主義グループが計画するテロ攻撃とは何なのか。彼らはなぜCDCの専門家を誘拐したのか。コミューンの子供たちを苦しめる病気の正体は？

いくつもの謎をはらみながらも本作のプロットはいつもよりもシンプルで、そのぶん力強く突進してゆく。ついに一味の計画が判明すると、物語は一挙にクライマックスに突入、その渦中にいるウィルの視点で語られる壮絶な戦いはスローター史上最大スケールを誇る。サラが最後にコミューンで見るものの悲痛さもスローター作品中随一。ジェットコースター的な一気読み度も史上最高と言っていい。つまり、スローター未体験者が最初に読むスローター作品としてプッシュできる仕上がりなのである。

僕はスローターが大好きなので、正直に言えば「今すぐ買いに行け」と言いたい作品は他にもある。ウィルの上司の猛女アマンダの若き日の苦闘を現在の事件と並行して描く『罪人のカルマ』とか、フェイスの母親をめぐるタフな高齢女性たちの死闘編『血のペナルティ』とか、ウィルの妻のアンジーを軸に「愛する者を傷つける愛」の凄惨ぶりを書き尽くしてシリーズの節目となる『贖いのリミット』とか。どれもヤバいくらい傑作なんですよ。でも、いずれもシリーズ・キャラクターの過去に深く関わる話なので、いきなり読まないほうがいい。同時に、「女性にふりかかる有形無形の暴力」を描くスローターの筆の容赦のなさは、軽い気持ちで読んだ読者を跳ね飛ばしてしまいかねない危険さもある。その点、本書はシリーズ・キャラの過去にも踏み込まず、物語もエンタメ度が高く、残虐度もおさえめ。最初に読むスローターに最適だという所以《ゆえん》である。

ちなみに、長らく入手困難だったデビュー作『開かれた瞳孔』は、先ごろハーパーBOOKSよりめでたく復刊された。これはウィルの公私にわたるパートナーであるサラ・リントンを主人公としたシリーズの第一作でもある。「女性への暴力」と「被害の痛みと、そこからの回復」というスローターのテーマが、デビューから一貫していることを示す秀作なので、是非お読みいただきたい。しかも先ほど本書の担当編集者から、『開かれた瞳孔』につづく第二作〝*Kisscut*〟の邦訳刊行が決定したとの報が届いた。この非凡なミステリ作家が、ようやく日本でもしかるべき評価を受けはじめたことを寿《ことほ》ぎたい。

スローターを読むたびに、僕は女友達があるときふと漏らした言葉を思い出す。

「身体の大きい男のひとって怖いんですよね……」

もちろん彼女の個人的な感慨にすぎない。だがこのとき僕は、それまで実感したことのなかった、しかし確かに世界に満ちている〈恐怖〉をはじめて意識した気がした。僕たち男性の無意識の加害性と、それがもたらしうる苦痛と恐怖。それはスローターが描きつづけているものだ。この〈恐怖〉を真に理解することは僕たち男性には困難だとしても、スローターを読むことで、何かしらの理解の手がかりが得られるのではないか。そんなふうに思うことがある。

スローターを読むことは、苦痛と被害と恐怖の経験だからだ。

GEORGIA BUREAU OF INVESTIGATION

CONFIDENTIAL

目立った特徴（身元確認用）： 多数

・上唇、首に傷跡があり、上半身には子どものころにタバコを押しつけられた跡、電気火傷の跡、刃物による切り傷の跡が残っている。
・脚には開放骨折の手術痕が認められる。
・前腕に目立つ傷がある。剃刀もしくはそれに似た刃物によるものと見られる。
・手に釘打機による小さな傷跡がある。

潜入捜査に対する適合性： 高

・幅広い捜査経験があり、成績は申し分ない。
・情報を精査して分類する能力に長け、精神的にたくましい。
・標的あるいは情報提供者になりうる相手に共感を示し、ミラーリングの技術を使い、信頼関係《ラポール》を構築して心を開かせる——直感的に他者の情動を理解できるのは、敵と味方をすばやく見分けることが生存の必須条件だった過酷な生い立ちに由来するのかもしれない。
・“一匹狼”の傾向があり、単独行動を取りたがる。
・彼の性格、スキル、経験を総合すると、危険性の高い潜入捜査に非常に適している。

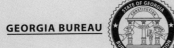

GEORGIA BUREAU OF INVESTIGATION

CONFIDENTIAL

・元警官のアンジー・ポラスキー（健康上の理由で退職）と3年間、結婚していた。ポラスキーとは11歳のときに〈アトランタ子どもの家〉で知り合った。ある時点まではポラスキーが保護者的な役割を担っていたようだが、不確かな情報によれば、機能不全的な関係であり、おそらく別れては元に戻ることを繰り返すという中毒のようなパターンに陥っていた。現在は離婚成立。
・われわれの理解するところでは、GBI検死官であり、グラント郡警察署長ジェフリー・トリヴァーの妻、サラ・リントンと交際中。トリヴァーはトレントとリントンが知り合う2年前に殺害された。ドクター・リントンによって、トレントの生活は安定している様子。ふたりが知り合ったのは、リントンが医師としてグレイディ病院に勤務していたころ、当初は轢き逃げと見られていたが、のちに拉致暴行と判明した事件の被害者の治療を担当したのがきっかけだった。

長所：高い技能

・検挙率は89パーセントであり、局全体の平均より15ポイント高い。
・射撃の名手であり、火器の扱いに長けている。クワンティコのホーガンズ・アレイの訓練でも優秀な成績をおさめた。
・人質解放の交渉、戦闘用あるいは緊急用車両の運転、テロリズム対策、サバイバルのスキルに関する評価は高い。
・GBI捜査官としての能力のほかに、建築作業員として働いた経験があるため、手先が器用で実用的な技術を有している。直感的に機械を分解し、部品を組み立てていると見られるが、その能力は捜査方法にも反映されている——彼の捜査法は、犯罪を細かい要素に分解して分析し、現場を再構築し、理詰めで解法を導き出すというものである。

GEORGIA BUREAU OF INVESTIGATION

CONFIDENTIAL

上官：アマンダ・ワグナー

・特別犯罪捜査チームの責任者であるワグナーは、トレントの直属の上司であり、彼のモチベーションをあげ、独特な能力を引き出すすべを心得ている。

・ワグナーとトレントがいつ知り合ったのかは不明だが、ワグナーがカレッジを卒業したばかりのトレントを個人的にスカウトし、彼がGBIに入職して以来ずっと目をかけている。

評価

経歴：過酷な生い立ち

・乳児のときにゴミ箱に捨てられ、幼少期は養親家庭を転々とした。

・6歳のときに〈アトランタ子どもの家〉へ引き取られ、養子縁組を何度か断られている。幼いころに基本的な人間関係を築く機会に恵まれず、拒絶される体験を繰り返したため、成人してからも他人を信用して関係を結ぶことが苦手。任務を課すにあたっては、引きこもりがちで人づきあいを避けたがることを考慮しなければならない。

・両親が他界し、18歳まで州の保護下にあった。その後、〈アトランタ子どもの家〉からホームレスのシェルターに移り、肉体労働をしながら実用的な技術を身につけた。また、18歳のときに窃盗で有罪判決を受けたが、それ以降は一度も罪を犯していない。

・子どものころに貧困を体験し、依存症の養親に悩まされたため、現在もアルコールとタバコと薬物には強い嫌悪を抱いている——この点については、潜入捜査の任務を課すにあたって考慮する必要がある。

・フロリダ州のトゥー・エッグ大学で博士号取得。

GEORGIA BUREAU OF INVESTIGATION

CONFIDENTIAL

氏名：ウィルバー（ウィル）・トレント

種別：特別捜査官

配属：ジョージア州アトランタ

身長：193センチ

体重：84キロ

外見的特徴：筋肉質、ダークブロンド、鋭角的な輪郭、やや猫背。

・地味な風采のため、見るからに警官らしいほかの捜査官より目立たず、潜入捜査に向いている。
・過酷な生い立ちにくわえ、非行歴があり、一般的な家庭で育った同僚たちよりも犯罪者の世界にはるかになじみやすい。

安静時の心拍数：毎分52回

勤続年数：15年

パートナー：フェイス・ミッチェル（アトランタ市警出身）

・トレントとミッチェルは、当初エマ・カンパーノと見られた十代女性の殺人事件ではじめてコンビを組んで以来、息の合った仕事ぶりを見せている。
・ミッチェルの対人スキルの高さがトレントの分析的アプローチを補完しているので、このチームを継続するのが望ましい。
・ミッチェルの母イヴリン・ミッチェル元警部はアトランタ市警におよそ40年間勤務し、アマンダ・ワグナー副長官の僚友でもあったことに留意。ワグナー副長官とミッチェル元警部の現在の関係は不明。

訳者紹介　鈴木美朋

大分県出身。早稲田大学第一文学部卒業。英米文学翻訳家。主な訳書にスローター『ハンティング』『血のペナルティ』『ブラック＆ホワイト』『彼女のかけら』、ピアースン『ゲティ家の身代金』（以上ハーパー BOOKS）など。

ハーパーBOOKS

破滅《はめつ》のループ

2020年6月20日発行　第1刷

著　者　カリン・スローター

訳　者　鈴木美朋《すずきみほう》

発行人　鈴木幸辰

発行所　株式会社ハーパーコリンズ・ジャパン
東京都千代田区大手町1-5-1
03-6269-2883（営業）
0570-008091（読者サービス係）

印刷・製本　中央精版印刷株式会社

ISBN978-4-596-54137-6